쇼 리

FLEDGLING

Copyright ⓒ 2005 by Octavia E. Butler
All rights reserved.

Korean translation copyright ⓒ 2020 by PSYCHE'S FOREST BOOKS
This Korean edition was published by Psyche's Forest Books in 2020
by arrangement with John Mark Zadnick and Ernestine Walker Living Trust c/o
Writers House LLC through KCC(Korea Copyright Center Inc.), Seoul.

이 책의 한국어판 저작권은 (주)한국저작권센터(KCC)를 통해 저작권자와 독점 계약한
도서출판 프시케의숲에 있습니다. 저작권법에 의해 한국 내에서 보호를 받는 저작물이므로
무단 전재와 복제를 금합니다.

쇼 리

Fledgling
Octavia E. Butler

옥타비아 버틀러 지음
박설영 옮김

차례

1장 • 007	16장 • 251
2장 • 017	17장 • 265
3장 • 029	18장 • 279
4장 • 041	19장 • 293
5장 • 055	20장 • 307
6장 • 071	21장 • 323
7장 • 087	22장 • 343
8장 • 107	23장 • 357
9장 • 127	24장 • 371
10장 • 145	25장 • 387
11장 • 161	26장 • 399
12장 • 175	27장 • 413
13장 • 191	28장 • 429
14장 • 209	29장 • 439
15장 • 229	에필로그 • 451

1

 나는 어둠 속에서 눈을 떴다.
 배가 고팠고(허기가 지독했다!) 통증이 심했다. 내 세상에는 배고픔과 통증만 있을 뿐, 다른 사람도, 시간도, 감정도 없었다.
 딱딱하고 울퉁불퉁한 무언가의 위에 누워 있어 몸이 아팠다. 몸의 한쪽이 불에 덴 듯 뜨거웠다. 나는 정체 모를 열기에서 멀어지려고 몸을 힘껏 끌어당기며 천천히 움직였다. 그렇게 바닥을 더듬으며 시원하고 부드럽고 덜 아픈 곳을 찾았다.
 움직이니 몸이 쑤셨다. 숨만 쉬어도 아팠다. 머리가 쿵쿵 울리며 지끈거려서 양손으로 머리를 잡고 흐느껴 울었다. 내 목소리를 듣는 것, 심지어 두 손으로 만지는 것만으로도 통증이 심해지는 것 같았다. 머리 두 곳이 거죽만 남아 울퉁불퉁하고… 말랑말랑했다.
 그리고 배가 너무 고팠다.
 허기가 배 속을 난폭하게 헤집었다. 나는 무릎을 가슴으로 당긴 채 상처투성이의 텅 빈 몸을 꼭 끌어안고서 고통 속에서 흐느꼈다.

잠시 후 알았다. 아니 기억났다. 내가 누워 있어야 할 곳은 침대였다. 조금씩 침대가 뭔지 기억났다. 내 손이 매트리스도 베개도 시트도 담요도 아닌, 정체 모를 것들을 꼭 잡고 있었다. 단단하고 부슬부슬하고 가벼우면서 잘 부서지는 무언가였다. 차츰 내가 바닥에 누워 있다는 사실을 깨달았다. 돌, 흙, 어쩌면 마른 낙엽 위일 듯했다.

최악은 어디를 봐도 빛이라곤 없다는 사실이었다. 양손을 코앞에 들었는데도 손이 보이지 않았다. 그 정도로 어두운 건가? 아니면 내 눈이 잘못된 걸까? 나는 장님인 건가?

난 몸을 떨면서 어둠 속에 누워 있었다. 내가 장님이면 어떡하지? 그러다 뭔가 내게 다가오는 소리가 들렸다. 크고 요란한 동물이었다. 볼 수는 없었지만 잠시 후 냄새는 맡을 수 있었다. 그 냄새란 것이… 딱히 훌륭하진 않아도 적어도 먹을 수는 있을 것 같았다. 하지만 심한 허기에도 사냥을 할 수 있는 몸 상태가 아니었다. 나는 몸을 떨면서 누워 흐느꼈다. 배고픔의 고통이 점점 커지며 모든 것을 집어삼켰다.

놈의 소리로 위치를 파악할 수 있을 것 같았다. 내가 내는 소리에 겁을 먹고 달아나지 않는다면 놈을 잡고 죽이고 먹을 수 있을지도 몰랐다.

그렇지만 안 될 수도 있었다. 나는 일어나려고 용을 쓰다가 몸 구석구석이 얼마나 심하게 다쳤는지 다시 한 번 깨닫고서 신음하며 단념했다. 나는 가만히 누워서 소리를 내지 않으려고, 몸에 힘을 빼고 떨지 않으려고 노력했다. 그러자 놈이 좀 더 가까이서 어슬렁거렸다.

나는 기다렸다. 놈을 쫓을 수 없다는 걸 알았다. 하지만 충분히 가까워지면 붙잡을 수는 있을 것 같았다.

한참 지났을까. 놈이 나를 발견했다. 놈이 길들여진 짐승처럼 내게 다가왔다. 나는 미친 듯이 몸을 떨면서 숨을 헐떡이며 누워 있었다. 머릿속엔 오직 한 가지 생각뿐이었다. 음식! 푸짐한 음식. 놈이 소리를 내며 내 얼굴을, 손목을, 목을 건드렸다. 그때마다 통증이 일었다.

허기로 인한 고통이 다른 모든 통증을 물리쳤다. 나는 몸이 성하지 않음에도 내가 세다는 것을 알아차렸다. 짐승을 와락 움켜잡았다. 놈이 뿌리치고 저항하며 내게서 탈출하려고 안간힘을 썼지만 소용없었다. 놈을 붙들고 올라탄 뒤 목을 찾아 피를 맛보고 공포의 냄새를 맡았다. 그리고 놈이 쓰러질 때까지 이빨로 목을 쥐어뜯었다. 마침내 그토록 원했던 신선한 고기로 실컷 배를 채웠다.

나는 최대한 많은 고기를 먹었다. 그러자 허기가 채워지며 통증이 줄어들었다. 나는 먹다 남은 먹이 옆에서 잠이 들었다.

눈을 뜨니 어둠이 가시기 시작했다. 다시 빛이 보였다. 빛을 가리고 있는 흐릿하고 어슴푸레한 형체도 보였다. 뭔지는 알 수 없었지만 볼 수는 있었다. 내가 어쩌다 눈을 다쳤다가 이제 낫는 중이라는 생각이 들었다. 잠시 후 환하게 빛이 비쳐들었다. 빛이 내 눈은 물론 피부까지 화상을 입혔다.

나는 빛을 피해 내 몸뚱이와 먹이를 끌고서 시원하고 어둑한 구석으로 들어갔다. 보기엔 아주 가까웠지만 닿기까지 엄청난 힘이 들었다. 빛을 피할 만큼 멀리 간 나는 다시 먹고 자고 일어나서 또 먹었다. 몇 번을 거듭했는지 숫자도 세다가 까먹었다. 하지만 얼마간 지나자 고기가 뭔지 모르게 이상해졌다. 고기에서 고약한 냄새가 나기 시작해 배가 아직 고픈데도 손을 댈 수 없었다. 냄새에 속까지 메슥거렸다. 고기를 치워야 했다. 나는 고기가 썩고 있음을 기억해냈다.

얼마 지나니 썩은 고기에서 악취가 나고 벌레가 끓기 시작했다.
신선한 고기가 필요했다.
부상당한 부위가 낫고 있는지, 돌아다니기가 훨씬 쉬웠다. 앞도 훨씬 잘 보였다. 빛이 너무 환하지 않을 땐 특히 더 잘 보였다. 배를 채우던 중, 빛이 적은 시간대를 밤이라 부르고 내가 낮보다 밤을 더 좋아한다는 사실이 떠올랐다. 몸이 치유되면서 기억도 조금씩 나기 시작했다. 그리고 이젠, 적어도 밤에는 사냥을 할 수 있게 되었다.
머리는 여전히 아팠다. 대개 약하게 욱신거렸지만 통증은 참을 만했다. 이전처럼 참을 수 없이 괴롭진 않았다.
짐승 잔해가 썩어가는 은신처에서 기어 나오자마자 몸이 물에 젖었다. 한동안 나는 축축함을 느끼며 가만히 앉아 있었다. 물이 머리, 등, 무릎으로 떨어졌다. 잠시 후 나는 비가 오고 있다는 것을 깨달았다. 비가 세차게 내리고 있었다. 전에 비가 피부에 닿았던 느낌이 떠오르지 않았다. 하늘에서 떨어지는 물이 부드럽게 내 살갗을 두드리는 느낌이.
나는 내가 비를 좋아한다고 판단했다. 천천히 두 발로 일어서자 고통이 밀려오며 두 무릎이 움직임에 저항했다. 일단 일어선 뒤 한동안 그대로 서서 두 다리로 균형을 잡는 데 익숙해지려 애썼다. 그리고 옆에 놓인 바위를 짚고 주위를 둘러보며 내가 어디 있는지 파악하려고 노력했다. 나는 단단하고 높다란 암벽 위 언덕에 서 있었다. 모든 것들을 눈으로 보고 뭐라고 부르는지 기억해내야 했다(산비탈, 바위 표면, 언덕부터 깎아지르는 바위벽까지 서 있는 나무… 소나무?). 전부 눈에 담았다. 하지만 여전히 내가 어디에 있는지, 어디에 있어야 하는지, 어쩌다 거기에 가게 되었는지, 심지어 내가 왜 거기에 있는지도 알 수 없었다. 모르는 것투성이였다.

비가 더욱 세차게 내렸다. 비가 내려 다행이다 싶었다. 비가 먹잇감과 나의 피를 씻어주고 바닥에서 묻힌 먼지 때를 깨끗이 쓸어냈다. 몸이 좀 깨끗해지자 나는 두 손을 그러모으고 물을 받아서 마셨다. 맛이 너무 좋아 한참을 그러고 있었다.

한참 뒤 비가 잦아들자 이젠 갈 때라고 판단했다. 나는 언덕을 따라 내려가기 시작했다. 처음에는 걷기가 쉽지 않았다. 무릎도 여전히 아팠고 균형을 잡기도 힘들었다. 한 차례 멈춰서 뒤를 돌아봤다. 그제야 내가 산비탈의 얕은 동굴에서 나왔다는 걸 알았다. 하지만 지금은 나무숲에 가려져 거의 보이지 않았다. 숨어서 몸을 치유하기 좋은 장소였다. 저 작은 은신처 덕분에 안전하게 지낼 수 있었다. 하지만 어쩌다가 저곳에서 지내게 된 것일까? 나는 어디서 왔을까? 어찌다가 다쳐서 굶주린 몸으로 혼자 있게 된 것일까? 이젠 회복했으니 어디로 가야 할까?

나는 정처 없이 언덕을 내려갔다. 아는 사람도 없었고 기억나는 사람도 없었다. 나는 나무와 덤불과 바위들을 피해 젖은 길바닥을 내려가며 인상을 썼다. 적어도 큰 범주에선 사물을 알아볼 수 있었다. 덤불, 바위, 진흙…. 나 자신에 대해서도 기억하려고 애를 썼다. 동굴에서 눈뜨기 전에 일어났던 일들에 대해서 뭐라도 떠올리려 했다. 하지만 아무것도 기억나지 않았다.

걷다 보니 갑자기 내가 맨발이라는 생각이 스쳤다. 발이 다칠 만한 건 밟지 않으려고 조심스레 걸었다. 그러다 발과 다리 모두 맨살인 게 보였다. 나는 신발을 신어야 한다는 걸 알았다. 실은 옷을 입었어야 한다는 걸 알았다. 온몸이 헐벗은 상태였다. 나는 나체였다.

나는 멈춰서 자신을 봤다. 피부가 흉터투성이였다. 보이는 모든 부위에 흉터가 심하게 져 있었다. 흉터는 넓고 주름지고 맨들거리는 얼룩덜룩한 적갈색 피부 딱지였다. 예전부터 흉터가 있었을까? 얼굴에도 흉터가 있을까? 복부를 가로지른 넓은 흉터에 이어 얼굴을 만졌다. 느낌이 같았다. 얼굴에도 흉터가 있는 듯했다. 내가 어떻게 생겼을지 궁금했다. 머리를 만져보니 털이 거의 없었다. 머리털이 있을 거라 예상하고 만진 터였다. 머리털이 있어야 했다. 하지만 뒤통수에 조그맣게 난 털을 제외하고는 민머리였다. 머리 위쪽에는 움푹하니 찌그러진 부분도 있었는데 만질 때 아픈 것은 물론이고 민머리나 흉터보다 훨씬 이상하게 느껴졌다. 동굴에 누워 있을 때 두개골이 깨진 것처럼 두 군데가 울퉁불퉁하니 물렀던 게 떠올랐다. 이젠 그렇게 무르지 않았다. 다른 부위와 마찬가지로 머리도 치유되고 있는 중이었다.

어쨌거나 나는 심하게 다친 거였다. 하지만 어쩌다 그랬는지는 전혀 기억할 수 없었다.

기억을 떠올려야 했고 몸을 가려야 했다. 나체라는 걸 깨닫기 전까지만 해도 전혀 어색하지 않았다. 하지만 이젠 견딜 수가 없었다. 무엇보다 다시 배를 채워야 했다.

나는 다시 언덕 아래로 걸었다. 그리고 마침내 평평하고 탁 트인 농장에 도착했다. 들판 여기저기 무언가가 자라는 곳이 있는가 하면 이미 추수를 마쳤는지, 아니면 다른 이유에서인지 비어 있는 곳도 있었다. 다시 기억이 파편처럼 떠오르며 내가 본 것들이 조금은 이해가 되었다. 아마 눈으로 봐서인 듯했다.

조금 떨어진 곳에서 불에 탄 집들과 곳간의 잔해가 조금씩 눈에 들어왔다. 모든 집들이 심하게 불에 타 보금자리 기능을 못하고 있었다. 그곳은 농장과 숲으로 둘러싸인 작은 마을이었다. 가축용 우리도 있고 먹을 수 있는 향긋한 짐승 냄새도 났지만 우리는 비어 있었다. 한때는 사람들에게 안락한 가정을 제공하던 곳이 틀림없다는 생각이 들었다. 좋은 느낌이었다. 내가 원하던 것이라는 느낌이 들었다. 혼자 방황하지 않고 사람들과 함께 사는 것. 하지만 생각해보니 조금은 무섭기도 했다. 나는 아는 사람이 없었다. 사람이 존재했다는 건 알았지만 그들을 생각하니 흥미로운 만큼 두려웠다.

얼마 전까지만 해도 이곳에 사람들이 살고 있었다. 하지만 어느덧 잡초가 자라서 불에 탄 자리를 뒤덮기 시작했다. 이곳에 살던 사람들은 어디로 갔을까? 나도 여기에 살았을까?

그때 내가 동물을 죽여서 먹으려는 생각으로 이곳에 왔다는 생각이 떠올랐다. 어찌 된 노릇인지는 몰라도 나는 여기서 음식을 구할 생각이었다. 하지만 이곳에 대해 아무것도 기억하지 못했다. 가축 우리, 들판, 타버린 건물의 잔해 등 아주 일반적인 것들 말고는 아무것도 알아보지 못했다. 그러면 나는 왜 여기서 음식을 찾으려 했을까? 이곳으로 오는 길을 어떻게 알았을까? 이곳을 방문한 적이 있거나 이곳에 살았기 때문이리라. 만약 이곳이 내 집이라면 왜 알아보지 못할까? 내 상처도 이 마을을 쑥대밭으로 만든 화재 때문에 생긴 걸까? 질문들이 줄줄이 이어졌지만 답을 얻지는 못했다.

나는 숲으로 돌아가 짐승을 사냥할 작정으로 뒤돌아섰다. 갑자기 사슴이 떠올라서였다. 그 단어가 내 머릿속으로 들어왔다. 나는 사슴이 무엇인지 알고 있었다. 커다란 짐승이었다. 사슴 고기면 몇 끼니는 때울 수 있을 터였다.

그러다 걸음을 멈췄다. 배는 고팠지만 내려가서 불타버린 집들을 가까이서 보고 싶었다. 나와 관계된 것들이 있는 게 분명했다. 그렇지 않다면 이런 식으로 내 흥미를 끌 리 없었다.

불타버린 건물을 향해 걸음을 옮겼다. 적어도 입을 만한 걸 발견할지도 몰랐다. 추위서가 아니었다. 빗속을 걸어도 춥지는 않았다. 하지만 옷이 간절히 필요했다. 옷이 없으니 무장해제된 것 같았다. 사람들을 발견했을 때 나체인 게 싫었고, 조만간 사람들을 꼭 발견하고 싶었다.

건물 여덟 채는 커다란 주택이었다. 벽난로, 싱크대, 욕조로 그 정도는 알 수 있었다. 나는 사람들에 대해 기억나게 해줄 낯익은 뭔가를 발견하기를 바라면서 집들을 하나하나 살폈다. 한 집의 시커먼 돌무더기 아래서 다리 아래쪽만 약간 불에 탄 청바지 한 벌과 살짝 그슬린 셔츠 세 벌을 발견했다. 전부 여러모로 너무 컸다. 너무 품이 크거나 너무 길었다. 나 정도 몸집이면 두 사람도 쉽게 들어갈 크기였다. 입을 만한 속옷과 신발은 없었다. 물론 먹을 것도 없었다.

갑자기 허기를 채우는 게 무엇보다 중요한 일이 되었다. 나는 바지를 입고 셔츠 두 장을 걸쳤다. 세 번째 셔츠는 허리에 두르고 그 위로 바지 윗부분을 접어 내려서 바지가 흘러내려가지 않도록 했다. 바짓단을 접어 올린 뒤 숲으로 다시 돌아갔다. 잠시 후 사슴 냄새가 났다. 나는 몰래 사슴을 따라가서 죽이고 최대한 많은 살코기를 먹었다. 먹다 남은 고기는 사체를 먹는 동물들로부터 안전하게 지키기 위해 나무 위에 올려놓았다. 그리고 한참 나무 위에서 잠을 잤다.

그러다 해가 뜨자 피부와 눈이 타들어갔다. 나는 나무에서 내려와 나뭇가지와 손을 이용해 구덩이를 얕게 팠다. 구덩이를 다 판 다음에 그 속에 누워 낙엽과 흙으로 몸을 덮었다. 거기다 셔츠 하나로 얼굴까지 덮으니 햇빛으로부터 나를 지킬 보호막으로 충분했다.

그런 식으로 삼일 밤낮을 보냈다. 밤이면 일어나 먹고 사냥하고 폐가를 살핀 뒤 낮이면 흙 속에 몸을 숨겼다. 때로는 잠을 잤다. 때로는 주위에서 들리는 소리에 귀 기울이며 그냥 누워 있었다. 대개 무슨 소린지 알 수 없었지만 그래도 들었다.

네 번째 날, 호기심과 초조함이 나를 눌렀다. 사슴 고기도 물리기 시작해 다른 것을 먹고 싶었다. 뭘 원하는지도 모르면서 나는 탐험에 나섰다. 그렇게 해서 내 기억상 처음으로 다른 인간을 만나게 되었다.

2

또 비가 내렸다. 한참 쉬지 않고 부슬비가 내리고 있었다.
나는 불탄 인가에서 뻗어나온 포장도로를 발견했다. 길을 따라 한참 걷다 보니 '도로'라는 단어가 생각났다. 그리고 아직 보지 못했는데도 자동차, 트럭에 대한 기억이 떠올랐다. 길을 따라가다 보니 철문이 나왔고 문을 넘어가니 조금 더 넓은 길이 나왔다. 방향을 정해야 했다. 나는 내리막길로 방향을 정하고 한동안 만족스럽게 걸었다. 걷다 보니 조금 더 넓은 세 번째 길이 나왔다. 또다시 내리막길을 선택했다. 맨발로 딛기에 포장도로가 딱딱하긴 했지만 바위며 나무며 덤불이며 계곡을 헤치는 것보다 길을 따라 걷는 편이 훨씬 쉬웠다.
내 뒤쪽으로 푸른색 자동차 한 대가 따라왔다. 나는 차를 볼 수 있게, 차가 나를 치지 않게 한쪽으로 비켜 걸었다. 난생 처음 차를 본 게 아닌 건 분명했다. 그것이 차라는 것을 알아보고 놀라지도 않은 걸 보니. 하지만 그것은 내가 기억하는 첫 번째 차였다.
그때 차가 내 옆에서 멈췄다. 나는 깜짝 놀랐다.

차에 앉은 사람은 처음엔 그냥 얼굴만 보이다가, 어깨가 보이다가, 양손까지 보였다. 그제야 내가 젊은 남자를 보고 있다는 사실을 깨달았다. 창백한 피부에 갈색 머리칼을 가진, 덩치 좋고 키가 큰 남자였다. 그의 머리칼이 자동차 천장에 닿아 쏠렸다. 어깨가 딱 벌어져서 혼자 앉았는데도 차 안이 꽉 찬 듯 보였다. 옷이 내게 안 맞는 것만큼이나 차도 그의 몸에 맞지 않는 것 같았다. 그가 창문을 내리고 밖을 내다보며 물었다. "괜찮아?"

말소리가 들렸으나 처음에는 아무 의미도 전달되지 않았다. 그건 소음이었다. 하지만 잠시 후 말들이 언어로서 제자리를 착착 찾아갔다. 뜻이 이해되었다. 시간이 좀 지나서야 나는 대답을 해야 한다는 사실을 깨달았다. 다른 사람에게 말을 했던 기억이 없던지라 처음엔 내가 말을 할 수 있을지 확신이 서지 않았다.

나는 입을 열고, 목을 가다듬고, 헛기침을 한 다음 마침내 겨우 말을 했다. "괜… 찮아. 응, 좋아." 내 목소리는 낯설고도 귀에 거슬렸다. 나는 다른 누군가에게 말한 기억만 없는 게 아니었다. 말 자체를 해본 기억이 없었다. 하지만 어떻게 말하는지는 아는 듯했다.

"글쎄, 안 괜찮아 보이는데." 남자가 말했다. "비에 홀딱 젖었잖아. 몰골도 말이 아니고…. 맙소사, 너 몇 살이니?"

나는 입을 열려다가 다시 닫았다. 내가 몇 살인지, 아니 나이가 왜 중요한지 알지 못했다.

"셔츠에 묻은 건 피야?" 그가 물었다.

나는 아래를 내려다봤다. "사슴을 죽였어." 내가 말했다. 모두 두 마리의 사슴을 죽였다. 그리고 그 피를 옷에 묻히고 다녔다. 빗물이 피를 씻어내지 못한 것이었다.

그는 몇 초 동안 나를 뚫어지게 봤다. "저기, 근처면 내가 데려다줄까? 이 근방에 가족이나 친구가 살아?"

나는 고개를 저었다. "모르겠어. 아닌 것 같아."

"비 내리는 오밤중에 이런 곳에 있으면 안 돼! 기껏해야 열 살이나 열한 살쯤인 것 같은데. 어디로 가는 중이니?"

"그냥 걷고 있었어." 뭐라고 말해야 할지 몰라 그렇게 답했다. 내가 어디로 가고 있었더라? 그는 내가 어디로 가야 한다고 생각하는 걸까? 아마도 집이겠지. "집으로." 나는 거짓말을 했다. "집으로 가는 중이야." 그런 뒤 나는 내가 왜 거짓말을 했는지 의아했다. 이 낯선 이가 나도 집이 있고 지금 그곳으로 가는 중이라고 생각하는 게 중요했나? 아니면 그저 나 자신에 대해, 아니 아무것도 아는 게 없다는 사실을 들키고 싶지 않아서 그랬을까?

"집에 데려다줄게. 타."

나는 그 말에 곧장 그와 함께 가고 싶은 마음이 드는 것에 깜짝 놀랐다. 나는 차를 돌아 보조석 쪽으로 가서 문을 열었다. 그런 뒤 쭈뼛거리며 동작을 멈췄다. "사실은 집이 없어." 내가 말했다. 나는 차 문을 닫고 뒤로 물러섰다.

그가 몸을 뻗으며 차 문을 열었다. "이봐, 여기 너를 혼자 두고 갈 순 없어. 넌 어린애야, 젠장. 이리 와. 적어도 비가 안 드는 곳에 데려다줄게." 그가 뒷자리로 손을 뻗더니 두껍고 커다란 천을 집었다. "담요야. 차에 타서 몸에 둘러."

나는 불편하지 않았다. 젖는 게 싫지도 않았고 춥지도 않았다. 하지만 차에 올라타고 싶었다. 그가 나를 두고 떠나는 게 싫었다. 조금씩 그의 체취를 들이키면서 그에게서 아주… 흥미로운 냄새가 난다

19

는 걸 깨달았다. 게다가 그와의 대화를 멈추고 싶지 않았다. 나는 음식을 탐하듯 대화에 굶주려 있었다. 한 번 맛을 보자 계속 대화를 하고 싶었다.

나는 담요를 두르고 차에 올라탔다.

"누가 너를 해쳤어?" 그가 다시 차를 몰면서 물었다. "다른 사람 차에 탔었어?"

"다쳤었어." 내가 답했다. "지금은 괜찮아."

그가 나를 흘깃 봤다. "정말이야? 병원에 데려다줄 수도 있어."

"병원은 필요 없어." 나는 병원이 뭔지도 모르면서 재빨리 답했다. 잠시 후 그곳이 아프고 다친 사람들이 치료를 받는 장소라는 걸 알았다. 병원에 가면 내 주변에 온통 사람들이 득실거릴 것이다. 그것만으로도 겁을 먹기에 충분했다. "병원은 싫어."

그가 다시 흘깃거렸다. "알겠어. 이름이 뭐야?"

나는 대답을 하려고 입을 열었다가 닫았다. 그리고 잠시 후 실토했다. "이름이 뭔지 몰라. 기억 안 나."

그가 뭐라고 말을 하려다 나를 여러 번 흘깃거렸다. 그리고 잠시 후 말했다. "그래. 말하고 싶지 않은 거구나. 도망쳤어? 집구석이 신물 나서 독립이라도 하려고?"

"그런 것 같진 않아." 나는 인상을 찌푸렸다. "내가 그랬을 것 같지 않아. 기억이 안 나, 정말로. 하지만 내가 그랬을 거라는 느낌은 안 들어."

다시 긴 침묵이 이어졌다. "정말 기억이 안 난다고? 농담하는 거 아니지?"

"아니야. 사… 상처는 거의 나았어. 그런데 아직 기억은 안 나."

그는 잠시 아무런 말도 하지 않았다. "정말 네 이름이 뭔지도 모른다고?"

"응."

"그러면 정말 병원에 가야겠는데."

"아니, 안 가. 안 돼!"

"왜? 의사들이 너를 도와줄지도 모르잖아."

그럴까? 그렇다면 왜 그들 사이로 들어간다는 생각만으로도 이토록 두려운 것일까? 내가 낯선 사람들의 손아귀에 들어가길 원치 않는 게 확실했다. 엄청나게 많은 낯선 사람들 근처는 더더욱 싫었다. "병원은 싫어." 나는 되풀이했다.

그는 또다시 아무 말도 하지 않았다. 하지만 이번 침묵은 어딘가 달랐다. 나는 그를 바라보다가 그가 어떻게든 나를 병원에 데려갈 거라고 확신하며 겁에 질렸다. 나는 그가 신신당부하던 안전띠를 풀고 담요를 옆으로 치웠다. 그리고 차 문을 열기 위해 몸을 돌렸다. 문 여는 방법을 파악하기도 전에 그가 내 팔을 꽉 붙들었다. 그의 커다란 손이 내 팔을 완전히 감쌌다. 그와 내 다리를 가로막고 있는 작고 낮은 가로막 쪽으로 그가 나를 세게 잡아당겼다.

그가 무서웠다. 내 몸집의 두 배가 넘는 그가 나를 원치 않는 곳으로 데려가려 하고 있었다. 나는 그를 뿌리치고 나를 잡으려는 그의 손을 피해 문을 열려고 시도했다. 하지만 다시 그에게 잡혔다.

나는 그의 손목을 잡아 비틀면서 내 팔에서 홱 떼어냈다. 그가 "제기랄!" 하고 비명을 지르고는 운전대를 붙든 손으로 다른 쪽 손목을 간신히 문질렀다. "도대체 뭐가 문제야?" 그가 물었다.

나는 그토록 열려고 애쓰던 차 문에 등을 바짝 붙였다. "내가 싫다고 해도 병원에 데려갈 거야?"

그가 여전히 손목을 문지르며 고개를 끄덕였다. "병원, 아니면 경찰서. 네가 결정해."

"둘 다 싫어!" 경찰은 병원보다 훨씬 무서웠다. 나는 문을 열기 위해 다시 몸을 돌렸다.

그가 다시 내 왼쪽 팔뚝을 꽉 잡고선 나를 문에서 떨어뜨렸다. 그의 손가락이 내 팔뚝을 완전히 감싼 채 단단히 붙든 탓에 몸이 문에서 멀어졌다. 양손이 그의 몸에 닿자 그가 좀 더 파악되었다. 마음만 먹으면 그의 손목을 부러뜨릴 수도 있겠다 싶었다. 그는 덩치만 컸지 그만큼 세진 않았다. 적어도 내가 더 셌다. 하지만 그의 뼈를 부러뜨리고 싶지 않았다. 방법을 몰랐을 뿐, 그는 나를 돕고 싶어 하는 것 같았다. 그리고 그에게선 정말 좋은 냄새가 났다. 얼마나 좋은지 표현할 방법이 떠오르지 않을 정도였다. 그러니 그의 뼈를 분지르는 건 나쁜 일일 터였다.

그래서 그를 깨물었다. 나는 살집이 두둑한 엄지 두덩을 잽싸게 살짝 물고 놓았다.

"제기랄!" 그가 손을 홱 빼면서 소리쳤다. 그리고 내가 차 문을 열기 전에 다시 나를 붙들었다. 문에 달린 버튼이 여러 개라 어떤 것을 눌러야 열리는지 헷갈렸다. 뭘 눌러봐도 작동하지 않았다. 그 바람에 그에게 나를 세 번째로 붙잡을 기회를 허용하고 말았다.

"가만히 있어!" 그가 명령하면서 나를 세차게 흔들었다. "그러다 죽을 수도 있어! 달리는 차에서 뛰어내릴 정도로 정신이 이상하다면 정신병원에 갈 수밖에."

나는 그의 손에 난, 피가 흐르는 상처 자국을 가만히 쳐다봤다. 갑자기 다른 생각이 싹 사라졌다. 나는 머리를 처박고 상처와 피를 핥았다. 그가 바짝 긴장해서 손을 빼려 했다. 그러다 긴장이 풀렸는지 동작을 멈추고 내가 양손으로 그의 손을 붙들게 내버려두었다. 그가 나를 흘깃거리는 게 보였다. 차가 길 위에서 살짝 지그재그로 흔들리는 게 느껴졌다.

그가 다시 인상을 찌푸리며 나를 뿌리쳤다. 불안하고 불쾌한 표정이었다. 나는 다시 그의 손을 낚아채 양손으로 쥐었다. 그가 손을 빼려는 게 느껴졌다. 그가 손아귀에서 벗어나려고 나를 흔드는 바람에 몸이 공중으로 살짝 들렸지만 나는 떨어지지 않았다. 나는 이빨로 깨문 자리에서 솟아나는 피를 핥았다.

그가 숨을 헐떡이는 듯한 이상한 소리를 냈다. 그러곤 난데없이 도로를 가로지르더니 다른 차들의 진로를 가로막지 않는 공간에 차를 세웠다. 뒤로 차들이 몇 대 뒤따라오고 있었다. 운전내에서 자유로워지자 그가 손으로 주먹을 크게 쥐었다. 나는 그가 나를 치기 위해 손을 뒤로 당기는 모습을 지켜봤다. 겁을 먹어야 한다고, 그를 멈춰야 한다고 생각했지만 마음이 차분했다. 어찌된 일인지 그가 날 칠 거라는 생각이 들지 않았다.

그가 인상을 찌푸리더니 고개를 저었다. 잠시 후 그는 무릎에 손을 떨구고는 나를 노려봤다. "뭐 하는 짓이야?" 그가 손을 빼내지 않고 가만히 둔 채 나를 쳐다보며 따졌다. 하지만 그 모습이 마치 그도 원한 것처럼, 아니 원해야 한다고 생각하는 것처럼 보였다.

나는 답하지 않았다. 그의 손에서 피를 충분히 빨지 못했다. 또 물고 싶었지만 그를 겁주거나 화나게 하고 싶지 않았다. 내가 왜 그런 걸 신경 쓰는지는 몰랐지만 그게 중요해 보였다. 또한 손이 손목이

나 목처럼 피를 빨기에 좋은 부위가 아니라는 것도 알았다. 나는 그를 봤다. 그가 나를 뚫어지게 처다보고 있었다.

"더 이상 안 아파." 그가 말했다. "기분이 좋아. 신기하네. 어떻게 한 거야?"

"모르겠어." 내가 그에게 말했다. "당신은 맛이 좋아."

"내가?" 그가 좌석을 나누는 가로막을 넘어와 내 쪽으로 몸을 구겨 넣더니 나를 들어 자신의 무릎에 앉혔다.

"한 번만 더 물게 해줘." 내가 속삭였다.

그가 웃었다. "그러면 너는 나한테 뭘 해줄 건데?"

나는 그의 목소리에서 동의의 의사를 읽은 뒤 몸을 일으켜 세우고 그의 목옆에 입을 맞추면서 혀와 코로 그곳에 있는 가장 큰 혈관을 찾았다. 그리고 잠시 후 그의 목을 세게 물었다. 그가 경련을 일으키자 내가 그를 붙들었다. 피를 빼는 동안 그가 나를 가만히 안고서 몸을 비틀었다. 나는 몇 분 전까지 있는지도 몰랐던 허기를 채울 만큼 충분히 피를 마셨다. 더 마실 수도 있었지만 그를 다치게 하고 싶지 않았다. 그는 맛도 훌륭했지만 나를 피하거나 해치지 않고 배를 채우게 해준 사람이었다. 나는 피가 멈출 때까지 깨문 자리를 핥았다. 그렇게 해서 상처가 낫기를, 상처를 치료해서 그에게 보답할 수 있기를 바랐다.

그가 한숨을 쉬면서 나를 붙들었다. 그리고 좌석에 등을 대면서 내가 그의 가슴에 기대게 해주었다. "그게 대체 뭐였어?" 그가 잠시 후 물었다. "어떻게 한 거야? 그리고 도대체 왜 그렇게 기분이 끝내주는 거야?"

그도 즐긴 모양이었다. 내가 즐긴 만큼 즐긴 듯했다. 나는 기뻐서 웃음이 났다. 어찌 됐건 잘한 것이었다. 제대로 한 것이었다. 기억은 못 해도, 내가 전에도 이렇게 해본 적이 있다는 뜻이었다.

"나를 데려가." 내가 말했다. 말하는 순간 그게 내 진심이라는 걸 알았다. 그는 살 곳이 있을 터였다. 그와 함께 가면 그곳에서 본 것들이 기억을 되살리는 데 도움을 줄지도 몰랐다. 그리고 내게도 집이 생길 터였다.

"정말 갈 데가 없어? 너를 찾는 사람도?"

"아무도 없는 것 같아. 기억이 안 나. 내가 누군지, 나한테 무슨 일이 일어났는지…. 전부 다 찾아내야 해."

"항상 그렇게 누군가를 물어?"

나는 그에게 다시 기댔다. "모르겠어."

"있잖아, 너는 뱀파이어야."

나는 잠시 생각했다. 그 단어와 관련해 아무 기억도 떠오르지 않았다. "뱀파이어가 뭐야?"

그가 웃었다. "너 말이야. 너처럼 무는 것들. 피를 마시는 것들." 그가 얼굴을 찡그리면서 고개를 저었다. "세상에, 피를 마신다고."

"그런 것 같아." 나는 그의 목을 핥았다.

"그리고 넌 너무 어려. 미성년이라고. 완전 미성년."

나는 '미성년'이라는 말도, 내가 몇 살인지도 알 수 없었으므로 아무 말도 하지 않았다.

"옷에 피는 어쩌다 묻은 건지 기억해? 혹시 또 다른 사람을 물었던 거야?"

"사슴을 죽였어. 사실 두 마리나."

"물론 그러시겠지."

"나를 데려가."

나는 그렇게 말하면서 그의 얼굴을 봤다. 그가 다시 혼란스럽고 걱정스러운 표정을 지었다. 하지만 나를 안은 채 고개를 끄덕였다. "그래." 그가 말했다. "어떻게 해야 할지 모르겠지만, 알겠어. 나도 너와 함께 있고 싶어. 너를 데리고 있으면 안 될 것 같지만. 제기랄, 그래선 안 되는 건 아는데. 그래도 어떻게든 해볼게."

"나는 혼자 있어서는 안 될 것 같아." 내가 말했다. "그렇지만 누구와 함께 있어야 할지 모르겠어. 누구랑 함께 있었는지 기억이 전혀 안 나."

"그러니까 나와 함께 있겠다는 거지." 그가 웃었다. 혼란은 사라진 것처럼 보였다. "너를 뭐라고든 불러야 할 것 같아. 혹시 원하는 이름 있어?"

"모르겠어."

"내가 이름 지어줄까?"

나는 웃었다. 그가 마음에 들었고, 그와 함께 있는 게 너무 편했다. "그래, 지어줘." 내가 말했다. 나는 그의 목을 조금 더 핥았다.

"르네." 그가 말했다. "내 친구가 그러는데, '다시 태어나다'라는 뜻이래. 너한테 일어난 일도 그런 비슷한 일이니까. 새로운 사람으로 다시 태어난 거잖아. 조만간 옛날이 기억나겠지만, 우선 지금은 넌 르네야." 내가 목을 핥자 그가 몸을 가볍게 떨었다. "젠장, 너무 좋은데." 그가 말했다. "삼촌한테 빌린 오두막에 살고 있어. 그리로 널 데려갈 테니 낮에는 집 안에 가만히 있어. 삼촌이나 숙모가 너를 발견하면 우리 둘 다 쫓겨날 거야."

"낮에는 잘 수 있어. 어두워질 때까진 안 나가."

"딱 뱀파이어네." 그가 말했다. "사슴은 어떻게 죽였어?"

내가 어깨를 으쓱했다. "뒤쫓아 가서 목을 부러뜨렸지."

"아하. 그런 다음엔?"

"고기를 먹었어. 나머지는 배고플 때를 대비해 나무 위에 숨겨뒀고. 그리고 원하는 부위를 싹 먹어 없앴지."

"요리는 어떻게 했어? 지난 며칠 동안 억수같이 비가 왔는데. 불을 피울 마른 땔감은 어떻게 구한 거야?"

"불은 없었어. 불은 필요하지 않아."

"날것으로 먹었다고?"

"응."

"세상에, 그럴 수가." 뭔가 그의 머리에 번뜩 떠오른 모양이었다. "칼 좀 보여줘."

나는 어뭇거렸다. "칼?"

"사슴을 손질하고 껍질을 벗길 때 쓴 거."

"물건 말이야? 도구?"

"그래, 자르는 도구."

"칼은 필요 없어."

그가 나를 밀어내며 뚫어지게 봤다. "이빨 좀 보여줘."

나는 이빨을 드러냈다.

"맙소사, 그걸로 날 물었던 거야?" 그가 목에 손을 갖다 댔다. "너 진짜 뱀파이어구나."

"당신을 해치진 않았어." 내가 말했다. 그는 겁먹은 듯 보였다. 그가 나를 밀치더니 다시 그 혼란스러운 표정을 지으며 나를 끌어당겼다. "뱀파이어가 사슴을 먹어?" 내가 물었다. 나는 다시 그의 목을 핥왔다.

그가 나를 멈추려고 손을 들었다가 옆으로 떨구었다. "그게 아니면 넌 뭐야?" 그가 속삭였다.

나는 내가 할 수 있는 유일한 답을 했다. "모르겠어." 나는 몸을 뒤로 빼면서 두 손으로 그의 얼굴을 감쌌다. 그가 마음에 들었고, 그를 발견해서 기뻤다. "알아내도록 도와줘."

3

 오두막으로 가는 길에 그는 자신의 이름이 라이트 햄린이며 건설 일을 하고 있다고 말해주었다. 원래는 학생으로 시애틀이라는 근처 도시에서 워싱턴대학교라는 곳을 2년 동안 다녔었다. 그러나 자신이 어디로 가는지, 어디로 가고 싶은 건지 알 수 없어서 중도에 자퇴를 했다. 아들에게 화가 난 그의 아버지가 건설회사를 운영하는 삼촌에게 그를 보냈고, 그렇게 삼촌 밑에서 일한 지 어느덧 3년째였다. 현재는 나를 태운 곳 남쪽에 있는 마을에서 집 짓는 일을 돕고 있었다.
 "나는 그 일이 좋아." 그가 운전을 하며 말했다. "아직도 어디로 가는 건지 모르겠지만, 그래도 내 일은 가치 있는 일이야. 언젠가 그 집에서 사람들이 살게 될 테니까."
 나는 그가 자신의 일을 좋아한다는 사실만 이해했다. 그래도 그가 그 일에 대해 조금 설명해준 덕에 그의 피를 빨 때는 조심해야겠다는 걸 깨달았다. 인간은 피를 흘리면 약해질 수 있다는 걸 이해한 것이었다. 아니, 어쩌면 기억해낸 건지도 몰랐다. 나 때문에 라이트가 몸이 약해져서 다칠 수도 있었다. 그 생각을 하자 내가 더 많은 피를 원한다는 것을 알게 됐다. 이전에 고기를 원했던 만큼이나 간절했다. 그리고 고기 생각을 하자 내가 더 이상은 고기를 원치 않는다는 것을 깨달았다. 고기를 먹는다는 생각만으로도 속이 메스꺼웠다. 라이트의 피를 빠는 것이 내가 기억하는 행동 중에서 가장 만족스러운 행위였다. 나는 그것이 뭘 의미하는지, 내가 라이트가 생각하는 그 뱀파이어라는 건지 어떤 건지 알지 못했다. 다만 라이트가 다치지 않도록, 누구도 다치지 않도록, 내가 피를 빨 사람을 여럿 구해야 한다는 생각이 들었다. 어떻게 해야 할지는 몰랐으나 그렇게 해야만 했다.

라이트는 자신이 기억하는 뱀파이어의 특징을 내게 말해줬다. 뱀파이어는 누군가 심장에 나무 막대기를 꽂지 않는 이상 불멸이었다. 그러니 막대기가 꽂히지 않는다면 죽어도 죽지 않는 존재였다. 그게 무슨 말인지는 모르겠지만. 그들은 피를 마시고, 거울에 비치지 않으며, 박쥐나 늑대로 변할 수 있었다. 그리고 인간의 피를 빨거나 인간에게 자신들의 피를 마시도록 해 뱀파이어로 만들었다. 마지막 설명의 경우 어떤 책을 읽느냐, 어떤 영화를 보느냐에 따라 달라지는 것 같았다. 그것이 뱀파이어에 대한 또 다른 진실이었다. 즉, 허구의 존재였다. 민담 말이다. 뱀파이어는 없었다.

그러면 나는 뭐란 말인가?

라이트는 기껏해야 나를 곁에 두려고, 경찰이나 병원이 아니라 자신의 집으로 나를 데려가려고 하는 것뿐이었지만 그 사실이 그를 곤란하게 했다. "난처한 상황이 생길 거야." 그가 말했다. "언제나가 문제지."

"어떤 일이 생기는데?" 내가 물었다.

그가 어깨를 으쓱했다. "몰라. 아마 감옥에 가겠지. 넌 너무 어려. 그래서 조심해야 해. 그걸 생각하면 무서워 죽겠어. 너무 겁나. 하지만 너를 버릴 정도는 아니야."

나는 잠시 그 점에 대해 생각했다. 그는 내가 피를 빨도록 해줬다. 나를 만지는 손길에서, 나를 바라보는 눈길에서, 내가 원하기만 하면 그가 다시 물게 해줄 거라는 것을 알았다. 그리고 내가 누군지, 내게 무슨 일이 벌어진 건지 알아내기 위해 최대한 도와줄 터였다.

"당신이 곤경에 처하지 않게 하려면 내가 어떻게 해야 해?"

그가 고개를 흔들었다. "장기적으론 할 수 있는 게 없어. 하지만 지금은 바닥에 엎드려."

나는 그를 봤다.

"엎드리라고, 지금. 삼촌, 숙모, 어떤 이웃도 너를 봐선 안 돼."

나는 좌석에서 미끄러져 자동차 바닥에 몸을 웅크렸다. 몸집이 조금만 더 컸더라면 불가능했을 것 같았다. 그만큼 불편했다. 하지만 상관없었다. 그가 내 위로 담요를 던졌다. 이어서 자동차가 몇 번 모퉁이를 돌다가 속도를 늦추더니, 다시 한 번 더 돈 다음 멈추는 것이 느껴졌다.

"됐어." 그가 말했다. "오두막 뒤편 간이차고에 도착했어. 이제 아무도 못 볼 거야."

나는 몸을 펴고 좌석 위로 다시 올라와 주변을 둘러봤다. 나무들이 드문드문 서 있었고, 멀리 집들에서 불빛이 보였다. 옆에는 작은 집이 있었다. 나는 라이트가 차에서 내릴 때 어떤 버튼이나 레버를 사용해 문을 여는지 재빨리 봤다. 그가 나를 병원이나 경찰서로 데러가겠다고 협박할 때 내가 눌렀던 버튼이었다. 그땐 끄덕도 하지 않았으나 이젠 작동이 되었다. 문이 열렸다.

내가 밖으로 나와 물었다. "아까는 왜 안 열렸지?"

"내가 잠갔거든." 그가 답했다. "네가 온 도로를 흥건히 물들이는 게 싫었으니까."

"…뭐라고?"

"너를 지키려고 문을 잠갔다고. 맙소사, 달리는 차에서 뛰어내리려고 하다니! 성공했으면 크게 다쳤거나 죽었을 거야."

"아."

그가 내 팔을 잡고 집으로 데리고 들어갔다.

나는 집 안으로 들어가서 주위를 둘러보고는 내가 부엌에 있다는 사실을 곧장 알아챘다. 잘 갖춰진 부엌에 들어가본 기억이 없는데도 부엌과 가재도구가 눈에 들어왔다. 냉장고, 스토브, 싱크대, 접시가 행주 위에 놓인 선반, 선반 위쪽의 찬장, 그 옆에 또 다른 찬장…. 내 코가 때로 그곳에 음식이 보관된다고 알려줬다. 나는 불탄 잔해 속에서 본 시커먼 냉장고와 싱크대를 떠올렸다. 하지만 이곳은 전부 작동만 한다면 부엌이 갖춰야 할 모습을 그대로 갖추고 있었다.

부엌은 작았다. 딱 오두막의 한 모퉁이가 다였다. 부엌 앞에는 의자 네 개가 딸린 나무 탁자가 있었다. 부엌 맞은편으로 작은 방이 있었다. 안을 들여다보니 화장실이었다. 화장실을 제외한 오두막의 나머지 공간은 거실 겸 침실로 침대, 서랍장, 벽난로 맞은편에 놓인 폭신한 의자, 책이 빼곡한 검은 책장과 그 위의 작은 텔레비전으로 구성되어 있었다. 나는 보자마자 이 모든 것들을 알아봤다.

나는 몇 가지 낯선 것들이 궁금해 물건들을 만지작거리며 오두막을 둘러봤다. 라이트가 내게 그것들이 뭔지 설명하고 보여줬다. 그는 지금 내게 딱 필요한 사람이었다. 나는 몸을 돌려 그와 다시 마주했다. "당신을 곤란하게 하지 않으려면 또 뭘 해야 하는지 말해줘."

"그냥 아무한테도 들키지 마. 어두워지기 전까진 밖에 나가지 말고…. 그리고 누구도…," 그가 잠시 조용히 나를 바라봤다. "누구도 다치게 하지 마."

그 말에 놀랐다. 나는 누구도 다치게 할 생각이 없었다. "알겠어."

그가 웃었다. "정말 순진하고 어려 보이네. 실제로는 위험천만한데, 안 그래? 네가 얼마나 센지는 나도 느꼈어. 나한테 무슨 짓을 했는지 봐."

"무슨 짓을 했는데?"

"깨물었잖아. 너 때문에 다른 생각을 할 수가 없어. 또 깨물 거지?"

"그럴 거야."

그가 숨을 들쑥날쑥 골랐다. "그래, 그럴 줄 알았어. 다시는 그러시 못하게 해야겠어."

나는 그를 올려다봤다.

그가 또 숨을 크게 쉬었다. "제길, 마음만 먹으면 지금도 할 수 있잖아."

나는 그의 팔에 머리를 기대고 한숨을 쉬었다. "금방 또 피를 흘리면 몸이 상할 수도 있어. 당신을 다치게 하고 싶지 않아."

"다치게 하고 싶지 않아? 왜? 날 알지도 못하잖아."

"나를 돕고 있으니까. 날 모르는데도 말이야. 차에 태워주고 이렇게 집에도 들여줬잖아."

"그렇지. 이 일로 얼마나 큰 대가를 치러야 할지 궁금하네." 그가 내 어깨에 손을 올리고 나를 식탁 쪽으로 데려갔다. 그리고 의자에 앉아 나를 끌어당기더니 내 셔츠를 한 장, 또 한 장 풀었다. 맨살이 드러나자 그가 내 가슴을 쓸어내렸다. "가슴이 없구나." 그가 말했다. "애석하네. 정말 꼬마가 맞나봐. 그게 아니면…. 여자는 맞아?"

"난 여자야. 그건 확실해."

그가 내 셔츠를 모두 벗긴 뒤 쓰레기통에 던졌다. "잠잘 때 입을 티셔츠를 줄게. 내 티셔츠 중에 네 잠옷으로 쓰면 딱 좋은 크기가 하나 있어. 내일 이것저것 좀 사야겠다."

갑자기 뭔가가 생각난 듯 그가 내 팔을 잡고 화장실로 향했다. 세면대 너머엔 큰 거울이 있었다. 그가 거울 앞에 나를 세우더니 거울에 한 사람이 아닌 두 사람이 비친다는 사실에 안도했다.

나는 내 얼굴과 짧고 검은 곱슬머리를 만지며 거울에 비친 사람을 살폈다. 나는 호리호리하고, 얼굴이 갸름하고, 눈이 크고, 피부가 갈색이었다. 완전히 처음 보는 사람이었다. 내가 열 살이나 열한 살짜리 어린애처럼 보이나? 내가? 내가 어떻게 알겠나? 이빨을 살폈지만 특이한 점은 찾지 못했다. 라이트에게 그의 이빨을 보여달라고 하기 전까지는.

내 이빨은 더 날카로웠지만 더 작았다. 하지만 송곳니(라이트가 이름을 알려줬다)는 그의 것보다 더 길고 날카로웠다. 사람들이 그 차이를 눈치챌까? 크게 다르진 않았다. 사람들이 이걸 보고 놀랄까? 그러지 않길 바랐다. 냉장고도 세면대도 심지어 거울도 알아봤는데, 어째서 거울에 비친 내 얼굴은 못 알아본단 말인가?

"난 이 사람을 몰라." 내가 말했다. "난생 처음 보는 여자애 같아." 그러고서 다시 생각했다. "흉터가 모두 없어졌어."

"뭐가?" 그가 물었다. "무슨 흉터?"

"흉터투성이였어. 며칠 전까지…. 세 밤 전까지만 해도 흉터가 있었어. 온몸에 화상을 입은 게 틀림없다고 생각했던 게 기억나. 처음 깨어났을 땐 한동안 앞도 안 보였어. 아마 눈에도 흉터가 있었나봐." 나는 한숨을 쉬었다. "그래서 그렇게 많이 아팠고 그렇게 배고팠고 그렇게 피곤했던 것 같아. 종일 먹고 자기만 했거든. 몸에 치유할 부분이 너무 많았던 거지."

"상처가 낫는다고 흉터가 그렇게 쉽게 사라지진 않아." 그가 말했다. "특히 화상 흉터는." 그가 오른팔 소매를 걷더니 내 손보다 큰, 맨들맨들하게 주름진 자국을 보여줬다. "열 살 때 바비큐 그릴 근처에서 장난치다가 생긴 거야. 소매에 불이 붙었었어."

나는 그의 팔을 잡고 흉터를 만지작거리며 살폈다. 마음에 들지 않았다. 처음 내 흉터를 훑었을 때의 감촉과 비슷했다. 그의 흉터를 없애줄 수 있을 것 같은 느낌이 늘었지만 어떻게 해야 할시 몰랐다. 나는 그의 손을 뒤집어 내가 물었던 자국을 봤다. 그가 숨을 멈췄다. 상처가 낫고 있었다. 그가 팔을 홱 빼더니 손을 확인했다.

"벌써 낫고 있잖아!" 그가 말했다.

"나을 거야." 내가 말했다. "배 안 고파?"

"그 말을 들으니까 고프네. 일터에서 멀지 않은 카페에서 식사를 거하게 했는데 또 배가 고파."

"뭐 좀 먹어."

"그래. 근데 난 날고기에는 취미 없어."

"당신한테 맞는 걸 먹어. 당신 몸이 원하는 걸 먹어."

"하지만 넌 나으려고 날고기를 먹었잖아?"

그의 말이 내 속의 뭔가를 건드렸다. 기억이었다. 그 기억이 진짜처럼, 사실처럼 느껴졌다. 나는 큰 소리로 말했다. "몸이 건강하고 정상일 땐 신선한 인간의 피만 있으면 돼. 하지만 상처와 병을 치료하거나 성장기거나 아이를 가졌을 땐 신선한 고기가 필요해."

그가 내 어깨에 두 손을 올렸다. "어떻게 알아? 기억이 난 거야?"

"그런 것 같아. 맞는 것처럼 들려. 맞는 것처럼 느껴져."

"그래. 그러면," 그가 말했다, "넌 뭐지?"

나는 그를 올려다봤다. 내가 그를 겁먹게 했다는 걸 알고 양손으로 그의 커다란 손을 붙잡았다. "나도 내가 뭔지 몰라. 왜 조금 전에 날고기와 피에 대한 기억이 떠올랐는지도 몰라. 하지만 당신이 기억하도록 도와줬어. 당신이 내게 질문해줬고 내가 거울을 들여다보게 해줬어. 당신이 도와주면 더 많이 기억해낼지도 몰라."

"네가 지금까지 기억한 게 맞다면, 너는 인간이 아니야."

"그러면 어떡해?" 내가 물었다. "그게 뭘 의미하는 거야?"

"나도 몰라." 그가 손을 뻗어 내 바지를 잡아당겼다. "이건 좀 벗어 버리지."

나는 바지가 안 내려가게 허리춤에 감았던 셔츠를 풀고 바지를 벗었다.

그의 말대로 하자 그가 순간 놀라서 얼어붙었다. 그러더니 내 주위를 돌며 천천히 살폈다. "이런, 여자가 맞구나. 알겠어." 그가 중얼거렸다. 그런 뒤 내 손을 잡고서 다시 방 한가운데로 데려갔다.

그가 침대 옆 서랍장 앞에 나를 세웠다. 그리고 맨 위 서랍장에서 하얀색 티셔츠를 꺼냈다. "이거 입어." 그가 셔츠를 건네며 말했다.

나는 셔츠를 입었다. 셔츠가 무릎 아래까지 내려왔다. 나는 그를 올려다봤다.

"피곤해?" 그가 물었다. "자고 싶어?"

"안 졸려." 내가 말했다. "씻어도 될까?" 깨끗한 셔츠 때문에 내가 얼마나 더러운지 알게 되었다. 그 전까지만 해도 더럽다는 게 아무렇지도 않았다.

"당연하지. 가서 샤워해. 그런 다음에 내 밥 친구나 해줘."

욕실에 들어간 나는 욕조 위에 걸린 샤워기를 알아보고, 곧 어떻게 트는지 이해했다. 그런 뒤 셔츠를 벗고 욕조에 들어갔다. 기분 좋게 몸을 씻기에 딱 좋은, 잘 조절된 뜨거운 빗줄기가 흘러 나왔다. 그 느낌이 너무 좋아서 필요 이상으로 오래 물줄기 아래에 머물렀다. 그리고 한참 뒤, 그곳에 걸려 있던 커다란 푸른 수건으로 몸을 말렸다. 수건에서 라이트의 냄새가 났다.

나는 다시 티셔츠를 걸치고 테이블에 앉아 뭔가를 먹고 있는 라이트에게 갔다. 처음에는 냄새로, 다음에는 시각으로 그게 뭔지 알아봤다. 그는 스크램블 에그와 햄 덩어리를 끼운 두꺼운 빵 조각을 먹고 있었다.

"먹을 수 있는 게 있어?" 라이트가 음식을 먹고 갈색 맥주병을 들이켜며 물었다.

나는 웃었다. "아니. 하지만 그걸 먹었던 사람들을 알았던 게 분명해. 그게 뭔지 알겠거든. 지금은 물만 마실게. 그거면 돼."

"다시 나를 물기 전까지는 말이지, 어?"

나는 물을 가지러 가려고 일어섰다. 그리고 그를 지나며 그의 어깨를 만졌다. 그가 먹는 것을 보니, 그가 괜찮은 것을 보니 좋았다. 안도감이 들었다. 그를 다치게 하지 않았다. 그건 내가 생각했던 것보다 훨씬 중요했나.

나는 잔을 들고 앉아서 물을 홀짝였다.

"왜 그런 거야?" 그가 한참 입을 다물고 있다가 물었다. "왜 내가 그렇게 옷을 벗기도록 그냥 뒀어?"

"당신이 원했잖아."

"누구든 원하기만 하면 다 하게 해줄 거야?"

나는 인상을 찌푸리고는 고개를 저었다. "나는 당신을 물었어. 두 번이나."

"그래서야?"

"당신 앞에서 옷 벗는 건 괜찮아."

"그래?"

나는 숲에서 헐벗고 있을 때 얼마나 간절히 몸을 가리고 싶어 했는지를 기억하곤 얼굴을 찡그렸다. 동굴에 들어가기 전까지 옷을 입는 것에 익숙했던 게 틀림없었다. 나체라는 것을 깨닫자마자 옷을 입고 싶어 했으니까. 하지만 라이트가 셔츠를 벗겨줄 땐 싫지 않았다. 그가 부탁한 대로 바지를 벗었을 때도 싫지 않았다. 자연스러운 일처럼 느껴졌다.

"난 당신 생각만큼 어리지 않을지도 몰라." 내가 말했다. "그러니까 내 말은, 어쩌면 어릴지도 모르지만, 난 그렇게 생각하지 않는다는 거야."

"넌 체모도 없어."

"있어야 해?"

"열한 살이나 열두 살이 넘어가면 대부분 그렇지."

나는 그 말에 대해 생각했다. "모르겠어." 그리고 끝내 이렇게 답했다. "난 내가 몇 살인지, 혹은 인간인지 아닌지 말해줄 만큼 나 자신에 대해 많이 알지 못해. 하지만 당신이 원하면 당신과 섹스를 할 만큼은 나이를 먹었어."

그가 샌드위치를 먹다 사레가 들려 한참 캑캑거렸다. 그러곤 맥주를 들이켰다.

"당신은 그렇게 해야 해." 나는 말을 잇다가 얼굴을 찌푸렸다. "아니, 그건 옳은 표현이 아니야. 당신이 원한다면 그럴 자유가 있다고 생각해."

"내가 피를 빨게 해줘서?"

"모르겠어. 어쩌면."

"희생에 대한 대가라 이거지."

나는 뒤로 기대 그를 바라봤다. "아파?"

"안 아프다는 거 너도 잘 알잖아."

그가 맥주를 몇 모금 더 마시더니 일어서서 내 손을 잡고 나를 침대로 이끌었다. 나는 침대에 앉았다. 그가 내 머리 위로 티셔츠를 당기기 시작했다.

"싫어." 내가 말했다. 그가 동작을 멈추고 가만히 서서 나를 바라봤다. "당신을 보게 해줘." 나는 그의 셔츠를 당기고 단추를 하나 풀었다. "당신도 나를 봤잖아."

그가 고개를 끄덕이더니 셔츠 단추를 마저 풀고 속셔츠를 머리 위로 벗었다.

그의 넓은 가슴이 헝클어진 갈색 체모로 뒤덮여 있었다. 짐승 털처럼 무성했다. 내가 털을 쓰다듬자 그가 떠는 게 느껴졌다.

그가 신발을 벗어던지고 바지와 속옷을 벗었다. 전신에는 훨씬 털이 무성했고 이미 그곳은 욕망으로 꼿꼿했다.

전에도 이런 모습을 한 남자를 본 적이 있었다. 그가 누구인지 기억나지도, 자세한 얼굴이나 몸이 떠오르지도 않았다. 하지만 이 모든 게 내겐 익숙하고 기분 좋은 일이었다. 욕망과 흥분이 내 속에서 점점 커지는 게 느껴졌다. 나는 머리 위로 티셔츠를 벗어버리고 그가 침대 위로 나를 밀어붙이고 만지도록 허락했다. 그동안 나는 그가 숨을 헐떡이며 내 손을 잡을 때까지 그의 털을 어루만지고 장난치며 온몸을 탐색했다. 그가 털이 수북한 거대한 몸으로 담요처럼 나를 덮었다. 그리고 자신의 큰 키 때문에 가슴으로 내 얼굴을 뭉갤까봐 팔꿈치로 상반신을 받쳤다.

처음에 그는 매우 조심스러웠다. 나를 다치게 할까봐, 내가 이런 일을 하기엔 너무 어릴까봐, 너무 작을까봐 여전히 걱정했다. 그러다 내가 팔다리로 그를 감싸는 걸 보고 전혀 아파하지 않는 게 분명해지자 두려움을 잊었다. 아니, 모든 것을 잊었다.

나 역시 나를 잊었다. 또다시 그의 왼쪽 젖꼭지 아래를 깨물고 피를 살짝 빨았다. 그가 비명을 지르더니 쥐어짜듯 숨을 내쉬었다. 그러고는 모든 것을 비우고 소진한 채 내 위로 쓰러졌다.

그가 내 옆에서 자는 틈을 타 피를 조금 더 빨았다. 그런데 잠시 후에 그게 마음에 걸렸다. 다른 혈액 공급처를 빨리 찾지 못한다면 그의 기력을 쇠하게 만들 수도 있었다.

나는 조용히 일어나서 몸을 씻고 그의 티셔츠를 걸쳤다. 사람들 눈에 띄면 안 되었지만 밖으로 나가 주변을 둘러봐야 했다. 근처에 누가, 그리고 무엇이 있는지 봐야만 했다.

4

 라이트는 길을 따라 집들이 드문드문 흩어져 있는 지역에 살았다. 그 집들은 길에서 쑥 들어간 곳에 서 있기도 했고, 때론 나무에 둘러싸여 있기도 했다. 집집마다 마치 숲속에 혼자 사는 시늉을 하고 있었다. 대부분 라이트의 오두막보다 훨씬 컸다. 가장 가까운 이웃집도 이런 큰 집 중 하나였는데, 하얀색으로 페인트칠한 이층짜리 목조 건물로 방마다 불이 켜져 있었다. 라이트의 삼촌과 숙모가 사는 집이 분명했다. 아래층에서는 사람들의 대화 소리가, 위층에서는 음악 소리가 들렸다. 적어도 잠들기 전까지는 이들을 그냥 두는 게 상책이었다.
 세 집을 지나가니 불빛이 보이지 않았다. 이미 모두 잠든 것 같았다. 길가 쪽 이층 침실에서 두 사람이 부드럽게 쌕쌕대는 소리가 들렸다.
 나는 조용히 들어갈 길이 있나 살피며 집 주변을 돌았다. 사방에 창문이 있었지만 1층 창문은 모두 잠겨 있었다. 하지만 나무 때문에

도로와 이웃에서 시야가 가린 옆면에 작은 단이 딸린 이층 창이 살짝 열려 있는 게 보였다. 나는 단을 올려다보고 그게 뭔지 알아봤다. '발코니'라는 이름이 떠올랐다. 하지만 그게 다였다. 이렇게 좌절스럽고 쓸모없다시피 한 방식으로 사물들이 계속 생각났다.

나는 곤혹스레 고개를 젓다가 땅에서 발코니까지 뛰어 오를 수 있을 거라 판단했다. 사슴 두 마리를 사냥할 때는 더 긴 거리를 뛰지 않았던가. 게다가 적어도 발코니는 움직이지 않았다. 하지만 너무 시끄러운 소리가 날까봐 걱정되었다.

혹시 한 명이라도 깨면 도망치면 되리라. 빨리 도망치면 아무도 나를 잡지 못할 터였다.

그때 내가 잡히는 것보다 더한 일을 겪었을 거라는 기억이 떠올랐다. 나는 총에 맞았을지도 몰랐다. 전에 총에 맞았던 게 생각났다. 어쩌면 한 번 이상일 수도 있었다. 발코니처럼 단편적이고 쓸모없는 또 다른 기억의 조각이었다. 총알이 몸에 박히던 충격이 떠올랐다. 그 어떤 통증보다 아팠던 것도 기억났다. 하지만 누가 나를 쐈단 말인가? 왜? 그때 나는 어디에 있었을까? 그 일이 내가 동굴에 머물게 된 경위와 관계가 있을까?

기억이 나지 않았다.

답이 떠오르지 않았다.

그저 기억의 단편이 나를 괴롭힐 뿐이었다.

나는 발코니에서 살짝 물러나 거리가 얼만지, 어떻게 해야 뭔가 익숙한 저 연철을 움켜쥐고, 붙들고, 올라갈 수 있는지 눈으로 파악했다. 사슴을 잡기 위해, 적어도 최소한의 노력으로 쫓아가기 위해, 놈을 관찰하며 어디서 도약할지 파악하는 것과 비슷했다.

나는 몸을 숙이고 발코니의 착지 부분을 올려다본 뒤 펄쩍 뛰어올라 그곳에 발을 디뎠다. 그리고 연철 난간을 잡고 몸을 끌어올리면서 난간을 뛰어넘었다. 그런 뒤 그대로 동작을 멈췄다. 누가 들은 건 아니겠지?

나는 몇 초 동안 꼼짝도 하지 않았다. 근처에 아무 인기척이 없다는 것을 확인할 때까지 가만히 있었다. 들리는 소리라곤 잠든 사람들의 고르고 평온한 숨소리뿐이었다. 몰래 들어간 방에는 한 여자가 혼자 자고 있었다. 나는 침대 가까이로 기어가서 심호흡을 했다.

그 여자에게선 라이트만큼 매혹적인 냄새는 나지 않았다. 더 이상 아이를 가지지 못할 정도로 나이가 많았으나 그렇다고 아주 늙지도 않은 여자였다. 하지만 나이치고는 건강했고 강했으며 침대 위로 쭉 뻗은 몸으로 보건대 라이트만큼 키가 크지만 날씬했다. 나이도 마음에 들지 않았고 너무 말라 보였지만 키와 건강 상태는 매력적이었다. 그리고 어쨌거나 혼자 있다는 사실이 좋았다. 집에 사람이 있긴 했지만 오랫동안 그녀의 방에 누구도 들어오지 않은 것 같았다. 그녀에게서 다른 사람의 냄새가 나지 않았다. 목욕을 해서일 수도 있었겠지만 오랫동안 타인의 손길이 닿지 않았다는 느낌이 들었다.

하지만 무엇보다 그녀가 몸을 축내지 않고 내게 피를 줄 수 있는지가 중요했다. 라이트는 몸집이 더 크기 때문에 더 많은 피를 줄 수 있었다. 그렇지만 이 여자도 가능성은 있었다. 그녀와 같은 사람들을 몇 명 더 알아놓아야 했다.

나는 침대 위에서 잠든 여자 곁으로 다가가다가 불현듯 방 안에 총이 있다는 걸 깨달았다. 총 냄새가 났다. 소름 끼칠 만큼 친숙한 냄새였다.

하마터면 되돌아서 도망갈 뻔했다. 총에 맞은 경험이 생각보다 내게 훨씬 큰 충격을 준 모양이었다. 비이성적인 공포감이 나를 엄습했다. 너무 고통스러웠다. 하지만 지금은 총에 맞을 위험이 없었다. 아무도 총을 들고 있지 않았다. 보이지 않는 어딘가에, 아마도 침대 머리 옆 작은 탁자 서랍에 들어 있지 싶었다.

나는 두려움이 진정될 때까지 가만히 서 있었다. 오늘 밤엔 총에 맞지 않을 것이다.

나는 마음을 진정시키고 여자 옆에 누워 잠에서 깬 그녀의 입을 손으로 틀어막았다. 그녀가 몸부림치기 시작하자 남은 팔과 두 다리로 그녀를 붙들었다. 그리고 단단히 붙들었다는 확신이 들자 그녀의 목을 물었다. 그녀는 처음엔 사납게 몸부림치며 나를 물려고, 소리 지르려고 용을 썼다. 하지만 몇 초 정도 피를 빨자 그녀가 몸부림을 멈췄다. 나는 그녀를 조금 더 붙들고서 진정되었는지 확인했다. 그리고 더 이상 소란을 피우지 않자 그녀를 풀어주었다. 그녀가 눈을 감고 가만히 누웠다.

나는 빨기보단 핥으며 천천히 피를 마셨다. 배가 고프지는 않았다. 내일 다시 돌아와 완전히 배를 채울 생각이었다. 지금은 그저 내가 필요로 할 때 그녀가 여기 있으면서 내게 피를 허락하도록 만들려는 것뿐이었다.

잠시 후 내가 그녀에게 속삭였다.

"기분 좋아?"

그녀가 나지막하게 신음했다. 만족스러운 소리였다.

"지금부터는 발코니 문을 잠그지 마. 나에 대해 아무한테도 말하지 말고."

"다시 올 건가요?"

"그럴까?"

"내일 또 와요."

"어쩌면, 곧 올게."

그녀가 고개를 내 쪽으로 돌리려 했다.

"안 돼." 내가 말했다. "그대로 있어."

그녀가 순순히 응했다.

한참 그녀의 목을 핥고서 내가 물었다. "이름이 뭐지?"

"테오도라 하든."

"또 봐, 테오도라."

"가지 마요. 좀 더 있어요."

그녀가 나를 다시 반길 거라는 사실에 흡족해 하며 나는 그녀를 떠났다. 그리고 길 양쪽을 위아래로 헤매나가 젊고 건강하고 덩치가 큰 네 명의 사람(남자 둘, 여자 둘)을 더 발견했다. 그렇게 하나씩 사람을 수집했다. 라이트와 머물면서 필요할 땐 이들을 찾아가야 할 터였다. 그들로 충분할까? 확실하지 않았다.

나는 라이트의 오두막으로 돌아가 맑은 정신으로 탁자에 앉았다. 내가 한 일에 대해 생각해보고 싶었다. 모든 일이 그토록 쉽게 이루어졌다는 게, 라이트를 포함해 여섯 사람으로부터 피를 빼는 데 어려움이 없었다는 게 어째선지 신경 쓰였다. 일단 내가 피를 빨자 그들은 두려워하거나 화를 내기는커녕 그 느낌을 즐겼다. 처음엔 혼란스러워하다가 나중엔 나를 믿고 반기고 내가 그들에게 주는 쾌감을 더욱 갈구했다. 매번 같은 식이었다. 나는 잘 알지도 못하면서 잘 아는 것처럼 편하게 그 일을 해치웠다. 그게 내가 할 일이라는 듯 그 일을 해냈다.

내 침에 사람들을 진정시키고 쾌감을 주는 뭔가가 있는 걸까? 그게 아니면 뭐란 말인가? 게다가 치유를 돕는 힘도 있는 게 분명했다. 라이트도 자신의 손이 순식간에 나은 걸 보고 깜짝 놀라지 않았던가. 그 말은 보통 상처가 나을 때 훨씬 오래 걸린다는 것을 의미했다. 또한 적어도 내가 나를 돕는 사람들을 돕고 있음을 의미했다. 그게 중요하게 느껴졌다.

한편으론 아는 것도 없이 여기저기 더듬거리며 내 인생에 사람들을 끌어들이는 게 잘못된 일인 것 같은 느낌이 들었다. 그렇지만 그들을 끌어들여야만 할 것도 같았다. 아직까진 누구도 다치게 하지 않았지만 그렇게 될지도 몰랐다. 뭔가 쓸모 있는 기억을 떠올리지 못한다면 그럴 가능성이 높았다.

나는 눈을 감고 최대한 과거로 기억을 되돌렸다. 작은 동굴 속에서 눈이 먼 채 고통에 떨던 나 자신을 떠올렸다. 나는 갓 태어난 아기처럼 그곳에 나타났다. 그리로 돌아가야 하나? 이제 와서 거기를 찾을 수는 있을까? 있다. 찾을 수 있을 것 같았다. 하지만 왜 돌아간단 말인가? 내가 어쩌다 그곳에 갔는지 떠올리게 할 만한 게 거기 있진 않을까?

나는 동굴에서 나와 불타버린 마을로 내려갔었다. 인가에서 낯익은 걸 발견하진 못했지만 언제 집이 불탔고 누가 왜 그런 짓을 저질렀는지 알면 도움이 될 것 같았다. 또한 누가 그곳에 살았는지 아는 것도 쓸모있을 것 같았다. 군데군데 불에 탄 살 냄새가 났지만 불에 탄 시체는 보이지 않았다. 어쩌면 그곳에 살던 사람들은 다친 몸으로 그곳을 떠났거나 죽어서 치워졌을 수도 있었다. 내가 그곳에 살

앉다고 해도 탈출했을 게 분명했다. 어쩌면 화재로 소란스러운 와중에 그들과 헤어졌을지도 몰랐다. 그렇다면 왜 그들은(그게 누구든 간에) 나를 찾으려고 숲과 언덕을 뒤지지 않았을까? 왜 나는 그토록 심한 부상을 입은 채 홀로 연명하게 된 것일까? 어쩌면 다들 죽었기 때문일 수도 있었다.

다시 동굴로 기억을 되돌렸다. 나는 끔찍한 고통 속에서 눈을 떴다. 눈이 멀고 길을 잃고 헐벗은 채였다. 그때 어떤 짐승이 내게 다가왔다. 곧장 다가와서는 자신의 살을 내게 줬다. 나는 놈을 죽이고 살을 먹었다.

나는 그 짐승과 놈의 이상한 행동을 생각했다. 그러다 기억 너머로 동굴에 흩어져 있던 짐승의 잔해가 보였다. 동굴을 떠나기 전에 잠깐 본 것이었다. 그땐 눈이 보였어도 내가 본 것이 무엇인지 제대로 인식하지 못했다. 내가 동굴 속에서 숙이고… 먹었던 것은… 짐승이 아니었다. 그것은 사람이었다.

얼굴은 못 봤지만 짧고 빳빳한 검은 머리칼은 봤다. 그의 발, 성기, 한쪽 손도 봤다.

남자였다.

그가 숲을 헤치고 올라와 야트막한 동굴에서 나를 발견한 것이었다. 그는 내게 온 것이었다. 그가 내 얼굴을 만지더니 손목에서, 그리고 목에서 맥을 짚었다. 화상이 아직 아물지 않아 나를 만지는 손길이 아팠다. 그가 내게 뭔가를 속삭였다. 당시엔 그 말을 알아들을 수도, 그게 말이라는 걸 이해할 수도 없었다. 그가 내 위로 몸을 숙였다. 나는 그의 온기를 느꼈다. 커다랗고 따뜻한 살 조각에 실린 먹기 좋은 냄새가 곪구디고 다친 내 몸을, 상처 입은 내 영혼을 미친 듯이 유혹했다. 그가 손에 잡힐 만큼 가까웠다. 나는 그를 움켜쥐고 목을 물어뜯은 뒤 먹어치웠다.

그렇게 하는 게 가능했다. 그래서 그렇게 했다.

나는 무슨 생각을 해야 할지 모른 채 오랫동안 망연자실 앉아 있었다. 그가 나를 발견했을 때 중얼거리던 말이 생각났다. "세상에, 찾았습니다. 제발 그녀를 살려주세요." 그게 내가 죽이기 직전 그가 했던 말이었다.

나는 머리를 숙여 탁자에 엎드렸다. 그 남자는 나를 알고 있었다. 그는 나를 걱정했다. 어쩌면 그와 라이트와 같은 관계를 가졌는지도 몰랐다. 나는 여러 명의 사람들과 그런 관계를 맺은 게 틀림없었다.

그런 사람을 어떻게 죽일 수 있단 말인가?

라이트를 죽일 순 없을 터였다. 그게 가능한가? 겨우 하룻밤을 함께 보냈을 뿐이지만 우리 사이엔 유대감이 있었다. 하지만 그 남자가 누군지는 알아보지 못했다. 얼굴을 못 봤다고 해도(얼굴을 본 기억이 없었다) 냄새로 그가 뭔지 알았어야 했다. 어떻게 그의 냄새가 사람이 아니라 오직 음식 냄새로만 다가왔을까?

라이트가 깨는 소리가 들렸다. 그의 숨소리가 달라졌다. 잠시 후 그가 일어나 내게 왔다. 방은 어두침침했으나 깜깜하진 않았다. 부엌 쪽에 창문이 있어서 달빛이 비쳐들었다.

"무슨 일이야?" 그가 물었다. 그가 내 어깨에 양손을 올리고 다정하게 쓰다듬었다.

나는 자세를 고쳐 앉았다. "생각을 해내려고 애쓰는 중이었어."

"건질 만한 게 있어?"

"통증, 배고픔, 나쁜 일들…. 동굴에서 다치고 눈이 먼 채 깨어났는데, 그 전의 일들은 전혀 기억이 안 나." 내가 죽인 남자에 대해서는 말할 수 없었다. 어떻게 그에게 그런 짓에 대해 말할 수 있겠는가?
"시간을 가져. 기억은 돌아올 거야. 진료를 받으면….."
"안 돼! 병원은 안 돼. 의사도 안 돼."
"왜?"
"왜냐고?" 나는 일어서서 그를 향해 고개를 돌렸다. 그가 놀라서 뒤로 물러섰다. 내가 너무 빠르게, 그가 예상한 것보다 훨씬 빠르게 움직인 모양이었다. 상관없었다. 덕분에 내 의사를 더욱 분명히 표현할 수 있었다. "라이트, 내가 누군지는 모르겠지만 당신과 같은 존재는 아니야. 어쩌면…. 어쩌면 실제보다 더 인간처럼 보일지도 모르지. 나는 내게 관심이 쏠리는 걸 원치 않아. 사람들이 두려움에 나를 가두려 드는 걸 원하지 않는다고."
"맙소사, 누구도 널 가두려고 하지 않아."
"그럴까? 나는 어린아이처럼 보여. 사람들은 달라서 두려운 게 아니라면, 내 안전 때문에라도 날 가두려고 할 거야. 당신도 내가 어린아이인 줄 알았잖아."
그가 싱긋 웃었다. "이제는 아니야." 그러고선 자신의 몸을 끌어안으며 양손으로 털이 수북이 난 팔뚝을 비볐다.
나는 그가 난방도 안 되는 방에서 나체로 서서 나와 이야기를 하느라 감기에 걸렸다는 걸 깨달았다. "침대로 가서 몸 좀 녹여." 내가 말했다.
그가 침대로 돌아갔다. 내가 그의 옆으로 미끄러져 들어가자 그가 나를 바짝 잡아당겼다.
"내게 정보를 구해다줄 수 있어?" 내가 물었다.

"무슨 정보?"
"기억과 기억을 못하는 증상에 대해."
"기억상실." 그가 말했다. 갑자기 그 단어가 친숙하게 느껴졌다.
"기억상실, 맞아. 그리고 뱀파이어에 대해서도." 내가 말했다. "당신이 말해준 것들 대부분… 나와 별 관계가 없다고 생각해. 하지만 내가 피를 원하는 건 사실이야. 어쩌면 영화와 민담에 약간의 진실이 섞여 있을지도 몰라."
"난 네가 몇 살인지 알고 싶어." 그가 말했다.
"알게 되면 말해줄게. 하지만 라이트, 나에 대해 누구에게도 얘기하지 마. 친구도, 가족도, 아무도 안 돼."
"말 안 할 거 알잖아. 들키면 너보다 내가 더 곤란해질 거라고."
"나보단 덜 곤란할걸."
"입도 뻥긋 안 할게."
잠시 후 나는 또 다른 무언가를 떠올렸다. "화재가 난 곳이 있어, 라이트. 농장과 숲으로 둘러싸인 마을이야. 집이 총 여덟 채인데 당신이 나를 태운 데서 멀지 않아. 화재에 대해 들은 적 없어?"
그가 고개를 저었다. "큰 사건 같은데 처음 들어봐. 화재에 대해서는 들은 기억이 없어. 불이 언제 났는지 알아?"
"아니. 일어서서 걸을 수 있게 됐을 때 그 폐허를 발견했어. 시체도 뼈도 아무것도 없었어. 그냥 불타버린 폐허뿐이었어."
"내가 널 태워준 데서 얼마나 가까워?"
"몰라. 해가 지고 나서 그곳에서부터 하릴없이 걷다가 당신을 만났어. 특별히 어딜 가던 건 아니야. 절망에 빠져 있을 때였어. 3일 동안 사냥하고, 먹고, 자고, 뭘 찾고 있는지도 모르면서 폐허를 뒤진 뒤였거든." 나는 베개에 머리를 묻고 흔들었다. "가봤으니까 찾을 수 있을 거야. 지난 며칠 동안 겪고 느꼈던 것들에 대해선 기억이 생생해."
"이번 주말에 어딘지 가르쳐줘."
"그래."
"여하튼, 이제 일어나서 일하러 가야 해."
"아직 해도 안 떴는데."
"그러니까, 대단하지? 하지만 가기 전에 컴퓨터 사용하는 법은 알려줄게. 컴퓨터는 기억나?"
나는 인상을 찌푸린 뒤 고개를 끄덕였다. "그게 뭔지는 기억나. 냉장고처럼. 하지만 어떻게 사용하는지는 모르는 것 같아."
"냉장고처럼?"
"때로 당신이 뭘 말하거나 내가 뭘 봤을 때, 이를테면 당신 냉장고를 봤을 때처럼. 그게 뭐에 쓰는 건지는 알겠는데 어떻게 아는지, 그걸 가져본 적이 있는지는 기억이 안 난다는 말이야."
"알겠어. 인터넷에 접속시켜줄게. 그러면 혼자서도 정보를 모을 수 있을 거야." 우리는 다시 일어났다. 그가 흰색 테리 직물로 만든 가운을 걸친 뒤 자신의 격자무늬 셔츠를 내게 입혔다. 춥지는 않았지만 싫지도 않았다. 그가 검은 책장 안쪽에서, 있는지도 몰랐던 얇은 휴대용 노트북을 꺼냈다. 그리고 전기 콘센트와 전화 단자가 있는 부엌 선반 위에 노트북을 올렸다. 그가 전원을 켠 다음 인터넷에 글자를 쳐넣는 것을 비롯한 모든 과정을 내게 보여줬다. 그런 뒤 전부 끄고 내게 똑같이 하도록 시켰다. 이 모든 과정이 어렴풋하게나마 친숙하게 느껴졌다. 나는 컴퓨터가 익숙했다. 내가 모든 과정을 잘해내지 그가 기뻐했다.

"요즘엔 컴퓨터를 별로 안 써." 그가 말했다. "그래서 잠깐 비밀번호를 잊었을 거라 생각했어."

그때 그의 기억력이 좋아지고 있다는 생각이 스쳤다. 입 밖에 내진 않았지만, 그랬다. 그의 기억력이 좋아지고 있었다. 나와 함께하기 때문이었다. 내가 가끔씩 그를 물면서 알 수 없는 뭔가를 그에게 주입하고 있기 때문이었다. 하지만 나는 그에게 아무 말도 하지 않았다. 그가 '그것 말고 또 어떤 변화를 겪게 되는가' 같은, 내가 답할 수 없는 질문을 하는 게 싫었다.

"집에 오는 길에 도서관에 들를 거야. 뱀파이어와 기억상실에 대해서 찾아볼게. 어쩌면 화재에 대한 정보를 얻을 수 있을지도 몰라."

"고마워."

그가 씩 웃었다. "네게 도움이 된다면야." 그는 샤워를 하고 옷을 갈아입으러 자리를 비웠다.

그가 깨끗이 면도를 하고 내 것과 같은 붉은 격자무늬 셔츠에 청바지를 걸치고 욕실에서 나왔을 때쯤, 나는 이미 뱀파이어에 대한 엄청나게 많은 황당무계한 정보들을 훑어보던 중이었다. 일부 사람들 사이에서 뱀파이어가 크게 인기를 끄는 게 분명했다. 뱀파이어에 대한 티브이쇼, 영화, 연극, 소설도 있었다. 어떤 무리들은 온라인 채팅방에서 뱀파이어에 대해 밤낮 수다를 떠는 데 정신이 팔려 있었다. 심지어 자신들이 생각하는 뱀파이어의 모습을 따라하는 사람들도 있었다. 기다란 망토에 길고 날카로운 이빨, 길고 검은 머리칼….

"쓸 만한 것 좀 찾았어?" 라이트가 내게 물었다.

"아무것도. 다 쓸데없는 것들뿐이야."

그가 고개를 끄덕였다. "티브이나 영화 같은 건 무시해. 민담이나 신화, 아니면 인류학 같은 걸 찾아봐. 그리고 비슷한 질병이 있다는 얘길 들은 적 있어. 그 병에 걸리면 햇빛 알레르기가 생겨서 밤에만 외출을 하게 된대. 어쩌면 미신을 쫓던 옛날 사람들이 그 사람들을 뱀파이어라고 오해했을 수도 있어. 그 밖에 자신을 뱀파이어라고 믿는 병이나 정신질환도 있어."

"미쳐서 그렇다는 거야?"

"몰라. 그렇지만 네가 뭘 먹고 마시는지 알면 정신과 의사들은 네가 미쳤다고 생각할걸."

"내가 그들 피를 빨아도?"

그가 시선을 돌렸다. "몰라. 기분이 좋아지고 말고를 떠나서 네가 그렇게 하면 의사들이 확신을 굳히지 않을까. 그런데 르네, 너 낮에는 의식을 잃어?"

"얼마간은 잘 거야."

"그러니까 평범한 수면이야? 내 말은, 그럴 일은 없겠지만, 만약 집에 불이 나거나 누가 침입하면 일어날 수 있어?"

"그냥 자는 거야. 평범한 수면이야. 태양이 눈과 피부를 다치게 하기 때문에 낮에 자는 걸 선호하는 것 같아. 당신이 밤에 자는 걸 선호하는 것처럼. 당신 컴퓨터에서 본 것처럼 햇빛이 닿는다고 불이 붙거나 재나 먼지 같은 걸로 변하지 않아. 당신이 깰 정도면 아마 나도 깰 거야."

"알겠어, 좋아. 내가 나가면 문을 잠가. 내가 집에 없을 땐 아무도 들여선 안 돼. 누가 노크를 하면 무시해. 전화가 울려도 받지 말고." 그가 나갈 채비를 하다가 인상을 찌푸리며 뒤돌아섰다. "너는 피부가 까맣데도 햇빛을 받으면 살이 타?"

"그게…." 나는 말을 멈췄다. 까만 게 아니라 갈색이라고 반박하려 했으나 미처 말을 내뱉기 전에 그의 의도를 파악했다. 그때 그의 질문이 또 다른 기억을 건드렸다. 나는 그를 쳐다봤다. "난 실험 대상인 것 같아. 그래서 나와 비슷한… 다른 종족들보다 햇빛을 더 잘 견디는 것 같아. 살갗이 타긴 하지만 그들만큼 빨리는 안 타는 거지. 모두 햇빛 알레르기가 있다고 생각하면 돼. 하지만 누가 실험을 했는지, 누가 나를 까맣게 만든 건지는 몰라."

그가 흥미를 강하게 보였다. "그 실험자들도 너처럼 뱀파이어의 일종이야? 아니면 나와 같은 인간이야?"

"몰라." 나는 그를 봤다. "하지만 계속 그렇게 물어봐줘. 질문이 생길 때마다 물어봐. 그게 도움이 될 때가 많아."

그가 고개를 끄덕이고는 내게 입을 맞췄다. "가야 해."

"아침은?" 내가 물었다.

"어젯밤에 먹었어. 가는 길에 아무거나 사먹지 뭐. 오늘 밤에는 식료품점에 가봐야겠어. 네가 밥을 안 먹어서 다행이야."

이내 그가 문을 열고 밖으로 나갔다.

5

나는 별 소득도 없이 하루 종일 컴퓨터 앞에 앉았다. 한때 뱀파이어가 존재한다는 착각을 일으킬 법한 질병들이 있긴 했다. 그중 하나가 포르피린증이었다. 라이트가 햇빛 알레르기라고 생각한 그 병 같았다. 실은 이빨, 뼈, 피부에 색소가 침착되면서 생기는 질병의 일종이었다. 포르피린 질환이 심각해지면 피부가 햇빛에 극도로 예민해져서 살이 침식되고 엄청난 쓰라림을 유발했다. 때론 코나 입술, 뺨의 일부가 없어질 수도 있었다. 그러면 괴물처럼 보일 터였다.

흥미로웠지만 그와 관련해 어떤 기억도 떠오르지 않았다. 어쨌거나 나는 심한 화상을 입거나 다쳐도 스스로 치유할 수 있다는 걸 이미 증명했다.

기억력을 손상시키는 미생물(강을 매개로 하는)뿐 아니라 외모를 흉물스럽게 만드는 미생물도 있어서, 과거에는 그 병에 걸리면 뱀파이어라고 오해를 샀을 것 같았다. 하지만 둘 다 나와는 아무 관련이 없었다. 내가 누구든 무엇이든, 나와 비슷한 부류에 대한 글은 없는 것 같았다. 어쩌면 우리 부류들은 자신들에 대해 글이 쓰이길 원치 않았을 수도 있었다.

이리저리 사이트를 돌아다니며 흥미로운 사실들을 알게 되었지만 대부분 쓸모없었다. 결국 나는 최근에 일어난 화재로 정보 수집 방향을 바꾸었다. 그리고 '내 사건'이라고 믿게 된 화재 사건을 다룬 듯한 기사를 몇 개 찾아냈다.

기사들은 그곳이 버려진 마을이라고 했다. 화재는 3주 전에 일어났고 방화가 확실했다. 휘발유를 이리저리 뿌린 뒤 불을 붙인 것이었다. 다행히 인근 숲으로까지 불이 번지지는 않았다. 집들이 정말 버려져 있었으면 번졌을 터였다. 덤불, 덩굴, 잡초, 어린 나무들이 무성한 탓에 불이 숲으로 곧장 옮겨붙기에 좋았을 테니 말이다. 하지만 집 주변엔 넓은 공터가 있었고 일부 농장엔 곡식을 베고 남은 그루터기도 있었다.

집들은 버려진 게 아니었다. 마을 여기저기서 나던 살 타던 냄새는 진짜였다. 그 마을은 내가 깨어난 동굴과 가까웠다. 기억은 잃었어도 어디로 향하는지 몸이 기억한다는 듯, 나는 동굴에서 나와 곧장 그리로 갔다. 내가 그 마을에 살았거나 방문한 적이 있는 게 틀림없었다. 그리고 화재가 났을 당시 사람들이 살았던 것도 확실했다. 그런데 왜 기사들은 이 사실을 부정하는 걸까?

라이트가 주말에 다시 폐허에 가보자고 했다. 컴퓨터에 따르면 오늘은 목요일이었다. 주말이 되려면 하루밖에 남지 않았다.

나는 걸어서 당장 그곳으로 돌아가 폐허를 다시 샅샅이 뒤지고 싶었다. 그때보다 정신이 더욱 맑고 또렷했다. 몸도 다 나았다. 어쩌면 뭔가를 발견할지도 몰랐다.

하지만 거의 정오였다. 어젯밤에 내내 달리느라 피곤하기도 했거니와 몇 시간 동안 컴퓨터 앞에 앉아 있느라 몸도 뻣뻣했다. 나는 컴퓨터를 끄고 일어서서 자기 전에 잠시 욕조에 몸을 담그기로 했다. 아마 그게 실수인 듯했다. 욕조에 물을 받는 동안 누군가가 문을 두드렸다. 혹시 물소리를 들었을까봐, 빈집이어야 할 오두막에 누군가 있다는 사실을 알아챘을까봐 나는 겁에 질려 물을 잠갔다.
노크 소리가 다시 이어지더니 여자 목소리가 들렸다. "라이트? 집에 있니?"
나는 소리를 죽였다. 잠시 후 여자가 돌아가는 소리가 들렸다. 나는 이미 받아놓은 물에 조심스레 몸을 담그고 나서 침대로 갔다.

* * *

라이트는 집에 돌아오면서(해가 지고 한참 뒤였다) 식료품과 '모둠' 피자를 가져왔다. 그리고 인류학자가 쓴 뱀파이어에 대한 책도 도서관에서 빌려왔다. 나를 위한 옷 몇 벌도 있었다. 청바지 두 벌, 티셔츠 네 벌, 속옷, 리복 운동화 한 켤레, 후드 재킷이었다. 신발을 제외하곤 전부 살짝 컸다. 어째선지 신발은 딱 맞았다. 양손으로 내 발을 번갈아가며 꼭 쥐더니 그게 도움이 된 모양이었다. 그리고 벨트도 있었다. 덕분에 바지가 내려가지 않게 고정할 수 있었다. 나머지는 살짝 크긴 했지만 그런 대로 맞았다.
"생각보다 몸집이 작네." 그가 말했다. "보통은 만지고 보고 하면 얼추 맞추거든."
"군살이 없어서 그래. 보통 피만 먹으니까. 살이 안 찌는 것 같아."

"그렇겠지." 그가 냉장고에 식료품을 집어넣고 뒤돌아서 나를 봤다. "목이 완전히 나았어."

"그럴 것 같았어."

"내 말은, 흉터가 없어. 하나도. 손도 마찬가지고."

나는 그에게 가서 직접 확인했다. "잘됐네." 내가 말했다. "당신이 흉터투성이가 되는 건 원치 않아. 기분은 어때?"

"좋아. 헌혈했을 때처럼 기운이 좀 없을 거라 생각했는데 괜찮아. 네가 피를 많이 뺀 건 아닌가봐."

"어제는 필요 이상으로 뺀 것 같아. 그런데 누구한테 당신 피를 줬던 거야?"

"친구가 자동차 사고를 당했었어. 목숨은 구했지만 피를 엄청 많이 흘렸지."

"그 친구가 당신 피를 뺀 거야?"

"아니, 그런 게 아니라. 그러니까… 너 수혈이 뭔지 알아?"

나는 생각 끝에 안다는 사실을 깨달았다. "병원 사람들이 용기에서 피를 꺼내 친구의 혈관으로 곧장 넣었다는 거구나."

"맞아. 하지만 내 피는 아니었어. 우린 혈액형이 달랐거든. 그저 그 친구가 사용한 피를 조금이라도 병원에 다시 채워주고 싶어서 수혈했던 거야." 그가 몸을 숙여 나를 들어올리더니 입을 맞췄다. "네가 하는 것처럼 그렇게 재밌지는 않아."

그와 살이 닿는 일은 뭐든 좋았다. 나는 그 사실을 이미 깨달은 터였다. 그래서 잠시 그 즐거움에 몸을 맡겼다. 그러다 마지못해 몸을 뗐다. "낮에 누가 왔었어." 내가 말했다. "욕조에 물을 받는데 어떤 여자가 문 앞에 왔어. 물 트는 소리를 들었나봐. 그 여자가 문을 두드리면서 당신 이름을 불렀어."

"아줌마야?"

"보지는 못했어."

"숙모일 거야. 삼촌 부부가 저기 앞의 큰 집에 살거든." 그가 나를 잡고 있지 않은 팔로 오두막 앞쪽을 가리켰다. 그러곤 나를 내려놓았다. "너도 어젯밤에 봤을 거야. 손님이 와서 불을 환히 켜놨더라."

"숙모가 여기 들어올 수 있어? 열쇠가 있어?"

"응. 삼촌한테 있어. 하지만 염탐을 좋아하시는 분들이 아니야. 여기라면 안전할 거야."

확신이 서진 않았지만 나는 그냥 두기로 했다. 라이트가 일 나간 사이에 만약 이곳에 들어오면 물면 그만이었다. 그러면 내가 여기 있도록 허락해주고, 비밀도 지켜주고, 내게 피도 주고, 어쩌면 내가 찾고 있는 답을 발견하도록 도와줄지도 몰랐다.

"이번 주말에 불이 난 마을에 가본다니 기뻐." 내가 말했다. "기물 파괴범들이 버려진 마을에 불을 지른 거라는 기사들을 찾았어."

"수고했네. 인터넷으로 뭔가 찾을 줄 알았어."

"하지만 기사에선 왜 그렇게 전했을까?" 내가 물었다. "분명 거긴 버려진 마을이 아니야. 실은 내가 그곳에 살았다고 거의 확신해. 처음 눈을 뜬 동굴과도 가까운 데다 그밖에 가까운 곳도 딱히 없어."

그가 잠시 생각을 하더니 고개를 저었다. "나도 도서관에서 기사를 찾아봤는데 비슷하게 써 있더라. 두 기사 모두 작은 지역신문에 실린 거였어. 그런데 기자들이 거짓말할 이유가 없잖아."

나는 고개를 저었다. "그자들을 찾을 수만 있으면 왜 거짓 기사를 썼는지 실토하게 만들 수 있어. 하지만 먼저 그 폐허에 가보고 싶어.

어찌됐건 나는 그곳과 연관이 있어. 확실해. 그리고 라이트, 당신이 나를 발견했을 때 내가 입고 있던 옷들 말이야. 그중 한 집에서 찾은 거야. 옷장이나 선반 같은 데에 접어서 넣어놓은 게 아닌가 싶어. 내가 찾았을 때 반쯤 그을린 거대한 옷더미 바닥에 깔려 있었는데 아주 조금밖에 안 탔더라고. 버려진 집에 잘 접힌 깨끗한 옷이 무더기로 쌓여 있을 리 있겠어?"

라이트가 고개를 끄덕였다. "그리로 데려다줄게. 토요일 어때?"

"금요일 밤." 나는 까치발을 했다. 그런데도 그에게 닿기에는 역부족이었다. 그가 너무 큰 게 잠깐 짜증 났으나 그가 다시 나를 들어올려 안아줬다. 나는 그의 목 아랫부분을 살짝 깨물고는 피를 몇 방울 빨았다. 피가 필요한 건 아니었지만 우리 둘 다 그걸 즐겼다. 그가 나를 안고 가만히 서서 내가 상처를 핥도록 해줬다.

잠시 후 그가 한숨을 쉬었다. "좋아, 금요일. 식기 전에 피자 좀 먹어도 될까?"

나는 목을 한 번 더 핥고 그의 몸에서 하는 수 없이 미끄러져 내려왔다. "먹어." 내가 뱀파이어 책을 집어 들며 말했다. "읽으면서 기다릴게."

책은 흥미로웠지만 그다지 유용하진 않았다. 많은 문화권에 뱀파이어나 그와 비슷한 것들에 대한 민담이 있는 것 같았다. 어떤 뱀파이어들은 사람들을 뚫어지게 쳐다보면서 최면을 걸었다. 또 다른 뱀파이어들은 사람들의 생각을 읽고 통제했다. 그렇게 할 수만 있으면 편할 것 같았다. 물고 나서 침 속의 화학물질이 제 역할을 할 때까지 기다리는 것보다 쉬울 듯했다.

책에 따르면 모든 뱀파이어가 피를 마시는 건 아니었다. 어떤 건 살아 있는 몸이나 사체의 살을 먹었다. 어떤 건 영적 정수나 에너지 같은 것(그게 뭐든 간에)을 빼내가기도 했다. 전부 표적으로부터 뭔가를 취했고 대개 그들이 얼마나 다치는지는 신경 쓰지 않았다. 많은 뱀파이어가 표적을 죽였다. 대부분의 뱀파이어는 죽은 자들이었으나 그들이 취한 피나 살, 에너지로 인해 마법처럼 되살아났다. 한 번 피를 빤다는 건 보통 하나의 생명을 죽이는 것을 의미했다. 말도 안 되는 일이었다. 적어도 피를 빠는 자들에겐 그랬다. 누가 그토록 많은 피를 필요로 한단 말인가? 조심스레 다룬다면 몇 번이고 기꺼이 피를 내줄 사람들을 왜 죽인단 말인가? 민담 속의 뱀파이어들이 공포와 증오와 사냥의 대상이 된 건 당연한 일이었다.

그러다 생각이 흘러 내가 동굴에서 죽인 남자에게까지 이르렀다. 나는 소설 속의 뱀파이어들처럼 그를 잔혹하게 죽이고 먹어치웠다. 그가 사람인 것도 인지하지 못한 채 말이다. 그런 짓을 하는 뱀파이어에 대해 읽은 적은 없었지만 난 그렇게 했다.

나와 같은 다른 부류들도 그럴까? 내가 전에도 그런 짓을 했을까? 누군가가 우리의 정체를 알아낸 뒤 그 폐허에서 우리에게 죽음으로 복수하려 했을까? 그렇다면… 공정하다고 할 만했다. 하지만 그 폐허에 살던 사람들이 그런 존재였을까? 라이트와 같은 인간이었을까, 아니면 나와 같았을까? 그 폐허는 뱀파이어의 소굴이었을까? 폐허 곳곳에서 맡았던 살 타던 냄새가 아직 기억났다. 나는 그 기억을 자세히 더듬으며 그들의 정체를 알아내려 노력했다.

잠시 후 나는 그중 일부는 나와 같고 일부는 라이트와 같다는 사실을 알아냈다. 뱀파이어와 인간이 함께 살고 죽었던 것이다. 그게 뭘 의미할까?

라이트가 일어나서 내 옆에 다가와 서더니 내 손에서 책을 뺏었다. 그리고 탁자 위에 책을 펼쳐서 엎었다. "이젠 너와 겨뤄도 좋을 만큼 힘이 넘쳐."

그럴지도 몰랐다. 하지만 나는 섹스를 즐기는 동안 그의 피를 아주 소량만 취했다. 조금씩 자주 마시는 게 맞는 것 같았다. 배고픔을 넘어서 그렇게 하고 싶은 어떤 욕구가 느껴졌다. 구체적으로 그의 피에 대한 욕구였다. 다른 사람의 것은 안 되었다. 나는 천천히 피를 빨면서 그에게 최대한의 쾌감을 줬다. 하지만 실은 그를 만족시켜 기진맥진하게 만드는 데서 기쁨을 느꼈다.

라이트가 잠든 후, 나는 밖으로 나가 테오도라에게서 배를 든든히 채웠다. 그녀는 라이트보다 몸집도 더 작고 나이도 더 많았다. 때문에 내일이면 살짝 힘이 빠지거나 피곤해질 수도 있었다.

"무슨 일을 해?" 그녀가 잠에 빠질락 말락 할 때 그녀에게 물었다.

"주립도서관에서 일해요." 그녀가 말했다. 그러곤 웃었다. "월급은 별로지만 일이 재밌어요." 그러더니 내 질문으로 대화의 문이 열렸다는 듯이 말했다. "당신이 진짜인 줄 몰랐어요. 내가 꿈을 꾼 줄 알았어요."

"한낱 꿈일 수도 있지." 내가 말했다. 나는 그녀의 어깨를 쓰다듬으며 물린 자국을 핥았다. 도서관에서 무슨 일을 하는지 궁금했지만 곧 알게 되었다. 나는 도서관에 가본 적이 있었다. 책으로 가득한 방에 대한 기억이 떠올랐다. 테오도라는 책과 책을 이용하는 사람들을 다뤘다.

"당신, 뱀파이어죠?" 그녀가 내 생각을 침범하며 말했다.

"그래 보여?" 나는 물린 자국을 계속 핥았다.

"날 죽일 건가요?" 그녀가 대답이 뭐든 상관없다는 듯 물었다. 그녀에게서 아무런 긴장감이 느껴지지 않았다.

"아니. 하지만 내일은 쉬도록 해. 힘이 좀 빠질 수도 있으니까."

"괜찮을 거예요. 휴가 내는 걸 좋아하지 않아요."

"그래, 괜찮기는 할 거야. 하지만 내일은 집에 있었으면 좋겠어."

그녀는 잠시 아무 말도 하지 않았다. 그녀가 안절부절못하며 내게 다가왔다가 멀어졌다. 그러고는 다시 가까이 오더니 긴장을 풀고 내 제안을 수락했다. "알겠어요. 다시 올 거예요? 제발 와줘요."

"일주일쯤 후에 올게."

"그렇게 오래 기다려요?"

"당신을 다치게 하기 싫어서 그래."

그녀가 내게 입을 맞췄다. 나는 잠깐 놀라다가 입맞춤을 되돌려줬다. 그리고 그녀를 안았다. 내 품에 안긴 그녀의 모습이 아주 편안해 보였다.

"진짜여야 해요. 제발 진짜여야 해요."

"나는 진짜야. 이제 눈 좀 붙여. 나는 진짜야. 다시 돌아올게. 자."

그녀는 한 팔로 나를 폭 안고서 행복하게 잠에 빠졌다. 나는 잠시 그녀 곁에 누워 있다가 살며시 빠져나와 라이트의 오두막으로 갔다.

* * *

금요일 저녁, 어둠이 찾아오자 라이트가 나를 처음 발견한 그 도로로 나를 데려다줬다. 홀딱 젖어서 맨발로 걷고 있었을 때처럼 길이 한산했다. 이따금 차가 한두 대 지나갈 뿐이었다. 적어도 오늘 밤에는 비가 오지 않았다.

"이 근처에서 너를 태웠어." 라이트가 말했다.

주위를 둘러봤지만 헤드라이트 너머가 잘 안 보였다.

"길가에 차를 세우고 불을 꺼줘."

"고양이처럼 어둠 속에서도 볼 수 있는 거구나?"

"어둠 속에서도 볼 수 있어. 그렇지만 고양이가 뭔지 모르니, 고양이와 비교하는 건 어려울 것 같아."

그가 길에서 벗어나 주차할 만한 공간을 발견했다. 그리고 그곳에 차를 세우고 전조등을 껐다. 길 건너편에는 언덕이 있었고 길 이쪽에는 작은 개울로 이어지는 가파른 경사가 있었다. 멀지 않은 뒤쪽이 공터긴 했지만 숲이 아주 울창한 지역이었다.

"국립공원이 여기서 멀지 않아." 그가 말했다. "국립공원과 평행하게 달린 셈이지. 눈에 익은 거라도 있어?"

"아직." 내가 말했다. 나는 차에서 내려 숲을 굽어보며 어둠에 적응했다.

걸은 적이 있는 길이었다. 나는 길을 되짚으며 걷기 시작했다. 잠시 후 라이트가 차를 몰고 나를 따라왔다. 전조등을 켜진 않았지만 나를 보는 데는 지장이 없어 보였다. 나는 어느 지점에선가 샛길로 빠져서 숲으로 들어가야 한다는 걸 마음에 새기고 주위를 둘러보며 가볍게 뛰었다.

몇 분 동안 가볍게 뛰던 나는 충동적으로 달리기 시작했다. 마침내 폐허로 이어지는 샛길을 발견할 때까지 라이트가 내 뒤를 따라왔다. 하지만 나는 샛길로 방향을 틀었지만 그는 틀지 못했다.

그가 따라오지 않자 나는 달리기를 멈추고 그가 나를 놓쳤다는 걸 깨달을 때까지 기다렸다. 한참 지났을까. 마침내 차가 전조등을 켜고 천천히 돌아왔다. 그가 나를 발견했고 내가 방향을 틀라고 손짓했다. 그가 방향을 틀자 내가 차로 다가가 올라탔다.

"여기 길이 있는지도 몰랐어." 그가 말했다. "네가 어디로 갔는지 당최 모르겠더라고. 너 시속 24킬로미터로 달렸다는 거 알아?"

"무슨 말인지 모르겠어."

"올림픽에 나가도 될 만하다는 뜻이야. 안 피곤해?"

"아니. 하지만 잘 뛴 것 같아. 그런데 올림픽이 뭐야?"

"신경 쓰지 마. 네겐 너무 딱딱한 이야기인 것 같아. 어쨌건 너만 한 몸집을 가진 사람치고는 굉장한 속도였어."

"사슴을 쫓을 때보단 쉬웠어."

"우리 어디로 가는 중이야? 목적지가 나오면 알려줘."

"알았어." 나는 눈으로 살피다가 창문을 내리고 공기 냄새를 맡았다. "여기야. 이 앞에 보이는 작은 길."

"사유지잖아. 문 좀 열어줄래?"

난 차에서 내려 문을 열면서 잠시 생각했다. 여기서 나올 땐 문을 열지 않았었다. 그냥 문을 넘어갔다. 진짜 울타리라기엔 허술한 문이었다. 누구든 넘어가거나, 둘러가거나, 열고 차로 통과할 수 있었다.

라이트가 문을 통과하자 나는 문을 닫고 차에 다시 올라탔다. 잠시 후 안전할 만큼만 폐허에 가까이 다가갔다. 라이트가 길 군데군데 놓인, 집에서 떨어져 나온 돌무더기 때문에 타이어가 찢어질까봐 걱정해서였다.

"완전히 마을이네." 그가 말했다. "게다가 부지도 엄청 넓어."

나는 기정 쉬운 길을 골라서 그를 이끌며 마을을 안내했다. 하지만 그는 앞을 잘 보지 못했다. 아직 달이 뜨기 전이라 그에겐 너무 깜깜했다. 그가 건물 잔해와 돌멩이와 울퉁불퉁한 바닥에 걸려 계속 비틀거렸다. 내가 붙들지 않았으면 몇 번은 넘어졌을 터였다. 그는 내 도움을 받는 것을 영 못마땅해 했다.

"몸집은 조그만데 힘이 정말 장사네."

"당신을 옮기는 건 불가능해. 당신은 너무 커. 그러니 당신이 다치지 않게 도와줄 수밖에."

그가 나를 내려다보며 웃었다. "어쨌거나 여차하면 나를 들 방법을 궁리해야겠네."

나는 엉겁결에 웃었다.

"그러니까 여기가 네가 살던 데 같다 이거지?"

나는 주위를 둘러봤다. "확실하진 않아. 하지만 그런 것 같아. 기억은 안 나. 그냥 느낌이야." 그러다 나는 걸음을 멈췄다. 전에는 못 맡았던 냄새, 알지 못했던 냄새가 났다.

"누가 여기 왔었어." 내가 말했다. "누군가…." 나는 숨을 깊게 들이쉰 다음 여러 번 조금씩 숨을 쉬며 냄새를 맡았다. 그런 뒤 라이트를 올려다봤다. "확실히는 모르겠지만 나와 비슷한 사람인 것 같아."

"어떻게 알아?"

"냄새가 나. 다른 냄새야. 당신보다는 나와 더 비슷해. 남자이기는 하지만."

"남자인 것도 알아? 냄새만 맡고 그걸 안다고?"

"응. 남자는 남자 냄새가 나. 그것만큼은 확실해. 당신도 남자 냄새가 나."

그가 불편한 표정을 지었다. "좋은 냄새야, 나쁜 냄새야?"

나는 웃었다. "나는 당신 냄새가 좋아. 모든 종류의 좋은 느낌들을 떠올리게 해줘."

그가 갈구하는 표정을 한참 지었다. "나머진 혼자 둘러봐. 내가 없어야 네가 더 빨리 볼 것 같아. 갑자기 이곳에서 나가고 싶어졌어. 집에 너무 가고 싶어."

"알았어. 이 방문객이 누군지 알아내는 대로 가자."

"그 남자 말이지." 갑자기 그의 목소리가 살짝 의기소침해졌다. "그자가 나에 대해 말해줄지도 몰라, 라이트. 내 친척일지도 모른다고."

그가 천천히 고개를 끄덕였다. "알았어. 근데 그자는 언제 여기 왔던 거야?"

"오래는 안 됐어. 어젯밤인 것 같아. 그자가 어디서 왔고 어디로 갔는지 알아야겠어. 여기 있어. 멀리는 안 가겠지만 냄새를 쫓아야 해."

"그래도 함께 가는 게 나으려나?"

나는 그의 팔에 손을 올렸다. "기다리겠다고 했잖아. 여기 있어."

그가 나를 뚫어지게 봤다. 의기소침한 표정이었다. 하지만 잠시 후 그가 고개를 끄덕였다. "조심해." 그가 말했다.

나는 그에게서 몸을 돌리고 냄새의 방향, 즉 그자가 왔던 방향이자 돌아간 방향을 찾았다 싶을 때까지 건물 잔해를 지나 지그재그로 걷기 시작했다. 냄새가 실 가닥처럼 나를 끌어당겼다.

나는 최대한 빨리 폐허의 반대편 끝까지 냄새를 따라갔다. 폐허를 통과해 여러 그루의 나무를 지나니, 넓고 탁 트인 목초지가 나왔다. 냄새는 거기서 끝났다. 나는 더 이상 뭘 찾고 있는지 몰라 혼란스런 마음으로 나무들을 지나 목초지로 걸어갔다. 바닥에 자국들이 보였다. 자동차나 트럭은 아니었다. 자국은 두 개로, 좁고 길게 홈이 파여 있었다. 타이어 자국이라기엔 너무 좁아 보였다. 불현듯 '헬리콥터'라는 단어가 떠올랐다. 내가 헬리콥터가 뭔지 안다는 사실을 깨달았다. 헬리콥터의 이미지가 머릿속에 그려졌다. 조종석 위의 투명하고 둥근 덮개, 덮개 위의 날개, 꼬리 회전 날개까지 이어진 철제 구조물, 바퀴 대신 달린 두 개의 기다란 활주부. 그런 것을 언제 봤던 걸까?

그렇다면 헬리콥터가 이곳에 착륙했었다는 건가? 나의 동족이 헬기에서 내려 폐허를 둘러본 후 다시 헬기를 타고 날아갔다는 건가?

아마도 그랬던 것 같았다. 그게 불가능하다고 생각할 만한 이유를 찾지 못했다.

그렇다면 그가 다시 올까? 그는 내 친척일까? 나를 찾았던 걸까? 그가 화재 사건과 관련이 있을까?

내가 고속도로를 배회하다가 라이트의 차에 타는 대신 이곳에 그대로 머물렀다면 어땠을까. 아마 내가 누군지 아는 사람들과, 그러니까 나보다 나를 더 잘 아는 사람들과 이미 접촉했을지도 모를 일이었다. 그게 아니라면 또다시 다치거나 죽임을 당했겠지.

나는 뭔가 떨어져 있거나 버려져 있지는 않은지 살피며 헬기가 착륙했던 부근을 걸었다. 하지만 유령처럼 희미한 냄새 말고는 아무것도 없었다.

그때 또 다른 냄새가 났다. 새로운 냄새였다. 냄새는 총 두 개였다. 한 사람이 더 있었다. 라이트와 같은 남자지만 라이트는 아니었다. 그리고 총과 비스무리한 냄새도 났다. 이 남자는 어디서 온 것일까? 미량의 바람이 헬기가 착륙했던 곳 너머에서 내게로 불어왔다. 그 덕분에 내가 첫 번째 낯선 이의 냄새를 알아차릴 수 있었던 것이다.

두 번째 남자의 경우 나를 지나서 폐허 쪽으로 간 게 분명했다. 아주 멀리까지 가버렸다면 헬기와 헬기에 탄 자에게 신경을 쓰느라 그의 존재를 눈치채지 못했을 터였다. 하지만 그가 라이트 근처에 있는 게 분명하다는 생각이 들었다. 그 남자는 총을 들고 라이트 근처 어딘가에 있는 게 분명했다.

나는 돌아서서 숲을 지나 라이트를 향해 뛰어갔다. 저 멀리서 총을 든 남자가 보였다. 그가 몰래 라이트를 지켜보며 조심조심 그에게 다가가는 중이었다.

나는 그 남자에 맞서 총을 뺏을 생각이었다. 그가 총을 가지고 있다는 게, 그는 라이트를 볼 수 있지만 라이트는 그를 볼 수 없다는 게 미치도록 불안했다. 그가 나무숲에서 나오는 게 보였다. 그가 총을 드는 게 보였다. 치명타를 입힐 것 같은 길쭉한 소총이었다. 그가 라이트를 겨누었다. 하지만 그를 멈추기에는 내게서 너무 멀었다. 나는 죽자 사자 달렸다.

나는 총을 가로막기 위해 라이트를 향해 돌진했다. 자칫 내가 총에 맞을 수도 있겠다 싶었지만 소총이 발사되는 순간 간발의 차로 라이트의 몸통을 힘껏 쳐서 쓰러뜨렸다. 라이트가 바닥에 안전하게 넘어지자 나는 총을 쏜 자를 뒤쫓았다.

그에게 미처 닿기도 전에 그가 한 발을 더 발사했다. 이번에는 내 엄청난 속도에도 불구하고 그가 나를 맞혔다. 나는 숨 돌릴 틈도 없이 온몸으로 그를 덮쳤다. 그리고 아직 생각할 수 있을 때, 신중을 기할 만큼 의식이 있을 때, 그의 목에 이빨을 찔러넣고 피를, 오직 피만을 빨았다.

6

 내가 총잡이를 해쳤건 죽였건 상관없었다. 그자는 내게 맞은 충격으로 기절해 있었다. 나는 그의 피를 빨았다. 그자로 인해 피를 흘려서, 느닷없이 통증을 느껴서였다. 갑자기 몸이 치유를 필요로 했다. 내게 살을 취하지 않을 만큼 의식이 붙어 있던 게 그자에겐 행운이었다.
 잠시 후 절뚝거리며 걸어오는 라이트의 발자국 소리가 들렸다. 나는 겁이 났다. 그렇지만 그게 내가 취할 수 있는 가장 덜 해로운 조치라는 생각에 계속해서 총잡이의 피를 빨았다.
 라이트가 곁으로 다가오자 나는 그자를 놓았다. 그리고 라이트를 올려다봤다. 천만다행으로 그를 먹고 싶은 마음이 조금도 들지 않았다. 그가 눈을 동그랗게 뜨고 나를 응시했다.
 "총에 맞았어?"
 "오른쪽 다리에."
 그가 무릎을 꿇고 나를 들더니 바지를 내려 피 묻은 다리를 살폈다. 고통이 너무 심했다. 나는 비명을 질렀다. 하지만 그를 해치진 않았다.

"미안." 그가 말했다. "정말 미안해. 피가 흐르고 있을까봐…. 피를 너무 많이 흘렸을까봐." 그가 머뭇거렸다. "왜 피가 계속 안 나지?"

"원래 많이 안 나."

"아." 그가 상처 부위를 뚫어지게 봤다. "그럴 수도 있겠네. 네 몸이면 피를 보전하는 법을 알고 있겠지. 총알이 다리를 관통했어. 의사한테 가봐야 해."

나는 고개를 흔들었다. "곧 나을 거야. 그냥 고기가 필요해. 신선한 고기."

그가 총잡이를 쳐다봤다. "이놈을 못 먹는다니 안타깝네."

나는 그를 내려다봤다. "먹을 수 있어." 내가 말했다. 청결하진 않았지만 총잡이는 젊고 강했다. 물린 상처도 벌써 붙고 있었다. 라이트나 테오도라에게서 취하는 것보다 훨씬 많은 피를 빨았지만 그는 죽지 않을 터였다. 그렇지만 만에 하나 라이트를 맞혔더라면 장담하건대 그는 죽은 목숨이었다. "먹을 수 있어." 내가 거듭 말했다. "하지만 먹고 싶지 않아."

라이트는 내가 농담을 한다고 생각했는지 살짝 미소를 지었다. 그런 뒤 계속 상처를 바라보며 말했다. "르네, 감염이 될 수도 있어. 온갖 세균이 이미 상처 부위를 기어 다닐 거야. 어쩌면 바지에도 말이야. 저기, 네가 병원에 가기만 하면 내가 신선한 고기를 구해줄게."

"병원은 안 가. 전에도 총에 맞은 적 있어. 동굴에서 깨어났을 때 몸에 있던 상처 중에 총 맞은 자국도 있었어. 나한테 필요한 건 신선한 고기와 잠, 그게 다야. 내 몸은 저절로 나아."

한참 정적이 흘렀다. 그대로 누워 있자니 몸이 나른해지면서 졸음이 밀려왔다. 총잡이로부터 라이트나 테오도라보다 두 배나 많은 피를 빨았는데도 여전히 성에 차지 않았다. 하지만 우선은 좀 자야 했다. 고기를 먹기 전에 먼저 조금이라도 몸을 치유해야 했다.

총잡이는 갈증을 느끼고 쇠약해진 채로, 아마도 괴로워하며 눈을 뜰 터였다.

그런데 내가 그걸 어떻게 아는 걸까?

또 하나의 불완전한 기억이 떠오른 덕이었다. 하지만 이번엔 적어도 쓸모없진 않았다.

"집에 데려다줄까?" 마침내 라이트가 물었다. "가게에 들러서 스테이크를 좀 사자."

나는 고개를 저었다. "눈을 떴을 때 당신과 함께 있고 싶지 않아. 엄청 굶주려 있을 거야. 당신을 해칠지도 몰라."

"그럴 일은 없을 것 같은데." 그가 살짝 미소를 머금으며 말했다.

그는 이해하지 못했다. "진지하게 말하는 거야, 라이트. 널 해칠 수도 있어. 어쩌면… 어쩌면 눈을 떴을 때 제정신이 아닐 수도 있어."

"내가 어떻게 했으면 좋겠어?"

"폐허에 비바람이 들지 않는 장소가 있나 찾아봐줘. 해가 떴을 때 몸을 피할 수 있어야 해. 내 몸 위로 돌무덤을 쌓아서 그늘을 만들어야 할 수도 있어."

"너를 여기 두고 가라고? 그러니까 오늘과 내일 밤을… 이곳 바깥에서 지내겠다는 거야?"

"그래, 맞아. 일요일 아침 해가 뜨기 전에 나를 데리러 와줘."

"하지만 굳이 그럴 필요까지…."

"당신이 먹을 게 아니라면 스테이크는 사지 마. 직접 사냥할 거니까. 숲에 가면 사슴이 널렸어."

"르네…!"

"은신처를 만들어줘. 그 속에 날 집어넣어줘. 그런 뒤 집에 가. 일요일 아침 해 뜨기 전에 와줘."

몇 초간 정적이 감돌았다. 마침내 그가 입을 열었다. "이자는 어떻게 하고?" 그가 총잡이를 발로 슬쩍 찔렀다. "이자는 어떻게 할 거야? 그나저나 널 왜 쏜 거야? 네가 겁줘서 그런 거야?"

"내가?" 나는 놀라서 말했다. "내가 당신을 덮쳤을 때 놈이 당신을 노리고 있었어. 이자를 막으려 했는데 시간이 부족했어. 그래서 당신을 쓰러뜨렸고 그 바람에 놈이 당신을 못 맞춘 거야. 그다음에 이자를 쫓은 거지."

그가 사실을 이해하는 데 시간이 좀 걸렸다. "맙소사, 그렇게 된 건지 전혀 몰랐어. 놈이 너를 죽이기라도 했으면 어쩔 뻔했어?"

"그랬을지도. 하지만 놈이 그 정도로 빠를 것 같지 않았어. 실제로도 그랬고."

"놈이 너를 쐈다고!"

"귀찮게 됐지. 진짜 아프긴 하더라. 저 총은 당신이 가져가서 보관하는 게 좋겠어."

"좋은 생각이야." 그가 총을 주워들었다.

"햇빛을 피할 수 있는 장소를 찾아줘. 안 그러면 총상에 화상까지 치유해야 할 거야."

그가 고개를 끄덕였다. "알았어. 하지만 아직 답을 안 했어. 이자는 어떻게 할 거야?" 그가 총잡이를 향해 고갯짓을 했다.

"대화를 해볼 거야. 왜 당신을 쏘려고 했는지 알아야겠어."
"놈이 여기 있는 게 두렵지 않아?"
"내가 싫대도 이미 여기 있는걸. 해치지 않으려고 노력은 해보겠지만 해쳐야 한다면 해칠 거야."
"네가 잠든 틈을 타서 놈이 이미 시작한 일을 마무리 지으려 할지도 몰라."
"아니. 당신이 소총을 가지고 있는 한 그렇게 못 할 거야."
"이미 너한테 물려서, 그래서 놈을 겁내지 않는 거야?"
"나도 겁나. 이자를 죽이려는 내 자신을 막지 못할까봐."
"내 말이 무슨 말인지 알잖아."

나는 그 말이 무슨 말인지 알았다. 라이트도 나와의 관계성에 대해 이해하기 시작한 것이었다(내가 이미 이해하기 시작했던 것처럼). "나한테 물렸으니 내게 복종할 거야. 나를 해치지 말라고 하면 그 말을 따르겠지."

그는 내가 마지막으로 물었던 자국을 더듬으며 나를 내려다봤다.

나는 심호흡을 했다. "아직 내 곁을 떠날 기회가 있어, 라이트. 당신이 원한다면." 내가 말했다. 나는 침으로 입술을 적셨다. "지금이라면 떠날 수 있어."
"너에게서 벗어난다고?"
"나에게서 벗어나고 싶으면 그렇게 해. 내가 도와줄게."
"왜? 날 치워버리고 싶어?"
"아니라는 거 알잖아."
"그런데 내가 떠나도록 돕겠다고?" 그건 질문이 아니라, 단호한 진술이었다.

"그게 당신이 원하는 거라면."
"왜?"
나는 심호흡을 하며 정신을 차리려 애썼다. "왜냐하면 그게⋯ 당신 의사와 상관없이 내 옆에 붙들어두는 건 잘못된 것 같거든."
"정말 그렇게 생각한다는 거지?" 또다시, 그건 질문이 아니었다. 그래서 나는 대답할 생각을 하지 않았다.
"어떻게?" 그가 물었다.
"뭐?"
"널 떠나도록 어떻게 날 돕겠다는 거냐고?"
"떠나라고 말하는 거지. 할 수 있을 거야⋯. 마음이 편치는 않겠지만 적어도 나를 떠나서 원래 삶을 되찾고⋯ 날 잊을 순 있을 거야."
"너와 함께하는 게 어떤 건지 몰랐어. 네가 없으면 못 살 것 같은 기분이 들 거라곤⋯ 꿈에도 몰랐다고."
"알아." 나는 고통 속에 눈을 감았다. "처음 몇 차례 당신을 물 때만 해도 내가 무슨 짓을 하는 건지 몰랐어. 기억이 안 났으니까. 아직도 많은 게 기억 안 나. 하지만 그 무는 행위가 당신과 나를 하나로 묶었다는 건 알아. 당신이 나와 함께해서 위로가 됐지만 지금은 나와 함께하기 싫을 수도 있잖아. 만약 그렇게 판단한다면 내게 말해줘. 지금 말해줘. 그러면 당신이 떠나도록 도와줄게."
한참 그가 아무 말도 하지 않았다. 몸이 둥둥 떠다니는 기분이 들었다. 내 몸이 잠을 원했고 자라고 명령했다. 어쩌다 잠깐 졸기도 했다. 그가 손바닥으로 얼굴을 누르는 바람에 불현듯 정신을 차렸다.
"굴뚝으로 데려다줄게." 그가 말했다. "거기 은신처를 만들게."
"떠나고 싶으면 지금 말해." 나는 잠시 말을 멈췄다. "오래 깨어 있지 못할 거야. 그리고… 라이트, 이 기회를 놓치면 날 떠나지 못할 거야. 영원히. 내가 당신을 놔주지 않을 거고, 당신도 나와 떨어지는 걸 못 견딜 거야. 그 정도는 알아. 지금도 결정이 쉽진 않겠지만, 떠나고 싶으면 가. 괜찮아."

"괜찮지 않아."

"라이트, 괜찮아. 당신은 나를…."

"싫어!" 그가 고개를 흔들었다. "그렇게 말하지 마. 그렇게 말하지 말라고!" 그가 양손으로 내 얼굴을 붙들고 그를 똑바로 보게 했다.

"내가 어떻게 하면 좋겠어?"

"나도 몰라. 그냥 널 잃고 싶지 않아."

"자유야, 라이트. 지금이 아니면 기회는 영영 없어."

"너를 잃고 싶지 않아. 정말이야. 너를 안 지 며칠밖에 되지 않았지만 내가 너와 함께하고 싶어 한다는 건 알아."

나는 그의 손에 입을 맞췄다. 그의 결정에 기뻤다. 그를 떠나보내야 한다면 정말 힘들 것 같았다. 어쩌면 내가 기억하는 한 가장 어려운 일이 될 터였다. 결국 보내긴 했겠지만 정말 끔찍한 일이 될 것 같았다. 이제 내가 할 수 있는 일은 우리를 최대한 안전하게 지키는 것이었다.

"알겠어, 그럼. 괜찮은 장소를 골라서 내 주위로 은신처를 만들어 줘. 햇빛이 비춰들지 않도록."

그가 폐허를 돌아다니다 간혹 발을 헛디디고 욕을 했다. 하지만 넘어지진 않았다. 그리고 결국 무너지다 만 두 벽 사이에서 그럴싸한 작은 모서리를 발견했다. 덫이 될 가능성이 낮다는 점에서 굴뚝보나 나있다. 마음민 먹으면 어디로든 뚫고 나갈 수두 있을 것 같았다. 벽장의 일부분 같기도 했다. 그가 바닥의 부스러기들을 치우는 동안 나는 깜빡 잠에 들었다. 그러다 그가 나를 들어 모서리 사이에 놓을 때 다시 잠에서 깼다.

내가 편하게 자세를 잡자 그가 돌멩이, 까맣게 탄 목재, 나뭇가지, 파이프 등으로 내 주위에 담을 쌓았다. 그리고 잠시 후 햇빛을 가릴 만큼 완벽하게 보금자리를 쌓아올렸다. 일이 끝나자 그가 일부러 남겨놓은 작은 틈새로 나를 다시 깨웠다.

"집에 가." 내가 그에게 말했다. 그리고 그가 반발하기 전에 말을 덧붙였다. "일요일 아침에 와줘. 그때쯤이면 먹을 만한 걸 발견했을 거야. 사슴이든 토끼든, 뭐든 간에."

"혹시 모르니까 스테이크를 한두 조각 챙겨올게."

"알겠어." 스테이크를 원할 것 같진 않았다. 하지만 그걸 가지고 오는 게 그의 마음을 편하게 할 거라는 생각이 들었다.

"이 멍청이에게서 너를 안전하게 지키려면 어떻게 해야 할까?" 그가 아직 의식이 없는 총잡이에 대해 물었다.

"총을 가져가. 그거면 충분해."

"네가 한잠에 든 대낮에 놈이 이 은신처를 부술 수도 있어."

"그러면 놈을 죽여야지. 선택의 여지가 없으니까. 흉하게 화상을 입을 거고 낫는 데 시간이 좀 더 걸리겠지만 그래봤자 그게 최악이야. 이제 잘게, 라이트."

나는 귀를 쫑긋 세우고 그가 떠나는 소리를 들었다. 그가 마지못해 자리를 떴다.

두세 시간쯤 지나자 나를 쐈던 남자가 마침내 잠에서 깼다. 그가 몇 번 기침을 하더니 구역질을 해댔다. 그가 낸 소음이 나를 깨웠다.

아직은 감히 그와 맞설 수 없었기에 나는 소리를 죽였다. 그가 일어서더니 발을 헛디디고 넘어질 듯 휘청거렸다. 그의 절뚝거리는 발자국 소리가 내게서 멀어지면서 희미해졌다. 소총이 사라진 건 눈치채지 못한 것 같았다. 내 작은 은신처 근처에는 얼씬도 하지 않았다.

나는 밤부터 낮까지 계속 잤다. 해질 무렵이 되자 너무 허기가 졌다. 치유하느라 고생을 한 덕분인지 내 몸이 음식을 필요로 했다. 나는 라이트가 만들어준 돌무더기 벽을 밀쳐내고 일어섰다. 그리고 배고픔에 몸을 떨면서, 라이트가 다리를 살피려고 내렸다가 올린 뒤 불편할까봐 느슨하게 풀어놓았던 바지를 조였다. 나는 몇 번 심호흡을 한 뒤, 처음에는 다리를 절뚝이다가, 그다음에는 걷다가, 이어서 인간 냄새가 나지 않는 방향으로 천천히 뛰었다.

사냥은 나를 진정시키고 집중시켰다. 게다가 곧 고기를 먹을 수 있다는 것을 의미했기 때문에 기분이 좋았다.

하지만 결국 사냥은 누군가 키우던 작은 암염소를 잡아먹는 것으로 끝이 났다. 가축을 먹을 의도는 아니었으나 몇 시간을 뒤져봐도 그게 내가 찾을 수 있는 전부였다. 어느 농장에선가 탈출한 놈이 분명했다. 농장주보단 염소를 잡아먹는 게 더 나았다.

배를 채우고 한숨 돌린 나는 라이트를 기다리기 위해 폐허로 다시 걸어갔다. 그때 근처에서 사람 냄새가 났다. 농장이었다. 사냥을 할 땐 일부러 사람을 피했으나 이번엔 달랐다. 나는 정체를 식별하기 위해 냄새를 들이켜며 아는 놈이 있는지 살폈다.

그리고 총잡이의 냄새를 맡았다.

아직 자정이 아니었다. 라이트가 도착하기에는 너무 일렀다. 내게 그토록 큰 고통을 주고 라이드의 목숨을 앗아갈 뻔했던 그자와 말을 해볼 시간적 여유가 있었다. 나는 농장 쪽으로 방향을 틀어 천천히 뛰기 시작했다.

나는 숲에서 벗어나 농장 벌판을 가로지르며 냄새를 쫓았다. 냄새는 빨간 지붕으로 된 단층짜리 회색 농장에서 풍겼다. 그 말인즉, 총잡이가 코를 골고 있는 방으로 곧장 들어갈 수 있을지도 모른다는 뜻이었다. 집에 사람이 셋이나 더 있었으므로 조심해야 했다. 적어도 모두 잠든 상태긴 했다.

총잡이의 침실에 창문이 하나 보였지만 잠겨 있었다. 조용히 창문을 열 방법이 도무지 생각나지 않았다. 문도 역시 잠겨 있었다. 집을 빙 둘러봤지만 열린 문이나 창문은 찾을 수 없었다. 쉽게 들어갈 수는 있어도 조용히 들어가는 건 힘들 것 같았다.

나는 침실 창문으로 되돌아갔다. 커다란 창문이었다. 그리고 재킷 소매를 손 위로 내린 뒤 소매 끝으로 주먹을 완전히 감쌌다. 다른 옷들과 마찬가지로 재킷이 몸에 비해 크다 보니 손을 감싸기가 쉬웠다. 나는 일격에 걸쇠 부근의 유리창을 부쉈다. 그런 뒤 창턱 아래에 몸을 숨기고 숨죽인 채 귀를 기울였다. 누군가 소음에 깨기라도 했다면 즉시 알아차리고 싶었다.

총잡이 외에 누구도 숨소리에 변화가 없었다. 총잡이는 잠시 코골이를 멈췄다가 다시 골기 시작했다. 너무 많은 낯선 소리들이 연달아 들리지 않게 하려고 잠시 기다렸다. 그러고는 안쪽으로 손을 뻗어 걸쇠를 돌리고 창문을 위로 올렸다. 창문은 쉽게, 소리 없이 열렸다. 나는 안으로 들어간 뒤 창문을 닫았다.

그때 침대에 있던 남자의 코골이가 다시 멈췄다. 바깥의 차가운 공기가 그를 깨운 모양이었다.

나는 최대한 빨리 방을 가로질러 침대로 가서 그의 얼굴을 베개 쪽으로 젖히고 양손을 그러쥔 뒤, 온 체중을 실어 그를 물었다.

그가 반항하며 몸부림을 쳤다. 계속 그렇게 버둥대면 그가 나를 내동댕이치거나 내가 그의 뼈를 부러뜨릴 수도 있을 것 같아 걱정되었다. 하지만 이미 한 번 그를 물은 터였다. 내 말을 들을 준비가 되어 있을 게 분명했다.

"가만히 있어." 내가 속삭였다. "그리고 조용히 해."

그가 내 말에 따랐다. 내가 조금 더 피를 빼는 동안 그가 가만히 누워 침묵을 지켰다. 나는 몸을 일으켜 주위를 둘러봤다. 문은 잠겨 있었지만 옆방에 사람들이 있었다. 밖에서 그들의 숨소리도 들은 터였다. 두 사람이었다. 하지만 이쪽 옷장과 저쪽 옷장이 두 방을 가로막고 있어선지 이제는 그들의 소리가 거의 들리지 않았다. 아마 그들도 우리 소리를 듣지 못했으리라.

"바로 앉아. 그리고 목소리 낮춰." 나는 총잡이에게 말했다. "이름이 뭐야?"

그가 목에 손을 갖다 댔다. "무슨 짓을 한 거야?" 그가 나지막하게 말했다.

"이름이 뭐냐고." 내가 되물었다.

"롤리 커티스."

"이 집에 또 누가 있지?"

"형. 형수. 그리고 조카."

"여긴 그 사람들 집이야?"

"그래. 직장에서 잘려서 잠시 신세 지는 거야."

"좋아. 왜 나를 쏜 거지, 롤리?"

81

그가 어둠 속에서 나를 보려고 실눈을 뜨다가 침대 옆 램프로 손을 뻗었다.

"안 돼." 내가 말했다. "불은 켜지 마. 그냥 말만 해."

"네가 뭔지 몰랐어. 난데없이 튀어나왔잖아. 나는 야생 고양이나 뭐 그런 건 줄 알았다고." 그가 말을 멈췄다. "이봐, 내 목에 했던 그거 다시 해봐."

나는 어깨를 으쓱했다. 못할 이유가 뭔가? 내일이면 몸이 아플 테지만 그러거나 말거나였다. 그의 피를 조금 더 빠는 동안 그가 침대에 누워 온몸을 떨고 비틀면서 재차 소곤거렸다. "오 세상에, 오 세상에, 오 세상에."

내가 멈추자 그가 매달렸다. "조금만 더 해줘. 맙소사, 살면서 이렇게 짜릿한 기분은 처음이야."

"더는 안 돼. 말해봐. 내가 너를 놀라게 해서 쐈다고 했지?"

"그래. 대체 어디서 나타났던 거야?"

"그럼 그 남자는 왜 겨누고 있던 거야? 그 사람은 널 놀라게 하지도 않았잖아."

"그래야 했으니까."

"왜?"

그가 오만상을 쓰며 머리를 문질렀다. "그래야 했으니까."

"이유를 말해봐."

그가 계속 얼굴을 찌푸린 채 머뭇거렸다. "거기 있었으니까. 거기 있으면 안 됐으니까. 그곳은 그의 땅이 아니야."

"네 땅도 아니잖아." 짐작일 뿐이었지만 합리적인 짐작이었다.

"그는 거기 있으면 안 됐어."

"어쩌다 그를 쫓아내거나 죽이는 일을 맡게 된 거야?"

정적이 흘렀다.

"이유를 말해봐." 세 번이나 물었으니 내게 말하고 싶어 안달이 났어야 정상이었다. 하지만 그 대신 그는 고통에 빠진 모습이었다.

그가 양손으로 머리를 부여잡고 훌쩍였다. "말할 수 없어." 그가 말했다. "말하고 싶어. 근데 할 수 없어. 머리가 아파."

갑자기 뭔가 머릿속을 스쳤다. "헬리콥터에 있던 자를 봤구나?"

그가 베개에 얼굴을 묻고 훌쩍였다. "봤어." 그가 말했다. 그의 목소리가 희미해서 알아듣기 힘들었다.

"언제 왔었어? 목요일 밤에?"

그가 잿빛 얼굴로 나를 올려다보며 목을 문질렀다. 내가 문 쪽이 아니라 반대편 쪽이었다. "맞아, 목요일."

"그자도 널 봤구나? 이야기도 하고?"

그가 고통에 일그러진 표정으로 신음했다. 거의 울기 직전이었다. "제발 묻지 마. 말할 수 없어. 말할 수 없어."

그자가, 나와 비슷한 남자가 롤리를 찾아와 문 뒤 그에게 폐허를 지키라고, 자신이 무슨 짓을 했는지 누구에게도 말하지 말라고 명령한 것이었다. 하지만 그곳에 지킬 만한 게 있었던가? 사람을 쏴서라도 지킬 만한 게 뭐란 말인가?

나도 모르게 롤리에게 미안한 마음이 들기 시작했다. 아마 머리가 아팠을 것이다. 그는 나에 대한 복종과 헬기에서 내린 남자에 대한 복종 사이에서 너덜너덜해졌다. 그런 일은 일어나선 안 되었다. 생각만 해도 무척이나 불편했다. 물론 이유는 알 수 없었다. 나는 좀 더 기억이 떠오르길 기대하며 기다렸다. 하지만 내가 스스로에게 수

치심을 느끼기 시작했다는 것, 롤리에게 사과를 해야 한다는 느낌이 들기 시작했다는 것만 빼면 더 이상 아무것도 생각나지 않았다.

"롤리."

"응?"

"괜찮아. 헬리콥터에서 내린 남자에 대해선 더 이상 물어보지 않을게. 괜찮아."

"알겠어." 그가 오랫동안 숨을 못 쉬다가 이제야 갑자기 다시 쉴 수 있게 된 듯한 표정을 지었다. 더는 고통스럽지 않은 것 같았다.

"헬기를 타고 온 그 남자를 만나고 싶어. 그자가 너를 다시 찾아오면 나에 대해 말해줘."

"뭐라고 말해?"

"내가 널 물었다고, 내가 그를 만나고 싶어 한다고 전해. 다음 주 금요일 밤에 그 불타버린 마을로 가 있겠다고 해. 그리고… 네가 그를 안다는 걸 내가 몰랐다고 말해. 나에 대해 물어보면 뭐든 답해도 좋아. 알겠어?"

"알았어. 그런데 네 이름이 뭐야?"

좋은 질문이었다. "이름은 신경 쓰지 마. 그에게는 나에 대해 묘사해. 그러면 아마 알 거야. 그리고 아무한테도 우리에 대해 말하면 안 돼. 필요하면 차라리 거짓말을 해."

"좋아."

내가 일어서려 하자 그가 손을 잡았다. 그러곤 다시 놓았다. "네가 했던 거 말이야." 그가 내가 문 자국을 만지며 말했다. "진짜 좋았어."

"그 덕분에 한동안 몸이 약해지고 아플 수 있어. 그 점은 미안해. 하지만 며칠이면 괜찮아질 거야."

"그만한 가치가 있었어."

떠나는 기분이 한결 나았다. 그가 나를 용서한 것처럼 느껴졌다. 내가 이전에 누구였든 간에, 옳고 그름에 대해 강한 신념을 가진 사람이었던 것 같았다. 나와 비슷한 다른 존재에게 이미 사로잡힌 사람을 무는 건 옳지 않았다. 나를 쏜 게 온전히 그의 잘못이 아닌데도 몸이 아플 정도로 피를 빤 건 분명 옳지 않은 일이었다. 대체 왜 나와 같은 부류가 사람이 죽건 말건 공연히 총을 쏘라고 지시한단 말인가?

나는 다시 폐허로 뛰어갔다. 굴뚝 여덟 개, 시커멓게 타버린 자갈들, 스러지지 않은 목재 여럿, 벽의 잔해. 그게 남은 전부였다. 왜 이걸 지켜야 한단 말인가? 지킨다면 조금이라도 쓸모가 있도록 화재가 일어나기 전에 지켰어야 할 일이었다.

끝으로 나는 라이트와 내가 지난밤에 차를 세웠던 사유도로 한복판까지 뛰어갔다. 그가 오는 소리가, 그가 문 앞에서 차를 세웠다가 다시 운전하는 소리가 들렸다. 나는 낯선 이가 아닌 그의 차라는 확신이 들 때까지 기다렸다. 차를 확인하고 그의 냄새를 포착한 순간, 그가 보고 싶어 견딜 수가 없었다. 차가 서자마자 나는 보조석 문을 열고 안으로 미끄러져 들어갔다.

라이트가 걱정과 긴장의 냄새를 풍기며 그곳에 있었다. 웬일인지 그는 내가 옆자리에 앉아 차 문을 닫을 때까지 나를 보지 못했다.

그가 펄쩍 뛰어오르더니 나를 붙잡고 덥석 끌어안았.

나는 그가 내 다리부터 시작해 몸 구석구석을 샅샅이 살피는 걸 보고 활짝 웃었다. "난 괜찮아." 그에게 입을 맞추며 말했다. 그를 봐서 놀랄 만큼 기뻤다. "집에 가자. 뜨거운 물에 목욕을 한 다음 당신을 가지고 싶어."

그가 나를 무릎 위에 올렸다. 순식간에 일어난 일이라 나는 깜짝 놀랐다. "언제든지." 그가 말했다. "원한다면 지금도 좋고."

나는 그의 목에 입을 맞췄다. "지금 말고. 우선 집으로 가자."

7

일주일 뒤, 우리는 폐허로 돌아갔다.

나는 라이트가 사유도로로 진입하는 문 옆에 차를 세웠으면 싶었다. 내가 혼자 들어가고 그는 차 안에서 기다리는 게 안전하리라 생각했다. 하지만 롤리 커티스가 해준 이야기를 전해들은 라이트는 단호했다. 나와 함께 가겠다는 것이었다.

"그 작자가 무슨 짓을 할지 모르잖아." 그가 말했다. "너를 붙잡아서 끌고 가면 어쩔 거야? 제기랄, 그자가 애초에 집에 불을 지른 놈이면 어쩔 거냐고?"

"그는 나와 같은 부류야. 나를 모를지라도 날 아는 사람을 알 수도 있어. 적어도 내 종족에 대해 말해줄 수는 있을 거야. 난 내가 누군지 알아야 해, 라이트. 내가 뭔지 말이야."

"그러면 나도 같이 가. 새로 생긴 멋진 소총도 챙겨야겠어."

나는 굳이 롤리 커티스에게 소총을 돌려주지 않았다. 총이 없으면 주변을 어슬렁거리는 낯선 이를 쏘지 못할 터였다. 총을 챙긴 라이트가 밖으로 나가더니 맞는 총알을 사왔다.
"그자는 너와 같은 부류의 남자야." 그가 내게 말했다. "어쩌면 너보다 훨씬 크고 강한 성년 남성일 수도 있다고. 르네, 그자가 네 의사와 상관없이 널 마음대로 하려고 들지도 몰라."

라이트는 나를 잃을까봐, 그자가 나를 데려갈까봐 두려워하고 있었다. 그의 말이 맞을지도 몰랐다. 그의 생각처럼 그 남자는 나보다 크고 강할 수도 있었다.

그 마지막 가능성만으로도 라이트가 총을 들고 내 곁에 있어주길 바라기에 충분했다. 그가 별빛보다 좀 더 밝은 빛 아래에서 폐허를 보고 싶어 하는 바람에 해가 지기 전에 오두막을 떠났다. 기필코 주위를 잘 보겠다는 일념으로 그는 손전등까지 챙겨서 총알이 든 재킷 호주머니에 넣고 지퍼를 잠갔다.

청바지, 셔츠, 모자가 달린 재킷으로 몸을 잘 감싼 덕에 햇빛은 걱정되지 않았다. 어쨌거나 날씨도 흐렸다. 비가 올 것 같았지만 아직 쏟아지진 않았다. 직사광선에 비하면 눈에 훨씬 무리가 덜 갔다.

"아직 안 왔을 거야." 라이트가 운전하는 동안 내가 말했다. "만약 온다 해도 해가 진 다음 나타날 거야."

"만약이라고?" 라이트가 물었다.

"롤리가 그를 못 만났고 그래서 내 메시지를 전달하지 못했을 수도 있으니까. 그가 나를 만나는 데 관심이 없을 수도 있으니까. 그가 다른 할 일이 있을 수도 있으니까."

"그를 만나는 게 떨려서는 아니고?" 라이트가 말했다.

사실이었다. 그래서 나는 답하지 않았다.

"롤리의 전화번호를 따왔어야 했어. 그러면 전화로 메시지를 전달

했는지 물어볼 수 있었을 텐데."

"안 알려줬을지도 몰라." 내가 말했다. "그가 전화로 사실을 말했을 것 같지 않아." 나는 갑자기 말을 멈추고 그를 쳐다봤다. "라이트… 잘 들어. 만약 그자가 당신을 물으면 그자가 묻는 말에 순순히 대답해. 그렇게 해, 알겠지?"

그가 고개를 저었다. "물게 놔두지 않을 거야."

"하지만 만약에 말이야. 만약에 묻는다면."

"알았어." 잠깐의 시간이 흘렀다. "내가 롤리처럼 고통받길 원치 않는 거지?"

"당신이 고통받길 원치 않아."

그가 알 수 없는 미소를 살짝 지어 보였다. "듣기 좋은 말이네."

우리는 몇 분 동안 직진을 하다가 갓길로 길을 틀었다. 바람만 우리 쪽으로 불어준다면 얼추 문에 도착했을 때 폐허에서 나는 냄새를 알아챌 수 있을 거라 생각했지만 상황이 여의치 않았다.

"여기서 기다려." 문이 가까워지자 내가 말했다. "롤리나 누군가가 혹시 다른 총잡이를 데리고 와서 기다리는 것은 아닌지 확인을 해야겠어."

그가 내 허리를 꽉 잡았다. "워," 그가 말했다. "또 총에 맞을 생각인 건 아니지?"

나는 차 밖으로 몸을 반쯤 내밀다 동작을 멈추고 몸을 돌려 그의 품에 안겼다. "무슨 냄새가 나는지 한 바퀴만 둘러볼게." 내가 말했다. "여기에 있어. 도움이 필요한 게 아니라면 아무 소리도 내지 마." 나는 그의 품에서 빠져나갔다.

나는 드문드문 걸음을 멈춰가며 주변을 둘렀다. 하나도 빠짐없이 듣고 보고 냄새 맡기 위해서였다. 예상대로 헬리콥터는 아직 오지 않았다. 최근 롤리가 근처에 온 적도 없었다. 누군가 왔다 가긴 했으나 누구의 냄새인지는 알 수 없었다. 총을 가지고 있지 않은 젊은 인간 남자였다. 하지만 지금은 그곳에 없었다. 지금은 아무도 없었다.

나는 라이트와 헤어졌던 문으로 되돌아가 또다시 그를 깜짝 놀래 켰다. 그는 차에서 내려 출입문 옆에 기대 있었다.

"깜짝이야, 아가씨!" 내가 그의 팔을 잡자 그가 소리쳤다. "걸어다 닐 땐 소리를 좀 내라고."

나는 웃었다. "아무도 없었어. 결국 밤새 시간만 낭비하는 거 아닌가 모르겠군. 그래도 일단 들어가보자."

우리는 차를 타고 마을로 들어갔다. 그리고 폐허에 도착하자 돌더미를 뒤지면서 불에 안 탔거나 살짝만 그을린 물건들을 찾았다. 펜, 포크, 숟가락, 가위, 단추가 든 작은 병…. 전부 다 뭔지 알아봤다. 하지만 라이트가 은신처를 만들어주려고 불탄 목재를 쌓아놓았던 곳 근처에 떨어진 작은 은색 물건은 뭔지 알 수 없었다. 내가 밖으로 나오려고 밀치면서 목재 아래에 깔리게 된 것 같았다.

"십자가야." 라이트에게 보여주자 그가 말해줬다. "여기 살았던 누군가가 걸고 다녔던 것 같아. 아니면 방화범이 잃어버렸거나." 그가 멋없이 웃었다. "이 신앙심 깊은 주인이 누군지는 알기 어렵겠어."

"그런데 이게 뭐야?" 내가 물었다. "십자가가 뭐야? 뱀파이어에 대해 읽으면서 그 단어와 숱하게 마주쳤어. 그런데 누구도 뱀파이어를 물리친다는 말만 할 뿐 그게 뭔지는 설명해주지 않았어."

그가 그것을 내 손에 다시 쥐어줬다. "진짜 은인 것 같은데. 쥐고 있으니 불편해?"

"아니. 작은 '✝' 모양에 조그만 인간이 달려 있네. 맨 위에는 고리가 있고. 어딘가에 붙어 있었던 게 아닌가 싶은데."

"아마 목걸이일 거야." 그가 말했다. "뱀파이어에 관한 또 하나의 허무맹랑한 미신이지."

"뭐라고?"

"이건 종교적인 상징이야, 르네…. 중요한 상징이지. 이건 뱀파이어를 다치게 하려고 쓰는 거야. 뱀파이어는 악하다고 여기니까. 이제껏 내가 본 모든 뱀파이어 영화들에 따르면 너는 십자가를 무서워해야 할 뿐 아니라, 그게 닿으면 피부가 타들어가야 해."

"안 뜨거운데."

"알아, 알아. 걱정하지 마. 영화에서 지껄이는 헛소리일 뿐이니까."

그는 자리를 떠나 굴뚝 주변을 둘러보고, 부서지고 변색된 온수기, 세면대, 욕조, 냉장고의 잔해를 살펴봤다. 주위를 둘러보던 나는 낯몇 집들에 세면대와 욕조가 없다는 사실을 깨닫고 의아했다. 롤리가 보초를 서고 있지 않을 때 사람들이 와서 가져갔을까? 아니면 롤리나 친척들이 가져간 걸까? 하지만 왜? 누가 그런 것들을 원한단 말인가?

그때 라이트가 집 밖을 돌다 한 굴뚝 근처 바닥에서 반쯤 비집고 나온 뭔가를 발견했다. 작은 금빛 새가 달려 있는 반짝이는 금목걸이였다. 볏이 달린 새가 날갯짓이라도 하듯 날개를 펼치고 있었다.

"아직 이런 게 있다니 신기하네." 그가 말했다. "분명 많은 사람들이 여기를 뒤져서 기념품을 주워갔을 텐데." 그가 셔츠에 목걸이를 닦더니 액체라도 되듯 내 손에 스르르 놓았다.

"예뻐." 내가 목걸이를 살피며 말했다.

"내가 목에 걸어줄게."

나는 지금쯤 망자일 게 뻔한 사람의 소지품을 목에 걸고 싶은 건지 생각하다가, 잠시 후 어깨를 으쓱하며 그에게 목걸이를 건네고 내 목에 걸도록 했다. 그가 그걸 원했다. 게다가 그는 내가 목걸이를 한 모습을 마음에 들어 하는 것 같았다.

"머리칼이 자라고 있구나." 그가 말했다. "살짝 꾸미기에 딱이야."

내 머리칼은 자라고 있었다. 검은색 곱슬머리가 2~3센티미터쯤 자라 더 이상 다친 부위 때문에 머리가 울퉁불퉁하지 않았다. 라이트가 불에 타지 않은 머리칼을 잘라준 덕분에 머리칼이 제법 고르게 자라고 있었다. 이제야 다시 여자처럼 보인다는 생각이 들었다.

"내가 남자라고 생각한 적 있어?" 라이트에게 물었다. "그러니까 처음에 나를 보고 차를 세웠을 때 말이야."

"아니, 전혀." 그가 말했다. "그럴 뻔도 했지. 거의 민머리인 데다 몸에 맞지도 않는 꾀죄죄한 남자 옷을 입고 있었으니까. 하지만 처음 전조등으로 너를 비췄을 때 그런 생각이 들었어. '정말 예쁜 꼬마 엘프 같은 여자애군. 대체 이런 여자애가 여기서 혼자 뭘 하고 있는 거지?'"

"엘프 같은?"

"요정 같다고. 이야기에 따르면 엘프는 작고 호리호리하고 마법을 부려. 또 다른 신화 속 존재지. 언젠가는 껌껌한 길가에서 엘프도 마주칠지 누가 알겠어."

나는 웃었다. 그때 헬리콥터 소리가 들렸다. "그자가 오고 있어. 일어나서 밖으로 나오기에는 이른 시간인데. 나를 굉장히 만나고 싶은가 봐."

"아무 소리도 안 들리는데. 그렇지만 네가 그렇다면 그런 거겠지. 난 숨어 있을까?"

"아니. 어차피 냄새는 숨기지 못해. 저기 제일 큰 굴뚝 옆에서 기다리자." 거대한 양면 벽난로 위로 커다란 벽돌 굴뚝이 솟아 있었다. 혹시 그 방문객이 총을 쏘려 한다면 그 굴뚝이 우리를 보호할지도 몰랐다.

헬기는 이번에도 목초지에 착륙했다. 나는 왜 그가 전에 그곳에 착륙했는지 궁금했다. 습관적으로? 아니면 이 여덟 가구에 멀쩡하게 주인이 살던 시절, 이 낯선 자가 이곳을 자주 방문했던 걸까?

거대하고 흉측한 벌레처럼 보이는 헬기가 라이트에 따르면 거대한 채소밭이었던 게 분명한 땅에 착륙했다. 불에 타서 전멸하다시피 하기는 했지만 일부 채소는 알아볼 수 있었다. 헬기가 그중 살아남은 채소(대부분 양배추와 감자였다)의 상당량을 뭉개버렸다.

기장이 헬기의 회전 날개 아래로 몸을 숙이고 뛰어내리더니 주변을 둘러봤다. 그가 우리를 발견하고 곧장 우리 쪽으로 걸어왔다. 소총을 점검하고 있던 라이트가 몸을 꼿꼿이 세우고선 그 낯선 이를 뚫어지게 쳐다봤다. 나도 그를 바라봤다. 그는 큰 키에 몸이 가늘고 길었으며 손엔 아무것도 들려 있지 않았다. 나와 같은 부류로 보였지만 금발에 피부가 아주 창백하다는 게 달랐다. 피부색이 라이트처럼 밝은 것을 넘어 책 속지처럼 하얘 보였다. 그렇지만 피부색만 제외하면 내가 커서 저렇게 되지 않을까 싶은 모습이었다(크고 늘씬하지만 꼬마 요정 같지는 않은).

"쇼리?" 남자가 물었다. 듣자마자 나는 그의 목소리가 마음에 들었다. 그리고 어째선지 그에게서 안전한 냄새가 났다. 이유는 몰라도 그의 냄새가 나를 안심시켰다. 그때 그가 나를 보고 있으며 내게 말을 걸었다는 사실을 깨달았다. 그런데 그 단어는 무슨 뜻인 걸까?

나는 굴뚝 옆으로 비켜섰다.

"어떻게 살아남은 거냐, 쇼리? 어디에 있었던 거야?"

그는 나를 '쇼리'라고 부르고 있었다. 나는 숨을 내쉬었다. "그럼 날 안단 말이네요." 내가 말했다.

"알고말고! 왜 그러는 거야?"

나는 또 한 번 숨을 작게 내쉬면서 이유를 설명하려고 마음먹었다. 왜인지는 몰라도 진실을 말하는 게, 이 낯선 사람에게 그런 엄청난 약점을 시인한다는 게, 내가 나 자신에 대해 아는 게 없다고 말하는 게 부끄러웠다. 하지만 달리 무슨 수가 있겠는가? 나는 말했다. "몇 주 전, 여기서 멀지 않은 동굴에서 눈을 떴어요. 그 전에 무슨 일들이 있었는지에 대해선 아무 기억이 없어요. 그리고… 저는 당신을 몰라요."

그가 내게 손을 뻗었으나 내가 그의 손길을 피해 뒤로 물러섰다.

"저는 당신을 몰라요." 내가 거듭 말했다.

한쪽 옆에서 라이트가 경계하는 게 보였다. 그의 총구가 낯선 이가 아닌 아래를 향하고 있었다. 총을 양손으로 잡고 몸에 기댄 채 방아쇠 근처에 오른쪽 검지를 대고 있는 그의 모습이, 그 남자가 조금이라도 움직일 기미를 보였다간 곧장 겨냥할 태세였다.

남자가 손을 옆으로 떨구었다. 나는 라이트를 흘깃 보며 그를 뒤로 물렸다. "내 이름은 이오시프 페트레스쿠야." 그가 말했다. "네 아빠란다."

나는 그를 빤히 쳐다봤다. 그에게 아무런 감정도 느껴지지 않았다.

나는 그를 몰랐다. 그렇지만 그가 진실을 말하는 것일 수도 있었다. 내가 어떻게 알겠는가? 그런 걸 거짓으로 말할까? 왜?

"그럼 나는… 쇼리?"

"네 인간 엄마가 지어준 이름이 쇼리야. 성은 매슈스고. 너의 '이나' 엄마들은 마테스쿠라는 성의 내 먼 친척이란다. 하지만 낯선 이름을 수상쩍게 여기는 사람들이 너무 많아서 1950년대에 결국 영어식인 매슈스로 바꿨지."

"엄마들이요…?"

그가 바닥의 돌무더기를 둘러봤다. "애야." 그가 말했다. "굳이 이런 정신없는 데서 얘기하지 말고 우리 집으로 가자꾸나."

"제가… 여기 살았어요?"

"그래, 맞아. 여기서 태어났어. 둘러봐도 기억이 안 떠오르니?"

"기억이 없어요. 그저 제가 이곳과 어떻게든 연관이 있을 거란 느낌뿐이에요. 동굴에서 눈을 떠서 몸을 추스르고 난 뒤 이리로 왔는데 왜 그랬는지는 모르겠어요. 발이 그냥 저를 이곳으로 이끈 것 같았어요."

"집이니까. 네겐 여기가 집이었어."

나는 고개를 끄덕였다. "당신은 여기 안 살았어요?"

그가 놀란 표정을 지었다. "그래. 우리는 인간처럼 남녀가 함께 살지 않는단다."

나는 침을 삼킨 뒤 그토록 궁금해 하던 질문을 던졌다. "우리는 뭐예요?"

"당연히 뱀파이어지. 우리끼리는 그런 이름으로 부르지 않지만."

그가 송곳니만 빼면 인간과 똑같은 이빨을 보이며 미소 지었다. 그의 송곳니는 나처럼 인간의 것보다 조금 더 길고 날카로웠다. 그의 이빨이 내 것과 비슷하다면, 우리 모두 인간의 것보다 송곳니가 날카로운 게 분명했다. 그래야 했다. 그가 말했다. "브램 스토커가《드라큘라》에서 묘사한 뱀파이어와는 별 공통점이 없지만 오래 살면서 피를 마시는 종족인 건 맞아." 그가 라이트를 봤다. "자네는 이 아이가 뭔지 알았지?"

라이트가 고개를 끄덕였다. "살기 위해 피를 마셔야 한다는 건 알았어요."

이오시프가 한숨을 쉬더니 이미 수도 없이 읊었던 말을 또 읊는다는 듯이 나른하게 말했다. "우리는 인간과 어울리면서도 거리를 두고 살아왔어. 물론 우리와 공생 관계를 이루는 인간은 예외지. 우리의 생은 인간의 생보다 훨씬 길어. 대부분 낮에는 자야 하고. 그래, 살려면 피를 마셔야 해. 인간의 피를 가장 좋아하긴 하지만 다행히 피를 얻기 위해 인간을 다치게 할 필요는 없어. 하지만 이런 존재로 태어나는 거지. 마법 부리듯 인간을 우리와 같은 존재로 바꿀 수는 없어. 다만 우리와 손잡은 인간들을 그렇지 않은 인간들보다 훨씬 건강하고 훨씬 강하고 훨씬 죽이기 어렵도록 만들 수는 있지. 그렇게 그들의 삶을 몇십 년 정도 늘리는 거야."

그 말에 라이트가 관심을 보였다. "얼마나요?" 그가 물었다.

"얼마나 오래 살게 되냐고?"

"네."

이오시프가 숨을 크게 들이쉬더니 말했다. "사고나 살인을 당하지 않는다면, 170살에서 200살까지 살 확률이 높지."

"200살…. 제가요? 건강한 상태로요?"

"그래. 쇼리의 독이 자네의 면역 체계를 엄청나게 강하게 만드는 덕분이지. 그렇다고 인간들이 자주 걸리는 자가면역질환에 걸려서 면역 체계가 자넬 공격할 일은 딱히 없어. 게다가 이 아이의 독이 자네의 심장과 순환계도 건강하게 만들 거야. 자네의 건강은 이 아이에게 중요하거든."

"너무 좋아서 믿기지가 않네요."

"상호 공생 관계라서 그래. 쇼리와 한 배를 탔다는 건 자네도 알 거야."

라이트가 고개를 끄덕였다. "조금 두려워요. 제가 어떤 세계에 발을 들이는지 잘은 알 수 없지만 그녀와 함께 있고 싶고, 함께 있어야 해요." 잠시 후 그가 물었다. "당신 같은 부류들은 얼마나 사나요?"

"오래." 이오시프가 말했다. "자네들 생각처럼 더 이상 불멸은 아니지만. 자네는 쇼리가 몇 살이라고 생각하지?"

"저는 르네라고 불러요." 그가 말했다. "그나저나 저는 라이트 햄린입니다."

"이 아이가 몇 살인 것 같나?"

"처음 만났을 땐 열 살이나 열한 살인 줄 알았어요. 나중에야 훨씬 많다는 걸 깨달았고요. 그래 보이지는 않지만요. 아마 열여덟이나 열아홉 정도?"

이오시프가 웃음기 없이 미소를 지었다. "적어도 법적으로는 문제없는 나이 같다 이거지?"

라이트의 얼굴이 빨개졌다. 나는 무슨 뜻인지 모른 채 그에게서 시선을 돌려 이오시프를 봤다.

"걱정 말게, 라이드." 이오시프기 잠시 후 말했다. "사실 쇼리는 어린 아이야. 아이를 가질 정도로 크려면 적어도 중요한 성장 단계를 한 번 더 거쳐야 해. 가임 연령이 일흔쯤 되어서 시작하거든. 그렇게 총 500년을 살지. 이 아인 지금 쉰셋이야."

라이트의 입이 딱 벌어졌지만 소리는 나오지 않았다. 그는 처음엔 이오시프를, 그다음엔 나를 빤히 쳐다봤다. 라이트가 스물셋인 건 알고 있었다. 성적으로 성숙한 나이이자 세상이 어떻게 돌아가는지 충분히 알 만한 나이였다. 이오시프가 진실을 말하는 거라면 나는 라이트보다 나이가 두 배나 많은데도 아는 게 거의 없었다. 누군가가 53년 인생의 대부분을 가져가버린 것이었다.

"누가 이런 짓을 한 거예요?" 내가 폐허를 가리키며 물었다. "누가 불을 질렀어요? 다른 생존자는 없어요?"

"나는 여기에 없었어." 이오시프가 말했다. "누가 이런 짓을 했는지는 나도 몰라. 그리고 생존자는… 아직 아무도 못 찾았어. 근처 사람들에게 감시를 하라고 시켜놓았다."

그 말에 귀가 쫑긋해졌다. "경솔하셨어요. 롤리는 감시만 한 게 아니에요. 그자가 라이트를 쏘려고 했어요. 그리고 저를 쐈어요."

"사고였어. 네가 우리와 같은 부류인지 몰라서 그런 거야. 너를 똑똑히 봤다면 총을 쏘지 않았을 거야."

"그러면 라이트는 왜 쏘려고 한 거예요?"

"라이트가 네 사람인지 몰라서였지."

"이오시프, 왜 이 돌무더기를 지키려고 사람을 쏘는 거예요? 벌을 받아야 할 건 이런 짓을 한 놈들이에요."

그가 나를 빤히 봤다. "누군가가 이곳에 살던 너의 엄마들과 자매들, 그리고 인간 가족들을 모두 태워 죽였어. 놈들은 도망치려던 자들에게 총을 쏘고 시체를 불구덩이에 던져넣었지. 네가 어떻게 살아남았는지는 모르겠지만 발견 당시 나머지는 모두 불에 타서 몹시 상한 상태였어…. 나와 내 사람들이 그들을 발견했지. 마침 이곳에 오기로 약속이 돼 있어서 소방관들보다 먼저 도착했고 이곳을 버려진 곳으로 여기도록 조치를 취하고 통제할 수 있었지. 불이 꺼진 뒤 검시관들이 유해를 검시하지 못하도록 청소를 하고 흔적을 없앴다. 그리고 며칠 이 지역을 뒤지면서 생존자를 찾고 근방의 인간들을 탐문했어. 그렇게 그들이 뭘 아는지 알아낸 뒤 우리를 노출시키거나 해를 입히지 않을 정보만 기억하도록 손을 썼다. 사실상 이웃들은 아무것도 아는 게 없었어. 결국 살해범들은 못 잡았지. 하지만 생각했다. 그중 몇 놈은 자신들이 한 일을 추억하기 위해 돌아올지도 모른다고. 과거에도 살해범들은 그래왔으니까."

"살해를 추억하기 위해서라니…. 얼마나 많이 죽였어요?"

"일흔여덟. 너 빼고 전부."

나는 입술을 적시며 그로부터 시선을 돌렸다. 동굴에서의 일이 떠올라서였다. "어쩌면 일흔일곱인지도 몰라요." 내가 말했다. 그 일에 대해 결코 말하고 싶지 않았지만 어찌된 일인지 말하지 않으면 기분이 더욱 안 좋아질 것 같았다.

이오시프가 손으로 내 턱을 잡고서 고개를 돌려 그를 보도록 했다. 그든 다른 누구든 전에도 그런 행동을 한 적이 있는 게 분명했다. 친숙하고 편안한 느낌이 들었다. 쇄골까지 곧게 내려오는 옅은 금발 머리칼이 날렵하고 뾰족한 그의 턱 선을 가리고 있었고 커다란 회색 눈동자가 어둠에 적응하느라 확장되어 있었다. 나는 여전히 그가 어색했다. 나는 그를 몰랐다. 하지만 그의 손길이 더 이상 불안하지는 않았다.

내가 말했다. "동굴에서 눈을 떴을 때 누군가 저를 찾았어요. 그곳에 얼마나 있었는지는 모르겠어요. 최소한 며칠은 됐던 것 같아요. 그러다 마침내 의식을 찾았을 때쯤 누군가 저를 발견했어요. 당시에는 그게… 사람인지, 남자인지 몰랐어요. 아무것도 몰랐어요. 그저… 제가 그를 죽였다는 것밖에는요." 차마 나머지 이야기는, 그를 죽였을 뿐 아니라 먹기까지 했다는 얘기는 꺼낼 수가 없었다. 나는 그 생각에 너무 부끄러워진 나머지, 그의 손가락으로부터 얼굴을 떨어뜨리고 한 발자국 물러섰다. "그가 누군지는 아직도 모르지만 그가 내던 소리는 기억해요. 분명하게 들었어요. 하지만 그땐 그가 내뱉은 것이 말이라는 걸 알아차리지 못했어요. 나중에 라이트 곁에서 안전해진 뒤에야 기억을 훑다가 그가 뭐라고 했는지 이해하게 됐어요. 그가 저를 알았던 것 같아요. 절 찾고 있었던 것 같아요."

"그가 뭐라고 말했지?" 라이트가 내게 가까이 다가오며 물었다.

그가 이 말을 듣는다는 게 끔찍하게 느껴졌다. 나는 잠시 눈을 감았다가 질문에 답했다. "그가 그랬어요. '오 맙소사, 찾았습니다. 제발 그녀를 살려주세요'라고요."

침묵이 흘렀다.

이오시프가 한숨을 쉬더니 고개를 끄덕였다. "그는 이 마을 출신이 아니야, 쇼리. 우리 공동체 사람이란다."

나는 그를 봤다. 얼굴에 슬픔이 비쳤다. 그는 그 사람이 누군지 알았고 그 사람의 죽음을 애석해 하고 있었다. 나는 고개를 흔들었다. "미안해요."

놀랍게도 라이트가 나를 당겨서 안았다. 난 기꺼이 그에게 기댔다.

"사람들을 풀어 수색을 했었어." 이오시프가 말했다. "누군가 살아남았다면 그게 너일 거라고 생각했어. 그런데 오직 한 사람만 수색에서 돌아오지 못했지. 영영 그를 찾지 못했어. 네가 머물던 동굴이 어디니?"

나는 몸을 돌려 주변을 둘러본 뒤 할 수 있는 한 최선을 다해 동굴이 어디인지 설명했다. "그곳으로 데려다 드릴게요." 내가 말했다.

이오시프가 고개를 끄덕였다. "유해가 아직 거기 있다면 가져와서 묻어줘야겠어."

"미안해요." 나는 기어 들어가는 목소리로 거듭 사과했다.

그가 나를 뚫어지게 봤다. 처음엔 분노와 비통함이었다가 이젠 슬픔만 남은 듯했다. "그럴 거야. 왜 아니겠니? 미안해 한다니 다행이다. 네가 누구지, 무엇인지는 잊었지만 최소한 예전의 도덕성은 조금이나마 남아 있구나."

잠시 후 라이트가 물었다. "왜 르네가 살아남을 가능성이 높다고 생각한 거예요?"

"검은 피부 때문이지." 이오시프가 말했다. "햇볕을 쬐어도 곧바로 해를 입지 않으니까. 게다가 몸집은 작지만 우리 중 그 누구보다 빠르지. 일이 터졌을 때 누구보다 빨리 눈을 떴을 거야. 우리에 비해 잠을 얕게 자거든. 낮에 꼭 잠을 자야 할 필요도 없고."

"자기가 무슨 실험 대상이었던 것 같다고 그랬어요." 라이트가 말했다.

"사실이야. 우리는 몇 세기 동안 낮에도 버틸 수 있는 존재가 되기 위한 방법을 강구해왔어. 쇼리는 그런 노력 끝에 탄생한 가장 성공적이면서 가장 최신의 결과물이지. 또한 유전자 조작으로 인해 절반은 인간이야. 우리는 인류가 유전공학 연구를 시작하기도 전부터 이미 실험을 해왔어. 심지어 그게 가능한지 깨닫기도 전부터 말이야."

"우리라니, 누구요?" 내가 물었다.

"우리 같은 부류들. 우리는 '이나'다. 지구상의 수많은 뱀파이어 신화가 우리에게서 나왔지만 우리 세계에서 우리는 이나야."

그의 표정이 말하는 것과 달리 그 이름은 내게 아무런 감흥도 주지 않았다. 아무것도 모른다는 건, 매번 완벽히 모른다는 건, 대단히 힘든 일이었다. "정말 싫어요." 내가 말했다. "당신이 뭐라고 말해도 여전히 익숙한 느낌이 없어요. 하나도 와닿지 않아요. 우린 뭐예요? 왜 우린 인간과 다른 거죠? 우리도 인간인가요? 그냥 다른 인종인 건가요?"

"아니, 다른 인종이 아니라 다른 종이지. 인간과는 이종 교배가 불가능해. 누구도 성공시킨 적 없어. 섹스는 할 수 있겠지만 아이는 못 가지지."

"인간과는 친척인가요? 우리는 어디서 왔어요?"

"나는 인간과 친척일 거라고 믿어." 그가 말했다. "다른 설명을 믿기에는 우린 유전적으로 인간과 너무나 가깝거든. 하지만 모두가 그렇게 믿는 건 아니야. 우리에겐 우리만의 전통이, 우리만의 민담과 종교가 있어. 원하면 내 책을 한번 읽어봐."

나는 고개를 끄덕였다. "그럴게요. 그게 제게 무슨 의미가 있을지 궁금하네요."

"머리에 심각한 부상을 입었나보구나." 이오시프가 말했다. "전에도 이런 일이 있었다고 들었어. 사실 우리의 세포 조직은 자가 재생이 가능해. 심지어 뇌 조직도 말이야. 하지만 기억은… 글쎄, 가끔씩 돌아올 때도 있어."

"가끔씩 안 돌아오기도 하고요."

"그래."

"머리에 한 군데 넘게 부상을 입었어요. 두개골이 부서진 것 같았는데 저절로 나았어요. 어떻게 그런 부상을 입고도 살아남을 수 있는 거죠?"

그가 웃었다. "최근 일부 젊은 이나들 사이에선 이나가 수천 년 전에 다른 세계를 떠나 이곳에 온 거라는 설이 떠돌더구나. 나는 엉터리 같은 소리라고 생각하지만 또 모르지. 우리의 오랜 전설과 크게 다르지 않거든. 그 전설에 따르면 우리는 우리를 창조하신 위대한 어머니 여신에 의해 지구로 보내졌고 이곳에 살면서 지혜를 쌓아야 언젠가 고향 나원으로 돌아가 그녀와 함께 살 수 있다고 하지. 그러나 사실 나는 우리가 침팬지처럼 인간이란 종과 사촌 관계를 이루며 이곳 지구에서 진화했다고 생각해. 아마도 우리가 좀 더 뛰어난 사촌이겠지."

그 부분에 대해 뭐라 생각해야 할지, 뭐라 말해야 할지 알 수 없었다. "그렇군요." 내가 말했다. "이나들은 같은 성끼리 산다고 했었죠. 남자는 남자끼리, 여자는 여자끼리."

"어른 이나들은 그렇지. 어린 남자애들의 경우 지금의 너보다 조금 더 크면 어머니를 떠난단다. 그리고 어린 시절의 마지막 시기와 성년의 전부를 아버지와 함께 보내지. 내가 내 아버지 가족에서 유일하게 살아남은 아들인 관계로 내 아들들은 아버지가 나 하나뿐이야. 우리와 공생 관계인 인간들은 성별로 거주지를 나누지 않지만, 우리 이니의 경우 아들은 형제와 아버지와 살고, 딸은 어머니와 자매들과 살지. 하지만 지금 네 경우엔 아직 완전한 성년이 아니니 한동안 우리 공동체에 와서 살아도 좋을 것 같구나. 기억이 다시 돌아올 때까지, 필요한 것들을 다시 배울 때까지, 그리고 나이가 찰 때까지 말이야."

"전 라이트와 살 거예요."

"물론 함께 와도 좋아. 네게 필요한 사람이면 누구든 데려오렴. 너와 네 사람들을 위해 집을 지어줄 테니까."

나는 라이트를 봤다. 그가 고개를 흔드는 게 무리도 아니었다. "저도 일이 있어요." 그가 말했다. "젠장, 저도 삶이 있다고요. 르네… 그러니까 쇼리는 저와 함께 있어도 돼요."

이오시프가 알 수 없는 표정으로 그를 빤히 바라봤다. "그러면 자네가 이 아이에게 이나와 이나의 방식에 대해 가르칠 텐가?" 그가 말했다. "이 아이에게 자신의 과거가 어땠는지 알려주고 성년이 되도록 도울 텐가? 때가 되면 이 아이가 짝을 찾도록, 또 그들의 가족과 협상하도록 도울 텐가?" 그가 꼿꼿하게 서서 라이트를 내려다봤다. 라이트보다 많이 크진 않았지만 표정은 훨씬 높은 곳에서 내려다보는 듯한 느낌이었다. "이 모든 걸 어떻게 해낼 건지 말해보게."

라이트가 분노와 불안 사이를 오락가락하는 표정으로 그를 노려봤다. 그러다 마침내 고개를 돌렸다. 잠시 후 그가 고개를 흔들었다. "공동체가 어디에 있는데요?" 그가 물었다.

"달링턴에서 북쪽으로 몇 킬로미터만 가면 나와."

"전 일을 계속 하고 싶어요."

"물론이지. 안 될 이유가 뭐겠어?"

"너무 머니까요. 거기에… 집이 생기는 거예요?"

"집이 완성될 때까진 내 집에서 지내면 돼. 우리의 관심사는 쇼리를 안전하게 보호하고, 이 아이가 자신의 인생을 살 수 있도록 필요한 것들을 가르치는 거야. 자넨 이미 자신이 생각하는 것보다 이 아이의 삶에 훨씬 큰 부분을 차지하고 있어."

"저도 그녀 곁에 있고 싶어요."

"나도 자네가 이 아이 곁에 있었으면 좋겠어. 하지만 말해보게. 이 아이와 함께 사는 게 어땠나? 자네의 친구와 이웃이 둘의 관계에 대해 뭐라고 생각하지?"

라이트가 입을 열려다가 다시 다물었다. 그가 화난 표정으로 이오시프를 쏘아봤다.

이오시프가 고개를 끄덕였다. "숨겨왔을 거야. 당연히 그랬겠지. 안 그러면 자네가 어린아이와 부적절한 관계를 맺는다고 오해를 받을 테니 말이야. 하지만 우리와 살면 숨길 필요가 없어. 우리에게는 둘의 관계가 부적절하지 않으니까."

8

그날 밤, 이오시프가 라이트와 나의 새 보금자리가 될 공동체를 보여주기 위해 우리를 헬기에 태웠다. 헬기가 목적지에 도착할 때쯤 발 아래로 불이 훤히 켜진 커다란 이층집 다섯 채가 사유도로로 보이는 길을 따라 서 있는 게 보였다. 헛간 두 개, 창고와 차고 몇 개, 가축 울타리, 들판, 텃밭도 있었다. 작은 마을(달링턴인 것 같았다) 불빛에서 북쪽으로 몇 킬로미터 떨어진 곳이었다.

이오시프가 라이트의 차로 오두막으로 돌아갈 수 있도록 그날 밤 늦게 우리를 폐허로 돌려보내주겠다고 약속했다. 이오시프가 의도한 대로만 된다면 우리는 일주일 안에 이사를 할 터였다. 그가 주소, 전화번호, 공동체로 가는 길이 적힌 명함을 하나씩 줬다. 그러면서 트럭 한 대와 사람 두 명을 보내 라이트의 물건을 실을 수 있도록 돕겠다고 했다. 임시 숙소에 들어가지 않는 물건은 집이 마련될 때까지 전부 헛간 하나에 보관할 예정이었다.

"완전 깡촌이네요." 라이트가 불평했다. "조금 전 거기보다 훨씬 고립된 곳 같아요. 통근하려면 고생 꽤나 하겠는데. 이래가지고 오갈 수나 있을지."

이오시프는 그를 무시했다. 헬기가 가장 큰 주택에서 멀지 않은 넓은 포장도로에 착륙하자 그가 말했다. "도시는 피하는 게 최선이야. 도시에 살면 모든 면에서 감각이 과부하 되니까. 소음, 냄새, 조명…. 어떤 이들은 적응하기도 하지만 그렇지 못한 이들은 금방 병을 얻지."

"놀랍네요." 라이트가 말했다. "제가 본 책이나 영화에선 뱀파이어가 도시를 좋아한다고 하던데요. 인구가 많아 익명성에 묻히기 쉬우니까요."

이오시프가 고개를 끄덕였다. "책과 영화 속 뱀파이어는 인간을 죽이거나 뱀파이어로 만들려고 하니까 그런 거지. 우린 둘 다 안 하니까 도시가 필요 없네. 다행히도 말이야." 이오시프가 몸을 돌려 바로 옆문으로 뛰어내리는 동안 라이트가 반대편으로 내린 뒤 나를 들어서 내려줬다. 그러고선 이오시프를 재빨리 따라가 인간 장벽처럼 그의 앞을 가로막았다.

"전 어떻게 되는지 알고 싶어요." 그가 말했다. "알아야겠어요."

이오시프가 고개를 끄덕였다. "물론 그렇겠지." 그가 나를 흘깃 봤다. "둘이 함께한 지 얼마나 됐나?"

"열하루요." 내가 답했다.

"세상에." 라이트가 말했다. "열하루? 고작? 훨씬 오래된 것 같은 느낌이야."

"자넨 아직 건강하고 강해. 이 아이를 곁에 두고 싶어 하는 것도 확실하고."

"그래요. 그게 내 생각인지는 확실하진 않지만, 맞아요. 그럼 난 뭐가 되는 거예요? 뭐가 된 거예요? 아까 그녀가… 짝을 찾을 거라고 했죠. 그러면 난 어떻게 돼요?"

"자네는 이 아이의 첫 번째 공생인이야, 첫 번째 새 가족이지. 이 아이가 짝을 지어도 변하는 건 없어. 이 아이와 짝들은 서로를 찾아가게 되지만 자넨 이 아이와 함께 살 거야. 자넬 죽이지 않는 이상 누구도 너희 둘을 떨어뜨려놓을 순 없어. 그러니 누구도 떨어뜨리려고 시도조차 하지 않을 거야."

"저를 죽여요…? 제가 왜 죽어요? 뭣 때문에 죽어요?"

"이 아이가 제공하는 것이 결핍되면."

"하지만 뭐가…?"

"집으로 가세, 라이트. 원하는 답을 전부 얻을 수 있을 거야. 전부 다 마음에 들진 않겠지만 자네도 알 권리가 있으니까."

우리는 거대한 저택의 옆쪽에서 앞쪽으로 걸어갔다. 이오시프의 공동체는 확실히 야행성이었다. 원래 이나가 야행성이다 보니 공생인도 밤에 깨어 있는 데 적응하게 된 게 분명했다. 집집마다 불이 켜져 있었고 사람들(공생인과 그들의 자식들 같았다)이 돌아다니며 각자의 삶을 살고 있었다. 머리칼이 붉은 한 여자가 차고에서 자동차를 후진으로 꺼내는 중이었다. 차 뒷좌석에는 붉은색 금발인 아기가 카시트에 앉아 있었다. 어린 소년 둘은 잎사귀를 긁어모으다가 이따금 멈추고선 서로에게 낙엽을 던져댔다. 몸집이 나만 한 게 몇 살일지 궁금했다. 한 어린 소녀는 몸을 가누기 힘들 정도로 큰 빗자루를 들고서 현관에 쌓인 낙엽을 쓸고 있었다. 한 남자는 사다리에 올라가 빗물받이에 뭔가를 하고 있었디. 몇몇 어른은 어느 넓은 마당에 서서 함께 이야기를 나누고 있었다.

라이트와 나는 이오시프를 따라 가장 큰 집으로 들어갔다. 그리고 집의 정면에서 후면까지 길게 펼쳐진 방으로 안내받았다. 라이트의 오두막을 몽땅 집어넣어도 3분의 2나 남을 것 같은 크기였다. 방에는 소파, 크고 작은 의자, 작은 탁자 몇 개가 드문드문 놓여 있었다.

이오시프가 말했다. "일요일 저녁마다, 아니면 공동체 단위로 논의할 일이 있을 때 여기서 만난단다."

거대한 방의 뒤쪽에는 뒷마당이 보이는 커다란 전망창이 있었다. 창은 방 이 끝에서 저 끝까지 벽의 위쪽 절반을 차지했다. 그 벽의 한쪽 끝에 놓인 거대한 벽난로에서는 통나무가 쉼 없이 타닥타닥 소리를 내며 불꽃을 튕기고 있었다. 남은 두 벽은 붙박이 책장 한가득 전부 책이었다.

벽난로 근처 모퉁이에는 남자 두 명과 여자 한 명(전부 인간이었다)이 작은 탁자에 머리를 맞대고 앉아 소곤대고 있었다. 탁자에 놓인 커피 잔에서 김이 모락모락 났다. 벽난로를 제외하고 방에는 어떤 불빛도 없었다. 이오시프가 우리를 세 사람에게 데려갔다.

"브룩, 예일, 니컬러스."

그들이 고개를 들고 나를 보더니 뚫어지게 응시하며 벌떡 일어섰다. "쇼리!" 여자가 외쳤다. 그녀가 의자를 돌아와서 나를 껴안았다. 나로서는 낯선 사람이라 안으려는 기미가 조금만 보여도 몸을 뺄 수도 있었지만 그녀에게서 이오시프의 냄새가 났다. 내 안의 무언가가 그녀를 받아들이는 것 같았다. 그녀에게서 내가 괜찮다고 판단한 사람의 냄새가 났다. "세상에, 쇼리." 그녀가 말했다. "어디 있었던 거야? 이오시프, 어디서 찾았어요?"

두 남자가 처음에는 나를, 이어서 라이트를 봤다. 그중 한 명이 미소를 지었다. "잘 왔어." 그가 라이트에게 말했다. "쇼리가 잘 지냈나 보네."

여자가 내게서 떨어지자 이오시프가 내 어깨에 손을 올렸다. "뭐라도 낯익은 게 있니? 이 사람들, 이 집, 알아보겠어?"

나는 고개를 저었다. "방이 마음에 들어요. 하지만 아무도 기억은 안 나요."

세 사람이 이오시프를 쳐다봤다.

"아주 심하게 다쳤어." 그가 말했다. "머리에 부상을 입었어. 그래서 기억을 잃었지. 그리고 혼자 있다가 여기 있는 라이트 햄린을 발견한 거야. 곧 기억이 돌아오길 바랄 수밖에."

"담당 의료인은 없어요?" 라이트가 물었다. "당신네 부류들을 돕는 법을 아는 사람 말이에요."

"있네." 이오시프가 말했다. "하지만 이나에게 그건 크게 골절된 뼈를 곧장 낫게 한다거나 심각한 상처를 봉합해서 좀 더 빨리 회복시키는 걸 뜻해."

"'심각한 상처'가 뭘 의미하는지는 모르는 게 좋을걸." 남자 중의 한 명이 말했다. "창자가 밖으로 쏟아지거나 다리가 절단되거나, 뭐 그런 경우라고 할까."

"당신 말대로 모르는 게 좋겠네요." 라이트가 수긍했다. "쇼리가 총상에 화상까지 심하게 입었다고 말해줬어요. 그런데 저절로 나았대요. 흉터 하나 없어요."

"자신과 주변 사람들에 대한 기억만 빼고 말이지." 이오시프가 말했다. "난 그걸 큰 흉터라고 불러. 안타깝게도 그걸 낫게 하는 방법은 모르지만."

"이곳에 제 친구도 있나요?" 내가 물었다. "저를 특별히 잘 알 만한 사람요."

"너의 형제 넷이 여기에 있어." 그가 말했다. 그리고 세 인간을 보며 일렀다. "잠시만 라이트를 봐줘. 어떤 질문이든 충실히 답해주고. 지금 쇼리와 함께 지내는 사람이야. 첫 번째 공생인인데, 아는 게 거의 없어." 그러고는 그가 내 팔을 잡고서 끌고 가기 시작했다.

"르네?" 라이트가 부르는 소리에 나는 걸음을 멈췄다. 그가 지어준 내 이름이 불리자 뭔가 안심이 되었다. "괜찮아?" 그가 물었다.

나는 고개를 끄덕였다. "필요하면 소리를 질러. 듣고 있을 테니까."

그가 고개를 끄덕였다. 내 말이 그를 안심시킨 듯한 표정이었다.

나는 이오시프를 따라 긴 복도를 걸어갔다.

"이 침실들은 내 인간 가족이 쓰는 방이란다." 그가 내게 말했다. "좀 전에 만난 셋에 지금 여기엔 없지만 다섯이 더 있어. 나와 몇 년을 함께 지낸 이들이지. 내겐 여덟이 딱 맞는 숫자야. 일곱이나 열이었던 때도 있었지만. 나는 필요하면 전부를 돌볼 수도 있을 만큼 풍족하단다. 그렇게 돌봐주는 대가로 그들은 내 배를 채워주지. 다들 자유롭게 공동체를 벗어나 일자리를 가질 수도 있고 심지어 단시간 동안 다른 곳에서 살 수도 있어. 실제로 그렇게 하지. 하지만 적어도 셋은 항상 여기서 지내. 자기들끼리 일정표를 짜서 조정하는 거야."

우리는 복도 끝에 있는 문을 통과해서 넓은 잔디밭으로 나갔다. 나는 잔디밭 한가운데서 멈췄다. "싫어하진 않아요?" 내가 물었다.

"싫어해?"

"당신이 여덟이나 필요로 한다는 걸요. 누구도 당신을 오롯이 가질 수 없잖아요." 나는 잠시 멈췄다. "왜냐하면 라이트는 싫어할 것 같거든요."

"다른 사람이 더 필요하다는 사실을 알면 말이지?"

"네."

"싫어할 거야. 보아하니 네게 집착도 심하고 방어적인 것 같더구나." 그가 잠시 말을 멈췄다가 다시 이었다. "그가 싫어하게 놔둬, 쇼리. 그와 대화를 해. 그를 도와줘. 안심시켜줘. 폭발하지 않게 다독여줘. 그러면서도 본인 감정을 있는 그대로 느끼면서 그만의 방식으로 풀게끔 해주는 거야."

"알겠어요."

"이런 얘긴 너보단 내 아들들에게 더 필요한 것 같지만, 너도 듣는 게 좋겠다. 적어도 한 번은 말이야. 네 사람들을 잘 대접하거라, 쇼리. 그들을 신뢰한다는 걸 보여주고 그들 스스로 문제를 해결하고 결정하도록 해주렴. 그렇게 하면 기꺼이 자신의 삶을 네게 바칠 거야. 그들을 괴롭히거나, 혹은 두려움이나 적의, 단순한 편의 때문에 통제하려고 하면, 나중에 그들을 걱정하고 제어하는 데, 그들의 화를 다스리는 데 모든 시간을 쏟아부어야 할지도 몰라. 알아듣겠니?"

"네, 알겠어요. 라이트를 제어한 적이 있긴 하지만 전부 그를 지키기 위해서였어요. 대부분 저로부터 지키려 한 것이었지만요. 특히 롤리 커티스의 총에 맞았을 때요."

그가 고개를 끄덕였다. "그들이 이해하든 말든 그렇게 제어할 필요가 있지. 라이트 말고는 몇 명이나 있니?"

"다섯 사람의 피를 빨았어요. 하지만 라이트는 아무것도 몰라요." 나는 잠시 뜸을 들이다 그를 바라봤다. "그들이 나를 필요로 하게 된 건지 아닌지 모르겠어요. 나머지가 어떤 상태인지는 어떻게 해야 알 수 있나요? 당신이 그들을 살펴보고 저한테 알려주면 안 될까요?"
"중요한 건 시각이 아니란다. 후각이지. 아까 브룩에게서 어떤 냄새가 나는지 맡아봤니?"
"당신과 같은 냄새가 났어요."
"그러면 라이트에게선 너의 냄새가 날 거야, 틀림없이. 그건 씻겨 내려가지도 닳아 없어지지도 않아. 그냥 그들의 일부인 거지. 그걸로 어떻게 그들을 장악할지 단서를 얻을 수 있을 거야."
"우리 침 속에 있는 어떤 물질이 그들에게 화학작용 같은 걸 일으키는 거죠?"
"맞아. 피를 빨 때 입에 고이는 침, 그러니까 독 안에 든 물질로 그들을 중독시키는 거지. 강력한 최면제라고 하더구나. 그 물질에 노출되면 그 물질을 주입한 대상에 강력하게 수긍하고 깊은 애착 관계를 형성하게 되지. 그것을 계속 필요로 하게 되는 거야. 브룩과 라이트 모두 그 물질이 필요해. 브룩은 이미 알고 있고 아마 지금쯤 라이트도 알 거야."
"그걸 못 얻으면 죽나요?"
"우리와 이별하거나 우리가 죽으면 그들도 죽게 된단다. 하지만 그건 우리의 독에 든 또 다른 성분 때문이야. 독이 그들의 몸에 잉여의 적혈구를 생산시키는데 그걸 빨 사람이 곁에 없으니까 뇌졸중이나 심장마비로 죽는 거지. 의사가 문제를 빨리 파악하면 살릴 수도 있겠지만 대개는 심리적 중독 현상 때문에 의사에게 가려고 하질 않아. 그냥 자신의 이나만 뒤쫓는 거지. 그게 아니면 너무 늦기 전에 아무 이나라도."

"죽거나 심각한 장애를 얻기 전에 말이죠."

"그렇지. 하지만 다른 이나를 찾아도 못 살 수 있어. 새 이나가 그들을 넘겨받지 못하면 죽고 말아. 항상 성공하는 게 아니란다. 공생인의 몸이 독의 개별적 차이를 구분하는 탓에 다른 독을 지닌 새로운 이나에 적응할 때 몸에 문제가 생기는 거지. 그러니까 공생인은 아무나가 아닌 특정 이나에게 중독되는 거야. 하지만 우리는 이나가 죽었을 때 남겨진 공생인들의 목숨을 구하려고 항상 애를 쓰고 있어. 네 엄마들의 공동체가 그 지경이 된 걸 알았을 때도 내 사람들을 시켜 너와 부상당한 공생인들을 찾도록 했지. 내 짝들이 죽은 건 이미 알았으니까. 그들이… 죽은 장소도, 그들의 냄새와 불에 탄 작은 살 조각들도 찾았거든…."

나는 그에게 죽은 자들을 기억하고 고통을 추스를 시간을 주었다. 그의 고통에 시샘이 날 지경이었다. 그는 기억하기에 아파했나. 잠시 후 내가 물었다. "찾은 사람은 있어요?"

"산 사람은 없었어. 네가 죽인 휴 탱이란 친구가 널 찾은 건 몰랐으니까."

"전부 죽었군요." 내가 속삭였다. "제게는 마치 존재한 적이 없는 사람들처럼 느껴져요."

"유감이구나. 그토록 많은 기억을 잃어버린다는 게 어떤 건지 감히 아는 척하기도 힘들구나. 난 네가 가능한 많이 회복할 수 있도록 돕고 싶어. 그래서 이곳으로 데려와 널 아는 사람들과 지내게 하려는 거야." 그가 머뭇거렸다. "그러려면 라이트와 지내면서 남긴 삶의 흔적들을 깨끗이 정리해야 해. 그러니 잘 생각해보렴. 피를 빨았던 인간들 가운데 혹시 라이드처럼 너의 냄새가 나기 시작한 인간들이 있니?"

나는 피를 빤 인간들과의 마지막 만남을 하나씩 찬찬히 되새겼다. "없어요. 그런데 한 명이 걸려요…. 아이를 못 낳을 만큼 나이가 많은 여자인데 마음에 들어요. 그녀를 원해요."

그가 슬픈 표정으로 나를 한참 바라봤다. "네가 관심을 준 덕분에 그녀는 예정보다 훨씬 오래도록 건강하게 살 거야. 하지만 시작이 너무 늦어서 100살을 크게 넘기지는 못할 거다. 그녀가 죽으면 엄청난 고통에 시달릴 거야. 공생인을 잃는 건 언제나 힘든 일이니까."

"데려와도 되나요?"

"물론이지. 우리 가족실 맞은편 큰 방 옆으로 커다란 손님용 부속 건물이 있어. 너와 네 사람들은 집이 완공될 때까지 그곳에서 사생활을 존중받으며 편하게 지내게 될 거야."

"고마워요."

"인간 둘로는 부족할 거야."

"나머지 인간들은 마음에 들지 않아요. 그땐 필요했지만 공생인으로 삼고 싶진 않아요."

그가 고개를 끄덕였다. "가끔 그럴 때도 있지. 다른 사람들을 소개시켜주마. 공생인들의 다 큰 자식들 중에 어린 이나와 함께하길 고대하는 애들을 알고 있거든. 몇몇은 우리와 함께하고 싶어 안달하고, 몇몇은 우리를 떠나고 싶어 안달하지. 그렇지만 그들을 만나기에 앞서 다음 주에는 네가 원치 않는 그 인간들을 한 번 더 찾아가야 할 거야. 그들과 대화를 나누고 너를 잊으라고 말하렴. 그들에게 그저 낭만적인 꿈으로 남아야 해. 그러지 않으면 그들이 너를 찾을 수도 있어. 필요로 하진 않겠지만 너를 원하게 될 거야. 어쩌면 너를 찾느라 한평생을 허비할 수도 있지."

"알겠어요."

우리는 다시 걷기 시작했다. 그가 말했다. "네 막내오빠인 스테판에게 데려가줄게. 너와 스테판은 사이가 좋았지. 25년 동안 너희 어머니들의 공동체에서 함께 지냈으니까. 스테판이 이곳으로 이사한 후에는 늘 서로 전화통화를 했어. 하지만 그와 함께 있을 때 휴 탱에 대해서는 언급하지 말거라."

"알겠어요."

"허기 때문에 이성을 잃고 휴를 죽인 거니? 먹은 거야?"

"…네."

"그럴 줄 알았어. 휴는 스테판의 공생인이었어. 널 몇 번 만난 적도 있지. 그래서 스테판이 수색팀의 일원으로 선발된 거란다. 휴가 너를 알아볼 거라는 걸 안 거지. 네 오빠에게는 무슨 일이 있었는지 내가 나중에 말할게."

우리는 뒷문을 통해 좀 더 작은 집들 중 하나로 들어갔다. 그리고 부엌에서 일하고 있는 세 여자를 발견했다. 한 명은 스토브에 올려놓은 냄비 속의 무언가를 저으며 양념을 하고 있었고, 다른 한 명은 거대한 양문형 냉장고 속을 뒤지고 있었으며, 또 다른 한 명은 커다란 사발에 든 음식들을 섞는 중이었다.

"에스터, 실리아, 대릴." 이오시프가 누가 누군지 알 수 있도록 이름을 부르며 각각을 향해 손짓했다. 에스터와 실리아는 나처럼 피부가 어두웠다. 나는 그들을 흥미롭게 쳐다봤다. 내 기억력이 작동하고 나서 처음 만난 흑인이었다. 내 어두운 피부 유전자가 이 여자들과 같은 누군가로부터 온 게 틀림없었다. 여자들이 우리 쪽으로 고개를 돌리고 나를 봤다. 에스터가 내 이름을 속삭였다.

"쇼리! 어머나 세상에."

하지만 내게는 모두 낯선 이들이었다. 이오시프가 내게 무슨 일이 일어났는지 설명하는 동안 나는 각각의 얼굴을 살폈다. 그들이 나를 안다는 걸 알 수 있었다. 하지만 나는 그들을 몰랐다. 나는 느닷없이 진절머리를 느끼며 절망했다. 나는 이오시프를 따라 거실로 갔다. 그곳에서 그가 막내오빠 스테판과 그의 공생인(남자 둘, 여자 둘)을 내게 소개시켜줬다. 공생인들은 나와 인사를 나누고 내 기억상실에 대해 듣고선 곧바로 우리를 떠났다. 나는 사람도, 집도, 아무것도 아는 게 없었다.

그러다 한 가지 사소한 사실을 알게 되었다. 기억했다기보다는 추정했다는 쪽이 맞을 것이다. 나는 스테판의 피부가 이오시프보다, 라이트보다 검다는 것을 알아차렸다. 나의 어두운 갈색 피부보다는 밝았다. 그 말인즉….

"나처럼 실험 대상이구나." 잠깐 대화를 나누는 사이에 내가 그에게 말했다.

"당연하지." 그가 말했다. "말하자면 내가 네가 될 수도 있었다는 얘기지. 우린 똑같은 흑인 인간 엄마를 뒀거든."

나는 웃었다. 우리 엄마 중 하나가 흑인 인간일 거라는 생각이 맞았다는 사실에 위안이 되었다. "내가 흑인 엄마와 알고 지냈어?"

"너는 엄마가 가장 아끼는 자식이었어. 내가 잘못할 때마다 엄마는 고개를 절레절레 저으며 이런 애를 바란 건 아닌데 하고 말씀하셨지." 그가 그녀를 떠올리며 슬픈 미소를 지었다. "아빠를 너무 닮아서 그런 것 같다고 하시면서 말이야."

"누군가 그녀를 살해했어." 내가 말했다. "누군가 그들 모두를 살해했어."

"누군가가 그랬지."

"왜? 왜 누가 그런 짓을 한 거야?"

그가 고개를 저었다. "그걸 알았다면 벌써 누구인지 찾아냈겠지. 어떻게 그자가 너만 빼고 모두를 죽일 수 있었는지 이해가 안 돼. 우리의 이나 엄마들은 강했어. 웬만해서는… 죽이기 엄청 힘들었을 거라고."

"인간들이 우리가 뱀파이어인 줄 알고 이런 일을 벌인 건 아닐까?" 내가 물었다. "그러니까 우리가 인간을 죽인다고 생각해서 그런 짓을 벌였을 수도…."

"아니." 스테판과 이오시프가 동시에 외쳤다. 이오시프가 말했다. "우리가 사는 곳은 시골이야. 이웃들끼리 서로 안면을 트고 지낸단다. 다들 우리의 존재를 알아…. 아니 안다고 생각하지. 내 짝들이 살던 지역에서 사람이 이유 없이 죽어나간 적은 한 번도 없었어. 내 짝들과 그들의 공동체만 빼고."

"우리가 인간을 죽였다는 말이 아니에요." 내가 말했다. "제 말은… 누군가 우리가 피를 빠는 모습을 봤다면요…? 그래서 잘못 판단했다면요?"

이오시프와 스테판이 서로의 얼굴을 쳐다봤다. 마침내 이오시프가 말했다. "그렇지는 않을 거야. 네 엄마들과 자매들은 우리보다도 훨씬 신중했으니까."

"나도 인간이 그랬을 거라고 생각하지 않아." 스테판이 말했다.

"나는 불에 타고 총에 맞았어." 내가 말했다. "누가가 집을 지르고 총을 쏠 수 있어."

이오시프가 고개를 흔들었다. "그쪽 공동체 근처에 사는 사람들 몇몇한테 물어봤었어. 하지만 이상한 점도, 문제도, 의심도, 악의도 없더구나."

"오늘 폐허에 갔을 때 누군가 거기 있었어요. 무장하지 않은 젊은 인간인데, 폐허 주변을 돌아다녔었어요. 알고 있었나요?"

"그래, 여기저기 어슬렁거리는 걸 좋아하는 놈이지. 네 공동체에서 골드바 마을 쪽으로 조금 내려간 곳에 사는 녀석이야. 나이는 열여섯이고 아마 부모 모르게 혼자 돌아다니고 있었을 거다." 그가 고개를 흔들었다. "그 지역을 이 잡듯 샅샅이 뒤졌어. 그 녀석도 당연히 확인해봤지. 헌데 아무것도 모르더구나. 아는 사람이 한 명도 없었어."

내가 한숨을 쉬었다. "그들도 나도 모르는 건 마찬가지네요." 나는 미끈하고 날렵한 그들의 얼굴을 하나씩 쳐다봤다. 그리고 그들이 내 시선을 살짝 피하면서 이상하게 불편해 한다는 사실을 알아챘다. 그들은 안절부절못하며 이따금 서로의 얼굴을 빤히 쳐다봤다.

내가 말했다. "내 가족과 엄마들에 대해 말해줘요. 그나저나 모두 몇 명의 엄마들이 있었던 거예요? 인간 엄마 빼고 나머진 모두 자매였나요? 제게는 자매가 몇이나 있었나요?"

"우리 엄마들은 세 자매였어." 스테판이 말했다. "그리고 DNA를 기증해준 인간 엄마가 한 명 있었어. 대어머니들도 두 명 있었고. 우리 엄마들의 생존한 엄마들 말이야. 대어머니 두 명이 바로 우리가, 특히 네가 햇빛도 잘 견디고 낮에도 민첩하게 움직일 수 있도록 태어나게 해주신 장본인들이야."

"자신들의 DNA에 인간의 DNA를 합쳤다는 거구나?"

"맞아, 바로 그거야. 두 분 다 350살이 넘었었는데 생물학에 흠뻑 빠져 사셨어. 자식들이 짝을 짓고 나자 여러 대학 출신 인간들과 그 문제에 골몰하던 다른 이나들과 함께 연구를 시작하셨지. 두 분은 이제껏 들어본 그 누구보다 바이러스를 이용한 유전공학 연구에 정통하셨어. 인간이 손을 대기 훨씬 전부터 유전공학을 깨우친 분들이야. 함께 일하기도 대화를 나누기도 환상적인 분들이셨지." 그가 잠시 말을 멈추고 고개를 저었다. "아직도 그분들이 돌아가셨다는 게 믿기지 않아. 누군가 그들을 그런 식으로 죽였다는 게."

"그 연구가 살해 동기였던 건 아닐까?" 내가 물었다. "누가 그 일에 반대하거나 그 일을 멈추려 한 적은 없어?"

스테판이 이오시프를 보자 이오시프가 고개를 흔들었다. "그건 아닐 거다. 쇼리, 우리 이나들은 여러 세대에 걸쳐 이 일을 해내려고 애써왔어. 기억이 난다면 네가 얼마나 유명인사인지 알 수 있을 거야. 남미, 유럽, 아시아, 그리고 아프리카에서 수많은 이나들이 널 보러 왔었지. 우리 어머니들이 어떤 일을 해냈는지 보려고 말이야."

"아프리카에도 이나가 있군요. 그들도 이런 실험을 했어요?"

"아직은 안 했어."

"화재가 나기 전에 찾아온 사람은 없었어요?"

"모르지." 이오시프가 말했다. "일주일 반 동안 너희 엄마들이랑 대화를 나누지 못했었거든. 이른 새벽에 전화를 해서 이튿날 밤에 방문하겠다고 하니까 기다리고 있겠다고 답하더구나. 오면 며칠은 머물렀다 가야 할 거라고 하면서 말이야." 그가 추억에 잠겼다가 슬픈 표정을 지었다. "공생인을 최소 다섯은 데려오라고 했어. 그래서 그렇게 했지. 이튿날 밤, 나는 공생인 다섯을 데리고 그곳으로 갔어. 바실레가 헬리콥터를 쓸 일이 있다고 해서 큰 차를 끌고 갔지. 하지만 그곳에 도착했을 땐 연기와 재와 시체뿐이었어." 그가 잠시 말을 멈췄다. 그의 눈이 멍하니 어딘가를 바라보고 있었다. "현장을 보고 상황을 파악한 뒤 스테판과 라두에게 전화를 해서 공생인 몇 명을 데리고 오도록 했지. 그렇게 잔해를 치우고, 생존자를 찾고, 비밀을 지킨 거란다."

그리하여 휴 탱이 나를 찾아 동굴까지 오게 된 것이었다. "그러고 나서 뭘 좀 알아냈나요?" 내가 물었다.

그가 내게서 몸을 돌려 몇 걸음 걷다가 다시 반대로 걸어왔다. "아무것도!" 그 소리가 나지막하지만 매서웠다. "빌어먹을 아무것도."

나는 한숨을 쉬었다. 갑자기 견디기가 힘들었다. "집에 가야겠어요. 라이트를 데리러 가요. 그런 뒤에 폐허로 데려다줘요."

"여기가 네 집이야." 그가 내 앞에 서서 알 수 없는 표정으로 나를 내려다봤다. 상냥한 표정이 아니라는 건 확실했다. "이곳이 집이라고 생각하렴."

"그럴게요. 기쁜 마음으로 돌아와서 내 인생과 가족에 대해 배울게요. 하지만 지금은 피곤해요. 지금은… 낯익은 곳으로 돌아가고 싶어요."

"내일 밤까지 여기 머물도록 설득하고 싶었는데." 그가 말했다.

내가 고개를 저었다. "데려다주세요."

"쇼리, 네게는 여기에 머무는 게 최선이야. 라이트가 여태껏 너를 잘 숨겨주긴 했지만, 만에 하나 뭐가 잘못되기라도 한다면, 만에 하나 한 사람이라도 네가 그와 있는 걸 발견하고 문제를 일으키려 한다면…"

"일주일 시간을 주겠다고 약속했잖아요. 당신이 내게 처음으로 한 약속이에요."

그가 나를 빤히 쳐다봤다. 나도 똑같이 쳐다봤다.

잠시 후, 그가 한숨을 쉬더니 고개를 돌렸다. "딸아, 전부 잃고 너 하나 남았단다."

스테판이 말했다. "여자 가족 전부가 죽었어. 쇼리, 네가 마지막이라고."

나는 그 어느 때보다 집에 가고 싶었다. 이들로부터 떨어져 라이트와 단둘이 있고 싶었다. 하지만 그들이, 내 아버지와 형제가, 어째선지 나를 붙들었다. 그들은 낯선 자들이었지만, 내 아버지였고 형제였다. "미안해요." 내가 말했다. "가야 해요."

"우리 이나들은 성별로 영역을 구분하지." 이오시프가 말했다. "너는 성년의 남자 가족과 영역을 공유하기엔 나이가 많은 편이야. 짝을 짓기엔 또 너무 어려서 사실 어떤 성년의 남자 이나들과도 같이 머물기 힘들어. 아마 그래서 불편한 걸 거야."

"당신과 스테판이 남자이기 때문에 제가 불편함을 느낀다는 말인가요?"

"그래."

"그러면 여기서 어떻게 살아요?"

"라이트에게 가자. 그 녀석과 함께 있으면 기분이 나아질 거야." 그가 나를 스테판에게서 떨어지게 하고 옆문 쪽으로 데려갔다. 뒤돌아보니 스테판은 이미 몸을 돌린 뒤였다.

"제가 영역에 들어와서 저러는 거예요?"

"아니, 걔는 기꺼이 널 여기 두고 싶어 해. 널 걱정하니까. 자신이 걱정되기도 하고. 게다가 네가 아직 성숙하지 않아서 크게 위험하지도 않고….”

"위험요?"

그가 나를 데리고 문을 통과했다. 우리는 잔디를 가로질러 반대로 걸어갔다.

"위험이라니요?"

"딸아, 우리는 인간이 아니란다. 성년의 이나 남녀는 함께 살지 않아. 그럴 수 없어. 짝들을 찾아가는 정도가 전부란다."

"뭐가 위험하다는 거예요?"

"네 몸이, 특히 네 채취가 변하면서 관계를 맺을 수 있는 어른 여자로 점점 더 인식될 거야."

"제 형제들에게요?"

그가 나를 보지 않고 고개를 끄덕였다.

"당신에게도요?"

다시 끄덕임이 이어졌다. "우리가 널 해칠 일은 없을 거다, 쇼리. 사실이야. 그럴 일은 없어. 네가 나이가 차면 네게 맞는 짝을 찾아줄 거야. 이미 고든 가족에게 너와 네 자매들에 대한 얘기를 해놓았어…. 우선… 우선은 네 엄마들의 땅을 팔 생각이야. 그 돈이면 네가 조금 더 컸을 때 다른 곳에서 삶을 시작하기에 충분할 거야."

"저는 여기 살고 싶은 마음이 없어요."

"알아. 하지만 괜찮아질 거야. 네가 좀 더 어른의 모습을 갖출 때까지만이야. 네 형제들과 내게는 유전적 소인, 그러니까 본능도 있지만 동시에 지성도 있단다. 스스로 어떤 욕구가 이는지 인식하지. 본능이 아무리 강하게 명령해도 꿋꿋하게 버틸 수 있어."

"나보고 어린아이라면서요."

"그래. 기억상실 덕분에 더 어린애가 됐지. 공생인과 성적인 행위는 할 수 있지만 짝을 짓기에는 너무 어리다는 말이야. 아직 아이를 가지지도 못할 뿐더러 다 컸을 때에 비해 몸집도 작고 약해. 지금 네 채취는 흥미롭긴 하지만 우리에겐 유혹적이라기보다는 비위에 거슬리는 쪽에 가까워."

우리는 그의 집으로 다시 돌아갔다. "오늘 밤에 폐허로 돌려보내주세요." 내가 그에게 말했다. "아까 그러겠다고 했잖아요. 진심이셨어요?"

"물론 진심이었지. 하지만 괜히 그렇게 말한 것 같구나. 난 네가 걱정된다, 쇼리."

"그래도 갈 거예요."

정적이 길게 흘렀다. 마침내 그가 승낙했다. "바래나주마."

우리는 다시 긴 복도를 지나 커다란 방으로 갔다. 라이트가 큰 의자 하나에 혼자 앉아 있었다. 나머지 세 인간은 그를 떠난 뒤였다. 나는 그에게 다가갔다. 그의 등을 만지고 어깨에 양손을 올리고 싶었지만 참았다. 이오시프의 공생인들이 그에게 뭐라고 말했을지, 그가 그 얘길 듣고 나와 함께 있는 것을 어떻게 생각할지 궁금했다. 나는 의자를 빙 돌아서 그의 앞에 섰다. 그리고 고개를 숙이고 그의 기분을 맡으려고 애를 썼다.

그가 나를 올려다봤다. 그의 얼굴이 행복하지 않다고 말해주고 있었다. "이제 어떻게 되는 거야?" 그가 물었다.

"집에 갈 거야." 내가 말했다.

그가 이오시프에게서 내게로 시선을 옮겼다. "그래? 좋아." 그가 일어서서 이오시프에게 말했다. "이렇게 놔주는 거예요? 안 놓아주실 줄 알았는데."
"내가 거짓말을 했다고 생각했나?" 이오시프가 말했다.
"당신의… 부성애가 발동해서 약속이고 나발이고, 그냥 붙들려고 할 줄 알았죠."
"강하고 회복력도 강한 아이야. 하지만 염려스러워. 그래서 꼭 데리고 있고 싶은 거야."
"그래서요…?"
"쇼리가 가고 싶다고 하네…. 그리고… 왜 그런지도 알겠어. 잘 숨겨주게, 라이트. 내 사람들과 쇼리의 사람들을 제외하면 아무도 쇼리가 살아 있다는 걸 모를 거야. 심지어 롤리 커티스에게도 쇼리를 잊도록 손을 써놓았어. 잘 숨겼다가 금요일에 내게 데려다주게."
라이트가 입술을 핥았다. "잘은 모르겠지만 다시 데려올게요."
"데려오기 싫어도?"
"…네."
그들은 서로를 쳐다봤다. 두 사람의 표정에 똑같이 피로, 절망, 체념이 어려 있었다.
나는 라이트의 손을 잡았다. 우리 세 사람은 헬기를 타러 밖으로 나갔다. 라이트는 아무 말이 없었다. 그는 내 손길을 뿌리치지 않았지만, 그렇다고 내 손을 잡지도 않았다.

9

 라이트와 나는 차에 도착할 때까지 아무 말도 하지 않았다. 우리는 침묵 속에 폐허로 날아왔고 이오시프에게 작별인사를 한 뒤 그가 날아가는 것을 지켜봤다. 차에 타고 집으로 운전해 가는 중에 라이트가 마침내 입을 열었다. "벌써 다른 사람이 있는 거지? 다른… 공생인들 말이야."
 "아직은 아니야. 영양분이 필요해서 다른 사람들에게 가긴 했어. 매일 밤 당신에게서 필요한 양을 전부 취할 순 없으니까. 하지만 그것까지는…. 내 말은 그중 누구도…."
 "그중 누구도 네게 구속되진 않았다고?"
 "맞아."
 "그런데 왜 난…?"
 "당신을 원했으니까." 나는 그의 어깨를 만지다가 팔뚝에 한 손을 올렸다. "당신도 나를 원한다고 생각했고. 당신이 날 발견한 그날부터 우리는 서로를 원했어."

그가 나를 바라봤다. "잘 모르겠어. 사실 그런 생각을 할 겨를도 없었어."

"아니, 있었어. 총에 맞았을 때 당신에게 기회를 줬어. 굉장히… 힘든 일이었지만 그렇게 했어. 당신이 가도록 허락할 수도, 가도록 도울 수도 있었어."

"그렇게 떠나서 다시는 안 돌아오는 게 가능했을 것 같아? 피를 흘리며 바닥에 누워 있는 너를 두고 떠나야 하는 상황이었어. 네가 막무가내로 강요한 거지. 어떻게 괜찮은지 아닌지 돌아와서 확인도 안 할 수가 있었겠어?"

"내가 나을 거라는 거 알았잖아. 내가 그때 말했지. 당신은 아직 내게 구속되지 않았다고. 그래서 자유를 제안한 거야. 내가 다시는 못 놓아준다고 분명 말했잖아."

"기억나." 그가 말했다. 목소리가 화난 듯했다. "하지만 그땐 내가 '첩'이 되는 건지 몰랐으니까. 네가 그 말은 안 해줬잖아."

나는 첩이 뭔지 알았다. 책에서 드라큘라의 세 아내를 첩이라고 언급하는 대목을 읽다가 무슨 뜻인지 찾아본 적이 있었다. "당신은 첩이 아니야. 당신과 나는 공생 관계야. 내가 원하고 필요로 하는 관계라고. 그 아이들 못 봤어? 언젠가 난 짝을 지을 거고, 그건 당신도 마찬가지야. 당신이 원하면 가족을 꾸릴 수도 있어."

그가 고개를 돌려 나를 노려보는 바람에 차가 차선을 이탈했다. 그래서 다시 운전에 집중할 수밖에 없었다. "나보고 어쩌라는 거야? 다음 세대의 공생인을 생산하는 데 도움이라도 보태라는 거야?"

나는 그의 목소리에 실린 분노에 의아해 하며 잠시 입을 다물었다. "그게 무슨 소리야?" 마침내 내가 물었다.

"길거리에서 납치하는 것만큼이나 쉬운 일이군. 안 그래?"

나는 한숨을 쉬면서 이마를 문질렀다. "이오시프가 그랬어. 어떤 공생인의 아이들은 자신이 구속될 수 있는 이나를 찾기 위해 그곳에 머물지만, 어떤 아이들은 밖으로 나가 자신의 삶을 선택한다고."

그가 신음에 가까운 소리를 냈다. 잠시 그는 아무 말이 없었다.

이윽고 내가 물었다. "나를 떠나고 싶어?"

"굳이 그런 건 왜 물어?" 그가 따졌다. "나는 널 떠날 수 없어. 심지어 널 떠나는 걸 원할 수도 없어."

"그러면 어떻게 하고 싶어?"

그가 한숨을 쉬며 고개를 흔들었다. "모르겠어. 열하루 밤 전에 차를 세우지 않고 그냥 널 지나쳤으면 좋았겠다는 건 알겠어. 하지만 너를 독점할 수 있다면 네가 뭔지 알았더라도 다시 차를 세웠을 거라는 것도 알겠어."

"그렇게 하면 넌 죽을 거야. 금방."

"알아."

하지만 그는 신경 쓰지 않았다. 아니, 자신이 신경 썼을 거라고 생각하지 않았다. "그 세 사람이 당신에게 뭐라고 말한 거야?" 내가 물었다. "뭐라고 했기에 당신을 이토록 화나고 절망하게 만든 거야? 네가 죽든 말든 네 피만 빨지 않고 여러 공생인한테 피를 빨아서 이러는 거야?"

"그거면 충분한 이유 같은데."

나는 그를 보지 않고도 만질 수 있도록 그의 팔에 머리를 기댔다. 그를 만질 필요가 있었다. 그렇지만 그가 이해해줘야 했다. "당신과 다섯 명의 사람들에게서 배를 채웠어. 여자 셋과 남자 둘이야. 그중 한 여자는 데려갈 거야. 그녀가 나와 함께하고 싶어 한다면. 아마 원할 것 같아. 나머지는 나를 잊거나 그냥 꿈으로 기억할 거야."

"같이 잔 사람도 있어?"

"섹스를 했냐고? 아니. 그 여자만 빼면 피를 빨고 바로 당신에게 돌아왔어. 왠지 편안하고 즐거워서 그녀 곁에는 좀 오래 있었어. 그녀의 이름은 테오도라 하든이야. 이유는 알 수 없지만, 여튼 그녀가 좋아."

"너 양성애자야?"

나는 그의 목소리에 깃든 지독한 신랄함에 놀라고 당황해 인상을 찌푸렸다.

"뭐라고?"

"남자, 여자 모두와 섹스를 하냐고?"

"공생인과 내가 모두 원하면. 지금으로서는 그게 너야."

"지금으로서는."

나는 그의 재킷과 셔츠 아래로 손을 뻗어 집어넣은 뒤 그의 목을 만졌다. 목에는 아무런 자국도 없었다. 전날 밤 재미 삼아 그를 살짝 맛본 뒤 그가 잠든 틈을 타 다른 이들 중 하나에게 갔던 터였다. 아침이 되니 상처는 이미 나아 있었다. 오늘 밤에는 그렇게 빨리 낫지 않을 짓을 할 계획이었다.

하지만 오두막에 도착한 우리는 집에 들어간 뒤 아무 말도 아무 짓도 하지 않은 채 침대로 갔다. 그가 원하지 않아서 목을 물지도 않았다. 나는 털이 무성한 그의 등에 딱 붙어 잠이 들었다. 그가 분노와 혼란에 사로잡혀 있음에도, 곁에 있어 안심이 됐다. 적어도 그가 날 밀어낸 건 아니지 않은가.

얼마나 흘렀을까. 마침내 그가 나를 세게 흔들어 깨우며 말했다.
"하자고! 해, 빌어먹을! 얻는 게 없으면 재미라도 좀 봐야지."

나는 손가락으로 그의 입술을 부드럽게 눌렀다. 그가 입을 다물자 내가 그의 입술과 목에 차례로 입을 맞췄다. 그는 무척 화가 나 있었다. 분노와 혼란으로 가득했다.

그가 몸을 굴려 내 위로 올라오더니 내 다리를 양쪽으로 벌리고선 내 안으로 자신을 세게 밀어넣었다. 나는 팔다리로 그를 감싼 채 의도한 것보다 훨씬 깊이 그의 목을 물고 피를 빨았다. 내가 필요한 만큼 피를 빨 때까지, 그가 필요한 전부를 내게서 취할 때까지. 그가 신음하고 몸을 비틀며 나를 붙잡은 채 더욱 세게 자신을 밀어넣었다.

한참 후, 그가 정서적으로는 아니어도 육체적으로나마 욕구를 채우고 내게서 굴러 내려갔다.

"내가 아프게 했어?" 그가 아주 상냥하게 물었다.

나는 그의 가슴팍으로 몸을 끌어올리며 너덜너덜한 상처 가장자리를 핥았다. "아니." 내가 말했다. "날 아프게 하려고 했어?"

"그랬던 것 같아."

나는 계속 상처를 핥았다. 평소보다 피가 많이 흘렀다. "내가 아프게 했어?" 내가 물었다.

"당연히 아니야. 네가 하는 건 아픈 게 당연해. 하지만 처음 피부를 뚫는 순간만 빼면 괜찮아." 그가 두 팔로 나를 슬쩍 감쌌다. 평소에 그가 나를 안는 방식이었다.

"기분은 별로여도 서로를 아프게 하지 않았다니 다행이네."

"이 현실을 어떻게 받아들여야 할지 모르겠어, 르네… 아니, 쇼리. 꼭 외계인이 불시착했고, 내가 그중 하나와 간다는 걸 깨달은 느낌이야."

나는 웃었다. "사실일지도 모르지. 단, 불시착했대도 수천 년 전 일일 거라는 것만 빼면."

"넌 이나들이 다른 행성에서 왔다고 믿어? 네 아빠가 그 비슷한 설이 있다고 말했잖아."

"이오시프 말에 따르면 일부 젊은 이나들은 그렇게 믿는대. 일부는 안 믿고. 그는 믿지 않아. 난 잘 모르겠어. 기억을 되찾으면 그땐 나도 쓸 만한 의견을 낼 수 있겠지."

"넌 이오시프가 아빠라고 믿어?"

나는 그의 가슴에 대고 고개를 끄덕였다. 그리고 그의 달콤한 피 냄새에 이끌려 쉼 없이 상처 부위를 핥았다.

"왜? 낯선 사람이잖아. 그런데 어떻게 믿어?"

"모르겠어. 태도나 몸짓 언어 때문일 수도. 하지만 가장 큰 건 그의 냄새야. 같이 있으면서 뭐라도 기억이 떠오르길 내내 바랐어, 아주 작은 거라도. 하지만 아무 기억도 안 났어. 막내오빠라고 하는 스테판을 소개받았을 때도 마찬가지였어. 하지만 그들이 내 가족이라고 말한 건 전혀 의심 안 해. 게다가 공생인들 전부 나를 알아봤잖아."

"그랬지." 라이트가 말했다

"당신도 공생인 세 명과 대화를 나눴잖아. 그들이 거짓말하는 것 같았어?"

"아니, 거짓말 같지 않았어." 그가 손으로 내 머리부터 등까지 훑었다. "그들이 말했어. 너를 가지게 돼서 행운이라고. 너의 첫 번째가 돼서 행운이라고. 그때 깨달았지…. 내가 모를 뿐 네게 이미 다른 인간들이 있는 게 분명하다고. 그때 그 여자, 브룩이 말해줬어. 모든 이

나는 여러 명의 공생인을 가진다고 말이야."

"당신이 얼마나 많은 피를 줄 수 있을 거라고 생각해?"

"넌…. 넌 거의 매일 나를 맛보잖아."

"아주 조금씩만이지. 당신이 당기니까. 진짜야. 당신을 기쁘게 하는 게 좋기도 하고."

"아주 훌륭한 태도야." 그가 말했다. 그가 한 바퀴 구르더니 나를 자신의 아래에 가두고 다시 한 번 내 속으로 들어왔다. 이번엔 내가 쾌락에 신음하는 쪽이 되었다. 그가 즐거운 듯 웃었다.

잠시 후 우리는 좀 더 욕구를 채우고 편하게 함께 누웠다. 그가 말했다. "다음 주 금요일에 그들이 올 거야."

"그래." 내가 말했다. "그들과 함께 살고 싶진 않지만 그래야 할 것 같아."

"내 생각도 같아."

"내 가정을 꾸리는 법을 배워야 해. 가정을 건사할 방법을 말이야. 그게 가능해지면, 그걸 위해 필요한 것들을 배우고 나면, 독립할 수 있을 거야."

"모두 몇이 되는 거야?"

"당신, 나, 대여섯 명의 인간들. 내 형제들처럼 공생인과 전부 같은 집에서 살 필요는 없어. 하지만 서로 가까이에 살아야 해."

"네 아빠 집에서 다 같이 사는 건 힘들 것 같아."

"엄마들의 재산을 팔 거라고 했어. 내가 더 크면 그 돈으로 다른 곳에서 새 출발을 할 수 있을 거래."

"그런 뒤에 너를 남자 이나, 아니 이나 형제 무리들과 연결시켜주겠지. 세상에, 이나 형제 부리라니…"

나는 아무 말도 하지 않았다. 나의 엄마들은 같은 공동체에서 함께 살고 짝을 공유하며 가정을 꾸려갔다. 가능한 일이었다. 그게 이 나의 방식이었다. "모두 미래에나 벌어질 일이야. 다음 주면 이오시프의 집에 있게 될 거야. 당신과 나, 테오도라가 함께. 그녀는 우리 이웃이야. 길 아래로 몇 집만 지나면 나와. 당신도 알지 몰라."

긴 침묵이 흘렀다. 마침내 그가 물었다. "예뻐?"

내가 웃었다. "예쁘진 않아. 젊지도 않고. 하지만 난 그녀가 좋아."

"우리와 함께하자고 그냥 말할 거야, 아니면 부탁할 거야?"

"부탁할 거야. 하지만 그녀는 승낙할 거야."

"이미 길들여지기 시작했으니 어쩔 수 없을 거다?"

"오길 원할 거야. 꼭 그래야 할 필요는 없지만 원하게 될 거야."

그가 한숨을 쉬었다. "지금까지 벌어진 일 중에 가장 무서운 일은 그 세 명의 공생인이 진짜로 행복해 보인다는 사실이야. 어떻게 생각해? 그 교활한 이오시프가 모든 세상을 통틀어 자기네 삶의 방식이 최고라고 말한 건 아닐까? 신과 같은 이오시프의 말이니 다들 덮어놓고 믿는 거지."

"그는 그렇게 말한 적 없어."

"물어봤어?"

"공생인을 그런 식으로 다루는 건 옳지도 않고 근시안적이며 해로운 일이라고 내게 말했어. 물어본 건 아니야. 난 이미 그전부터 그걸 알고 있었거든."

"그러니까 그가 진짜로 그렇게 믿는다고 생각한다는 거지?"

"응, 적어도 그 부분만큼은."

"제기랄."

나는 그에게 입을 맞추고 몸을 돌려 잠을 청했다.

* * *

다음 한 주 동안 나는 내 사람들을 하나씩 찾아가서 배를 채우고 작별 인사를 고했다. 이오시프가 제안한 것처럼 나는 그들에게 꿈이 되었다. 그리고 그들을 떠났다. 마지막으로 목요일에 테오도라를 방문했다.

나는 그녀의 집을 주시하며 해가 지고 그녀가 혼자되기를 기다렸다. 그리고 그녀를 찾아갔다.

한동안 그녀를 본 적이 없었다. 하지만 그녀의 거대하고 멋들어진 저택을 보자 라이트에게 한 말에도 불구하고 어쩌면 집이 생길 때까진, 이오시프의 집에서 본 방들보다 괜찮은 뭔가를 제공할 수 있을 때까진, 테오도라에게 함께하자고 부탁해서는 안 되겠다는 생각이 들었다. 그런 생각이 들었다는 것에 나는 깜짝 놀랐다. 하지만 이미 현관문에 도착해 초인종을 누른 뒤였다.

그녀가 문으로 걸어오는 소리가 들렸다. 이어서 한참 소리가 멈췄다. 추측컨대 작은 구멍을 통해 내가 누군지 알아보려 애쓰는 것 같았다. 그녀는 나를 본 적이 없었다. 어두울 때만 세 번 찾아갔고 그때마다 불을 못 켜게 했기 때문이었다. 내 몸집이 어떤지는 대강 짐작하고 있었을 터였다. 하지만 얼굴과 피부색, 아이 같은 외모는 눈으로 확인한 적이 없었다.

마침내 그녀가 문을 열었다. 그녀는 미심쩍은 얼굴로 나를 내려다보고 말했다. "안녕."

"안녕." 그녀가 내 목소리를 알아차리고 충격을 받은 표정을 지었다. 곧바로 내가 말했다. "나를 초대해줘."

그녀가 즉시 옆으로 비켜서며 말했다. "들어와요."

나는 뱀파이어 극을 살짝 흉내 냈다. 내가 안다면 그녀도 알 거라 확신했다. 그녀가 최근 뱀파이어에 대해 공부하기 시작했을 거라 생각했다. 당연히 그녀의 집은 물론 누군가의 집에 들어가기 위해 허락 따위는 필요 없었다. 하지만 인간들이 우리 같은 부류로부터(그러니까 우리 같은 부류에 대해 자기들이 지어낸 것들로부터) 어떻게든 자신들을 안전하게 지키려고 마늘이나 십자가처럼 이런 판타지적 안전장치를, 작은 마법들을 꾸며냈다는 게 신기했다.

나는 그녀를 지나 집 안으로 들어갔다. 현관 한쪽에는 거대한 계단이, 반대쪽에는 이오시프의 거실만큼 널찍한 거실이 있었다. 사면이 아주 연한 녹색이었고 목조부는 흰색이었다. 모든 가구가 정확히 있어야 할 곳에, 정확히 그래야 하는 모습으로 놓여 있었다. 이오시프의 거실이 좀 더 손때가 묻고, 좀 더 불완전하고, 좀 더 지내기 편안했다. 테오도라에게 함께 살자고 묻기가 훨씬 불편해지기 시작했다.

그녀가 나를 따라오다가 내가 고개를 돌려 그녀를 바라보자 걸음을 멈췄다. 그녀가 겁에 질린 듯한 얼굴로 나를 바라봤다.

"그렇게 혼란스러워하는 건 내 피부색 때문이야, 아니면 어려 보이기 때문이야?" 내가 물었다.

"여기 왜 온 거예요?" 그녀가 따져 물었다.

"당신과 얘기를 하려고. 당신에게 나를 보여주려고."

"보고 싶지 않았어요!"

나는 고개를 끄덕였다. "전과 같진 않겠지. 하지만 당신이 생각하는 것처럼 크게 달라질 건 없어." 나는 가까이 다가가 그녀의 팔을 잡고 그 완벽한 거실로 그녀를 이끌려 했다.

테오도라가 뒤로 물러서며 말했다. "여기선 안 돼요." 그녀가 내 손을 잡고 계단을 올라가더니 벽마다 책이 빼곡한 방으로 안내했다. 소파와 의자 두 개에도 책과 서류들이 높이 쌓여 있었다. 방 한가운데에는 큰 책상이 있었는데, 펼쳐진 책, 서류, 컴퓨터와 모니터, 라디오, 전화기, 연필과 펜이 든 상자, 공책과 십자말풀이 잡지 더미, 시디가 꽂힌 긴 나무 장식장, 아스피린 병, 핸드 로션, 제산제, 수정액, 기타 등등의 물건들로 어수선했다.

나는 그 광경을 보고 웃음을 터트렸다. 이제껏 이런 난장판은 본 적이 없었다. 하지만 그 모든 게 친근하게 느껴졌다. 내게도 그런 어수선한 책상이 있었던 걸까? 아니면 내 엄마들이나 자매들한테? 이오시프에게 물어봐야지 싶었다. 어쨌거나 아래층의 거실과는 정반대의 광경이었고, 그래서 위안이 되었다.

테오도라는 내가 앉을 수 있도록 의자에서 책을 치우고 있었다. 내가 웃음을 터트리자 그녀가 잠시 하던 일을 멈추고 내 시선을 쫓더니 말했다. "아, 낯선 사람들 눈에는 얼마나 엉망으로 보일까 잊고 있었어요. 나 말고는 아무도 안 보거든요."

나는 다시 웃었다. "아니, 이게 당신이야. 이게 내가 보고 싶어 하던 거야." 나는 그녀가 아직 내게 구속되거나 중독되지 않았다고 스스로 확신시키며 심호흡을 했다. 정말 그랬다. 그리고 그것은 좋은 일이었다. 즉시 바로잡아야 할 오점처럼 느껴지긴 했지만 말이다.

"나는 시를 써요." 그녀가 말했다. 그녀는 그 사실이 쑥스러운 듯 보였다. "시집도 세 권이나 냈어요. 돈은 별로 안 되지만 시를 쓰는 게 좋아요."

나는 소파에서 책을 몇 권 들어서 그녀가 날 위해 치우고 있던 의자 위에 쌓았다. 그런 뒤 그녀의 손을 잡고 소파로 이끌었다. 그녀는 원치 않았음에도, 아니 원하길 원치 않았음에도 내 옆에 앉았다. 나는 그녀가 매 순간 내게 자신에 대해 가르치고 있다고 느꼈다. 나는 그녀의 고개를 내 쪽으로 돌리고 즐겁게 그녀를 바라봤다. 그녀는 허리춤까지 내려오는, 회색이 여러 가닥 섞인 짙은 갈색 머리칼을 가지고 있었다. 눈은 머리칼과 같은 짙은 갈색으로 눈가에 미세한 주름들이 잡혀 있었다. 그게 그녀의 얼굴에 있는 유일한 선들이었다. 몸에는 적당량 이상으로 살집이 있었다. '통통하다'가 그녀를 묘사하는 가장 적절한 말일 것 같았다. 그 덕에 얼굴도 둥글둥글했다. 화장기는 전혀 없었다. 립스틱조차 바르지 않았다. 그녀는 가족들 없이 집에서 혼자 쉬는 중이었다.

잠시 후 나는 그녀의 어깨에 머리를 얹고 기댔다. 그녀가 내 등 뒤로 팔을 둘렀다가 뺐다. 그러고는 다시 둘렀다. 그녀에게서 굉장히 유혹적인 냄새가 났다.

"뭐가 뭔지 모르겠어요." 그녀가 말했다.

"나도 그래." 내가 말했다. "하지만 모른다고 해서 꼭 문제가 되는 건 아니지. 가족들은 언제 와?"

"딸네 모두 포틀랜드에 있는 시댁에 갔어요. 내일까진 안 올 거예요." 그녀는 이 말을 뱉자마자 긴장하는 표정을 짓기 시작했다. 마치 내가 그녀의 고독을, 그녀의 나약함을 이용할까봐 두렵기라도 한 표정이었다.

"잘됐네." 내가 말했다. "당신과 얘기를 해야겠어. 내 얘기를 들려

주고 당신 얘기를 듣고 싶어. 그런 다음 물어볼 게 있고."
"당신은 누구예요? 이름이 뭐예요? 당신은… 당신은…?"
"내가 뭐냐고?"
"…네." 그녀가 쑥스러운 듯 고개를 돌렸다.

나는 편안한 높이로 그녀를 끌어당긴 뒤 처음에는 부드럽게, 곧이어 피가 절로 흘러 힘을 크게 들이지 않아도 피를 취할 수 있을 만큼 세게 목을 물었다. 잠시 후 내가 말했다. "당신이 그랬지. 내가 뱀파이어라고."

그녀는 내가 하는 어떤 행동도 거부하지 않았다. 심지어 내가 그녀의 무릎에 다리를 벌리고 걸터앉아 몸을 기댄 채 간간이 피를 핥아도 가만히 있었다. 그녀가 내 뒤로 팔을 감싸고 내가 도망치기라도 할 것처럼 나를 잡았다.

"당신은 뱀파이어예요." 그녀가 말했다. "내가 읽은 책에 따르면 키 크고 잘생긴 다 큰 백인 남성이어야 하지만, 이게 내 운이겠죠. 하지만 당신이 뱀파이어인 건 분명해요. 그게 아니면 어떻게 이런 일을 할 수가 있죠? 어떻게 당신이 이렇게 하도록 내가 놔둘 수 있죠? 어떻게 역겹고 고통스러워야 할 일이 이토록 기분 좋을 수 있죠? 어떻게 흉터 하나 남지 않고 상처가 이토록 빨리 아물 수 있죠?"

"뱀파이어를 믿지 않는군."

"예전엔 그랬어요. 그리고 당신이 이토록 작고…. 당신 같을 거라곤 생각도 못 했어요."

"누군 작은 요정 같다고 하던데."

"그 말이 딱이네요."

"한편으론 맞아. 우리들 기준에서 나는 어린이이니까. 하지만 우리들은 인간들보다 훨씬 천천히 나이를 먹어. 게다가 나는 다른 문제도 있고. 햇수로만 따지면 내가 당신보다 나이가 많을 거야. 하지만 기억으로만 따지면 몇 주 전에 태어난 거나 마찬가지지."

"하지만 어떻게…."

"쉿." 내가 무릎에서 내려가려 하자 그녀가 나를 잡으려 했다. "안 돼." 내가 말했다. "놔줘." 그녀가 나를 놓아주었다. 나는 그녀 옆에 앉아서 그녀에게 기댔다.

"3, 4주 전쯤에," 나는 이야기를 시작했다. "여기서 몇 킬로미터쯤 떨어진 야트막한 동굴에서 깨어났어. 언제였는지 어디였는지는 가물가물해. 정확히는 모르겠어. 동굴에서 깨어난 후 처음에는 눈도 멀고 의식도 오락가락했지. 엄청나게 고통스러웠고 동굴에 있기 전의 일들에 대해선 하나도 기억나지 않았어."

"기억상실증이군요."

"맞아." 나는 그녀에게 나머지 이야기도 들려줬다. 휴 탱을 죽인 일(그를 먹은 일은 빼고), 사슴을 사냥해서 먹은 일, 라이트가 나를 발견하고 받아준 일, 아빠와 형제들을 찾은 일도 들려줬다. 이나에 대해 알고 있는 몇 안 되는 사실과 이나 공동체가 어떤지에 대해서도 들려줬다. 내가 인간이 아니라고도 말해줬다. 그녀는 내 말을 믿었다. 심지어 놀라지도 않았다.

"내가 그 공동체의 일원이 되길 원하는 거예요?" 그녀가 물었다.

"맞아. 하지만 아직은 아니야."

"아직은… 아니라고요?"

"아빠가 나를 위해 집을 짓고 있는 중이야. 집이 완성되면 그때 오도록 해. 책과 물건들을 넣을 공간, 그러니까 당신이 시를 쓸 장소를 준비해놓고 싶어."

"얼마나 오래 걸려요?"

"모르겠어. 1년이 넘진 않을 거야."

그녀가 고개를 저었다. "그렇게 오래 기다리긴 싫어요."

나는 놀랐다. 그녀가 스스로 결정을 내리도록 주의를 기울여왔고 나와 함께할 거라고도 믿었지만 이토록 빨리는 아니었다. "지금은 당신에게 줄 게 없어." 내가 말했다. "아빠 집에서 방을 빌려 지낼 거야. 아빠는 당신이 와도 좋다고 하지만 이 집의 물건들을 보니 망설여져. 당신이 이곳과 비슷한 곳에서 지낼 수 있을 때까지 기다리고 싶어 할 것 같아서."

"나는 인내심이 없어요. 지금 당장 함께하고 싶어요."

나는 말할 수 없이 좋았다. 하지만 궁금했다. "왜?" 내가 그녀에게 물었다. 그녀가 뭐라고 답할지 짐작이 안 됐다.

그녀가 상처받은 듯한 놀란 표정으로 눈을 깜빡였다. "당신은 왜 나를 원해요?"

나는 어떻게 설명해야 그녀를 이해시킬 수 있을지 생각했다. "당신에게선 특히 좋은 냄새가 나거든. 내 말은, 단순히 건강한 냄새뿐 아니라… 열려 있고 결핍되고 혼자인 듯한 냄새가 난다는 거야. 처음 만났을 때도 당신은 처음에만 무서워했을 뿐, 금세 기뻐하고 반기고 흥분했지. 하지만 다른 사람 냄새는 나지 않았어."

그녀가 인상을 찌푸렸다. "그러니까 내게서 외로운 냄새가 난다는 건가요?"

"그런 것 같아. 맞아. 갈구하고 원하는 듯한…."

"외로움에도 냄새가 있는 줄은 상상도 못했네요."

"당신은 왜 날 원해?" 내가 되물었다.

그녀가 나를 꽉 껴안았다. "나는 외로워요. 아니, 처음 당신이 오기 전까지는 외로웠어요. 학창 시절 이후 그런 기분은 처음이었어요. 당신이 계속 나를 원했으면 싶었어요. 상상의 나래를 펼치다가 내가 미쳐가는 것은 아닌가 하는 걱정이 들 때만 빼고요." 그녀가 주저했다. "당신은 나를 필요로 해요. 아무도 나를 원치 않지만 당신만은 원해요."

"가족들은?"

"그들도 마찬가지예요. 여긴 내 집이에요. 딸과 사위가 여기서 살도록 도울 수 있어서 기쁘긴 하지만, 남편이 죽은 후에 내가 마음 쏟은 건, 마음 쏟을 수 있는 건 시가 전부예요."

"아빠 집에 가려면 물건을 조금밖에 못 챙겨."

"책 몇 상자와 옷가지 조금, 그거면 돼요."

나는 반신반의하면서 방을 둘러봤다. "라이트와 나는 내일 이사할 거야. 연락할 테니 전화번호를 알려줘. 당신 마음이 바뀌지 않으면 다다음주 금요일에 데리러 올게."

"약속해줘요."

"약속해."

"오늘 밤에는 나와 함께 있을 거예요?"

"잠시 동안만. 뭐 좀 먹었어?"

"밥요?" 그녀가 나를 쳐다봤다. "먹어야지 하면서 잊고 있었네요. 당신은 규칙적으로 먹나요?"

"아니."

"그렇군요. 전자레인지에 뭘 좀 돌리는 동안 부엌에서 말동무나 해줘요. 당신과 함께 있으려면 식사를 자주 거르면 안 될 것 같네요."
"두말하면 잔소리지." 내가 말했다. 그녀가 몸을 숙여 내게 입을 맞췄다. 나는 그녀와 살이 닿는 그 모든 순간을 즐겼다.

10

금요일이 되었지만 아무도 오지 않았다.

밤이 반쯤 지나자 라이트가 이오시프에게 연락을 했다. 그가 준 번호로 전화를 걸었다. 처음에는 아무도 받지 않더니 곧 통화가 불가능하다는 음성이 흘러나왔다. 수차례나 시도해봤지만 번번이 실패였다.

"가봐야겠어." 내가 말했다.

그가 잠시 나를 보더니 고개를 끄덕였다. "그러자."

나는 이튿날 얼마간 차에서 시간을 보내야 할지도 모른다는 생각에 침대에 놓인 담요를 움켜쥐었다. 무슨 일이 일어났을지 생각하기 싫었지만 준비하고 싶었다. 불에 타 쑥대밭이 돼버린 엄마들의 공동체가 불쑥 뇌리를 스쳤다. 그 이미지를 그냥 지나칠 수 없었다.

라이트는 이오시프의 공동체를 찾지 못하고 헤맸다. 당연히 그의 지도에는 그 작은 공동체가 나와 있지 않았다. 이오시프가 준 명함에 지도가 스케치돼 있었지만 막상 따라가자니 길을 찾기가 힘들었다. 샛길을 제대로 찾았나 싶어 따라 들어가보면 라이트가 기대한 갈림길이 안 보였다. 샛길이 나올 때마다 시도해봤지만 공동체는 나오지 않았다.

결국 나는 원치 않던 방법을 택하기로 했다.

"이래가지곤 안 되겠어." 내가 말했다. "근처까지는 맞게 온 것 같아. 주차할 곳을 찾아봐. 내가 차에서 내려서 찾아볼게. 눈으로 못 찾으면 냄새로 찾아야지."

그는 나를 보내고 싶어 하지 않았다. 그냥 계속 차로 돌아다니거나 필요하면 집에 갔다가 낮에 다시 와서 찾기를 원했다.

나는 고개를 저었다. "안전한 곳을 찾아서 차를 세워. 그들이 괜찮은지 가서 확인해야겠어. 만약… 만약 괜찮지 않으면, 만약 엄마들에게 벌어진 것과 같은 일이 벌어진 거라면, 당신은 거기 있으면 안 돼. 아빠나 형제들이 부상을 당했으면 당신이 위험해질 수도 있어. 이성을 잃고 죽이려 들지도 몰라."

"그리고 먹으려 들겠지." 그가 말했다. 심지어 의문문도 아니었다.

나는 잠시 말없이 그를 바라봤다. 공생인들이 그에게 말해준 걸까, 아니면 스스로 추측한 걸까? 그가 전부 아는 게 싫었지만 여튼 그는 알고 있었다. "맞아." 끝내 나는 인정했다. "아마 그럴 거야. 차를 세우고 날 기다려." 그가 고속도로의 넓은 갓길에 차를 세웠다. "여기면 괜찮을 거야." 그가 말했다. "누가 여기서 뭘 하냐고 물으면 졸려서 안전하게 한숨 자고 가려는 거라고 말하면 돼."

"자리를 옮길 일이 생기면 이 길 남쪽으로 가서 나를 기다려. 내가 당신을 찾을 테니까. 여길 떠야만 한다면…"

"널 두곤 안 떠나!"

"라이트, 내 말 들어. 그렇게 해. 경찰, 이나, 뭐가 됐든 위험에 처하면 날 두고 집으로 가. 난 갈 수 있을 때 집으로 갈게. 날 찾지 마. 그냥 집으로 가."

그가 고개를 저었다. 하지만 결국 그렇게 할 터였다. 잠시 후 그가 말했다. "정말 오두막으로 오는 길을 찾을 수 있겠어?"

"할 수 있어. 해야 한다면 하게 될 거야." 나는 아직 핸들 위에 놓인 그의 손을 잡았다. 손이 굉장히 컸다. 나는 그의 손에 입을 맞추고 몸을 돌렸다.

"쇼리!"

차에서 내리려 문을 여는 순간, 그의 다급함이 내 발길을 세웠다.

"배를 채워야지." 그가 말했다.

그의 말이 맞았다. 몇 킬로미터를 걸어야 할지 알 수 없는 상황에 맞닥뜨릴 수도 있었다. 최대한 힘을 충전해놓는 게 좋았다. 나는 문을 닫고 그의 목에 닿을 수 있도록 좌석에 무릎을 꿇었다. 그가 무릎 위에 나를 올린 뒤 내게 입을 맞추고 기다렸다.

나는 그의 목을 깊숙이 물었다. 그가 내 아래서 몸을 부르르 떨며 딱딱해지는 게 느껴졌다. 일주일 동안 그를 이토록 깊이 문 적도, 그로부터 완전히 배를 채운 적도 없었다. 새로운 보금자리에서 그와 함께 오늘 밤을 보낼 줄 알았다. 나는 그에게서 배를 채우며 여유를 부리는 것을, 그의 신음을 듣는 것을, 그를 쾌락으로 기진하게 만드는 것을, 그의 피와 몸을 같이 즐기는 것을 좋아했다. 하지만 지금은 아니었다. 나는 그에게 기댄 채 몸을 흔들면서 재빨리 피를 빨았다. 그런 다음에 상처를 치료하기 위해, 또 그는 물론 나 자신을 위로하기 위해 상처를 핥으며 몇 분 더 그대로 있었다. 그리고 그를 안아주고 차에서 내렸다. "몸 조심해." 내가 말했다.

그가 고개를 끄덕였다. "너도."

나는 그를 두고 달리기 시작했다. 얼추 근방인 건 맞았지만 목적지보다 남쪽에 와 있는 것 같았다. 라이트가 너무 일찍 방향을 튼 것이었다. 나는 자동차들과 지워지지 않은 냄새 조각에 유의하며 길을 달렸다. 숲을 통과하고, 길에서 멀어졌다 가까워졌다 하는 강줄기를 따라가며 대강 북쪽으로 이동했다. 외딴 집, 작은 부락, 농장을 지나쳤지만 전부 엄연히 인간들의 구역이었다.

조금 있으니 냄새가 났다. 샛길을 찾는 건 중요하지 않았다. 나는 냄새를 쫓아 들판을 가로지르고 숲을 통과하고 나무들 뒤에 조용히 숨어 있던 집을 지나갔다. 사유지든 바위투성이든 개의치 않았다. 내게 중요한 건 공기 중에 실려오는 냄새와 그 냄새가 말해주는 것들이었다. 간간이 걸음을 멈춘 뒤 바람 쪽으로 고개를 돌리고 숨을 크게 들이쉬면서 다양한 냄새들을 자세히 살폈다. 달리기만 하다간 뭔가를 놓칠 수도 있었다. 가만히 서서 눈을 감고 깊게 숨을 들이쉬면 내가 알고 싶은 것보다 훨씬 많은 냄새(식물, 동물, 인간, 광물)를 살필 수 있었다.

그러다 냄새가 서서히 바뀌었다. 얼마 안 있어 냄새가 온통 연기로 가득해졌다. 내 발걸음과 동물의 걸음과 내가 지나온 소로 위의 차들로 휘저어진, 며칠 묵은 오래된 연기와 나무에 묻은 잿가루 냄새였다.

연기와 불에 탄 살 냄새. 인간의 살과 이나의 살 냄새.

아빠와 형제들의 집은 폐허가 된 엄마들의 공동체와 비슷한 모습을 하고 있었다. 건물은 화재에 무너져 내려 돌무더기가 되어 있었고 그 위로 수많은 발자국들이 밟고 지나간 흔적이 보였다. 아빠와 형제들이 거기 살았으나 지금은 온데간데없었다. 죽음을 맡을 수는 있었지만 죽음을 볼 수는 없었다. 누가 죽었는지 누가 살아남았는지 알 수 없었다. 정체 모를 누군가가 내 남자 가족들을 찾아와서 내 엄마와 자매들에게 했던 짓과 똑같은 짓을 저질러놓았다.

이오시프의 공동체였던 그곳은 낯설고 지독한 냄새들로 가득했다. 그곳에 있어서는 안 되는, 이오시프나 그의 사람들과 아무 관계 없는 사람들의 냄새였다. 내가 찾은 이 냄새의 주인은 누구일까? 방화범? 소방대원? 경찰? 이웃? 어쩌면 그들 모두일 수도 있었다.

나는 돌무더기 한가운데 서서 주위를 둘러보며 상황을 파악하려 애썼다. 이오시프는 죽었을까? 스테판은? 아직 다른 세 형제들과 그들의 공생인들은 만나지도 못했다. 모두 죽었을까? 아니면 전부 다 치지 않고 살아남아 숨었을까?

그때 이오시프의 공생인 몇 명이 공동체 밖에서 일을 하거나 심지어 일정 시간 떨어져서 살기도 한다는 사실이 기억났다. 그들은 무슨 일이 일어났는지 알고 있을까? 모른다면 곧 이곳으로 돌아올 것이다. 이오시프나 내 형제들이 필요해서 올 것이다. 무슨 일이 일어났는지 파악한 뒤에는 생존을 위해 가족이 될 다른 이나를 찾아야 할 것이다. 내가 도울 수 있을까? 그러기엔 너무 어릴까? 나는 정말 너무 아는 게 없었다. 분명 그들이 다른 이나 공동체에 대해 알고 있으리라. 집으로 돌아왔다가 돌무더기만 남은 집터를 발견하고서 이미 다른 공동체에 피난처를 마련해놓았을지도 모를 일이었다.

불이 언제 난 것일까? 며칠 전인 것은 확실했다. 불탄 자리가 차가웠다. 가장 신선한 인간의 냄새조차 적어도 하루나 이틀 전의 것이었다.

누가 왜 이런 짓을 벌였을까? 처음에는 내 엄마들의 공동체였고 이젠 아빠의 공동체였다. 이오시프조차 누가 내 엄마들을 공격했는지 전혀 모르고 있었다. 그는 자신의 무지에 대해 몹시 분노하고 좌절했다. 그가 모른다면 내가 무슨 수로 알아낸단 말인가?

누군가 내 가족을 목표로 삼았다. 누군가 내 친척들을 싸그리 죽이는 데 성공했다. 그리고 만에 하나 이 일이 내게 유용한 인간적 특징들을 심어준 실험과 관계 있는 거라면(그것 말고 뭐겠는가?) 내가 주목표일 가능성이 높았다.

나는 다시 공동체 주위를 달리면서 이따금 걸음을 멈추고 자세히 냄새를 맡았다. 내 가족 중 누군가 살아 있거나 숨어 있거나 치유하는 중이라는 작은 단서라도 찾기 위해 신선한 냄새를 추적했다. 그러다 집터로 이어지는 좁은 사유도로를 발견했다. 끝까지 따라가니 2차선 공용도로가 나왔다. 그곳에서 눈을 감고 라이트가 기다리고 있을 곳을 향해 몸을 돌렸다. 30분이면 그에게 돌아갈 수 있을 터였다.

하지만 아직은 돌아가고 싶지 않았다. 최대한 많은 것을, 내 눈과 코가 말해주는 전부를 알아내고 싶었다.

나는 돌무더기로 돌아갔다. 불에 그슬린 판자, 울퉁불퉁하고 시커먼 벽의 잔해, 부서진 유리 조각, 아직 서 있는 굴뚝, 완전히 또는 부분적으로 불에 탄 가구, 주방 집기, 부엌과 욕실에 붙어 있던 그슬린 도자기 타일, 형체를 알아볼 수 없는 시커먼 플라스틱 덩어리, 이나가 죽은 자리….

그곳에 가만히 서서 누구인지 알아내려고 애썼으나 불가능했다. 엉뚱한 이의 냄새였다. 내가 만난 적 없는, 불에 타서 재와 뼈만 남은 죽은 남성의 냄새였다.

모르는 이였다. 내 형제 중 하나가 틀림없어 보였지만 만난 적은 없는 이나였다. 그는 내가 들어가지 않은 세 집 중에 한 군데에서 죽었다.

나는 한참 그 자리를 바라보다가 이나는 망자를 어떻게 처리하는지 궁금해졌다. 그들은 어떤 의식을 치를까? 뱀파이어에 대해 조사하던 중 인간은 어떻게 장례식을 치르는지 알게 됐다. 죽음, 매장, 그리고 뭐가 잘못돼야 죽은 자가 죽지 않은 자가 되는지에 대해 엄청나게 많은 자료를 읽었다. 내 눈에는 전부 말도 안 되는 소리였지만 그래도 죽은 자에게 적절한 예의를 갖추는 게 인간에게는 중요하다는 사실을 깨달았다. 이나에게도 그게 중요한 일일까?

내 남자 가족들과 여자 가족들의 유해는 어떻게 됐을까? 경찰이 거둬갔을까? 그렇다면 어디로 가져갔을까? 라이트에게, 어쩌면 테오도라에게도 말해봐야 할 것 같았다. 그녀는 도서관에서 일했다. 혹시 모른대도 찾아낼 방법을 알 수도 있었다.

하지만 어찌어찌해서 유해를 손에 넣는다 해도 땅에 묻거나 완전히 화장해서 재를 흩뿌리는 것 말고 뭘 할 수 있을까? 나는 이나의 제의도, 이나의 종교도, 어떤 살아 있는 이나도 알지 못했다.

그러다 누군가가 죽은 또 다른 장소를 발견했다. 이번에는 공생인, 여자였다. 만난 적이 없는 사람이었다. 나는 그 사실에 감사했다. 잠시 후 나는 아빠의 집터로 발길을 돌렸다. 그리고 집터를 천천히 지나가다가 내가 알지 못하는 공생인들이 죽은 자리를 두 군데 더 발견했다. 그러고 이어서 낯익은 두 사람의 흔적을 찾았다. 이오시프의 커다란 거실에서 만났던 두 남자, 니콜리스와 예일이었다. 나는 한참을 서서 두 남자가 죽었던 장소를 빤히 바라봤다. 잘 알지는 못했지만 그들은 건강했고 일주일 전까지만 해도 살아 있었다. 모두 나를 반갑게 맞아줬고 라이트에게 친근하게 대해주었다. 그런 그들이 죽었다는 게, 이오시프의 냄새와 고유한 인간 냄새를 간직한 두 개의 그을린 살점 자국으로 변해버렸다는 게 믿기지가 않았다.

이어서 나는 커다란 침실터로 짐작되는 잔해 속에서 이오시프의 냄새가 강하게 풍기는 장소를 발견했다. 그가 죽은 자리임이 분명했다. 밖으로 나가려고 애를 썼을까? 그는 창문 근처에도, 문 근처에도 있지 않았다. 죽을 당시 그가 바닥에 등을 대고 반듯하게 누워 있었다는 느낌이 들었다. 총에 맞았던 걸까? 총알은 보이지 않았지만 경찰이 가져갔을 수도 있었다. 화약 냄새가 남아 있다 하더라도 그 모든 화재와 죽음의 냄새들에 압도되었을 터였다. 이오시프는 불에 탄 게 확실했다. 소량의 유해가 집과 집기의 잿더미와 한데 섞여 아직 거기에 있었다.

그는 죽은 게 분명했다.

나는 눈을 감은 채 그 자리에 서서 몸을 끌어안았다.

이오시프가 죽었다. 이제 겨우 알아가려는 참인데 그가 죽어버렸다. 막 좋아지기 시작했는데 그가 죽어버렸다.

나는 괴로움에 땅바닥으로 몸을 숙였다. 그를 돕기 위해, 상황을 바꾸기 위해, 할 수 있는 게 없다는 걸 알았다. 아무것도 없었다. 내 가족은 산산조각 났다. 그런데도 기억이 없어서 그들의 죽음을 온전히 슬퍼할 수조차 없었다.

"쇼리?"

나는 펄쩍 뛰면서 몇 걸음 물러났다. 혼자만의 생각과 감정에 너무 몰입해서 누군가 내게 다가오는 것도 몰랐다. 어떤 소리를 듣지도, 어떤 냄새를 맡지도 못했다.

적어도 나 역시 나를 놀라게 한 사람을 깜짝 놀라게 했다는 건 알 수 있었다. 내가 순식간에 이동한 데다 날도 어두워서였다. 그녀가 내 움직임을 쫓지 못한 듯, 그래서 내가 어디로 갔는지 알지 못한 듯, 주위를 두리번거렸다. 그러다 그녀가 나를 발견했다. 그제야 난 그녀가 인간이고, 어둠 속에서 잘 보지 못하고, 내 아빠의 냄새가 나고, 아는 사람이라는 사실을 깨닫게 되었다.

"브룩." 내가 말했다.

그녀가 참담한 표정으로 주위를 둘러보다가 나를 쳐다봤다. 그녀의 얼굴 위로 눈물이 쏟아져 내렸다.

나는 다가가서 처음 만났을 때 그녀가 날 안아준 것처럼 그녀를 안아주었다. 그녀 역시 나를 껴안아주며 훨씬 격하게 울음을 터트렸다.

"이렇게 됐을 때 여기에 있었어?" 마침내 그녀가 물었다.

"아니. 오늘 밤에 이사를 오기로 되어 있었어."

"혹시나 알까 해서…. 내 말은, 이오시프는 봤어?"

나는 이오시프가 죽었던 자리를 돌아봤다. 소량의 유해가 아직 그 자리에 남아 있었다. "살아남지 못했어." 내가 말했다.

그녀가 나를 가만히 쳐다보더니 내가 알아듣지 못할 말을 하기라도 한 것처럼 인상을 찌푸렸다. 그런 뒤 이상한 소리를 냈다. 신음으로 시작된 소리는 불가능할 정도로 길고 거친 비명으로 변했다. 그녀가 바닥에 털썩 주저앉더니 숨을 헐떡거리며 신음했다. "오 세상에." 그녀가 울부짖었다. "오 세상에, 이오시프, 이오시프."

누군가 다가오고 있었다.

나는 브룩이 차를 끌고 왔다는 것을 깨달았다. 고통에 완전히 취해 내게 다가오는 사람의 소리와 냄새는 물론 자동차 소음마저 놓쳤던 것이다. 그 누군가가 차에서 내려 걸어오는 중이었다. 또 다른 여자 인간이었다. 그 여자는 권총을 들고, 그것을 내게 조준하고 있었다.

나는 브룩을 놓고 벌떡 일어나 그녀를 빙 둘러서 돌무더기 사이를 최대한 빨리 질주했다. 그리고 총을 든 여자가 나를 추적해 쏘기 전에 그녀에게 접근했다. 내가 한 수 먼저 총을 쳐서 떨어뜨린 뒤 그녀를 붙잡았다. 총상에서 회복하느라 또 하루 밤낮을 쓰고 싶지는 않았다.

그 여자 역시 내가 만난 적이 있는 사람이었다. 실리아. 스테판의 공생인 중 하나였다. 다행히 아직 냄새를 발견하지 못한 다른 두 여자와 함께 그의 부엌에 있던 사람이었다.

"실리아, 나 쇼리야." 그녀가 몸부림치자 내가 그녀의 귀에 대고 말했다. "실리아!" 그녀가 나를 바닥에서 번쩍 들어올렸으나 내 손에서 벗어나진 못했다. "나 쇼리라고." 내가 그녀의 귀에 대고 다시 말했다. "몸부림 좀 그만 쳐. 널 다치게 하고 싶지 않아."

잠시 후 그녀가 몸부림을 멈췄다. "쇼리?"

"그래."

"네가 이런 거야?"

나는 그 말에 놀라 입을 다물었다. 실리아는 부엌에 있던 두 명의 흑인 여자 중 하나였다. 그때 그녀는 상냥하고 흥미로웠다. 하지만 지금 그녀의 표정에는 비탄과 분노 말고 아무것도 보이지 않았다.

그때 브룩이 와서 말했다. "실리아, 쇼리라고. 애가 이런 짓을 했을 리 없다는 거 알잖아."

"휴에게 무슨 짓을 했는지 다 알아!" 실리아가 말했다.

나는 그녀를 놓았다. 휴 탱은 그녀와 마찬가지로 스테판의 공생인이었다. 그들은 가족이었다.

실리아가 주먹을 올렸다. 나를 치겠다는 의미였다. 나는 첫 주먹을 피한 뒤 날아오는 두 주먹을 연달아 잡았다. 그녀가 나를 발로 차려 하자 내가 발을 걸어 그녀를 바닥에 넘어뜨렸다.

내가 그녀를 깔고 쓰러진 탓에 그녀는 숨을 가쁘게 헐떡이며 한동안 망연자실해 누워 있었다. 그녀가 나를 노려봤다. 적절한 말이 생각나지 않아 나는 침묵을 지켰다. 우리 둘 다 바닥에 누워 있었다. 잠시 후 그녀가 내게서 시선을 거두며 근육에 힘을 풀었다.

"일으켜줘." 그녀가 말했다.

나는 움직이지도 결박을 풀지도 않았다.

"뭐라고 해줄까. '제발'이라고 할까?"

"진짜 당신을 해치고 싶지 않아." 내가 말했다, "하지만 또 공격한다면 해칠지도 몰라." 잠시 후 그녀가 고개를 끄덕였다. "풀어줘. 귀찮게 하지 않을게."

나는 그 말을 믿고 그녀를 풀어주었다.

"이오시프가 죽었대." 브룩이 말했다.

즉시 실리아가 내게 맞섰다. "네가 죽었는지 어떻게 알아? 마을이 이렇게 됐을 때 여기 있었어? 직접 봤어?"

나는 두 사람의 손을 잡았다. 실리아가 손을 뿌리치려 하건 말건 개의치 않았다. 그리고 이오시프가 불탄 자리로 그들을 끌고 갔다. "여기서 죽있어." 내가 말했다. "그 정도는 냄새로 알 수 있어. 화재 때문인 건지 총까지 맞은 건지는 알 수 없어. 총알을 찾지 못했거든.

하지만 여기서 죽었어. 유해 일부가 아직 여기 있어."

나는 두 여자를 차례로 봤다. 둘 다 얼굴 위로 눈물이 흐르고 있었다. 그들은 내 말을 믿었다. "나는 이나 식의 장례식도, 죽음과 관련된 의식도 기억하는 게 없어." 내가 말했다. "둘 중에 어떻게 해야 할지 알 만한 이나 가족에 대해 아는 사람 없어? 이오시프의 엄마들이라든가."

"2차 세계대전 때 러시아에서 죽었어." 브룩이 말했다. 그녀와 실리아가 서로를 쳐다봤다. "우린 물건도 사고 친척도 방문할 겸 시애틀에 갔었어. 그래서 여기 없었던 거야. 내가 기억하는 이나의 전화번호는 여기에 살던 사람들과 네 엄마들 몇 명의 번호가 전부야." 그녀가 실리아를 봤다.

"나도 우리 공동체 번호 몇 개와 쇼리 엄마들의 번호밖에는 몰라." 실리아가 말했다. "그게 다야."

문득 아무 이유 없이 실리아가 브룩보다 훨씬 젊다는 생각이 들었다(거의 브룩의 딸뻘 정도로). 그럼에도 브룩은 테오도라보다 불과 몇 년밖에 젊지 않았지만 몇 가지 점을 제외하면 실리아와 동년배처럼 보였다. 나는 그게 인간이 젊은 나이에 이나의 공생인이 될 때 생기는 현상이라는 것을 깨달았다. 라이트도 브룩처럼 천천히 늙을 터였다.

나는 우리가 딛고 서 있는 돌무더기로 생각을 되돌렸다. "시애틀에는 언제 갔어?" 내가 물었다.

실리아가 답했다. "다섯 밤 전에."

"이젠 친척들을 자주 방문하기 어려울 것 같아." 브룩이 말했다. "엄마와 언니가 나를 계속 뚫어지게 쳐다보면서 늙지 않는 비결이 뭔지 물어보거든."

실리아와 내가 눈썹을 치켜올리고는 똑같이 그녀를 바라봤다. 그녀가 눈길을 눈치채고 이오시프가 죽은 장소를 흘깃거리더니 나지막이 속삭였다. "오 세상에."

나는 한숨을 쉬고 실리아를 흘깃 봤다. 그런 뒤 그들을 두고 스테판네 집 방향으로 걸어갔다. 그들이 말없이 나를 따라왔다. 그들이 집터 밖에 서 있는 동안 나는 방 사이를 걸어다니면서 실리아와 함께 있던 두 사람을 포함해 공생인 다섯을 발견했다. 그리고 불에 탄 널빤지 틈바구니에서 찌그러진 총알을 찾았다. 총알을 주우려면 남은 널빤지를 부술 수밖에 없었다. 총알을 집었더니 희미한 피 냄새가 났다. 공생인 중 하나의 피였다. 총알이 남자의 몸을 통과해서 나무에 박힌 것이었다.

마침내 나는 한 침실 창문틀 근처에서 스테판의 시체가 쓰러져 불에 탄 장소를 찾았다. 밖으로 나가려던 것이었을까, 아니면… 가해자에게 총을 쏘려 했을까? 확실하진 않았지만 내겐 이런 짓을 벌인 자와 맞서 싸우다 죽은 것처럼 보였다.

나는 실리아에게 돌아가서 고개를 저었다. "미안해. 스테판도 목숨을 건지지 못했어."

내가 그를 죽이기라도 한 것처럼 그녀가 나를 노려봤다. 슬픔과 분노가 가득한 표정이었다.

"어디서," 그녀가 따져 물었다. "어디서 죽은 거야?"

"저쪽에서."

그들 모두 스테판이 사지를 몸에 딱 붙이고 모로 누워 웅크린 채 죽은 장소로 나를 따라왔다.

"여기야." 내가 말했다.

실리아가 아래를 내려다보더니 무릎을 꿇고 잿더미에 양손을 올렸다. 그리고 스테판의 유해 일부를 쥐었다. 그녀는 한참 말이 없었다. 나는 조금씩 동이 터오는 동쪽 하늘을 흘낏 봤다.

잠시 후 실리아가 브룩을 올려다봤다. "총을 마주 쐈던 거야." 그녀가 말했다. "놈들이 낮에 쳐들어왔다고 해도 그러면 쏠 수 있었을 거야. 낮을 힘들어 하긴 했지만 총을 마주 쏠 만큼 정신을 차릴 수는 있었을 테니까."

브룩이 고개를 끄덕였다. "그러면 가능했을 거야."

"나도 그렇게 생각했어." 내가 말했다.

실리아가 나를 노려보더니 눈을 감았다. 눈물이 그녀의 얼굴을 타고 흘렀다. "그것도 알 수 있어?"

"아니. 하지만 총격이 있었던 건 확실해. 그의 가족 중 누군가의 냄새가 나는 총알을 찾았어. 그리고 스테판의 자세가… 총을 마주 쐈던 것처럼 보여. 몇 놈이라도 맞췄어야 하는데."

"스테판한테 총이 있었어." 실리아가 말했다. "이오시프는 총을 싫어했지만, 스테판은 달랐어."

그래도 목숨은 부지하지 못했다.

"동이 트고 있어." 내가 말했다. "라이트가 기다리는 곳으로 날 데려다줄 수 있어? 위치는 알려줄게."

그들이 서로를 쳐다보다가 이어서 나를 봤다.

"라이트에게 데려다줘. 그런 다음 그의 오두막으로 갈 거니까 따라와. 하지만 조만간 다른 곳을 찾아야 할 거야. 두 사람이 지내기에도 너무 좁거든."

"알링턴 근교에 이오시프가 집을 하나 가지고 있어…. 아니 가지고 있었어." 브룩이 말했다. "누군가 통근을 하거나 가족들이 방문했을 때 사용하던 집이야. 침실 세 개에 욕실이 세 개야. 멋진 곳이고, 우리 거지. 우리에게는 그곳을 사용할 권리가 있어."

나는 안도하며 고개를 끄덕였다. "거기가 낫겠다. 다른 공생인이 이미 쓰고 있는 건 아닐까?"

브룩이 실리아를 봤다.

"난 사용하지 않는 곳이야." 실리아가 말했다. "그래서 누가 사용하는지 몰라."

"아무도 없을 거야." 브룩이 말했다. "그래도 만에 하나… 만에 하나 누군가 있다면, 쇼리, 그들도 널 필요로 할 거야."

나는 고개를 끄덕였다. "나를 라이트에게 데려다줘. 그런 뒤에 거기로 가자."

라이트에게 돌아가는 그 슬프고 고요한 여정 동안 나는 겁이 났다. 이 두 여자의 목숨이 내 손에 달려 있었다. 하지만 나는 그들을 구할 방법을 알지 못했다. 물론 그들의 피를 취할 터였다. 그리고 싶지 않아도 그럴 생각이었다. 그들에게서 내 아빠와 오빠의 냄새가 났다. 거의 이나에 가까운 냄새였다. 그것만으로도 식욕이 사라지기에 충분했다. 그렇지만 억지로라도 그들의 피를 취해야 했다. 그거면 충분할까? 이오시프에게 배운 게 거의 없었다. 또 뭘 해야 할까? 그들과 대화를 해봐야 할 것이다. 일단 피를 빼면 내가 뭐라고 하든 내 말을 들을 것이다. 그거면 충분할까?

그렇지 않으면 그들은 죽은 목숨이었다.

11

 아빠가 그의 공생인들과 내 형제들을 위해 마련해놓은 집으로 가기 위해 우리는 고속도로를 타고 울창한 숲을 통과했다. 한쪽엔 강줄기가 흘렀고 다른 쪽엔 이따금 외딴 집과 농장, 또는 샛길들이 지나갔다. 나는 라이트에게 강에 이름이 있는지 물었다.
 "스틸라과미시 강의 북쪽 지류야." 그가 내게 말했다. "'스틸라과미시'가 무슨 뜻인지는 묻지 마. 나도 모르니까. 인디언 원주민 부족의 이름이야."
 마침내 고속도로를 따라 집과 농장이 띄엄띄엄 눈에 띄는 마을 같은 곳이 나타났다. 아직 나무가 무성하기는 했으나 근처에서 사람과 가축 냄새가 더 많이 풍겼다. 특히 말 냄새가 두드러졌다. 라이트네 이웃을 배회했던 경험 덕분에 무슨 냄새인지 알 수 있었다. 내가 가까워지자 말들이 내 존재를 눈치채고 쉼 없이 움직이며 소리를 냈다. 내 냄새가 그 녀석들을 불안하게 만든 게 분명했다. 하지만 그들의 냄새는 어느덧 내게는 '집'을 의미하는 많은 요소 중 하나가 되어 있었다.

라이트와 나는 조용히 대화를 나누며 여자들의 차를 따라갔다. 나는 그에게 아빠의 공동체에 무슨 일이 일어났는지와 실리아와 브룩은 시애틀에 가 있던 덕분에 살 수 있었다고 말해줬다.

그가 고개를 흔들었다. "대체 어떻게 돌아가는 거야. 네 종족에게 심각한 적이 있는 것 같아. 지금은 안전한 장소에 몸을 숨기고 정보를 모은 뒤에 어떻게 할지 궁리해야 해. 놈들이 누군지 알아낸 뒤 경찰에 그자들에 대한 정보를 넘기는 거지."

그가 그렇게 말하자 나는 내가 거기서 한 발 더 나아갈 생각이라는 것을 깨달았다. 내 양쪽 가족을 모조리 죽인 놈들을 찾게 되면 그들을 죽이고 싶었다. 죽여야 했다. 그렇지 않고서 어떻게 내 새 가족들을 안전하게 보호한단 말인가?

내 새 가족이라….

"라이트." 내가 나긋하게 부르자 그가 나를 흘깃거렸다. "실리아와 브룩은 이제 우리와 함께할 거야. 그렇게 해야 해."

잠시 정적이 흘렀다. 그러다 그가 입을 열었다. "그러면 안 죽어?"

"내가 그들을 넘겨받으면 안 죽어. 노력해볼 거야."

"그들의 피를 빨 거라는 얘기네."

"맞아." 나는 망설였다. "어떻게 될지는 나도 몰라. 그것과 관련된 기억이 하나도 없어. 이오시프가 공생인을 두고 이나가 죽으면 그렇게 해야 한다고 말해줬어. 하지만 그게 다야. 그도 몰랐을 거야…. 이토록 빨리 그런 정보를 필요로 하게 될 거라고는."

"브룩과 실리아가 알지도 몰라."

나는 고개를 돌려 창밖을 내다봤다. 해가 고개를 내밀고 있었다.

금방이라도 비를 뿌릴 듯한 비구름이 껴 있는데도 불편할 만큼 밖이 환해지고 있었다. 나는 뒷좌석으로 손을 뻗어 가져온 담요를 잡아 몸에 둘렀다. 그렇게 하자 눈만 빼곤 편안해졌다.

"앞에 수납칸을 살펴봐." 라이트가 손짓을 하며 말했다. "거기 선글라스가 있을 거야."

나는 여는 법을 어림잡은 뒤 수납칸을 열고 선글라스를 찾았다. 사이즈가 너무 커서 코 위로 계속 밀어올려야 했지만 색이 짙어서 금방 편해졌다. "고마워." 나는 대답하며 그의 얼굴을 만졌다. 면도가 필요해 보였다. 갈색 수염이 까칠하게 자라 있는데도 문지르는 촉감이 좋았다.

그가 내 손을 가져가 입을 맞춘 뒤 말했다. "브룩과 실리아한테 아는 게 있으면 가르쳐달라고 부탁하는 건 어때?"

나는 한숨을 쉬었다. 왜 그 질문이 안 나오나 했다. "부끄러워." 내가 말했다. "자존심이 있지. 의사가 환자한테 어떻게 수술을 해야 목숨을 살릴 수 있는 거냐고 물어본다고 상상해봐."

"자존심 상하겠네. 무슨 말인지 알겠어. 하지만 그들이 아는 건 너도 알아야 해."

"그래야지." 내가 깊게 숨을 들이쉬었다. "브룩이 나이가 더 많으니 브룩부터 피를 빨고 아는 게 있는지 알아내야겠어."

"큰 차이는 안 날걸. 동갑처럼 보이던데."

"그래 보여? 브룩이 스무 살쯤 더 많아."

"그렇게나 많아?" 그가 의심 어린 표정을 지었다. "어떻게 알아?"

나는 잠시 생각했다. "피부로 알 수 있는 건 적어. 외모보단 냄새로 더 많은 것을 알 수 있어. 그녀에게선… 실리아보다 이나 냄새가 훨씬 강하게 나. 실리아가 오빠와 지낸 세월보다 브룩이 아빠와 지낸 세월이 더 길다는 뜻이지. 실리아는 당신 또래일 거야."

그가 고개를 저었다. "브룩은 얼굴에 주름이 하나도 없어. 눈가에 잔주름조차 없다고."

"알아."

"흰머리도 없어. 염색한 건가?"

"아니."

"맙소사, 나도 20년 후에 저렇게 젊어 보일까?"

나는 웃었다. "그럴 거야."

그가 나를 보고 기쁜 듯 씩 웃었다.

"다 온 것 같아." 내가 말했다.

앞장서던 차가 방향을 꺾더니 낮고 길쭉한 단층집의 진입로로 들어갔다. 다른 집들은 보이지 않았다. 우리도 같은 진입로로 방향을 틀었다. 브룩이 멈추자 라이트가 말했다. "잠깐만." 그가 차에서 내리더니 두 여자에게 다가가 말을 걸었다. 나는 호기심에 귀를 바짝 세웠다. 그는 내가 건물 뒤편을 확인할 수 있도록 그들에게 차를 차고에 집어넣으라고 말했다. 이 집이 이오시프의 가족 소유라는 점이 거슬렸던 것이었다. 그는 살인자들이 이 집의 존재를 알지 모른다고 생각했다.

"내가 뭐라고 하는지 들었지?" 그가 돌아와 물었다.

나는 고개를 끄덕였다. "당신 말이 맞아. 여기서 얼마간 머물면 좋겠지만 그러면 안 될 것 같아. 어쩌면 경찰이 이오시프에 대한 정보를 얻으려고 올지도 몰라."

그가 차고로 들어가 브룩의 차 옆에 차를 세웠다. 차가 세 대나 들어갈 만큼 넉넉했지만 다른 차는 없었다. "맞아." 그가 말했다. "하지만 내 오두막도 오래 쓰지는 못할 거야. 숙모와 삼촌께 이미 떠날 거라고 말씀드렸거든." 그가 머뭇거렸다. "사실 삼촌 부부한테서 나가 달라는 말을 들었어. 알고 계시더라고…. 그게, 집에 여자애들을 몰래 들인다고 생각하고 계셔."

나는 우리가 처한 상황에도 불구하고 웃음이 나왔다.

"며칠 전에 숙모가 문 앞에서 엿들었나봐. 삼촌한테 '섹스 소리'가 들린다고 했대. 삼촌이야 자기도 한때 젊었다며 나를 이해한다고는 하지. 하지만 숙모가 이해를 못하니 나가달래."

나는 고개를 흔들었다. "당신은 성인이야. 성인한테 대체 뭘 바라는 거야?"

그가 잠시 나를 끌어당겨 안았다. "널 못 본 것만으로도 다행이야."

그건 그랬다. 나는 차에서 내린 뒤 담요를 두른 채 차고 그늘 속에서 기다리다가 브룩이 뒷문을 열자 후딱 안으로 들어갔다. 집 뒤편에도 다른 집은 전혀 보이지 않았다. 주변에 사람은 있었다. 냄새로 알 수 있었다. 하지만 안전하다고 느껴질 만큼 멀리 떨어져 있었다. 아마도 나무가 많아서 잘 보이지 않는 것 같았다.

방들은 깨끗했고 찬장에는 식기들이 들어 있었다. 통조림과 냉동식품, 수건, 깨끗한 침구도 마련되어 있었다.

"규칙이야." 브룩이 말했다. "깨끗이 치우고 꽉 채워놓은 다음 떠나야 해. 보통은 그렇게 해. 그렇게 했어."

"어디 좀 앉자." 내가 실리아와 브룩에게 말했다. "두 사람과 할 얘기가 있어."

라이트가 복도를 걸어가 옆문을 열고 밖을 둘러봤다. 그리고 돌아와서 침실을 하나하나 살폈다. 내가 말을 하려고 하자 그가 나를 쳐다봤다.

나는 어깨를 으쓱했다. "마음을 바꿨어." 내가 그에게 말했다.

"뭐에 대해서?" 실리아가 따져 물었다. 그녀를 쳐다본 나는 그녀가 땀을 흘리기 시작했다는 걸 알아챘다. 집은 서늘했다. 브룩이 집에 들어오자마자 춥다고 불평하는 바람에 온도를 13도에서 21도로 조절했는데도 따뜻해질 기미가 안 보였다. 그런데도 실리아는 더워했다. 그리고 두려워했다.

각자 거실에 자리를 잡고 나서 내가 말했다. "우리가 가족이 되는 것에 대해서 말이야."

두 여자가 불편한 표정을 지었다.

"아는 이나가 있고 그들에게 가고 싶으면 지금 가도 좋아. 갈 수 있을 때." 내가 말했다. "그렇지 않을 거라면, 나와 함께 머물 거라면, 나를 도와줘."

"우린 지금 여기에 있어." 실리아가 말했다. 그녀가 살짝 떨리는 손으로 이마를 닦았다. "우리가 다른 이나를 모르는 거 알잖아."

"둘 다 내가 기억상실에 걸렸다는 거 알 거야. 난 이나를 잃은 공생인을 다루는 법에 대해 본 기억도, 들은 기억도 없어. 이오시프가 조금 말해주긴 했지만, 둘 중 누구라도 아는 게 있으면, 뭐라도 좋으니 알려줘. 본인들을 위해서라도."

브룩이 고개를 끄덕였다. "네가 어디까지 아는지 궁금했어." 그녀가 심호흡을 했다. "네가 아이라서 두렵긴 하지만 적어도 여자니까 우리를 살릴 수 있을지도 몰라."

"왜 그렇지?" 내가 물었다.

그녀가 놀란 표정을 지었다. "그것도 기억이 안 나?" 그녀가 고개를 젓더니 한숨을 크게 쉬었다. "여자 이나의 독은 남자 이나의 독보다 훨씬 강력하니까. 이오시프가 말해준 거야. 태곳적 여자 이나가 짝을 구하고 지키던 방식과 관련이 있어." 그녀가 살짝 미소를 지었다. "지금은 여자 이나는 아들을 낳으려고, 남자 이나는 딸을 낳으려고 짝을 찾지. 아주 문명화된 방식이야. 하지만 오래전에는 자매 무리들이 형제 무리들을 잡으려고 서로 경쟁을 했어. 화학적인 방식으로 말이야. 형제 무리를 사로잡을 수 있는 독을 가진 자매 무리들은 건강한 아이를 낳을 가능성이 높았지. 자연스레 그들의 아들들도 나이가 찼을 때 아버지들과 함께 안전한 안식처를 꾸리기 쉬웠어. 딸들 역시 훨씬 강력한 독을 가질 확률이 높았고."

"그건 아들도 마찬가지겠지." 라이트가 말했다.

"맞아. 하지만 이나 세계에선 여자들이 경쟁을 했어. 인간 남자들이 경쟁하는 것과 비슷해. 크고 강한 남자가 다른 남자들을 물리치고 많은 아내를 거느리며 많은 자식에게 유전자를 물려주던 시절이 있었잖아. 그렇게 남자의 몸집과 힘이 아들은 물론 딸들에게도 대물림되었지. 여전히 딸이 아들보다 더 작고 약한 경우가 많지만.

이나 아이들은 남자나 여자 할 것 없이 더 강한 독을 가지게 되는데 여자의 독이 남자보다 훨씬 강해. 그런 점에서 이나는 일종의 모계사회야. 쇼리처럼 몸집이 작은 아이들이 진짜 강할 수도 있는 거지." 그녀가 심호흡을 하며 실리아를 흘깃 봤다. "이나 남자들은 우리 공생인들과 비슷해. 그들은 한 자매 무리의 독에 중독돼. 그게 짝짓기의 의미야. 일단 중독이 되면 다른 여자 이나들과는 아이를 낳을 수 없어. 수시로 그 여자 이나들을 필요로 하게 되지. 내가… 이오시프를 필요로 하는 것처럼."

그녀는 이나의 번식과 역사에 대해 나보다 훨씬 많은 것을 알았다. 물론 그럴 터였다. 이오시프랑 그토록 오랜 세월을 함께했으니. 하지만 여전히 그녀로부터 그런 이야길 듣는 게 불편했다. 나는 나의 불편함을 무시하려고 애를 썼다. "이오시프와 오랜 시간을 함께 보냈구나." 내가 말했다.

"그랬지." 그녀가 눈을 껌뻑이며 저 멀리 허공을 봤다. "22년이야." 그녀가 말했다. 그녀가 손으로 얼굴을 감싸더니 의자 위에서 내 반대편으로 몸을 웅크린 채 울었다. 실리아와 마찬가지로 그녀는 나보다 훨씬 컸다. 하지만 그 순간만큼은 깊은 실의의 빠진 작고 무력한 인간처럼 보였다. 하지만 그녀를 만지고 싶지는 않았다. 곧 그래야 할 터였지만.

그녀가 눈물을 흘리며 말했다. "언제나 내가 그 사람보다 먼저 죽을 거라고 믿었고, 그게 좋았어. 그가 함께하자고 했을 때도 흔쾌히 수락했어. 맙소사, 그를 정말 사랑했어. 그리고 절대 혼자 될 일은 없을 거라고 생각했지. 난 여덟 살에 아빠를 잃었어. 오빠는 일곱 살 때 물에 빠져 죽었고. 형부는 결혼한 지 고작 2년 만에 암으로 죽었지. 마침내 그런 고통을 피할 방법을 찾았다고 생각했는데…. 다시는 혼자가 되지 않을 방법 말이야." 그녀가 다시 울부짖었다.

"난 이오시프의 딸이야." 내가 말했다. "내 독이 강력할 거라고, 당신이 내게 올 수 있을 거라고 믿어. 물론 똑같진 않겠지만 당신이 혼자가 되는 일은 없을 거야. 난 당신이 나와 함께하길 원해."

"어째서?" 실리아가 따졌다. "넌 우릴 모르잖아."

"어차피 기억을 잃어서 아무도 몰라. 라이트도 알아가는 중이야.

테오도라라는 여자도 있어. 그녀도 알아가는 중이야. 그리고 실리아, 난 이제 겨우 내가 누군지 알기 시작했어."

그녀가 몇 초 동안 나를 보더니 몸서리를 치며 고개를 돌렸다.

"이런 거 정말 싫어." 그녀가 말했다. "빌어먹을, 정말 싫다고!"

이게 자신의 이나를 잃었을 때 공생인이 반응하는 방식이었다. 아니면 적어도 실리아가 반응하는 방식이었다. 의심하고 조급해지고 두려워하는 것. 브룩과 실리아 둘 다 슬픔에 빠진 건 맞지만, 실리아가 스테판과 함께 한 세월보다 브룩이 이오시프와 함께 한 세월이 더 길었다.

나는 실리아가 내 손길을 원치 않는다는 사실을 무시하려고 애쓰면서 일어나 그녀에게 갔다. 그녀는 자신을 일으켜 세워서 침실로 이끄는 내 손길을 뿌리치지 않을 만큼 분별력이 있었다.

"이런 거 정말 싫어." 내가 커다란 침대에 그녀를 눕히려고 하자 그녀가 누차 말하며 내게서 고개를 돌렸다. 그녀에게서 전보다 더 진하게 스테판의 냄새가 났다. 진심으로 그녀를 만지고 싶지 않았다. 테오도라나 라이트라면 즐겁게 피를 빨았을 곳에서 나는 억지로 실리아를 만져야 했다.

그녀가 고개를 돌리더니 내 표정을 포착했다. "너도 하기 싫잖아." 그녀가 분노로, 뻣뻣해진 몸으로 다시 울부짖었다.

"당연히 싫지." 나는 그녀 옆으로 미끄러져 들어갔다. "스테판이 당신 몸 구석구석에 냄새로 영역 표시를 해놓았어. 왜 이나가 서로의 공생인을 쫓아다니지 않고 함께 살 수 있는지 궁금했던 적 없어?"

"가끔씩 쫓아다니도 해."

"하지만 새 공생인일 때만이겠지, 안 그래?"

"기억상실이라면서. 그건 어떻게 알아?"
"난 살아 있어, 실리아. 감각들이 살아 움직인다고. 절로 알 수밖에 없어." 나는 단추를 풀고 그녀의 목을 드러냈다. "하지만 이게 당신에게 어떤 영향을 미칠지는 몰라. 어쩌면 안 좋을 수도 있어."
"그래서 무서워." 그녀가 인정했다.
나는 고개를 끄덕였다. "참아. 참고 가만있어. 나중에 가능할 때 내가 보상해줄게."
그녀가 고개를 끄덕였다. "너를 보면 스테판이 언뜻 떠올라. 그는 나를 보면 네가 떠오른다고 했어."
나는 그녀를 물었다. 생각보다 좀 갑작스러웠으나 그녀의 냄새가 점점 더 날 거부하고 있었다. 어차피 할 거라면 빨리 해치워야 했다. 그녀가 살짝 비명을 지르더니 나를 밀어내려고, 벗어나려고, 때리려고 미친 듯이 안간힘을 썼다. 어쩔 수 없이 양 팔다리를 이용해 그녀를 온몸으로 감싸고 고정할 수밖에 없었다. 몸집이 조금만 더 컸더라면 그녀를 기절시켜야 할 수도 있었다. 사실 그 편이 더 친절한 방법일지도 몰랐다. 창문으로 기어들어가 물었던 낯선 이들이 그랬던 것처럼 나는 그녀가 나를 받아들이기를 기다렸다. 하지만 그녀는 그러지 못했다. 그런데도 희한하게 잠시 물러나 그녀에게 가만히 있으라고 명령할 생각은 들지 않았다. 낯선 이들에게는 그럴 수 있었겠지만 그녀에게는 그래야겠다는 생각이 조금도 안 들었다.
처음에 숨넘어가는 소리를 낸 뒤로 그녀는 더 이상 비명을 지르지 않았다. 하지만 흡혈이 끝날 때까지 거칠고 격렬하게 몸부림쳤다. 나는 그녀를 맛만 봤다. 배를 채울 때에 비하면 턱없이 적은 양이었다. 그게 내가 참을 수 있는 한계였다. 그것으로 충분하기를 바랐다.

나는 일이 끝났음을 깨닫도록 그녀에게 시간을 줬다. 그리고 그녀가 몸부림을 멈추자 몸을 풀어줬다. "아팠어?" 내가 물었다.

그녀가 소리 없이 흐느꼈다. 내가 상처와 상처에서 흐르는 피를 핥으려 몸을 기대자 그녀가 움찔했다. 그녀가 양손으로 내 어깨를 밀었지만 너무 세게 밀진 않았다. 나는 물린 자국을 계속 핥았다. 상처가 아물려면 그렇게 해야 했다.

"스테판이 할 때는 언제나 너무 좋았어." 그녀가 말했다.

"좋은 게 당연하지." 나 역시 전혀 즐겁지 않았다. 나는 해야 할 일을 한 것뿐이었다. "이렇게 해야 상처가 빠르고 깨끗하게 나아. 머지않아 좋아질 날이 올 거야."

그녀가 진정되는 기미가 보이자 이젠 다가가도 되겠다는 생각이 들었다. "어쩌면," 그녀가 말했다. "너한테도 일종의 영역 표시가 되어 있는지도 몰라. 나는 그렇게 느꼈어. 너무 겁이 났어. 나 자신을 통제하기 어려울 정도로. 네가 무는 게 아팠던 건 아니야. 하지만… 끔찍했어." 그녀가 몸서리치며 내게서 떨어졌다.

"하지만 지금은 좀 나아?" 내가 물었다.

"낫냐고?"

"이제는 안 떨잖아."

"아, 그렇네. 고마워…. 그런 것 같아."

"우리가 서로를 즐기려면 얼마나 오래 걸릴지는 정확히 알 수 없어. 하지만 당신이 지금 나아졌다는 게 중요하다고 생각해. 다음엔 좀 더 쉽고 편안해질 거야." 내가 그녀를 물었으므로 그렇게 될 터였다. 그녀에게 그 섬을 말해주는 게 최선으로 보였다.

"그러길 바랄게."

나는 커다란 침대에 그녀를 혼자 두었다. 내가 계속 거기 있으면 그녀가 잠들지 못할 수도 있었다. 내가 계속 거기 있으면 나 역시 잠들지 못할 수도 있었다.

나는 욕실로 가서 몸을 씻고 그곳에 머물렀다. 곧 브룩에게 가야 한다는 걸 알았다. 오래 기다릴수록 더 힘들어질 터였다. 브룩은 그렇게 애정에 굶주려 있지는 않은 것 같으니 좀 더 쉬울 수도 있었다. 아니면 이오시프와 너무 오랜 세월을 함께해서 더 어려울지도 몰랐다. 한 200년 산다고 치면 그녀에게 22년은 긴 시간일까? 내가 지금 뭘 하는 건지 알고나 하면 좋으련만.

나는 한참을 욕조에 걸터앉아 있었다. 그동안 실리아가 울다가 잠드는 소리가, 라이트가 부엌을 돌아다니는 소리가, 브룩이 한 침실에서 조용히 숨 쉬는 소리가 들렸다. 그녀는 잠에 들지도, 그렇다고 움직이지도 않았다. 아마도 나를 기다리며 앉아 있거나 누워 있는 것 같았다.

나는 일어나 그녀에게 갔다.

"미룰 줄 알았어." 그녀가 나를 보더니 말했다. "네가 원하면 내일까지 미룰 수도 있을 텐데. 그러니까, 난 지금 괜찮다는 말이야. 떨리거나 그러지 않아."

나는 한숨을 쉬지 않았다. 아무 말도 하지 않았다. 그저 침대보 위에 누워 있는 그녀 곁으로 가서 드러누웠다. 그녀의 냄새는 아빠의 냄새와 거의 흡사했다. 눈을 감으면 이오시프 옆에 누워 있다고 착각할 정도였다. 내가 아무리 이오시프를 믿고 좋아하기 시작했다고 해도 그에게 식욕이 당기는 느낌은 전혀 없었다.

"잘 이겨낼 거야." 내가 말했다. "지금 이 기분은 곧 끝날 거야."

그녀가 한숨을 쉬며 눈을 감았다. "그랬으면 좋겠네. 시작해."

나는 일을 시작했다. 그리고 일이 끝난 뒤 그녀가 베개에 얼굴을 파묻고 울도록 내버려뒀다. 그녀도 실리아처럼 내게서 위안을 얻지 못했다. 나 역시 그들 누구도 편하지 않았다. 나는 내게 필요한 위로를 라이트에게서 찾을 수 있길 바라며 밖으로 나왔다. 그는 거실에서 햄 샌드위치와 전자레인지에 돌린 봉지 팝콘을 먹으며 아까 미처 발견하지 못한 텔레비전을 보고 있었다. 내가 들어가자 그가 리모콘으로 화면을 조준해서 프로그램을 멈췄다.

"케이블이 안 나와. 하지만 영화랑 옛날 티브이쇼는 잔뜩 있어." 그가 캐비닛 안의 비디오테이프와 디브이디 선반을 가리켰다. 잠시 후 그가 물었다. "어땠어?"

나는 고개를 저으면서 그의 의자 팔걸이에 다가가 앉았다. 그가 내게서 물러설까봐, 낯선 두 사람을 가족으로 들인 것에 화를 낼까봐 걱정됐다. 하지만 그는 내 한쪽 겨드랑이 사이에 한 손을 넣고 나를 번쩍 들더니 자신의 무릎 위에 앉혔다. 그의 양팔에 안겨 앉아 있으니 편안했다. 나는 만족감에 한숨을 쉬었다.

"끔찍했어. 하지만 지금은 둘 다 훨씬 좋아졌어."

그때 밖에서 사람 소리가 들렸다. 처음에는 두 사람이었지만 자세를 바로잡으며 라이트의 가슴팍과 심장 소리에서 멀어지자 더 많은 사람들의 소리가 들렸다. 얼마나 많은지 알 수 없었다.

그리고 휘발유 냄새가 났다.

12

나는 고개를 돌려 라이트의 귀에 대고 낮게 속삭였다. "살인자들이 와 있어." 그리고 손으로 그의 입을 막았다. "지금 여기 와 있다고. 총과 휘발유도 가지고 있어. 브룩과 실리아에게 가봐, 어서! 그들을 돌봐줘. 안전하게 지켜줘. 옆문을 주시하고. 내가 방해물을 없앨 테니까 둘을 여기서 데리고 나가. 내 걱정은 하지 마. 나를 도울 생각도 하지 마. 가, 당장."

나를 붙잡으려는 그의 손을 뿌리치고 그의 무릎에서 미끄러져 내려왔다. 그리고 담요와 선글라스를 잡고 옆문으로 달렸다. 사람들(남자 인간들)이 앞문과 뒷문에 있었고 최소한 한 놈이 복도 끝에 있는 옆문으로 향하는 중이었다. 하지만 나는 놈이 도착하기 전에 옆문을 빠져나가 바닥으로 이어지는 세 개의 콘크리트 계단을 내려갔다.

남자들이 집을 빙 둘러가며 조용히 휘발유를 뿌리고 있었다. 벽널에 끼얹어진 휘발유가 땅바닥을 흥건히 적셨다. 나는 낙엽이 지는 오크나무 옆 땅바닥에 담요를 집어던졌다. 나뭇가지가 불길을 피하지 못할 만큼 무성하게 집 위로 드리워져 있는 것 같았다. 하지만 덕분에 만들어진 그늘이 나를 화상으로부터 보호해줬다. 나는 선글라스를 낀 뒤 최대한 조용히 휘발유를 뿌리면서 앞마당에서 접근해오는 남자의 소리를 향해 몸을 돌렸다.

그는 내가 죽였던 사슴처럼 한낱 먹잇감에 불과했다. 내겐 그날의 첫 사슴이었다. 나는 그가 깨닫기도 전에 그의 등에 올라타 다리로 몸을 감싸고 한 손으로 입과 코를 막았다. 다른 팔로는 턱 아래쪽을 감쌌다. 그리고 그의 목을 부러뜨렸다. 곧이어 그가 쓰러지자 목을 물어뜯었다. 그가 시끄러운 소리를 내는 걸 원치 않았다.

그는 총을 가지고 있었다. 이상한 모양의 커다란 총이었다. 나는 총신을 잡고 내가 빠져나온 문 안으로 밀어넣었다. 그리고 놈이 들고 있던 휘발유통을 오크나무 옆으로 옮겼다.

또 다른 놈이 뒷마당에서 접근하는 중이었다. 그는 나의 두 번째 사슴이었다. 그놈 역시 첫 번째만큼 신속하게 해치웠다. 누군가를 다치게 할까봐 걱정하지 않고 속도와 힘을 쏟을 수 있다는 게 내겐 위안과도 같았다. 내 가족을 죽이는 데 가담했을 게 분명한 놈들을 죽이는 건 옳은 일이었다.

누군가가 집 안에서 옆문을 살짝 열었다. 나는 양손을 흔들며 그들을 불렀다. 바로 그 순간 누군가 뭔가를 던져 창문 두세 개를 박살 냈다. 그리고 뒷마당에 있던 놈이 휘발유에 불을 붙였다. 내가 처리한 쪽을 제외하고 집을 빙 둘러 온통 화염이 치솟았다. 창문 너머로 집 안에도 불이 붙은 게 보였다.

라이트, 실리아, 브룩이 집 밖으로 후다닥 쏟아져 나왔다. 하지만 화염 소리에 묻혀서 적어도 총잡이에게까지 들리진 않았다. 라이트는 내가 뺏은 총을 들고 있었다. 나는 두 번째 남자의 총을 실리아의 손에 쥐어줬다. 나머지 둘 중 그나마 그녀가 사용법을 더 잘 알거라 생각해서였다. 그녀가 뭐라고 말하려 했지만 내가 그녀의 입에 손을 올렸다.

그녀가 고개를 끄덕이고 자신과 라이트 사이에 나와 브룩을 위치시켰다. 그녀가 앞쪽을, 라이트가 뒤쪽을 감시했다.

나는 뒷마당을 계속 주시하며 화기에서 조금씩 멀어지는 라이트에게 갔다. 그가 나를 흘깃 뒤돌아봤다.

나는 조용히 하라는 표시로 그의 입에 손가락을 살짝 갖다 댔다. 그리고 나는 들었으나 그는 듣지 못한 소리를 쫓아서 그를 앞질러 나갔다. 그날에만 두 번째로 그의 손길을 피해야 했다. 또 다른 총잡이가 불이 붙은 집을 빙 둘러서 달려오고 있었다. 친구들에게 무슨 일이 일어났는지 보기 위해서인 것 같았다. 그는 나의 세 번째 사슴이었다. 필요할 때까진 모두 숨죽이고 있는 게 최선이었다.

총잡이가 얼마나 남았을까? 몇 놈이나 온 걸까? 주의 깊게 듣고 판단할 여유가 없었으나 나는 내가 들은 소리를 되짚어보려고 애썼다. 그때 갑자기 실리아의 총에서 묵직하고도 재빠른 발사음이 들리며 내 집중력을 흐트러트렸다. 그녀가 앞쪽에서 빙 둘러오던 남자를 쏜 것이었다.

남자가 쓰러졌다. 실리아의 총에서 나온 이상한 발사음은 아무도 못 들었다고 하더라도, 남자가 고꾸라지는 건 누군가 봤을 게 분명했다. 더는 몰래 움직일 필요가 없었다.

나는 조금 전에 죽인 남자의 총을 낚아챈 뒤 나머지를 향해 소리쳤다. 그리고 다 같이 나무그늘을 향해 쏜살같이 달려갔다. 그래야 놈들이 총소리의 정체를 확인하러 왔을 때 나무숲이 우리를 엄호해 줄 터였다.

우리는 늦지 않게 나무숲에 도착했다. 나는 브룩과 함께 오크나무 뒤에 섰다. 집 위로 길게 뻗은 가지 위쪽에는 이미 불이 붙은 상황이었다. 내가 총을 건네자 그녀가 인상을 찌푸리며 총을 살폈다. 그러는 사이 라이트와 실리아는 이미 총격을 벌이고 있었다. 앞마당과 뒷마당에서 남자들이 반격하는 게 보였다. 하지만 엄호할 것이 없다 보니 제대로 조준하지 못했다. 우리에겐 나무숲이 있었지만 그들에겐 불타는 집이 전부였다. 그들이 몸을 보호할 곳을 찾아 나무숲으로 온다면 라이트나 실리아가 그들을 명중시킬 터였다. 이곳에서 살아남는다면 나는 라이트와 실리아에게 총 쏘는 법을 배울 생각이었다.

그때 저 멀리서 사이렌 소리가 들렸다. 그 소리에 몸이 얼어붙었다. 나는 어떻게 해야 총잡이와 경찰 그 누구에게도 붙잡히지 않을까 궁리했다. 그때 브룩이 총에서 시선을 떼고 고개를 들었다. 그녀 귀에도 사이렌 소리가 들리기 시작한 것이었다.

총잡이들도 소리를 들은 모양이었다. 반대편에서 가해지던 총격이 조금씩 침묵 속으로 잦아들었다. 느닷없이 목표물이 사라지자 라이트와 실리아가 조심스레 발사하던 총격을 멈췄다.

남은 총잡이들이 달리는 소리가 들렸다. 발자국이 우리에게서 멀어지더니 거리 쪽으로 향했다. 나는 나무 뒤에서 나와 남아 있는 놈에게 목표가 될 수 있도록 모습을 드러냈다.

아무도 날 쏘지 않았다.

나는 차고로 달려가서 한쪽 문을 들어올렸다. 그런 뒤 라이트, 실리아, 브룩이 나를 보고 있기를 바라며 집 옆을 흘깃 봤다.

세 사람 모두 달려오고 있었다.

이어서 나머지 차고 문을 열고 모두가 차에 오를 때까지 기다렸다. 마지막으로 내가 타고 우리는 도망쳤다.

차는 천천히 달렸다. 라이트가 속도를 내선 안 된다고, 누군가 보더라도 기억에 남거나 경찰의 주의를 끌 만한 행동을 해선 안 된다고 말했다. 이번엔 그가 상황을 주도한 만큼 브룩도 그의 판단에 따라 속도를 천천히 유지했다. 근처에는 그 집이 보이거나 화재가 시작되자마자 우리가 (시체 몇 구를 두고) 달아났다고 제보할 만큼 가까운 이웃이 없었다. 사실 총잡이들이 굉장히 조용히 움직인 덕에 그토록 멀리 떨어진 주택가에서 인간의 귀로 그 소리를 들었을 리 없었다. 누군가의 이목을 끈 요소가 있다면 연기인 게 틀림없었다. 그 말은 곧, 구조 요청이 소방서로 갔을 확률이 높다는 뜻이었다. 소방대원들이 도착해서 불을 끄고 시체를 발견한 뒤 경찰에 전화를 할 터였다. 휘발유통도 발견하겠지. 뒤이어 진행될 조사에 우리가 연루되는 걸 막아야 했다. 라이트의 텔레비전으로 경찰물을 너무 많이 본 탓에 어떤 이야기를 지어내도 감옥행을 피하기는 힘들 거라는 생각이 들었다.

"어디로 가는 거야?" 내가 라이트에게 물었다.

"맙소사, 나도 몰라. 일단 내 오두막으로 가는 게 좋지 않을까?"

"안 돼." 내가 말했다. "앞집에 당신 삼촌이 살잖아. 그곳으로 놈들을 유도해선 안 돼."

"그게 가능할까? 그자들이 누구든 간에 나에 대해선 몰라." 그가 고개를 저었다. 갑자기 그가 겪은 이 모든 일들이 그에겐 너무 과한 일처럼 보였다. "그게 누구든지 말이야…. 근데 대체 누구야? 왜 우리를 죽이려 한 거야? 난 살면서 누구를 쏴본 적이 없어…. 심지어 쏘고 싶었던 적도 없다고."

"그래도 전부 살아 있잖아." 내가 말했다.

그가 나를 흘깃 봤다. "그래."

"몇 킬로미터 더 가다가 쉴 곳을 찾아보자. 나머지 둘과 얘기해서 잠시 머물 곳을 아는지 알아봐야겠어."

"그들이 아는 곳이라면 조금 전 거기처럼 위험하기는 마찬가지일 거야."

나는 한숨을 쉬며 고개를 끄덕였다. "이 상황에서 최대한 벗어나야 해." 내가 말했다. "브룩이 이오시프와 22년을 함께했다는 게 믿기지 않아. 내 엄마들 말고는 친척도, 친구도, 사업 동료도, 누구 하나 아는 사람이 없다니."

"나도 그게 궁금했어. 브룩이 거짓말을 하는 걸까?"

잠시 생각한 뒤 내가 말했다. "그런 것 같진 않아. 난 그녀가 본인 생각보다 훨씬 많은 걸 알고 있을 거라고 봐. 어쩌면 이오시프가 기억하지 못하도록, 가족이 아닌 사람과는 아무 정보도 공유하지 못하도록 했을 수도 있어. 그러니까 내 말은 현재로선 어디서부터 내 종족들을 찾는 일을 시작해야 할지 모르겠다는 거야. 심지어 찾아야 하는 건지조차 모르겠어. 사람들이 죽는 게 싫어. 하지만 뭔가 하기는 해야 해. 이 살인자들이 누구고 왜 우리를 죽이려는 건지 알아내야 해. 그리고 그들을 멈출 방법을 찾아야 해." 나는 잠시 말을 멈추고 불편하게 몸을 꼼지락거렸다. 이미 얼굴과 팔에 화상이 생기기 시작했다. 하지만 재킷은 집에 두고 나온 터였다. "라이트, 재킷 좀 빌려 입으면 당신이 추우려나?"

"뭐라고?" 그가 나를 흘깃거리고는 말했다. "아." 그가 운전을 하며 옷 벗는 걸 힘들어 해서 내가 재킷을 당겨 벗도록 도왔다. 나는 재킷을 받아서는, 오크나무 옆에 놓고 온 잃어버린 담요처럼 몸에 덮었다. 재킷은 따뜻한 데다 라이트의 냄새까지 더해져 몸에 둘렀더니 아주 편안했다.

"내가 너랑 같이 있으면 눈에 너무 띄어." 그가 말했다. "하지만 실리아와 함께 옷가게에 가면 모녀 사이인 줄 알 거야. 가서 몸에 맞는 옷가지와 후드 재킷, 장갑 한 켤레, 얼굴에 맞는 선글라스를 사."

"알겠어. 당신들 셋이 먹을 음식도 사야 해. 차에서 바로 먹을 수 있는 걸로. 언제 짐을 풀지 확실치 않으니까."

"월요일에는 일하러 가봐야 해."

나는 그를 쳐다본 뒤 고개를 돌렸다. "알아. 미안해. 이 상황이 언제 끝날지 도무지 감이 안 와."

그는 몇 분 동안 조용히 운전만 했다. 우리는 여전히 알링턴 방향인 남서쪽으로 향하고 있었다. 일단 알링턴에 도착하자 그가 길을 아는 듯 보였다. 그는 필요한 음식을 살 수 있는 슈퍼마켓으로 곧장 우리를 데려갔다. 그리고 차를 세운 뒤 실리아와 브룩과 대화를 나누기 위해 그들의 차로 옮겨 탔다.

"졸리지 않아?" 우리가 뒷좌석에 타자마자 브룩이 물었다. "낮이라서 불편한 건 없어?"

"피곤해." 내가 그녀의 말에 수긍했다. "당신들 모두 피곤할 거야."

"하지만 낮에는 자는 거 아냐?" 실리아가 물었다. 그들이 내 이야기를 하던 중이었다는 생각이 들었다. 조금 전까지 남자 몇이 우리를 죽이려 했다는 사실에 겁에 질려 있는 것보다는 나았다.

"낮에 자는 걸 선호하긴 해. 하지만 꼭 그럴 필요는 없어. 피곤하면 언제든 잘 수 있어."

브룩이 실리아를 봤다. "그래서 우리가 안 죽은 거구나." 그녀가 말했다. "놈들은 집 안에 이나가 있어도 잠들었을 거라 생각하고 낮에 찾아온 거였어. 의식이 하나도 없을 줄 알고."

"왜 네 엄마들은 못 구했지?" 실리아가 물었다.

"나도 몰라." 내가 답했다. "둘 중 내 부모들의 경우처럼 공동체가 파괴된 사건에 대해 들어본 적 있어? 내 말은, 다른 곳에서도 이런 일이 벌어진 적 있어?"

두 여자가 고개를 저었다. 브룩이 말했다. "내가 아는 한은 없어."

"그래서일 거야." 나는 잠시 생각했다. "문제가 생길 거라 예상을 못했으니 아무도 주의를 기울이지 않았겠지. 굳이 왜 그러겠어? 내가 주로 낮에 잤는지 어땠는지 알 순 없지만 내 엄마들이 그랬으니 아마 나도 그랬을 거야. 모두 깨어 있을 때 같이 깨어 있는 게 훨씬 편리하니까. 이오시프의 공동체가 그랬던 것처럼 공생인들도 야행성 생활에 길들여져 있었던 게 분명해. 하지만 잘은 몰라. 그게 문제야. 나는 아는 게 없어." 나는 브룩을 봤다. "당신은 내 엄마들의 공동체에서 얼마간 지냈겠지? 모두 야행성이지 않았어?"

"대부분 그랬지." 그녀가 답했다. "너의 대어머니들에게 조사를 도와주는 공생인이 서넛 있었는데 그들은 낮에 종종 깨어 있었어. 하지만 별 도움은 안 됐을 거야."

나는 실리아를 봤다. "스테판은 낮에 항상 깨어 있었어?"

"스테판은 잠을 못 자면 바보가 된다고 했어." 그녀가 답했다. "느릿하니 서툴러졌지."

"이오시프는 꼭 자야 했어." 브룩이 말했다. "해가 뜨면 어디서든 완전히 의식을 잃었어. 그리고 일단 잠이 들면 해질 때까지 깨우는 건 불가능했어."

라이트가 내 뒤로 팔을 둘렀다. "넌 분명 성능이 향상된 새로운 모델이야."

나는 고개를 끄덕였다. "누군가 성능이 향상된 새로운 모델이 나와서는 안 된다고 판단한 모양이지."

"우리도 그 얘길 하던 중이었어." 브룩이 말했다. "어쩌면 이 모든 게 누군가 네 가족이 하던 실험을 싫어해서 벌인 일이 아닌가 하고 말이야. 아니면 네 가족이 너와 스테판을 만든 걸 질투해서 벌인 짓인지도 몰라. 잘은 모르겠지만."

"어째서 쇼리 때문이라는 거야?" 라이트가 궁금해 했다. "그자들은 인간이었어. 이나가 아니라."

"공생인일지도 모르지." 실리아가 말했다.

"아니면 그중 한 놈만 공생인이고 나머지는 돈을 주고 고용한 놈들이거나." 브룩이 거들었다.

라이트가 인상을 찌푸렸다. "그럴지도 모르지. 하지만 내가 보기엔 뱀파이어와 싸운다는 착각에 빠진 평범한 인간의 소행 같아."

"그런데 하필 내 가족만 공격했고 말이지." 내가 말했다.

"그건 모르겠어. 젠장, 우린 너와 같은 처지야, 쇼리. 아는 게 하나도 없다고."

나는 고개를 끄덕이고 하품을 했다. "우리는 생각보다 더 많은 것을 알지도 몰라. 좀 쉬고 나면 최소한 몇 개는 해답이 떠오를 거야."

"왜 이 주차장으로 온 거야?" 브룩이 물었다.

"당신들이 먹을 음식을 구하려고." 내가 말했다. "그런 다음 숲에 주차할 데를 알아볼 거야. 차에서 눈도 좀 붙이고, 쉬고 난 다음에 생각을 좀 정리해보자."

"너네 집으로 갈 줄 알았는데." 실리아가 라이트에게 말했다.

"친척집이 너무 가까이에 있어." 내가 말했다. "우리를, 어쩜 나를 쫓는 놈들 때문에 그들이 다치거나 죽는 건 싫어. 누구도 그런 일을 겪게 할 순 없어. 그러니 당분간은 호텔도 안 돼."

두 여자는 서로를 쳐다봤다. 이번엔 그들이 무슨 생각을 하는지 전혀 알 수 없었다.

"필요한 걸 사러 가자." 라이트가 말했다. "실리아, 브룩과 내가 먹을 걸 사는 동안 네가 쇼리의 엄마나 큰언니 행세 좀 해줄래? 근처에 옷가게가 있어…." 그가 수납칸을 열어서 연필과 작은 스프링 노트를 찾았다. "여기 주소야." 그가 주소를 쓰며 말했다. "가는 길도 적어줄게. 작년에 알링턴에서 일을 했거든. 그래서 기억해. 여기서 몇 블록밖에 안 돼. 저렴한 평상복을 사기에 괜찮은 가게지. 쇼리가 입을 바지 몇 벌, 셔츠, 괜찮은 후드 재킷, 장갑, 얼굴에 맞는 선글라스가 필요해. 알겠어?"

실리아가 고개를 끄덕였다. "돈만 있으면 문제없어. 스테판이 준 돈은 시애틀에서 다 썼거든. 그가…." 그녀가 말을 멈추고 얼굴을 찡그리더니 주차장을 가로질러 먼 곳을 바라봤다. 그녀는 손가락으로 눈가를 닦더니 더 이상 아무 말도 하지 않았다.

잠시 후 라이트가 주머니에서 지갑을 꺼내 그녀의 손에 20달러짜리 지폐 몇 장을 쥐어주었다. "저쪽에 현금인출기가 있어." 그가 말했다. "돈을 좀 더 찾아올게. 며칠은 쓸 수 있게."

"기름도 넣어야 해." 브룩이 말했다. 그녀가 나를 쳐다보다가 어깨 너머로 시선을 옮겼다. "수표책과 신용카드가 있긴 하지만 둘 다 이 오시프의 계좌와 연결돼 있어. 그걸 쓰면 경찰이나 적이 우리를 주목하게 될지도 몰라. 기름 값이야 충분하지만 며칠 넘게 이렇게 도망 다녀야 한다면 돈 문제가 생길 거야." 거짓말이라도 하듯 그녀의 목소리가 어색하게 흔들렸다. 그녀에게서 긴장의 냄새가 났다. 그녀가 나를 똑바로 보지 않고 어깨 너머를 바라보는 게 마음에 들지 않았다. 잠시 그녀의 태도에 대해 생각한 끝에 나는 이유를 깨달았다.

"돈 문제는 없을 거야." 내가 말했다. "당신도 알잖아."

브룩이 살짝 당황한 듯 보였다. 잠시 후 그녀가 고개를 끄덕였다. "네가… 방법을 알 거라는 확신이 안 들어서."

라이트가 말했다. "그 방법이 뭔데?"

"도둑질." 내가 말했다. "브룩은 내가 아주 훌륭한 도둑이 되기를 바라고 있어. 그러지 뭐. 일단 물기만 하면 사람들이 기쁘게 돈을 내놓을 테니까."

그가 나를 미심쩍게 바라봤다. 나는 수염이 까칠하게 자란 그의 턱을 만졌다.

"면도기도 사야겠어." 내가 말했다.

"네가 도둑질 때문에 곤란해지는 건 싫어." 그가 말했다.

"그럴 일은 없어." 내가 어깨를 으쓱했다. "도둑질을 하고 싶진 않아. 썩 내키지 않아. 하지만 그게 우리를 지키는 일이라면 할 거야." 나는 분노에 가까운 감정으로 브룩을 흘긋 봤다. "궁금한 게 있으면 나한테 물어봐. 내가 알아야 한다 싶으면 그게 뭐든 말해주고. 불만이 있으면 언제든 표출해도 좋아. 하지만 다른 사람한테 말하는 척,

날 떠보지는 마. 그냥 사실대로 말해."

그녀가 어깨를 으쓱했다. "알겠어."

내게서 분노가 서서히 사그라들었다. "가서 필요한 걸 사자." 내가 말했다.

"잠시만 기다려." 라이트가 말했다. 그가 공책에 무언가를 또 적었다. 그런 뒤 종이를 찢어 실리아에게 건넸다. "내 사이즈야. 가능하면 바지 한 벌과 운동복 상의도 좀 사다줘."

그녀가 사이즈를 보더니 웃었다. "알겠어."

실리아와 나는 그들을 두고 그녀의 차(그녀에 따르면 이오시프의 차 중 하나였다)로 옷가게에 갔다. 라이트가 적어준 대로 가니 찾기가 수월했다. 그 사실에 그녀가 놀랐다.

"보통은 적어도 한 번쯤 길을 잃어서 차를 세우고 방향을 물어봐야 하거든." 그녀가 말했다. "잘 들어. 너는 내 동생이야. 알겠지? 네 엄마뻘로 보인다는 말은 사양할게."

나는 웃었다. "당신은 몇 살이야?"

"스물셋. 스테판이 날 발견했을 땐 열아홉이었어. 엄마 집에서 나온 직후였지."

"스물셋이라…. 라이트와 동갑이네."

"응. 라이트는 네 첫 번째지. 너 혼자서 아주 잘해냈어. 인물도 훤칠하고 덩치도 좋고. 좋은 사람이야. 네가 입고 있으니까 그 사람 재킷이 엄청 큰 코트처럼 보인다."

"라이트가 날 발견했을 때, 나를 태우려고 차를 세웠을 때, 그에게서 얼마나 좋은 냄새가 났는지 몰라. 기억이 완전히 망가져서 뭘 원하는지도 모르면서 그의 냄새에 이끌려서 차에 탔어."

실리아가 웃었다. 그러더니 슬픈 표정을 지으며 잠시 허공을 응시했다. "스테판도 그렇게 말하곤 했어. 너희처럼 그토록 냄새와 소리에 예민하고, 그토록 오래 살고, 그토록 강하다는 게 어떤 기분일까 언제나 궁금했어. 그 많은 이야기들에서처럼 너네가 우리를 너희와 똑같은 존재로 바꾸지 못한다니 불공평해."

"그러면 이상하지 않을까?" 내가 말했다. "개에 물린다고 해서 그 사람이 개로 변할 거라고 생각하지는 않잖아. 감염이 돼서 죽을 수야 있겠지. 최악의 경우긴 하지만."

"그러면 늑대인간은 아직 발견하지 못한 거네."

"라이트의 컴퓨터에서 늑대인간에 대해 읽은 적 있어. 뱀파이어에 대해 글을 올린 많은 사람들이 늑대인간에게도 관심이 있는 것 같더라." 나는 고개를 저었다. "뱀파이어 전설은 아마 대부분 이나에서 비롯됐을 거야. 그러면 늑대인간 전설은 어디에서 시작됐을까?"

"나도 생각해봤는데," 실리아가 말했다. "아마 광견병 아닐까? 광견병에 걸린 개에 물리면 미쳐서 입에 거품을 물고 동물처럼 뛰어다니잖아. 그들이 공격한 다른 사람들도 똑같은 증상을 겪게 되고…. 그 정도면 고대 사람들이 늑대인간이라는 존재를 떠올리기에 충분하지 않았을까. 그런데 조금 전에는 뭐 때문에 브룩에게 화가 났던 거야?"

나는 그녀를 쳐다봤다. 잠시 후 그녀가 진짜 묻고 싶은 질문을 던졌다는 판단이 들었다. "내 자존심을 건드린 것 같아. 내가 당신 셋을 돌볼 수 없을까봐 걱정하잖아. 난 내가 당신들을 돌보는 법을 완벽하게 알지 못한다는 게 염려스러워. 내 무지가 싫어. 그렇지만 물어볼 어른 이나가 없으니 당신들에게 배울 수밖에."

"오늘 네 활약을 보기 전까지는 우리가 너를 돌봐야 할 거라고 생각했어."

"그래야 할 거야. 이오시프는 그걸 '상호적 공생 관계'라고 했어. 그냥 '상리공생'이라고도 하는 것 같던데."

"맞아. 그게 그 사람이 쓰던 표현이야. 스테판에게 그를 소개받기 전엔 그런 식의 표현은 들은 적도 없었어. 과학 사전에서 찾아볼 때까지 그가 만들어낸 표현인 줄 알았다니깐. 그러니까 너는 마음에 안 드는 소리라도 솔직하게 말해주길 바라는 거야?"

"응."

"난 문제없어. 이제 옷 사러 가자."

나는 몸에 딱 맞는 남아용 청바지 두 벌과 빨간색과 검정색 긴팔 셔츠 두 장, 장갑 한 켤레, 후드 재킷, 선글라스, 속옷을 샀다. 그리고 라이트가 준 돈과 실리아가 가진 돈을 몽땅 털어 라이트가 입을 바지 한 벌과 모자 달린 운동복을 샀다. 그런 뒤 라이트와 브룩을 만나러 슈퍼마켓으로 다시 향했다.

"브룩과 내가 옷가방을 트렁크에 둬서 다행이야." 실리아가 말했다. "빨래방만 갔다 오면 딱일 것 같은데. 그것 빼곤 다 좋아. 그 직원이 하는 소리 들었어? 너보고 하루 종일 본 사람들 중에 제일 귀엽대. 한 열 살쯤 된 줄 알더라."

나는 고개를 저었다. 그 여직원에겐 아무 말도 하지 않았다. 나는 열 살짜리 인간 꼬마처럼 행동하는 법에 대해 아는 게 없었다. "내가 너무 작아서 불편해?"

그녀가 씩 웃었다. "처음엔 그랬어. 이젠 마음에 들어. 오늘 네 활약을 보니까 좀 더 크면 무진장 무서워지겠다 싶었어."

"더 클 거야."

"그래, 하지만 그 전에 네게 적응할 거야." 그녀가 잠시 말을 멈췄다. "넌 어때? 나와 함께 있는 거 괜찮아?"

"당신을 원하냐고?"

"…응. 네가 우리를 고른 건 아니잖아."

"난 당신 모두를 물려받았어. 아빠의 가족으로부터. 당신들은 내 사람이야."

"우리를 원해?"

난 웃으며 그녀를 올려다봤다. "오, 물론이지."

13

 우리는 다시 북동쪽으로 방향을 틀어 차를 몰았다. 그리고 샛길로 빠져서 숲으로 들어선 뒤 캠핑을 할 수 있는 장소를 찾았다. 고속도로나 길에서는 보이지 않을 만큼 멀찍이 떨어진 곳이었다. 나는 잠들기 전에 주변을 둘러보고 근처에 아무도 없음을, 아무도 우리를 감시하지 않음을 확인했다.
 확인을 마치고 돌아온 나는 실리아에게 어두워질 때까지 총을 들고 깨어 있으라고 부탁했다. 그녀가 명사수여서기도 했고 조금 쉬었더니 크게 피곤하지 않다고 말해서기도 했다. 우리에겐 총잡이에게서 뺏은 총 세 자루와 실리아의 권총(반자동 베레타)이 있었다. 그녀는 총잡이들이 헤클러&코흐 사의 자동소총에 소음기를 달아놓았다고 말해줬다. 그러면서 실제로 본 적은 한 번도 없고 읽은 적만 있는 물건이라고 했다.
 "총잡이들은 우리를 전부 죽일 작정이었어. 그것도 아주 조용하게." 그녀가 말했다. "화염 소리와 집들 사이의 거리 때문에 충격을 들은 사람은 없을 거야. 적어도 아군을 좀 더 찾기 전까진 그자들을 피해야 해."

그녀의 말에 동의했다. 하지만 일단은 잠을 좀 자고 싶었다. 나는 라이트의 차 뒷좌석으로 가서 잠을 청했다. 그러다 라이트가 나를 브룩의 차로 들어 옮길 때 잠깐 깼다. 누군가 뒷좌석을 아래로 접은 뒤 옷을 펼쳐 놓아서 덜 불편했다.

"뭐 하는 거야?" 내가 속삭였다.

그가 차 안으로 기어들어오더니 내 옆에 누워 나를 가까이 끌어당 겼다. "다시 자." 그가 내 귀에 대고 말했다. 나는 다시 잠들었다. 간 이침대가 생각만큼 그렇게 불편하진 않았다.

그때 브룩이 내 반대편에 누웠다. 그녀의 냄새가 나를 심란하게 해서 자리를 옮겨 다른 곳에서 잠을 청하고 싶었다. 나는 냄새를 무 시하려고 애썼다. 그녀의 냄새는 변할 터였다. 아니, 이미 변하기 시 작했다. 나는 그냥 잠에 들었다.

그리고 얼마 후 해가 지자 그녀를 물었다.

그녀가 몸부림을 쳤다. 처음엔 가만히 진정시키기 위해 몸을 붙들 어야 했다. 그렇지만 잠시 후 그녀가 길게 한숨을 쉬더니 저항하지 않고 최대한 나를 받아들였다. 이 상황을 즐기진 않았지만 첫 발작 후부턴 적어도 고통스러워하는 것처럼 보이진 않았다.

전에는 겨우 맛만 봤다면 이번엔 완전히 배를 채웠다. 정서적으로 만족스러운 식사는 아니었지만 육체적으로는 기운을 북돋아주는 식 사였다. 식사를 마친 뒤 나는 그녀가 내게 진심으로 기대어 안정을 찾도록 시간을 들여 상처 부위를 핥았다. 그녀는 내가 일어나는 것 도, 그녀를 넘어가는 것도, 차에서 나오는 것도 모를 정도로 세상 편하게 잠들었다.

나는 최대한 조용히 차 문을 닫고 나와 차 옆에 섰다. 정서적으로 채워지지 않은 탓에 쉽게 잠이 오지 않았다. 나는 주변을 어슬렁거리다 차로 다시 돌아왔다. 브룩, 실리아, 테오도라가 라이트처럼 완전히 내 사람이 되면 내가 연명하기 좀 나아질지 궁금했다. 그들만 있어도 충분할까? 나는 여덟 명의 공생인을 두었던 내 아빠보다 훨씬 몸집이 작았다. 그러니 필요한 양도 더 적을 것이다.

당연히 그렇지 않을까?

나는 진절머리를 내며 고개를 저었다. 내 무지는 단지 귀찮기만 한 것이 아니었다. 내 무지는 위험했다. 그들을 나로부터 지킬 방법도 모르면서 어떻게 돌볼 수 있단 말인가.

나는 차 옆에 멈춰 서서 뒷유리 너머로 서로의 옆에 누워 잠든 브룩과 라이트를 봤다. 둘 다 내게 붙어 잠들었던 터라 내가 빠지면서 서로가 시로를 맞시는 자세를 취하고 있었다.

내 감정이 그들에 대한 두려움에서 혼란스러움으로 바뀌었다. 나는 그들 사이로 다시 기어들어가 내 옆에서 편안하고 평온하게 누워 있는 두 사람을 느끼고 싶었다. 그들은 둘 다 내 사람이었다. 하지만 그들이 그렇게 함께 있는 걸 보니 어딘가 옳다는 생각도 들었다.

실리아가 내 뒤로 다가오더니 나를 보고는 차 안을 흘깃거렸다. 그러곤 내 주의를 딴 데로 돌렸다. 우리는 옆 차에 들어가 앉았다.

"샤워하고 싶어." 내가 말했다.

"나도 그래." 실리아가 말했다. "자러 가고 싶은데 괜찮아?"

"괜찮아." 그녀는 라이트의 차 뒷좌석으로 이미 올라가 있었다. 그녀가 바닥에 권총을 내려놓고 좌석에 등을 기댔다.

"네가 듣기 싫은 얘길 해야 할 것 같아." 그녀가 말했다.

"해봐."

그녀가 몇 초 동안 눈을 감고 있다가 입을 열었다. "휴 탱에게 무슨 일이 있었는지 스테판한테 들었어. 나, 오리아나 베르나르디, 둘 다. 스테판은 우리가 휴를 사랑한다는 걸 알았거든."

사랑했다? 나는 커지는 혼란을 안고 그녀의 말에 귀를 기울였다. 무슨 말을 해야 할지 몰라 나는 아무 말도 하지 않았다.

"이나와 공생인의 관계는 내가 본 집단결혼 가운데 가장 친밀해. 우리 같은 경우엔 몇몇이 질투를 해서 가족을 분열시키려 든 일들도 있었어. 그러니… 어쩌겠어…. 스테판이 붙잡고 대화를 해야 했지. 아직 엄마들과 살 때라 처음엔 조언을 얻었대. 그런데도 너무 혼란스러워서 제대로 대처하기 힘들었다고 하더라. 그때 그는 '질투 난다'는 말 대신 '혼란스럽다'는 표현을 썼어."

나는 고개를 끄덕였다. "'혼란스럽다'라."

"그런 걸 보면 우리가 다른 종인지 잘 모르겠어."

"휴와는 어떻게 됐어?"

그녀가 웃었다. "스테판이 내게 손 내밀었을 때 휴는 몇 년째 스테판의 사람이었어. 스테판과 함께 살고 얼마 후에 휴가 내게 고백했지. 스테판한테 결정은 내 몫이라는 말을 듣고 나서였어. 처음엔 무서웠어. 이나 가정이 어떻게 돌아가는지 몰랐거든. 모든 공생인이 스테판에게 피를 주고 그와 사랑을 나누면서, 한편으론 우리끼리 또는 근처의 다른 공생인과 관계를 맺을 수도 있다니. 음, 처음엔 휴의 청을 받고도 그에게 가지 않았어. 하지만 얼마 후에 받아들였지. 좋은 남자였어."

"미안해. 그가 나를 발견하지 않았으면 좋았을걸."

"그러게 말이야."

나는 누워서 애먼 데를 바라보는 그녀를 봤다. "말해줘서 고마워." 내가 말했다.

그녀는 고개를 끄덕이고는 마침내 나를 봤다. "아니야. 단지 널 위해서 말해준 것만은 아니야. 언젠가 나도 아이가 가지고 싶어질 것 같다는 생각이 들었거든."

나도 그걸 원했다. 나의 공생인들이 나와 함께하며 서로를 즐기는, 나는 내 아이를 키우고 그들은 그들의 아이를 키우는 집. 그건 옳다는, 좋다는 느낌이 들었다.

나는 실리아가 잘 수 있게 혼자 두고 정말 우리뿐인지 알아보기 위해 다시 일대를 확인했다. 그리고 그렇다는 확신이 들자 가장 가까운 이웃이 누군지 확인하기 위해 속도를 조금씩 올려가며 달리기 시작했다. 냄새를 따라가다 보니 어른 둘과 아이 넷이 말과 닭, 거위, 염소와 함께 사는 농장이 나왔다. 이어 집 세 채가 샛길을 따라 드문드문 보였다. 하지만 농장은 딸려 있지 않았다. 내가 돌아본 땅에 마을이라 할 만한 곳은 없었다.

우리 외에는 근처에 아무도 없어서 회복할 시간도, 다음 일을 결정할 시간도 꽤 넉넉해 보였다. 실리아, 특히 브룩에게 질문을 할 여유도 있을 것 같았다.

나는 차로 돌아와 라이트와 브룩이 사온 일회용 물티슈로 최대한 깨끗이 몸을 닦았다. 그리고 깨끗한 옷으로 갈아입었다. 바지를 입을 때쯤 뒤편에 서 있던 차에서 브룩이 깨어나 빠져나오는 소리가 들렸다. 그녀는 숨 쉴 때나 움직일 때 라이트나 실리아와는 살짝 다른 소리를 냈다.

"세상에, 깜깜하네." 그녀가 말했다. "공생인이 아니었으면 하나도 안 보였을 거야. 안 추워?"

딱히 춥진 않았다. 하지만 나는 속셔츠 위에 긴팔셔츠를 입고 단추를 잠근 뒤 새 재킷을 걸쳤다. "난 괜찮아." 내가 말했다. "당신이 깨어나서 다행이야. 얘기를 하고 싶었거든."

"좋아."

"먼저 좀 먹어. 할 일이 있으면 해도 돼. 얘기가 길어질 것 같으니까."

"좋은 얘기 같지 않은데."

"딱히 나쁘지도 않아. 목은 괜찮아?"

그녀가 옷깃을 옆으로 내리며 반쯤 아문 상처 부위를 보여줬다. "이번엔… 그렇게 나쁘진 않았어."

"나아질 거야."

"그렇겠지."

그녀는 아까 사놓은, 얼음과 음식으로 가득 찬 하얀 스티로폼 냉장 박스를 열었다. 그리고 후추맛 훈제연어 네 조각이 든 팩과 물 한 병을 꺼냈다. 이어 식료품 봉투에서 꺼낸 빵과 연어로 샌드위치를 만들었다. 샌드위치를 먹고 물을 마신 뒤엔 상자에서 물을 꺼내 좀 더 마시고, 한 봉투에서 블루베리 머핀과 바나나 두 개를 꺼내 해치웠다. 그녀는 내가 차에 앉아 자신을 바라보는 게 신경 쓰이지 않는 눈치였다. 나는 그녀를 보는 게 즐거웠다.

이윽고 그녀가 몸을 닦기 위해 물티슈 통을 들고 나무숲으로 사라졌다. 그동안 라이트가 일어나 다른 방향으로 비틀비틀 걸어갔다. 잠시 후 돌아온 그도 물티슈 통으로 얼굴과 손을 문지르고는 음식을 먹었다.

"괜찮아?" 그가 내게 물었다.

"난 괜찮아. 브룩이 뭘 아는지 알아내야겠어. 어디로 가야 어른 이나를 찾을 수 있는지 알아야 해. 내 부모의 공동체는 휘발유와 총으로 무장한 인간들에게 공격당했어. 그들이 어떤 위험에 처했었는지 알게 된 이상, 다른 이나나 공생인을 위험하게 하지 않는 선에서 도움을 청해야 할 것 같아."

"어제는 그러기 싫다면서."

"지금은 그게 맞는 것 같아. 그래도 당신의 친척집이 지척인 오두막에선 머물고 싶지 않아. 낮에도 활동을 하고, 보초를 서고, 기꺼이 싸우고, 기꺼이 죽이고, 목격자의 기억을 조작하고, 경찰에 대응할 수 있는 가족에게 가야 해. 공생인을 거느린 이나 가족은 필요한 상황에선 그렇게 해. 그래야 살아남아서 위협을 없앨 수 있어."

그가 고개를 저었다. "왜 인간들이 당신 종족은 물론 그 많은 동족까지 죽이려는 건지 이해가 안 돼. 뱀파이어 사냥에 대해 뭔가 잘못 알고 있는 게 아닌 이상."

"그럴 수도 있겠지." 내가 말했다. "나도 몰라. 하지만 내 가족의 유전 실험과 관계가 있는 건 확실해. 함께 앉아서 쓸 만한 생각이 떠오를 때마다 말해줄래?"

"물론이지. 내가 쓸 만한 걸 생각해낼 거라는 뜻은 아니지만."

"브룩이 하는 말이 내 기억을 조금이라도 일깨우지 않는 이상, 당신이나 나나 무지한 건 별 차이 없을 거야."

"생각만 해도 무섭네." 그가 말했다. "브룩이 온다."

"추워." 그녀가 양손을 비비며 말했다. "차로 들어가자." 우리는 깔고 잤던 옷가지를 치우고 뒷좌석을 위로 세운 뒤 좌석에 올라앉았다. 브룩이 앞좌석에, 라이트와 내가 뒷좌석에 앉았다. "좋아." 그녀가 말했다. "무슨 얘기를 하고 싶어?"

"우리는 도움이 필요해." 내가 그녀에게 말했다. "암살자들을 없애는 걸 도와주고 내가 가정을 올바르게 꾸리는 데 필요한 것들을 알려줄 어른 이나를 찾아야 해. 그러니 이오시프의 친구나 친척에 대해 아는 대로 전부 말해줬으면 좋겠어."

"아까도 말했지만 연락 방법을 몰라. 우리 공동체 말고 내가 유일하게 전화번호를 알던 사람은 너의 엄마들이야."

"하지만 다른 이나에 대해 들어본 적은 있을 거 아냐. 연락 방법을 알든 모르든, 이름을 들어봤다거나 만나본 사람은 있겠지."

그녀가 고개를 저었다. "이오시프는 특이하게도 완전히 혼자였어. 너무 어려서 다양한 협의회에 참석하기도 어려웠고 가족을 대표할 대아버지도 없었어. 형제들과 아버지들도 어머니들과 자매들과 마찬가지로 모두 유명을 달리했어. 친척들 대부분이 루마니아, 러시아, 헝가리에 흩어져 살았는데 그들 역시 20세기에 죽었어. 유럽의 많은 이나들이 2차 세계대전 도중이나 그 후에 살해당했지. 자매들은 전쟁 중에 어머니들과 함께 목숨을 잃었는데, 나치의 소행이었어. 형제들과 아버지들은 후에 공산주의자들에게 당했고. 높은 신분이라 전쟁 전만 해도 엄청나게 많은 땅을 물려받았나봐. 하지만 전후에 모든 게 파괴되고 목숨만 겨우 건진 것 같아. 이오시프도 간신히 탈출했어. 전쟁 전에 탈출했어야 하는데 다들 고집이 만만치 않았던 거지. 아무도 고향땅에서 자신들을 몰아낼 수는 없을 거라고 했다더라고."

"원래 모든 이나가 루마니아를 기반으로 삼았던 거야? 트란실바니아에 터를 잡고?"

"아니. 천 년에 걸쳐 유럽과 중동 전역으로 흩어졌어. 기록에 그렇게 적혀 있대. 그들은 만 년 전 기록이 자신들에게 남아 있다고 주장하거든. 이오시프가 해준 얘기야. 그는 그 말을 믿는 눈치였지만 나는 믿지 않았지. 만 년이라니!" 그녀가 고개를 저었다. "문자의 역사는 그렇게 길지 않아. 어쨌거나 이제 이나는 전 세계에 흩어져 살아. 넌 우연히 이오시프가 '뱀파이어의 나라'라고 부르던 곳에 살았던 사람들의 후손인 것뿐이야. 네 조상 중 일부는 몇 세기 전에 뱀파이어라는 사실을 들켜서 처형당했던 것 같아. 이오시프도 그 일에 대해 씁쓸하게 농담을 던지곤 했어. 그도 그렇고 대부분의 이나들은 신체적 특징 때문에 어디를 가나 적응하기 힘들었다고 해. 큰 키, 창백한 피부, 늘씬한 몸, 강인한 체격. 보통 외국인처럼 보였고 시절이 수상할 땐 외국인 취급을 받았지. 의심받고 미움받고 축출되고 죽임을 당하면서 말이야."

"이오시프는 라이트와 내게 이나가 다른 세계에서 이곳으로 보내진 것이라는 설이 있다고 했어."

"맞아. 그렇게 주장하는 젊은 이나들도 있어. 책이나 영화에서 뭔가 유행한다 싶으면 뭐든 주워서 알맞게 각색하는 거야. 한동안은 이나가 일종의 천사라는 설도 돌았어. 또 위대한 어머니 여신이 이나를 이리로 보냈다는 오래된 전설도 있어. 너희들 전부 자신을 증명할 때까지 여기에 처박혀 있어야 한다는 거지. 이오시프가 그 얘기도 해줬어?"

"해줬어." 라이트가 답했다. "기독교랑 살짝 비슷한 것 같은데."

"딱히 그렇지도 않아." 브룩이 말했다. "죽은 뒤에 어떤 영적 방식으로 집으로 돌아가는 게 아니거든. 그 전설에 따르면 미래의 이나들은 이 세계를 떠나서 다 같이 낙원으로 가게 돼. 고향 세계로 돌아가는 거지. 그냥 신화일 수도 있고, 아니면 사람들이 한적한 시골길에서 봤다고 주장하는 그 외계인을 너와 내가 마침내 발견해 운명을 함께하게 된 걸 수도 있고."

라이트가 웃었다. 그러다 웃음을 멈추고 고개를 저었다. "지구에 또 다른 지적인 생명체가 있는데, 그게 뱀파이어라니. 난 뭐가 웃기다고 웃는 거지?"

나는 그의 손을 잡고서 그를 쳐다봤다. 그가 나를 보고는 좌석에 머리를 기대고 손가락으로 내 손을 감쌌다.

"다른 이나가 이오시프를 방문한 적은 없어?" 내가 물었다. "다른 사람을 만난 적은 없는 거야?"

그녀가 고개를 끄덕였다. "있긴 한데 때로 무서웠지."

"왜?"

"모두가 공생인을 사람 취급한 건 아니거든. 이오시프와 몇 년을 함께할 때까진 몰랐는데, 진짜더라고. 기억이 나는 손님이 하나 있어. 사실 최근 그자가 너희 자매들을 소개받는 것으로 협상하려고 이오시프를 찾아왔었어. 아직은 어리지만 나이가 차면 너희 세 자매를 자신과 형제들의 짝으로 맞고 싶다면서 말이야. 하지만 절대 그런 일은 없었을 거야. 너희 아빠가 슬기롭게도 그의 정체를 알아챘거든."

"내게 자매가 둘이나 있었어?" 내가 물었다. 나의 과거, 가족에 대한 새로운 정보를 들으니 마음이 동요했다. "몰랐어. 이오시프에게 물어보긴 했지만 내가 질문을 너무 많이 던지는 바람에… 그가 미처 그 질문에 답할 틈이 없었어."

"너흰 세 자매였어. 그자는 이오시프가 너희 자매들에게 소개할 만한 자가 아니었어. 다른 이나의 공생인들을… 가지고 노는 게 취미인 자였거든. 자신의 공생인에 대해선 아주 조심스럽고 방어적이었지만, 우리 틈에 그들을 투입해 불화를 조장하고 의심과 질투를 일으키고 싸움 붙이는 걸 좋아했지. 다툼과 싸움을 지켜보는 걸 즐겼어. 놈의 공생인들이 워낙 상냥하고 영리해서 처음엔 무슨 일이 벌어지는지 몰랐지. 라두의 공생인 둘이 서로를 죽일 듯 싸우는 걸 보고 어찌나 흥분하던지. 그걸 지켜보면서 일종의 성적 흥분을 느꼈던 것 같아. 공생인이 아니었다면 아마 둘 다 죽었을 거야. 하긴 공생인이 아니었으면 그런 위험에 처할 일도 없었겠지만."

"라두." 내가 말했다. 이오시프가 그 이름을 언급하던 게 기억났다.

"너희 형제들은 스테판, 바실레, 미하이, 라두야. 아들의 이름은 아버지가 짓는 거라 이오시프가 돌아가신 분들의 이름을 따서 그렇게 지었지. 루마니아에서 돌아가신 아버지 두 분과 형제 둘의 이름을 따랐대. 하지만 너희 엄마들은 좀 더 무난한 미국식 이름을 좋아했어. 자매들 이름은 바버라와 헬렌이야. 넌 운이 좋은 거야. 인간 엄마들이 이름을 짓겠다고 우겼거든." 그녀가 웃었다. "'쇼리'는 새의 이름이야. 동아프리카에 서식하는 볏이 달린 나이팅게일이지. 멋진 이름이야."

"아." 라이트가 외쳤다. 우리는 서로를 바라봤다. 나는 셔츠로 손을 가져가 볏이 달린 새 모양의 금목걸이를 꺼냈다.

"이게 원래 내 거야?" 내가 목걸이를 보여주며 그녀에게 물었다. "라이트가 엄마들의 집 돌무더기에서 발견했어."

그녀가 실내등을 켜서 새를 보더니 이어서 나를 쳐다봤다. "인간 엄마가 네게 준 거야. 내 생각엔 배 아파 낳은 자식처럼 너를 사랑하셨던 것 같아. 네 엄마의 이름은 제시카 마거릿 그랜트야."

제시카 마거릿 그랜트. 나는 눈을 감고 기억 속에서 그 여자에 대해 뭐라도 찾으려고 애를 썼다. 뭐라도. 하지만 아무것도 떠오르지 않았다. 내 인생은 전부 지워졌고 다시는 돌이킬 수 없었다. 이런 현실에 직면할 때마다 친숙하고 따뜻할 줄 알고 들어간 곳에서 아무것도 없는 텅 빈 공간을 마주하는 기분이었다.

잠시 후 내가 말했다, "당신이 설명한 이나는 만나고 싶지 않아. 다른 사람들은 어때? 최근 이오시프나 형제들을 방문한 이나는 없어?"

브룩이 인상을 찌푸렸다. "몇 달 전에 있었어. 바실레와 사업체를 같이 운영하던 이나야. 너희 자매들과 짝을 맺는 데 흥미를 보였는데 바실레도 좋은 짝이 될 거라 생각했어. 이오시프도 마찬가지였고. 이름이… 뭐더라? 고든 가족이었는데…. 대니얼 고든! 그가 형제들과 함께 찾아왔었어. 조상은 영국인인 것 같아. 캐나다로, 다시 미국으로 이민을 온 거지. 이오시프가 모든 공생인들을 시켜 그들의 행동을 주시하고, 함께 대화를 나누고, 그들의 말에 귀 기울이면서 눈여겨보라고 했어. 그래서 시키는 대로 했지만 나쁜 점은 전혀 못 찾았어. 평범하고 괜찮은 사람들 같았지. 짝을 짓기엔 너무 일렀지만 쇼리 너도 그들을 만나고 마음에 들어 했어. 그들이 네 얘기를 듣고 나서 널 만나고 싶어 해서, 이오시프가 너를 데려와 며칠 동안 우리와 함께 지내게 했었거든."

"그게 전부 내 피부가 어두워서야?"

"그게 가장 확실한 이유지. 넌 낮에도 완벽하게 맑은 정신으로 깨어 있을 수 있을 뿐 아니라 화상도 입지 않으니까."

"입어."

"어젠 안 입었잖아."

"물집이 약간 잡혔어. 어젠 최대한 꽁꽁 싸맨 데다가 날씨도 흐려서 그 정돈 거야. 그 형제들이 날 마음에 들어 했어?"

"물집은 나았어?" 라이트가 불쑥 끼어들었다. "선크림을 사려다가 까먹었어."

"다 나았어." 나는 이 모든 짝짓기에 대한 얘기가 그에게 어떤 영향을 미칠까 궁금했다. 그를 쳐다봤지만 내 얼굴을 살피며 내심 걱정하고 있다는 것 외엔 어떤 감정도 읽을 수 없었다. 아마 화상을 걱정하고 있으리라.

"고든 형제는 널 마음에 들어 했어." 브룩이 말했다. "네가 조금만 더 성숙했으면 좋았겠다고 하면서도 기꺼이 기다릴 생각이었지. 네 자매들과 엄마들을 만나러 가겠다고 계획도 세웠지. 성사됐는지는 모르겠지만 한 번은 만나러 가야 했을 거야. 엄마들이 고든 가족을 만나봐야 승낙하든 거절하든 할 수 있었을 테니까."

"고든 가족은 어디에 살아?" 내가 물었다.

그녀가 인상을 찌푸리며 잠시 머뭇거렸다. "캘리포니아 북쪽 연안 어딘가."

"정확히 어딘지는 몰라?"

그녀가 고개를 저었다. "공동체 이름이 푼타 누블라다였어. 하지만 진짜 마을은 아니야. 형제 넷과 아버지 셋, 1600년대에 태어난 대아버지 둘이 사는 곳이야. 그런 어른들을 만나는 건 굉장한 일이지."

"직접 만나봤어?" 라이트가 물었다.

"나, 이오시프, 쇼리의 엄마들 중 하나가 공생인 몇을 데리고 그곳에 찾아갔었어. 즐거운 여행이긴 했지만 시종일관 어디가 어딘지도 모르고 다녔어. 샌프란시스코 공항으로 날아갔다는 건 알아. 당연히 밤이었지. 푼타 누블라다에서 온 공생인 몇이 밴으로 마중을 나와 우리를 태워줬어. 그렇게 샌프란시스코 공항에서 북쪽으로 두 시간 넘게 가다가 해안 지역에 내렸어. 그게 내가 아는 전부야. 가족 앞으로 넓은 땅이 있었어. 공동체에서 멀리 떨어진 내륙 지역에 포도밭을 가지고 있었지. 포도주 제조 사업을 하고 있었거든. 생각해보면 좀 웃기는 일이지만."

라이트가 웃었다. "그러게. 분명 여전히 포도주는 안 마시겠지."

"무슨 뜻이야?" 내가 물었다.

"뱀파이어 영화에 나오는 오래된 농담이야." 라이트가 말했다. "벨라 루고시가 출연한 영화 〈드라큘라〉에 나와. 누군가 드라큘라 백작에게 포도주를 권하니까 이렇게 말하지. '저는… 포도주를 마시지 않습니다.'"

나는 어깨를 으쓱했다. 나중에 영화를 보고 뭐가 웃긴지 확인해봐야 할 것 같았다. "푼타 누블라다로 갈 거야." 내가 말했다. "당신이 길을 안내할 거야, 브룩."

그녀가 괴로운 표정을 지었다. "맹세하는데 어딘지 모른다니까."

"차에서 내내 잤어?"

"아니. 하지만 밖이 어두웠어."

"이렇게 어두운 데서도 잘 보잖아. 여기, 이 나무숲 아래서도. 당신은 밤눈이 좋아."

"그렇다 해도 전조등과 후미등 불빛 말고는 본 게 없어."

나는 고개를 끄덕였다. "그럴 수도 있겠지. 하지만 난 당신이 생각보다 훨씬 많은 것을 봤다고 생각해."

"안 그래." 그녀가 말했다. "정말이야."

"우린 도움이 필요해, 브룩." 내가 말했다. "혹시 다른 이나는 몰라? 고든 가족 말고, 우리를 도와줄 만한?"

그녀가 나를 향해 고개를 저었다. "찾는다 해도 그들이 우릴 도와주지 않을 수도 있잖아. 두 가족 사이에 확실하게 약속이 오갔는지 어땠는지 나는 몰라. 약속했다 해도 그들이…. 미안해, 쇼리. 네 자매들이 없으면 너를 원치 않을 수도 있어. 외동은 짝을 찾기 힘들어. 이오시프가 자신도 어려울 뻔했다고 그랬어. 그런데 다행히 형제들이 죽임을 당했을 때 이미 짝을 찾은 상태였지. 그의 짝들도 지혜롭게 그보다 먼저 탈출했고."

나는 어깨를 으쓱했다. "괜찮아. 나와 짝을 짓고 싶어 하지 않는다고 해도 암살자들을 찾아서 멈추는 건 기꺼이 도와줄 거야. 사실 그게 내가 진짜 원하는 거야. 인간 패거리들이 이나 공동체 두 개를 완전히 쓸어버렸어. 이나라면 무슨 조치라도 취하려 들 거야. 최소한 자신의 안전을 위해서라도."

"그렇겠지."

"그들을 찾으면 호소할 거야. 스스로의 안전을 생각하라고. 이오시프가 그들에게서 뭔가 좋은 점을 본 게 틀림없어." 내가 쳐다보자 그녀가 고개를 돌렸다. "난 내 종족보다 인간에 대해 더 많이 아는 것 같아. 그렇다고 아주 잘 아는 건 아니지만. 혹시 내가 모르는 게 있는 거야? 그들이 우리를 도와주지 않을 만한 이유라도 있어?"

그녀가 고개를 저었다. "너를 짝으로 원치 않아도 도와줄 거야. 그냥 내가 그들을 못 찾을까봐 두려워서 그래."

"아니야. 찾을 수 있어." 내가 말했다. "찾을 거야. 그런 다음 상황이 좀 안정되면 가정을 꾸릴 수 있을 거야. 고든 가족이 다른 이나의 연락처와 주소를 알려줄 테니까. 이를테면 엄마들의 형제들 번호 같은 것 말이야. 그들은 살아 있겠지?"

"네 엄마의 형제들? 그럼. 난 만난 적이 없지만 넌 있어." 그녀가 느닷없이 양손을 얼굴에 갖다 댔다. 울지는 않았지만 울고 싶어 하는 것 같았다. "나보고 어쩌라는 거야?" 그녀가 따졌다. "나한테 의지하지 마. 정말 아무것도 모른단 말이야."

"할 수 있어." 내가 말했다. "하게 될 거야. 걱정하지 마. 당신이 해낼 거라는 거 알아."

라이트가 말했다. "샌프란시스코 공항까지는 차로 가면 돼. 거기서 북쪽으로 방향을 돌리고부터는 브룩이 안내할 수 있겠지."

"오늘 밤에 출발하자." 내가 말했다.

그가 고개를 끄덕였다. "실리아는 어때? 뭔가 알지도 모르잖아."

"실리아는 좀 자야 해. 일어나면 상황을 설명하고 아는 게 없는지 물어볼 거야."

"지도가 있어야 해." 라이트가 말했다. "I-5번 고속도로를 타고 남쪽으로 가야 한다는 것 말고 자세한 길은 몰라. 목적지를 샌프란시스코 공항으로 정할 거니까 캘리포니아에 도착한 다음, 해안도로, 아마 101번 국도로 갈아타고 공항이나 브룩이 아는 게 나올 때까지 계속 달리면 될 거야."

"먼저 당신 오두막으로 돌아가자." 내가 말했다. "내키지 않으면 나 혼자 그 근방에 좀 다녀올게. 테오도라에게 상황을 설명하고 그녀를 데려가야 할지 봐야겠어."

그가 고개를 끄덕였다. "나도 삼촌하고 할 말이 있어. 내가 이렇게 사라지는 게 아니라고, 일하길 계속 원한다고 알려드려야 해. 이번 일이 끝나면 다시 삼촌 밑에서 일하고 싶어. 물건도 몇 개 챙겨야 하고. 제길, 어쨌거나 떠나려고 짐은 다 싸놨지만."

"가자." 내가 말했다. "밤이 얼마 남지 않았어. 동트기 전에 출발해야 해."

14

다 같이 라이트의 오두막으로 돌아간 뒤 나는 테오도라를 찾아갔다. 발코니를 통해 살며시 침실로 들어간 나는 그녀를 깨우고선 무슨 일이 있었고 무엇을 하려는지 말해줬다. 그녀에게선 여전히 그녀 자신의 냄새가 강하게 풍겼다. 덕분에 그녀를 두고 떠나도 괜찮겠다 싶었다. 외롭겠지만 그 길이 안전했다.

"나도 가고 싶어요!" 그녀가 거부했다.

"알아." 내가 그녀에게 말했다. "하지만 기다리는 게 좋을 것 같아. 지금은 당신을 보호할 수 없어. 당장은 가정을 꾸릴 가망도, 동맹을 맺을 이나도 없거든. 앨링턴 집에서 다치지도 죽지도 않고 무사히 나온 건 순전히 운이었어."

"당신이 그들을 지켰잖아요."

"운이었어. 자칫 불에 타거나 총에 맞았을 수도 있었어. 라이트가 텔레비전을 켜놓기라도 했다면 내가 침입자들의 소리를 제때 듣지 못했을 수도 있었다고. 나도 당신이 함께 갔으면 좋겠어. 그리고 그렇게 될 거야. 하지만 지금은 아니야."

그녀는 울면서 적어도 남은 밤 동안은 내가 곁에 머물러주기를 원했다. 나는 그녀를 살짝 문 뒤(겨우 맛만 봤다) 그녀가 즐거움에 집중할 때까지 붙잡고 상처를 핥았다. 그녀는 라이트와 비슷했다. 단순히 피를 넘어 나를 붙드는 구석이 있었다. 이윽고 떠날 시간이 되자 나는 그녀에게 자라고 말했다. 그녀는 잠깐 저항하더니 침실용 탁자의 가운데 서랍 뒤편 바닥에서 무언가를 꺼내 내 손에 쥐어주었다. "이게 필요할지도 몰라요." 그녀가 속삭였다. "가져가요. 난 더 있으니까." 그런 다음 내게 입을 맞추고 스르륵 잠에 빠졌다.

그녀가 쥐어준 것은 돈이었다. 고무 밴드로 둘둘 말려 있는 20달러짜리 두툼한 지폐 묶음이었다. 나는 라이트의 오두막으로 돈을 가져갔다. 그는 본채에서 삼촌과 대화를 나누고 있었다. 이미 라이트와 실리아와 브룩은 각자 샤워를 마친 뒤였었다. 라이트가 오두막으로 돌아왔을 때 나는 샤워를 하고 두 여자는 손수 준비한 식사를 하고 있었다. 모두 세월아 네월아 하고 있는 걸 모르는 바는 아니었지만 나는 개의치 않고 샤워를 즐겼다. 그리고 그들이 전자레인지에 데운 채소수프, 통조림에 든 햄 조각, 오븐에 데운 롤빵을 즐기도록 내버려뒀다. 빠르게 준비할 수 있는 간단한 음식들이었다.

그들은 식사를 마치고 설거지를 하고 쓰레기를 치우고 라이트의 냉장고에 들어 있던 남은 햄과 체다치즈로 샌드위치를 만들었다. 그 사이 나는 라이트의 트렁크 가방 두 개와 그가 물건을 담으라고 준 캔버스 여행가방을 차에 실었다. 라이트에겐 이미 《토머스 가이드: 킹 카운티와 스노호미시 카운티》(우리는 스노호미시에 있었다)라는 지도책과 피어스 카운티 지도가 있었다. 라이트에 따르면 1-5번 도로를 타고 캘리포니아가 나올 때까지 쭉 가다가 101번 국도로 갈아타기만 하면 됐지만 필요한 게 생기면 뭐든 여행 도중에 구하면 됐다. 하지만 라이트의 설명은 내게는 의미 없는 말들일 뿐이었다. 나는 이동하는 동안 《토머스 가이드》의 관련 지도들을 들여다볼 작정이었다. 편의상 우리가 어디로 가는지는 알고 있어야 할 것 같았다.

라이트가 먼저 밖으로 나왔다. 나는 테오도라가 준 돈을 그의 손에 쥐어주었다. "받아." 내가 말했다. "나와 떨어지게 되면 당신이 브룩과 실리아를 보살펴줘. 최대한 빨리 다른 이나를 찾아야 할 거야."

그가 돈을 쥐더니 오두막 뒷문에서 새어나오는 불빛에 비춰봤다. 그의 입이 쩍 벌어졌다. "어디서 난 거야?"

"테오도라가 줬어. 필요할지도 모른다면서. 정말로 그럴지도 모르니까."

그가 재킷 안주머니에 돈을 넣은 뒤 주머니 지퍼를 올렸다. "우리 모두를 안전하게 보호하는 데 쓸게. 하지만 너를 차밖에 내려놓고 그냥 갈 거라는 상상은 하지 마, 쇼리. 그럴 일은 없어. 그럴 수 없어."

"그럴 일이 없기를 바랄 뿐이야. 하지만 당신을, 실리아와 브룩을 보호해야 하는 상황이 닥친다면 그렇게 해줘. 그렇게 해야 해!"

그가 성을 내며 내 말에 반박하려고 뒤로 물러섰다. 하지만 이미 자신이 순종하게 될 거라는 사실을 알고 있었다. "네게 그런 능력이 있다는 걸 가끔 까먹어."

"당신의 목숨을 구하려고 그러는 거야."

잠시 후 그가 한숨을 쉬었다. "너는 작지만 무서운 녀석이야."

나는 뭐라고 받아쳐야 할지 몰라 그냥 무시했다. "테오도라도 함께 가고 싶어 했어." 내가 말했다. "그러면 좋았겠지만 차마 허락할 수 없었어. 내가 계속 피를 마시고 싶은 사람은 당신이 유일해. 나는 당신이 안전하길, 당신이 브룩과 실리아를 안전하게 지켜주길 바라."

그가 고개를 젓다가 내 어깨에 팔을 둘렀다. 그의 표정이 분노에서 당혹스러움으로 바뀌었다. "이제껏 들어본 중에 가장 로맨틱하지 않은 고백이군. 아니면 그게 진심인 건가? 날 사랑하는 거야, 쇼리? 아니면 그냥 내가 맛이 좋은 거야?"

"당신은 맛이 좋지 않아." 내가 웃으며 말했다. "맛이 끝내줘." 나는 좀 더 진지하게 말했다. "당신을 잃으니 총에 맞는 게 나아."

"조금씩 로맨틱해지는군." 그가 고개를 절레절레 흔들었다. 그러곤 몸을 숙여 나를 번쩍 들더니 내게 입을 맞췄다. 나는 그를 물고 피를 맛보면서 그의 호흡이 가빠지는 소리를 들었다. 그가 나를 꽉 부둥켜안았다. 나는 잠시 눈을 감고 그의 냄새, 느낌, 맛에 몰두했다.

그때 브룩이 트렁크 가방을 들고 나왔다. 세면도구를 사용하느라 가방을 차에서 꺼내놓았던 터였다. "이제 가는 게 좋겠어." 그녀가 말을 하려다 라이트와 내가 끌어안고 있는 모습을 보고 고개를 돌렸다.

우리는 한숨을 쉬었다. 라이트가 나를 내려놓았고 우린 서로에게서 떨어졌다.

실리아가 샌드위치를 들고 나왔다. 봉투마다 라이트의 오두막에 있던 사과와 바나나가 들어 있었다. 그녀가 봉투를 라이트와 브룩에게 하나씩 나눠주고는 말했다. "다 챙겼지?"

우리는 고개를 끄덕였다. 라이트가 집으로 가 불을 끄고 문을 잠갔다.

라이트와 내가 한 차에, 실리아와 브룩이 다른 차에 탔다. 우리는 동이 틀 때까지 남은 밤을 쉬지 않고 달렸다. 그리고 해 뜰 무렵 오

레곤주 세일럼에 도착했다. 지도에 따르면 샌프란시스코 공항까지는 아직 북쪽으로 몇백 킬로미터나 남아 있었다. 우리는 주차장이 길에서 보이지 않는 모텔에 차를 세우고 방 두 개를 잡았다. 혹시나 모를 추적을 대비한 조치였다. 우리가 근방 지도를 살피는 동안 나머지 둘은 가져온 음식을 먹었다. 그런 뒤 우리 모두 잠에 들었다.

나는 라이트 옆에 누워 한동안 멀뚱히 깨어 있었다. 이렇게 침대에 누워 있어도 되는 건가 싶었다. 일어나 보초를 서야 하지 않을까. 하지만 그 인간들이 내게 들키지 않고 우리를 따라오는 건 가능할 것 같지 않았다. 우리를 찾는다고 해도 이나와 상관없는 인간들로 가득한 모텔을 공격할 것 같지도 않았다. 게다가 모텔은 창문과 호기심 어린 눈들로 가득했다. 우리의 적들은 몰래 조용히 일을 처리하는 걸 좋아했다. 그러니 잠을 자도 됐다. 사실 이곳은 잠자기에 완벽한 공간이었다. 나는 긴장을 풀고 스르륵 잠에 빠졌다.

피로가 조금 풀리자 라이트가 일어나 나를 깨우더니 지금 피를 빨면 어떻게 되는지 보라고 말했다.

나는 웃으면서 그를 물었다. 겨우 이틀 전에 그에게서 배를 채웠기에 피를 많이 빨지는 않았다. 그럼에도 어떻게 될지 너무 궁금했다. 그리고 그는 나를 실망시키지 않았다.

우리는 몇 시간 뒤 일어나 다시 길을 떠났다. 하지만 서두르진 않았다. 끼니때마다 멈췄고 속도 제한을 지켰다. 그러다 보니 결국 모텔에서 하룻밤을 더 머물렀다. 이번에는 너무 허기가 져서 라이트가 잠든 동안 밖으로 나가 누군가 방으로 들어가기를 기다렸다. 그리고 눈치채기 전에 그를 따라 몰래 방으로 들어갔다. 나는 그를 물고선 육체적으론 만족스럽지만 정서적으론 만족스럽지 않은 식사를 했다. 일이 끝난 뒤엔 상처가 다 나을 때까지 물린 자국을 숨기고 오늘 일을 이상한 꿈으로만 기억하라고 했다.

세 번째 밤에 고속도로를 달리던 중 나는 브룩의 기억을 되살리려면 그녀와 동승해야 한다는 것을 깨달았다. 내가 곁에서 자극한다고 그녀의 기억이 더욱 또렷해지거나 주의력이 더욱 날카로워질지 확실하진 않았으나 해볼 생각이었다. 기름을 채우려고 다 같이 멈췄을 때 나는 옆 차로 갈아탔다.

"실리아를 보낼 테니 함께 타고 올래?" 내가 라이트에게 물었다. "아니면 혼자만의 시간을 보내고 싶어?"

그가 머뭇거리다가 말했다. "보내봐. 질문이나 하면서 이 공생 일이라는 게 뭔지 좀 더 알아보지 뭐."

나는 그의 표정을 보고 그의 말이 실리아를 보내달라는 부탁이 아니라 어깃장임을 알았다. 그는 웃음기 하나 없는 억지웃음을 짓고 있었다.

"질문하려면 해." 내가 말했다. "난 당신이 실리아나 브룩과 얘기하면서 더 많은 것을 알게 될까봐 두려워. 왜냐하면 내가 아는 게 없으니까. 그래도 그들과 대화를 나눠야 해. 우리는 가족이니까. 이제 시작 단계긴 하지만. 우린 아주 오랫동안 함께할 거야."

"괜찮아." 그가 금방 뉘우치며 말했다. "약간의 고독도 괜찮을 것 같아."

"아니." 내가 말했다. "실리아와 대화를 나눠봐. 서로 알아가. 궁금한 것도 물어보고. 괜찮지 않겠지만 곧 괜찮아질 거야." 나는 기름을 채우고 있던 브룩에게 다가갔다.

"왜?" 그녀가 물었다.

"차를 갈아탈 거야. 당신 기억을 자극하는 거라면 뭐든 하고 싶어."

그녀가 한숨을 쉬었다. "기억을 못할까봐 여전히 두려워."

"그러면 내가 운전을 할게." 실리아가 열린 창문 사이로 말했다. "운전자가 기억을 한답시고 이리저리 두리번거리면 살아서 여행을 마치긴 힘들 거야."

그녀 말이 맞았다. 과거에 그 사람들을 만나러 갈 때 브룩은 운전을 하지 않았다. 그러니 지금도 운전을 안 하는 게 가장 좋았다. 나는 돌아가서 라이트에게 아무래도 혼자 가야 할 것 같다고 전하며 이유를 말해줬다.

그가 씩 웃었다. "그러니까 내가 많이 아는 게 싫은 모양이구나."

나도 그를 보며 씩 웃었다. "그런가봐."

우리는 주유소에 딸린 가게에 들어가서 새로운 지도와 음식, 생수, 얼음을 샀다. 그런 뒤 라이트와 실리아가 새 지도를 놓고 상의했다. 우리는 계획을 변경해 캘리포니아의 소노마 카운티나 멘도시노 카운티에서 101번 국도 대신 1번 주도를 타기로 결정했다. 브룩이 1번 주도가 맞다는 "느낌"이 든다고 말한 탓이었다. 이 부분에 대해선 분명 다시 얘기를 나눠야 할 것 같았다. 이윽고 우리는 다시 길을 떠났다. 실리아가 먼저 시동을 걸었다.

브룩과 난 뒷좌석에 앉았다. 그녀가 이불처럼 커다란 지도를 꼼꼼히 살폈다. 그리고 마침내 지도를 내려놓더니 날 쳐다봤다. "꽤 가까이 온 것 같아." 그녀가 말했다. "하지만 아직 눈에 익은 건 안 보여."

"아직도 기억 못할까봐 두려워?" 내가 물었다.

그녀가 고개를 끄덕였다. "당연하지."

"기억해낼 거야." 내가 말했다. "전에 본 것들이 나타나면 알아볼 거야. 당신은 이곳에 왔었어. 오며 가며 길을 봤어. 지금 보는 게 세 번째야. 그러니 우릴 그리로 데려갈 수 있을 거야. 창밖을 봐. 지도는 신경 쓰지 말고."

그녀가 심호흡을 하면서 고개를 끄덕였다.

금문교를 다 지나서야 그녀는 낯익은 것들을 알아보기 시작했다. 우리는 다리를 건넌 다음 차를 돌릴 곳을 찾았다. 돌아가는 길에 그녀에게 친숙한 지형 지물, 기업체, 표지판 들이 계속 나타났다. "공항에서 푼타 누블라다까지 가면서 꽤 주의 깊게 봤던 것 같아." 그녀가 말했다. "지금처럼 북쪽으로 갔었어. 이제 여기가 어딘지 알겠어. 이오시프와 이리로 가면서 모든 게 너무 새롭게 보였어. 오랫동안 집에서 먼 곳은 가본 적이 없었거든. 진짜 신났었어."

두 시간쯤 달리자 자신감을 얻은 브룩이 좁은 포장도로로 방향을 틀라고 지시했다. 도로는 자갈길로 이어지더니 마침내 차고와 별채 여럿이 딸린 커다란 주택 열한 채가 길 양옆으로 흩어져 있는 공동체, 푼타 누블라다가 나타났다. 거의 하나의 마을을 보는 것 같았다. 몇몇 집의 뒤편으로는 그해 농사를 끝내고 황량하게 비어 있는 커다란 밭이 보였다. 공동체는 깜깜하고 고요했다. 마치 모든 사람이 잠든 인간 마을 같았다. 왜 그런지 궁금했다. 근처에서 남자 이나들의 냄새가 풍겼다.

"맏이가 사는 집이 어디야? 아니, 대아버지를 만나봐야 하나?" 내가 물었다. 그때 다른 생각이 떠올랐다. "잠깐만, 어떤 게 대니얼 고든의 집이야? 처음 이오시프에게 접근했다던 이나 말이야."

"대니얼?" 브룩이 물었다. "그가 맏이야."

"어디 사는지 알려줘."

"오른쪽 세 번째 집."

우리는 그곳에 멈췄다. 나는 차에서 내리자마자 흥미로우면서도 공포스러운 사실을 깨달았다. 인간들과 이나들이 총을 들고 우리를 감시하고 있었던 것이다. 총 냄새가 풍겼고, 몇몇이 어둠 속에 숨어 있는 게 보였다. 냄새를 통해 그들 전부 낯선 이들인 건 알았지만 그럼에도 나는 그들을 자세히 살폈다. 이나의 냄새가 불안으로 가득했다. 그들은 긴장하고 있었다. 일부 인간들은 겁에 질려 있었다. 적어도 이들 중에 라이트, 실리아, 브룩과 나를 공격했던 인간은 없었다. 그 많은 총 냄새를 맡기까지만 해도 그런 가능성에 대해선 생각도 하지 못한 터였다.

"아직 나오지 마." 내가 실리아와 브룩에게 말했다. 하지만 뒤따르던 라이트가 이미 차에서 내려 내 옆으로 다가온 뒤였다. 그가 얼마나 취약한지, 우리 모두가 얼마나 취약한지를 생각하니 두려웠다. 하지만 그들이 우리를 쏘겠다고 마음먹었다면 진작에 쏘고도 남았을 일이었다.

나는 라이트의 손을 잡았다. 그보단 그의 커다란 한 손을 툭 건드려 내 손을 폭 감싸도록 만들었다. 우리는 대니얼 고든의 현관 베란다로 걸어갔다.

"네 짝이 되길 원한다는 그자야?" 라이트가 침착함을 유지하려고 무척 애쓰는 듯 낮은 목소리로 물었다.

"지금은 상황이 달라." 그들도 내 말을 듣고 있음을 의식하며 내가 말했다. "지금은 뭘 원하는지 몰라. 하지만 지난 일을 봐서라도 총만 겨누지 말고 나와 얘기를 좀 나눴으면 좋겠는데."

라이트가 바짝 얼어서 내게 밀착했다. 나는 그가 우리를 지켜보는 눈이 있다는 사실을 전혀 모른다는 걸 알아챘다. 키 큰 남자 이나가 넓은 현관 베란다에서 시야 범위로 걸어 나오기 전까지 그는 아무도 보지 못했다.

"쇼리." 그가 내 이름을 부르며 나를 맞이했다.

물론 내겐 처음 보는 사람이었다. "당신이 대니얼 고든이야?" 내가 물었다.

그가 인상을 찌푸렸다.

"당신과 당신네 사람들이 이토록 민첩한 걸 보면 내 가족에게, 내 엄마들, 자매들, 형제들, 아빠에게 무슨 일이 있었는지 아는 게 분명해. 나도 같은 일을 당할 뻔했어. 대신 심각한 부상을 입었지. 그 때문에 당신을 전혀 기억하지 못해. 부상당하기 전의 일은 하나도 기억나지 않아. 그러니 다시 물을게. 당신이 대니얼 고든이야?"

얼마간 시간이 흘렀을까. 그가 답했다. "그래, 맞아. 내가 대니얼 고든이야."

"내 가족이 당한 일에 대해, 나와 내 공생인들이 겪을 뻔한 일에 대해 당신과 대화를 나누고 싶어."

대니얼이 라이트와 우리의 맞잡은 손과 차 안의 두 여자들을 봤다. 마침내 그가 고개를 끄덕였다. "너와 네 사람들을 환영해." 그가 말했다.

무장한 감시자들이 소리 없이 총을 거두는 소리가 들렸다. 대니얼의 집 주변과 가까운 이웃집 근처에 서 있던 몇몇 인간들이 총을 내리고 돌아서는 게 보였다. 나는 차로 몸을 돌려 브룩과 실리아에게 손짓했다.

그들이 차에서 나와 우리에게 다가왔다. 대니얼이 그들을 보더니 고개를 들어 냄새를 확인하고 다시 나를 봤다. 그들이 누군지 알아챈 것이었다. 그의 표정에서 깨달음과 놀라움이 읽혔다.
"이들 둘은…." 그가 인상을 찌푸렸다. "네 사람들이 아니잖아, 쇼리."
"아빠와 형제 스테판의 사람들이야. 하지만 지금은 나와 함께야." 그들에게서 잘못된 냄새가 난다는 건 나도 알고 있었다. 하지만 내 가족에게 무슨 일이 일어났는지 안다면, 왜 그들에게서 산 자와 죽은 자의 냄새가 동시에 나는지도 분명 알 터였다.
"이들에게 질문을 좀 해야겠어." 그가 말했다. "무슨 일이 있었는지 라디오로 듣고 신문으로 읽고 티브이에서 봤어. 내 아버지 두 분은 심지어 그곳을 둘러보고 오셨어. 그런데도 어떻게 된 영문인지 전혀 파악이 안 되고 있어. 누가 이런 짓을 벌인 거야?"
"아는 대로 전부 털어놓을게." 내가 말했다. "그다지 많진 않지만. 암살자들을 물리치는 데 도움을 얻으려고 이곳에 왔어."
"누군데? 아는 거라도 있어?"
"누군지는 몰라. 하지만 공격받았을 때 몇 놈을 죽였어." 그리고 내가 거듭 말했다. "아는 대로 전부 말해줄게."
"넌 어떻게 살아남았어?"
내가 한숨을 쉬었다. "당신의 형제들과 아버지들더러 그늘 속에서 나오라고 해. 당신 집으로 들어가서 얘기해."
그의 아버지들과 형제들이 쥐 죽은 듯 곁으로 모여들었다. 하지만 내 공생인들에겐 보이지 않을 만큼 거리를 지켰다. 그들은 귀를 쫑긋 세우고 냄새를 확인하며 우릴 살피고 있었다. 예의를 지키며 편안하게 우리를 살펴도 그들에게 해가 될 건 없을 것 같았다.

대니얼도 그렇게 생각한 모양이었다. 그가 몸을 돌려 문을 열고 불을 켠 뒤 옆으로 비켜섰다. "들어와, 쇼리." 그가 말했다. "환영할게."

우리는 계단을 올라가 집으로 들어간 뒤 어두운 목재와 진녹색 벽지로 된 거대한 방으로 안내받았다. 커다란 평면 텔레비전이 한쪽 벽을 채우고 있었고 그 아래로 테이프와 디브이디가 수없이 꽂혀 있는 선반이 놓여 있었다. 반대쪽 벽에는 돌로 된 거대한 벽난로가 있었다. 그 옆쪽 벽엔 현관만큼 큰 창문 세 개가 나 있었고 창문 사이에는 책이 빼곡한 높은 책장이 나란히 놓여 있었다. 그 반대편 벽엔 사진 수십 장이 걸려 있었는데, 일부는 흑백이고 일부는 컬러였다. 대부분 숲, 강, 거대한 나무, 바위 절벽, 폭포와 같은 야외에서 찍은 것들이었다. 그렇게 빽빽하게 걸어놓지만 않았더라면 아름다웠을 것 같았다.

방 여기저기 꽤 많은 의자와 작은 탁자들이 놓여 있었다. 우리와 뒤따라 들어온 형제들, 아버지들이 앉을 곳을 찾았다. 라이트, 실리아, 브룩과 나는 방 끄트머리에 놓인 벽난로 근처의 2인용 의자 두 개에 나란히 앉았다. 아버지들과 형제들이 우리를 삼면으로 빙 둘러싼 채 우리 주변에 바싹 당겨 앉았다. 우리의 세계가 난데없이 길고 가늘고 창백하고 어딘가 위협적인 남자들로 바글거렸다. 나는 그들이 내 공생인들을 은근히 위협하며 겁주고 있다는 게 몹시 거슬렸다. 그리고 그들을 쳐다보며 나는 왜 겁이 안 나는지 의아해 했다. 적대적이라고 할 만큼 침묵을 지키며 우리 넷을 노려보는 것으로 보아 다들 내가 겁먹기를 바라는 것 같았다. 어쩌면 그게 아니라 내 공생인들만 겁주려 한 걸지도 몰랐.

실제로 내 공생인들은 겁에 질려 있었다. 심지어 라이트도 겁을 먹었다. 감추려고 애를 쓰고 있었으나 냄새는 숨길 수 없었다. 실리아와 브룩은 두려움을 전혀 숨기지 않았다.

나는 가장 가까이 앉은 대니얼을 쳐다봤다. "나나 내 사람들이 내 가족들을 죽였을 거라 생각해?"

그도 나를 마주 노려봤다. "우린 무슨 일이 있었는지 몰라."

"당신이 뭘 아느냐고 물은 게 아니야. 나나 내 사람들이 가족들을 죽였을 거라고 생각하느냐고 물었어."

그가 자신의 아버지들과 형제들을 흘깃 돌아봤다. "아니. 그게 가능할 거라 생각하지도 않아."

"그러면 내 공생인들을 그만 겁줘. 묻고 싶은 게 있으면 그냥 물어보라고."

"넌 어린애야." 나이 든 남자 중 하나가 말했다. "그리고 함께 온 두 여자는 네 공생인이 아니구나."

나는 지겹다는 표정으로 그를 봤다. 이미 그 질문에 대한 답은 했던 터였다. 나는 또박또박 대답을 반복했다. "두 사람은 아빠와 형제 스테판의 공생인들이었어요. 하지만 지금은 나와 함께예요."

"네가 꼭 데리고 있을 필요는 없지." 그가 말했다. "의무감 때문에 그러는 거라면… 두 사람 다 여기 살도록 해주마."

"지금은 나와 함께예요." 내가 거듭 말했다.

나이 든 남자가 크게 숨을 내쉬었다. "알겠다. 네가 아는 걸 말해다오, 쇼리." 집 밖에서 사람들이 총을 내렸을 때처럼 왠지 한결 압박감이 덜해졌다. 겁을 먹지 않은 나도 그걸 느낄 수 있었다. 내 공생인을 보니 그들도 느끼는 게 보였다. 모두 조금 더 편안해 했다.

나는 몸을 돌려 고든 가족을 쳐다보고는 한숨을 쉬었다. 그리고 잠시 생각을 정리한 뒤 내게 무슨 일이 있었는지 요약해서 설명했다. 기억상실에 걸린 채 동굴에서 깨어난 일, 휴 탱을 죽인 일, 폐허를 찾고, 라이트를 발견하고, 이후 아빠를 만나서 그 폐허가 내 엄마들의 공동체였다는 이야기를 들은 일, 실리아와 브룩을 제외한 아빠와 그의 공동체 모두를 잃은 일, 알링턴 집으로 갔다가 거의 죽을 뻔한 일, 우리를 공격한 이들이 전부 인간임을 알게 된 일….

고든 가족 중 하나가 불쑥 끼어들어 질문했다. "놈들한테 질문은 해봤니?"

나는 고개를 저었다. "몇 놈은 죽었고 나머진 달아났어요. 우리도 도망치기 바빴고요. 누군가 불이 나는 걸 본 모양인데 소방대원이나 경찰과 엮이기 싫었거든요."

"너희를 본 사람은 없어." 대니얼이 말했다. "봤다 해도 비밀에 부쳐진 것 같아. 현장에서 차로 도주했다는 보도도 없었고 내 아버지들이 심어놓은 끄나풀들도 누가 도망쳤다는 소리는 없었어. 경찰들이 꽤나 좌절했겠더라."

"다행이네." 내가 말했다. "본 사람이 있는지 없는지 몰랐거든. 이튿날 숲에 차를 세우고 하룻밤을 보냈어. 그러고 나서 브룩이 이곳에 와본 기억을 되짚어 우리를 이리로 다시 안내할 수 있겠다고 판단했지."

쉰 살쯤 돼 보이는 한 고든이 점잖게 예의를 갖추며 말했다(그는 틀림없이 가장 나이가 많은 듯한 두 명 가운데 한 명이었다). "네 공생인들에게 질문 좀 해도 되겠니?" 그는 영국식 억양을 가지고 있었다. 라이트의 오두막에서 라디오를 청취하다가 BBC 리포터들이 그 사람처럼 말하는 걸 들은 적이 있었다.

나는 실리아와 브룩, 뒤이어 라이트를 쳐다봤다. "괜찮아요." 내가 말했다. "궁금한 게 있으면 뭐든 물어보세요." 다들 긴장한 듯 보였지만 겁을 먹거나 불편해 보이진 않았다. 나는 좀 더 나이 든 쪽을 향해 고개를 끄덕였다. "좋아요. 그나저나 성함이 어떻게 되세요?"

"나는 프레스턴 고든이야." 그가 말했다. "미안하게 됐다. 먼저 우리 소개를 해야겠구나." 그리고 그들은 소개를 시작했다. 프레스턴과 헤이든이 가장 연장자였다. 두 사람은 형제였지만 쌍둥이라고 할 만큼 닮은꼴이었다. 차이가 있다면 헤이든은 좀 더 키가 크고 프레스턴은 옅은 금발머리가 훨씬 풍성했다. 웰스, 매닝, 헨리, 에드워드는 그들의 아들들이었다. 그리고 이들의 아들들이 대니얼, 웨인, 필립, 윌리엄이었다. 윌리엄은, 추측건대 나보다 겨우 열다섯에서 스무 살 정도밖엔 많아 보이지 않았다. 아무도 그렇다고 말해주진 않았지만 내가 그들 대부분과, 어쩌면 그들 전부와 만난 적이 있다는 느낌이 들었다. 내가 그들을 전혀 기억하지 못한다는 건 그들에게 어떤 의미일까? 그 사실이 나를 부끄럽게 만들었지만, 그렇다고 내가 할 수 있는 건 아무것도 없었다.

프레스턴이 브룩에게 첫 번째 질문을 던졌다. "네 가족을 죽인 놈들 중에 아는 자가 있니? 전에 봤던 놈들은 없어?"

"없어요." 브룩이 그에게 말했다. "전부 얼굴을 본 건 아니지만, 제가 본 놈들은 다 처음 본 자들이었어요."

윌리엄이 물었다. "몇이나 죽였어, 쇼리? 내 말은, 너 혼자서만."

"셋." 내가 놀란 표정으로 물었다. "왜?"

"셋이라." 그가 말하며 씩 웃었다. "보기보단 강한 모양이구나."

멍청한 소리에 나는 인상을 찌푸렸다. 당연히 나는 보기보다 강했다. 그가 보기보다 강한 것처럼 말이다.

대니얼이 말했다. "쇼리, 우린 네 엄마들 일은 몰랐어. 뉴스에도 나온 적이 없었거든. 왜 그런지 알아?"

"이오시프와 내 형제 둘이 덮었거든. 이오시프가 말해줬어. 자신들이 한 일이라고. 그래도 지역신문에는 실렸어. 그가 지역기자들과 경찰들을 속여서 엄마들의 공동체가 버려진 곳이고 누군가 버려진 집들에 불을 지른 거라고 믿게 했어. 그래서 뉴스에서 중요하게 다뤄지지 않은 거야. 그런 다음에 인근의 이웃 몇을 사주해 현장을 감시하도록 했어. 살인자들이 살인을 추억하기 위해 돌아올지도 모른다고 생각한 거지."

프레스턴이 고개를 흔들었다. "그렇게 된 거구나. 이오시프가 일을 조용히 처리하려고 애를 많이 썼구나. 브룩, 그가 현장을 은폐하고 사건을 파헤치는 과정에 대해 말해준 적 있니?"

"무슨 일이 있었는지는 말해줬어요." 그녀가 말했다. "하지만 그도 어쩌다 그런 일이 일어났고 누가 그런 엄청난 일을 벌였는지는 몰랐어요. 그가 사건이 낮에 일어난 게 틀림없다고 말했어요. 그게 쇼리의 엄마들을 기습할 수 있는 유일한 방법이니까요. 그리고 누구든 살아남았다면 그건 쇼리일 거라고 생각했어요. 하지만… 그런 일이 또 일어날 거라고는 생각하지 못했을 거예요. 우리 공동체에 그런 일이 일어날 거라고 걱정하는 인상은 전혀 못 받았어요."

실리아가 고개를 끄덕였다. "스테판도 이오시프와 함께 도우러 날아갔었어요. 휴 탱을 비롯한 공생인 몇몇을 데리고 생존자를 수색하러 갔었죠. 다들 그 사건이 끔찍한 일회성 범죄일 거라 믿었어요. 왜 학교나 직장에서 느닷없이 총질을 해서 집단으로 학살을 저지르는 사람들 있잖아요. 아니면 몇 달이나 몇 년에 걸쳐서 한 사람씩 죽이는 연쇄 살인 같은 거요. 하지만 연쇄 집단 살인이라니…. 전쟁이 아니고서야 그런 일은 들어본 적도 없어요."

"이오시프는 아무것도 몰랐어요." 내가 말했다. "그와 그 일에 대해 얘기한 적 있어요. 좌절하고 슬퍼하고 분노했었어요…. 그는 자신의 무지를 증오했어요. 적어도 제가 저의 무지를 싫어하는 만큼요."

잠깐 정적이 흘렀다. 대니얼이 라이트에게 말했다. "넌 어때? 우연찮게 이 모든 사건에 휘말린 외부인으로서, 네 생각은 어때?"

라이트는 인상을 살짝 찌푸리며 잠시 생각에 잠겼다. 그런 뒤 말했다. "이 일이 일어난 원인은 셋 중 하나일 거예요. 몇몇 인간들이 당신네 종족의 존재를 알고 죄다 위험하고 사악한 뱀파이어일 거라고 결론 내리고 벌인 짓이다. 아니면 어떤 이나 집단 혹은 개인이 쇼리의 가족이 인간과 이나의 DNA를 섞어서 낮에도 깨어 있고 햇빛에도 쉽게 화상을 입지 않는 아이를 만드는 데 성공했다는 걸 질투해서 벌인 짓이다. 그것도 아니면 인종차별주의자들, 아마도 이나 인종차별주의자들이 쇼리의 피부가 검은 것을 알고 당신들이 낮에 겪는 문제를 해결할 비법이 멜라닌이라는 사실에 비위가 상해서 벌인 짓이다. 이 세 가지가 가장 유효해요. 처음엔 쇼리의 가족을 싫어하는 어떤 개인이나 가족이 저지른 일일 거라고 의심했어요. 햇필드 가문과 맥코이 가문의 해묵은 불화처럼 말이에요. 하지만 그랬다면 누가 자신들을 그토록 싫어하는지 이오시프와 그의 아들들이 알았겠죠."

대니얼보단 어리지만 윌리엄보단 나이가 많은 필립 고든이 말했다. "만약 이나가 이런 짓을 벌인 거라면 인간을 낮 시간용 무기로 사용했다는 거네."

"전 그럴 거라 봐요." 라이트가 말했다.

"우린 그런 짓은 하지 않아!" 프레스턴이 외쳤다. 기분이 상했는지 그의 입꼬리가 아래로 쳐졌다.

"그렇게 말하시니 기쁘네요." 라이트가 그에게 말했다. "물론 이오시프가 여자 가족에게 소개한 이나가 그랬다고 생각하진 않아요. 하지만 다른 이나도 있잖아요. 그리고 당신네 종도 우리처럼 서로 다른 개개인으로 구성돼 있지 않나요? 윤리적인 이들이 있는가 하면 아닌 이들도 있겠죠."

그가 말하는 동안 나는 고든 가족을 살폈다. 젊은이들은 듣는 둥 마는 둥 했지만, 나이 든 이들은 그가 하는 말을 별로 좋아하지 않았다. 그의 말에 불편하고 당황한 듯 보였다. 나는 왜 그런지 궁금했다. 하지만 적어도 라이트의 입을 막으려는 자는 없었다. 그게 중요했다. 내 공생인들을 업신여기는 공동체에는 머물고 싶지 않았다.

또한 라이트가 주눅 들지 않고 자신의 생각을 말하는 것도 마음에 들었다.

고든 가족은 라이트가 제기한 가능성에 대해 자기들끼리 이야기를 나누었다. 어떤 주장도 그들의 마음에 들지 않는 눈치였다. 하지만 논리보다는 상처받은 자존심 때문에 반대하는 게 아닌가 하는 의심이 들었다. 이나는 다른 이나를 견제하기 위해 인간을 낮 시간용 무기로 사용한 적이 없었다. 여러 세기 동안 그 비슷한 일도 한 적이 없었다.

그리고 이나는 신중했다. 프레스턴과 헤이든 모두 그렇게 주장했다. 이나가 뱀파이어라는 단서를 인간에게 흘렸을 리 없다는 것이었다. 게다가 대니얼에 따르면 전 세계의 이나 가족들은 내 가족이 유전공학 실험에 성공한 것을 두고 기뻐했다. 모두가 똑같은 방법을 이용해 자신들의 미래 세대가 낮에 활동할 수 있도록 만들고 싶어 했다.

그리고 이나는 인종차별주의자가 아니었다. 이건 웰스의 주장이었다. 인간의 인종차별은 이나에게 아무런 의미가 없었다. 왜냐하면 인간의 인종이 그들에게 아무 의미가 없기 때문이었다. 그들은 어디서든 마음이 통하는 공생인을 찾았다. 오직 개인적 취향만 따질 뿐, 그 밖엔 아무것도 신경 쓰지 않았다.

그리고 당연히 불화도 없었다. 프레스턴에 따르면 천 년이 넘도록 그 비슷한 일도 일어난 적이 없었다. 그런 일이 일어났는데 수많은 이들이 몰랐다는 건 말이 안 됐다. 그랬다면 이오시프가 알아차렸을 것이고, 그와 그의 짝들이 보초를 섰을 것이다.

"보초 얘기가 나와서 말인데요." 내가 큰 소리로 말했다.

고든 가족이 말을 멈추고 하나씩 고개를 돌려 나를 봤다.

"보초 얘기가 나와서 말인데요." 내가 다시 말했다. "사람들을 시켜 보초를 서게 하는 건 좋은 것 같아요. 낮에도 계속 감시를 하나요?"

모두 침묵했다.

"아직은 아니야." 마침내 에드워드가 입을 열었다. 그는 아버지들 중 막내로 보였다. "하지만 이젠 그래야 할 것 같아." 그가 말을 멈췄다. "그리고 쇼리, 이 일이 끝날 때까진, 그 살인자들을 찾아서 처리할 때까진, 넌 우리와 함께 머물러야 할 것 같구나."

"고마워요. 저도 도움과 피난처를 찾아왔어요. 제가 머문다면 낮에 보초를 서는 데 큰 도움이 될 거예요."

그 말에 그들이 관심을 보였다. "매일 낮에 깨어 있을 수 있다는 거야? 밤에는 자고?" 윌리엄이 내게 물었다.

내가 고개를 끄덕였다. "충분히 자면 가능해. 밤새 잘 수만 있으면 낮에도 괜찮아. 그리고… 나 때문에 방해받을 일도 없을 거야."

불편한 침묵이 이어졌다. 짝을 짓지 않은 아들 두엇이 내 냄새에 반응해 벌써부터 안달하기 시작하는 게 느껴졌다. 나를 응시하는 대니얼의 눈빛을 보니 나 역시 그를 만지고 싶다는 마음이 일었다. 나는 그의 냄새만큼이나 그의 표정이 마음에 들었다. 기억이 온전하던 과거에도 내가 그를 좋아했었는지 궁금했다.

"낮에 보초를 서는 공생인들에게 제 말에 귀 기울여달라고 전해주세요. 알링턴 집을 습격한 놈들은 빠르고 조직적이었어요. 제가 조금만 굼떴거나 라이트가 실리아와 브룩을 깨우고 탈출하면서 조금만 꾸물거렸다면, 우린 모두 죽었을 거예요."

"공생인들에게 말하마." 프레스턴이 말했다. "네게 모두 인사시키고 공격이 있을 때 네 말대로 움직이라고 전하마. 그렇지만 쇼리…." 그가 말을 멈추고 나를 빤히 바라봤다.

"온 힘을 다해 그들을 안전하게 지킬게요." 내가 말했다.

15

고든 가족은 푼타 누블라다에 손님용 숙소를 가지고 있었다. 침실이 다섯 개인 안락한 2층집으로, 넓게 뻗어 있는 가족용 저택보다는 작았지만 우리가 머물기엔 충분히 넓고 이오시프의 손님용 숙소처럼 모든 것을 갖추고 있었다. 보통은 이나 손님들과 그들의 공생인들, 또는 고든네 공생인의 가족들이 방문했을 때 사용하는 곳이었다. 대니얼에 따르면, 그곳을 방문하는 손님들은 자신들의 친척이 1960년대부터 우여곡절 끝에 살아남은 코뮌을 지속시키고 있다고 생각한다. 나는 대니얼에게 1960년대가 어땠는지 말해달라고 부탁했다. 물어보지 않을 수도 있었지만 그의 목소리를 듣는 게 좋았다.

나와 내 공생인들은 차에서 짐을 내려 집 안에 들인 뒤 남은 밤을 쉬었다. 알링턴 집과 마찬가지로 통조림과 냉동식품이 보관돼 있어 라이트, 실리아, 브룩이 식사를 차렸다. 곧 우리 모두 잠에 들었다.

동이 트기 직전, 나는 라이트와 함께 쓰던 침대에서 나와 실리아의 침실로 들어갔다. 배가 고팠으나 그녀를 두고 너무 서두르고 싶지는 않았다. 나는 침대로 미끄러져 들어가 그녀를 내 쪽으로 돌리고 그녀가 깨어나자 입을 맞췄다. 순간 놀라서 경직되었던 몸이 정상으로 돌아온 다음, 나는 그녀의 목에서 맥이 가장 강하게 느껴지는 부분을 찾았다. 그리고 목 부분의 짭짤하고 씁쓰름한 어두운 피부를 핥았다. 그녀는 가만히 있었다. 이윽고 목을 물자 그녀의 몸이 한 번 움찔하더니 잠잠해졌다. 일이 끝나고 내가 상처 부위를 핥는 동안 그녀는 내게 기대어 금세 곯아떨어졌다. 브룩처럼 그녀도 아직 즐기진 않았지만 적어도 더 이상 고통스러워하지는 않았다.

그녀가 자는 동안 나는 일어나서 샤워를 한 후에 옷을 입고 밖으로 나갔다. 밖은 아직 기분 좋게 어둑어둑했다. 원래는 주변을 돌아다니며 근방을 둘러볼 요량이었다. 하지만 손님용 숙소 앞 현관 천장에 매달린 그네의자에 프레스턴이 앉아 있는 게 보였다. 그가 나를 올려다보고 웃으며 말했다. "너무 졸리기 전에 네가 일어났으면 싶었어. 내 공생인의 아들을 대신해 이곳에 왔단다."

나는 그의 옆에 앉았다. "좋네요."

그가 웃었다. "우린 우리의 짝들을 사랑해. 그들의 독이 우릴 놔주지 않지. 그랬다간 우린 죽은 목숨일 거야. 하지만 공생인들은… 우리가 그들을 얼마나 아끼는지 잘 알지 못해. 이 녀석도…. 난 아직 그 애의 엄마가 그리워."

나는 호기심을 가지고 기다렸다. 나는 그가 좋았다. 흥미로운 일이었다. 그를 알지 못했지만 그가 좋았다. 어째선지 그에게선 좋은 냄새가 났다. 먹기 좋은 냄새도, 성적으로 끌리는 냄새도 아닌, 곁에 있기에 편하고 좋은 냄새였다.

"내 공생인 한 명에게 아들이 하나 있었어." 그가 말했다. "그녀는

10년 전쯤 샌프란시스코에서 교통사고로 세상을 떠났지. 여동생을 방문하던 길이었어. 내가 도와줄 수도 있었겠지만 그녀가 죽을 때까지 아무 소식도 듣지 못했지. 그녀의 남편은 아직 이곳에 살고 있어. 윌리엄의 공생인이야. 하지만 이 문제만큼은… 그게, 내가 직접 너와 얘기하겠다고 부자에게 약속했어. 아들은 스물둘로 이제 막 대학을 졸업했어. 너에 대해 듣고 네 사진도 봤지. 어젯밤에 네가 도착했을 때 너를 처음 봤단다. 그 녀석이 너만 좋으면 너와 함께하고 싶다고 하더구나. 경영학 학위도 가지고 있는데, 아마 언젠가는 그 녀석처럼 가족의 사업을 관리하는 데 보탬이 될 사람이 네게 필요할 거야."

나는 깊게 숨을 들이쉬고 안타까운 미소를 지었다. "그것까진 모르겠지만 조만간 공생인이 더 필요할 것 같긴 해요. 셋으로 부족한 게 아닌가 싶어요. 이미 있는 사람들을 해칠까봐 걱정도 되고요."

"네가 그 위험에 대해 알고 있을지 궁금했어. 빠른 시일 내에 더 많은 사람이 필요할걸. 사실상 서넛은 더 있어야 할 거야."

"한 명은 워싱턴에 두고 왔어요. 서로 마음은 나눴지만 지금으로선 거기까지예요. 여기서 무슨 일을 겪을지 모르는 데다가 그녀를 보호할 수 있을지 확실치 않아서 오겠다는 걸 말렸어요."

"우리가 도와주면 괜찮을 거야."

"게다가 전 집도 없어요. 바닥부터 시작해야겠죠. 그거야 하면 되지만 기억이 없기 때문에 당신들에게 많은 정보를 얻어야 해요. 저는 이나가 되는 법에 대해 아는 게 하나도 없어요."

"깨닫지 못할 뿐이지 분명 아는 게 있을 거야. 너의 태도는 지적이고 다소 거만한 젊은 여자 이나들과 아주 흡사하단다. 내가 보기엔 기억을 잃기 전에 너만의 방식을 제법 굳힌 게 아닌가 싶구나." 그가 웃었다.

"그게 제 행동에서 보이나요?" 내가 놀라서 물었다.

"그럼, 보이고말고. 하지만 걱정하지 마라. 약간의 자신감이야말로 지금 네게 필요한 것일 수도 있으니."

"자신할 만한 게 있어야죠. 당신과 당신 가족에게 최대한 많은 걸 배워야겠어요."

"그러렴. 궁금하면 뭐든 물어봐. 하지만 아버지들에게 묻는 게 좋을 거야. 우리에겐 크게 괴로운 일이 아니거든."

난 고개를 끄덕였다. "미안해요. 제 냄새가 거슬린다는 거 알아요."

"기억이 나는 거냐?"

"아니요. 이오시프가 말해줬어요."

"그렇구나. 내 공생인의 아들과 함께하겠니?"

"당연히 그래야죠. 서로 마음에 들기만 하다면요. 이름이 뭐예요?"

"조엘 해리슨. 아마 마음에 들 거야. 말했듯이 그 녀석은 너를 봤고 너와 함께하길 원하고 있어. 참고로 그 녀석 아버지도 지난밤에 너를 봤어. 둘 다 보초를 서던 중이었지. 그도 네가 공생인들을 두둔하는 모습에 흡족해 했어. 네가 조엘을 잘 보살필 것 같다고 하더구나."

"최선을 다해야죠." 내가 말했다. "하지만…."

"너는 이제 우리와 함께야. 혼자가 아니야. 그리고 좀 전에 말한 것처럼 바닥부터 시작해야 한다는 건… 사실이 아니란다. 네 엄마들과 아빠가 가진 땅만 해도 상당했어. 게다가 자산관리사를 고용해 시애틀의 아파트 건물 몇 채를 운영했고, 다양한 사업체에서 이자 수익까지 거두고 있었지. 수입이 굉장했어. 대니얼이 네 형제 하나와 벤처 사업 같은 것도 했었어. 일부는 그 녀석이 알 거고 나머지는 우리가 찾으면 돼. 결국 네 부모의 재산이 다 네 것이 될 거다."

"고마워요." 내가 말했다. "그 집터가 그들 소유라는 건 알았지만 그 밖에 또 뭐가 있는지, 어떻게 찾아야 할지 전혀 몰랐어요." 나는 라이트의 컴퓨터에서 읽었던 내용을 떠올리며 얼굴을 찌푸렸다. "그들이 유언을 남겼을까요?"

그가 얼굴을 찡그렸다. "글쎄, 그럴 것 같지만 그렇게 모조리 사라질 거라곤 생각하지 못했을 거야. 알아봐야지. 그 과정에서 우리에게 물린 변호사 한둘이 네가 올바르게 권리를 찾도록 아주 정직하게 힘써줄 거야."

나는 고개를 끄덕이고 거듭 말했다. "고마워요."

그가 일어섰다. 접었던 몸을 느닷없이 펼친 것처럼 키가 크고 늘씬했다. "환영한다, 쇼리. 이제 조엘을 인사시키고 나는 자러 가야겠구나." 그가 팔을 들어서 손짓을 했다. 젊은 남자가 길 건너 어느 집에선가 나타났다. 라이트만큼 키는 컸지만 그처럼 근육질은 아니었다. 이 남자는 나처럼 검은 피부에 나와 같은 머리칼을 갖고 있었다. 그가 얼굴에 옅은 미소를 띤 채 내게 걸어왔다. 흥분한 듯한 인상이었다. 행복하면서도 긴장한 듯 보였다.

나는 그의 모습이 마음에 들었다. 말랐지만 강인하고 건강한 데다 피부는 구릿빛이었다. 그가 다리에 용수철을 단 것처럼 성큼성큼 걸어왔다.

"네 첫 번째에게 말해야 할 거야." 프레스턴이 말했다.

나는 깜짝 놀라서 그를 올려다봤다.

"그들이 서로 싸우거나 경쟁하느라 나머지까지 불행하게 만드는 건 원치 않잖아. 각자 서로를 받아들일 방법을 찾아야 해. 각자 상대

방과 너와의 관계를 받아들일 길을 찾아야 하는 거지. 너는 그들이 잘 해내도록 도와줘야 하고."

나는 한숨을 쉬었다.

그 젊은 남자가 내게 다가와 우뚝하니 아래를 내려다보며 웃었다.

"쇼리 매슈스, 이쪽은 조엘 해리슨이야." 프레스턴이 말했다. "둘이 아주 잘 어울릴 거라 믿어."

"고마워요." 이어서 조엘에게도 말했다. "환영해."

"만나고 싶어서 목이 빠지는 줄 알았어." 조엘이 말했다. 그가 천천히 신중하게 한 팔을 내밀었다. 손목이 위로 가 있어 분명 악수를 할 생각인 건 아니었다.

나는 웃으며 그의 손을 잡고 손목에 입을 맞추었다. "나중에."

"그럼 조만간." 그가 말했다. "여기 내가 쓸 방이 있어?"

"방은 있어."

"그럼 짐을 챙겨올게."

그가 멀어지는 모습을 보면서 나는 프레스턴에게 말했다. "냄새가 끝내주네요."

프레스턴이 입꼬리를 올렸으나 미소라기엔 부족했다. "그렇지. 그런 얘기를 한 게 네가 처음은 아니란다. 서로 잘 지내거라."

그가 돌아가려는 순간 내가 그를 붙들었다. "프레스턴, 제게도 저만의 공생인 가족이 있었는지 혹시 아세요? …불이 나기 전에요."

그가 돌아봤다. "물론 있었지. 전혀 기억이 안 나니?"

"전혀요."

"잘됐구나."

나는 그를 빤히 바라봤다.

"애야…. 그들이 죽으면 얼마나 가슴이 찢어지는지 너는 상상도 못 할 거야. 그런데 넌 그들 전부를 잃었어. 일곱 명 전부를. 그걸 기억한다면 고통이 극심할 거야…. 참을 수 없을 만큼."

"하지만 그들은 제 사람들이었어요. 그런데 그들의 냄새도, 맛도, 목소리도, 심지어 이름조차 기억이 안 나요."

"잘된 일이지." 프레스턴이 낮은 목소리로 거듭 말했다. "그냥 명복을 빌어주렴, 쇼리. 그게 네가 할 수 있는 전부란다." 그가 조엘이 들어간 집으로 천천히 멀어졌다. 나는 그의 뒷모습을 보면서 그가 여러 세기라는 그 오랜 세월 동안 얼마나 많은 공생인을 보냈을지 궁금해졌다.

어느덧 태양이 떠오르며 밝게 빛나고 있었다. 구름이 낮게 깔려 있는데도 불편할 만큼 밖이 환했다. 집으로 들어가자 실리아가 냉장고에서 냉동 소시지를 꺼내 튀기고 있었다.

"좀 어때?" 내가 물었다.

"좋아." 그녀가 말했다. "넌 괜찮아? 어젠 안 아팠어. 너도 배는 채웠지?"

"응." 나는 소시지를 바라봤다. "더 필요한 음식 있어? 필요하면 다른 집에 가서 얻어와도 돼." 그게 올바른 일처럼 느껴졌다. 여기 있는 그 누구도 공생인이 왜 잘 먹어야 하는지에 의문을 품을 일은 없을 터였다.

"버터 약간?" 그녀가 물었다. "냉장고에 냉동 와플이 있고 찬장에 시럽이 있어. 괜찮은 메이플 시럽이야. 하지만 버터가 없어."

"옆집에 가서 아무한테나 나와 함께 왔다고 말해. 원하는 게 그 집에 없으면, 그게 누구한테 있는지 말해줄 거야."

그녀가 고개를 끄덕였다. "알았어. 내 소시지 태우지 마." 그녀는 가장 가까운 집으로 달려가 자신을 소개했다. 그러고는 버터를 비롯해 신선한 과일과 우유를 부탁했다. 나는 소시지를 뒤집으면서 대화를 엿들었다. 라이트에게 요리는 배우지 못했지만 그가 곁에서 요리를 자주 했던 덕분에 소시지를 태우지 않는 법 정도는 알았다. 실리아를 맞이한 공생인은 자신을 질 레너라고 소개했다. 그리고 실리아가 부탁한 물건들을 가방에 넣어주며 아침식사 잘하라고 말해줬다. 실리아는 그녀에게 감사인사를 건넨 뒤 손님용 숙소 주방으로 물건들을 가지고 돌아왔다. 때마침 주방에 나타난 브룩이 곧장 가방으로 돌진하더니 바나나를 꺼내 껍질을 벗기고 먹기 시작했다.

"새로운 공생인이 좀 있다가 올 거야." 내가 그녀에게 말했다. "그에게도 식사를 대접해줄래?"

"오우." 브룩이 말했다. "남자야?"

"젠장." 실리아가 한숨을 쉬었다. "이봐, 이래서 내가 너희를 질투하지 않는 거야. 위층에 가서 저 멋진 털북숭이 남자한테 한 방 먹이려고? 벌써 새로운 남자라니! 제기랄."

"내가 돌아올 때까지 새 식구를 데리고 있어줘."

나는 그들을 두고 라이트에게 올라갔다.

라이트는 샤워를 마치고 면도를 하는 중이었다. 욕실에는 세면대가 하나 더 있었는데 앞에는 의자가 놓여 있었고 크고 나지막한 거울 둘레로 전구가 켜져 있었다. 나는 의자에 앉아서, 그가 좀 더 높은 비슷한 모양의 거울 앞에 서서 면도하는 모습을 지켜봤다. 그는 오두막에 들렀을 때 챙겨온 전기면도기로 빠르고 손쉽게 구레나룻을 밀고 있었다.

그가 나를 쳐다봤다. "무슨 문제 있어?" 그가 물었다.

"문제는 아닌데. 당신이 받아들이기 힘든 일일 거야." 내가 인상을 찌푸렸다. "받아들이기 힘들 거야. 그렇지 않기를 바라지만."

"말해봐."

나는 어떻게 말할지 고민하다가 솔직함이 최선이라고 결론을 내렸다. "프레스턴이 공생인을 한 명 더 들이는 게 어떻겠냐고 제안했어. 그의 엄마가 생전에 프레스턴의 공생인이었대. 새 식구의 이름은 조엘 해리슨이야."

그가 면도기를 끄고 세면대에 내려놓았다. "그렇군. 프레스턴이 아빠야?"

내가 놀라서 그를 빤히 봤다. "라이트, 그건 불가능해."

"나도 알아. 하지만 아빠가 누군지 말을 안 하기에 물어본 거야."

"조엘의 아빠가 누군지는 모르지만 여기 살고 있어. 윌리엄의 공생인이야. 조엘의 엄마는 10년 전에 교통사고로 죽었어."

"그 녀석의 아빠는 아들이 네게 오는 걸 어떻게 생각한대?"

"아들을 내게 보내고 싶어 해. 그가 프레스턴에게 우리를 소개시켜달라고 부탁한 거야."

"그러니까 아빠가 아들의 포주 노릇을 한 거군."

나는 잠시 멈칫했다. "무슨 말인지 모르겠지만 목소리를 들으니 역겹다는 뜻인가봐. 조엘의 아빠는 어떤 역겨운 짓도 하지 않았어, 라이트. 그와 조엘 둘 다 나를 보고 내가 조엘에게 괜찮을 거라고 판단한 거야. 그동안 멀리서 학교를 다녔대. 계속 그렇게 멀리 살면서 이따금 아빠를 보러 왔다 갔다 할 수도 있었어. 하지만 이나와, 우리와 함께하는 삶을 선택한 거야. 나는 그게 기뻐. 나는 그가 필요해."

"뭣 때문에? 그가 왜 필요한데?"

나는 그를 바라봤다. 그 순간 그가 원치 않는 걸 알면서도 그를 만지고 싶었다. "당신들 셋으로는 내가 오래 연명하기 힘들어. 그러면 당신들을 해칠지도 몰라. 테오도라도 이곳으로 데려오도록 노력할 거야."

그가 화를 내며 고개를 흔들었다. "여자는 크게 상관 안 해. 아래층에 있는 두 사람도 꽤 마음에 들어. 난 네가 나만 빼고 전부 여자로 채웠으면 좋겠어. 그 이상은 감당하기 힘들어." 그가 돌아서더니 힘과 분노를 주체 못하고 벽에 주먹을 날렸다. 벽이 깨지면서 주먹 크기만 한 구멍이 생겼다. 그의 주먹에도 상처가 났다. 피 냄새가 풍겼다. 하지만 그는 눈치채지 못한 것 같았다. "빌어먹을, 넌 해리슨이 누군지도 모르잖아. 놈이 싫을 수도 있잖아."

나는 어깨를 으쓱했다. "그가 마음에 안 들면 곧 다른 사람을 찾아야 해."

그가 슬픈 표정으로 나를 바라봤다. "내 작은 뱀파이어."

"그건 변함없네." 내가 말했다.

그가 다가오더니 한 손으로 겨드랑이를 붙들고 나를 들어올렸다. 그리고 의자에 앉아 나를 무릎에 앉혔다. 나는 그의 다친 손을 잡고 살핀 뒤 피를 핥았다. 크게 다친 것처럼 보이진 않았다. 지그시 깨문 상처처럼 하룻밤이면 나을 것 같았다.

"만약 네가 조금만 더 컸더라면 완전 돌았을 거야." 그가 부드럽게 말했다.

"그러지 마." 내가 말했다. 그가 양팔을 둘러 나를 안았다. "할 수 있을지 모르겠어, 쇼리. 너를 공유하기 싫어."

나는 그에게 등을 기댔다. "할 수 있어." 내가 나지막이 말했다. "하게 될 거야. 괜찮아질 거야. 지금은 아니지만 결국엔 괜찮아질 거야."

"말은 참 쉽네." 그의 목소리에서 씁쓸함과 비통함이 처절하게 묻어났다.

나는 몸을 돌려 그의 무릎 위에 다리를 벌려 앉았다. 그리고 그를 올려다봤다.

잠시 후 그가 말했다. "나 혼자만 너를 갖고 싶어. 내가 너를 얼마나 사랑하는지 무서울 지경이야, 쇼리."

나는 그의 머리를 아래로 당겨 그에게 입을 맞추었다. 그리고 그의 가슴에 이마를 대고 그의 체취와 멋들어진 복슬복슬한 몸과 심장 박동 소리를 음미했다. "프레스턴이 그러더라. 공생인들은 우리가 자신들을 얼마나 아끼는지 절대 알지 못한다고."

"너도 나를 아껴?"

"아끼는 거 알잖아."

그가 나를 떨어뜨리고는 쳐다봤다. "네가 내 삶을 장악해버렸어. 그런데 이제 와서 다른 남자와 널 공유하라고 하다니."

"맞아. 날 공유해. 그와 싸우지 마. 싸움을 일으켜서 가족을 해치지 마. 그를 받아들여줘."

그가 고개를 저었다. "못 해."

"할 수 있어." 내가 거듭 말했다. "하게 될 거야. 그는 우리가 꾸려야 하는 가족의 일원이야. 그도 우리 중 하나라고."

그를 두고 주방으로 내려오자 조엘이 브룩과 실리아와 함께 커피를 마시며 앉아 있는 게 보였다.

"안녕." 내가 들어가자 그가 말했다. 그의 의자 옆에 바퀴가 달린 커다란 여행가방 두 개가 놓여 있었다.

"안녕." 내가 되받아넘겼다. "할 말이 있을 텐데." 나는 그의 손을 잡고 '가족실'이라고 들었던 맨 끝 방으로 그를 데려갔다.

"네가 나한테 할 말이 있는 거 아니었어?" 조엘이 커다란 가죽의자에 앉으며 물었다. 나는 의자 손잡이에 걸터앉았다.

"먼저 중요한 일부터 끝내고." 나는 그가 아까 내밀었던 손목을 잡았다. 그는 내가 손목을 들어올려 두 번째로 입 맞추는 걸 보며 웃었다. 나는 그를 물었다.

그는 맛있었다. 처음엔 맛만 보고 독을 조금만 주입할 생각이었지만 그가 너무 맛있어서 맛을 보는 정도를 넘어버렸다. 나는 필요 이상으로 한참 그의 손목을 붙들고 늘어졌다.

마침내 고개를 들자 그가 흐물거리며 의자에 등을 기대고 있는 게 보였다. "세상에," 그가 말했다. "완전 대박이야."

"그동안 어떻게 혼자였던 거야?" 내가 물었다. "여기 이나들이 당신을 원하지 않았어?"

그가 웃었다. "모두가 날 원했지. 프레스턴과 헤이든만 빼고 말이야. 두 사람 말로는 내가 공생인이 되기엔 너무 어리대. 나머지는… 전부 날 쫓아다녔지. 내가 내버려달라고 부탁하기 전까지. 게다가 남자는 싫었어. 너희들이 무는 행위엔 성적인 감정이 너무 많이 개입돼. 난 그걸 여자와 느끼고 싶었어. 그래서 프레스턴이 내가 대학을 졸업하면 주변에서 여자 가족들을 알아보겠다고 했었지. 실제로 그의 소개로 두어 명을 만나기도 했어. 하지만 아무런 관심이 안 생기더라. 내가 끌린 이나는 네가 유일해."

"겨우 한 번 봤는데?"

"응. 전에 네가 왔을 땐 보지 못했어…. 너희 부모님들이 돌아가시기 전에 말이야. 그땐 대학 친구들과 샌프란시스코에 놀러 갔었거든." 그가 고개를 흔들었다. "고든 가족이 가지고 있던 너희 자매들의 사진을 보고 네 외모가 마음에 들었어. 그러다 어젯밤 널 보고 완전히 넘어간 거야."

나는 그 말을 어떻게 해석해야 할지 몰랐다. "난 이제 막 가족을 꾸리기 시작했어. 본 적이 있거나 여기 사는 다른 여자 가족들과 함께하면 좀 더 쉬운 삶을 살 수도 있어. 알다시피 나는 기억이 겨우 몇 주치뿐이야."

"들었어."

"게다가 고든 가족을 떠나면 혼자가 될 거야."

그가 고개를 끄덕였다. "내가 새 가족을 만들도록 도와줄게."

나는 그를 봤다. 그의 표정이 좀 더 진지하게 변하는 게 보였다. 좋은 일이었다. "당신이 내 가족이 되었으면 좋겠어." 내가 말했다. "그보다도 난 당신이 필요해. 하지만 우선 당신과 내 첫 번째가 서로를 받아들여야 할 거야. 그 사람을 받아들여줘. 두 사람이 평화롭게 지냈으면 좋겠어. 싸우지 말고. 소모적인 경쟁으로 나머지까지 위험에 빠트리지 마."

"알겠어. 네 첫 번째와 내가 친구처럼 지낼 수 있을지는 모르겠지만 그게 어떤 건지는 알아. 그에게도 똑같이 얘기했겠지."

"물론이야." 나는 잠시 말을 멈췄다. "그는 날 도와줬어, 조엘. 내게 아무도 없을 때, 내가 누군지 무엇인지 몰라 막막하기만 할 때 날 도와줬어."

"나한테 그런 기회가 왔더라면 좋았을걸." 그가 손을 들어 내 얼굴을 만졌다. "말했듯이 내가 새 가족을 만들도록 도와줄게."

* * *

그날 아침 느지막이 후드 재킷과 선글라스, 장갑을 걸치고 공동체 내의 집들을 둘러봤다. 나는 바깥에서 보초들을 포착하고선 그들이 쉽게 발각되지 않도록 돕기 위해 집 안으로 들어갔다. 일전에 만났던 침입자 같은 놈들에게 쉽게 들킨다는 건 그만큼 쉽게 충격을 당할 수도 있다는 뜻이었다.

고든의 공생인들은 내 어깨와 팔과 손을 만지면서 나를 반겼다. 예상치 못했던 반응이었지만 불편하지 않았다. 직접 만져봐야 이나인 내가 이 시간에 깨어 있다는 사실을 믿을 수 있겠다는 것처럼 보였다.

"전혀 안 졸려?" 린다 이게라라는 여자가 물었다. 근육질에 구릿빛 피부를 가진 그녀는 초조한 표정으로 적어도 180센티미터는 되어 보이는 몸을 소총에 기대고 있었다. 우리가 위치한 곳은 윌리엄네 집 3층으로 그녀는 그의 공생인 중 하나였다. 내가 이제껏 본 바로는 윌리엄은 남자건 여자건 덩치가 크고 힘이 좋아 보이는 공생인을 선호했다. 현명한 선택이었다.

"안 졸려." 내가 말했다. "햇빛을 너무 많이 쬐지 않는 한 괜찮아."

그녀가 고개를 흔들었다. "윌리엄도 너처럼 그랬으면 좋겠네. 적어도 필요로 할 때만이라도 깨어 있으면 좀 더 안심이 될 텐데."

나는 어깨를 으쓱했다. "이젠 당신들이 그를 지켜야 할 차례야."

그녀가 잠시 생각하더니 고개를 끄덕였다. "네 말이 맞아. 제기랄,

그가 너무 강하다 보니 의지하는 게 습관이 됐나봐. 서로서로 지켜야지." 그녀가 잠시 말을 멈추고 생각했다. "전화기는 있어?"

"손님 숙소에 전화기가 있어."

"내 말은 핸드폰 말이야."

"아니, 없어." 나는 핸드폰이 뭔지 정확히 알지 못했다.

"그게 있어야 무슨 일이 생겼을 때 서로 알려줄 수 있을 거야. 집 전화는 망가뜨리기가 식은 죽 먹기거든."

말이 되는 소리였다. "하나 빌릴 수 있을까?"

그녀는 나를 아래층으로 내려보내 마틴이라는 덩치 큰 남자를 깨우게 했다. 그의 피부는 구릿빛이다 못해 검은색에 가까웠다. 마틴은 내게 요금이 충전된 핸드폰을 주면서 전화번호 몇 개를 저장해주었다. 그리고 내게 저장된 이름들을 반복해서 말하도록 시키고 그들이 어느 집에 살고 있는지 알려줬다. 그런 뒤 전화 거는 법을 알려주고 대니얼의 집에서 보초를 서고 있는 사람에게 시험 삼아 전화를 걸도록 했다. 마지막으로 충전기를 꺼내 어떻게 사용하는지 보여줬다.

"이게 네 번호야." 그가 핸드폰의 작은 화면에 번호를 띄우면서 말했다. "누군가에게 네 번호를 줘야 할 수도 있으니까."

"고마워요." 내가 말했다. 그가 활짝 웃었다.

"천만에. 린다는 위에서 어떻게 하고 있어?"

"잘하고 있어요. 빈틈없고 배려심 깊고."

"그러면 내 아들은 어때?" 그의 어조가 달라졌다. "잘 지내나?"

나는 놀라서 그를 봤다. "조엘의 아빠세요?"

"그래, 나는 마틴 해리슨이라고 해. 조엘은 벌써 손님용 숙소로 들어갔지?"

"네, 맞아요. 저는 그가 마음에 들어요."

"잘됐네. 그 애도 너를 원해. 네가 걔를 잘 돌보면 걔도 너를 잘 돌 볼 거야."

나는 고개를 끄덕이고 고든 가족의 안전에 대해 한숨을 돌리며 그를 떠났다. 내가 있든 없든 이 사람들이 갑자기 살해당하는 일은 없을 것 같았다. 게다가 이젠 그들과 조용하고 효과적인 방식으로 소통도 할 수 있었다.

나는 공동체를 한 번 더 둘러보며 이따금 멈추어 서서 주변에서 벌어지는 일들에 귀를 기울였다. 공생인들은 식사를 하고, 사랑을 나누고, 기숙학교에 보낸 아이들 문제를 상의하고, 포도농장과 양조장에 대해 논의하고, 근방의 나무들을 가지치기하고, 설거지를 하고, 핸드폰으로 오디오북을 주문하고, 컴퓨터 자판을 치고 있었다. 헤이든의 집에선 아이들이 방에 모여 게임을 하고 노래를 부르고 있었다. 일부 공생인들은 자신들의 이나와 더 많은 시간을 보내기 위해 리듬을 야행성으로 완전히 바꾸었고, 다른 일부는 여전히 낮 시간에 대부분의 활동을 하면서 지냈다.

나는 손님용 숙소로 돌아가면서 나도 모르게 라이트와 브룩이 나누는 대화로 주의를 옮겼다.

"그들이 우리의 삶을 책임지잖아." 브룩이 말했다. "심지어 고민도 안 해. 그냥 의무인 양 책임진다고. 그리고 너무 큰 만족감과… 순수한 즐거움을 주니까 우리도 그렇게 하도록 허락하는 거야."

라이트가 끙 앓는 소리를 냈다. "우리가 허락하는 건 선택의 여지가 없기 때문이야. 무슨 일이 일어난 건지 깨달았을 땐 이미 너무 늦었지."

침묵이 길게 이어졌다. "보통은 그렇지 않아." 브룩이 말했다. "이 오시프는 내가 그를 받아들이면 어떻게 되는지 말해줬어. 내가 그에게 중독돼서 그를 필요로 할 거라는 것도. 내가 복종해야만 할 거라는 것도. 그가 죽으면 나도 죽을 수 있다는 것도. 물론 그가 죽을 거라곤 상상도 못했지만. 절대 그럴 리 없을 거라 생각했거든…. 어쨌거나 전부 말해줬어. 그런 다음, 그럼에도 그에게 와주지 않겠냐고, 자신을 받아들이고 함께 머물지 않겠냐고 부탁했어. 그러면 대략 200년 동안 건강하게 살면서 외모도 기분도 젊음을 유지할 수 있다고 했어. 나를 원하고 필요로 한다고 하면서 말이야. 그가 부탁했을 때 난 중독된 상태가 아니었어. 몇 번밖에 물리지 않았거든. 그때 그를 떠나거나 정신없이 달아날 수도 있었어. 그가 나중에 말하더라. 내가 달아날 줄 알았다고. 미신으로 인한 두려움 때문에, 아니면 그토록 기분이 좋아지는 건 뭔가 엄청나게 악한 구석이 있는 거라는 정교도적인 믿음 때문에 실제로 도망친 사람들도 있다고 했어. 그러면 그들을 찾아내서 모든 게 꿈이라고, 또는 자신이 평범한 남자친구라고 믿게끔 만들어야 했지."

라이트가 말했다. "쇼리가 내게 부탁했을 땐, 아니 떠날 기회를 줬을 땐, 육체적인 건 둘째 치고 심리적으로 완전히 중독된 상태였어."

"쇼리가 기억을 잃어서 그럴 거야."

라이트가 동의한다는 듯 "음…" 하고 소리를 냈다. "그런 것 같아. 쇼리가 늘 이상하리만치 도덕적으로 굴어서 신경 쓰였는데, 새로 온다는 녀석 문제까지 걸리니…."

"조엘이야." 브룩이 말했다. "아직 안 만나봤어?"

"정식으로 소개는 안 받았어. 위층 복도에서 마주치긴 했지. 뻔뻔

스럽게도 나한테 어느 침실을 사용하면 되냐고 묻더라. 쇼리가 그 녀석이 흑인인지도 말해주지 않았어.”

“그들은 인간이 아니야, 라이트. 백인인지 흑인인지는 관심 자체가 없다고.”

“나도 알아. 쇼리가 그 녀석을 필요로 한다는 것도 알아. 적어도 몇 명은 더 필요하다는 것도. 하지만 난 그 개자식이 싫어. 해코지할 생각은 없어. 어떻게든 이 상황을 이겨낼 거야, 하지만 하느님 맙소사, 그 녀석이 정말 싫어!”

“질투하는구나.”

“당연하지!”

“쇼리를 원하는지 확신도 못하면서 다른 사람이 가지는 건 또 싫 다니.”

“그렇다고 떠날 수 있는 것도 아니야. 젠장, 그녀가 나를 지배하고 있어. 너무 무서워서 떠나는 건 꿈도 못 꾸겠다고.”

“마음을 바꿔먹을 순 없어?” 브룩이 물었다. “떠날 수 있으면 떠날 거야?”

“…모르겠어.”

“모르기는. 네가 쇼리와 함께 있는 걸 본 적 있어.”

“쇼리가 없는 삶은 상상이 안 되지만 애초에 내가 어디에 발을 들 이는지 알았으면 과연 시작했을진 모르겠어.” 그가 잠시 침묵하더니 물었다. “너는 어떤데? 쇼리가 하는 방식이 마음에 들어?”

“들다마다.” 브룩이 인정했다.

“그래?”

“쇼리는 쉽지 않은 상황에서도 알링턴 집에서 우리를 구해냈어.

그뿐 아니라 어젯밤엔 조금도 물러서지 않았어. 고든 가족이 쇼리가 어떻게 나오는지, 어떤 사람인지 보려고 밀어붙이며 겁을 줬는데도 말이야. 그래, 쇼리는 강해. 그리고 다른 이나가 우리를 어떻게 내하는지를 중요하게 여겨. 쇼리라면 믿을 수 있어. 실리아도 그렇다고 했어. 나는 긴가민가했었지만."

"쇼리의 공생인이 되고 싶다는 거야? 남자 이나가 아니라? 내 말은 이오시프와 함께하기로 했다는 건…."

브룩이 다시 잠깐 침묵하다 말했다. "처음부터 선택할 수 있었으면 남자를 택했을 거야. 하지만 쇼리도 괜찮아. 남자가 필요하면 인간 남자를 찾으면 돼. 쇼리가 실리아와 내게 한 일은 놀라워. 난 이나를 잃은 공생인을 본 적이 있어. 어느 나이 든 이나가 우리를 방문했을 때 숨을 거둔 적이 있거든. 그때 그의 공생인들이 금단 증상을 겪는 걸 봤어. 다른 이나가 그들을 살리려 할 때 그들이 내지르던 비명도 들었어. 최악이었지. 경련에, 고통에, 건디기 힘든 두려움에, 그리고 순수한 마음으로 그들을 도우려던 이나에 대한 공포심까지. 고통이 며칠, 몇 주나 이어졌어. 정말 끔찍했지. 한 인간은 죽었어. 하지만 쇼리는… 나를 두 번밖에 빨지 않았는데 벌써 아프지가 않아. 즐겁진 않지만 나쁘지도 않아. 그녀의 완전한 공생인이 되면 어떤 기분일지 너무 궁금해."

"그러니까… 물린다고 기분이 다 똑같은 건 아니라는 거네?"

"우리도 다르게 생긴 것처럼, 이나의 독도 모두 달라. 다 제각각이야. 쇼리가 엄청난 독을 가진 게 아닌가 싶어. 그러니 너를 그렇게 길들일 수 있었던 거겠지."

"게다가 아직 꼬마이기도 하고." 그가 말했다.

그들은 더 이상 아무 말도 하지 않았다. 나는 몇 분 더 대화에 귀 기울이다가 주의를 돌려 외부인이나 침입자는 없는지 살폈다. 공동체가 안전하다는 걸 확인한 뒤 나는 브룩과 라이트가 나눈 대화에 대해 생각했다. 대화에 따르면 라이트가 조엘을 싫어하는 문제만 제외하면 그들은 전반적으로 내게 만족하고 있었다. 그 사실을 알게 돼서 몹시 기뻤다. 나는 내게 위안이 필요한지 자각도 못한 채 안도했다. 라이트는 조엘을 받아들일 그만의 방법을 찾아야 할 터였다. 그건 조엘도 마찬가지였다. 내가 주의를 기울여야 하는 불안한 기간이 있겠지만 우리는 함께 헤쳐나갈 터였다. 다른 이나 가족들과 공생인들이 그게 가능하다는 것을 증명해주었다.

그날은 침입자가 없었다. 공생인들은 지치거나 조는 사람이 없도록 하기 위해 세 시간마다 새로운 보초를 들이며 계속해서 망을 봤다. 몇 사람 더 만나본 나는 그들의 다양성이 마음에 들었다. 치과의사, 해양학자, 도예가, 중국어 번역가 겸 작가, 배관공, 내과 전문의, 간호사 두 명, 이발사 겸 미용사, 그리고 당연히 농부와 포도재배자도 있었다. 내가 만나본 사람들만 해도 면면이 이랬다. 어떤 이들은 푼타 누블라다 사람들을 도울 때를 제외하곤 생업에서 손을 놓았다. 또 어떤 이들은 근처 마을이나 베이 지역에서 일주일에 두세 번 정도만 일했다. 일부는 고든 가족이 소유하고 있는 포도밭과 양조장에서 일을 했다. 푼타 누블라다에서 자영업을 하는 이들도 있었다. 헛간이나 창고라고 착각했던 건물 중 세 곳이 알고 보니 사무실, 스튜디오, 작업실로 꽉 차 있었다.

"우리는 내키는 대로 시간을 보내." 질 레너가 손님용 숙소 옆 웨인 고든의 집에서 보초를 서면서 내게 말했다. "바깥으로 일을 하러 가든 그냥 여기 머물든, 돈을 벌어오든 그렇지 않든, 공동체를 지원하는 데 도움을 보태지." 그녀는 공생인의 딸이자 손녀였는데, 웨인 고든이 그녀에게 관심을 보이며 받아달라고 청했을 때 굉장히 안도했다고 했다. 그래선지 목 옆쪽에 반쯤 아문 물린 자국을 내놓고 있었다. 나는 그녀가 일부러 자국을 보여주고 싶어 한다는 것을 깨달았다. 그녀는 웨인이 자신에게 관심을 보인다는 사실을 자랑스러워했다. 흥미로운 일이었다.

그날 밤 웨인과 웨인의 아버지 중 하나인 매닝이 전용기를 보관하고 있는 지역비행장으로 차를 몰았다. 공생인을 둘씩 데리고 가는 것으로 보아 이틀 밤을 보내고 올 것으로 짐작됐다. 물론 필요한 상황에서 낯선 이들에게 입치레를 하지 않는 건 아니었다. 고든 가족은 그것을 입치레한다고 표현했다. 나 역시 라이트와 오두막에 살면서 테오도라를 제외한 사람들에게 이런 행동을 했었다. 이나는 입치레를 하다 가끔 새로운 공생인을 찾기도 했다.

웨인과 매닝은 내게 워싱턴으로 간다고 말해주기 위해 떠나기 전에 손님용 숙소에 들렀다. 내 남녀 가족들의 법적 문제를 해결하고 우리가 놓친 것들을 찾기 위해 폐허가 된 공동체 마을을 살필 예정이라고 했다. 나는 브룩을 시켜 알링턴 근처에 있는 이오시프의 손님용 숙소의 주소를 알려줬다. 그들이 그곳도 살펴봤으면 했기 때문이다.

"나도 갈까?" 내가 웨인에게 물었다. "딸이자 유일한 생존자니까 필요하지 않을까? 어쨌거나 테오도라도 데려오고 싶고."

"아직은 괜찮아." 웨인이 말했다. 그는 이나치고도 큰 편으로 가족 중에 키가 가장 컸다. 심지어 그의 제일 큰 공생인보다도 훨씬 컸다. "결국엔 네가 나서야겠지만 지금은 이오시프와 네 엄마들의 법적 문제를 담당하던 이들을 찾는 게 먼저야. 그런 다음 그들을 물고 얼마나 빨리 이 일을 처리할 수 있는지 봐야지. 그곳에서 살기를 원하든 원치 않든 그 땅은 네 거야. 원하면 한 곳의 부지를 팔아서 그 돈으로 나머지 부지에 여러 채의 집을 지어도 좋아. 그리고 네 부모들은 그 집터 말고도 시애틀의 아파트를 비롯해서 꽤 많은 자산을 가지고 있었어. 앞으로 뭘 할지 고민하기 전에 그 사업들에 대해 최대한 알아내야 해."

나는 고개를 끄덕였다. "테오도라를 데려와줄 수 있어?"

"주소를 알려줘."

나는 라이트를 불러서 테오도라가 그의 삼촌 집에서 동쪽으로 세 번째 집에 산다고 설명했다. 그러자 그가 웨인에게 그녀를 찾아가는 방법을 알려줬다.

"테오도라 하든이야." 내가 말했다. "미리 전화해서 당신이 그리로 갈 거라고 말해놓을게…. 언제 갈 것 같아?"

그가 아버지와 함께 계산을 했다. 테오도라를 데리러 가는 건 집으로 돌아오는 세 번째 날 밤이 될 예정이었다.

"고마워." 내가 말했다. "조심해. 누군가는 항상 깨어서 보초를 서야 해."

웨인은 매닝과 고개를 끄덕이고 육중하고 네모난 자동차로 걸어갔다. 조엘은 그것이 '허머'라는 차이며, 집 몇 채를 합친 것보다 비싸다고 말해줬다.

그런 뒤 그들은 떠났다.

다음 날, 푼타 누블라다가 공격당했다.

16

 침입자들이 도착한 건 다음 날 아침 10시가 막 넘어서였다. 나를 제외한 모든 이나가 잠든 시간이었다. 나는 테오도라와 거의 한 시간 동안 전화 통화를 하면서 그녀를 생각하고, 그녀를 원하고, 그녀를 보길 고대하고 있었다. 그때 차 소리가 들렸다.
 그들이 고든의 허머만큼 크고 조용한 자동차 세 대를 끌고 공동체 쪽으로 오고 있었다. 소리가 먼저 들렸고, 이어서 라이트와 함께 쓰는 손님용 숙소 침실의 지붕창 앞자리에서 그들이 보였다. 새 손님들이 누군지 알 수 없었다. 그들은 아무 대화도 하지 않았다. 어떤 소리도 내지 않았다. 하지만 그들이 접근하는 소리를 듣는 순간 의심이 일었다. 나는 두 집에 전화를 해서 공생인들에게 나머지 모두를 깨우라고 말했다.
 "전부 깨워요. 이나들을 담요에 싸서 집 밖으로 데리고 나갈 채비를 하세요. 놈들은 불을 놓는 게 취미예요. 조심해요. 만약 놈들이 커다란 통을 들고 액체 같은 걸 뿌릴 기미를 보이면 바로 쏴요."

겁먹은 공생인들이 무고한 방문객들을 죽일까봐 걱정됐다. 하지만 고든 가족과 그들의 공생인이 나나 내 가족과 관련된 일 때문에 죽임을 당하는 게 훨씬 걱정되었다.

나는 후드 재킷을 걸치고 선글라스와 장갑을 꼈다. 밖에는 햇빛이 밝게 빛나고 있었다. 구름 한 점 없었다. 준비를 마치고 계단 아래로 뛰어 내려가자 부엌에 라이트가 보였다. 내가 조엘과 간밤에 잠시 함께했다는 이유로 종일 내게 한 마디도 하지 않고 있던 터였다. 나는 그의 팔을 잡았다. "브룩, 실리아, 조엘을 챙겨. 총을 가져와. 조심해! 놈들 눈에 띄지 말고 기름통이나 총이 보이기 전까진 쏘지 마."

동향을 주시하고 필요한 조치를 취하려면 밖으로 나가야 했다. 나는 뒷문으로 나갔다. 주머니에는 핸드폰(무음에 진동으로 설정해놓고)만 있을 뿐 총은 없었다. 필요하다면 놈들을 조용히 죽일 생각이었다.

차들이 고든의 주택가로 연결된 사유도로를 따라 내려오고 있었다. 첫 번째 집(손님용 숙소였다)에 닿기 전에 차가 멈추더니 사람들이 문을 열고 쏟아져 나왔다. 저마다 손에 짐이 들려 있었다. 곧장 기름 냄새가 풍겼다.

나는 가장 가까운 웨인의 집으로 서둘러 전화를 걸었다. "놈들을 쏴요, 당장!"

잠시, 그들이 내 말을 듣지 않을 수도 있겠다는 생각이 들었다. 그때 총격이 시작되었다. 공생인들이 가진 총은 소총, 권총, 산탄총 등 아주 다양했다. 탕하고 터졌다가, 우레와 같이 포효하다가, 중간중간 쾅하고 울리는 등 불균질한 소리들이 한데 어우러졌다. 어쩌다 보니 침입자들 대부분이 첫 번째 공습에 쓰러졌다. 놈들은 깜짝 기습해 불을 지르고, 잠에서 깨어 필사적으로 도망치려는 희생자들을 쏴 죽이는 데 익숙했다. 하지만 이번엔 침입자들이 오히려 도망치고 있었다. 그것도 최소한 달릴 수 있는 놈들에 한해서.

누군가 내 쪽으로 달려오는 소리가 들렸다. 놈이 길에서 벗어나 손님용 숙소 옆을 돌아 집 뒤편으로 향하고 있었다. 놈은 인간으로, 기름 냄새를 강하게 풍겼다. 달리면서 기름을 뿌리고 있는 것이었다. 다행히 나를 보지는 못했다.

나는 그가 집을 돌아 내 쪽으로 오기를, 패거리들의 시야에서 완전히 사라지기를 기다렸다. 그리고 놈을 향해 온몸을 날렸다. 놈이 쓰러졌고 곧바로 그의 목을 부러뜨렸다. 상황을 파악하기에 놈은 너무 느렸다. 내가 덮치던 순간 폐에서 나던 숨 빠지던 소리가 그가 낼 수 있는 소리의 전부였다.

나는 놈의 총과 기름통을 창고 뒤 보이지 않는 곳에 숨겼다. 그리고 누군가 나를 본대도 조준하고 쏠 수 없도록 엄청나게 빠른 속도로 집 뒤편을 따라 달렸다. 그렇게 공동체 주변을 달리면서 세 놈을 더 죽였다. 그사이 공생인들은 계속 총격을 가했고, 누군가 헨리의 집에 이어 웨인의 집에까지 불을 질렀다.

헨리가 구조되는 게 보였다. 그의 공생인 세 명이 그를 머리끝부터 발끝까지 담요로 꽁꽁 싸맨 채 집에서 빼내고 있었다. 그들은 윌리엄의 집으로 그를 옮겼다. 헨리의 나머지 공생인들도 집에서 우르르 쏟아져 나왔다. 그중 셋이 호스를 찾아서 불을 진압하기 시작했다. 나머지 둘은 소총으로 그들을 지켰다.

웨인이 나를 도우려고 워싱턴으로 갔다는 점 때문에 그의 공생인들에게 특히 의무감이 느껴졌다. 나는 모든 이들이 집에서 탈출하도록 돕고 공생인들이 문 밖으로 뛰쳐나오는 걸 확인한 뒤 인원 수를 세웠다. 모두 다친 곳 없이 살아 있었고 그중 셋은 윌리엄의 집으로 피신시킨 아이들을 안고 있었다. 나머지가 호스와 삽을 들고 화재를 진압하기 시작했다. 내가 도울 일은 없었다.

나는 공동체를 살폈다. 더 이상 총격은 없었다. 모든 침입자가 죽었거나 다친 것 같았다. 그때였다. 발자국 소리가 들리며 낯선 냄새가 났다. 나는 최소 한 놈이 아직 살아서 자동차로 돌아갈 궁리를 한다는 걸 알아챘다. 놈이 집 뒤에서 이동하는 게 눈에 띄었다. 그가 프레스턴의 집을 슬쩍 지나며 셔츠를 벗었다. 엉겁결에 일어나 속옷 차림으로 불을 끄고 부상당한 이들을 치료하는 남자 공생인들 틈에 섞여서, 적어도 멀리서라도 그들 중 하나인 것처럼 보이게 하려는 속셈이었다.

셔츠 바람이든 아니든, 그자에게선 기름과 생경함의 냄새가 났다. 놈은 외부인이었다. 고든 공동체와 아무 관련이 없는 자였다.

나는 놈을 쫓았다. 그는 프레스턴의 집 뒷문에서 사무실과 스튜디오가 입주해 있는 건물을 향해 전력으로 질주했다. 하지만 거기서도 패거리들의 차는 아직 한참 가야 있었다. 그곳에 도착하려면 탁 트인 넓은 공간을 가로질러야만 했다. 그렇지만 건물이 열려 있어 몸을 숨기고 시간을 벌기에는 좋았다. 내가 놈을 발견한 것이 놈에겐 불운이었다.

나는 놈을 쫓아가 건물에 도착하려는 찰나 발을 걸어 넘어뜨렸다. 놈이 세게 넘어지면서 건물 앞 콘크리트 계단에 부딪혔다. 다행이다 싶었다. 놈이 죽지 않고 의식만 잃기를 바랐다. 놈에게 물어볼 질문들이 있었다. 나는 누워 있는 놈에게서 완전히 배를 채웠다. 사방을 뛰어다니고 사투를 벌였지만 꼭 그럴 필요까진 없었다. 그래도 놈이

협조적으로 나오길 바랐다.

흡혈이 끝나자 그가 의식을 되찾고선 나를 떼어내려고 애썼다.

"가만히 있어." 내가 말했다. "진정해."

그가 몸부림을 멈추고 가만히 누웠다. 그동안 나는 피가 멎고 상처가 아물 수 있도록 물린 자국을 핥았다.

"좋아." 내가 말했다. "네놈들과 우리 사이에 무슨 사연이 있는 건지 한 번 알아보자고." 나는 일어서서 그가 몸을 일으키길 기다렸다. 그는 땅딸막하고 다부진 체격에 검은 머리를 하고 있었다. 수염은 깨끗했으나 왼쪽 눈 위에 생기기 시작한 커다란 혹 때문에, 그리고 이빨이 흔들릴 정도로 세게 부딪혀 금세 부풀어 오른 아랫입술 때문에 얼굴이 흉했다.

그가 휘청거렸다. "그 녀석들이 나를 죽일 거야." 그가 부풀어 오른 입술 때문에 웅얼거리듯 말했다. 그리고 사람들 무리를 바라봤다. 사람들은 불을 끄고, 무기를 거두고, 집에서 기름통들을 치우고, 죽거나 다친 침입자들을 확인하고, 시체에서 아이들을 떼놓고 있었다.

"내 옆에 붙어서 시키는 대로 해." 내가 그에게 말했다. "내 옆에 있으면, 그리고 누구도 해치지 않으면 안 죽일 거야."

"죽일 거야!"

"순순히 내 말을 들어. 그럼 아무도 널 해치지 못할 테니까."

그가 멍한 표정으로 나를 봤다. 잠시 후 그가 고개를 끄덕였다. "알겠어."

"저 세 차에 몇 놈이나 타고 왔지?" 내가 차들을 향해 뒤를 흘끔거리며 물었다. 패거리 중 누구도 탈출하지 못했다. 한 놈도.

"열여덟." 그가 말했다. "한 대당 여섯 명씩."

"그렇게 많이 타고 장비까지 실었단 말이지. 엄청 비좁았겠군."

나는 그를 데리고 집 쪽으로 걸어가며 셔츠를 주워서 다시 입게 했다. 그때 라이트를 발견했다. 그가 내 쪽으로 오더니 나를 지나쳐서 침입자를 쳐다봤다.

"놈은 걱정하지 마." 내가 말했다. "실리아, 브룩, 조엘은 괜찮아?"

"괜찮아."

나는 안도하며 고개를 끄덕였다. 그리고 라이트에게 어디 가면 내가 죽인 놈들과 그들의 총과 기름통을 찾을 수 있는지 알려줬다. "다른 공생인들과 함께 가서 수거해. 이놈을 포함해서 산 자, 죽은 자 모두 합쳐 총 열여덟 명이어야 해."

"알았어. 이 녀석은 왜 여태 살아 있는 거야?"

"물어볼 게 있어서. 살아 있는 놈이 또 있어?"

"두 녀석. 총에 맞고 약간의 발길질도 당하긴 했지만. 공생인들이 놈들한테 뿔이 단단히 났어."

"좋아. 시체와 자동차는 물론 나머지 소지품들까지 모아서 안 보이는 데 숨겨. 외부에서 소음이나 연기를 눈치챘을 때를 대비해서." 가시거리 내에 이웃집이 있진 않았다. 하지만 소음이 너무 멀지 않은 농장에 닿았을 수도 있었다. 지금은 잠잠해졌지만 연기를 봤을 수도 있었다. 불은 거의 꺼졌다. 두 집이 피해를 봤지만 완전히 망가진 집은 없었다. 굉장한 일이었다. "생존자들은 어디 있어?" 내가 물었다.

그가 마당에 누워 있는 사람들을 가리켰다. 그런 뒤 걱정 어린 목소리로 말했다. "쇼리, 얼굴에 물집이 잡히기 시작했어. 안으로 들어가야 해. 악화되면 흉터가 생길지도 몰라."

나는 내가 주로 물던 그의 목 부분을 만졌다. "흉터라 해봐야 당신 목에 생기는 것 정도야. 어쨌건 걱정해줘서 고마워." 나는 그를 떠났다. 침입자도 줄에 이끌려 나를 따라왔다.

생존한 침입자 둘은 구타를 심하게 당해 의식이 없었다. 그들은 에드워드네 집 앞뜰에 누워 있었다. "더 이상 때리지 마요." 내가 그들을 감시 중인 공생인들에게 말했다. "놈들이 말을 할 수 있게 되면 당신들의 이나가 질문을 하려 할 거예요. 나도 마찬가지고요."

"짬이 나면 의사가 와서 살펴볼 거야." 크리스천 브라운리라는 남자가 말했다. 그는 내가 잡은 놈을 쳐다보더니 무시했다. 놈이 내게 가까이 붙었다.

"공생인들은 전부 살았어요?" 내가 물었다.

그가 고개를 끄덕였다. "다섯이 다쳤어. 모두 헤이든의 집에 있어."

나는 고든네 공동체에 사는 아흔 명 남짓의 성인들 중에 의사 하나와 간호사 둘이 있다는 사실을 알았다. 나는 치료 중인 의사를 만나기를 기대하며 헤이든의 집으로 갔다. 그녀가 그곳에 있었다.

의사는 헤이든의 공생인 중 하나였다. 카먼 타나카라는 이름의 내과 전문의로 남녀 간호사 둘과 공생인 셋이 그녀를 도와주고 있었다. 바빠 보였지만 내게 잔소리할 정신이 없을 정도는 아니었다.

"햇빛을 피하도록 해." 그녀가 말했다. "물집이 잡혔잖아."

"도움이 될까 싶어 왔어." 내가 그녀에게 말했다. "내 공생인이 아니라서 치료하는 데 도움이 될지는 모르겠지만, 혹시 가능하면 돕고 싶어."

카먼이 다리를 치료하다가 위를 올려봤다. 총알이 남자의 종아리를 깨끗하게 관통한 상태였다. "이나들이 깨기 전에 누군가 위험에 처할 것 같으면 도움을 청할게. 하지만 지금으로선 불필요한 고통만 주고 이들과 나 사이에 문제만 일으킬 거야."

나는 고개를 끄덕였다. "상황이 바뀌면 알려줘. 살아남은 침입자들한테 가서 내가 할 수 있는 걸 할게. 다들 나중에 놈들과 얘기를 하고 싶어 할 테니까."

"이자도?" 그녀는 내가 데려온 침입자를 바라봤다.

"응."

그녀가 남자의 목에 생긴 물린 자국을 보고 고개를 끄덕였다. "나머지도 물어봐. 감염을 피하는 데 도움이 되고, 훨씬 빨리 낫는 데다 다루기도 더 쉬울 거야."

나는 고개를 끄덕이고 침입자들을 살피러 갔다. 그리고 놈들을 다문 뒤 내가 잡은 침입자를 손님용 숙소로 데려가 식료품 창고에서 가져온 차가운 맥주 한 병을 건네고 함께 부엌 식탁에 앉았다.

"이름이 뭐야?"

"빅터 콜론."

"좋아, 빅터. 왜 이곳을 공격했는지 얘기해봐."

그가 인상을 찌푸렸다. "그래야 했으니까."

"왜 그래야 했지?"

그가 혼란스러운 표정으로 얼굴을 찡그렸다. 어쩔 줄 몰라 하는 게, 그 표정이 의미하는 건 한 가지밖에 없겠다는 느낌이 들어 걱정되었다.

실리아와 브룩이 부엌으로 들어오더니 우리를 보고는 멈췄다.

"들어와." 내가 말했다. "밥 먹으러 왔어?"

"점심을 못 먹었어." 브룩이 말했다. "이런 일을 겪고도 배가 고프다니 좀 그렇겠지만 어쩌겠어."

"괜찮아." 내가 말했다. "뭐 좀 먹어. 여기 빅터한테도 좀 주고. 그리고 앉아서 같이 얘기 좀 하자."

그들은 영문도 모른 채 순순히 내 말을 따라 햄버거를 만들었다. 이미 냉동고에서 잡곡 빵, 햄버거 패티, 감자튀김 봉지를 찾아서 냉장고 아래 칸에 해동하려고 넣어놓은 상태였다. 곧 주철로 된 팬을 스토브에 올리고 패티와 감자를 튀겼다. 찬장엔 소금, 후추, 머스터드, 케첩, 얇게 다진 피클이 있었지만 당연히 신선한 채소는 없었다. 조만간 슈퍼마켓을 찾아봐야 할 것 같았다.

잠시 후 모두가 음식을 먹으면서 냉장고에 든 맥주를 들이켰다(나는 물 한 잔을 마셨다). 그제야 혼란에 빠진 그 남자가 한결 편안해 보였다. 그는 식사를 하는 동안 실리아와 브룩을 흥미롭게 바라봤다. 매력적인 여자를 바라보는 눈길이었다. 그가 실리아의 가슴과 브룩의 나리를 빤히 쳐다봤다. 물론 그들도 그의 시선을 눈치챘다. 하지만 그 사실이 즐거운 모양이었다. 그들은 여러 번 나를 흘깃거리더니 빅터가 우리 중 하나인 것처럼, 적어도 식탁에 정식으로 초대된 사람인 것처럼 편안하게 행동했다.

실리아가 물었다. "어디 출신이야?"

빅터가 흔쾌히 대답했다. "LA. 지금도 거기 살아."

브룩이 고개를 끄덕였다. "몇 년 전 LA에 가본 적 있어. 이모, 그러니까 엄마의 여동생을 만나러 갔지. 엄청 덥더라."

"맞아, 덥지." 빅터가 말했다. "그래도 지금은 집에 가고 싶어. 일이 어긋나도 한참 어긋났어."

"안 그랬으면 우리 모두 죽었을 거야." 실리아가 말했다. "대체 우리가 너희한테 뭘 잘못했어? 왜 죽이려고 한 거야?" 말은 그렇게 하면서도 그녀가 맥주를 한 병 더 건넸다. 그는 이미 두 병이나 마신 상태였다.

빅터가 인상을 찌푸렸다. "그래야 했으니까." 그가 말했다. 그러곤 고개를 흔들더니 나를 걱정스럽게 했던 그 얼빠진 듯한 혼란스런 표정으로 돌아갔다.

"세상에." 브룩이 말했다. 그녀가 나를 쳐다봤다. 그녀도 내가 본 것을 본 것이었다.

실리아가 말했다. "뭔데? 뭔데?"

"빅터." 브룩이 말했다. "너와 네 패거리들에게 우리를 죽이라고 지시한 게 누구야?"

"그런 사람 없어." 그가 화를 내기 시작했다. "우린 애들이 아니라고! 아무도 우리한테 이래라 저래라 못해." 그가 맥주를 몇 모금 더 마셨다.

"본인이 뭘 원하는지 안다는 거지?" 브룩이 말했다.

"당연하지."

"우리를 죽이고 싶어?"

그는 몇 초 동안 생각에 잠겼다. "모르겠어. 아니, 아니야. 너희처럼 예쁜 아가씨들과 여기 함께 있는 건 아무 문제없어."

그의 경계심이 완전히 풀렸다는 판단이 들었다. "빅터." 내가 말을 시작했다. "나를 알아? 내가 누구야?"

그의 대답에 나는 깜짝 놀랐다. "더러운 껌둥이 계집애." 그가 반사적으로 답했다. "빌어먹을 잡종 애송이." 그러더니 숨을 헐떡이며 양손으로 머리를 부여잡았다. 잠시 후 그가 탁자로 머리를 떨구며 신음했다.
 고통스러워 하는 게 분명했다. 그의 얼굴이 갑자기 시뻘게졌다.
 "그렇게 말하려던 게 아닌데." 그가 속삭였다. "그렇게 부를 생각은 아니었어." 그가 나를 봤다. "미안해. 일부러 그런 건 아니야."
 "놈들이 나를 그렇게 불렀나 보지?"
 그가 고개를 끄덕였다.
 "내 피부가 어두워서?"
 "그리고 인간이니까." 그가 말했다. "인간과 섞인 이나, 아니 이나가 살짝 섞인 인간이니까. 그런 일은 일어나선 안 돼. 절대로. 너, 너희… 너희 종… 너희 가족들이… 종을 개량하게 놔둘 순 없어."
 그토록 많은 사람을 죽인 이유가 단지 그것 때문이라니. "내가 죽어야 한다고 생각해, 빅터?" 내가 물었다.
 "나는… 아니야!"
 "그러면 왜 날 죽이려는 거지?"
 혼란스러움이 그의 두 눈으로 다시 슬금슬금 돌아왔다. "그냥 집에 가고 싶어."
 "빅터." 나는 그가 똑바로 앉아서 나를 볼 때까지 기다렸다. "이곳을 떠나면 그들이 나를 쫓으라고 또 당신을 보낼까?"
 "아니." 그가 맥주를 조금 더 들이켰다. "안 그럴게. 널 해치고 싶지 않아."
 "그러면 적어도 당분간은 여기에 머물러야 할 거야."
 "내가… 내가 여기서 당신들이랑 머문다고?"
 "당분간만." 한두 번 더 그를 문 다음에 질문하면, 우리를 공격한 놈들, 그러니까 나보다 먼저 그를 물고 나서 우리를 죽이라고 보냈던 놈들의 이름을 얻어낼 수 있을 거 같았다. 그리고 이름만 알아내면 고든 가족이 그들의 정체를 알아볼 터였다.

"좋아." 그가 이렇게 말하고는 맥주를 마저 들이켰다. 실리아가 나를 쳐다봤으나 나는 고개를 저었다. 맥주는 이것으로 충분했다.

"피곤하겠어, 빅터." 내가 말했다. "눈 좀 붙여."

"피곤해." 그가 내 말에 수긍했다. "어제 밤새 운전을 했거든. 남는 침대 있어?"

"따라와." 나는 위층에 있는 마지막 남은 빈 방으로 그를 데려갔다. 원래 테오도라에게 주려고 했던 방이었다. 조만간 빅터를 내보내야 할 터였다. 어쩌면 다른 집에 그가 쓸 방이 있을지도 몰랐다. "내가 깨울 때까지 자."

"다시 물 거야?" 그가 물었다.

"그래도 될까?" 그러고 싶진 않았지만 당연히 그래야 했다.

"응."

"좋아. 깨울 때 물어줄게."

"저기." 나가려고 몸을 돌리는 순간 그가 말했다. "아까 내가 한 말 말이야…. 그렇게 부르려던 건 아니었어. 내 여동생도 도미니카 남자와 결혼했어. 내 조카들은 너보다 훨씬 까매. 하지만 모두 내 핏줄이기도 해. 누구든 내 조카들을 아까 내가 한 것처럼 부르는 놈이 있으면 흠씬 두들겨 패줄 거야."

"당신은 질문에 답했을 뿐이야. 하지만 더 많은 답을 듣고 싶어. 당신이 말해줄 수 있는 걸 전부 알아야겠어."

그가 얼어붙었다. "그건 안 돼. 할 수 없어. 머리가 아파." 그가 어떻게든 고통을 짜내보려는 듯 두 손으로 머리를 꽉 쥐었다.

"알아. 일단은 걱정하지 말고 잠이나 좀 자."

그가 고개를 끄덕이며 눈꺼풀을 스르륵 감더니 침대로 갔다. 나도 침대로 가고 싶었지만 나를 기다리는 실리아와 브룩이 있는 부엌으로 다시 내려갔다. 라이트와 조엘도 와 있었다. 라이트가 먼저 입을 뗐다.

"열여덟 놈 모두 소재 파악했어. 도망친 놈은 없어."

나는 고개를 끄덕였다. 좋은 소식이었다. 그들을 보낸 이나에게 실패를 일러바칠 도망자는 없었다. 그래봤자 머지않아 실패한 사실이 들킬 게 뻔했지만. 그러면 어떻게 될까? 나는 한숨을 쉬었다.

조엘이 내 생각에 대꾸라도 하듯 말했다. "그러니까 몇몇 이나들이 사람들을 조종해서 우리를 공격하고 있다는 거네. 이번에 실패한 걸 알면 더 많은 놈들을 보낼 텐데."

"그럴 거야." 내가 지친 목소리로 말했다. 나는 의자에 앉았다. "이 상황을 이해하기에 난 내 종족에 대해 너무 무지해. 고든 가족이 편하긴 하지만 사실 그들도 잘 몰라. 얼마나 많은 이나가 내 인간 유전자 때문에 공격을 받게 될지 모르겠어." 나는 머리를 탁자에 내려놓고 눈을 감고 싶었다.

"고든 가족이 도와줄 거야." 조엘이 말했다. "프레스턴과 헤이든은 훌륭한 어른들이야. 그들이라면 믿을 수 있어."

나는 고개를 끄덕였다. "알아." 하지만 당연히 몰랐다. 믿어도 되길 바랄 뿐이었다. "오늘 밤에 포로들과 얘기를 나눌 거야. 그럼 뭔가 알게 되겠지."

"어떤 이나가 너를 죽이려고 했는지, 그런 것들 말이지." 실리아가 말했다.

내가 고개를 끄덕였다. "아마도. 바로 알아낼 수 있을지는 모르겠어. 너무 이른 것 같아. 하지만 빅터는 딱히 부상을 당한 게 아니니까 오늘 밤에 심문을 시작할 수 있을 거야. 나머지는 회복하는 데 시간이 걸리겠지. 그렇지만 빅터가 모르는 걸 알 수도 있어. 그냥 놈들을 이용해 빅터의 말이 맞는지 확인만 할 수도 있고."

"빅터가 정말 실토하게 만들 수 있어?" 라이트가 물었다.

"할 수 있어. 물론 고든 가족 역시 할 수 있겠지. 하지만 빅터가 엄청난 고통과 스트레스를 받게 될 거야. 죽을 수도 있어. 난 어떤 것도 그의 잘못이 아니라고 생각해. 그래서 그렇게까지 밀어붙이고 싶진 않아."

"네 질문들이 그를 죽일 수도 있다는 걸 기억해낸 거야?"

나는 고개를 끄덕였다. "내가 누구냐고 묻고 답할 때 그의 얼굴을 봤어. 고통스러워 했어. 그 순간 몇 마디 말이면 그를 죽일 수도 있을 거라는 걸 알았지. 하지만 그는 도구에 불과해⋯. 오늘 사용된 열여덟 개의 도구 중 하나일 뿐이야."

"그가 자신의 의지로 움직인 게 아니라고 어떻게 그렇게 확신해?" 실리아가 물었다.

"그의 태도 때문이야." 내가 말했다. "혼란스러워 하면서 가끔씩 겁을 내기는 했지만 화를 내거나 증오심을 보이진 않았어." 나는 어깨를 으쓱했다. "내가 틀렸을 수도 있어. 진짜 그런 건지 앞으로 며칠 동안 확인해봐야지."

"위층에 혼자 둬도 괜찮을까?" 라이트가 말했다.

"내가 깨울 때까진 안 일어날 거야." 내가 답했다. "그 녀석이 깨면 나 말고도 심문하겠다는 이들이 줄을 설 거야."

17

나는 피곤과 약간의 우울을 느끼며 위층으로 올라왔다. 왜 그런 기분이 드는지는 알 수 없었다. 나를 위협하는 놈들의 정체를 알아낼 일도 머지않은 데다 빅터에게서 배도 든든히 채운 뒤였다. 햇빛 아래서 얼굴에 물집이 따끔하게 잡히도록 뛰어다니며 소진한 에너지가 회복되었어야 마땅했다. 하지만 웬일인지 그러지 못했다.

나는 신발을 벗고 주로 라이트와 함께 쓰는 침대에 누웠다. 그때 브룩이 문을 열고 말했다. "내 방으로 와줘. 잠시만 함께 누워 있자."

그녀가 그렇게 제안하자 간절히 그러고 싶어졌다. 나는 침대에서 미끄러져 나와 복도를 따라 그녀의 방으로 걸어갔다.

나는 그녀 옆에 누웠다. 그녀가 나를 옆으로 돌리고 내 뒤에 누워 딱 달라붙었다. 등 뒤로 그녀가 느껴졌다.

"좀 나아?" 그녀가 내 목에 붙어서 말했다. "이렇게 하면 얼굴이 아프려나?"

나는 한숨을 쉬었다. "훨씬 나아." 나는 그녀의 팔 한쪽을 내 몸 위로 당겼다. "얼굴은 좋아지고 있어. 그런데 왜 갑자기 기분이 좋아지는 거지?"

"넌 공생인들을 좀 더 자주 만져야 해." 그녀가 말했다. "빅터처럼 거쳐가는 인간은 상관없어. 조엘도 아직 완전히 네 사람이 아니고. 하지만 우리는 자주 만져야 해. 우리가 널 위해 여기 있다는 걸, 네가 필요로 할 때 우리가 도울 준비가 돼 있다는 걸 알아야 해." 그녀가 손을 들어 내 머리칼을 부드럽게 쓰다듬었다. "그리고 우리도 네 손길이 필요해. 네 기분이 좋아지듯 우리 기분도 좋아지거든. 우리는 널 보호하고 먹여살리고, 너는 우릴 보호하고 먹여살리는 거야. 그게 이나와 공생인 가정이 돌아가는 방식이야. 아니, 그렇게 돌아가야 해. 네 가정도 그렇게 돌아가게 될 거야."

나는 그녀의 손을 가까이 가져와 입을 맞췄다. "고마워."

"좀 자. 오늘은 더 이상 위험하지 않을 거야. 그러니 눈 좀 붙여."

나는 순순히 동의하며 잠 속으로 빠져들었다.

* * *

"쇼리?"

눈을 떠보니 해가 진 뒤였다. 나는 최대한 조심스레 브룩과 엉켜 있던 몸을 풀었다. 그리고 귀를 쫑긋 세우고 일어났다. 누군가 내 이름을 불렀다. 대니얼의 목소리였다. 목소리가 크지도, 같은 방에 있지도, 심지어 같은 집에 있지도 않았지만, 분명 내 이름을 부르며 나를 찾고 있었다.

나는 브룩이 깰까봐 복도 끝에 있는 화장실로 갔다. 창문이 도로

와 집들을 향해 나 있었다.

"나 여기 있어." 내가 눈을 감고 귀를 기울인 채 큰 소리로 답했다.

"심문을 해야 하니 포로를 우리 집으로 데려와." 그가 말했다. "몇몇이 놈을 겁줄 수도 있으니까 네가 놈의 보호자 역할을 해줘."

"다른 이나가 그에게 우리를 죽이라고 지시했어." 내가 말했다. "그는 도구야. 자발적으로 침입한 게 아니야."

침묵이 흘렀다. "좋아. 어쨌거나 놈를 데려와줘. 설령 그를 해친다고 해도 도는 넘지 않을 테니."

"몇 분이면 돼."

나는 라이트와 함께 쓰는 침실로 가서 침대 아래에 두었던 신발을 꺼냈다. 라이트가 가볍게 코를 골고 있었다. 그를 방해하긴 싫었다. 나는 욕실로 돌아가서 신발을 신고 얼굴을 씻으면서 대니얼과 내가 얼마나 손쉽게 대화를 나누었는지 생각했다. 그가 자신의 집에서 나를 불렀고 내가 그 소리를 들었다. 그도 내가 들으리라는 것을 알고 있었다. 나는 잠시 욕실에 서서 귀를 기울였다. 처음엔 손님용 숙소였다. 빅터와 나의 공생인 넷 모두 조용하고 차분하게 쌕쌕대며 자고 있었다. 그다음엔 프레스턴의 집이었다. 한 여자 공생인이 하이럼이라는 남자에게 부상자들을 돕느라 나가 있는 동안 피츠버그에 사는 시누이에게서 전화가 왔었으니 답신을 하라고 말하고 있었다. 한 남자는 무언가를 고치려고 낑낑대는 중이었다. 그가 혼잣말로 "그렇게 하면 안 되지!"라고 우기면서 금속을 달가닥달가닥 부딪치며 끊임없이 구시렁거렸다. 한 여자는 어린 소녀에게 야생마에 대한 이야기책을 읽어주고 있었다.

물론 동굴에서 깨어난 직후부터 청각을 곤두세우고 지냈다. 하지만 청력이 얼마나 예민한지 알아차릴 만큼 다른 이나와 가까이 지내 본 적이 없었다. 누군가 길 맞은편 아래쪽 집에서 평소 같은 목소리로 이름을 불러 나를 깨우고 내 관심을 끌 수 있다는 건 생각지도 못했다. 내가 어느 정도는 자기 이름에 촉각을 곤두세우고 있었기에 가능했던 걸까? 아니다. 내가 부재하거나 잠들어 있을 때 사람들이 내 이야기를 한 게 처음일 리 없었다.

하지만 누군가가 이토록 멀리 떨어진 곳에서 잠들어 있는 내게 말을 건 것은 처음인 듯했다. 어쩌면 사소하긴 하지만 대니얼의 말투가 관심을 끈 건지도 몰랐다.

나는 빅터의 방으로 가서 그를 깨웠다. 그런 다음 약속도 지키고 나중에 정보도 수월하게 얻을 겸 또다시 그를 물고 약간의 피를 취했다. 그가 누워서 나를 붙들고 몸을 비틀며, 내가 그의 피를 빼는 대가로 기꺼이 제공한 쾌락을 취했다. 나는 누군가 이나의 침샘 작용을 조사하거나 우리의 침을 종합적으로 연구한 적은 없을까 궁금했다. 내 아빠와 같은 이나라면 우리의 존재를 숨기는 데만 급급했을 게 뻔했다.

상처에서 피가 멈추자 우리는 일어났다. 나는 워싱턴으로 간 이들을 제외한 모든 고든 가족이 기다리고 있는 대니얼의 집으로 그를 데려갔다.

"난 어떻게 되는 거야?" 그가 걸어가며 물었다. 겁에 질렸으면서도 체념한 듯 보였다. 이나의 수중에 오래 있었던 탓에 자신의 운명이 어떻게 흘러가든 거절하거나 탈출할 방법이 없다는 걸 아는 듯했다.

"나도 몰라. 우리를 위해 최선을 다해줘. 나 역시 당신을 위해 최선을 다할 테니. 맘 편히 먹고 모든 질문에 솔직하게 대답해."

대니얼의 집에 도착하자 고든 가족이 거실에 모여 있는 게 보였다. 공생인은 없었다. 흥미로운 일이었다. 나 역시 공생인들을 깨워서 데려올 생각조차 하지 않았다. 만약 빅터가 오늘 밤 죽는다면 그들이 그 장면을 보지 않았으면 해서였다. 만에 하나 나를 증오하는 이나에게 붙들렸을 때 그들이 겪을 현실을 미리 보게끔 하고 싶지 않았다. 물론 그들도 알고 있었다. 모두 똑똑한 인간들이었다. 심지어 내가 이성을 잃거나 그들에게 등을 돌리면 어떤 짓을 할 수 있는지도 알았다. 하지만 그들은 나를 믿었다. 나 역시 그들의 신뢰를 원하고 필요로 했다. 그들이 최악의 상황을 볼 필요는 없었다.

나는 빅터와 함께 앉았다. 그는 혼자였고 겁에 질려 떨고 있었다. 최소한 외견상이라도 그의 편이 필요했다. 그는 우리 중 유일한 이방인이자 유일한 인간이었다. 그도 그걸 알았다.

"빅터 콜론이에요." 나는 자리를 잡고 고든 가족에게 말했다. "빅터." 나는 그를 부른 뒤 나를 볼 때까지 기다렸다. "저들이 누구지?"

그가 생각을 거치지 않고 바로 자동으로 반응했다. 그는 묻는 질문에 알고 있는 정보를 고분고분 털어놓았다. "고든 가족이야. 거의 다 모였군." 그가 그들을 훑어봤다. "둘이 빠졌네. 열이라고 들었거든. 고든 열 명과 너 말이야." 그가 나를 흘깃 봤다.

나는 고개를 끄덕였다. "좋아. 맘 편히 가지고 저들이 하는 질문에 답하면 돼. 사실대로 말해." 나는 고든 가족을 봤다. 그들은 이나에게 조종당하는 인간을 어떻게 심문할지 틀림없이 나보다 더 잘 알 터였다. 나는 가능한 한 그들에게 심문을 맡길 생각이었다.

프레스턴이 질문했다. "또 아는 건 없나, 빅터? 우리에 대해 또 뭘 알지?"

"당신들이 역겹다는 거. 당신들이 나치처럼 사람을 가지고 의학 실험을 한다는 거. 당신들이 여자와 아이들로 매춘질을 한다는 거. 그렇게 믿고 있었어. 그런데 이젠 그게 진짠지 모르겠어." 그가 어느 때보다 심하게 몸을 떨었다. 내가 그의 팔에 손을 올리자 그가 놀라서 펄쩍 뛰었다. 그러곤 살짝 진정을 찾았다. "당신들을 멈추려면 우리 모두 힘을 합쳐야 한다고 그랬어."

"전부 몇 명이 투입됐지?" 모임의 또 다른 연장자인 헤이든이 물었다. 헤이든과 프레스턴은 나이가 수백 살이었지만 겉으론 키가 크고 늘씬한 40대 후반이나 50대 초반의 중년 남성처럼 보였다. 공생인들의 말에 따르면 둘 다 영국에 살다가 18세기 후반에 식민지였던 버지니아주로 터전을 옮기며 이곳으로 이주하게 되었다.

"처음에는 스물셋이었어." 빅터가 말했다. "그중 몇 놈이 죽었지. 맙소사, 처음엔 다섯 놈만 죽었는데 이젠 전부 이렇게 됐어…. 오늘은 열여덟이야."

"열여덟이라." 헤이든이 고개를 끄덕이며 말했다. "그 사람들 전부 자네 친구인가? 전부 잘 아는 사이야?"

"모이기 전까진 다들 모르는 사이였어."

"처음 보는 사이다?"

"그래."

"그런데도 우리를 죽이는 데 가담했단 말이지?"

빅터가 고개를 저었다. "그들이 그랬어, 당신들이 이런 짓거리들을 벌이고 있으니…"

"어디서였지?" 프레스턴이 조용히 물었다. "어디서 모였어?"

"LA에서." 빅터가 인상을 찌푸렸다. "나는 LA에 살아."

"어떻게 채용했나? 이곳에 보낼 패거리들을 어떻게 모은 거지?"

빅터가 얼굴을 찡그렸다. 고통스러운 표정은 아니었다. 그보단 기억하고 이해하려고 애쓰는 것처럼 보였다. 그가 말했다. "그들과 엄청 오래 일한 것 같은 기분이랄까. 내 말은, 아니라는 걸 알지만 그런 느낌이 들어. 그 일 말고는 다 쓸데없는 짓거리 같다는 생각이 든다고. 형과 조카 둘과 함께 텔레비전을 보던 중이었어. 레이커스 경기가 있었거든. 농구팀 말이야, 알지? 근데 담배가 떨어졌더라고. 그래서 담배를 사러 주류 판매점에 갔는데, 웬 길쭉하고 말라빠진 허여멀건 놈이 나를 골목으로 끌고 가지 뭐야. 젠장, 힘이 보통 세야지. 빠져나오기가 어렵더라고. 그놈이… 나를 물었어." 빅터가 나를 내려다봤다. "웬 미친놈인가 했어. 그래서 싸웠지. 나도 한 힘 하거든. 그런데 놈이 내게 싸우지 말라고 말하더라고. 그러자 몸이 멈췄어." 그는 말을 멈추고 나를 보더니 갑자기 내 어깨를 잡았다. "우리를 물어서 뭔 짓을 하는 거야? 그게 뭐야? 당신들, 망할 뱀파이어들이지!"

그가 나를 흔들었다. 나를 해칠 생각이었던 것 같았지만 그는 그럴 만큼 강하지 않았다. 나는 그의 손을 하나씩 팔에서 떼어냈다. 그리고 양손으로 팔을 꽉 쥐고 겁에 질린 그의 눈을 바라봤다.

"솔직하게 대답해, 빅터. 그러면 괜찮을 거야. 진정해. 아무 일 없을 테니까."

"다시는 묻지 마." 그가 말했다.

내가 어깨를 으쓱했다. "알겠어."

"아니!" 그가 소리쳤다. 그러더니 좀 더 부드럽게 말했다. "아니, 거짓말이야. 제발 또 해줘. 내일, 지금, 아니 언제라도. 그게 필요해!" 그의 목소리가 속삭임으로 잦아들었다. "하지만 필요하지 않았으면 좋겠어. 꼭 마약 같아."
 갑자기 그를 끌어안고 위로하고 싶은 마음이 들었지만 나는 움직이지 않았다. "진정해, 빅터." 내가 말했다. "진정하고 질문에 대답해."
 고든 가족은 호기심을 빤히 드러내며 우리 둘을 쳐다봤다. 특히 대니얼은 내게서 조금도 시선을 떼지 않았다. 방향은 달랐지만 나 역시 빅터와 마찬가지로 시험을 받는 중이라는 생각이 들었다. 또 뭐가 기억난 걸까? 기억하지 못한 것에 대해선 얼마나 잘 대처했을까?
 그들이 여전히 나를 원할까? 대니얼은 그런 것 같았다. 그의 냄새가 나를 끌어당겼다. 그의 형제들의 냄새는 흥미로운 정도였지만 그의 냄새는 마음을 심란하게 했다. 강렬했다.
 나는 한숨을 쉬고 빅터에게 힘겹게 주의를 돌렸다. 그리고 프레스턴과 헤이든을 바라봤다. 모두가 그들에게 질문을 일임하고 있었다.
 "빅터." 프레스턴이 말했다. "그자가 자네를 처음 물고 나서 어디로 데려갔나?"
 "그 녀석은 큰 도요타 세콰이어를 몰았어. 내게 차에 올라타 그냥 앉아 있으라고 했어. 그래서 탔더니 그냥 주변을 돌지 뭐야. 그러곤 몇 놈 더 잡아서 태우더라고. 내가 그날 밤 첫 수확물인 것 같았어. 다섯 사람을 더 잡더니 우리를 샌가브리엘산맥의 앨터디나 위쪽 막다른 길에 덩그러니 모여 있는 집들로 데려가더라고. 그자의 가족이 거기 있었어. 모두 그자처럼 키가 크고 늘씬하고 창백한 자들이더군. 그냥 평범한 인간들도 엄청 많았어."
 고든 가족들이 웅성대기 시작했다. 아무 말도 않았지만 뭔가를 알아낸 것 같았다. 필시 샌가브리엘산맥의 앨터디나 위쪽에 어떤 이나 가족이 사는지 아는 게 분명했다. 그곳이 얼마나 먼 곳인지 나는 아는 바가 없었으나 그들은 알았다.

"빅터." 헤이든이 물었다. "그 일이 언제 있었던 거지? 처음 풀려서 그곳에 간 게 언제야?"

그가 얼굴을 찌푸렸다. "한 달도 더 됐지? 맞아, 그 정도 된 거 같아. 한 6주 정도."

무슨 얘기가 나올지 짐작됐다. 나는 러그를 빤히 쳐다봤다. 조금 더, 아니 전부 들어야 했지만 별로 듣고 싶지 않았다. 빅터가 내 양쪽 가족을 죽인 놈들과 한 패라는 건 의심의 여지가 없었다.

"그러니까 다른 건도 있다는 거군?" 헤이든이 말을 이었다.

"워싱턴에서도 했어." 빅터가 동의했다. "거기서 세 건을 해치웠지."

"거기엔 어떻게 갔나?"

"그자들이 장비를 전부 챙겨서 우리를 전용기에 태웠어. 도착한 다음엔 차를 빌렸지. 그러고는 주어진 지도대로 따라갔어."

"그러니까 그들이 가짜 신분증을 준 거군? 신용카드도 같이?"

"난 아니고. 다른 다섯 놈이 받았어. 현금도 두둑이 주더군. 핸드폰도 주고 말이야. 우리가 준비를 마치면 그들이 전화를 해서 시작하라고 명령했어. 작업이 다 끝나면 또 전화를 해서 다음엔 뭘 할지 알려줬지. 보통은 모텔 방을 잡고 다음 명령을 기다리라는 내용이었어. 그들이 뽑은 그 다섯 놈은 전부 군인 출신이야. 한 놈은 특수부대에 있었다고 했어. 그자들이 우리에게 뭘 해야 할지 알려줬어."

그러니 지금쯤 아무 전화도 없는 것을 보고 그들의 보스가 뭔가 잘못됐음을 알아차렸을 게 분명했다. 나는 적 이나가 새로운 인간 도구들을 수집해서 다시 파견하는 데까지 얼마나 시간이 걸릴지 궁금했다.

"세 건에 가담했다고 했지." 프레스턴이 말했다. "자네가 그… 작업이란 걸 한 게 워싱턴 어딘가?"

"하나는 골드바라는 작은 마을에서 몇 킬로미터 떨어진 곳이었어. 다른 하나는 어떤 마을에서 그리 멀지 않은 곳이었는데… 다링턴인가? 아니, 달링턴. 맞아. 그리고 알링턴 근처의 어떤 집에서도 작업을 했어. 모두 워싱턴 서부에 위치한 곳이야. 아름다운 시골이지. 나무, 산, 강, 폭포, 작은 마을들. LA와는 딴판이지."

"워싱턴에서는 성공했나?"

"얼추 성공했어. 처음 두 곳을 쳤을 때만 해도 계획대로 착착 돌아갔지. 그런데 세 번째에서 뭔가 잘못됐어. 몇 명이 죽었거든. 경찰한테도 거의 잡힐 뻔했고."

"사람이 죽으면 안 되는 거였나?"

"그러니까… 우리 사람들이 죽었다는 말이야. 처음엔 무슨 영문인지 몰랐어. 나중에 라디오로 두 명이 총에 맞고 세 명이 목이 뜯겨 나갔다는 얘길 들었지. 뭐가 그런 짓을 했는지 아무도 보진 못했는데… 아마도 개일 거야. 큰 개 말이야. 어쨌거나 경찰이 오는 바람에 도망쳐야 했어."

나는 그에게 동료들을 죽인 게 무엇인지 말해줄까 하다가, 말하지 않기로 했다. 사실 어떤 것도 그의 책임이 아니었다. 하지만 그렇다고는 해도 나는 더 이상 그의 옆에 앉아 있고 싶지 않았다. 그를 알고 싶지도, 다시 보고 싶지도 않았다. 하지만 그는 내 가족을 해한 죗값을 치러야 하는 장본인이 아니었다. 내가 멈추게 해야 할 건 그가 아니었다.

나는 심호흡을 하고 프레스턴에게 말했다. "누가 이런 짓을 했는지 아니요?"

 그가 빅터를 봤다. "그자들이 누군가, 빅터? 자네를 고용해서 우리를 죽이라고 보낸 그 가족의 성이 뭔가?"

 빅터의 몸이 누군가에게 걷어차이기라도 한 것처럼 들썩거렸다. 그가 절박한 표정으로 나를 쳐다봤다. 두 눈에 혼란과 고통이 가득했다.

 헤이든이 다시 물었다. "그들을 아나, 빅터? 그 가족의 성이 뭐지?"
 빅터가 도움을 주려는 듯 재빨리 고개를 끄덕였다. "그들을 알아. 하지만 말할 수 없어…. 제발, 말 못해."

 "그자들 성이 '실크'인가?"

 빅터가 양손으로 머리를 부여잡고 비명을 질렀다. 찢어질 것 같은 길고 거친 비명이었다. 곧이어 그가 정신을 잃었다.

 나는 신경 쓰고 싶지 않았다. 고든 가족의 표정에도 개의치 않는다는 의사가 분명히 읽혔다. 하지만 나는 그를 두 번이나 물었다. 그를 원하지도 공생인으로 삼고 싶지도 않았지만 그가 겪는 고통이 신경 쓰였다. 그를 무시할 수 없었다. 그를 물었기에 그와 연결된 것 같은 기분이, 적어도 그를 조금은 책임져야 할 것 같은 기분이 들었다.

 나는 그의 심장박동을 확인했다. 처음엔 빠르게 두근거리던 박동 소리가 강하고 규칙적인 박자로 느려졌다. 껄껄거리던 호흡도 평범한 수면 리듬으로 변했다. "이 녀석을 어떻게 할까요?" 내가 프레스턴에게 물었다. "모든 일을 잊으라 말하고 집으로 돌려보낼 수도 있겠지만 실크 가족이 다시 그를 투입하면 어떡하죠?"

 "그 사달이 났는데도 그를 도와야겠다고 느끼는 건가?" 그가 내게 물었다.

나는 고개를 끄덕였다. "그를 원하진 않아요. 그가 좋지도 않고요. 하지만 이 사건들은 그와 관계없어요."

그가 자신의 형제와 아들들을 둘러봤다. 대부분 어깨를 으쓱했다.

대니얼이 말했다. "실크 가족이 이 녀석을 챙기진 않을 거야. 살았는지 죽었는지도 모를걸. 납치하기 전에 어디 살았는지도 모를 거고. 그는 그냥 도구에 불과해. 살아남았으면 보상이라도 했겠지만 죽었다 생각하면 그걸로 끝일 거야. 이 녀석이 말한 내용을 다른 포로들이 말하는 내용과 비교해봐야겠어. 내용이 일치하면 떠나보내도 될 거야. 그땐 이들 모두를 가족에게 돌려보내도 좋아."

나는 고개를 끄덕였다. "내가 빅터의 기억을 지울게. 다른 놈들도 내가 할까?"

"심문이 끝난 다음에 해. 어차피 네가 놈들을 물었으니까." 그의 목소리가 썩 달가워 보이지 않았다. 나는 왜 그런지 궁금했다.

"이 근처에 LA로 돌아가는 교통편이 있어?" 내가 물었다.

"우리가 잘 돌려보낼 거야." 대니얼이 불편해 보였다. "쇼리, 이 녀석들이 아직 살아 있는 것도, 그토록 많은 질문에 대답할 수 있었던 것도, 다 네 독 때문이야."

너무 뻔한 사실이었다. 나는 그를 쳐다보며 그가 뻔하지 않은 말을 할 때까지 기다렸다.

"네 독을 말하는 거야. 네가 아니라 우리가 물었다면 벌써 죽은 목숨일 거야."

나는 흥미를 느끼며 고개를 끄덕였다. 나도 몰랐던 사실이었다.

"그 말인즉, 실크 가족이 어쩌다 그를 다시 수중에 넣고 취조라도 하면 그가 살아남지 못할 거라는 뜻이야. 실크 가족의 자매나 딸 중에 너만큼 강한 독을 가진 여자 이나가 있을 수도 있겠지. 그들이 심문할 수도 있겠지만 그럴 확률은 매우 낮아. 아마 남자들이 심문할 거고 그러면 놈은 목숨을 부지하지 못할 거야. 독이 늘어가면 대답을 해야만 하는데 사실상 그건 불가능하거든. 그 딜레마 때문에 죽을 거야. 심문을 시작하자마자 뇌졸중이나 심장마비를 일으키겠지."

나는 빅터를 보며 한숨을 쉬었다. "이 사람을 안전하게 지킬 방법은 없나요?"

"없단다." 프레스턴이 말했다. "실크 가족이 그를 다시 데려갈 것 같지는 않으니 아마 괜찮을 거야. 하지만 우리가 그를 공생인으로 택하지 않는 이상, 그를 안전하게 지킬 방법은 없어. 대니얼은 그저 네가… 전부 다 알았으면 하는 거야." 그의 목소리에 못마땅한 기색이 묻어 있었지만 왜 그런지 알 수 없었다. 나는 적어도 지금은 무시하기로 마음먹었다.

나는 대니얼을 쳐다봤다. 그가 부끄러운지 나를 똑바로 보지 못하는 것 같았다. "고마워." 내가 말했다. "기억이 얼마 없기 때문에, 누가 뭐든 알려주면 고마운 마음이 들어. 내가 하는 일이 어떤 결과를 불러일으킬지는 알아야지."

대니얼이 일어나 방을 나갔다.

나는 놀라서 그의 뒷모습을 바라보다가 프레스턴에게 시선을 돌렸다. "빅터는 언제쯤 갈 수 있을까요?"

"몇 밤은 지나야 할 거야. 다른 자들에 대한 심문이 끝난 다음에."

"알겠어요." 나는 잠시 말을 멈췄다. "당신들이 그를 좀 맡아주면 안 될까요? 손님용 숙소로 데려가고 싶지 않아요."

프레스턴은 대니얼이 사라진 현관문을 빤히 봤다. "걱정 말렴. 우리가 그를 돌보마."

"고마워요." 나는 안도하며 말했다. 그런 다음 이곳에 도착한 후로 꼭 묻고 싶던 질문으로 주제를 돌렸다. "혹시… 이나에 관한 책이 있으세요? 우리 종족에 대해 좀 더 알 수 있는 역사책 같은 거요. 제 무지가 혐오스러워요. 지금 상태에서는 무슨 질문을 던져야 상황 파악에 도움이 될지조차 모르겠어요."

헤이든이 웃으며 답했다. "몇 권 갖다줄게. 일찌감치 그 생각을 했어야 했는데 말이야. 이나어는 읽을 줄 아니?"

나는 한숨을 쉬며 어깨를 으쓱했다. "솔직히 잘 모르겠어요. 어떤지 곧 알게 되겠죠."

18

놀랍게도 나는 이나어를 읽고 말할 수 있었다.

헤이든은 책 세 권을 갖다 주었다. 그리고 내가 본 기억도 읽은 기억도 없는 언어를 처음부터 소리 내어 읽는 동안 함께 앉아 있었다. 책을 펼치자마자 이상하게도 머릿속 장치들이 익숙한 모드로 바뀌더니 언어가 이해되었다. 라이트를 만난 순간부터 영어를 썼던 건 그를 비롯한 모든 사람이 내게 영어로 말을 걸었기 때문이라는 생각이 들었다. 동굴을 떠난 순간부터 이나어만 들었다면 내가 영어를 말할 수 있는지 몰랐을 수도 있었다.

나는 고개를 저으며 영어로 모드를 바꿨다. "자극을 받으면 또 뭘 더 기억해낼지 궁금하네요."

"네가 읽은 내용을 이해하겠니, 쇼리?" 헤이든이 물었다.

나는 기호들을 훑어 봤다. 길이가 다른 직선들이 다양한 방향으로 기울어진 채 결합되어 있었다. 이따금 S자 모양이 하나 이상의 선들을 가로지르기도 했다. 책은 이나의 창조 신화를 담고 있었다. "이오시프가 짧게 말해준 적이 있어요. 이나의 신화나 전설에 대해 얘기하고 있네요. 우리를 창조하신 여신이 우리를 이곳으로 보냈다는 거예요. 여신은 우리가 강하고 지혜로워져서 그녀가 있는 고향으로 돌아갈 방법을 찾고 우리의 존재를 증명하기를 바란대요."

"낙원으로, 또는 다른 행성으로 돌아가는 거지." 헤이든이 말했다. "이나들이 이 세상 어딘가, 숨겨진 섬이나 잃어버린 대륙에 낙원이 있다고 믿던 시절이 있었지. 하지만 이젠 지구상에 미지의 곳이 사라지면서, 초자연적인 현상이나 미심쩍은 과학 같은 외부로 눈을 돌리는 신봉자들이 많아졌단다."

"정말 그런 걸 믿어요?" 나는 인상을 찌푸렸다. "저는 그리스 신화나 북유럽 신화와 비슷하다고 생각했어요." 라이트의 책에서 신화를 접한 적이 있었다.

"한때는 믿는 사람들도 있었지. 많은 이나들이 아직도 전해 내려오는 이야기들을 다양하게 해석하며 믿고 있어. 지금 네가 들고 있는 건 이나식 성경의 상권이라고 할 수 있어. 네 부모들은 그 이야기들이 은유이자 신화로 풀이된 역사라고 믿었지. 우리도 마찬가지야. 우리 중 누구도 신비주의적인 것에는 큰 흥미가 없어. 너도 전에는 비슷했을 거라는 생각이 드는구나. 하지만 이젠 책도 읽고 신봉자, 비신봉자와 두루 이야기를 나누면서 처음부터 다시 믿음을 쌓아야 할 거야."

"이 책은 얼마나 오래됐어요?"

"가장 오래된 장의 경우 약 만 년 전 점토판에 처음 쓰였다고 믿고 있어. 그전엔 구전으로 내려왔고. 얼마나 오래 구전으로 떠돌았냐고? 그건 몰라. 아무도 모르지."

"그렇게나 오래됐어요? 혹시 인간에게도 만 년씩이나 된 것들이 있나요?"

"기록된 것을 말하는 거니? 아니, 없어. 그땐 가족들이 떼 지어 방랑하고 농부들이 촌락을 이루고 양치기들이 유목 생활을 하던 시절이란다. 그들이 남긴 삶의 흔적들은 석기 도구, 돌로 만든 작은 조각상, 도자기, 손수 짠 멍석, 돌과 나무로 만든 집터, 뼈와 돌에 새긴 조각, 동굴이나 절벽에 남긴 그림, 그런 것들이지."

나는 호기심을 느끼며 고개를 끄덕였다. "우리는 무슨 흔적을 남겼어요?"

"우리는 이미 만 년 전에 인간과 생활을 공유했단다. 우리를 받아들인 인간들에게서 피를 취하고 그 대가로 물리적인 위험에서 보호해주었지. 그땐 이미 지구에 터를 잡은 지 꽤 오랜 시간이 지난 다음이 아닌가 싶구나. 진화를 했든 외계에서 왔든, 우리의 역사는 만 년을 훨씬 거슬러 올라간난다. 만 년 전에 이미 인간 부족이나 가족 무리들 가운데에 우리가 드문드문 퍼져 있었던 거지. 당시에도 그게 우리가 살 수 있는 가장 편한 방식이었던 거야.

태초의 기록에 따르면 우리는 훗날 티그리스와 유프라테스라 명명된 강 주변에 살던 인간들과 손을 잡았고, 오늘날 러시아, 우크라이나, 루마니아, 헝가리 같은 나라들이 있는 북쪽으로 각기 흩어졌어. 일부는 인간 가족들과 함께 유목민처럼 떠돌았고, 일부는 농사를 짓는 정착촌에 스며들었지. 어떤 쪽이든 당시의 우리는 현재의 우리와는 달랐단다. 우리는 약하고 병들었었지. 이유는 모르겠어. 떠도는 말들로는 여신을 화나게 해서 벌을 받은 거라고 하더구나. 외계 근원설을 믿는 무리들은 우리의 몸이 지구에 적응하는 데 시간이 걸려서 그런 거였다고 하지.

한동안 우리 종에게는 미래가 없어 보였단다. 그때 문자의 새로운 용처를 누군가 발견한 게 아닌가 싶어. 원래 문자는 은밀히 방향을 표시하고, 영역을 선언하고, 위험을 경고하고, 짝을 짓기 위해 만들어놓은 것이었지. 나는 일부 이나들이 우리 종의 절멸을 예상하고 우리가 살았다는 흔적을 남겨놓기 위해 글을 쓴 거라고 생각해. 우린 번식도 제대로 못했단다. 숱한 태중의 아이들이 빛도 못 보고 죽었지. 살아남았다 해도 강하지 못했어. 많은 가족이 아이를 한둘 이상은 낳지 못했단다. 그래서 모두들 고아와 생존자들을 받아들여 새로운 가족을 만들려고 애썼지. 게다가 피나 고기를 취해도 몸이 그걸 사용하지 못하는 특유의 전염병으로 이나는 오랜 기간 고통을 받았어. 잘 먹고도 굶주렸지. 이나 유목민, 혹은 짝을 보려고 이동하던 가족들에 의해 그 질병이 퍼졌다는 게 현재의 정설이야.

이 질병에 대한 우리 몸의 방어력은 현대의 인간과 별반 다르지 않았어. 하지만 우리의 관심이 인간의 감염, 결손, 부상을 치료하는 데 일조한 것과 달리, 그들은 우리의 병에 아무런 도움을 주지 못했지. 감당하기 힘들 정도로 많은 이나가 죽어나갔단다. 짝을 찾기가 점점 더 힘들어졌지. 그러다 차츰 병이 낫기 시작했어. 어쩌면 세균을 통해 일종의 걸러내기 과정을 겪은 건지도 몰라. 병으로 대부분의 이나가 죽었거든. 남은 이들은 병에 저항성이 생겼고, 그 후손들도 마찬가지였단다.

하지만 생존한 적자임에도 우린 조심해야 했어. 비공생인들이 우리를 공격해 죽일 수도 있었거든. 우리의 물건이 탐나서, 또는 우리가 늙지도 않고 부주의하게 한자리에 너무 오래 사는 모습을 보여서 말이야." 그가 어깨를 으쓱했다.

"어떤 인간들은 우리가 어째서 그토록 장수하는지 알고 싶어 했어. 노화를 피하는 어떤 비밀스런 마술을 가진 건 아닐까? 그 비법을 알아내려면 무슨 짓을 해야 할까? 세월이 흐르면서 우릴 둘러싼 의심은 걷잡을 수 없이 커졌고 우리는 도망치거나 싸워야 했어. 그렇게 하지 못하면 악마나 엄청난 비밀을 숨긴 자로 몰려 고문받고 살해당했어. 어떨 땐 죽었다고 생각될 때까지 난도질당한 뒤에 땅에 묻혔지. 그러면 우리는 치유가 끝난 뒤에 혼란과 허기에 이성을 잃은 채로 무덤에서 나왔단다…. 말 그대로 미친 상태였을 거야. 글쎄, 그런 식으로 어떤 문화권에서 우리는 '살아 있는 시체'나 '죽지 않는 자'가 되었지. 그걸 계기로 인간이 우리를 태우거나 참수하는 방법을 깨달은 거란다."

"심장에 나무 말뚝을 꽂는 건 어때요?" 내가 물었다.

"먹힐 때도 있고, 아닐 때도 있단다. 나무에는 아무런 마법의 힘도 없어. 그냥 말뚝이 심장을 완전히 망가뜨리지 않으면 저절로 치유되는 원리지. 내 아버지들 중 한 분도 심장에 말뚝이 꽂힌 채로 땅에 묻혔다가 살아났는데… 무덤에서 나와 인간 예닐곱 명을 죽이셨어. 그 바람에 가족들이 루마니아를 떠났고 이름도 바꾸게 되었지. 그래서 나와 형제들이 영국에서 자라게 된 거란다."

그가 한숨을 쉬었다. "가장 야만적인 시절에도, 그러니까 이나 가족들이 작은 전쟁들을 일으키며 반목하던 시절에도 한 가족을 완전히 몰살시키는 일은 없었어. 지금 일어나는 일, 네 가족에 일어난 일은, 쇼리, 아주 드물고 끔찍한 일이야."

"게다가 이리로 와서 당신 가족에게도 화를 불러들였어요." 내가 말했다. "그 점에 대해선 죄송해요. 저는 그저… 뭘 해야 할지, 어디로 가야 할지 몰랐어요. 제 공생인들도 염려됐고요."

헤이든이 나를 바라보며 고개를 끄덕였다. "내 아들들의 아들들도 네가 다른 곳으로 가는 것을 원치 않을 거야. 벌써 네가 대니얼의 인생을 불편하게 만들고 있다고 해도 말이야."

나는 놀라지 않았다. 하지만 뭐라고 말할지 알 수 없었다.

그가 웃었다. "몰랐구나?"

"그럴 수도 있겠다 싶었어요. 죄송해요."

"죄송할 필요 없어. 그게 정상이야. 대니얼이 그렇게 방을 나간 것에 대해 사과하더구나. 그 녀석도 네가 자신이 생각하는 그런 약속을 하기엔 너무 어리다는 걸 안단다. 네가 경고하고 열심히 애써준 덕분에 우리 모두 지금까지 안전하게 지냈어. 크게 다친 사람 하나 없이 말이야. 하지만 그건 그거고 다음번엔… 글쎄다…." 그가 한숨을 쉬었다. "무슨 수를 내야지. 살해자들을 멈춰야 해."

하지만 자신의 가족이 무슨 수를 낼 건지에 대해서는 아무 말이 없었다. 그저 내게 원하는 만큼 책을 갖고 있어도 좋으며, 다른 책이 필요하거나 읽은 내용에 대해 대화를 나누고 싶으면 찾아오라고만 말했다.

그가 책을 더 읽지 않고 떠난 뒤, 나는 라이트가 잠들어 있는 방으로 올라갔다. 옷을 벗고 그의 옆으로 기어들어갔다. 그가 설핏 잠에서 깨어 자신의 몸으로 내 몸을 감쌌다.

"괜찮아?" 그가 내 정수리에 턱을 대고 물었다.

"아까보단 좋아졌어."

"누가 네 가족을 죽였는지 안대? 누가 지시했는지?"

"가족의 성이 뭔지, 그들이 어디에 사는지는 알아. 부상당한 포로 둘은 아직 심문하지 못했어."

"빅터는 살아 있어?"

"응." 내가 침을 삼켰다. "놈이 내 가족을 몽땅 죽이는 데 가담한 걸 기억하더라. 심지어 알링턴 집을 공격해서 너와 나, 실리아와 브룩을 죽일 뻔한 일도 말이야."

"하지만 그가 시킨 건 아니겠지?"

"아니지. 지금까진 실크 가족이 세 건 전부 시킨 것 같아."

"실크라. 흥미로운 성이군. 네가 전에 그들과 알고 지냈을까?"

"그건 아닌 것 같아. 고든 가족 누구도 그들과 나의 관계에 대해 말해주지 않았어. 적어도 한 명은 얘기해줄 줄 알았는데."

"어떻게 할 거래?"

"나도 몰라. 헤이든이 말해주질 않아. 하지만 나머지 두 놈을 심문힐 때까진 아무 짓노 안 할 것 같아."

"네가 놈들을 물었잖아."

"응. 덕분에 빨리 낫겠지."

그가 나와 눈을 맞추며 누울 수 있게 나를 위로 당기고 양손으로 내 얼굴을 쥐었다. "심문하기도 수월해질 거야."

"당연하지."

"그런 다음에 빅터와 나머지 포로들은 어떻게 돼?"

"심문이 끝나면 다 잊도록 내가 손을 쓸 거야. 내가 물었으니까. 그런 다음 가족에게 돌려보낼 거야." 나는 그의 어깨를 문질렀다. "그들은 누구의 공생인도 아니야, 라이트. 그저 누군가의 도구일 뿐이야. 그들을 원치도 아끼지도 않는 자들에게 납치돼서 우리 가족을 죽이는 데 사용된 거야."

그가 고개를 끄덕였다. "그건 알지만 엄연히 그들이 한 짓들이 있잖아."

"그건 실크 가족 책임이지. 빅터와 나머지의 책임이 아니야."

그가 다시 고개를 끄덕였다. "그렇긴 하지."

그의 목소리가 밝아 보이지 않았다. "왜 그래?" 내가 물었다.

"잘 모르겠어. 그냥 어쩌다 몸담게 된 이 세계에 대해 계속 배워가는 것 같아."

몇 초 동안 조용히 있다가 내가 물었다. "오늘 밤엔 혼자 있을래? 난 다른 방에 가서 누구 한 명과 자면 돼."

"빅터가 아니고?"

나는 몸을 빼며 그를 빤히 봤다.

"빅터는 어디 있어?"

"대니얼 집에. 거기 빈 방이 있어. 테오도라도 곧 올 거고. 그리고… 그가 여기 있는 게 싫어."

잠시 후 그가 고개를 끄덕였다.

"갈까?"

"큰일 날 소리." 그가 나를 몸 쪽으로 당기고선 내 얼굴과 목을 어루만졌다. 그리고 내게 입을 맞췄다. 그동안 그의 한 손이 내 허벅지 사이로 미끄러져 들어왔다. "배고파?" 그가 물었다.

나는 얼굴을 맞댄 채 고개를 저었다. "아니. 그래도 당신 옆에 있고 싶어."

"그래? 좋아. 혹시라도 피를 빨고 싶으면 허벅지를 물어줘."

나는 놀라서 웃었다. "전에 해봤는지는 모르겠지만 들어보긴 했어.

누구한테 무슨 소리를 들은 거구나!"

"그랬다면 어쩔 건데?"

나는 그를 보고 활짝 웃었다. 그리고 곧장 담요를 들추고 그의 허벅지로 돌진했다. 그는 아무것도 걸치고 있지 않았다. 나는 눈 깜짝할 사이에 그의 오른쪽 허벅지로 몸을 옮기고 그를 올려다봤다. 그가 깜짝 놀라 겁에 질린 표정을 지었다. 그러다 곧 내 기분을 알아채고 웃었다. 나직하니 달콤하고 듣기 좋은 웃음소리였다. 나는 촉감과 냄새로 크고 맛있어 보이는 동맥을 찾았다. 그리고 그의 다리 위에 올라타 허벅지를 물고 피를 빨았다. 그가 온몸을 부르르 떨며 소리를 질렀다.

* * *

다음 날 밤, 고든 가족과 나는 나머지 두 포로를 심문했다. 헤이든과 프레스턴이 그들을 취조하면 내가 그들을 어르고 달랬다. 내가 두 번씩이나 문 뒤라 그들은 나를 신뢰했고 기쁘게 하려 했다.

그들 역시 실크 가족으로 추정되는 이들에게 밤중에 납치를 당했다고 실토했다. 그중 한 명은 LA 시내에서 자신이 데리고 있던 한 매춘부를 찾고 있던 중이었다. 그는 그녀에게 화가 나 있었다. 그녀가 일을 열심히 하지 않는 것 같다는 생각에 혼쭐을 낼 작정이었다. 헤이든이 그 부분에 대해 설명을 해주고 나서야 나는 포주가 뭔지 이해했다. 설명을 듣고 나니 내가 기억하지 못하는 인간의 불쾌한 습성이 또 뭐가 있을지 궁금했다.

또 다른 포로는 간호사로 근무하는 어머니를 퇴근 후 집에 모셔다

드리기 위해 패서디나에 위치한 헌팅턴 메모리얼 병원으로 가는 길이었다. 전날 어머니의 차가 고장 나서 직접 집에 데려다 드리겠다고 약속했기 때문이었다.

한 놈은 포주였고, 또 한 놈은 어머니와 약속을 지키려던 대학생이었다. 둘 다 실크 가족에게 납치돼 나와 내 가족을 죽이라고 북쪽으로 보내진 것이었다. 그들 모두 빅터가 이미 실토한 것 이상의 정보는 가지고 있지 않았다.

말할 수 없는데 말해야 하는 스트레스 때문에 그들이 의식을 잃자 고든 가족과 나는 서로를 바라봤다. 이번에도 포로를 제외하고는 이 나밖에 참석하지 않았다.

"어떻게 하죠?" 나는 한숨을 크게 쉬며 젊은 고든 남자들을 쳐다봤다. 언젠가 내 아이들의 아버지들이 될지도 모르는 이 나들이었다. "이자들은 내 가족을 죽이고 이젠 당신들까지 쫓아왔어요. 아마 또 찾아올 거예요."

"놈들을 멈추지 않으면 그렇겠지." 헤이든이 말했다.

대니얼이 고개를 한 번 끄덕였다. "그러니 멈춰야죠."

"오, 세상에." 프레스턴이 고개를 숙이고 한 손으로 이마를 문지르며 말했다.

"아니면 대체 무슨 수가 있을까?" 헤이든이 물었다.

"나도 알아." 프레스턴이 슬픈 눈으로 그를 흘깃 봤다. "반대하는 게 아니야. 그저 그게 무슨 의미인지를 생각하는 거야. 지금도 그렇고 장기적으로."

헤이든이 목 아래서 그르렁거리는 소리를 냈다. "정작 그게 무슨 의미인지 생각했어야 하는 건 그들이야."

대니얼의 아버지 중 하나인 웰스가 말했다. "어제부터 죽 생각해 봤는데요. 포토풀로스 가족과 브레이스웨이트 가족들부터 말을 해 봐야 할 것 같아요. 스보보다 가족과 달만 가족도요. 달만 가족은 마일로 실크를 통해 실크 가족과 연이 있죠? 이 가족들 모두 실크 가족 혹은 쇼리와 어떻게든 혈연으로 엮여 있어요."

나는 생각했다. 내게도 아직 친척이 있구나. 나는 그들을 몰랐다. 그들이 나를 아는지도 몰랐다. 하지만 그들은 살아 있었다. 그게 무엇을 의미할까?

"달만 가족에게는 아직 연락하지 마라." 프레스턴이 말했다. "여덟 번째나 아홉 번째가 좋겠어. 레온티예브 가족이나 아흐마토바 가족도 빼놓지 말고. 마르쿠 가족이나 너지 가족도 마찬가지고."

"놈들이 또 공격하기 전에 판결위원회를 소집할 수 있을까요?" 대니얼이 물었다.

헤이든과 프레스턴이 서로를 쳐다봤다. 두 사람은 고든 가족의 최고 연장자였다. 그들이 결정을 내릴 게 분명했다.

"열세 가족 중에 일곱 가족의 동의를 얻으면 실크를 소환할 거야." 프레스턴이 말했다. "나는 마일로 실크를 알아. 아니 안다고 생각했어. 그와 그의 아들들이 이 사태와 얽혀 있다니 상상이 안 되는구나. 어쨌거나 판결위원회를 소집한다는 공지가 나가고 우리가 일곱 가족을 확보했다는 걸 알게 되면 놈들도 공격은 못할 테지. 감히 그러지는 못할 거야."

"왜 못한다는 거죠?" 내가 물었다.

굉장히 멍청한 질문이라는 듯 모두가 나를 쳐다봤다.

나도 그들을 빤히 마주 봤다. "내 기억은 지난 몇 주가 전부예요.

모르니까 물어보는 거예요. 이렇게 중요한 일에 대해 추측하기도 싫고요." 그리고 짜증이 나기도 했다. 나는 '전부 이해해주세요, 전에 다 설명했잖아요'라는 뉘앙스를 말투에 실었다.

헤이든이 말했다. "판결위원회를 소집한 다음 공격하면 위원회가 자동적으로 그들에게 등을 돌릴 거야. 우리의 사법체계는 아주 오래되고 공고하단다. 특히나 그런 부분은 절대적이지. 그 덕에 여러 세기 동안 불화를 통제할 수 있었고."

"그게 무슨 말인가요?" 내가 물었다. "그런데도 다시 공격하면 어떻게 되나요?"

"어른 이나는 죽임을 당하고 그 자식들은 다른 가족에 흡수돼 흩어질 거야." 그가 나를 내려다봤다. "네 앞에 어른 이나를 데려다놓을 거야. 네가 이 모든 사건의 가장 큰 피해자이면서 생존한 유일한 딸이니까. 너라면 잘 처리할 수 있을 거야."

"처리라면… 제가 사형을 집행한다는 말인가요?"

"그런 거지. 그들을 문 다음 자결을 명하는 거란다. 죄질보다 좀 더 점잖은 죽음을 명령할 수도 있을 거야."

나는 잠시 충격에 말문이 막혔다. 물론 인간의 신체에 해를 가해서 직접적으로 죽일 수도, 피를 빨고 스스로 해하라고 명령해서 간접적으로 죽일 수도 있다는 건 알았다. 그런데 이나를 물고 죽으라고 명령한다니?

"마음 같아선 말해주기 싫었다." 헤이든이 말했다. "네 나이와 기억상실이 흥미로우면서 한편으론 무섭구나."

"정말 그게 가능해요? 다른 이나를 물어서… 자결하라고 명령하는 게요?"

다들 서로의 얼굴을 쳐다봤다. 프레스턴이 말했다. "헤이든, 어째 서…."

헤이든이 손바닥을 보이며 양손을 들었다. "이 아이도 알아야 하네. 이 아이가 어떤 사람인지 우리도 봤잖나. 그리고 솔직히 말해 아무것도 모르는 건 이 아이에게 너무 위험해. 그 일로 기억을 잃지 않았다면 어차피 알았을 사실들이야." 그가 나를 봤다. "육체적으로 성숙해지면 넌 네 짝들의 피를 빨고 그들은 네 피를 빨게 될 게다. 그런 식으로 서로 결속하게 되는 거지. 네가 다른 남자 이나의 피를 빤다면 그건 그를 죽일 때뿐이야."

나는 몇 초 동안 생각하다가 불편하지만 필요한 질문을 던졌다. "여자 이나한테는 안 통하나요?"

"통할 수도 있지. 인간 포로들을 다루는 걸 보면 너는 강한 아이야. 하지만 그 여자 이나와 잘 맞지 않으면 너도 죽을 수 있어. 어찌해서 죽인다 해도 너 역시 죽고 말 거야."

나는 그 사실에 대해 잠시 생각했다. 브룩이 말해준 것과 일치했다. "그게 말이에요." 내가 말했다. "전 여자 이나를 보거나 대화를 나눈 기억이 없어요. 아빠와 형제 한 명, 그리고 당신들밖에는 보지 못했어요. 여자 이나를 떠올려보려고 해도 잘 안돼요."

"여자 이나들은 일찍부터 말을 조심하라고 배운단다." 헤이든이 내게 말했다. "그게 그들이 처음 배우는 가장 중요한 교훈이지. 기억은 잃었어도 그 교훈은 기억하고 있을 거야."

나는 고개를 끄덕였다. "언제나 공생인들을 조심해서 대해왔어요. 왜 그래야 하는지 알기도 전부터요. 그런데 이제 와서… 실크 가족을 죽여야 할 수도 있다고요?"

"아마 그럴 일은 없을 거야." 헤이든이 말했다. "내 기억에 여태 그런 일은 일어난 적이 없어. 실크 가족은 판결위원회의 부름에 응할 거야."

"그랬으면 좋겠네요." 내가 말했다. "이제 제가 뭘 도와드리면 되나요?" 그들이 일어나기 시작했다. 몇몇이 주머니에서 전화기를 꺼냈다. 대니얼이 주방으로 가더니 헤이든에게 무선전화기를 가져다 주었다.

"아직은 네가 도와줄 게 없어." 헤이든이 내게 말했다. "나중에 위원회 앞에서 발언만 하면 돼."

"알겠어요. 하지만 포로 세 녀석은 데리고 있어야 하지 않을까요? 그들도 증언해야 하지 않아요?"

그가 고개를 저었다. "누가 그들 말을 믿겠니? 지금쯤이면 네가 그들을 네 편으로 만들어서 원하는 대로 믿고 말하게끔 했을지도 모르는데."

"그렇겠네요. 그런데 위원회가 저나 당신들 말은 믿을까요?"

그가 웃었다. "내 말은 안 믿을 것 같구나. 나는 372살이거든. 내 나이쯤 된 노인이면 자신들을 거뜬히 속여넘길 거라 여기겠지. 하지만 넌 어린아이야. 네 말이 거짓인지 아닌지는 네 몸짓 언어로 읽어낼 수 있을 거라 생각할 거야."

"다들 당신과 나이가 비슷한가요?"

"더 많은 사람도 있어."

나는 한숨을 쉬었다. "그럼 그들 생각이 맞을 수도 있겠네요. 뭐, 상관없어요. 전 거짓말을 하고 싶었던 적이 없으니까요. 지금까지 제 문제는 무지였지 거짓말이 아니에요."

19

 엄청나게 많은 유선 회의를 비롯해, 전화 통화, 팩스, 이메일이 오갔다.
 먼저 헤이든이 "일곱의 법칙"이라 부르는 규칙이 충족돼야 했다. 실크 가족이나 매슈스 가족의 최고 연장자와 일곱 세대 안에 같은 조상을 공유한 일곱 가족들은 고든 가족과 내가 실크 가족을 대상으로 제기한 고발 건을 심판하는 판결위원회에 참석하기 위해 푼타 누블라다로 대표를 파견하는 데 동의해야 했다. 이 과정이 끝난 뒤 프레스턴이 실크 가족에게 전화를 걸었다. 먼저 대아버지 중 하나인 러셀 실크가 내 가족을 학살한 모든 책임을 부인하며 모르는 일이라고 잡아뗐다. 이어서 가족의 최고 연장자인 마일로 실크도 모든 사실을 부정했다. 둘 다 워싱턴주에서 집단 학살이 일어났다는 소식은 들었지만 이나 공동체 두 개가 연루됐는지는 몰랐다고 주장했다. 당연히 유감은 표했지만 그 어떤 사건도 자신들과는 관계없다는 것이었다.

프레스턴이 스피커폰으로 돌려 우리 모두가 듣도록 했다.

"그렇게 주장은 하시지만," 그가 마일로 실크에게 말했다. "당신 가족이 한 짓이라는 증언을 들었습니다. 그래서 판결위원회를 소집한 거예요. '일곱의 법칙'은 모두 충족시켰습니다."

"이건 미친 짓이오." 마일로가 우겼다. "우리가 한 짓이 아니에요. 프레스턴, 맹세합니다. 이봐요, 우리는 매슈스 가족과 페트레스쿠 가족이 해오던 유전공학 실험에 아무 관심이 없소. 그 부분에 대해선 모두가 알 것이오. 그런데도…."

"마일로," 프레스턴이 말했다, "절차에 따라 공지하는 겁니다. 첫 번째 일곱 가족은 브레이스웨이트, 포토풀로스, 아흐마토바, 레온티예브, 라파포트, 너지, 스보보다입니다. 또한 달만, 실버스터, 바인, 웨스트폴, 니콜라우, 칼란드 가족에게도 물어볼 겁니다. 이 중 반대하는 가족이 있나요?"

"전부 반대합니다." 마일로가 화난 목소리로 말했다. "이건 정신 나간 짓이오!"

"일곱의 규칙을 충족했습니다." 프레스턴이 거듭 말했다.

잠시 적막이 흐르더니 러셀이 수화기를 잡았다. "바인 가족은 반댑니다." 그가 말했다. "혈연관계일진 몰라도 그들은 실크 가문의 벗이 아니에요. 9세기에 오랫동안 두 가문 사이에 불화로 인한 다툼이 있었습니다."

프레스턴이 생각에 잠긴 채 바닥을 바라봤다. "그러면 마르쿠는 받아들이겠습니까?"

다시 침묵이 흘렀다. 이번엔 더 길었다. 마침내 답변이 돌아왔다. "좋습니다. 마르쿠는 받아들이겠습니다. 그리고 실버스터도 반댑니다. 내 아들 셋과 그쪽 아들 둘 사이에 5년 전 경제적 문제로 다툼이 있었어요. 게다가 원만히 해결되지도 않았습니다."

프레스턴이 헤이든을 봤다. 헤이든이 물었다. "위먼 가족은 받아들이겠소?"

"싫어요!" 제3의 목소리가 말했다. "그 늑대 무리들은 안 돼요. 그들이 어떤 놈들인지…." 그러더니 목소리가 끊어지고 긴 침묵이 흘렀다. 마침내 마일로가 말을 이었다.

"위먼 가족도 받아들이지 않겠소." 그리고 잠시 말을 멈추더니 이어서 말했다. "개인적인 반감이오." 그의 낮고 조용한 음색 때문에 웬일인지 그가 뱉는 모든 말들이 중요하게 들렸다.

"안드레이 가족은?" 프레스턴이 의사가 궁금한 듯 가족들을 쳐다보며 물었다. 가족들은 아무도 반대하지 않았다.

실크 가족은 잠시 침묵했다. 마침내 마일로가 입을 열었다. "좋소."

"이제 이 목록에 만족하시나요?" 프레스턴이 물었다.

침묵이 길게 이어졌다.

"칼란드 가족." 러셀이 말했다. "그쪽보단 모라리우가 낫습니다."

프레스턴이 기다란 검지손가락을 뻗어서 전화기의 보류 버튼을 눌렀다. "모라리우 가족에 반대하는 사람?" 그가 말했다.

고든 가족이 서로를 쳐다봤다.

"전 싫어요." 대니얼이 말했다. "잘난 것도 없으면서 으스대는 놈들이에요. 하지만 그 정도로 반대하긴 어렵겠죠."

다들 어깨를 으쓱했다.

프레스턴이 다시 보류 버튼을 누르고 말했다. "모라리우 가족을 받아들이겠습니다, 마일로. 오늘 밤으로부터 열흘 후, 이곳 푼타 누블라다에 판결위원 전원이 모일 겁니다. 그러니 가족 여행을 떠날 채비를 하세요. 아들들과도 대화를 해보는 게 좋을 겁니다. 특히 젊은 사람들과요. 당신이 아는 게 전부가 아닐 수도 있으니." 그가 수화기를 내려놓았다.

* * *

동이 트기 직전, 매닝과 웨인이 자신의 공생인들과 테오도라를 데리고 돌아왔다.

그녀는 허머에서 내려 집 주변을 둘러봤다. 깜깜한 새벽이라 아직 집집마다 불이 환했다. 사람들이 집 안팎을 드나들고 있었고, 그녀는 몰랐겠지만 몇몇은 그녀를 지켜보고 있었다. 나는 잠들어 있다가 차가 들어오는 소리에 눈을 떴다. 창밖으로 그녀가 차에서 내려 두리번거리는 게 보였다. 나는 재빨리 바지를 입고 티셔츠를 머리 위로 걸친 뒤 그녀를 마중하기 위해 맨발로 뛰어나갔다. 그리고 아무것도 모르는 그녀에게 다가가 손을 잡았다.

그녀가 펄쩍 뛰며 몸을 돌려 나를 봤다. 그리고 놀랍게도 나를 잡고 번쩍 들더니 세차게 껴안았다.

나는 기쁨에 웃음을 터트리며 그녀를 마주 껴안았다. 그리고 발이 다시 바닥에 닿자 그녀를 손님용 숙소로 데려갔다. "뭐 좀 먹었어?" 내가 물었다. "브룩과 실리아가 어제 장을 봐와서 먹을 게 천지야." 조엘이 먼 곳의 쇼핑몰로 그들을 데려가 식료품, 옷가지를 비롯해 필요한 것들을 사놓은 터였다. 한동안 지내는 데 문제가 없도록 라이트와 내가 그들 각자에게 목록을 적어주었다.

"저녁을 늦게 먹었어요." 테오도라가 말했다. "나머지 사람들, 그러니까 공생인들…. 그렇게 부르죠?"

"맞아. 당신도 그렇게 불릴 거야. 나와 함께 지내면."

그녀가 부끄러운 듯 웃으며 아래를 쳐다봤다. "여기 오기 전에 그들이 식사를 든든히 해야 한다고 말했어요."

나는 다시 웃었다. 갑자기 그녀를 갈구하는 마음이 일었다. "위층으로 가자. 어떻게 지냈어? 가족들은 잘 지내고?"

그녀가 나를 앞지르며 멈추어 세우더니 내 어깨에 양손을 올렸다. "몇 시간 있다가 딸에게 전화를 해야 해요. 딸이 걱정을 많이 해요. 나를 못 떠나게 하려고 얼마나 애를 쓰던지. 조만간 나를 보러 오겠대요."

"딸에겐 아무 때나 전화해." 내가 말했다. "이곳이 어떻게 돌아가고 있는지 당신에게 설명해줘야 딸이 당분간은 이곳에 찾아오기 힘들다는 걸 이해할 것 같네. 하지만 딸을 보러 가는 건 괜찮아."

"나쁜 소식인가봐요."

"상황이 어렵긴 하지만 나쁘진 않아. 지금은 조심할 때야. 우리를 공격한 자들을 찾았거든. 그들을 처리하기 위해 판결위원회라는 걸 열 거야."

그녀가 내 표정을 읽으려는 듯 나를 쳐다봤다. "지금도 위험해요?"

고든 가족이 전부 말똥말똥하게 깨어 있는 이 껌껌한 새벽에? 판결위원회가 이미 꾸려진 이 마당에? "아니, 지금은 괜찮아."

"다행이네요." 그녀가 말했다. "그 얘긴 아침에 해줘요."

나는 웃었다. "벌써 아침인걸. 하지만 당신 말이 맞아. 먼저 할 일부터 하자."

나는 그녀를 남는 방으로 데려갔다. 그리고 직접 침구를 갈고 방이 깨끗한지 그녀가 써도 되는지 점검했다. "내가 당신에게 훨씬 좋은 걸 약속했던 거 알아." 그녀가 주변을 둘러보는 동안 내가 말했다. "약속은 지킬게. 그저 생각보다 오래 걸릴 뿐이야."

"당신과 함께 있고 싶어요." 그녀가 말했다. "처음 만났을 때부터 그게 내가 원한 전부였어요. 당신에 대한 내 감정을 온전히 이해하진 못하겠지만 이제껏 내가 느꼈던 어떤 감정보다, 기대했던 어떤 감정보다 강렬해요. 방법은 차차 찾으면 돼요."

나는 문을 닫고 그녀에게 다가가 그녀의 블라우스를 풀기 시작했다. "그렇게 될 거야." 내가 말했다.

* * *

다음 날 밤, 나는 내 가족의 토지와 사업을 어떻게 처리해야 할지 알아보기 위해 웨인과 매닝을 만났다.

"네 부모들은 인간의 규칙대로 사는 법을 알고 있던데." 매닝이 말했다. "사업들이 굉장히 체계가 잘 잡혀 있었어. 변호사를 통해서 처리해야겠지만 네 가족의 모든 재산이 네 것이 될 거야. 팔기 싫은 걸 억지로 팔지 않고 세금도 낼 수 있을 만큼 현금도 충분해."

"사실 제가 뭘 하고 싶은지 모르겠어요. 제 말은, 아무것도 아는 게 없어요." 나는 매닝을 쳐다봤다. 그는 대니얼, 웨인, 윌리엄, 필립의 아버지들 중 하나였다. 조용하고 다정한 사람으로 그의 표정엔 불편할 정도로 연민이 깃들어 있었다.

"그 변호사들에 대해 말해주세요." 내가 재빨리 물었다. "공생인으로 삼을 만한 괜찮은 사람도 한둘 있나요?"

매닝이 어깨를 으쓱했다. "네게 괜찮은 공생인이란 게 어떤 건지 잘 모르겠어. 테오도라는 나이가 너무 많은데도 널 굉장히 사랑하잖아. 그녀야말로 우리를 거부하기 딱 좋은 그런 부류의 인간인데 말이야. 나이도 많고, 교육도 많이 받았고, 부유하고…. 그런데도 널 보고 싶어 안달했어."

"외로운 사람이에요. 그 변호사들은 어떤가요?"

"내가 물었던 사람 중 하나가 너와 맞을 수도 있을 것 같아." 웨인이 말했다.

나는 웨인의 길고 수수한 얼굴이 좋았다. 그는 네 아들들 중에 앉아 있을 때조차 내 키를 훌쩍 넘어서는 유일한 이나였다. "그 사람에 대해 말해줘." 내가 말했다.

그가 고개를 끄덕였다. "여자고 서른다섯이야. 회사 직원들 사이에서 평판이 좋아. 훌륭한 변호사지만 정작 본인은 자기 일을 싫어해. 법대에 간 게 실수라고 생각하면서도 막상 달리 뭘 해야 할지 몰라서 그 일을 하고 있지. 고아로, 오빠가 하나 있었는데 6년 전에 죽었어. 이혼 경력이 있고 아이는 없어."

"뒷조사를 했구나. 내게 추천할 생각으로 말이야."

"응, 변호사가 필요할 테니까. 그녀가 널 돕고 가르치고 법조계와 연결고리가 되어줄 거야. 네 편으로 만들기만 하면 네게 완전 충성할 거야. 내 생각대로 둘이 잘 맞는다는 전제하에 말이지." 그가 바지 주머니에서 접힌 종이 하나를 꺼내 내게 건넸다. "여기 이름, 집 주소, 직장 주소야."

"고마워." 나는 주머니에 종이를 넣었다. "판결위원회가 끝난 다음에야 보러 갈 수 있을 것 같아."

"그게 좋겠네." 매닝이 말했다. "그때까진 웨인과 내가 피를 빨았던 변호사들이 네 이권을 지켜줄 거야. 하지만 위원회가 끝나자마자 그녀를 찾아가야 해. 공생인 다섯으로는 부족할 테니."

* * *

나는 매일 감시를 이어나갔다. 또 공격이 있을 것 같진 않았지만 조심해서 나쁠 건 없지 않은가?

나는 주택가에서 꽤 떨어진 텃밭 주변에 작은 트랙터를 이용해 길고 깊숙하게 구덩이를 판 뒤 엄청나게 많은 생석회 가루와 함께 침입자들의 시체를 묻는 광경을 봤다. 장갑을 낀 공생인들이 침입자들의 차를 몰고 마을을 떠나자 푼타 누블라다 차들이 그 뒤를 따르는 장면도 봤다. 물론 돌아온 건 푼타 누블라다 차뿐이었다.

생존한 침입자 셋이 샌프란시스코로 돌려보내지는 모습도 봤다. 그들은 거기서 평범한 세 남자로 돌아가 각자 다른 그레이하운드 버스를 타고 자신들이 살던 캘리포니아 남쪽으로 돌아갈 터였다. 아무도 그들에게 관심을 기울이지 않을 것이고, 아무도 그들을 기억하지 못할 것이었다. 고든 가족은 그들에게 돈을 쥐어주었다. 나는 그들에게 북부 지역에서 트럭으로 해안을 오가며 화물을 날랐다는 기억을 심어주었다. 그러면 각자의 경험을 바탕으로 자세한 내용을 채워 넣으리라 싶었다. 마침 그들 모두 전문적으로 트럭을 몰아본 경험이 있어서 헤이든의 말처럼 자신들 입맛에 맞게 이야기를 지어낼 수 있을 것 같았다. 하지만 서로의 존재도, 푼타 누블라다도, 내 가족들의 공동체도, 알링턴의 집도 기억하지 못할 것이었다. 나는 그들에게 이 모든 걸 완전히 지워버리고 트럭 운전 일만 기억하라고 지시했다. 내게 그런 능력이 있음을 확인한 건 기운 빠지는 일이었으나, 가능한 게 사실이었다. 나는 심지어 그 포주가 여자들을 착취하며 먹고사는 데 신물이 난다고 생각하도록 도와주기도 했다. 그에겐 조경 사업을 하는 사촌이 있었다. 그는 한동안 그 사촌이나 누군가의 밑에서 일을 하다가 학교로 돌아갈 터였다. 그의 나이는 겨우 스물하나였다. 나는 그에게 자신이 뭘 해야 하고, 뭘 하고 싶다고 믿는지 이야기하게 했다. 그리고 그렇게 하라고 지시했다.

그동안 고든 가족과 그들의 공생인들은 곧 들이닥칠 엄청나게 많은 손님들을 대비해 분주히 뛰어다녔다. 실크 가족(이나 전원과 그들의 공생인 대부분)이 곧 올 터였다. 다른 열세 가족을 저마다 대표하는 이나 두 명들도 각자의 공생인 서넛을 데리고 올 예정이었다. 판결위원회는 전통적으로 3일 동안 열렸다.

고든네 공생인들 대부분은 몇 달, 또는 몇 년 동안 보지 못했던 친구와 친척들을 만난다는 사실에 흥분하며 그날이 오기를 고대했다. 이온 안드레이의 공생인 주디스 조도 올까? 엘리자베스 아흐마토바의 공생인 로렌 핸슨은? 누구한테 물어봐야 하지? 피터 마르쿠의 공생인 칼 슈워츠는? 아는 게 있을 리 만무한 내게 질문을 던지며 귀찮게 하는 사람은 없었다. 오히려 어디에도 껴서 즐길 수 없다니 안타깝다는 말뿐, 모두가 나는 안중에도 없이 흥에 겨워 내 주변에서 수다를 떨었다.

염려하는 공생인은 극소수였다. 판결위원회는 이나의 행사였으므로 보통 그들과는 별 관련이 없었다. 논쟁을 해결하는 건 이나의 몫이었다. 공생인들은 파티만 계획하면 됐다. 나는 그들이 하는 일을 보고 듣는 게 좋았다. 어쨌거나 위안이 되었다.

몇 사람이 100명이 넘는 공생인 손님들을 편히 모시기 위해 엄청난 양의 음식과 비품을 사러 밖으로 나갔다. 일부는 집집마다 손님용 숙소를 준비하고 사무실, 스튜디오, 창고, 심지어 헛간 두 곳까지 인간과 이나가 묵기 알맞은 공간으로 변신시켰다. 모든 집에 침실 서너 개와 욕실 두 개로 구성된 손님용 별채가 딸려 있긴 했다. 하지만 그 공간은 여행 중인 이나 두엇과 공생인 몇이 머물기에 적당한 장소였다. 그리고 인간 손님들을 위해 특별히 지어진 손님용 숙소도 있었다. 나와 공생인들은 고든의 공생인들에게 방문객이 없었을 때 도착한 덕에 손님용 숙소 한 채를 전부 쓸 수 있었다. 하지만 이젠 주방과 식당을 함께 쓰는 것은 물론 아래층 욕실, 거실, 가족실도 포기해야 했다.

위원회 모임은 철제 창고 건물 중 하나에서 열릴 예정이었다. 조엘의 아버지이자 윌리엄의 공생인이자 내게 핸드폰을 주고 사용법을 알려준 마틴 해리슨이 방문객 맞이를 진두지휘하는 것 같았다. 나는 그 사실을 깨닫자 그를 찾아가서 그가 무슨 일을 하는지도 보고 질문도 하며 한동안 따라다녔다.

"제가 잘 모르고 방해를 하거나 너무 귀찮다 싶으면 꼭 말씀해주세요." 그렇게 말했더니 그가 웃었다. 어처구니없어 하는 웃음인 건 알았지만 호탕하고 유쾌한 그 웃음소리가 듣기 좋았다.

"알겠어, 쇼리. 그렇게 할게." 그가 말했다. "헤이든이 날 찾아왔을 때 난 고등학교에서 역사를 가르치고 있었어. 다시 학생이 생기니 좋네."

"헤이든이 찾아와요? 윌리엄이 아니고요?"

"헤이든이 윌리엄을 위해 날 찾아왔지." 그가 고개를 저었다. "윌리엄이 나이가 차기 전이었거든. 아들이 인간의 역사에 대해 더 배울 수 있겠다 싶었던 거지. 윌리엄이 낮에는 의식을 완전히 잃다 보니 훌륭한 보디가드가 필요하기도 했고. 세상에, 내게서 딱 맞는 냄새가 난다고 했어. 지금은 그 말이 뭔지 이해하지만 그땐 몰랐지. 그가 미쳤다고 믿고 싶었지. 하지만 이미 그에게 물린 뒤라 무시할 수만도 없었어."

"남자의 공생인이 돼서 싫었어요?" 나는 라이트가 브룩에게 던졌던 질문을 떠올리며 물었다.

그가 이상한 표정을 지어 보였다. "궁금한 건 뭐든 못 참는구나?" 나는 대답하지 않았다. 뭐라고 답할지 몰랐기 때문이었다.

"여기엔 여자들이 널렸어. 이곳에 머물기로 결정한 직후 그중 한 명과 결혼했지." 그가 눈썹을 치켜떴다. "너의 새로운 공생인은 어때? 지난밤에 온 사람 말이야."

"테오도라요?" 내가 둘의 공통점을 알아차리고 웃었다. "저에 대한 감정이 뭔지 잘은 모르겠지만 자신에게 중요한 감정이라고 했어요."

"아무렴, 둘이 함께 있는 걸 봤어. 서로에게 홀딱 빠졌던데. 그렇게 되는 거야. 대부분의 인간에게 너희를 만나기 전에 어떤 삶을 살았는지는 중요하지 않아. 너희들이 우리를 물면 그걸로 끝이야. 난 전혀 이해를 못했지. 어느 날 일을 마치고 집으로 돌아가는데 헤이든이 매복해 있다가 나를 습격했어. 그가 나를 물었고 그 뒤엔 별 다른 수가 없었지. 내가 어떤 곳에 발을 들이는 건지 짐작도 못했어."

"이곳에 발을 들인 걸 후회한 적 없어요?"

그가, 키가 크고 덩치가 산만 한 이 흑인 남자가, 또다시 이상한 표정을 지었다. 조엘은 그의 피부색만 물려받았을 뿐 몸집은 닮은 것 같지 않았다. 마틴은 가만히 서서 무언가를 결심하려는 듯 나를 내려다봤다. 잠시 후 그가 말했다. "고든 가족은 훌륭한 사람들이야. 헤이든이 나를 이리로 데려와서 동네를 보여줬지. 그리고 키가 크고 호리호리했지만 지금의 너만큼 어렸던 윌리엄을 소개시켜줬어. 그러면서 내가 이곳에 머물면 어떤 일이 벌어질지 알려줬어. 아직 떠날 수 있을 때 그 말을 들었고 나는 그곳을 떠났지. 그들도 날 붙잡지 않았어. 윌리엄이 머물러달라고 부탁하긴 했지만, 그러니 더 빨리 도망가고 싶어졌지. 그 모든 게 내겐 너무 기괴하기만 했거든. 무엇보다 내겐 이 생활이 공생이라기보다 노예 생활처럼 보였어. 그게 나를 두렵게 했지. 열 달 가까이 떨어져 지냈어. 세 번밖에 물리지 않아 물리적으로 중독되기 전이었어. 고통도, 아픔도 없었지. 하지만 심리적으로는⋯. 그게 말이야, 잊을 수가 없었어. 미칠 듯이 그리웠어. 맙소사, 내가 미친 줄 알았어. 갑자기 뱀파이어가 실재하는 세계에 살게 된 거잖아. 누구에게도 말할 수 없었어. 헤이든이 손을 써놓았거든. 하지만 그들이 실재라는 건 알고 있었어. 그리고 그들과 함께하고 싶었어. 한참 후 나는 일자리를 때려치우고 짐을 챙겼어. 가능한 건 차에 싣고 나머지는 나눠준 뒤 이곳으로 차를 몰았어. 세상에, 얼마나 마음이 놓이던지." 그가 말을 멈추고 나를 내려다보며 웃었다. "네 첫 번째는 조엘만큼이나 다른 삶은 원치 않아. 차이가 있다면 조엘은 그걸 안다는 것뿐이지. 라이트는 아직 알아가는 중인 거고."

"라이트와 대화해봤어요?"

"그래. 그 녀석은 괜찮아질 거야. 조엘과는 어떻게 지내고 있어?"

"조엘이 없다는 듯 굴어요. 그게 안 될 땐 깍듯이 대하고요."

"힘들 거야. 사실 둘 다 힘들겠지. 최대한 그 녀석들 마음을 풀어줘. 이번 판결위원회가 조금은 도움이 될 거야. 기분도 전환하고, 마음도 들뜨고, 새 사람도 오고, 할 일도 그득하니."

"그게 약간은 두려워요."

"위원회 말이야? 너 같은 이나들은 감각에 과부하가 걸릴 거야. 그래서 위원회를 3일밖에 열지 않는 거지."

"아니, 제 말은… 라이트와 조엘에 브룩, 실리아, 테오도라까지 데리고 있는 거 말이에요. 그게 절 두렵게 해요. 전 그들이 필요해요. 제가 생각했던 것보다 훨씬 마음도 쓰고 있고요. 하지만 그들을 데리고 있다는 게 두려워요."

"좋은 거야. 그래야 해. 관심을 기울여줘. 도움을 필요로 하면 도와주고." 그가 잠시 말을 멈췄다. "단, 그들이 도움을 요청할 때만."

나는 고개를 끄덕였다. "그럴게요." 나는 자신 없는 표정으로 그의 넓적하고 까만 얼굴을 쳐다봤다. "당신 아들이 저와 함께하길 원하세요?"

"그게 그 녀석이 원하는 거야."

"당신은 괜찮아요?"

"네가 그 녀석을 옳게 대해준다면." 그가 몇 초 동안 내 너머의 허공을 바라봤다. "난 그 녀석이 인간 세계에서 몇 년간 살면서 여기서는 접하기 힘든 교육을 실컷 받기를 바랐어. 내 말대로 됐지. 하지만 솔직히 말해서 그곳에 죽 머물면서 뱀파이어는 잊고 자신만의 인생을 꾸려갔으면 했어. 그런데 그 녀석이 돌아오더니 자신이 원하는 건 멋진 뱀파이어 여자애를 찾는 거라고 하지 뭐야." 그가 웃었다. 하지만 행복에 겨운 웃음은 아니었다. "한동안 너와 함께하다 보면 하고 싶은 게 더 생길 거야. 글을 쓰거나 가르치는 일, 뭐 그런 걸 원할 수도 있겠지. 그냥 평범한 남편으로 살기엔 그 어린 놈 안에 에너지가 너무 넘쳐."

"테오도라도 많은 걸 하고 싶어 해요. 일단 판결위원회가 끝나면 뭘 해야 좋을지, 우리가 살 집은 어떻게 짓는 게 좋을지 결정할 거예요. 그러고 나면 제 공생인들도 자신들이 원하는 일들을 할 수 있을 거예요."

"착하네." 그가 숨을 크게 들이쉬더니 사무실과 스튜디오가 입주한 가장 가까운 건물로 걷기 시작했다. "이제 이 스튜디오들에 얼마나 많은 사람을 구겨넣을 수 있는지 보자고. 그래도 날씨가 아직 안 추워서 천만다행이야."

20

 위원회가 열리기 전날 밤, 레온티예브 가족들이 도착했다. 당연히 나는 그들을 몰랐다. 게다가 그들이 도착하고 나서야 레온티예브가 내 엄마들의 남자 가족들(그들의 아버지, 대아버지, 형제, 형제의 아들들의 가족) 성이라는 걸 마틴에게 처음 들었다.
 레온티예브와 그들의 공생인들은 지프 체로키 두 대를 몰고 왔다. 내가 차갑고 쌀쌀맞은 조에 포토풀로스, 헬레나 포토풀로스, 그리고 그들의 공생인들에게 사무실 건물에 마련된 숙소를 안내하고 돌아오던 때였다. 마틴이 다음과 같이 말하며 참석자와 숙소 목록을 내게 건네준 터였다. "배우고 싶으면 일손을 돕는 게 좋을 거야. 그러면 사람들을 만날 기회가 생길 거야." 마틴은 사람에게 일을 맡기는 능력이 탁월했다.
 레온티예브 사람들은 콘스탄틴과 블라디미르라는 나이 지긋한 남자들로 각자 공생인을 세 명씩을 데리고 왔다. 마틴은 그들을 헨리 고든의 집에 머물게 할 예정이었다. 나는 그들을 숙소로 데려가기에 앞서 자기소개를 하다가 그들의 표정에서 뭔가 이상해 하는 낌새를 읽었다.

"머리에 심각한 부상을 입었어요." 내가 그들에게 말했다. "그 바람에 기억상실에 걸렸고요. 제가 전에 당신들을 알았다면 죄송해요. 당신들이 기억나지 않아요."

"아무것도… 기억을 못한다고?" 마틴이 콘스탄틴이라고 가리킨 남자가 물었다.

"사람이나 사건은 기억하지 못해요. 언어는 기억하지만요. 사물들도 많이 알아봐요. 때로 저 자신이나 이나와 관련된 일반적인 것들이 드문드문 떠오르긴 해요. 하지만 제 과거, 제 가족, 공생인, 친구들에 대한 기억은 없어요…. 죽은 가족들이 기억에서 완전히 지워져서 제대로 그리워하거나 슬퍼할 수도 없어요. 제겐 존재하지 않는 사람들이나 마찬가지니까요."

콘스탄틴이 과하다 싶을 정도로 연민 어린 표정으로 나를 내려다봤다. 인간이 저런 식으로 쳐다봤다간 눈물을 흘렸을 게 뻔했다. 잠시 후 그가 말했다. "쇼리, 우리는 네 엄마의 아버지들이란다. 너는 일평생 우리와 알고 지냈지."

나는 그들을 쳐다봤다. 그들의 길고 호리호리한 몸을 눈여겨보며 뭔가 낯익은 것이 있는지 찾으려 애썼다. 하지만 그들은 헤이든과 프레스턴 고든의 친척에 더 가까워 보였다. 마흔 중반처럼 보이지만 실은 400살 중반에 가까운, 좀 더 옅은 금발의 남자들이었다.

갑자기 나는 그들의 나이가 무엇을 의미하는지 궁금해졌다. 그토록 오래전엔 어떤 삶을 살았을까? 세상은 어떤 모양이었을까? 한때 역사 선생님이었으니 마틴에게 물어보면 알 수 있겠지.

이 두 대아버지(내 대아버지들이자 내 엄마의 아버지들)의 얼굴과 나이는 내게 아무런 기억도 불러일으키지 못했다. 그들은 낯선 이들이었다.

"죄송해요." 나는 그들에게 말했다. "처음부터 다시 당신들을 알아가야 할 것 같아요. 당신들도 마찬가지일 거예요. 심지어 다치기 전의 저인 척하는 것도 어려워요."

"고든 가족이 너를 받아주고 보살펴주다니 감사한 일이구나." 블라디미르라고 불리는 사람이 말했다. "너를 어떻게 찾았다니?"

나는 놀라서 그를 노려봤다. 갑자기 화가 났다. "제가 그들을 찾은 거예요. 저는 세 번의 공격에서 살아남았고 침입자들을 물리치는 데 두 번이나 일조했어요. 며칠 전 여기서 생포한 침입자들을 취조할 때도 도움을 보탰고요. 제게 불완전한 건 다치기 전의 삶에 대한 기억뿐이에요."

그들이 서로를 쳐다보다가 내게로 시선을 돌렸다. "미안하구나." 블라디미르가 말했다. 그가 고개를 살짝 들고 눈을 내리깔며 내게 미소를 보였다. 거들먹거림보다는 즐거움에 가까운 표정이었다. "기억을 하든 못하든 우리 쇼리의 성깔은 그대로네."

나는 헨리 고든의 집에 마련된 방으로 그들을 안내했다. 그리고 방을 나서기 전, 그들에게 마틴이 준 목록을 보여주며 한 가지를 더 물었다. "이들 중에 저와 가까운 여자 친척이 있나요?"

그들이 목록을 보더니 서로를 쳐다보고는 얼굴을 찡긋했다. 그 순간 둘의 얼굴이 거의 쌍둥이처럼 보였다. 블라디미르가 말했다. "너와 가장 가까운 여자 혈육은 이곳에 참석하기엔 너무 어리단다. 다들 어린애거나 아이를 돌보느라 바쁜 젊은 처자들이거든. 네 형제들만 봐도 밑으로 딸 둘과 아들 하나가 있지만 모두 아직 어린애들이지. 네 엄마의 형제들에게도 다 큰 딸아이가 있지만 위원회에 오기엔 너무 젊단다."

"제 또래거나 좀 더 많은 거 아니에요? 개중에는 성인들도 있을 텐데요."

"그래. 짝을 지었으니 제일 젊은 녀석도 너보단 나이가 많지. 하지만 직접적으로 연루돼 있지 않는 한, 보통은 자식이 성인이거나 짝을 짓지 않은 이상 판결위원회에 소집되지 않는단다."

그 말을 들으니 왜 지금껏 이곳에서 봤던 모든 이나가 헤이든과 프레스턴과 동년배로 보이는지 이해가 되었다.

"그렇군요. 모든 위원들이 어떤 식으로든 저와 혈연관계라고 들었어요. 여자 위원들 중에 저와 가장 가까운 친척은 누구예요? 전부터 저를 알던 사람도 있나요?" 내가 물었다.

다시 두 사람이 생각에 잠겼다. 마침내 콘스탄틴이 말했다. "브레이스웨이트다. 브레이스웨이트 가족의 대어머니들은 조앤, 아이린, 에이미, 마거릿이란다. 그중 둘이 올 거야. 네 증조 대아버지들의 딸들이지."

나는 무슨 말인지 이해하려고 인상을 찌푸렸다.

"네 아버지의 아버지의 아버지의 딸들이란 뜻이야." 블라디미르가 정리해줬다. "다들 너를 안단다. 전부터 알고 지냈지. 그들에게 말해보렴. 하지만 쇼리, 우리에게 말해도 괜찮아. 우린 네 가족이야. 우리가 여기 온 건 네 재산이 잘 보전돼 있는지, 너와 우리의 그 많은 친척들에게 그런 짓을 저지른 놈들이 죗값을 치르는지 보기 위해서야."

나는 헤이든이 조앤 브레이스웨이트와 마거릿 브레이스웨이트가 올 거라고 말했던 사실을 기억했다. 사실 그들은 오늘 밤에 도착할 예정이었다. "고마워요." 내가 말했다. "전… 전 그저 여자 이나를 만나서 대화를 하고 싶어요. 어제까지만 해도 그들을 본 기억이 없거든요. 다치고 나서 남자 이나는 몇 명 만났지만 여자 이나는 오늘 아침에 만난 조에 포토풀로스와 헬레나 포토풀로스가 처음이에요. 여자 이나가 된다는 게 매우 신기한 일인 건 알겠는데 제겐 여자 이나가 어떤 존재인지에 대해 명확한 상이 없어요."

콘스탄틴이 웃었다. "그러면 브레이스웨이트 가족에게 말해보렴. 조앤과 아이린은 엘리자베스 1세가 영국을 통치하던 시절에 태어난 사람들이라 요즘의 젊은 여자 이나에 대해 얼마나 배울 수 있을진 모르겠구나. 하지만 쇼리, 네 자매 모두 너를 만난 적이 있고 너를 좋아한단다. 그들이 오면 대화를 나눠보렴."

나는 여자 이나들이 탄 차가 들어올 때마다 마틴에게 확인해보라고 조르며 브레이스웨이트 자매들이 언제 올지 살폈다. 브레이스웨이트 가족은 지정이 막 시나서 도착했다. 내가 마틴에게 물어볼 새도 없이 대니얼이 나와서 그들을 맞이했다. 그가 그들의 이름을 부르는 소리가 들렸다. 나는 그가 그들과 서서 대화를 나누는 모습을 지켜봤다.

조앤과 마거릿은 대니얼보다는 머리 하나가 작았지만 실리아나 브룩보다는 훨씬 키가 컸다. 두 사람 모두 매우 꼿꼿하고 창백한 여성들로 흰 셔츠에 긴 검정 치마 차림이었다. 곱게 땋은 머리칼은 핀으로 머리에 단정하게 고정돼 있었다. 한 사람은 갈색 머리였고(갈색 머리 이나를 본 건 처음이었다) 한 사람은 금발이었다. 깨끗하고 멋진 긴 소매 셔츠 아래로 드러난 가슴 윤곽이 내 것만큼이나 납작했다. 그걸 보니 나 역시 라이트가 좋아하는 여자들처럼 큰 가슴을 가지기는 힘들겠다는 생각이 들었다. 하지만 내가 아무리 무지하다 해도 그들을 남자로 오해할 일은 없을 것 같았다. 그들에겐 심지어 나조차 끌어당기는 여성스러우면서도 유혹적인, 부인할 수 없는 매력이 있었다. 그들의 냄새 때문인 걸까? 내게서 나는 냄새도 사람들의 관심을 끌어당길까?

나는 내가 조앤과 마거릿의 눈에 좋게 보이기를, 그들 마음에 들기를 바란다는 사실을 깨달았다. 왜 그런지는 몰라도 그게 중요했다. 그들의 냄새가 내게 영향을 미치는 게 분명했다. 그들이 의도적으로 그렇게 하는 것인지 궁금했다. 그들은 냄새를 제어할 수 있을까? 나도 그렇게 할 수 있을까? 그들하고만 있게 되면 물어보고 싶었다.

"쇼리?" 한편으로 물러나 그늘에 숨다시피 한 채로 그들을 지켜보던 내게 갈색 머리 여자가 말했다. 대니얼이 금발 여자를 조앤이라고 부른 것으로 보아, 이쪽은 마거릿이 분명했다.

나는 숨어서 지켜보던 자신이 금세 부끄러워졌다. "죄송해요." 내가 앞으로 걸어 나가며 말했다. "어제까지 여자 이나를 본 기억이 없어서요. 위원회에 참석하는 여자 이나들 중 저와 가장 가까운 친척이라기에 당신들이 오기만을 기다렸어요."

대니얼이 적의와 허기를 오가는 그 이상하고도 불편한 표정으로 나를 쳐다봤다. 내가 고든 가족과 지내는 시간이 길어질수록 그 표정이 더욱 잦아지는 걸 알 수 있었다. 대니얼, 윌리엄, 필립, 웨인 모두에게서 같은 표정이 보였다. 대니얼은 한 마디도 하지 않고 몸을 돌리더니 멀어졌다. 나는 그의 갈망이 내 무지가 그랬던 것보다 훨씬 더 그를 무례해 보이게 만든다고 확신했다. 대니얼과 단둘이 대화를 해야 할 것 같았다. 나의 존재가 그를 그토록 불편하게 하는 거라면 적어도 몇 분이라도 단둘이 조용히 얘기를 나누며 서로를 조금씩 알아가야 했다.

"재밌는 일이구나." 조앤 브레이스웨이트가 말했다. 그녀가 대니얼의 뒷모습을 쳐다봤다.

"이 일이 끝나면 얼마간 여기를 떠나 있고 싶어요. 그래야 대니얼과 형제들을 그만 괴롭히죠." 내가 말했다.

우리가 오랫동안 서로를 알고 지냈던 것처럼 마거릿이 말했다. "저들과 짝을 지을 거니?"

"그럴 것 같아요. 처음엔 저들이 저를 원치 않을까봐 두려웠어요. 처음부터 전부 새로 배워야 하는 데다가… 전 혼자니까요."

"네 엄마나 자매에 대해서는 정말 아무 기억이 안 나니?" 마거릿이 물었다. "다른 여자 이나는 전혀 기억이 안 나?"

"아무도 안 나요. 말씀드렸다시피 다친 후로 오늘까지 여자 이나는 본 적이 없어요. 남자 이나밖에는요."

두 브레이스웨이트 자매가 서로를 쳐다봤다. 잠시 후 마거릿이 말했다. "우리를 숙소로 데려다다오. 그런 다음 얘기하자."

나는 목록을 기억해내느라 잠시 머뭇거렸다. "사무실에 숙소를 마련해놨어요. 이쪽으로 오세요." 나는 그들과 여섯 공생인들을 그들의 숙소가 될 사무실과 스튜디오로 데리고 갔다. 그들은 각자 여행가방이나 옷가방, 또는 둘 다를 들고 있었다. 공생인들은 남자 넷과 여자 둘이었다. 남자 넷은 전부 덩치가 크고 강해 보였다. 브레이스웨이트 가족에 합류하기 전까지만 해도 틀림없이 아주 흥미로운 냄새가 났을 것 같았다. 그중 둘은 피부가 갈색으로 머리칼이 아주 곧고 검었다. 그리고 형제라고 할 만큼 닮았다. 나머지 둘은 창백한 피부색에 몸이 근육질이었다. 여자 한 명(둘 중 작은 쪽)은 눈부시게 아름다웠다. 그리고 내 공생인 가운데 가장 작은 실리아보다도 키가 작았다. 나라면 피를 너무 많이 빨까봐 두려운 마음에 공생인으로 들이지 않았을 것 같았다. 나머지 한 명은 키가 크고 힘이 세 보이는 여자로 갈색 피부의 남자 한 명에게 깊은 관심을 보였다.

"저 둘은 지난주에 식을 올렸단다." 공생인들과 조앤을 각자의 방으로 데려다주고 나온 뒤 마거릿이 말했다. 나는 마거릿이 침실로 택한 사무실에 그녀와 단둘이 남겨졌다. 방을 혼자 쓰면서 필요할 때 공생인들을 부르는 게 그녀의 규칙인 것 같았다. "에덴이라는 그 젊은 여자는 내 사람이고, 아룬은 조앤의 사람이야." 그녀가 말했다. 내가 다정한 한 쌍을 눈여겨본 걸 그녀가 알아챈 것이었다.

"저들은 당신이나 조앤과 서로를 공유해야 한다는 사실을 싫어하지는 않나요?" 내가 물었다. "그러니까, 아직도 공생인인 것에 만족해 하나요?"

"오, 당연하지." 그녀가 웃었다. "공생인들은 보통 자기들끼리 짝을 선택해. 다른 인간들은 이해할 수도, 받아들일 수도, 그러니까… 생각할 수도 없는 삶을 공생인으로서 살아가야 하니까 그럴 수밖에. 공생인들은 몇 살에 우리를 받아들였는지에 따라 다른 인간들보다 훨씬 천천히 나이를 먹지. 그런 그들이 인간의 법칙대로 나이를 먹는 누군가와 어떻게 장기적인 관계를 맺을 수가 있겠니? 시도해본 이들도 있지만 잘 안 되더구나."

나는 고개를 끄덕였다. "전 뭐가 되고 뭐가 안 되는지 정확히 몰라요. 이나 가정이 어떻게 돌아가는지 아직 알아가는 중이에요. 최대한 빨리 여길 떠나야 하는 건 알겠어요. 하지만 그다음엔 어떻게 하죠?

가족은 부양할 수 있겠지만 어떻게 해야 이나 사회에서 인맥을 쌓을 수 있는지는 몰라요. 제 공생인들이 다른 공생인들과 연락하고 싶어 하면 어떻게 연결시켜주죠?" 나는 한숨을 쉬었다. "전 53년 동안 배운 거의 모든 것을 까먹었어요."

"하지만 아직 어리잖니." 마거릿 브레이스웨이트가 말했다. "친척 가문에 입양되는 것도 방법일 것 같구나. 실크 건만 처리하고 나면 수많은 공동체에서 널 환영할 거야."

"그렇게 되면 고든 가족과의 관계는 어떻게 되는 거죠?"

그녀가 생각을 하더니 고개를 저었다. "다른 공동체에 입양되면 그들이 원하는 자들과 짝을 짓게 될 거야. 네가 고든 가족을 받아들이라고 그들을 설득하지 않는 이상 말이야. 그리고 짝을 짓지 않은 딸들을 둔 공동체를 찾아야만 자매들이 짝을 짓는 데 합류할 수 있을 거야. 입양이 먼저고, 그다음이 짝짓기지."

"제 가족은 고든네 아들들과 서희 자매들을 짝지으려고 얘기 중이었대요. 게다가 고든 가족은 저를 도와주고 저를 위해 위험을 감수하기까지 했어요."

"그들과 짝을 짓고 싶은 거구나? 지금으로선 네가 가진 전부이기도 하고?"

"맞아요. 그들이 좋아요. 하지만 당장은 다른 적절한 짝을 모르는 것도 사실이에요."

"그렇다면 네 아버지가 택했던 방식을 취해야겠네. 네 아버진 유럽에서 전쟁 통에 가족을 잃었단다. 네 어머니들도 가족 몇을 저세상으로 보냈지. 네 대어머니는 모두 다섯이었어. 그중 셋이 죽긴 했지만. 그때 네 어머니들이 동유럽을 떠난 거란다. 네가 자매들 중에 유일하게 이곳 미국에서 태어난 아이란 걸 알고 있니?"

"아니요. 몰랐어요. 나머지는 루마니아에서 태어났나요?"

"둘은 루마니아에서, 하나는 영국에서 태어났단다. 내가 네 어머니들을 만난 건 영국에서였지. 어린애들을 데리고 영국까지 왔더구나. 그중 둘은 임신한 몸으로 말이야. 그들이 영국인으로 신분을 바꾸고 네 아버지들에게 빨리 건너오라고 간청했지. 하지만 1차 세계대전으로 땅을 뺏기고 그 땅이 갈갈이 찢어져 소농들에게 팔리기 전까지만 해도 네 아버지들은 루마니아에서 엄청난 토지를 소유한 지주였어. 네 아버지들의 가족들은 수차례 이름을 바꿔가며 2,000년 넘게 그곳에 살았어. 그래서 진심으로 그곳을 떠나기 싫어했지. 내 가족도 내 어머니들이 네 대아버지들의 아버지들과 짝을 지었을 정도로 그곳에 오래 살았단다. 하지만 결국 그리스로, 다시 이탈리아로, 또다시 영국으로 이주했지. 우리는 언제나 난을 피하거나 기회를 잡기 위해선 이주해도 좋다는 쪽이었거든. 영국에서 미국으로 옮겨온 건 1차 세계대전이 터진 직후였어. 내 어머니들이 곧 전쟁이 또 터질 텐데 최대한 피하고 싶다고 하신 덕분이지. 물론 지구상에 안전한 곳은 없었고, 우리도 사람들을 잃었단다. 하지만 네 아버지처럼 혈혈단신이 되진 않았어. 네 아버진 또래, 어른 할 것 없이 가까운 친척을 모조리 잃었으니까."

"아빠가 말해줬어요. 제 엄마들이 아빠의 먼 친척이었다고요."

"아버지가 기억나니?"

"부상당한 뒤에 만났어요." 나는 아빠와 형제들을 찾았다가 다시 한꺼번에 잃은 일을 들려주었다.

내가 이야기를 마치자 그녀가 고개를 저었다. "위원회가 진행되는 동안 수차례 더 얘기해야 할 거다." 그녀가 크게 숨을 들이쉬었다. "네 아버지는 공산주의자들이 나라를 집어삼키기 직전에 루마니아를 떠났어. 대부분의 이나들이 이미 피신했거나 죽은 뒤였지. 전쟁 후까지 남아 있던 이나는 없었을 거야. 돌아간 가족도 없었을 거고.

 어쨌거나 네 아버지는 네 어머니들에게 갔단다. 그와 남은 공생인 넷이 가진 건 옷가지와 그의 돌아가신 어머니들이 물려주신 보석 몇 점이 전부였지. 네 어머니들과 그들의 공생인들은 네 아버지가 합류하자마자 영국을 떠나 미국으로 왔단다. 그리고 워싱턴주에 정착한 다음 네 아버지에게 장남이 나이가 찰 때까지만이라도 함께 살자고 했어. 하지만 네 아버지는 우리 방식대로 짝들과 떨어져 사는 길을 택했지. 아들들이 장성할 때까지 오롯이 공생인들과만 살면서 재산과 돈을 불리고, 첫 집을 짓고, 공생인 몇을 더 모았어. 공동체를 꾸리도록 돕고 아들들이 성인의 삶을 준비하도록 도와줄 사람들을 말이야."

 "그래야 장성한 아들들이 그에게 갔을 때 성인으로서의 삶을 시작하도록 도울 수 있으니까요." 내가 말했다.

 "그렇지. 아주 외로웠을 게다. 하지만 그는 의연한 남자였지. 자신이 해야 한다고 믿은 건 해내는 사람이었어."

 나는 그녀가 말하는 모습을 지켜봤다. "하지만 저와는 상황이 달라요." 이윽고 내가 말했다. "동족들을 잃었을 때 아빠는 성인이었고 이미 짝도 지었고 자식도 거의 다 낳은 상태였어요. 하지만 저는 공생인들과만 지내면서 어른이 되고 자식을 낳아 키워야 해요. 저를 도와줄 사람도, 자식들에게 성인 이나가 되는 법을 가르쳐줄 사람도 없어요."

그녀가 고개를 끄덕였다. "그건 네가 하기 나름이야. 가까운 여자 가족 공동체 몇 군데와 친교를 맺고 그들을 위해 일을 해주는 슬기로운 방법도 있어. 그들로부터 배우면 돼. 인간처럼 낮에도 깨어서 햇빛 아래에 있을 수 있다고 들었는데, 그게 사실이니?"

"깨어 있을 수 있어요. 하지만 밖에 나가려면 최대한 피부를 가리고 검은 안경을 써야 해요. 그렇게 하지 않으면 화상을 입어요. 아주 까만 안경을 안 쓰면 앞도 잘 안 보이고요. 햇빛에 눈이 다치거든요."

"하지만 햇빛 아래서 걸어는 봤지?"

"네, 그런데 햇빛 아래서 걸으면 허기가 더 심해져요. 주로 얼굴 쪽이긴 한데 화상이 살짝 생기다 보니 치유가 필요하거든요. 그래서 제 첫째 공생인은 선크림을 바르라 하고, 고든네 공생인 하나는 얼굴을 완전히 가리는 스키 마스크라는 걸 쓰라고 해요. 스키 마스크에 까만 안경과 장갑까지 끼면 완전히 가릴 수는 있겠지만 굉장히 이상해 보일 거예요."

"봐라, 얘야. 너는 너의 독특함을, 너의 굉장한 가치를 알고 있니?"

"실크 가족은 저를 가치 있다고 여기지 않잖아요."

그녀가 눈을 감고 고개를 저었다. "멍청하기 짝이 없는 사람들이지." 그녀가 거의 혼잣말처럼 속삭였다. 그러더니 내게 말했다. "낮에 졸리진 않니? 깨어 있기 힘들다거나, 생각하기 어렵지는 않고?"

"아니요, 정신은 또렷해요. 밤보다 낮에 좀 더 빨리 지치긴 하지만 그 정돈 괜찮아요. 할 일을 못 하진 않아요. 그리고 밤에도 낮만큼이나 편하게 잘 수 있어요."

"너는 보물이야. 대부분의 인간이 낮에 일하는 모든 공동체에 자산이 될 거야. 인간 문제아들은 대개 낮에 말썽을 피운단다. 그 문제를 해결하려고 거듭 수를 내봤지. 낮에 맑은 정신으로 깨어 있을 수 있는 이나 감시인을 들이는 걸 싫어할 공동체는 없을 거야. 진작 그럴 수 있었다면 목숨을 구했을 경우도 여럿 봤단다."

"그래도 제 가족은 살리지 못했어요." 내가 말했다. "고든 가족은 실제로 구했죠. 애초에 제가 여기 있는 바람에 위험에 처한 거긴 하지만요."

"몇몇 이나들이 바보라서 그런 거야." 그녀가 몇 초 동안 나를 보더니 말했다. "이 일이 끝나면 네 가까운 친척들의 허락을 받고 공동체를 바꿔가며 한두 해 정도 시간을 보내렴. 그들은 너를 가르치고 너는 그들을 보호할 수 있을 거야. 나중에 나이가 차면 그 가족 중에서 모험심 강한 어린 자매를 하나 입양한 뒤에 짝을 지어도 좋지. 자매가 너무 많아 마음 둘 곳 없고 혼자 힘으로 나가서 살고 싶어 하는 어린 여자애를 찾으렴." 그녀가 잠시 말을 멈췄다. "읽는 법은 기억하고 있니?"

"영어와 이나어를 읽을 줄 알아요. 부상당한 뒤에 문자 형태로 접한 언어는 그 둘밖에 없어요."

"이나어를 읽는다고? 잘됐구나! 훗날 네 자식들에게 이나어를 가르쳐줄 수 있을 거야. 어떤 이나들은 더 이상 자식들에게 이나어 읽는 법을 가르치려 하지 않거든. 언젠가 우리 고유 언어는 잊히고 말 거야."

나는 인상을 찌푸렸다. "왜 기억하려 하지 않는 거죠? 우리 역사의 일부잖아요."

"쇼리." 그녀가 슬프고 지친 듯한 목소리로 불렀다. "우리의 역사에 대해 얼마나 아니?"

"아는 게 거의 없어요." 나는 그녀와 같은 어조로 말했다. "하지만 읽고 있어요. 헤이든이 책을 몇 권 빌려줬거든요. 그 덕에 제가 이나 어를 읽을 줄 안다는 걸 발견한 거예요."

"그렇구나." 그녀가 말했다. 기분이 한결 나아 보였다. "그래서 뭘 읽고 있지?"

"《여신의 책》요. 아직은 어디까지가 진짜 역사인지 모르겠어요. 종교, 은유, 역사가 섞인 것 같아요."

"그럴지도 모르지. 하지만 그 자체가 아주 오래된 대화란다. 언젠가 네가 잊어버린 것들을 다시 배우게 되면 너와 토론을 해보고 싶구나."

그녀가 내게 자신의 이름과 주소, 전화번호, 팩스번호, 이메일 주소가 적힌 명함을 주었다. 그녀가 명함을 훑어보며 웃었다. "우린 소통 없이 너무나 고립돼 살아왔어. 예전엔 여행자들 편에 전갈을 보내거나 사람을 고용해서 서신이나 소포를 보냈지. 너무 불편하고 위험한 일이라 여행은 꿈도 못 꿨어. 노상강도를 피해야 하는 건 물론이고 지역관리들에게 뇌물도 줘야 했거든. 그리고 언제나, 언제나 태양이 따라다녔어. 이제는 여행도 의사소통도 너무 쉬워졌구나. 대화가 필요하면 언제나 전화하렴."

나는 그녀에게 감사를 표하고 몸을 돌려 나가다가 마지막 질문을 위해 문 앞에서 멈춰 섰다. "아주 개인적인 질문이겠지만 꼭 알고 싶은 것이 있어요."

그녀가 고개를 끄덕이고 기다렸다.

"당신 냄새요…. 사람들 마음을 움직이려고 일부러 냄새를 이용하시는 거예요? 그러니까 냄새로 어떻게 마음을 움직일지, 누구의 마음을 움직일지 제어할 수 있나요?"

그녀가 큰 소리로 웃었다. 그렇게 몇 초 동안 웃다가 멈추곤 다시 웃기 시작했다. 마침내 그녀가 말했다. "쇼리, 애야. 나는 늙은이란다! 내 냄새는 네 것에 비하면 흥미로운 축에도 못 껴. 네가 나이가 찼을 땐 어떨지 상상도 하기 싫구나."

21

나는 브레이스웨이트가 묵고 있는 건물을 나서다가 대니얼과 마주쳤다. 그가 나를 기다리고 있었다는 느낌이 들었다. "손님맞이는 잠시 미루고 얘기 좀 할래?"

그게 좋겠다는 생각에 나는 어눕고 그을린 듯한 대니얼의 냄새를 즐기며 그의 집으로 따라갔다. 그 냄새는 창백을 넘어 반투명에 가까운 그의 피부, 그리고 흰빛에 가까운 금발과 묘한 대조를 이루었다. 마당에는 어느 때보다 많은 사람들이 떼를 지어 서성이고 있었다. 피터 마르쿠와 토머스 마르쿠, 그리고 그들의 공생인들이 대니얼의 손님용 숙소로 여행가방을 끌고 가고 있었다. 대니얼이 그들을 지나 자신의 숙소로 나를 인도했다. 그가 내 손을 자꾸 쥘락 말락했다. 손을 살짝 뺐었다가 멈추곤 옆으로 떨구었다.

그의 숙소는 목재로 장식된 커다란 방 두 개와 방만 한 크기의 옷장, 그리고 커다란 욕실로 이루어져 있었다. 그가 아무 말 없이 높은 의자에 앉아 있는 동안 나는 방을 구경했다. 욕실에는 커다란 욕조가 있었다. 둘, 어쩌면 셋이 들어가도 될 만큼 큰 욕조였다. 따로 마련된 커다란 샤워 부스에는 좌석과 두 개의 샤워기가 있었다. 하나는 타일 벽에 고정돼 있었고, 다른 하나는 헤어드라이어처럼 쥐고 아무 방향으로나 틀 수 있게 돼 있었다. 그토록 호화로운 욕실을 본 기억은 나지 않았지만 내게 낯선 물건은 없었다.

침실 한가운데엔 커다란 침대가 놓여 있고, 주변으로 책장, 스테레오 시스템, 커다란 텔레비전이 자리 잡고 있었다.

나는 대니얼이 조바심이 남에도 불평 없이 기다리고 있는 첫 번째 방으로 돌아갔다. 그곳엔 책상, 컴퓨터, 더 많은 책장들, 전화기, 서류함이 있었다. 테오도라의 사무실과 비슷했지만 훨씬 정리정돈이 잘 되어 있었다. 높은 의자도 여러 개 있었다. 나는 그와 가까이 놓인 의자 하나를 당겨서 그의 앞에 놓고 앉았다.

"당신을 고문하지 않고 여기에 있을 방법은 없을까?" 내가 물었다.

"없어." 그가 말했다. "하지만 상관없어. 네가 여기 있었으면 좋겠거든. 기억을 잃기 전에 너를 봤을 때부터 네가 여기 있었으면 했어. 넌 우리와 짝을 짓게 될 거야."

"당신과 당신 형제들이 여전히 나를 원한다면 그렇게 할게."

그가 조금 진정됐는지 의자에 몸을 늘어뜨렸다. "물론 원하지."

"헤이든은 내가 훗날을 약속하기엔 너무 어리다고 하던데."

그가 고개를 흔들었다. "그 얘기만 했으면 다행이게. 이런 말도 했어. 너는 혼자라서 위험 요소가 너무 크다는 둥, 주변을 둘러보고 짝을 짓지 않은 여자 이나가 여럿 있는 가족들을 찾아야 한다는 둥, 네가 아들 하나만 낳거나 아예 못 낳으면 어쩌냐는 둥, 자매가 하나만 있어도 환영할 텐데 하필 혼자라는 둥, 그러면 우리 가족에게 너무 위험하다는 둥….”

 나는 한숨을 크게 쉬었다. 몸에 힘이 살짝 빠졌다. "헤이든이 날 좋아하는 줄 알았는데. 나를 당신 짝으로 원한다고 말이야."

 "그렇게 말했어?"

 "아니. 하지만 그래 보였어…. 나도 몰라."

 "프레스턴 대아버지는 널 원해. 네가 위험을 감수할 만한 가치가 있다고 생각해. 네 엄마들이 생식 계열로 직접 유전자 변형을 시도한 덕분에 네가 자식들에게 장점을 물려줄 수 있을 거라고 말했어. 최소 일부는 낮에도 맑은 정신으로 깨어 있고 햇빛 아래서 걸어다닐 수 있을 거라고 말이야. 그분 말로는 네게서 아이를 낳는 데 아무 문제없는 여성의 냄새가 난대. 프레스턴 대아버지는 후각으로는 이나 중에서도 전설적인 분이야. 나는 그분 말을 믿어." 그가 말을 멈추더니 앞으로 기대어 내 손을 잡았다. "내 형제들과 나는 너와 짝을 지을 거야."

 나는 웃으며 답했다. "나도 당신과 당신 형제들과 짝을 지을 거야." 그렇게 말해야 할 것 같은 기분이었다. 그래야 정중하고 올바른 것 같았다.

 대니얼이 눈을 감고 숨을 크게 쉬었다. 그러더니 눈을 뜨고 일어서서 언질도 없이 나를 일으켜 세웠다. 그가 나를 바닥에서 번쩍 들어올려 몸을 감싸더니 거칠고 세게 끌어안았다. 그 이상은 없었다. 나는 겁이 나지도, 심지어 놀라지도 않았다. 어느 정도는 기대하던 일이었다. 그래서 그의 행동을 받아들였다. 나는 입술을 다물고 그의 입을 제외한 얼굴과 목에 갖다 댔다. 그리고 짧고 소박하게 입을 맞췄다. 그를 물지는 않았다. 나는 그를 물고 싶은 마음이 이는 것에 놀랐다. 그는 인간도, 잠재적 공생인도, 일시적인 식량원도 아닌 이나였다. 그런데도 그의 부드러운 목살을 물고, 그를 맛보고, 달콤한 그을음 향을 맛으로 느끼고 싶다는 욕구가 강하게 일었다.

나는 그의 냄새와 예상치 못한 갈망에 사로잡혀 그에게 얼굴을 부볐다. 그러곤 몸을 뗐다. 그가 나를 계속 붙든 채 편히 앉았다. "왜 당신을 물고 싶은 걸까?" 내가 물었다.

그가 활짝 웃었다. "그래? 좋은 일이네. 진짜로 물 줄 알았더니."

"그래도 돼?"

"아니, 어린 신부님, 아직은 안 돼. 앞으로 몇 년 동안은 안 돼. 하지만 솔직히 말해서 네가 그래주길 반쯤은 바랐어. 기억이 없으니 내 냄새와 친밀함에 그냥 굴복하진 않을까 싶었어. 그랬다면, 글쎄⋯ 만약 그랬다면, 누구도 우리의 결합을 방해하지 못할 거야. 심지어 방해하려는 시도조차 못할 거야."

"내게 구속되는 거지? 다른 이나와는 아이도 못 낳고 말이야?"

"난 이미 네게 구속됐어."

"안 그래. 난 아직 당신을 구속시키지 않았어. 완전히 어른이 될 때까진 안 그럴 거야. 그때도 당신과 당신 형제들이 짝을 짓지 않고 여전히 날 원한다면, 그때 당신에게 갈 거야. 내가 살아서 어른이 되면, 그때 구속시킬 거야."

"당연히 그때까지 살 거야!"

나는 그의 목에 다시 입을 맞췄다. 이번엔 그의 목을 핥았다. 그가 전율하면서 나를 그의 몸 아래로 미끄러뜨렸다. "이번 판결위원회가 내 목숨을 노리는 자들을 멈추면 난 살 수 있겠지." 내가 말했다. "앉아서 몇 분만 위원회에 대해 얘기해도 될까? 아니면 프레스턴에게 가는 게 당신한테 좋으려나?"

"여기 있어. 조금 더 너랑 있고 싶어. 여기서라면 가족은 나 몰라라 하는 이기적인 괴물이란 의심을 받지 않고 널 만질 수 있으니까."

나는 그의 손 감촉을 생각하며 웃었다. "날 만져도 좋아. 날 믿어도 좋아." 그에게서 조엘보다 훨씬 매혹적인 냄새가 났다. 하지만 그를 맛보지는 않았다.

그가 앉아서 철사같이 기다란 팔을 뻗었다. 그리고 내 허리를 감싼 뒤 나를 무릎 위에 올려 앉혔다. 라이트도 틈만 나면 그렇게 했다. 게다가 조엘도 똑같이 하기 시작한 터였다. 내가 그렇게 앉는 걸 좋아한다는 생각이 들었다. 그러면서 언젠가 내가 너무 커져서 그들 무릎에 앉을 수 없게 되는 건 아닌가 불안해졌다. 아니었으면 좋겠다 싶었다. 나는 묵직하고 한결같은 그의 심장박동 소리에 흡족해하며 그에게 기댔다. "이제 어떻게 되는 거야?" 내가 물었다. "위원회에 대해 말해줘."

"나는 판결위원회를 일곱 번 목격했어. 헤이든 대아버지와 프레스턴 대아버지가 위원회에 초대받을 때마다 우리 형제 중 하나를 데려갔었거든. 우리에게 위원회를 경험시켜주고 싶으셨던 거지. 원래는 그들 정도로 나이를 먹기 전까진 소집될 일이 없는데 덕분에 최소한 일이 어떻게 돌아가는지 감은 잡을 수 있었어. 위원회는 인간들이 여는 재판과 같은 게임이 아니야. 판결위원회가 하는 일은 진실을 찾고 이나의 법 테두리 안에서 사건을 어떻게 처리할지 결정하는 거야. 법을 엄격하게 따른답시고 유죄인데도 처벌하지 않거나 무고한 자들을 고통받게 하는 일은 없어. 모두의 권리를 보호하려는 게 목적이 아니거든. 진실을 찾는 것이 가장 중요하고, 그런 다음 어떻게 할지 결정하는 거지." 그가 주저했다. "이 나라에서 재판을 어떻게 진행하는지 보거나 읽은 적 있어?"

나는 생각이 수면 위로 떠오르기를 바라면서 잠시 생각에 잠겼다. 하지만 아무것도 떠오르지 않았다. "아무것도 기억 안 나. 라이트의 텔레비전에서 봤던 가짜 쇼밖에는."

"장단점이 있지." 그가 말했다. "인간의 재판은 대개 어떤 변호사가 재판에서 이기기 위해 법과 배심원의 신념과 편견, 연극적 기술을 잘 사용하는지 겨루는 게임이야. 물론 정의 운운하기도 하지만 살인자가 좋은 변호사를 만나면 유죄가 확실한데도 처벌을 안 받기도 해. 무고한 사람이 나쁜 변호사를 만나면 무죄인데도 목숨이나 자유를 뺏기기도 하고. 우리의 재판관은 우리네 원로들이야. 서너 세기, 네댓 세기를 살아오신 분들이지. 내 또래들보다 훨씬 능숙하게 진실을 감지하시는 분들이야. 물론 나도 감지할 수는 있지만."

그가 나를 다시 앉혀 좀 더 편히 기대게 했다. 자세가 좀 더 편안해졌다.

"문제는 친구나 가족 관계가 정직한 판결을 방해할 때지. 그건 인간도 우리도 피할 수 없는 문제야. 그래서 위원회에 그토록 많은 사람들이 참석하는 거야. 위원들 전원이 양쪽과 혈연관계인 이유기도 하고."

"위원회가 틀린 적은 없어?"

"있어." 그가 크게 한숨을 쉬었다. "그런 경우 모두 알아. 보통 우정이나 충성심이 거짓을 부른 거지. 아니면 두려움이나 위협이 그렇게 했거나. 다만 부당한 결과가 나온 적은 천 년 넘게 없어. 글로만 읽었지. 그런 일이 일어나면 관련자 모두 불명예를 당하고 모두 그 일을 기억하게 돼. 그로 인해 이익을 챙긴 가족원들은 자식의 짝을 구하기도 힘들어져. 때론 가족으로서 맥이 끊기기도 하고."

"처벌받는 거야?"

"추방되는 거야." 그가 말했다. "맥을 유지할 수도 있겠지만 지구 저 먼 곳으로 이사를 가서 짝을 찾아야만 가능한 일이야. 하지만 요즘 같은 시대엔 통신 기술이 워낙 발달해서 이사를 간다고 해도 어려울 거야. 재판의 절차와 예절에 대해선 알아놓는 게 좋아. 내가 하는 말 기억하겠어? 새로운 것들을 기억하는 덴 문제없지?"

"전혀 없어." 내가 말했다.

그가 잠시 나를 보더니 고개를 끄덕였다. "네 발언 순서는 환영사와 회의에 대한 축언이 끝난 다음이야. 먼저 프레스턴이 주최자이자 중재자로서 사람들을 환영할 거야. 그런 다음 참석자 중 최고 연장자가 축언을 전하지. 그다음에 네가 발언하는 거야. 고발자로서 네 사연을 얘기하는 거야. 지겹겠지만 아주 자세하고 정확하게 한 번 더 네 이야기를 들려줘야 해. 아무도 끼어들지 않을 거고 대부분 네 말을 정확히 기억할 거야. 위원회도 귀 기울여 들을 테고. 일부는 네 말의 진위를 바탕으로 결론을 내리고자 하겠지만 일부는 의심스런 점들을 찾아 너를 공격하고 실크 가족을 옹호하려 할 거야. 그러면 누군가 그들의 공격으로부터 널 변호하려 할 거고."

"내가 왜 변호를 받아? 변호를 받아야 하는 건 실크 가족이야."

"그들도 변호를 받을 거야. 그리고 그들의 변호인이 아마도…."

"잠깐만, 변호인이라고? 그게 누군데?"

"너와 실크 가족 둘 다 위원들 가운데서 변호인을 고르게 돼. 너도 누구를 고를지 생각해놔야 해. 내 생각엔 조앤 브레이스웨이트, 엘리자베스 아흐마토바, 아니면 레온티예브 형제들 중 하나가 좋을 것 같아. 첫 회의가 시작되기 전까지는 각 가족에서 누가 위원이 될지 확실히 알 순 없어."

"엘리자베스 아흐마토바는 만나본 적 없어."

"똑똑하신 분이야. 네 대어머니들의 좋은 벗이기도 했고. 실크 쪽 이나는 네가 기억상실 때문에 거짓말을 한다거나, 사실을 헷갈려 한다거나, 심하면 정신이 나갔다고 주장할 수도 있어. 그럴 때 그녀나 나머지 중 한 분이 널 도울 거야."

나는 질문을 몇 가지 떠올리며 인상을 찌푸렸다. "내가 그 모두에 해당한다 하더라도 실크 가족의 책임이 줄어드는 건 아니잖아."

"줄어들 수도 있어, 쇼리. 네가 진실과 거짓의 차이를 모른다는 소리가 될 테니까. 이를테면 네가 망상에 빠져서 거짓을 진실이라 생각하고 말할 수도 있다는 거지. 네가 망상에 걸렸거나 혹은 그런 것처럼 보이면 네가 말하는 전부가 의심받게 될 거야. 네가 느끼고 행동한 모든 것이 사실과 다를 수 있다는 거니까. 오롯이 진실만 말하고 네가 말한 내용은 꼭 기억해."

"당연하지. 그럴 거야. 하지만 실크 가족의 거짓말은 어떻게 되지? 본인들이 저질러놓고도 아니라고 우긴다면 내가 망상에 걸리고 아니고가 뭐가 중요하겠어?"

"안 중요할 수도 있겠지. 하지만 넌 한 명의 작은 이나, 한 명의 어린애에 불과해. 반면 실크는 명망 높은 거대한 가문이야. 네 가족의 죽음을 안타까워하고 실크 가족의 죄를 묻고자 하는 위원들도 있겠지만, 제3의 이나 가족이 몰락하는 걸 원치 않는 위원도 있을 거야. 푼타 누블라다가 겪을 뻔한 일과 포로들로부터 알게 된 내용에 대해선 우리 가족이 뒷받침해줄 테니 우리를 믿어줘. 하지만 네 엄마들과 아빠를 대변하는 건 네가 맡아야 해. 그분들을 회의장으로 불러들여. 그리고 할 수 있을 때마다 그분들 편에 서. 무슨 말인지 이해하겠어?"

나는 인상을 찌푸렸다. "그래, 이해한 것 같아. 그런데 이나의 방식이 네가 말한 인간의 방식보다 훨씬 나은 건지 모르겠어."

"그게 우리의 방식이야. 너를 안전하게 지키려면, 네 공생인들을 안전하게 지키려면, 언젠가 네 자식들을 안전하게 지키려면 이 시스템 안에서 움직여야 해."

나는 그의 기다란 한쪽 손을 잡아서 내 무릎에 놓았다. "알겠어."

"그리고 흥분하지 마. 엄청나게 많은 질문이 쏟아질 거야. 내일 자초지종을 설명하고 나면 실크 쪽이 가족 대표로 지정한 이나를 시작으로 실크 가족의 변호사, 위원회가 질문자로 선택한 위원으로부터 질문을 받을 거야. 쉽지 않을 거야. 니 역시 화주면 안 돼. 너도 질문할 기회가 있거든. 이곳에서 일어난 일에 대한 기억을 보완하기 위해 우리에게 도움을 요청할 수도 있어. 아니, 그래야 해. 첫째 날 밤엔 너와 실크 대표가 서로 질문을 주고받을 거야. 둘째 날엔 양쪽이 자신의 발언을 지지해줄 제3자를 불러 세우고 그들이 질문을 받게 돼. 셋째 날엔 위원회가 최종 질문을 한 뒤 결론을 내리지. 과정은 유동적일 수 있어. 너든 실크 가족이든 셋째 날 질문할 게 남았으면 그때 질문해도 돼. 하지만 이게 일반적인 방식이야." 그가 생각을 하느라 잠시 머뭇거렸다. "아마 지옥 같은 시간이 될 거야. 위원들이 너나 실크 대표, 아니면 너희가 심문한다고 불러 세웠던 아무에게나 심문을 요청할 수 있어. 그러니 똑같은 질문을 열 번, 스무 번, 아니면 오십 번을 받더라도 간결하고 정확하게 똑같이 답변해야 해. 그렇다고 지나치게 신경 쓰지는 말고."

"알겠어."

"그리고 제기되지 않은 혐의에 대해선 절대 답하지 마. 누군가 네가 망상증에 걸렸다거나 정신에 문제가 생겼다고 암시해도, 대놓고 혐의를 제기하지 않는 이상 부인하려 들지 마."

"그래."

"누군가는 너의 기억장애에 대해 연민과 공감을 표할 수도 있어. 그들이 너의 장애에 대해 직접 진술하도록 만들어. 그들 입으로 그게 무슨 뜻인지 말하게 해. 증거를 들면서 그 말을 입증하게 해. 그들은 심지어 이렇게 말할 수도 있어. 네가 망상에 걸렸다거나, 정신적으로 불완전하다거나, 슬픔이 너무 커서 본인이 뭐라 말하는지 모른다고. 네 기억이 온전했다면 분명히 그랬을 테지. 하지만 판결위원회에서 그들이 그렇게 말하면, 어째서 그런 결론에 다다랐는지 그들 스스로 설명하게 만들어. 그런 다음 질문하고 행동해서 그들의 말이 틀렸다는 걸 입증해. 무엇 때문에 널 연민해야 하는지 설명하지 못하게 되면 정작 그들이 혼란에 빠지게 될 거야. 알겠지?"

"응."

"누군가는 네 말뜻을 오해한 척하거나 네 말을 다르게 재진술한 다음 네게 동의를 구할 수도 있어. 그건 그냥 넘기면 안 돼. 정신 차리고 찾아내."

"그럴게."

"모든 말이 기록될 거야. 요즘에는 모든 이나 가족이 판결 과정을 보고 들을 수 있어. 물론 과거엔 안 그랬지. 하지만 지금은 정확하게 음성과 영상을 기록할 수 있기 때문에 그렇게 하고 있어. 그 말은, 누군가 네가 한 말에 대해 허위 진술을 하려 들면 녹화분을 재생해달라고 요청할 수 있다는 거야."

"그럴 가능성이 높아?"

"모르겠어. 이나는 대부분 기억력이 뛰어나. 그렇기 때문에 처음에 일부 위원들은 기억상실이란 얘길 듣고 너를 불신할 거야. 그러니 그냥 너답게 행동해. 네 이야기를 듣고 나면 네가 지적 능력에 문제가 없다는 걸 금방 알게 될 테니까. 어쨌건 누가 됐든 질문이나 답변을 할 때 거짓말을 하는 건 위험해. 실제로도 봤어. 상황이 불리하게 돌아간다 싶어 겁을 먹어서지. 그래봤자 우리한텐 감옥도 없지만."

생각 끝에 내가 감옥이 무엇인지 안다는 사실을 깨달았다. 인간들이 때로 법을 어긴 자들을 가두는 우리, 그곳이 감옥이었다. "이나는 감옥이 없다고? 왜?"

"누구도 법을 어긴 자들과 감옥에서 생을 보내고 싶어 하지 않으니까. 감옥을 지키는 건 감옥에 갇힌 것만큼은 아니어도 충분히 힘든 일이거든. 그렇다고 벌금을 부과하는 건 의미가 없지. 이나가 인간에게서 돈을 얻어내는 건 식은 죽 먹기니까. 그렇다 보니 좀 가벼운 범죄의 경우 대개 신체를 절단해. 팔, 다리, 양팔, 양다리…. 사형이 선고되면 범법자를 참수한 뒤 시체를 태우고."

"참수라고?" 나는 그를 빤히 올려다봤다. "절단이라면…? 사람들의 머리, 팔, 다리를 자르는 걸 말하는 거야?"

"맞아. 절단과 참수 역시 기록으로 남아 있어. 절단은 고통과 모욕감과 불편함을 주는 처벌이야. 사지는 몇 달이면 완전히 자라. 고관절에서 다리가 자라려면 1~2년이 걸릴 수도 있지만. 물론 몸이 잘

려나가면 고통밖엔 안 남아. 엄청난 고통이지. 한참 통증에 시달려. 가족에게 돌아가면 고통을 줄이도록 도움을 받을 수도 있지만, 가족에게 그건 선택 사항이지. 필수는 아니야."

"팔다리가 잘리면… 다시 자라는 건 확실해?"

그가 자신의 왼손을 내 앞에 내밀었다. "10년 전에 교통사고가 났어. 손가락 세 개와 손의 일부를 잃었지. 그로부터 약 한 달 반 만에 원래 모습으로 되돌아왔어."

"그렇게 오래 걸려?" 나는 주저하다가 물었다. "혹시 날고기를 먹었어?"

"처음엔. 하지만 난 날고기를 잘 소화 못 시켜. 많이 먹었으면 아마 좀 더 빨리 나았겠지."

"그랬을 거야." 내가 말했다. 나는 내가 그와 짝을 지으면 그가 더 빨리 나을지 궁금했다. 내가 그에게 그런 능력을 줄 수 있으면 좋겠다는 생각이 들었다.

그가 말을 이었다. "하지만 실크 가족에게 절단령을 내리진 않을 거야. 그러기엔 그들이 한 짓이 너무 중대하거든. 위원회가 선고를 한다면 사형이거나, 그러니까 어른들만 말이야, 아니면 가족이 해체되는 쪽일 거야. 어린 자식들은 뿔뿔이 흩어져 다른 가족에 편입되고 나이 든 가족들은 혼자 시들어가는 거지. 그러니 그렇게 안 되려고 무슨 짓이든 하려고 할 거야."

"그러면… 자식을 잃는 거야?"

"응. 자식을 키우기에 부적합하다고 여기는 거지."

"자식들에겐 잔인한 일 같아. 그런데… 만약 애를 또 낳게 되면 어떻게 돼?"

"그럴 수도. 하지만 반대로 짝들이 그들을 피할 수도 있어. 어린 아들들을 대륙 너머 이역만리로 영영 떠나보낸 것을 탓하면서 말이야. 그나저나 입양은 잔인한 게 아니야. 수월하게 마무리하기 위해 혈액을 맞바꾸거든. 물론 서로를 그리워할 수는 있겠지만 편지, 전화, 컴퓨터로 연락할 수도 있어. 보통은 잘 안 한다고 들었지만 가능은 해. 게다가 새로운 환경에 편입된 입양아들은 진심으로 주변에 수용되고 또 주변을 수용하지. 하지만 어른은 그걸로 끝이야. 그러니 누가 그런 처벌을 두려워하지 않겠어? 또 누가 그런 처벌을 피하려고 발버둥치지 않겠어?"

"내 가족을 안 건드렸으면 그럴 일도 없었을 텐데."

"그만큼 너희 가족을 죽이고 싶었던 게 틀림없어. 그리고… 쇼리, 네가 아니라 다른 이나였으면 놈들의 계획은 성공했을 거야. 넌 두 번이나 살아남았을 뿐 아니라 얼마 안 되는 정보로 우리에게 왔어. 게다가 씨움을 이끌면서 암살범을 처리했고 포로들을 심문했어. 그들은 우리의 유전자에 인간의 유전자가 섞이면 약해질 거라 생각했겠지. 하지만 너는 그들이 틀렸다는 걸 증명했어."

우리는 따뜻하고 편안한 침묵 속에서 한참을 함께 앉아 있었다. 푼타 누블라다에서 지냈던 며칠보다 훨씬 오래 그를 알고 지냈던 것 같은 느낌이 들었다.

나는 그에게로 몸을 돌리고 그의 셔츠를 풀었다.

"뭐 하는 거야?" 그가 깜짝 놀라면서도 나를 막지는 않았다.

"당신을 보려고. 가슴에 털이 있는지 보고 싶어." 털은 없었다.

"우리는 체모가 별로 없어."

그의 피부는 아주 부드러웠다. 나는 그의 가슴에 입을 맞추고 양손으로 가슴을 훑으며 감촉을 즐겼다. 그러다 그를 맛보고, 그의 피를 마시고, 그 길고 날씬한 몸 아래에 누워서 내 안에서 그를 느끼고 싶은 욕망이 강하기 일었다. 곧 나는 하던 일을 멈추고 그의 무릎에서 내려왔다.

그는 모든 것을 내 뜻에 맡긴 채 나를 쳐다봤다. 지금 당장 내가 그를 문다고 해도 허락할 것 같았다. 그러면 어떻게 될까? 만에 하나 내가 죽으면 그는 최소 자식도 못 보고 늙어가는 처지가 될 것이었다. 형제들은 다른 이나와 짝을 맺겠지만 그는 그러지 못할 터였다.
"왜 이렇게 위험한 짓을 해?" 내가 속삭였다.
"내가 뭘 원하는지는 나 자신이 알아."
나는 그의 욕구로부터 그를 보호해야겠다고 판단했다. 그가 원한다고 해도, 이대로 가서는 안 되었다. 나는 손가락이 매끄럽고 길디긴 그의 커다란 두 손을 잡았다. 그의 손은 내 공생인들의 손과 비슷한 듯 달랐다. 난 그의 손을 잡고 입을 맞췄다. 그런 뒤 그를 떠났다.

* * *

판결위원회의 첫 회의는 밤 9시로 잡혀 있었다.
회의는 사유도로 끝에 위치한 헨리의 집에서 수십 미터 떨어진 커다란 창고 건물에서 열릴 예정이었다. 건물은 깨끗이 비워진 상태로 평소 그곳에 보관돼 있던 장비들(픽업트럭 두 대, 작은 트랙터 두 대, 작업자를 태워 높은 곳으로 올려주는 작은 크레인 한 대)은 비 내리는 추운 날씨에 바깥에 나와 있었다. 크기가 좀 더 작은 도구들은 다른 건물로 옮겨졌다. 어디선가 빌려온 접이식 철제 의자와 테이블은 트럭에 실려 있었다. 이 모든 작업이 고든 가족과 그들의 공생인들에 의해 빠르고 효율적으로 이루어졌다. 나와 내 공생인들 역시 할 수 있는 만큼 일손을 보탰다.

참석자는 실크 가족 열세 명 전원, 고든 가족 열 명 전원, 그 외 열세 가족에서 차출한 대표 두 명씩이었다. 열세 가족 모두 내게는 낯선 이들이거나, 레온티예브나 브레이스웨이트처럼 낯선 이에 가까웠다. 그런 그들이 실크 가족과 나에 대해 판단한 뒤 내가 나 자신에 대해 다시 알아가고, 또 다른 공격에 대비해 매일 보초를 서지 않고 내 삶을 살아가도록 만들어줄지도 몰랐다.

판결위원회가 정말 그렇게 할 수 있을까? 만약 그러지 못한다면 어떻게 될까?

열세 가족은 포토풀로스, 마르쿠, 모라리우, 달만, 라파포트, 웨스트폴, 니콜라우, 안드레이, 스보보다, 아흐마토바, 너지, 그리고 당연히 레온티예브와 브레이스웨이트였다. 이들 대표 중 한 명은 위원 역할을 맡고 나머지 한 명은 대체 위원으로 대기할 예정이었다. 여섯 가족이 남자였고, 일곱이 여자였다. 나는 프레스턴에게 의도적으로 성비를 맞춘 거냐고 물었다.

"전혀 그렇지 않단다." 그가 내게 말했다. 나는 내 공생인들과 함께 철제 의자를 줄 세우고, 그는 회의를 기록할 비디오카메라 한 대를 손보는 중이었다. "어떤 식으로 판결이 이루어지는지 들었을 거야. 양쪽 다 수용할 수 있는 가족들로 위원회를 꾸릴 때까지 실크 가족과 거래를 했어. 네가 아무도 기억하지 못하니 우리가 너의 대변인 역할을 한 거고."

"제가 전에 이들 모두를 알았나요?"

"알았지. 어떤 이들은 아주 잘 알았고, 가문의 명성만 들은 정도인 이들도 있었어."

"지금이라도 말해주시면 기억할게요."

"네가 기억할 거라는 건 의심치 않아. 하지만 지금은 모르는 게 나아. 네가 그들을 모른다는 걸 보여줘야 해. 네가 얼마나 많은 걸 잃었는지 알려줘야 해. 그냥 너답게 행동하거라. 네가 심각한 부상을 당했고 그럼에도 망가지지 않았다는 걸 그들이 봐야 한다."

"예전의 저는 망가졌어요."

"얘야, 네가 생각하는 만큼 철저히 망가진 건 아니란다." 그가 나를 지긋하고도 차분한 표정으로 바라봤다. "대니얼의 피를 맛봤니?"

나는 그의 질문에 깜짝 놀랐다. "맛볼 거예요." 내가 말했다. "이 모든 소동에서 살아남으면요. 누군가와 함께해도 좋다는 믿음이 생기면, 그리고 우리 중 누구도 위태로운 상황에 처하지 않으리라는 확신이 생기면 말이에요. 물론 조금 더 커야겠죠."

"그 녀석이 네게 미래를 함께하자고 했다더구나."

"그래서 짝이 되겠다고 약속했어요. 하지만 지금은 아니에요."

그가 웃었다. "잘했다. 비록 넌 혼자이기는 하지만, 내 아들들의 아들들이 기대할 수 있는 최고의 짝이 될 거야. 그 녀석들 모두 너를 원해."

"대니얼 말로는 헤이든이…."

"헤이든은 걱정하지 말렴. 그도 너를 좋아해, 쇼리. 그냥 가족이 걱정되어서 그러는 거야. 조그만 여자애 하나에게 너무 많은 일이 달려 있는 게 두려운 거지. 이 위원회 일이 끝나고 나면 내가 그를 설득하마."

나는 그의 말을 믿었다.

그는 우리(라이트, 조엘, 테오도라, 실리아, 브룩과 나)가 의자 150개를 가지런히 줄 맞추는 일을 끝낼 수 있도록 자리를 떴다. 의자를 더 놓을 공간도, 더 많은 공생인들이 참관을 원하면 추가로 놓을 의자도 있었지만 대부분의 공생인들은 밖에서 화구(바비큐 그릴)에 고기를 구우며 실컷 먹고 마시는 데 관심이 쏠려 있었다. 비가 오는 바람에 많은 사람들이 실내에서 파티를 벌였다. 고든네 공생인들의 아이들을 위한 작은 파티도 열렸다.

라이트는 원하면 가서 즐겨도 좋다는 내 말에도 불구하고 회의 내내 나와 함께 있기로 결심했다. 프레스턴의 지시대로 의자와 접이식 탁자를 모두 설치한 뒤 나는 실리아, 브룩, 조엘, 테오도라에게 가든 머물든 내키는 대로 하라고 말했다. 조엘은 라이트가 머문다는 사실 때문인지 내 곁에 머물렀다. 브룩과 실리아는 오랜 우정을 새로이 다지기 위해 떠났고, 테오도라도 그들과 함께했다. 테오도라는 유쾌하고 신나 보였다.

"화성으로 이주를 왔잖아요." 그녀가 내게 말했다. "이제 어떻게 해야 좋은 화성인이 되는지 배워나가야죠. 그러려면 다른 이주민들만큼 좋은 선생이 어디 있겠어요?"

나는 내가 그녀의 말뜻을 이해했다는 사실에 놀랐다. 그리고 그녀가 무척 행복해 한다는 사실에 기뻤다. 스트레스를 받는다거나 거짓말을 한다는 느낌은 없었다. 그녀는 진심으로 행복해 했다.

"자신이 원하던 곳에 온 거야." 그녀가 떠나자 라이트가 말했다. "너와 함께 있고 앞으로도 함께할 테니까. 그녀 입장에서 보면 죽어서 천국에 온 거나 마찬가지지. 쇼리, 사람들이 자꾸 너와 사랑에 빠져. 남녀노소 가리지 않고 말이야."
 나는 내가 그의 말뜻을 이해한다는 사실에 또 놀라며 그를 올려다봤다. "당신은 왜 다른 이주민들에게 배우려 하지 않는 거야?"
 "오, 배우고 싶지." 그가 나를 보며 활짝 웃었다. "당연히 배우고 싶어. 하지만 지금은 화성인들에게 직접 배우고 싶거든."
 "위원회가 어떻게 돌아가는지 알고 싶은 거구나."
 "바로 그거야."
 "나도 그래. 청중의 입장에서 바라봤으면 더 좋았겠지만." 우리는 뚜껑이 덮인 물주전자와 플라스틱 컵을 쟁반에 담아 창고 건물에 갖다 놓는 것으로 준비 과정에서 맡은 소임을 끝냈다. 몇 개는 위원들이 앉는 앞쪽 탁자 중간에 나누어놓고, 몇 개는 나머지 사람들이 마실 수 있도록 뒤쪽 벽 옆의 탁자 위에 놓았다. 그런 뒤 첫 줄에 자리를 잡았다. 필요할 때마다 일어서서 발언을 하려면 앞에 앉아야 할 것 같았다. 조엘과 라이트는 본인들이 회의실에 남겠다고 했으므로 양 옆에 둘 생각이었다.
 "이런 위원회 회의에 참석해본 적 있어?" 라이트가 조엘에게 물었다. 나는 깜짝 놀랐다. 내가 조곤조곤 친절하게 일러선지 최근 들어 딱히 필요하지 않은데도 서로에게 말을 걸기 시작했다.
 "한 번도 없어." 조엘이 말했다. "살면서 여기서 위원회가 열린 적이 한 번도 없었거든. 여튼 내가 집에 머무는 동안엔 없었어."
 양쪽에 그들을 두니 뭔가 위안이 되었다. 그들의 존재만으로 그간 받았던 스트레스가 누그러졌다.
 이나와 공생인들 몇몇이 들어와서 착석하기 시작했다. 첫날 밤 회의는 9시에 시작해서 다음 날 아침 5시까지 진행될 예정이었다. 위원, 청중 모두 재킷과 코트를 걸친 이들이 많다는 것 말고 특별한 복장은 없었다. 건물에 난방이 안 되어서 공생인들은 바지와 스웨터, 평상복, 파티 의상 위에 여벌을 걸쳐야 할 것 같았다. 몇몇 공생인은 먹고 마시고 춤추는 것보다 회의를 보는 게 낫겠다고 생각했는지 파티를 즐기다가 이곳으로 왔다. 그날 밤 날이 깜깜해진 직후 나는 조엘과 함께 가장 시끄러운 파티가 열리는 윌리엄의 집을 잠시 돌아다녔었다. 그의 말마따나 무슨 일이 벌어지는지 보기 위해서였다. 내 기억으로 사람들이 스테레오 음악에 맞춰 춤추는 걸 본 것은 처음이었다.

"재밌어 보이네." 내가 말했다.

조엘이 웃었다. "실제로 재밌어. 배우고 싶어?"

"응. 하지만 지금은 아니야. 오늘 밤은 안 돼." 곧 우리는 회의 준비를 돕기 위해 제자리로 돌아갔다. 하지만 나는 그 모든 즐거움과 땀과 가벼운 흥분이 못내 아쉬워 뒤돌아봤었다. 계속 머물며 그에게 춤을 배울 수 있었더라면 좋았으런만.

22

아이러니하게도 회의에 참석한 최고 연장자는 마일로 실크였다. 그는 541세로 이나치고도 나이가 굉장히 많았다. 내가 읽고 있던 역사책에 따르면 그가 태어났을 땐 미대륙이나 호주에 유럽인이 살고 있지도 않았다. 훗날 크리스토퍼 콜럼버스의 모험을 후원한 페르난도 왕과 이사벨라 여왕이 혼례를 올리기도 전이었다. 모든 이나가 유럽과 중동에 거주하면서 집시와 함께 유랑하거나, 정착촌에 가능한 한 섞여 들어가거나, 심지어 이곳저곳의 귀족 사회나 궁중에 진출하던 시절이었다. 그야말로 내겐 화성과도 같은 세계였다. 마일로가 실크 가족만 아니었다면 그에게 젊은 시절 살았던 세상에 대해 이야기 한 꼭지라도 듣고 싶어 안달이 났을 것 같았.

하지만 상황이 이렇다 보니 지금껏 그와 그의 가족을 피할 수밖에 없었다. 그런데 그가 최고 연장자로서 위원회의 판결 절차가 시작되었음을 축복해달라는 요청을 받은 것이다. 나는 그들이 관습을 바꿔야 한다고 생각했다. 고통과 죽음으로 점철된 사건과 관계없는 어른

게 축언을 부탁해야 옳았다. 그래야 프레스턴이 내게 말한 통합과 평화의 취지에 맞았다. 하지만 모두들 마일로가 축언을 할 것으로 예상하는 것 같았다. 어쨌거나 그는 어떤 사건에 대해서도 유죄 판결을 받지는 않았으니 말이다. 아직까지는.

마일로 실크가 최종적으로 배정받은 내 좌석 맞은편 자리에서 일어났다. 그와 나는 천을 씌운 철제 테이블들이 활 모양처럼 넓게 늘어져 있는 대열의 반대편 끝에 앉아 있었다. 열두 명의 위원이 한 테이블당 두 명씩 앉았고, 홀로 남은 피터 마르쿠는 혼자 테이블을 차지했다. 주최자 가족의 대표이자 사회자로 가운데 앉은 프레스턴 고든을 비롯해 마일로 실크와 나도 혼자 앉았다.

회의실에는 고든의 공생인들이 수고롭게 설치한 음향 시스템도 있었다. 커다란 방의 세로 면을 따라 스피커가 군데군데 설치돼 있었고 각 테이블마다 잘 휘어지는 가느다란 마이크가 놓여 있었다. 테이블로 이루어진 활 모양 대열의 한가운데는 스탠드 마이크도 있었다.

마틴 해리슨이 마이크를 어떻게 켜고 끄는지, 어떻게 스탠드에서 분리하는지, 발언할 때는 얼마나 가까이 대야 하는지 등 마이크 사용법을 내게 진작 설명해줬다. 라이트와 조엘이 마일로를 비롯한 위원들이 착석하는 동안 주위를 둘러보며 이 모든 과정을 지켜봤다. 그런 뒤 라이트가 내 이마에 입을 맞추고는 혼란스런 표정으로 말했다. "행운을 빌어." 그러고는 그의 재킷을 걸쳐놓은 앞줄의 자기 자리로 돌아가 혼자 앉았다.

조엘은 양손으로 내 손을 움켜쥐고서 조금 더 곁에 머물렀다. "겁나?" 그가 물었다.

나는 고개를 저었다. "긴장돼. 하지만 겁은 안 나. 그냥 빨리 끝났으면 좋겠어."

그가 활짝 웃었다. "강렬하게 한 방 먹여." 그가 내 손바닥에 차례로 입을 맞추고는 라이트의 옆옆 자리로 돌아갔다. 내가 앉았던 가운데 자리는 그대로 비어 있었다.

사실 아무도 공생인은 같은 탁자에 앉으면 안 된다고 말하진 않았다. 그래서 기쁜 마음으로 그들을 내 옆에 앉히려 했었다. 앉기도 전부터 그 자리가 외로워 보여서였다. 하지만 두 남자는 이나들만 탁자에 앉는 것을 보더니 알아서 자리를 떴다. 그들이 맞을지도 몰랐다. 잠시 후 브룩이 들어오더니 그들의 가운데 자리에 앉았다.

프레스턴이 일어나 자신을 소개하고, 환영사를 건네고, 이어서 마일로에게 회의에 대한 축언을 요청했다.

마일로가 일어서서 마이크를 손에 들고 축언을 시작했다.

"우리가 이 ㅏ리는 사실을 언제나 기억하기를." 그가 깊고 조용한 목소리로 말했다. "우리는 만 년이 넘는 역사를 지닌 유구하고 명예로운 종족입니다. 우리는 우리의 가족, 우리의 종, 우리를 우리답게 만들어주는 진실들에 대한 의무를 잘 알고 있는 긍지와 힘을 가진 종족입니다. 공생인들을 변함없는 친절로 돌보기를. 그들을 보살피고 해악으로부터 보호하기를. 짝들에게 사랑을 베풀고 충성을 다하고 관대함을 보이기를. 이 판결위원회의 진행 절차가 명예와 정의와 진실로서 이루어지기를. 여신께서 바라시는 존재가 되고 그렇게 행동하고자 부단히 노력하며 여신을 기억하고 드높이기를. 그녀를 드높이지 않는 것들은 모두 뿌리치기를. 뿌리치고 다시는 접촉하지 않도록, 다시는 유혹되지 않도록, 다시는 더럽혀지지 않도록 조심하기를. 우리의 강인함은 우리의 유일함과 단합에서 나온다는 사실을 항상 기억하기를. 우리는 이나라는 것! 그것이 이 위원회가 반드시 지켜야만 하는 것일지니. 자, 이제 그럼! 시작합니다." 그가 입술을 가지런히 닫더니 자리에 앉았다.

마일로가 마지막 몇 문장을 말하면서 나를 정면으로 쳐다봤다. 백발에 꼿꼿한 몸을 가진 그는 키가 약 2미터로 대부분의 이나보다 훨씬 날씬했다. 용모는 날렵했으며 인상은 왠지 매서웠다. 그가 인간이라면 60세, 어쩌면 65세라고 해도 놀라지 않을 것 같았다. 말투에 공생인들을 하대하고 나를 업신여기는 듯한 태도가 보이긴 했지만 중후한 목소리 덕분에 그가 뱉는 말들에서 장엄한 느낌이 풍겼다.

프레스턴 고든이 활 모양 대열의 한가운데 놓인 좌석에서 자세를 바로잡았다. 나는 프레스턴이 자신의 위치를 즐기고 있다는 인상을 받았다. 그가 위원들과 대체 위원들, 그리고 공생인들을 거듭 환영했다. 그리고 혹시 필요하거나 원하는 게 있으면 고든 가족에게 말만 하면 된다고 확인시켜주었다. 그런 다음 위원들을 하나씩 소개했다. 모두가 서로를 알고 있는 듯했다. 나, 일부 신입 공생인들, 아이러니하게도 일부 젊은 실크 가족들을 제외하곤 말이다. 나는 소개를 주의 깊게 들으며 그들을 기억했다. 프레스턴이 이미 방문객들에 대해 일일이 귀띔해준 뒤였다. 지금은 이름에 얼굴을 연결시킬 기회였다.

조에 포토폴로스의 가족은 한때 그리스에 살았으나 최근 한 세기 동안 몬태나주에서 소 목장을 운영하고 있었다.

다시 봐서 반가운 조앤 브레이스웨이트의 가족은 서부 오리건주에 살면서 크리스마스트리를 키우는 일을 비롯한 여러 가지 일들을 하고 있었다.

알렉산더 스보보다의 가족은 2차 세계대전이 발발하기 몇 년 전까지 체코슬로바키아에 살다가 시에라네바다산맥 북쪽으로 이주해 공동체를 만든 뒤 현재는 휴가용 리조트를 운영했다.

피터 마르쿠의 가족은 브리티시컬럼비아주에 살면서 여행객을 대상으로 하는 사업체를 여럿 운영하고 있었다. 그중 하나가 여행객들을 헬리콥터에 태우고 고립된 지역으로 가서 잊지 못할 산행을 할 수 있게 안내하는 것이었다.

블라디미르 레온티예브와 그의 가족들은 러시아령이었던 시절부터 알래스카에 죽 거주해왔다. 그들은 낚싯배 여러 척을 비롯해 통조림 공장과 냉동식품 가공 공장을 소유하고 있었다.

애나 모라리우의 가족은 고든 가족의 이웃으로 수백 킬로미터밖에 떨어지지 않은 훔볼트 카운티에 살았다. 가족 중에 몇몇이 교사, 작가, 화가로 활동했으며, 국립공원과 주립공원을 방문하는 사람들을 상대로 하는 호텔 두 개가 있었다.

캐서린 달만의 가족은 애리조나주에서 관광 리조트용 목장을 운영했다. 하지만 태양과 더 멀면서도 밤이 긴 북쪽의 겨울을 찾아 캐나다로 이주할 계획이었다. 캐서린과 자매 소피아는 여자 이나치고 눈에 띄게 키가 작았다. 사실 맨 처음 눈에 들어온 게 키였다. 위원회에 참석한 다른 여자 이나들은 최소 183센티미터였다. 하지만 달만 가족은 겨우 실리아 정도밖에 되지 않았다. 실리아 본인에 의하면 그녀의 키는 170센티미터였다. 실리아는 다른 여자 이나들과 있으면 키가 작아 보이기 때문에 내 옆에 있는 걸 좋아했다. 그러면서 신나게 내 키를 재더니 내가 150 정도라는 사실을 알아냈다. 하지만 나는 아직 클 키가 남아 있었다. 나는 캐서린 달만과 소피아 달만이 자신의 키에 대해 어떻게 생각하는지 궁금했다.

앨리스 라파포트의 가족은 텍사스주에서 목장을 운영했는데 그녀는 법적인 이유로 자신의 첫 번째 공생인과 결혼을 했다. 그는 그녀와 같은 호적에 오른 뒤 그토록 원하던 농장을 운영하고 수익을 내며 인생을 즐기고 있었다. 앨리스, 그녀의 자매, 그리고 그들이 데려온 여섯 명의 공생인들이 손님용 숙소의 거실, 주방, 가족실을 쓰는 덕에 그들과 대화를 나눌 기회가 있었다. 앨리스에 따르면 여자 이나 가족들은 남성 공생인과 결혼을 하고 공동체를 인간 마을처럼 보이도록 꾸미는 방법을 통해 수천 년 동안 인간으로 대우받았다.

해럴드 웨스트폴 역시 법적이면서도 사회적인 이유로 그의 첫 번째 공생인과 결혼을 했다. 사우스캐롤라이나주에 사는 그는 주목받지 않고 평범한 존재로 보이기 위한 일이라면 뭐든지 좋다고 여겼다. 하지만 온 가족이 사우스캐롤라이나주에서 160년 동안 거주 중인데도 아직까지 그곳에 마음을 두지 못한다는 인상이 들었다. 왜 그가 그곳에 머무는지 신기한 일이었다.

키라 니콜라우와 그녀의 가족은 루마니아를 떠나 러시아로 이주했다가 1917년에 공산주의 혁명이 일어나기 직전에 러시아를 떠났다. 그리고 결국 평범한 인간인 척 위장할 필요가 없는 아이다호주의 외딴 골짜기에 자리를 잡았다. 그들은 직접 우물을 파고, 통나무를 베고, 오두막을 지었다. 바람과 태양을 이용해 전기를 생산했고, 곡식을 심었고, 공생인에게 먹거리를 조달하고 약간의 이윤을 남길 수 있을 만큼의 닭과 돼지와 염소와 젖소를 키웠다. 직접 만들지 못하거나 만드는 수고를 하기 싫은 것들은 1년에 두 번 정도 쇼핑을 했다. 짝을 방문하거나 간혹 있는 판결위원회에 참석할 필요가 없었다면, 이들은 다른 이나들의 머릿속에서 깡그리 잊힐 수도 있을 것 같았다.

한편 이온 안드레이는 시카고 교외에 살았다. 그의 가족 역시 캐나다로 이주할 계획이었다. 그들은 시카고에서 여러 개의 사업체를 운영하며 수익을 거두었다. 한 세기가 넘게 시카고에서 거주했는데, 늘어나는 인구에 잠식당하고 있다는 느낌을 슬슬 받는 참이었다.

월터 너지의 가족은 북반구에 겨울이 올 때면 워싱턴주의 올림픽반도에서 농장을 운영하다가, 남반구에 겨울에 올 때면 아르헨티나의 목장으로 거처를 옮겼다. 실제 아르헨티나에서 막 돌아온 터였다. "북쪽과 남쪽을 오가면 어둠의 시간을 훨씬 많이 확보할 수 있어." 그가 내게 했던 말이다. "하지만 안락함도 중요하지. 약간 추운 날씨는 괜찮지만 눈과 얼음은 싫어." 그의 가족은 뉴욕과 팔로알토, 샌프란시스코에 수익용 부동산도 가지고 있었다. 가족 중에 일을 하기 싫어하는 몇몇은 화가, 작가, 뮤지션 등으로 활동했다.

마지막으로 엘리자베스 아흐마토바 가족은 콜로라도주 로키산맥에 공동체를 이루며 살고 있었다. 그들은 주택, 가게, 점포는 물론 근처에 휴양지를 건설하는 식으로 공동체 주변의 땅을 조금씩 개발해서 마을을 제법 큰 규모로 키웠다. 부동산이 유명세를 타고 가치가 높아질 때까지 쥐고 있다가, 최근 들어 매우 높은 가격에 하나씩 팔아치우는 중이었다. 그녀의 가족은 1875년에 북미로 이주했는데, 현재 세 번째 큰 이사를 앞두고 있었다. 이번 행선지는 캐나다였다. 그들은 가능성이 큰 지역을 찾고 넓은 땅덩이를 확보해서 개발하는 것을 좋아했다.

프레스턴이 이들 전부에 이어 나를 소개하고 환영했다. 이윽고 그가 내게 일어서서 자초지종을 들려주라고 청했다.

나는 일어서서 마일로가 했던 것처럼 마이크를 잡았다. 그리고 동굴에서 기억을 잃은 채로 혼란과 고통과 강렬한 허기에 시달리며 눈을 떴던 첫 기억에서부터 이야기를 시작했다. 나는 휴 탱(하나도 숨김없이)과, 내 집인 줄 모르고 찾아간 폐허와, 라이트와 아빠와 아빠의 공동체가 파괴된 일을 거쳐 고든 가족이 급습을 당한 일과 빅터와 그의 패거리 둘을 포획하고 심문했던 일까지 모든 사실을 털어놓았다. 모두 말하는 데 한 시간이 넘게 걸렸다.

마침내 내가 이야기를 마치고 자리에 앉았다. 몇 초간 정적이 흘렀다. 그때 마일로가 일어섰다. "이 어린애에게 변호인이 있습니까?" 그가 물었다. "어린애"라는 표현에서 훨씬 고약한 단어를 내뱉고 싶으나 자제하는 듯한 뉘앙스가 풍겼다.

내가 아직 없다고 말하려는데 블라디미르 레온티예브가 말했다.

"저는 쇼리 매슈스의 어머니들의 아버지들 중 하나입니다. 위원회에 참석한 이나 중에 이 아이와 가장 가까운 살아 있는 친척일 겁니다. 어쩌면 저희 형제가 현재 살아 있는 이나 중 가장 가까운 친척일 수도 있습니다. 쇼리가 원한다면 제가 변호인이 되겠습니다."

나는 그를 보기 위해 몸을 앞으로 숙였다. "물어볼 게 있어요. 제 기억 문제 때문이에요. 블라디미르, 섭섭하게 듣지는 마세요. 당신과 저는 현재 서로 몰라요. 당신이 저를 변호할 때 그게 문제 될까요?"

"그렇지 않을 거예요. 여기서 중요한 건 가족이니까요. 쇼리 양은 제 후손이고 제게 아주 중요한 존재입니다."

"그럼 저를 대신해 말씀해주시겠어요? 아니면 제가 규칙과 관습을 이해하고 스스로 변호하게끔 도와주시겠어요?"

"둘 다 가능하지요." 그가 말했다. "하지만 후자가 더 낫겠네요."

나는 고개를 끄덕였다. "저도 그래요. 그러면 실크 가족도 변호인이 필요하지 않을까요?"

블라디미르가 나를 보고 미소를 지은 뒤 마일로 실크를 쳐다봤다. "가족의 변호인으로 누구를 내세울 건가요, 마일로?"

"내가 변호할 겁니다." 그가 말했다.

프레스턴 고든이 말했다. "마일로, 협상시 당신 아들이 달만 가족을 변호인으로 세워보겠다고 했습니다."

"내가 남을 내세워 나를 변호할 사람으로 보입니까?"

프레스턴이 그를 쳐다봤다. 그가 탁자 위에 놓인 자신의 가느다란 손을 내려다보다가 다시 마일로를 마주 봤다. "이번 한 번만 조언하지요. 혼자만의 힘으로 당신 가족을 보호하기 힘들 겁니다. 자존심 때문에 가족을 무너뜨리지 마세요."

마일로가 그에게서 고개를 돌리더니 몇 초 동안 침묵했다. 잠시 후 그가 말했다. "캐서린 달만은 내 여형제들의 딸들 중 가장 손위입니다. 그녀에게 변호인을 맡아달라고 요청하겠소."

캐서린 달만은 몸을 꼿꼿이 세워 앉아서 자신이 중요한 인물이라는 인상을 주면서 키가 살짝 커 보이는 효과를 냈다. 그녀가 천천히 고개를 끄덕였다. "물론 요청을 받아들입니다." 깊고 조용한 알토 톤의 목소리가 마일로의 여자 버전 같았다. 왠지 풍채 좋은 여성의 목소리였다. "마일로, 저 아이에게 직접 질문하겠습니까? 아니면 제가 할까요?"

마일로가 탁자를 내려다봤다. 나는 내가 발언하는 동안 그가 뭔가를 적고 있던 것을 기억했다. 회의를 기록하는 두 대의 비디오카메라를 믿지 못하는 걸까? 아니면 내게 묻고 싶은 질문들을 정리한 걸까? 그것도 아니면 기억력에 문제가 있는 걸까? 나는 질문을 받을 준비를 하며 활 대형 저편의 그를 마주 봤다. 하지만 그는 프레스턴 쪽으로 몸을 돌렸다.

"이 어린애가 이곳에 있어도 되는 건지 모르겠군요, 프레스턴." 그가 말했다. "가족을 잃는 끔찍한 고통을 겪은 데다가 본인이 인정하듯 부상에서도 회복이 덜 되었으니까요."

나는 내가 회복되었다고, 아니 가능한 만큼은 회복되었다고 말하고 싶은 충동을 억눌렀다. 대신 프레스턴의 답변을 기다렸다. 그가 나와 블라디미르를 차례로 봤다.

블라디미르가 말했다. "쇼리 양, 다친 건 다 나았나요?"

"네, 다 나았어요." 내가 말했다 "기억은 돌아올 수도, 안 돌아올 수도 있겠죠. 하지만 잊어버린 것들을 다시 배우기 시작했고 동굴에서 깨어난 후의 일들은 전부 또렷이 기억해요." 나는 마일로를 쳐다보면서 그가 1~2분 후면 내게 직접 말을 할 거라 믿었다. 하기 싫어도 그렇게 할 터였다.

"의사 진료는 받아봤나요?" 마일로가 물었다. "이곳 공생인 중에 인간 의사가 있다고 알고 있소. 만약 없다면 우리 공생인 중 하나가 의사입니다."

선을 넘는 주장이었다. 나는 마일로가 공개적으로 모욕을 주고 있다는 걸 알 정도로 푼타 누블라다에 오래 있었다. 그는 내 몸이 저절로 치유되는 온전한 이나가 아니라고, 나의 인간적 특징 때문에 내가 불완전하다고 주장하고 있었다.

"마일로!" 나는 크지는 않지만 날카롭게 말했다. 그가 자신도 모르게 나를 보고는 우연찮게 잠깐 본 것뿐이라는 양 부드럽게 고개를 돌렸다. 나는 몸을 앞으로 기울이고 활 대형 저편의 그를 마주봤다.

"나는 이나예요, 마일로."

그가 나를 쳐다보더니 프레스턴 쪽으로 다시 고개를 돌렸다. "이 아이를 위해서라도 의사 진찰을 요청합니다."

내가 말했다. "지금 적고 있는 건 뭐죠, 마일로? 아무도 필기를 안 하는데 말이죠. 당신도 기억력에 문제가 있는 건 아닌가요?"

그가 나를 노려봤다. 캐서린 달만도 마찬가지였다.

"나는 이나예요, 마일로. 내가 진찰을 받아야 한다면 당신 역시 진찰을 받을 것을 요청합니다."

"넌 이나가 아니야!" 그가 소리쳤다. 그가 손바닥으로 탁자를 세게 내리쳤다. 그 소리가 총소리 같았다. "이나가 아니라고! 차라리 똑똑한 개가 낫지. 넌 이 위원회에 아무 볼일도 없어!"

사람들이 펄쩍 뛰었다. 캐서린 달만이 말했다. "프레스턴, 몇 분만 휴정해도 괜찮을까요?" 그녀가 기다리지도 않고 일어나 마일로에게 갔다. 그는 탁자에 주먹을 올리고 몸을 앞으로 기댄 채 일어서서 나를 노려보고 있었다.

"15분입니다." 프레스턴이 말하고는 자신의 시계를 흘깃 봤다.

사람들이 컵에 물을 따르거나, 일어나 다리를 펴거나, 몸을 돌려 서로 얘기를 나눴다. 처음엔 위원회 사람 누구도 내게 말을 걸지 않았다. 심지어 대부분은 나를 쳐다보지도 않았다.

몇 사람이 방청석에 가서 대화를 하자, 라이트와 조엘과 브룩이 이를 내게 말을 걸어도 된다는 뜻으로 받아들였다. 그들이 내게 왔을 때쯤 블라디미르 레온티예브와 조앤 브레이스웨이트도 다가왔다.

353

이나 둘과 인간 셋이 잠시 서로를 쳐다보던 중 조앤이 탁자에 몸을 기대고 마이크를 끈 뒤 말했다. "쇼리, 이곳에 있는 여러 사람들이 여러 세기 동안 저 어른을 사랑해왔어."

나는 그녀의 말에 귀를 기울이며 하고 싶은 말들을 눌러 삼켰다. 그녀는 나만큼 그들을 잘 알았다. 저 늙은이는 내 가족을 죽이라고 명령했거나, 그게 아니면 자신의 아들들이 내 가족을 죽이는 걸 가만히 앉아서 지켜봤다. 저 늙은이는 내가 이나의 유전자와 인간의 유전자를 함께 가지고 있다는 이유로 나를 개 취급했다. 저 늙은이는 제정신이 아니었다. 모두 사실이었고, 모든 게 명백했다.

"제가 어쨌어야 하는데요?" 내가 그녀에게 물었다.

그녀가 놀란 표정을 지었다. "아무것도." 그녀가 말했다. "아무것도 안 했어야 해."

"내가 하게 됐어야지." 블라디미르가 말했다. "마일로는 나보다 겨우 90살밖에 많지 않아. 내가 힐책했더라면 훨씬 쉽게 받아들였을 거야."

"당신이 그렇게 했을까요?" 라이트가 그에게 물었다.

블라디미르가 크게 한숨을 쉬었다. "결국에는 했을 거야."

"이미 끝났어요." 내가 말했다. "이제는 어떻게 되나요?"

"모욕을 주기 전에 아무 생각도 안 했니?" 조앤이 물었다. "나중에 무슨 일이 벌어질지 생각 안 해봤어?"

"전 그를 모욕하지 않았어요." 내가 분명하게 말했다. "그냥 넘어갈 수도 있었어요. 그가 스스로 자초한 거예요."

"다른 사람들은 그렇게 생각하지 않을 거야."

"우리가 그를 제거한 거죠?" 내가 물었다. "그가 빠지고 아들이 대표로 나올까요?"

그녀는 별로 마음에 들지 않는다는 표정으로 나를 쳐다봤다. "그럴지도 모르지. 그게 네게 무슨 도움이 될 거라 생각하니?"

"최소한 새 대표는 저를 개인 대 개인으로 싫어하겠죠. 인간 대 동물이 아니라."

"그래야 기분이 좋아질 모양이구나." 그녀가 말했다. "하지만 아무 도움도 안 될 거야. 넌 이빨을 드러냈어, 쇼리. 강한 턱에 박힌 날카로운 이빨을. 이제 피해자로 보는 눈은 줄고, 잠재적인 위험한 적수로 보는 눈은 늘 거야. 네가 가족의 죽음을 가리기 시작했단 말이야."

나는 싫지만 억지로 그 말을 곱씹어봤다. 계속해서 화를 내고 나 자신을 정당화하고 싶었다. 하지만 나는 마침내 한숨을 쉬었다. "당신 말이 옳아요. 제가 어떻게 해야 할까요?"

그녀가 고개를 끄덕였다. 내가 올바른 질문을 한 모양이었다. "죽은 지들을 기억하며." 그녀가 말했다. "그들을 곁에 둬. 그리고 네가 뭘 원하는지 기억해. 넌 뭘 원하니?"

"그들이 죗값을 치르는 거요. 그들이 나를 쫓지 못하게 멈추는 거요. 그들이 더 이상 누구도 죽이지 못하게 막는 거요."

그녀가 고개를 한 번 끄덕이더니 몸을 돌려 사람들이 매우 점잖게 마일로와 논쟁을 벌이고 있는 활 대형 저편으로 걸어갔다.

"조앤 말이 맞아." 라이트가 내게 말했다. "하지만 냉정하네."

"여자 이니까." 조엘이 말했다.

"장녀기도 하고." 브룩이 말했다. "젊은 쪽인 마거릿이 좀 더 부드러울 거야."

"맞아." 내가 말했다.

"그렇지만 조앤의 조언은 옳아." 블라디미르가 내게 말했다.

"알아요." 내가 말했다.

"진실이 너의 가장 큰 무기야." 그가 말했다. "성깔은 잠시 넣어둬. 진실을 슬기롭게 이용해." 그가 몸을 돌려 자기 자리로 돌아갔다.

브룩이 그가 가는 모습을 지켜봤다. 그런 뒤 내 뒤로 와서 어깨에 양손을 올려놓았다. 그녀가 내 목과 어깨를 마사지하자 미처 깨닫지도 못했던 긴장이 풀리기 시작했다. 나는 그녀를 올려다봤다.

"좋아?" 그녀가 물었다.

"좋아." 내가 말했다.

조엘이 웃었다. "이나는 손길이 필요해. 특히 어릴수록. 넌 네가 얼마나 많은 접촉을 필요로 하는지 잘 모르는 것 같아, 쇼리."

"우리는 쇼리가 필요한 걸 얻는 꼴을 꼭 봐야 직성이 풀리지." 라이트가 나를 쳐다보며 말했다. 그 표정에 나는 웃으며 고개를 흔들었다.

"전부 자리로 돌아가." 내가 말했다. "금방 위원회가 다시 시작될 거야."

그들이 자리로 돌아가고 나서, 활 대형 반대편 마일로의 자리에 또 다른 실크 가족이 앉았다. 사람들은 그를 러셀이라 불렀다.

23

 러셀 실크는 아무 이야기도 하지 않았다. 그는 내 가족들의 죽음은 물론 알링턴 집과 고든 가족에 대한 공격에 개입했다는 혐의 일체를 부인했다. 자신의 가족이 사건에 연루되었다는 의혹도 부인했다. 그러면서 내가 착각했거나, 오해했거나, 누군가 실크 가족에게 죄를 덮어씌우기 위해(우연찮게 LA 카운티에 살고 있는 유일한 남자 이나 가족이라는 이유로) 인간들에게 거짓 정보를 주고 무기로 삼았다고 주장했다. 누가 그런 소설을 지어낸단 말인가? 그건 그도 몰랐다. 그와 그의 가족은 피해자였다…. 나처럼 말이다.
 그 역겨운 거짓말에 나는 내가 기억을 잃지 않았다면 화를 다스릴 수 있었을지 궁금해졌다. 내가 엄마들과 자매들과 공생인들을 기억했다면, 내 아빠와 형제들을 친절한 낯선 사람 이상의 존재로 떠올렸다면 오히려 참지 못했을지도 몰랐다. 러셀이 나를 분노하게 할 목적으로, 내가 마일로에게 했던 말을 되갚을 목적으로 그런 말을 했을지도 모른다는 생각이 들었다.

블라디미르 레온티예브가 발언했다. "러셀, 진실로 당신 아버지, 형제들, 아들들, 손자들 중 그 누구도 남자 인간들을 수집하고 그들을 도구로 삼아서 페트레스쿠 가족, 매슈스 가족, 고든 가족을 죽이러 보낸 일이 없다는 겁니까?"

러셀이 언짢은 표정을 지었다. "내 가족 어느 누구도 그런 일을 할 거라고 생각하지 않습니다." 그가 말했다.

블라디미르가 고개를 저었다. "제 질문은 그게 아닙니다. 당신 가족이 이런 짓을 하지 않은 게 확실합니까?"

"가족들을 조사하진 않았습니다. 저는 형사가 아니니까요."

"그러니까 당신 가족들이 이 일을 저질렀는지 아닌지 확실히 모른다는 거군요?"

"그들이 그랬을 거라 믿지 않습니다!" 그가 잠시 말을 멈추고 블라디미르에게서 시선을 돌렸다. "하지만 확실하게 알지는 못합니다."

나는 그 말을 믿지 않았다. 설령 내가 빅터 패거리들을 심문하는 걸 돕지 않았더라도, 그의 말을 믿진 않았을 것이다. 러셀은 자신의 가족들이 어디까지 발을 들였는지 알면서도 거짓말을 하고 있었다. 그는 침묵함으로써, 또는 적극적으로 가담함으로써, 내 가족들을 살해하는 데 일조했다.

"쇼리 양에게 질문이 있습니다." 캐서린 달만이 말했다.

나는 그녀를 흥미롭게 바라봤다. 아직 그녀에 대해선 판단이 서지 않았다. 그녀는 실크 가족과 그들이 한 짓에 얼마나 결부돼 있을까?

"고통스러운 일들에 대해 물어서 미안해요." 그녀가 말했다. "어머니들과 자매들에 대해 뭔가 기억나는 게 있나요?"

"전혀요. 아무것도 기억이 안 나요."

"그들의 이름도요?"
"자매들은 이름이 바버라와 헬렌이라고 들었어요."
"그러면 어머니들이나 대어머니들은요?"
"모르겠어요."
"공생인들은… 몇이나 있었나요?"
"일곱이라고 들었어요. 기억은 안 나지만."
"아무도 기억이 안 나나요? 단 한 명도?"
"네, 아무도요."
"그러면 한때 누구보다 가까웠던 이들에 대해 아무 감정도 느끼지 못한다는 거군요?"

나는 고개를 떨구었다. "낯선 사람 같아요. 애도할 만큼도 기억이 안 난다는 게 끔찍해요. 그들이, 내 가족들이 죽었다는 게 싫지만 제게는 존재하지 않았던 사람들이나 마찬가지예요."

"솔직하게 밀해줘서 고마워요." 여전히 그녀를 어떻게 판단해야 할지 감이 오지 않았다. 나를 좋아하진 않았지만 그녀는 공손했다. 내가 하는 말들이 실크 가족을 위험에 빠트리기 때문에 나를 싫어하는 걸까? 아니면 내가 반은 인간이기 때문에 싫어하는 걸까?

"자신이 몇 살인지 아나요, 쇼리 양?" 러셀이 물었다.
"아빠 말로는 쉰세 살이랬어요."
"그러면… 키와 몸무게는 어떻게 되나요?"
"키는 150센티미터예요. 몸무게는 몰라요."
"또래 여자 이나의 평균 키가 얼만지 아세요?"
"모르겠어요."
"평균 168센티미터예요. 그게 뭘 말하는 것 같나요?"

나는 러셀을 빤히 보다가 키가 170센티미터인 캐서린 달만을 한참 쳐다봤다. 이윽고 다시 그와 마주 봤다. 적어도 뒷일에 대해 충분히 생각하지 않고 질문하는 사람이 나뿐만은 아닌 것 같았다. "무슨 말을 듣고 싶으신 건지 모르겠네요."

그가 잠시 나를 노려보더니 말했다. "세 명의 인간 포로들이 했던 증언 말고 실크 가족이 쇼리 양의 가족을 해쳤다는 다른 증거가 있나요?"

"세 명 모두 따로 취조했고 모두 같은 증언을 했다는 거 말고요? 그래요, 그게 제가 가진 증거의 전부예요."

러셀 실크, 나, 우리 쪽 변호인이 서로에게 질문을 반복했다. 오직 사실적인 질문들뿐이었다. 누군가 말해줬습니까? 직접 봤습니까? 직접 들었습니까? 직접 냄새를 맡았습니까? 직접 맛을 봤습니까?

질문을 주고받는 것 외에 어떤 발언도, 어떤 언쟁도, 서로의 말에 끼어드는 행위도 허용되지 않았다. 가이드라인을 벗어났다 싶으면 프레스턴 고든이 말을 끊을 수 있었고, 실제로 그렇게 했다. 그는 러셀과 내가 격분할 정도로 아주 공정하게 일을 해냈고, 우리가 노려보건 말건 눈길 한 번 주지 않았다.

위원들은 우리에게 질문을 던지고 답변에 대해 취조할 수 있었다. 고발인과 피고발인이 서로에게 질문을 하는 행위의 목적은 위원들에게 그들의 엄청난 감각 기관을 활용할 기회를 주기 위해서였다. 그들은 우리가 발언하는 동안 보고, 듣고, 공기를 들이쉬었다. 그들 모두를 합치면 몸짓 언어를 읽은 경험이 수천 년에 달했다.

서로에 대한 질문이 잦아들자 우리는 둘째 날 밤에 할 일을 당겨서 했다. 우리는 상호 합의하에 다른 이들을 심문하기 시작했다. 처음이 러셀, 그다음이 내 차례였다. 실크나 고든 가족 중 누구에게나 발언을 요구할 수 있었다. 요청을 받은 자는 거부할 수 없었다. 나는 실크 가족 4대 중에 손아래 2대를 목표물로 삼았다(아버지가 넷이고 짝을 짓지 않은 어린 아들이 다섯이었다). 그들을 하나씩 자유 발언대로 불러내 나나 러셀, 혹은 위원들이 묻는 질문에 답하게 할 작정이었다. 짝을 짓지 않은 어린 이나들이 나의 가장 큰 관심 대상이었다. 그들이 발언하는 모습을 위원들이 꼭 보고 들었으면 했다. 그들이 내 냄새에 심란해져서 마음먹은 대로 거짓말하기 힘들 거란 생각이 들었다. 하지만 지금은 러셀 실크의 차례였다. 그가 불러 세운 첫 번째 사람은 대니얼 고든이었다.

"당신 공동체가 공격받는 걸 직접 목격했나요? 저 쇼리 매슈스란 아이가 자신이 물리쳤다고 하는 그 사건 말입니다." 러셀이 물었다.

"쇼리는 자신이 물리쳤다고 말한 적 없습니다." 대니얼이 답했다. "고든 공생인들과 힘을 힙저 함께 침입자를 막은 겁니다."

"직접 봤냐고 물었습니다!"

"낮에 일어난 일입니다. 쇼리가 아닌 그 어떤 이나도 목격할 수 없었을 겁니다. 하지만 공생인 절반 이상이 봤어요. 그들이 침입자를 물리치고 심문을 위해 두 명을 생포했지요. 쇼리는 세 번째 포로를 잡았고요. 그리고 쇼리는 취조할 수 있게 포로들을 준비시킨 데다, 우리 공생인들은 손가락 하나 건드리지 않았어요."

러셀이 그를 빤히 보며 못 믿겠다는 듯 인상을 찌푸리더니 주제를 바꾸었다. "쇼리가 자신의 주변이나 의도, 견해에 있어 혼란스러워하거나 헷갈려 하는 것을 본 적이 있습니까?" 그가 물었다.

대니얼이 고개를 저었다. "전혀 없습니다."

"쇼리가 다른 이나들의 번영을 업신여기는 걸 본 적이 있습니까?"
"아니요. 절대 없습니다."
러셀이 역겹다는 듯 고개를 저었다. "그런데 말입니다, 대니얼. 쇼리 매슈스가 당신을 자신의 짝으로 구속시킨 건 사실이죠?"
"그런 적 없습니다." 대니얼이 말했다.
러셀이 위원들을 쳐다봤다. "이 말은 거짓입니다." 그가 말했다. "그가 이 아이를 숙소로 데려가는 걸 목격한 사람이 있어요."
잠시 침묵이 흘렀다. 위원들이 대니얼을 주의 깊게 살피며 냄새를 확인하기 위해 숨을 깊이 들이쉬었다. 마침내 두 사람이 말했다.
"아직 구속되지 않았습니다." 알렉산더 스보보다가 말했다.
엘리자베스 아흐마토바도 같은 말을 반복했다. "아직 구속되지 않았습니다."
들은 바에 의하면 그들은 위원들 중 최고령 남녀 이나였다. 다른 위원들도 연장자의 감각적 판단을 수용하거나 본인의 감각을 이용해 같은 결론을 내리며 하나씩 고개를 끄덕였다. 앨리스 라파포트는 대니얼의 냄새를 맡고 직접 판단했다는 걸 보여주기 위해 몇 번이나 숨을 깊이 들이쉬었다. 그녀가 마지막으로 고개를 끄덕였다.
나는 누가 대니얼과 내가 함께 있는 모습을 보고 멋대로 우리 관계를 판단한 뒤 실크에게 달려가 고자질했을지 궁금했다. 대니얼의 집에 머물고 있는 마르쿠 가족일까? 아니면 대니얼이 내게 다가와 집으로 데려가는 걸 누군가 밖에서 목격한 걸까? 아니면 실크의 공생인일까? 공생인을 무기로 삼을 수 있었다면 스파이로 사용하지 못할 이유도 없었다.
러셀은 위원회의 결론에 놀란 듯 보였다. "그러면 쇼리와 아무런 육체적 끈이 없다는 건가요?" 그가 대니얼에게 물었다.

"서로에게 약속했습니다." 대니얼이 말했다. "이 일이 끝난 뒤 쇼리가 나이가 차고 육체적으로 성숙해지면 저와 제 형제들과 짝을 지을 거예요." 그가 나를 보고 웃었다. 나도 마주 웃지 않을 수 없었다.

위원 중 하나인 애나 모라리우가 물었다. "오늘 밤 쇼리가 말한 사실을 믿나요?"

"믿습니다." 대니얼이 말했다. "일부는 직접 목격했어요. 포로들을 심문할 때 그 자리에 있었습니다. 쇼리와 제 아버지들, 대아버지들이 포로들을 취조했지요. 직접 보고, 듣고, 그들의 냄새를 맡았습니다. 그렇기 때문에 그녀를 믿는 겁니다."

"그게 그녀를 믿는 이유라는 게 확실합니까?" 러셀이 물었다. "쇼리나 당신이 이미 다른 이나와 짝을 지었다고 해도 믿었을까요?"

대니얼이 같은 말을 반복했다. "저도 포로들을 취조할 때 그 자리에 있었습니다. 제가 뭘 보고 들었는지는 제가 압니다."

그들은 같은 말을 세 번 반복하게 만들지는 않았다. 그의 의견을 바꿀 수 없음을 확인한 데다 그 스스로 진실을 말한다고 믿고 있음을 감각으로 알아차린 것 같았다. 마틴 해리슨이 며칠 전 이 부분에 대해 설명해준 적이 있었다. "물론 이나라고 완벽하게 진실을 감지하는 건 아니야." 그가 말했다. "기껏해야 누군가 자신이 진실을 말한다고 철석같이 믿고 있는지 확인하는 정도지. 이나들은 스트레스, 정확히는 스트레스의 강도가 변하는 걸 감지하는 거야. 너도 그렇지 않니? 땀내와 아드레날린 냄새를 맡아내고, 조금만 미세하게 떨림이 있어도 그걸 봐내고, 목소리, 숨소리, 심지어 심장박동이 조금만 달라져도 그 소리를 들어내잖니?"

"맞아요." 내가 말했다. "때로 이름 모를 다른 여러 가지 것들도 감지해요. 하지만 어떻게 해석해야 할지 잘 모를 때가 많아요."

"경험이 도와줄 거야. 나이 많은 이나들이 진실을 포착하고 거짓을 풀어헤치는 데 능숙한 이유가 그거야. 감각, 지성, 오랜 경험을 모두 사용해서지."

"어떻게 그런 걸 전부 알아요?"

"이나나 인간이나 모두 그렇게 하니까. 이나가 훨씬 더 잘하는 것뿐이야. 좀 더 예리하게 의식적으로 감지하는 거지. 보통 기억력도 훨씬 좋고 인간보다 연습 기간도 훨씬 오래 쌓을 수 있으니까. 우리 인간은 그보다 미미한 힘을 사용하면서 거기에 '직관'이니 '본능'이니 심지어 '초능력'이니 하며 이름을 붙이지. 사실 너희의 경우 그저 감각, 경험, 지능을 의식적, 무의식적으로 잘 활용하는 거지."

나중에 프레스턴에게 이 부분에 대해 물었더니 그가 싱긋 웃었다. "마틴이 얘기해줬구나?"

"네." 내가 말했다. "그 말이 맞아요?"

"오, 그렇단다. 마틴은 가르치길 좋아하지. 그에게는 네가 선물과 같을 거야."

"마틴이 나이 많은 이나들의 방식을 어떻게 알죠? 당신이 말해줬나요?"

"아니, 그건 그가 눈과 귀를 열어놓기 때문이야. 코는 다른 인간과 별 차이가 없지만 지능만큼은 최고지. 마틴의 아들도 비슷할 거야."

그 말에 나는 조엘에 대해 다시 생각했다. 그가 자기 아빠와 얼마나 비슷할지 궁금했다.

판결위원회 첫날은 실크 쪽이 나를 (기껏해야) 신뢰할 수 없는 존재로 보이게 하려고, 그리고 대니얼, 나아가 고든 가족을 거짓말쟁이로 보이게 하려고 애쓰다가 끝났다. 하지만 두 가지 노력 모두 실패로 돌아갔다. 그들은 우리의 권위를 훼손하려고 하루 더 발버둥칠 터였다. 그리고 세 번째 날에는 위원회가 판결을 다투고 진실을 가른 뒤에 이나 법에 따라 선고를 내릴 예정이었다.

그게 다였다. 보기에는 수월해 보였다. 실크 가족이 순순히 사형 선고를 받아들일까? 짝을 짓지 않은 어린 아들들을 다른 공동체에 보내도록 허락할까? 어느 누가 그렇게 할 수 있을까?

동트기 한 시간 전에 회의가 끝났다. 누군가와 대화를 하고 싶었다. 그때 브룩, 라이트, 조엘이 나를 데리러 왔고, 나는 내가 허기로 기력이 쇠약해져 있음을 깨달았다. 조엘과 브룩은 내 상태를 알아챘지만 라이트는 아직인 것 같았다.

"집으로 가자." 브룩이 말했다.

나는 고개를 끄덕였다. 마딘 해리슨을 찾아가 몇 가지를 물어보고 싶었지만, 다른 이나들이 듣지 못하는 낮에 물어보는 게 나을 것 같았다.

나는 공생인들의 부축을 받으며 집으로 돌아가 모두에게 입을 맞추고 실리아를 찾아갔다. 그녀를 만지지 않은 지 네 밤째였다. 오늘 밤에는 그녀가 나를 기다리고 있을 것 같았다. 그녀는 아직 완전한 내 사람이, 그러니까 대니얼의 말처럼 내게 완벽히 구속된 상태가 아니었다. 오늘 밤이 그녀에겐 분수령이 될 터였다. 그녀의 냄새가 내게 거의 다 왔다고 말하고 있었다. 오늘 밤, 그녀는 내 사람이 될 것이었다.

실리아는 잠들어 있었다. 그녀의 따뜻한 몸에서 저녁에 목욕을 하면서 사용했던 비누 냄새가 났다. 씻기 전 함께 잠자리를 했던 남자의 냄새도 났다. 냄새를 들이켜자 잠시 후 그 남자가 누군지 그려졌다. 피터 마르쿠의 공생인이었다. 작은 키에 몸이 단단하고 피부가 매우 부드러운 남자였다. 피부색은 완전히 까맣다고 할 만큼 아주 어두웠다. 누군가가 그가 가나에서 왔으며 이름이 콰시 툰툼이라고 말해준 적이 있었다. 실리아는 그 남자 덕분에 녹초가 되어 곯아떨어져 있었다. 그래봤자 결국 내가 깨울 테지만. 그래도 그녀가 싫어할 것 같진 않았다.

내가 옆자리로 미끄러져 들어가자 그녀가 눈을 떴다. 내가 안 보였을 텐데도 그녀가 말했다. "안녕, 쇼리. 나를 까맣게 잊은 줄 알았어."

"아니면서. 콰시랑 신나게 즐기느라 그런 걱정할 새도 없었잖아."

그녀가 얼어붙었다. 그녀의 몸이 굳는 게 느껴졌다.

나는 그녀의 얼굴과 입술에 입을 맞췄다. "내가 아는 게 그렇게 신경 쓰여?" 내가 물었다. "난 알 수밖에 없어."

"싫지… 않아?"

"싫어해야 해?"

그녀가 어깨를 으쓱했다. "스테판은 개의치 않았어. 내게도 인간 파트너를 만날 권리가, 그리고 원하면 아이를 낳을 권리가 있다고 했어. 어떻게 해도 그와는 아이를 만들지 못할 테니까." 그녀가 인상을 썼다.

내가 말했다. "그가 개의치 않는 게 왜 못마땅했던 거야?"

그녀가 한참 입을 다물었다. 그사이 나는 콰시가 그녀에게 뭘 했는지 살폈다. 그는 그녀의 입술, 목, 가슴, 그리고 가슴 사이에 입을 맞췄다. 그리고 입으로 젖꼭지를 물었다…. 나도 똑같이 했다. 그녀가 낄낄댔다. 그녀가 낄낄대는 소리를 듣는 건 처음이었다. 그때 그녀의 냄새가 바뀌며 목에서 다른 종류의 소리가 났다.

"뭐 하는 거야?" 그녀가 물었다.

"배우는 거야." 잠시 후 내가 말했다. "네가 다른 사람들과 자는 걸 스테판이 개의치 않는 게 왜 못마땅했던 거야?"

"그가 나를 더 사랑해주길 원했던 것 같아. 나를 너무 사랑해서 내가 다른 남자한테 가는 게 신경 쓰이지 않을 수 없을 만큼."

"신경 쓰였을 거야. 나는 여자인데도 신경이 쓰이는걸. 하지만 당신이 내 사람이라면 나머진 받아들일 수 있어. 그리고 당신에겐 인간 배우자와 아이들을 가질 권리가, 원하면 남자와 쾌락을 즐길 권리가 있어." 나는 똑바로 누워서 그녀의 몸이 내 몸 위로 올라가도록 위치를 옮겼다. "어떻게 해야 당신에게서 즐거움을 취할지는 알겠어." 내가 말했다. "그러니 당신을 즐겁게 하려면 어떻게 해야 할지 가르쳐줄래?"

"이번엔 즐거울 것 같아. 내 피로 배를 채워. 난 너와 살을 맞대고 있는 느낌이 좋아. 스테판과 내가 서로를 원했을 때, 그때와 비슷한 기분이 들어."

나는 웃었다. 그녀에 대한 허기와 갈망을 느꼈지만, 곧 있을 피를 빼는 순간만큼이나 그 기대감의 순간을 즐겼다.

그녀가 나를 올려다봤다. 이젠 내가 설핏 보이는 것 같았다. "이 위원회 나부랭이가 끝나면 더 가르쳐줄게. 널 즐겁게 하려면 내가 또 뭘 하면 좋을지 너도 알려줘. 하지만 지금은 네 허기부터 해결해. 해쓱하니 무서운 저 표정 좀 봐." 그녀가 내 뒷목을 문질렀다. "그런 표정을 지으면 내가 겁낼 거라 생각하지? 이리 와봐." 그녀가 나를 마주 보고 꽉 껴안은 채로 옆으로 몸을 굴렸다. 그 느낌이 너무 다정해서 더 이상 기다릴 수가 없었다. 나는 그녀를 깊숙이 물었다. 그녀가 살짝 아파하면서도 좋아했다. 그리고 내가 곧 떠나기라도 할 것처럼 나를 껴안았다. 그 느낌이 마치 내가 자기 것이라고 주장하는 것 같았다.

* * *

그날 오후, 실리아와 내가 일어나고 얼마 안 돼 마틴 해리슨이 나를 보러 왔다. 안 그래도 이따가 그를 보러 갈 참이었다. 그가 고든네 손님들을 만족시키기 위해 해야 할 그 많은 일들을 제쳐두고 나를 보려고 시간을 냈다는 게 놀라웠다. 그 와중에 또 하나 놀라운 건 그의 표정이었다. 그는 지치고 화나고 슬픈 감정을 드러내지 않으려고 애쓰고 있었다.
"서로를 조금은 아는 사이로서 말이야." 그가 말했다. "네가 아는 사람한테 이 말을 듣는 게 낫겠다고 생각해서 왔어."
나는 뭔지도 모르면서 갑작스런 두려움에 그를 되쏘아봤다. 그의 표정을 보니, 그게 뭔지 알고 싶지 않았다.
"뭘 들어요?" 실리아가 물었다. 그녀가 마틴에게 말하며 나를 쳐다봤다. 그리고 의자에서 일어나서 내 옆에 다가와 섰다. 그녀가 요리를 하고 거하게 식사를 마치고 가방에서 비타민과 철분 보충제를 꺼내 먹는 동안 내가 함께 자리해주고 있던 터였다. 그녀의 말에 따르면 스테판은 항상 그녀에게 비타민과 철분 보충제를 섭취하게 했다. 공생인 중에서 몸집이 가장 작다 보니 그녀의 건강이 걱정되었던 것이다. 그녀는 그가 죽고 나서부터 섭취를 멈췄다가 다시 여행가방을 뒤져서 보충제를 복용하기 시작했다.

그녀는 반쯤 아문 물린 자국이 완전히 드러나는 풀오버 스웨터를 입고 있었다. 마틴의 목에도 반쯤 아문 물린 자국이 보였다. 셔츠 깃 바로 위였다. "쇼리가 뭘 들어야 하다는 거예요?" 실리아가 다시 물었다. 마침 라이트, 조엘, 브룩이 고든의 공생인 두 명에게서 호위를 받으며 들어왔다. 별안간 고든의 공생인들이 밖으로 나가 내 공생인들을 찾아서 데려왔다는 깨달음이 스쳤다. 그들 역시 나만큼이나 영문을 모르는 표정이었다.

마틴이 그들을 흘깃거리더니 실리아를 봤다. 다정한 표정이었다. 무서우리만치 다정한 표정이었다. "오늘은 낮에도 밤에도 쇼리와 가까이 붙어 있어줘." 그가 실리아에게 말했다. "너희 모두 가까이 붙어 있어줘. 쇼리가 너희를 필요로 할 거야."

"무슨 말이에요?" 실리이기 물었다.

갑자기 한 사람이 빠졌다는 생각이 들었다. "테오도라!" 내가 외쳤다. "테오도라에게 무슨 일이 생긴 거지요?"

마틴이 한숨을 쉬더니 고개를 돌려 나를 봤다. "카먼이 오늘 샌프란시스코에 가기로 되어 있었어." 그가 말했다. "의약품이 필요하기도 했고 막 쌍둥이를 낳은 막내 여동생도 볼 생각이었지. 그런데 그가 헤이든의 집과 차고 사이에서 테오도라가 바닥에 누워 있는 걸 발견했어. 테오도라가 죽었어, 쇼리."

24

고든네 공생인 몇 명이 테오도라의 시체 주변에 모여 있었다. 하지만 아무도 시체를 건드리지는 않았다. 오직 카먼만이 테오도라가 살아 있는지, 도울 일은 없는지 확인하기 위해 시체를 만진 상황이었다.

마틴의 말에 따르면 카먼이 그에게 테오도라가 죽었다고 알렸을 때 그녀에게 시체 옆에 붙어서 아무도 근처에 얼씬하지 못하게 지시한 덕분이었다. 그동안 그가 나를 찾고 사람들을 시켜 내 공생인들을 데려온 것이었다.

나는 테오도라에게 걸어가며 이성의 끈을 거의 놓아버렸다. 그녀에게 데려달라고 마틴에게 부탁은 했지만 무슨 일이 일어난 건지 제대로 알지도 이해하지도 못했다. 테오도라가 죽었다는 걸 믿을 수 없었다. 그녀가 죽다니 말이 안 되었다. 불가능했다. 잠시 후 나는 그녀의 차가운 살갗을 만졌다.

"새벽에 발견했을 때 이미 죽어 있었어." 카먼이 내 뒤에서 말했다.

내 눈과 코로 이미 그 정도는 알 수 있었다. 죽은 지 몇 시간은 지났다. 해가 뜨기 훨씬 전에 죽은 것이었다. 러셀 실크와 내가 서로를 물어뜯고 있는 동안 죽은 것이었다. 침대에 누워 실리아를 내 사람으로 만드는 동안 죽은 것이었다. 그녀가 죽었다.

나는 테오도라 옆에 무릎을 꿇고 앉아 내 기억에 한 번도 내본 적 없는 소리를 냈다. 그녀는 나를 신뢰했고 사랑했기에 내게 왔다. 이곳 푼타 누블라다에서 함께 살자는 말에 얼마나 행복해 했던가. 그녀가 안전할 거라고 믿었다. 나는 그녀에게 좋은 삶을 약속했다. 그리고 꼭 약속을 지키려 했다. 여생 동안 그녀를 내 곁에 두려고 했다. 그런데 어떻게 그녀가 죽을 수 있단 말인가?

나를 둘러싼 사람들이 사라졌으면 싶었다. 혼자서 테오도라를 살피고 그녀의 죽음을 이해하고 싶었다. 지켜보던 공생인들이 전부 몇 걸음 뒤로 물러나 있는 것으로 보아 내가 어떤 몸짓을 한 게 틀림없었다. 나는 테오도라 옆에 무릎을 꿇고 앉아 그녀의 것이 아닌 냄새들을 모으고 종류별로 분류했다. 테오도라는 최소한 한 군데 이상의 파티에 참석했었다. 그 바람에 냄새들이 어지러이 섞여 있었다. 땀, 피, 애프터셰이브 로션, 향수, 음식, 다양한 술, 성적 흥분, 많은 사적인 냄새들이었다. 열네 개의 각기 다른 인간의 냄새도 났다.

가장 큰 소리로 비명을 지르던 냄새는 테오도라의 머리에서 나는 강렬한 피 냄새였다. 그녀의 피였다. 머리를 보니 상처가 있었다. 머리칼은 말라붙은 피로 굳어서 떡이 져 있었다. 죽은 피였다. 머리를 손가락으로 훑다 보니 물렁하니 움푹 들어간 자리가 만져졌다. 누군가가 두개골이 깨질 정도로 머리를 세게 내려친 것이었다.

누군가 그녀를 살해한 것이었다.

누가 그런 짓을 했을까? 왜? 이곳에 그녀를 아는 사람은 없었다. 누구도 그녀를 해칠 이유가 없었다…. 나를 해치려는 거면 모를까. 누가 그런 짓을 했을까? 혹시 다른 이를 고통에 빠트리기 위해 사람을 죽였을까? 왜 안 되겠는가? 누군가(실크 가족이 분명했다) 나를 비롯해 내 대어머니들이 창조한 모든 것을 죽이기 위해 거의 200명에 달하는 인간과 이나를 살해했다.

나는 눈을 감고 생각을 가라앉힌 뒤 테오도라에게 집중하려고 애썼다. 그리고 잠시 후, 숨을 깊이 들이쉬고 계속해서 냄새를 분류했다. 그녀는 열네 명의 인간과 접촉했다. 전부 고든의 공생인과 방문객들이었다. 모두 알진 못했지만 여섯은 떠올릴 수 있었다. 내가 만났거나 소개받은 적이 있는 사람들이었다. 나머지는… 나머지 냄새는 일단 기억해놓고 나중에 냄새의 주인을 만나면 알아볼 수 있을 터였다. 그중 누구라도 그녀를 죽였을 수도 있었다. 어쩌면 파티에서 스치기만 한 건지도 몰랐다. 아니면 그녀와 춤을 췄거나 우연찮게 그녀를 만졌을 수도 있었다. 최근에 누군가와 잠자리를 한 흔적은 없었다.

열네 명 중에 누가 그녀를 내려쳤는지는 알 길이 없을 듯 보였다. 하지만… 피가 살인자에게 튀진 않았을까? 살인자가 살인 도구를 보관하고 있진 않을까? 살인자가 그녀를 죽도록 구타한 뒤 만지진 않았을까? 죽었는지 확인하기 위해?

나는 피로 얼룩진 그녀의 깨진 머리에 얼굴을 가까이 댔다. 그러자 죽은 피 냄새, 테오도라의 사랑스런 몸 냄새, 열 시간이 넘도록 죽어 있던 사체 냄새가 후각을 지배해 금방 고개를 돌려야 했다. 나는 일어서서 몇 걸음 떨어졌다. 숨이 가빠오며 토할 것 같았다. 신선한 공기가 절실했다.

누군가 내게 말을 걸며 가까이 다가왔다. "혼자 내버려 둬! 저리 가!" 내가 소리쳤다. 잠시 후 소리친 사람이 나의 첫 번째인 라이트라는 걸 깨달았다. 내가 그에게 저리 가라고 한 것이었다. 나는 멍청이였다. 멍청이!

나는 그를 올려봤다. 그가 이미 뒷걸음질을 치며 어쩔 수 없이 물러나고 있었다.

"미안해." 내가 말했다. "여기 있어줘, 라이트. 이 일이 끝날 때까지 내 곁에 있어줘."

그러고는 잠시 심호흡을 하고 다시 돌아와 테오도라를 살피기 시작했다. 나는 그녀 밑에 뭐가 깔려 있는지 확인하고 냄새를 맡기 위해 시체를 옆으로 굴렸다. 주된 냄새는 당연히 피였다. 또 다른 다섯 사람의 냄새도 났다. 다섯 중 셋은 누군지 알 수 있었다. 그렇다면 밤 동안 열아홉 명의 사람이 그녀 몸에 냄새가 남을 만큼 가까이 접촉했다는 얘기였다. 그중에 그녀를 죽인 살인자가 있을지도 몰랐다. 일일이 찾아내 그들이나 그들의 이나와 얘기를 해봐야 할 터였다.

나는 마침내 일어서서 나의 죽은 테오도라를 하염없이 쳐다봤다. 그녀의 딸과 사위에게 찾아가 죽음을 알려야 했다. 모든 걸 말해줄 순 없겠지만 그들에게도 알 권리가 있었다. 살인자를 찾아내고 나면 그녀의 가족을 찾아갈 작정이었다.

나는 마틴을 찾아 두리번거렸다. 그는 아직 그곳에 있었다. 구경꾼들은 떠나고 마틴과 나의 공생인 넷만 아직 기다리고 있었다.

"오늘 공동체를 떠난 사람이 있어요?" 내가 물었다.

그가 고개를 저었다. "내가 알기론 없어."

"당신 모르게 떠났을 수도 있잖아요?"

"그럴 수도 있지. 얘야, 나도 이제 좀 자야겠어."

윌리엄 고든이 아침 일찍 그를 물었던 터였다. 나는 뒤돌아서 테오도라를 봤다. "시체를 어떻게 해야 할지 모르겠어요, 마틴."

"깨끗이 씻겨서 장례식을 한 뒤에… 글쎄, 묻어야지. 이곳에 우리만의 공동묘지가 있어."

나는 여전히 뭘 해야 할지 몰랐다. 매장할 수 있도록 테오도라를 채비해야 했다. 추도식 같은 것도 준비해야 했다. 살인자도 잡아서 죽여야 했다. 더욱이 몇 시간 안에 판결위원회의 두 번째 밤이 시작되면 참석해야 했다.

"쇼리, 얘야." 마틴이 말했다. 그 목소리가 어찌나 상냥하던지 그로부터 도망치고 싶었다. 감정에 휩쓸려 비탄에 잠겨 있을 수는 없었다. 감히 그럴 수 없었다. 그럴 시간이 없었다.

"쇼리, 우리가 시체를 돌볼게. 우리가 내장 준비를 할게. 위원회가 끝나면 추모식도 열 거야. 넌 가서 누가 이런 짓을 저질렀는지 알아봐. 그게 네가 원하는 일이지 않니?"

나는 그를 봤다. 내가 할 수 있는 전부는 고개를 끄덕이는 것뿐이었다.

"테오도라는 우리에게 맡겨." 그가 몸을 돌리려다 멈춰서 크게 한숨을 쉬었다. "두 가지가 있어, 쇼리. 중요한 사안이야."

"알겠어요." 내가 말했다.

그가 고개를 숙이곤 다른 표정으로 내 눈을 마주했다. 좀 더 힘겹고 슬프지만 단호한 표정이었다.

"말해봐요, 마틴." 내가 말했다. "제 친구가 되어줬잖아요. 하기 어려워도 그냥 속 시원히 말해요."

그가 고개를 끄덕였다. "아무도 죽이면 안 돼. 아무리 범인이라는 확신이 들어도 죽이지 마. 아직은 안 돼. 살인자는 방문객 중 하나일 거야. 고든 가족의 손님들 중 하나겠지. 너는 손님 그 이상이야. 몇 년 후에 이 가족의 아들들과 짝을 지을 몸이야. 어떻대도… 목숨을 빼앗기 전에 프레스턴이나 헤이든에게 무슨 일이 있었는지 꼭 말해야 해."

나는 그를 빤히 봤다. 처음에는 대답하기 힘들었다. 그때까지만 해도 만에 하나 테오도라를 죽인 게 마틴이래도 그를 살려둘 수 있을지 확신하기 어려웠다. 하지만 되살아난 기억의 단편을 통해 어렴풋하게 감정적으로나마 손님을 죽이면 고든 가족에게 심각한 적대 행위가 될 거라는 걸 알았다. 실제 그런 일을 한 사람이 있었는지는 기억나지 않았지만 그런 일을 해선 안 되는 걸 알 만큼 생각만으로도 공포와 역겨움이 느껴졌다.

"아무도 안 죽일게요." 마침내 내가 답했다.

그가 다시 고개를 끄덕였다.

"그리고 아무도 물지 마."

이건 더 어려운 일이었다. 하지만 이유는 알 수 있었다. 살인자를 찾아낸다 해도 그자는 이곳에 머무는 어느 이나의 공생인일 터였다. 이번에도 나는 누군가의 공생인에게 손을 대는 건 나쁜 일이라는 걸 알았다(어째서 아는지는 몰랐다).

"죄지은 건 이나일 거예요." 내가 말했다. "그럴 가능성이 높아요."

"그러니 공생인을 더더욱 학대해서는 안 되지."

"안 물게요. 저를 공격하지 않으면요. 만약 공격하면 뼈를 부러뜨리거나 살을 뜯는 대신, 물어버릴 거예요." 그리고 나는 그의 곁을 떠났다. 내 공생인들이 뒤를 따랐다.

우리끼리만 남게 되자 라이트가 나를 당겨서 한참을 부둥켜안았다. 근사하고 익숙한 냄새를 맡으며 그의 곁에서 그렇게 안전하게 머물고 싶었다. 그가 살아 있다는 사실이, 그가 나를 사랑하고 어떻게든 위로하고자 한다는 사실이 상상 이상으로 중요하게 다가왔다. 내가 허락만 하면 그가 나를 집으로 데려가 침대에 눕히고 잠들 때까지 곁에 있어줄 거라는 걸 알았다. 그 정도로 이제 그가 훤했다. 그가 그렇게 하도록 내버려두고 싶었다.

하지만 시간이 없었다. 가능하다면 오늘 밤 위원회가 시작될 때까지 누가 테오도라를 죽였는지 알고 싶었다. 살인자가 이곳을 떠나거나 또 다른 누군가를 못 죽이게 막고 싶었다. 그리고 이 새로운 사건을 위원회 앞에 갖다 놓고 어떻게 처리하는지 보고 싶었다. 그들이 처리하지 못한다면 내가 할 더였다.

나는 라이트에게서 몸을 빼냈다. 그제야 나란히 볼 수 있게 그가 나를 들고 있다는 사실을 깨달았다. 내가 그의 입가와 입술에 입을 맞춘 뒤 말했다. "내려줘."

그가 날 내려놨다. "우리가 어떻게 했으면 좋겠어?" 그가 물었다.

또다시 온몸이 산산조각 나는 것 같았다. 그도 이해했다. 당연한 일이었다. "함께 꼭 붙어 있어." 내가 말했다. "서로를 보호해줘." 나는 하나씩 얼굴을 쳐다봤다. 순간 그곳에 없는 얼굴에 대한 그리움이 밀려왔다. "테오도라의 죽음이 그간의 공격들이나 판결위원회와 관련이 있는지 알 순 없어. 하지만 그럴 가능성이 높아." 나는 잠시 말을 멈췄다. 그녀의 이름을 말하는 게 고통스러웠다. 나는 숨을 들이쉬고 말을 이었다. "웨인공 질 레너에게 가봐. 어젯밤 테오도라와 함께 있었어. 그녀가 남긴 냄새를 찾았어. 테오도라를 해치진 않았을 거야. 하지만 누구와 다퉜는지, 누구와 파티장을 떠났는지 봤을지도 몰라. 어젯밤에 웨인의 집에서도 파티가 열렸어?"

"웨인공?" 라이트가 인상을 찌푸리며 물었다. "공생인인 사람을 그렇게 부르는 거야? 그럼 우린 어떻게 돼? 우린 쇼리공이야?"

"그래." 내가 말했다.

"기억이 떠오른 거야?"

"아니. 사람들이 얘기하는 걸 들었어. 웨인의 집은 어땠어? 파티가 열렸어?"

"아니." 실리아가 말했다. "하지만 에드워드네 집에선 열렸어. 필립 네서도 크게 열렸고. 질이랑 테오도라랑 나는 두 곳에 다 갔어. 테오도라는 조금 쑥스러운지 에드워드네 파티에서는 나하고 놀았어. 같이 밥도 먹고 여러 사람과 대화도 나눴지. 하지만 필립네 파티에서는 남자 두엇과 어울렸어. 그들이 춤을 청해서 셋이 춤도 추고 눈짓도 주고받고 재밌게 보냈어."

실리아가 뭔가 잘못 말하기라도 한 것처럼 라이트가 인상을 찌푸렸지만 실리아는 무시했다.

"그 둘은 누구야?" 내가 물었다.

"나이가 많은 남자였어. 이름도 모르고, 그들의 이나가 누군지도 몰라. 둘 다 머리가 희끗한 걸로 봐서 50대 같았는데 체격이 다부졌어. 형제인지도 몰라. 생긴 게 엄청 비슷했거든."

"당신도 그 사람들과 접촉했어? 악수를 했다거나 그들 사이를 비집고 지나갔다거나?"

그녀가 고개를 저었다.

"어떤 사람들인지 최대한 설명해봐. 기억나는 대로 말해줘." 우리는 질 레너가 아직 잠들어 있을 웨인의 집을 향해 걸었다.

실리아가 손에 닿지 않는 중요한 뭔가를 붙잡기라도 하듯 잠시 절박한 표정으로 인상을 썼다. 그리고 나를 흘깃 보더니 눈을 감고 기억에 집중했다. 마침내 그녀가 말했다. "둘 다 머리가 희끗했어. 검은 머리에 새치가 아주 많았어. 한 명은 콧수염이 있었어. 그도 머리가 희끗했어. 고든네 식구는 아니야. 그건 확실해. …웨스트폴! 둘 다 웨스트폴의 남자 공생인이었던 것 같아. 그 둘을 제외하고 나머지 공생인은 전부 여자야. 미국에서 오래 지낸 것 같은 말투인데 가끔씩 영국식 억양도 들렸어…." 그녀의 목소리가 차츰 잦아들었다. 이어서 그녀가 말했다. "콧수염 달린 남자 이마에 흉터가 있었어. 아니, 점인가? 뭔지 확실하진 않아. 얼마나 큰 지도 모르겠어. 이마선 바로 아래에서 시작해 머릿속까지 이어져 있었어. 붉은 타원형이야. 아니, 실제로 확인해보면 타원형일 것 같아."

"알겠어." 내가 말했다. "진정해. 누군지 알겠어. 대화는 못 해봤지만 웨스트폴 가족이 도착했을 때 보기도 하고 냄새도 맡았어. 그들 냄새도 테오도라에게 남아 있었어. 당신 말이 맞아. 아마 형제일 거야. 그들을 찾아야겠어. 당신들은 질 레너에게 가서 물어봐."

"나는 너랑 있을래." 조엘이 말했다. "나는 아는 방문객이 많아. 그들도 나를 알고. 내가 도움이 될 거야."

나는 그를 흘깃 올려다보고는 고개를 끄덕였다. "당신 셋은 서로 잘 챙겨줘."

브룩, 실리아, 라이트는 웨인네 현관문을 두드리기 위해 걸음을 옮겼고, 조엘과 나는 웨스트폴(해럴드와 존) 가족이 공생인 여덟과 함께 머물고 있는 웰스 고든의 집을 찾아 길을 따라 내려갔다. 그 공생인 둘이 테오도라가 살아 있는 모습을 본 마지막 사람들일지도 몰랐다.

그들이 테오도라를 죽였다는 의심은 들지 않았다. 프레스턴의 말에 따르면 웨스트폴 가족은 나와 실크 어느 쪽과도 가까운 혈연관계가 아니었다. 하지만 나의 대어머니들이 인간과 이나의 DNA를 결합해 성공적으로 나를 탄생시켰다는 사실에 몹시 흥미를 보였다고 했다. 실크 가족처럼 위협을 느낀 쪽이 아니었다.

나는 마일로에 대해, 나를 향한 그의 경멸에 대해, 그리고 그것보단 덜해도 공생인들을 향한 무시할 수 없는 그의 멸시에 대해 생각했다. 아마 모든 인간에 대한 경멸이리라. 이나는 인간 없이는 생존할 수 없었다. 그럼에도 마일로는 인간을 유익한 가축처럼 여기는 것 같았다. 과연 그와 함께하는 공생인들의 삶은 어떨까?

그런데 실크와 같은 사고방식을 가진 가족이 어떻게 다른 이나들과 어울릴 수 있는 걸까? 조앤 브레이스웨이트의 말에 따르면 많은 이나들이 마일로를 사랑했다. 그의 거만함에도 불구하고 사랑하는 게 틀림없었다. 아니면 그의 젊은 시절 모습을 사랑하는 것이거나. 지금은 사랑스러움과는 한참 거리가 있었다.

헤이든에게서 빌린 책을 읽다가 이나 가족들이 앙숙처럼 지내던 시절에 대한 글을 본 적이 있었다. 당시의 주된 싸움 방식 역시 실크 가족이 내 가족들에게 했던 것처럼 인간을 무기로 이용해 서로의 가족들을 죽이는 것이었다. 헤이든은 지난 여러 세기 동안 전 세계 어디서도 그런 일은 벌어진 적이 없다고 말했다. 인간 세계에서 사람을 기름에 넣고 끓이는 걸 야만적이라 여기듯, 이나 세계에선 그런 방식을 야만적이라 여기기 때문이었다.

하지만 이유는 몰라도 과거의 유행이 다시 돌아왔다.

"웨스트폴의 공생인 남자 둘을 보고 싶어." 내가 우연히 깨어 있던 웰스 고든의 공생인 둘체 라모스에게 말했다.

그녀가 고개를 끄덕였다. "알겠어." 그리고 "안녕, 조엘" 하고 인사를 건넨 뒤 나와 조엘을 윗층 손님용 숙소로 데려갔다. "그 둘은 형제야. 내 생각엔 쌍둥이 같아. 이름은 제럴드 쿠퍼와 에릭 쿠퍼고. 콧수염을 기른 쪽이 에릭이야." 그녀가 잠시 뜸을 들였다. "무슨 일이 있었는지 들었어. 힘들겠다."

나는 고개를 끄덕였다. "고마워."

"웨스트폴의 공생인들이 그런 거라 생각해?"

"아니, 하지만 뭔가 봤을 것 같아서."

웨스트폴의 공생인들은 이나와 시간대를 맞춰서 자고 있었다. 잠에서 깬 쿠퍼 형제는 희끗한 짧은 머리가 뻗친 채로 함께 밖으로 나왔다. 그들은 매우 부드럽고 짙붉은 천으로 만든 멋진 가운을 걸치고 있었다. 실리아가 묘사한 모습 그대로였다. 그들이 졸린 와중에도 내게 흥미를 보였다.

"낮에도 깨어 있을 수 있다는 얘긴 들었어." 에릭이 말했다. "지금껏 가짜 줄 알았는데."

나는 어깨를 으쓱했다. "보시다시피. 그런데 아침에 자는 사이에 누군가 내 공생인을 죽였어."

두 남자의 몸이 딱딱하게 얼어붙었다. "테오도라야?" 제럴드가 물었다.

"그래, 맞아." 내가 말했다.

"세상에, 어떻게 그런 일이. 그런데 죽여? 누가 죽인 거야? 세상에."
"이른 새벽에 벌어진 일이야. 열 시간쯤 됐어."
그가 고개를 끄덕였다. "지난밤에 우리가 테오도라와 어울린 것 때문에 찾아왔구나."
"당신들 냄새가 묻어 있었어."
"둘 다 같이 춤을 췄으니까." 에릭이 말했다. "테오도라도 엄청 즐겁고 신나게 놀았어. 정말 좋아하더라."
"주로 너에 대해 얘기했어." 제럴드가 말했다. "그 모습을 보니까 공생인 생활을 막 시작했을 때가 새삼 떠올랐어. 너한테 완전히 빠져 있더라니까. 인생이 완전 끝났다고 생각했는데 어느 날 밤 네가 불쑥 쳐들어와서 혼을 쏙 빼놓고 자기를 사로잡았다고 했어."
그 말을 듣자 웃고 싶었다. 그러다 이 낯선 사람들로부터 도망가 어두운 구석에 웅크리고 몸을 마구 흔들며 신음하고 애도하고 싶어졌다. 그들이 테오도라에 대해 진실을 말하고 있음을 느낄 수 있었다. 그런데도 그들이 미웠다. 그녀에게 말을 걸고, 그녀의 말을 듣고, 그녀를 만지며 마지막 순간을 함께한 사람들이었다. 그들은 일면식도 없으면서 그녀와 함께 있었다. 하지만 나는 그러지 못했다.
조엘이 옆에 서 있다가 내 손을 잡아줬다. 그러자 마음이 조금은 진정되었다.
나는 목소리와 표정을 애써 덤덤하게 가다듬었다. 이들에게 겁을 주었다간 내가 원하는 정보를 얻지 못할 수도 있었다. 게다가 그때를 떠올려보라고 말해서 기억을 휘저어놓을 수도 없었다. 그들은 내 사람이 아니었다. 내가 할 수 있는 최선은 그들의 이나가 깨어났을 때 그들의 기억을 슬쩍 건드려달라고 부탁하는 것이었다. 지금으로

선 그들을 설득하는 길밖엔 없었다. "몇 시에 자리를 떠났어?" 내가 물었다.

"테오도라가 먼저 갔어." 제럴드가 말했다. "피곤해서 자리 가고 싶댔어. 다시 사교 생활을 하려니 적응이 안 된다면서. 새벽 2시쯤이었던 것 같아." 그가 형제를 쳐다봤다. "2시 맞나?"

"거의 3시였어." 에릭이 말했다. "집에 데려다주겠다고 했는데 그냥 웃으면서 우리 둘에게 입을 맞춰주고 혼자 가버렸어. 나는 현관을 나서는 것까지만 봤어. 그게 마지막 모습이야."

"그녀를 주시하는 사람은 없었어?"

둘 다 인상을 쓰더니 에릭이 고개를 저었다. "그녀만 보고 있어서 말이지. 다른 사람이 뭘 하는지는 볼 새가 없었어." 그가 나를 흘낏 봤다. "이 말 기분 나쁘게 듣지는 마. 할 수 있으면 그녀를 침대로 데려갔을 거야."

나는 고개를 끄덕였다. 그럴 줄 알고 있었다. "아직 마음의 준비가 안 됐던 것 같아."

"그랬던 것 같아." 그가 잠시 뜸을 들였다. "그런데 그녀가 나가자마자 남자 둘이 자리를 떴어. 누군지, 어느 가족 사람인지는 몰라. 젠장, 심지어 동행인지 아닌지도 모르겠어. 어쨌건 둘이 동시에 갔어."

"그들에 대해 기억나는 걸 말해줘. 얼굴은 봤어?"

"아주 잠깐." 에릭이 말했다. "젊어 보였어. 머리는 갈색이었고. 중간 정도의 갈색. 둘 다."

"형제 같았어?"

그들이 서로를 쳐다보다가 다시 나를 봤다. "아니, 아닐 거야." 제럴드가 말했다. "머트와 제프(만화 주인공 - 옮긴이) 같은 한 쌍이었어."

내가 인상을 찌푸렸다.

"키다리와 땅딸보라는 뜻이야." 제럴드가 설명했다. "머리색만 빼고는 닮은 구석이 없었어. 그냥 남자 둘이야."

"그 땅딸보는 얼마나 작아?" 조엘이 물었다.

제럴드가 인상을 썼다. "공생인이라기엔 너무 작았어. 대부분의 이나는 그렇게 작은 남자는 부담스러워할걸."

나는 머릿속으로 테오도라의 몸에 냄새를 남겼던 사람들의 목록을 훑어봤다. 식별 가능한 사람들 중에 갈색 머리 남자는 셋이었다. 그중 나를 제외한 모두가 땅딸보라고 부를 만한 사람은 하나뿐이었다. 제럴드의 말이 맞았다. 내가 떠올린 그 남자는 몸이 가늘고 키가 작았다. 사실 너무 작아서 공생인이 되기 힘들 정도였다. 대부분의 이나는 인간의 체구가 작으면 해칠까봐 염려했다. 심지어 나조차 정말 절박할 때는 몸집이 작은 인간이 버티기 힘들 정도로 피를 빨 수 있었다. "키가 어느 정도 될까?" 나는 확실히 하기 위해서 물었다.

"160에서 162 정도." 에릭이 말했다.

조엘이 휘파람을 불었다. "그 얘긴 이나가 여자일 수 있다는 건데." 그가 말했다.

"잭 론." 내가 말했다. "그자의 냄새가 테오도라에게 묻어 있었어. 캐서린 달만의 공생인 잭 론. 게다가 달만 자매는 내가 이제껏 봤던 성인 이나 중에 가장 키가 작아. 잭이 테오도라와 춤을 춘 적 있어?"

"우리가 도착하기 전에 췄을 수도 있겠지." 에릭이 말했다. "우린 매닝네 집에서 열린 다른 파티에 먼저 들렀거든. 우리가 도착하기 전에 다른 사람들과 춤출 시간이 얼마든지 있었을 거야."

하지만 그럴 리 만무했다. 테오도라는 에릭과 제럴드가 관심을 보이기 전까지 실리아 곁을 떠난 적이 없었다. 가능하면 빨리 잭 론과 대화를 해야 했다.

하지만 잭 론은 떠나고 없었다. 푼타 누블라다를 뜬 것이었다. 달만 가족이 묵고 있는 사무실 건물로 가봤으나 그는 보이지 않았다.

마침 브레이스웨이트 가족이 같은 건물에 머물고 있어서 마거릿 브레이스웨이트의 공생인인 제인 카터라는 남자가 론이 떠나는 걸 봤다고 말해주었다. 새벽에 달만의 차를 끌고 떠나더라는 거였다. 카터는 그가 캐서린이나 그녀의 자매 소피아가 시킨 심부름을 하러 간 것이라고 짐작하고 있었다.

론과 함께 파티장을 떠난 또 다른 갈색 머리 남자도 눈앞에 나타났다. 그는 내가 아는, 아니 최소한 존재는 아는 사람이었다. 하이럼 메이저스라는 프레스턴의 공생인으로, 테오도라의 몸에 그의 냄새는 없었다. 나는 그가 고든 가족이라는 걸 깨닫고 안심했다. 그는 내가 론을 찾고 있으며 그 이유가 무엇인지에 대해 듣고선 제 발로 나를 찾아왔다.

"어젯밤에 잭과 얘기를 했는데 말이야." 조엘과 내가 사무실 건물을 나가려는데 그가 나를 따라와서 말했다. "알고 보니 내 여동생과 피츠버그에 있는 카네기멜론대학을 같은 시기에 다녔더라고. 내 동생을 알지 뭐야. 어떤 연극에서 동생을 봤는데, 아, 동생은 연극 전공이야. 다음 날 동생이랑 우연히 마주쳐서 함께 커피도 마셨대." 하이럼이 어깨를 으쓱했다. "가족과 멀리 떨어져서 살다 보니 고향 사람과 얘기하는 게 그렇게 좋더라고."

"그가 갑자기 자리를 뜬 거야?" 내가 물었다.

"응." 하이럼이 시인했다. "계속 지켜보고 있던 것 같던데. 너의…

이름이 테오도라 맞지?"

"맞아."

"그녀가 우리 앞을 지나서 문밖으로 나갈 때까지만 해도 사실 있는지도 몰랐어. 그런데 잭이 그녀를 보더니, 대뜸 가서 캐서린을 위해 할 일이 있다고 하지 뭐야. 그때까지 까맣게 잊고 있었다고 하면서 말이야." 하이럼이 고개를 흔들었다. "그래서 그렇게 정확하게 기억하고 있는 거야."

"세상에." 조엘이 말했다. "공생인에게 그런 말을 하다니 멍청하기 짝이 없군."

"왜?" 내가 아무 생각 없이 물었다.

그들이 나를 뚫어지게 봤다. 조엘이 답했다. "공생인은 이나가 시킨 일은 절대 안 잊어. 잊을 수가 없어. 그게 공생인이 되면 맨 처음 배우는 것 중 하나야. 잭 론은, 내 생각이지만, 테오도라를 쫓아가고 싶은 마음에 정말 멍청한 거짓말을 한 거야."

25

나는 프레스턴의 첫 번째인 레일라 코리에게 그가 깨어나면 알려 달라고 부탁했다.

그런 뒤 손님용 숙소로 돌아가 라이트, 브룩, 실리아와 대화를 나누었다.

"질 레너가 잭이 테오도라에게 말 거는 걸 봤대." 내가 잭 론에 대해 얘기를 꺼내자 브룩이 말했다.

"몸집이 너무 작아서 알아본 거지." 라이트가 말했다. "전에 본 적도 있고."

"어디서 대화를 나눴대?" 내가 물었다.

"밖에서." 그가 말했다. "헤이든의 집 근처였대. 새벽 2시 반이나 3시쯤. 집으로 가는 길이었나봐."

"무슨 얘기를 하는지는 못 들었대." 실리아가 말했다. "하지만 뭔가 나쁜 일이 벌어지는 것 같진 않았다고 해. 질의 말로는, 그자가 그녀에게 손을 대거나 뭐 그러진 않았대."

레일라 코리의 전화를 받자마자 나는 숙소에 공생인들을 남겨놓고 프레스턴에게 가서 낮 동안 있었던 일과 내가 알아낸 사실들에 대해 털어놓았다. 우리는 그의 침실 옆 은신처에서 대화를 나누었다. 은신처는 목재로 된 창문이 없는 방으로, 바닥에는 오리엔탈풍 양탄자와 가죽의자가 놓여 있었고, 여러 개의 책장에는 가죽으로 양장한 고서들이 꽂혀 있었다. 어째선지 동굴 같은 느낌이 드는 곳이었다. 그 동굴에서 날마다 프레스턴이 새로 태어나는 것 같았다.

"캐서린 달만이라." 그가 고개를 흔들며 말했다. "캐서린과는 세 세기 동안 알고 지냈어. 그들과 우리는… 글쎄, 친구라고 하긴 뭐 하지만 잘 지내온 편이지. 확실한 거니?" 우리는 거대한 가죽의자에 앉아서 서로의 얼굴을 바라봤다. 나는 신발을 벗은 채로 의자 위에 웅크리고 있었다. 그게 두 다리를 앞으로 쭉 뻗고 앉거나 바닥 위로 발을 흔들거리며 의자 끄트머리에 앉는 것보다 편했다. 안에 쏙 들어가 웅크리고 앉기에 편한 의자였다. 상황만 달랐다면 그곳에 있는 게 너무나 만족스러웠을 것 같았다.

"테오도라가 죽은 건 확실해요." 내가 말했다. "살해당했어요. 두개골 일부가 박살날 정도로 머리를 세게 맞아서요. 캐서린 달만의 공생인인 잭 론이 거짓 평계를 대고선 필립네 파티장에서부터 그녀를 따라간 게 확실해요. 질 레너가 테오도라와 같은 파티장에 갔다가 이른 새벽 헤이든의 집 근처에서 론이 테오도라에게 말 거는 걸 봤어요. 얼마 안 있어 푼타 누블라다를 떠나는 걸 제인 카터가 봤고요. 그게 제가 아는 전부지만 그거면 충분해요."

프레스턴이 잠시 나를 쳐다보더니 고개를 흔들었다.

"저는 테오도라를 사랑했고, 그녀는 제 사람이었어요." 내가 말했다. "그녀는 기꺼운 마음으로 선뜻 제게 왔어요. 그리고 저를 사랑한다는 이유로 죽었어요."

"그건 아직 모르는 일이야."

"증명할 순 없어요. 하지만 알아요. 당신도 알잖아요." 나는 크게 한숨을 쉬었다. "전 마틴 해리슨에게 약속했어요. 당신이나 헤이든에게 말하기 전까지는 아무도 죽이지 않겠다고요. 어차피 오늘 밤에 열리는 판결위원회 때문에 론을 쫓을 수도 없지만요." 나는 다시 한숨을 쉬었다. "프레스턴, 제가 어떻게 해야 할까요? 그녀는 절 믿었어요. 전 그녀의 목숨값을 원해요. 목숨값을 얻어낼 거예요."

프레스턴이 고개를 돌렸다. "론의 목숨을 말하는 거냐?"

"캐서린의 목숨요!"

"그건 안 돼."

나는 더 이상 아무 말도 하지 않았다. 내가 원하는 건 캐서린 달만의 목숨이었다. 시모의 공생인을 사람은커녕 아무것도 아닌 양 죽이는 게임은 하지 않을 생각이었다.

나는 의자에서 뛰어내려 신발을 쥐고 방을 걸어 나갔다.

"캐서린을 죽이면 네 공생인들은 누가 보호하니?" 프레스턴이 물었다. "그녀의 가족이 널 쫓을 거야. 네가 법의 테두리를 벗어나면 방어 차원에서 뭐든 할 수 있게 된단다. 그들이 널 죽일 거야. 공생인들이 널 도우려 하면 그들도 죽일 거고. 당연히 공생인들은 널 도우려 하겠지. 나머지 공생인들마저 죽기를 원해?"

"법을 어긴 건 달만 가족이에요!"

"그 말엔 동의해. 심증이 확실해 보이는구나. 하지만 아직 입증된 건 아니잖아."

"제 가족이 죽었다고요!" 나는 다시 그를 쳐다보며 말했다. "그들에 대한 기억도 같이 사라졌어요. 제대로 애도조차 할 수 없어요. 제겐 존재하지 않았던 사람들이나 마찬가지니까요. 이제 다시 제가 누군지 배우고 삶을 꾸려 나가려 하는데, 적들은 아직도 제 사람들을 죽이고 있어요. 제 공생인들과 저의 안전은 대체 어디 있는 건가요?"

"판결위원회에 회부해라."

그가 프레스턴이 아니었다면 아무 답도 않고 떠났을 터였다. 하지만 프레스턴은 어느새 내게 중요한 사람이 되어 있었다. 그가 마음에 드는 것만이 이유는 아니었다. 그는 대니얼의 대아버지였다. 게다가 내가 그의 아들들의 짝이 되기를 원했다. "왜죠?" 내가 물었다. "왜 기다려야 하죠?"

"왜 이런 일이 벌어졌는지 생각해보렴, 쇼리. 생각을 해보라고. 어젯밤에 넌 뛰어난 자제력을 보여줬어. 기억이 온전했다면 네 가족들을 죽였을지도 모르는 사람들과 한 방에 그토록 차분하게 앉아 있지 못했을 거야. 아무도 네가 그렇게 침착할 거라 예상하지 못했겠지. 실크 가족과 어쩌면 달만 가족은 네가 까만 피부라는 독특한 모습을 하고 고통과 비탄과 분노에 이성을 상실한 모습을 보이길, 애처롭게 발광하며 위험한 모습을 보이길 기대했을 거야. 우리 이나는 대부분의 인간처럼 상실감을 못 다스리니까 말이야. 극히 드물게 일어나는 일이지만, 일단 일어나면 그 비통함은… 상상을 초월하지."

난 그에게서 시선을 돌렸다. "비통함이 어떤 건지는 저도 알아요!"

"당연히 그렇겠지. 지금도 평정심을 유지하려고 팔짱을 끼고 그렇게 서 있지 않니. 그들이 이렇게 만든 거야, 쇼리. 그들이 네게 원한 게 이런 거라고!"

나는 벽에 기댄 채 그대로 아래로 미끄러졌으면, 그렇게 바다 속으로 사라졌으면 싶었다. "제가 어떻게 해야 할까요? 모두가 실크 가족만 주목하는 이 상황에서 어떻게 해야 캐서린이 벌을 받게 할 수 있을까요?"

"위원회가 주목해야 할 건 진실이야."

"하지만 캐서린 달만은 위원회의 일원이잖아요."

"오늘 밤 그녀에 대해 이의를 제기해라. 내게 말한 것처럼 위원회에서 무슨 일이 있었는지 말하렴. 사실만 말해야 해. 그들이 결론을 내리게끔 하렴. 그들이 네게 질문하게 만들어. 그런 다음 캐서린을 위원회에서 제명해달라고 요청하면 돼."

"그들이 그렇게 할까요? 그저 요청한다고 그렇게 해줄까요?"

"그렇고말고. 그녀를 심문한 뒤에 제명할 거야. 네가 진실하다는 걸 알 테니까. 그리고 내일 밤 실크 가족에 대한 판결을 내릴 때, 그녀가 유죄 여부와 함께 처벌 수위를 결정할 거야. 만약 처벌이 필요하다면 말이야. 하지만 그녀가 제명되면 다른 누군가도 함께 위원직을 내려놓아야 하겠지. 아마 그건 블라디미르가 될 거야."

만약 처벌이 필요하다면? '만약'이라고? 그들이 캐서린을 벌하지 않는다면 내가 할 작정이었다. 내가 그녀를 죽일 생각이었다. 그녀를 죽일 방법을, 내 공생인들을 지킬 방법을 찾을 터였다. 인간 범죄자를 시켜서 그녀를 죽이고 나서, 누가 사주했는지 실토하기 전에 자결하게 만들 수도 있었다. 내가 알아냈듯 캐서린의 사람들도 알아내겠지. 하지만 그녀가 처벌을 피할 수 있다면 나도 피할 수 있을 터였다. 뭐라도 해야 했다. 내가 원하는 건 나의 이빨과 두 손으로 그녀를 갈기갈기 찢어놓는 것이었다. 어쩌면 거기까지 갈지도 몰랐다.

그때 프레스턴의 마지막 말이 머리를 때렸다. 내 어머니들의 아버지들 중 하나인 블라디미르 레온티예브가, 즉 나의 변호인이 위원직을 내려놓아야 한다니. "왜요?" 내가 물었다.

"수적 균형을 위해서지. 모든 판결위원회는 홀수로 구성된다. 만약 캐서린이 부상이나 위급한 집안일로 위원회를 떠나면 여동생인 소피아가 그 자리를 대신하게 되지. 하지만 지금 상황에선 너나 네 변호인이 소피아를 받아들일지 모르겠구나."

"맞아요." 이 일이 자매가 함께 꾸민 일인지, 아니면 캐서린이 단독으로 생각한 일인지 누가 알겠는가.

"너와 실크 가족 양쪽 다 변호인이 바뀌는 게 위원들에게 더욱 합리적으로 보일 거야."

"무슨 게임 같네요. 제가 그녀를 실크 가족의 변호인이라서 공격하는 게 아니잖아요."

"이건 게임이 아니야, 쇼리. 캐서린이 왜 떠나야 하는지는 위원들도 알 거야. 하지만 관습을 따르는 게 네게 최선이란다." 그가 인상을 쓰며 나를 보더니 고개를 돌렸다. "너는 누구보다도 우리의 방식을 따르는 모습을 보여야 해. 적이 되겠다고 결심한 자들에게 약점을 보여선 안 돼. 그들보다 훨씬 이나다운 모습을 보여야 해."

"어떻게 해야 할지 모르겠어요."

"넌 이미 충분히 알고 있어. 모르겠으면 물어보렴."

"누구에게 부탁할까요? 누가 새 변호인이 되는 거예요?"

그가 잠시 생각에 잠겼다. "조앤 브레이스웨이트?"

나도 생각해봐야 했다. "마거릿이면 괜찮다고 하겠지만 조앤이라니…. 실크 가족과는 얼마나 친한가요?"

"어제 네게 그렇게 말해서?"

"그것도 그렇고…. 제게 볼일을 마친 뒤에 실크 쪽에 가서 얘기한 게 걸려요."

"그녀가 그들에게, 특히 마일로에게 뭐라고 했는지 네가 못 들어서 그래."

나는 기다렸다.

"아들에게 자리를 넘기지 않으면 위원회가 다시 시작하기 전에 정신감정을 의뢰하겠다고 했어."

"마일로가 제게 요청한 그대로네요."

"그래. 멍청한 마일로 같으니. 그런데 아까도 말했듯이 네가 실크 가족의 예상을 빗나가는 모습을 보인 거야. 어느 모로 보나 너는 이 나의 껍데기를 쓴, 슬픔과 분노에 미친 자여야 했는데 말이지." 그가 말을 멈췄다. "머리에 가해진 물리적 충격만이 아니라, 공생인, 자매, 엄마를 전부 잃었다는 심리적 충격 때문에 기억을 잃은 게 아닐까 싶구나. 직접 그 장면을 목격한 거지. 그래서 과거의 너를 지워버린 거야."

나는 그 말에 대해 생각했다. 그의 말들이 어떤 감정을, 어떤 슬픔이나 고통을, 어떤 기억을 건드리도록 애써봤다. 하지만 그들은 낯선 사람이었다. 지금 당장은 단지 테오도라뿐, 그리고 그녀의 이름을 떠올리기만 해도 느껴지는 고통뿐이었다. "모르겠어요. 어쩌면 영원히 모를 거예요."

"조앤에게 물어보렴, 쇼리. 오늘 밤 회의가 시작되기 전에 그녀를 만나봐."

그의 다정한 얼굴을 가만히 쳐다봤다. 내가 그를 얼마나 많이 좋아하고 의지하는지 생각하자 겁이 났다. 심지어 그를 잘 아는 것도 아니었다. 그렇다고 내게 딱히 잘 아는 사람이 있지도 않았다. "조앤이 처음부터 제 변호인이었으면 그녀가 다르게 행동했을까요?" 내가 물었다.

그가 떨떠름한 웃음을 설핏 지어 보였다. "내가 아는 그녀라면 네게 똑같이 모질게 말했을 거야. 어쩌면 더 심하게 말했을지도 모르지. 하지만 그 후에 실크 가족에게 말을 걸진 않았을 거야. 그러면 마일로가 계속 가족을 대변했을 테고 결국 모두에게 상처를 줬겠지. 가서 조앤에게 얘기해봐라, 쇼리. 지금 당장."

나는 손님용 숙소에 들러 라이트, 조엘, 브룩, 실리아가 잘 있는지 확인했다. 그들이 괜찮은지 두 눈으로 봐야 했다. 그들을 일일이 만져봐야 했다. 그들은 라파포트네 공생인 여섯 명과 함께 로스트비프와 현미밥, 그레이비소스, 껍질콩을 섞은 음식을 나눠 먹고 있었다.

"모두들 오늘 밤 위원회에 와줬으면 좋겠어." 내가 말했다. 그들이 멀리 떨어져 있으면, 그들을 볼 수도 없고 그 긴 시간 동안 괜찮은지 알 수도 없다면, 견디기 힘들 것 같았다.

"우리도 그럴 생각이었어." 실리아가 말했다.

"걱정 마." 라이트가 말했다. "저녁식사 마치고 곧장 위원회실로 갈게." 창고 건물은 하룻밤 사이에 '위원회실'이 되어 있었다.

"함께 붙어 있어." 내가 말했다. "서로 잘 보살펴주고."

나는 그들이 고개를 끄덕이는 걸 보고 손님용 숙소를 떠났다. 그러곤 브레이스웨이트가 숙소로 쓰고 있던 사무실로 향했다. 마음 같아선 계속 내 공생인들과 앉아 있고 싶었다. 그들이 먹는 모습을 보고, 그들이 말하는 소리를 듣고, 그들을 위원회실까지 데려다준 뒤

회의 내내 볼 수 있게 앞자리를 챙겨주고 싶었다. 하지만 그런 마음을 누르고 조앤 브레이스웨이트를 찾아갔다.

사무실로 이어지는 계단을 올라가던 나는 발을 헛디뎌 넘어질 뻔했다. 어찌나 세게 발을 찧었던지 잠시 서서 욱신거림이 멈추기를 기다렸다. 그렇게 서 있자니 동굴을 나와 사냥이 가능할 만큼 몸이 나은 후부터는 그렇게 비틀거린 기억이 없다는 생각이 스쳤다. 이게 프레스턴이 말한 그런 증상이었다. 테오도라가 살해당한 여파로 나는 가능한 모든 방식으로 비틀거리기 시작했다.

나는 조금 더 가만히 서서 숨을 고르며 최대한 균형을 잡았다. 그리고 안으로 들어가 조앤을 찾았다.

그녀는 자신이 침실로 쓰는 한 사무실에 있었다. 그곳 책상에 앉아 스프링노트에 글을 쓰고 있다가, 내가 들어가자 노트를 덮었다. 그녀를 위해 들여놓은 접이식 침대에는 아무렇게나 던져놓은 담요들이 쌓여 있었다. 방 여기저기에 옷가지, 책, 삽다한 물건들이 흩어져 있었다. 테오도라의 방만큼이나 어지러웠다. 그걸 보자 왠지 그녀가 조금은 좋아졌다.

"변호인이 되어달라고 부탁하러 왔구나." 그녀가 짧고 명확하게 말했다.

"맞아요." 나는 그녀가 이미 알고 있다는 사실에 안도하며 말했다. 내게 잭 론이 차를 타고 떠나는 걸 봤다고 말해준 제인 카터가 조앤과 마거릿에게 모든 사실을 털어놓은 것 같았다.

"아무도 해친 사람은 없고?" 조앤이 물었다.

나는 고개를 저었다. "마틴 해리슨에게 아무도 해치지 않겠다고 약속했어요. 프레스턴이나 헤이든에게 말하기 전까지 기다리기로 말이에요. 그 후에 프레스턴과 얘기를 나눴는데 당신에게 가보라고 하더군요."

그녀가 의자를 돌려서 나를 바라봤다. 두 손이 의자 손잡이에 놓여 있었다. "꽤 자제를 잘했구나. 충격은 다 극복한 거니?"

나는 그냥 그녀를 빤히 봤다.

잠시 후 그녀가 고개를 끄덕였다. "분노에 목이 메면 아무 말도 안 하는 게 상책이지. 네 나머지 공생인들은 어떻니?"

"괜찮아요." 그랬다. 괜찮았다. 나는 그들 곁을 맴돌고 싶은 욕구를 눌렀다.

"위원회 사람들은 내가 질문한 것보다 훨씬 고통스런 질문을 던질 거야, 쇼리. 누군가는 네가 테오도라를 죽인 게 아니냐고 물을 거야."

입이 쩍 벌어졌다. "뭐라고요? 제가… 어쨌다고요?"

"어떤 사람은 그녀가 너를 완전히 받아들인 건지, 네게 완전히 구속된 건지 알고 싶어 할 거야."

나는 몇 초 동안 할 말을 잃었다. 어떤 면에선 조앤의 행동이 이해됐다. 마음에 들진 않았지만 이해할 수는 있었다. 그럼에도 논리적으로 답하는 데 시간이 걸렸다.

"그녀는 절 받아들였어요." 이윽고 내가 말했다. 나는 목을 가다듬었다. "테오도라는 절 사랑했어요. 이곳 푼타 누블라다에서 그녀를 제게 구속시켰어요. 죽었을 땐 제 사람이었고요. 이곳에 오기 전엔 제 사람이 될 만큼 자주 함께하진 못했지만 제 사람이 되고 싶어 했어요. 그녀는 저를 원했고, 저는 그녀를 원했어요. 전 그녀를 사랑했어요."

"내가 왜 이런 질문을 하는지 알겠니?"

"모르겠어요."

그녀가 아래를 쳐다보며 입술을 핥았다. "공생인들, 그러니까 완전히 구속된 공생인들은 우리와 함께하기 위해 엄청난 자유를 포기한단다. 때론 함께하던 중에 진짜 떠날 것도 아니면서, 여전히 우리를 사랑하면서 분노를 표출하기도 하지. 그래서 나쁜 행동을 하기도 해. 그들을 탓하는 게 아니야. 하지만…."

"테오도라는 제게 화낸 적이 없어요. 자신이 포기하는 게 뭔지 정확히 알지는 못했지만, 그래도… 절 믿었어요."

"내 말을 끝까지 들어보렴. 우리의 감각은 인간보다 훨씬 예리하단다. 우리는 인간보다 훨씬 빠르고 강하지. 그렇기에 그들이 우리로부터 스스로를 보호할 수 있다는 건 다행스런 일이야. 사실, 자신에게 구속된 공생인들을 죽이거나 해치는 건 굉장히 어려운 일이야. 그런 짓을 하겠다고 마음먹는 것조차 아주 힘들지.

마일로조차 그런 일은 하기 힘들 거야. 그들을 필요로 한다는 걸 억울해 하고 또 그게 약점이라고 생각하면서도 그들을 사랑하니까. 아무리 마일로라고 해도 자신의 공생인들이 위험에 처할 것 같으면 앞으로 나설걸. 혹여 공생인들에게 큰 소리를 낸다 해도 그때조차 조심할 거야. 그들에게 스스로를 해치거나 서로서로 해치라고 명령도 못할 테고 말이야. 직접 해치는 일은 더더욱 어림없지. 내 생각엔 스스로를 보호하려는 우리의 본능 때문인 것 같아. 우리는 그들의 피만이 아니라 그들과의 육체적인 접촉과 감정적인 위안을 필요로 해. 동료애 같은 거지. 나는 공생인 없이 생존한 이나는 단 한 명도 본 적이 없어. 가능은 하겠지. 사냥을 하면서 살면 될 테니까. 하지만 아주 단시간만 그럴 수 있어. 계속 그랬다간 병에 걸릴 거야. 공생인들과 얽혀 살지 않으면 우리는 죽어. 우리의 몸이 그들의 몸을 필요로 해. 하지만 우리에게 구속되지 않은 인간, 다른 이나에게 구속되지 않은 인간, 또는 전혀 구속되지 않은 인간들은… 우리로부터 스스로를 지킬 수 없어. 우리가 어떤 특정한 질서나 도덕에 따라 살겠다고 마음먹지 않는 이상 말이야. 무슨 말인지 알겠니?"

이해가 됐다. 그녀가 해준 말은 그 어떤 말보다 이나가 된다는 것의 기본에 해당하는 내용이었다. 나는 내가 또 모르는 중요한 사실이 뭐가 있을지 궁금했다. 나는 크게 한숨을 쉬었다. "알겠어요." 내가 말했다. "테오도라는 제게 구속됐었어요. 그리고 전 그녀를 절대 해치지 않았어요. 절대 그녀를 해칠 수 없었을 거예요."

그녀는 내가 말하는 모습을 지켜봤다. 내가 진실을 말하는지, 내게 시간을 투자할 가치가 있는지 판단하고 있는 게 분명했다. "좋아." 그녀가 말했다. "때가 되면 내가 변호인이 되어줄게." 그녀가 시계를 힐끔거렸다. "자, 이제 위원회실로 가자꾸나."

26

캐서린 달만은 내 이야기를 듣고 모든 사실을 부인했다. 그녀는 물론 공생인 잭 론도 "쇼리 매슈스가 자신의 공생인이라고 주장하려는 사람"의 죽음과 아무런 관련이 없다는 것이었다.

"그들은 시모를 신댁했습니다." 블라디미르 레온티예브가 말했다. "우리 모두 그들이 어떤 사이인지 봤습니다."

"잭 론은 어디에 있나요?" 조앤 브레이스웨이트가 물었다.

"모릅니다." 캐서린이 말했다. "제 공생인들의 말에 따르면 가족에게 위급한 일이 생겨 떠났다고 하더군요. 그는 LA와 애리조나주 피닉스, 텍사스주 오스틴에 가족이 있습니다." 그녀가 그렇게 말하며 전에는 본 적 없는 교활하고 이상한 미소를 띠었다. 당연히 거짓말이었다. 그녀가 말한 모든 것이 거짓이었다. 하지만 우리가 그 사실을 알든 말든 전혀 신경 쓰지 않는 것 같았다.

블라디미르가 역겹다는 표정을 지었다. "당신 사람인데 서로 다른 주에 위치한 그 넓은 세 도시 중 어디로 갔는지 모른다는 말인가요?"

캐서린이 작게 어깨를 으쓱했다. "위급 상황이니까요. 제가 깨어날 때까지 기다릴 수 없었나 보죠. 저는 제 사람들을 믿습니다."

"그렇겠지요." 내가 말했다. "능력이 매우 출중한 사람들이니까요. 특히 자신에게 아무 해도 끼친 적 없는 무고한 공생인을 살해하는 능력이요." 나는 나머지 위원들이 앉아 있는 활 대형을 쭉 훑었다. "캐서린을 위원에서 제명하기를 요청합니다."

"뭘 요청한다고!" 캐서린이 말을 하다 목이 메었다. "이 방에서 쫓아내야 하는 건 너야! 머리에 피도 안 마른 예의범절도 모르는 어린애 같으니라고. 네 녀석이 불행하게 세상을 뜬 가족들을 대표하는 거야말로 말도 안 되는 짓이야. 그들의 후손일 수는 있겠지만, 그들의 실수 때문에, 끔찍한 실수 때문에 넌 이나가 아니니까! 누구도 네가 하는 말이 진실인지 확신하지 못해. 너는 이나도, 인간도 아니야. 냄새, 반응, 얼굴 표정, 몸짓까지 뭐 하나 제대로 된 게 없어. 네 공생인이 막 죽었다고 했지. 그게 사실이라면 넌 충격으로 몸도 제대로 가누지 못할 거야. 그렇게 거짓말이나 떠벌리면서 이곳에 앉아 있지 못할 거라고. 진짜 이나는 공생인을 잃은 고통이 뭔지 알지. 우리는 이나야. 넌 아무것도 아니고!"

청중석에서 웅성거리는 소리가 들렸다. 대부분 부정했지만 일부는 동의했다. 현지와 외지의 모든 이나가 청중석과 위원석에 앉아 있었다. 나머지 좌석은 나에 대해 나름의 의견을 가진 공생인들로 채워져 있었다. 당연한 일이지만 웅성거리는 공생인들은 내 편이었다. 하지만 이나는 양분돼 있었다.

프레스턴이 일어섰다. "주목하세요!" 그가 굵직한 목소리로 고함치자 방이 쥐 죽은 듯 조용해졌다. 몇 초 후, 그가 좀 더 점잖게 거듭 말했다. "주목하세요. 쇼리 매슈스도 우리처럼 이나입니다. 게다가 우리를 잠재적으로 구원해줄지도 모르는 인간의 DNA를 갖고 있습니다. 그 DNA로 인해 검은 피부를 가지게 되었고, 또 우리가 여러 세대에 걸쳐 찾던 햇빛 아래서도 걷는 능력, 낮 동안에도 맑은 정신으로 깨어 있는 능력을 가지게 된 겁니다." 그가 잠시 멈췄다가 다시 목소리를 높였다. "쇼리의 엄마들, 자매들, 아빠, 그리고 형제들 모두 이나였지만 공생인 둘만 남겨놓고 전부 살해당했습니다. 첫 번째 공생인들도 모두 살해당했고요. 이 위원회는 누가 그 살해 사건에 책임이 있는지를 밝히기 위한 자리입니다. 이제는 쇼리의 새로운 공생인인 테오도라 하든의 죽음도 함께 밝혀야 합니다. 우리는 이 살해 사건의 배후로 지목받은 자들의 유죄 여부를 가리기 위해, 그리고 유죄일 경우 어떻게 처리할지 결정하기 위해 이 자리에 모였습니다. 지금까지 들은 내용으로 판단하건대, 저는 캐서린 달만이 위원 자격이 없다고 생각합니다."

캐서린 달만이 꼿꼿하게 앉아서 프레스턴을 무섭게 노려봤다. "당신 아들들이 쇼리와 짝을 짓길 원한다고요. 이 아이에게서 흑인 자손을 보고 싶단 거군요. 이곳 미국에선 인간들조차 당신 자손들을 깔볼 겁니다. 제가 이 나라에 도착했을 때만 해도 흑인은 노예이자 소유물이었지요. 당신은 쇼리 편인 데다가 투표 자격도 없습니다. 당신이 뭐라 해도 제 자리를 포기하지 않을 겁니다."

프레스턴이 무표정하게 그녀를 가만히 쳐다봤다. "위원님들, 캐서린에게 위원 자격이 있는지에 대해 찬성 혹은 반대 의견을 밝혀주십시오." 모두가 그를 쳐다볼 때까지 그가 말을 멈췄다. "조에 포토풀로스?" 그가 조에를 바라보며 말했다. 그녀는 내 반대편 끝인 러셀 실크의 탁자 옆에 앉아 있었다.

조에가 캐서린을 보다가 프레스턴을 향해 시선을 돌린 뒤 고개를 흔들었다. "캐서린을 빼야 합니다." 그녀가 말했다. "그리고 공생인을 시켜 쇼리의 공생인을 죽인 일에 대해 어떻게 처벌할지도 논의해야 합니다. 실크 가족과 마찬가지로 판결에 부쳐야 할 겁니다."

"판결에 부쳐야 한다." 프레스턴이 그녀의 말을 반복했다. "조앤 브레이스웨이트?"

"캐서린을 빼야 합니다." 조앤이 무뚝뚝하게 말했다. "그녀는 두려움 때문에 멍청한 짓을 저질렀습니다. 멍청한 사람을 위원으로 둘 순 없어요. 이곳은 중요한 결정을 내리는 자리입니다. 이 자리에 있으려면 판단력이 좋아야 하겠죠." 그녀는 발언을 하면서 캐서린에게 눈길 한 번 주지 않았지만, 캐서린은 증오 어린 눈빛으로 그녀를 노려봤다.

"알렉산더 스보보다?" 프레스턴이 말을 이었다.

"캐서린을 빼야 합니다. 위원 수를 맞추기 위해 같이 뺄 사람도 결정하는 게 좋겠습니다."

"피터 마르쿠?"

"캐서린을 빼야 합니다. 하지만 그녀는 실크 가족의 변호인입니다. 그러니 블라디미르도 같이 빠져야 할 것 같네요."

"블라디미르 레온티예브?"

내 대아버지는 누구보다 화난 표정을 짓고 있었다. 그의 표정을 읽은 나는 그가 나를 대신해 노여워하고 있다는 사실을 깨달았다. 가슴 아픈 일이 또 생긴 것에 대해 격분한 것이었다. "캐서린을 무조건 빼야 합니다!" 그가 말했다. "나도 같이 빠져야 한다면 그러지요.

어떻게 우리가 이 일을 얼렁뚱땅 넘길 거라 생각했는지 모르겠군요. 공생인들은 누군가의 공생인을 죽일 때 사용하는 도구가 아닙니다. 그런 날들은 한참 전에 지나갔고 다시는 되풀이해서도 안 됩니다."

"애나 모라리우?"

애나는 머뭇거리며 탁자를 내려다봤다. "캐서린을 빼선 안 됩니다." 그녀가 말했다. "한 번에 한 건씩만 처리하지요. 캐서린이 론에 대해 진실을 말한 것일 수도 있잖아요. 이렇게 성급하게 판단해선 안 됩니다." 몇몇 사람이 그 말에 인상을 쓰거나 고개를 돌렸다. 하지만 일부는 고개를 끄덕였다. 블라디미르의 말이 맞았다. 캐서린은 거짓말을 그럴싸하게 보이게 하려는 노력도 하지 않았다. 공생인을 조종해 나처럼 별 볼 일 없는 이나의 공생인을 살해하는 건 별 대단한 일도 아니니, 그곳에 참석한 이나 중 최소한 몇 명은 자신에게 동의할 거라 예상하는 눈치였다. 친구라면 못 본 척 넘어갈 수 있는 사소한 범죄인 것이었다. 애나 모라리우 같은 친구 사이라면 말이다.

"앨리스 라파포트?"

"빼야 합니다." 앨리스가 캐서린에게서 시선을 거두고 고개를 흔들었다. "여러 세기 넘게 인간들 사이에서 인종적 편견이 횡행하는 걸 너무 많이 봐왔습니다. 그런 잡초 같은 편견을 이나 세계에 뿌리내리게 해선 안 됩니다."

"해럴드 웨스트폴?"

"빼야 합니다. 저 역시 인종주의라면 지겹습니다."

"키라 니콜라우?"

"캐서린을 빼야 합니다. 쇼리에 대해 한 말은 맞을지도 모릅니다. 하지만 자신의 공생인을 시켜서 쇼리가 공생인이라 부르는 인간을 죽였습니다. 판결위원은 그런 짓을 해선 안 됩니다. 판결위원으로서 용인할 수 없는 짓이에요."

"이온 안드레이?"

"캐서린을 빼선 안 됩니다. 그녀가 실수를 했대도, 만에 하나 실수를 했대도 말입니다. 그 건은 다음에 살핍시다."

"월터 너지?"

"빼야 합니다. 서로의 공생인을 죽이며 반목하던 시절로 돌아가길 원하는 사람은 아무도 없습니다."

"엘리자베스 아흐마토바?"

"빼야 합니다. 다른 이나의 공생인을 죽여놓고 어떻게 아무렇지도 않을 수 있죠? 대체 누가 그런 짓을 할 수 있단 말입니까?"

아주 훌륭한 질문이었다.

캐서린은 투표가 자신에게 불리하게 흘러가자 놀란 것 같았다. 미리 손을 써놓은 덕에 자신에게 유리할 거라 기대한 것이었다. 자신이 잠든 동안 내가 론을 추적해서 죽일 수 없도록 손 닿지 않는 곳으로 빼돌리지 않았던가. 사실 나는 그를 죽일 생각이 없었다. 그의 목숨은 내 관심사가 아니었다. 내 관심사는 그녀의 목숨이었다. 하지만 그녀는 날 몰랐다. 잭 론의 귀한 살가죽으로 도박을 할 생각도 없었다. 그녀는 동료 위원들(모두 이나였고, 모두 자신과 동년배였다)이 내키지 않아도 자신이 한 짓을 받아들일 거라 생각했다. 내가 위원들 앞에서 그녀를 공격해 자제력과 품위를 상실할 거라 믿었다. 만약 그런 일이 벌어지지 않으면 나의 감정 결핍을 이나답지 않다고 지적할 생각이었다. 이러든 저러든 그녀가 이기는 게임이었다. 테오도라의 목숨 따위가 뭐가 대수겠는가?

캐서린은 내가 자신을 해치기라도 한 것처럼 나를 노려보며 탁자를 떠났다. 나는 그녀를 해친 적이 없었다. 하지만 그러고 싶었다. 꼭 그렇게 할 것이었다.

짧은 논의 끝에 블라디미르 역시 위원에서 빠졌다. 그가 자리를 뜨는 모습을 보니 미안했다. 라이트는 그를 내 할아버지라고 불렀다. 무슨 이유에선지 이나는 '할아버지' '고모' '사촌'처럼 인간이 친족을 설명할 때 사용하는 단어를 쓰지 않았다. 하지만 나는 블라디미르와 콘스탄틴이 내 대아버지라는 사실이 좋았다. 내게 아직 대아버지가 있고, 내가 누군가의 대녀라는 사실이 마음에 위안이 되었다.

블라디미르와 콘스탄틴 모두 자리를 떠나 청중석으로 갔다. 웨인 고든과 필립 고든이 그들에게 의자를 갖다 주었다. 그들이 착석하자 위원회는 실크 가족이 내 가족을 죽였는지를 놓고 다시 심문을 시작했다.

실크 가족이 먼저 프레스턴을 비롯한 고든 가족에게 질문을 던졌다. 다른 사람들처럼 프레스턴 역시 스탠딩 마이크 앞에 서서 마찬가지로 공격적인 질문들에 차분히 답했다. 그는 어떤 질문에도 이의를 제기하지 않았다.

그랬다. 그는 자신의 아들들이 다름 아닌 유전자 실험으로 탄생한 존재와 짝을 짓는 것에 대해 아무 염려도 하지 않았다.

"우연찮게 쇼리에 대해 알게 되었습니다." 그가 말했다. "똑똑하고 건강하고 호감 가는 젊은 여성이더군요. 그녀는 커서 강한 자식을 낳을 겁니다. 그중 일부는 햇빛 아래서도 걸을 수 있게 되겠죠."

이어서 러셀이 헤이든을 불러내 똑같은 질문을 던졌다.

"혼자라는 게 염려되긴 합니다." 헤이든이 말했다. "그래서 제 대자들과 짝을 짓기 전에 쇼리가 자매를 입양했으면 하는 바람이지요. 프레스턴이 맞게 얘기했습니다. 그녀는 밝고 건강하고 호감이 갑니다. 자매들이 살아 있을 때는 제 대자들과 완벽한 궁합을 이룰 거라 생각했었죠. 어떤 결합보다 완벽에 가까울 거라고요."

그 말을 들으니 헤이든에 대한 기분이 한결 나아졌다. 그의 말은 진실 같았다. 진실을 말하는 것이길 바랐다. 나를 비롯해 이 공간에 있는 모든 사람들을 속여넘길 만큼 나이가 지긋하긴 했지만 그가 거짓말을 할 이유가 뭐겠는가.

실크 가족이 데려온 사람 중엔 가련한 공생인 의사도 있었다. 러셀은 그 의사가 내 몸 상태에 대해 심문할 수 있게 해달라고 요청했다. 마일로가 그랬듯 나를 이나가 아닌 인간으로 취급하고 모욕감을 안겨주려는 또 다른 불쾌한 시도가 분명했다.

"의사가 쇼리의 기억상실에 대해 새로운 사실을 알려줄지도 모릅니다." 러셀이 천진난만하게 말했다. "인간은 기억에 말썽이 생기는 일이 훨씬 잦으니까요."

러셀의 새로운 변호인인 이온 안드레이가 말했다. "러셀에게는 전문가를 대신 발언대에 세울 권리가 있습니다."

조앤 브레이스웨이트가 한숨을 쉬었다. "의사의 심문을 허락하느냐 마느냐로 한참을 허비하겠네요. 그러지는 맙시다. 쇼리 양, 의사에게 심문을 허락할 건가요?"

"아니요." 내가 말했다.

그녀가 고개를 끄덕이고는 잠시 나를 쳐다봤다. "불쾌하기 짝이 없는 요청이지요." 그녀가 말했다. "그게 이 요청의 의도입니다. 그럼에도 나는 심문을 허락하라고 조언하고 싶네요. 이 의사에게는 나쁜 뜻이 없거든요. 쇼리 양에게 고통을 주기 위해 사용되는 또 하나의 공생인일 뿐이지요. 아이러니하면서 고약한 일이죠? 그런데 그건 중요하지 않아요. 나는 쇼리 양이 그 고통을 감내하고 당신을 의심하는 위원들에게 당신이 누군지, 무엇인지, 좀 더 제대로 보여줬으면 좋겠습니다."

나는 조앤 브레이스웨이트가 마음에 들지 않았다. 하지만 결국에는 그녀를 사랑하게 될지도 모르겠다는 생각이 들었다. 그녀는 내게 남은 몇 안 되는 가까운 친척 중 하나였다. "알겠어요." 내가 답했다. "의사의 심문을 받아들일게요."

의사가 스탠딩 마이크 앞으로 불려 나왔다. 키가 크고 얼굴엔 주근깨가 박힌 붉은 머리의 남자였다. 내가 기억하기로 붉은 머리를 본 건 처음이었다. "아픈 데는 없나요, 쇼리 양?" 그가 물었다. "부상으로 힘든 점은 없어요?"

"지금은 아프지 않아요. 낫기 전에는 물론 아팠어요. 하지만 지금은 완전히 나았어요. 기억이 없다는 것만 빼면요."

"어디를 다쳤었는지 기억하나요? 설명해줄 수 있어요?"

나는 언짢은 기분으로 과거를 돌아봤다. "전신과 얼굴, 머리에 화상을 입었어요. 머리는 화상에다가… 두개골도 깨졌었고요. 두 군데나…. 만졌을 때 물컹한 느낌이 들었거든요. 앞도 보이지 않았어요. 숨 쉬기도 힘들었고. 그게, 아무것도 못할 만큼 아팠어요. 처음에는 움직일 수는 있었지만 근육이 말을 안 들었어요. 그 정도예요."

의사가 나를 빤히 봤다. 그의 얼굴이 못 믿겠다는 표정에서 허기라고밖에는 설명할 수 없는 표정으로 변했다. 인간에게서 그런 표정을 보다니 이상했다. 순간적으로 그가 굉장히 허기진 이나의 표정을 지었다. 그러다 잠시 후 자제력을 되찾고는 순수하게 호기심 어린 표정을 살짝 지어 보였다. "부상이 낫는 데 얼마나 걸렸어요?" 그가 물었다.

"확실하진 않아요. 처음에는 한참을 잤어요. 통증 때문에 잠이 쏟아졌거든요. 그때는 거의 통증밖에 느껴지지 않았어요. 동굴을 떠날 때쯤부터는 전부 기억나지만 그전의 일은 기억이 안 나요."

"하지만 휴 탱을 죽인 뒤 먹은 건 기억하지요?"

나는 몸을 뒤로 빼며 그 남자를 빤히 봤다. 얼마나 많은 질문이 명령에 의한 것인지 궁금했다. 조앤과 내가 잘못 판단한 걸까? 이 의사가 지금 즐기고 있는 걸까? "휴 탱을 죽인 뒤 먹은 건 기억난다고 이미 말했어요."

그가 불편한 표정을 지었다. "부상당하기 전의 삶에 대해 기억나는 게 있으면 뭐든 좋으니 말해주겠어요?"

"동굴 이전의 삶은 하나도 기억이 안 나요." 전날 밤에 열두 번도 더 말했지만 나는 처음인 것처럼 답했다.

"이렇게 묻는 게 불편한가요?"

"당연하죠."

"그러니까 대답이 뭔가요? 그냥 기억상실을 받아들이는 거예요?"

"어쩔 수 없잖아요. 제 자신과 제 사람들에 대해 꼭 알아야 할 것들을 다시 배워가는 중이에요."

"기억상실 때문에 자신이 달라졌다고 느끼나요?"

그에게 소리를 지르고 싶은 충동이 격하게 일었다. 하지만 나는 입을 다물고 목소리를 가다듬었다. 그런 뒤 마이크에 대고 신중하게 말했다. "제 어린 시절이 사라졌어요. 가족들도 사라졌고요. 첫 번째 공생인들도 사라졌어요. 그동안 배운 지식도 거의 사라졌어요. 제 53년 인생이 사라졌어요. 이게 당신이 말한 '달라졌다'는 것의 의미인가요?"

그가 머뭇거렸다.

러셀 실크가 말했다. "쇼리 양이 질문할 차례가 아닙니다. 묻는 말에 대답만 하세요."

난 그를 무시하고 의사에게 말했다. "질문에 대한 답이 되었나요?"

그는 미동이 없었지만 굉장히 불편해 보였다. 그가 내 시선을 피했다. "그래요. 대답이 된 것 같아요."

의사가 이미 내가 여러 형태로 답했던 질문들을 몇 가지 더 물었다. 질문이 끝나갈 무렵이 되자 그가 스스로에 대해 상당히 수치심을 느낀다는 생각이 들었다. 그가 은근히 사과하는 듯한 태도를 보이자 다시 그에게 미안해졌다. 이 남자는 어쩌다가 실크 가족에 들어가게 된 걸까?

"질문들이 지루한가요, 쇼리 양?" 러셀의 말에 나는 깜짝 놀랐다. 그는 내게 직접 말을 거는 걸 좋아하지 않았다. 그게 그 가족들의 특징이었다.

내가 답했다. "저는 의사가 정확히 당신이 지시한 대로 했다고 확신해요."

"질문 끝났습니다." 의사가 말했다. 나중에 카먼이 알려준 바에 따르면, 그는 중추신경계의 질병과 장애를 전문으로 하는 신경과 전문의였다. 그가 내 부상에 대해 굉장한 흥미를 가졌음은 의심할 여지가 없었다. 나는 그가 실크 가족을 원망했을지 궁금했다.

마침내 내가 심문할 차례였다. 나는 러셀의 아들들, 그리고 짝을 짓지 않은 젊은 대자들을 마이크 앞에 불러 세웠다. 그리고 가족 중 누군가가 페트레스쿠 가족과 매슈스 가족을 죽이려고 모의했다는 걸 알고 있는지 각자에게 물었다.

러셀 형제의 대자 중 하나인 앨런 실크가 내가 벼르던 목표물이었다. 그는 180살의 잘생긴 남자 이나로 아직 거짓말에 능숙하지 않았지만 거짓 주장을 일삼았다.

"그 가족들이 살해당한 일에 대해서는 아는 바가 없어요." 내 질문에 그가 이렇게 답했다. "제 가족은 그 어떤 사건과도 관계가 없어요. 그런 일에 관여했을 리 없어요."

나는 그의 말을 무시했다. "당신 가족이 매슈스 가족과 페트레스쿠 가족을 죽이기 위해 LA와 패서디나에서 인간들을 수집하는 걸 도왔나요?"

"아니요! 저희 가족 중엔 그런 사람이 없어요. 솔직히 말해 당신네 남녀 가족이 서로를 죽였대도 놀랍지 않을 것 같네요."

러셀이 움찔하고 놀랐지만 앨런은 나를 노려보느라 그의 반응을 보지 못했다.

"그렇게 믿으세요?" 내가 물었다. "내 엄마들과 자매들과 아빠와 형제들이 서로를 죽였다고 믿는 건가요?"

그가 불편한 표정을 짓기 시작했다. "어쩌면요." 그가 중얼거렸다. "잘 모르겠습니다."

"자신이 뭘 믿는지 모르겠다는 건가요?"

그가 나를 노려봤다. "제 가족이 그 사건과 아무 관계가 없다고 믿어요. 그게 제 믿음이에요. 제 가족은 고결하며, 그게 이나니까요!"

"제 가족들이 서로를 죽였다고 믿나요?"

그가 화난 듯 주위를 둘러보다가 그의 새 변호인 이온 안드레이를 힐끔거렸다. 이온은 이 바보 같은 논쟁에 발을 들이고 싶은 마음이 전혀 없어 보였다. "그들이 무슨 짓을 했는지는 저도 모르겠네요." 그가 화난 목소리로 중얼거렸다. 그러고는 양손을 앞에 놓은 채 한 손으로 다른 한 손을 꽉 움켜쥐었다.

나는 한숨을 쉬었다. "알겠어요. 그러면 당신의 또 다른 믿음에 대해 한 번 얘기해보죠. 몇몇 인간들이 제 가족을 죽이는 데 동원되었어요. 그 부분에 대해 어떻게 생각하나요? 인간은 필요할 때마다 사용해도 좋은 도구에 불과한가요?"

"아니요!" 그가 말했다. "당연히 아닙니다." 그가 나를 경멸스럽게 바라봤다. "진정한 이나는 그런 질문을 하지도 않을 거예요." 그가 양팔을 어찌 해야 할지 모르겠다는 듯 난데없이 옆으로 휘두르다가 다시 앞에 놓았다.

"그러면 인간은 뭔가요? 당신에게 그늘은 어떤 존재인가요?"

그가 나를 노려보던 시선을 거두고 초조하게 러셀을 봤다.

러셀이 말했다. "인간에 대해 어떻게 생각하든, 그게 쇼리 양의 가족이 죽은 것과 무슨 관계가 있지요?"

"인간들이 살해의 도구로 사용됐어요. 당신은 인간을 그렇게 사용하는 것에 대해 어떻게 생각하나요?"

"나 말입니까?" 러셀이 물었다.

"네." 내가 말했다.

"그럼 앨런에 대한 심문은 끝난 건가요?"

"아니요. 그런데 당신이 끼어들었고 지금은 제 심문 시간이에요. 당신 차례는 끝났어요. 하지만 당신만 좋다면 앨런 차례가 끝나는 대로 당신에게 질문하지요."

그가 혼란과 짜증이 섞인 표정을 지었다. 그가 뭐라 답할지 몰라 가만히 있자 나는 앨런에게로 관심을 돌렸다.

"인간은 도구인가요? 필요에 따라 마음대로 사용해도 되나요?"

"당연히 안 됩니다!"

"인간을 시켜 이나와 공생인을 죽이는 건 잘못된 일인가요?"

"당연히 잘못됐죠!"

"혹시 그런 짓을 저지른 이나를 알고 있나요?"

"아니요!" 그가 고함치듯 말했다. 자신의 목소리가 마이크를 통해 크게 확대되자 그가 깜짝 놀라서 잠시 입을 다물었다. 그리고 거듭 말했다. "아니요. 당연히 아닙니다. 전혀 몰라요."

인간에 대한 그의 대답은 전부 거짓이었다. 그의 형제들도 내 질문에 거짓말을 했다는 의심이 들었다. 그들 전부 거짓말을 했다고 믿고 싶었다. 하지만 내 감각들은 앨런은, 약간의 경련과 거짓 분노를 보인… 앨런만큼은 분명히 거짓말을 하고 있다고 말해주었다.

내가 알 정도면 모든 위원이 알 터였다.

27

위원회의 두 번째 밤이 끝났다. 녹초가 되었음에도 쉬고 싶은 마음이 들지 않았다. 배도 고프지 않았고, 잠도 오지 않았다. 그저 달리고 싶었다. 최대한 빨리 마을을 한 바퀴 돌면 조금이라도 긴장을 태워 없앨 수 있지 않을까 하는 생각이 들었다.

나는 탁자에서 일어나 내 공생인들에 합류했다. 그들과 함께 바깥으로 나가 손님용 숙소로 돌아갔다.

"어떻게 해야 캐서린 달만이 도망치지 못하게 막지?" 라이트가 물었다. "공생인을 찾아 텍사스든 어디든 달아날 수도 있잖아."

"도망치지 않을 거야." 조엘이 말했다. "자부심이 엄청 강한 사람이야. 도망쳐서 자신이나 가족을 수치스럽게 만들진 않을 거야. 게다가…." 그가 잠시 말을 멈췄다. 나는 그를 힐끗 돌아봤다. "게다가 여기 남아 벌을 받는 게 살아남기에 더 유리하다고 생각할지도 몰라."

나는 아무 말도 하지 않고 그저 그를 바라봤다.

그가 어깨를 으쓱했다.

손님용 숙소에 도착하고 나서 네 사람은 곧장 부엌으로 향했다. 그들이 식사를 준비하는 동안 나는 달리기 위해 밖으로 나갔다. 마을을 한 바퀴째 돌 때까지만 해도 아무렇지 않았으나 세 바퀴째를 돌자 기분이 나아지기 시작했다. 달리는 사람은 나뿐이었다. 이나와 인간 할 것 없이 모두 식사와 취침을 위해 터덜터덜 숙소로 돌아가고 있었다.

집으로 돌아가니 내 공생인 넷과 라파포트의 공생인 여섯이 부엌과 식당을 돌아다니며 대화하고 식사하는 소리가 들렸다. 나는 그들을 피해 곧장 위층으로 올라가 샤워를 했다. 그날 밤은 조엘과 함께 보낼 계획이었다. 아무 때나 아무나의 피를 맛보는 게 내 방식이었다. 그건 내게도 공생인들에게도 소소한 즐거움으로서, 입맞춤보다는 강렬하지만 배를 채우거나 사랑을 나누는 것만큼은 강렬하지 않은 쾌락이었다. 하지만 다섯 밤마다 한 사람씩 돌아가며 완전히 배를 채우는 규칙은 꼭 지켰다.

하지만 이젠 네 밤마다 한 사람씩 찾아가야 할 터였다. 조만간 공생인을 더 만들어야 했다. 그렇지만 어떻게 벌써 그런 생각을 한단 말인가?

나는 몸을 말리고 라이트의 티셔츠를 걸친 뒤 나도 모르게 테오도라의 방으로 발걸음을 옮겼다. 발이 절로 움직였다. 그녀의 냄새가 나를 끌어당겼다. 나는 그 냄새에 둘러싸여 그녀의 침대에 앉았다가 몸을 쭉 뻗고 누웠다. 눈을 감으니 언제라도 그녀가 문을 열고 들어와 나를 곁눈질로 흘금 보다가 웃으며 곁으로 와 누울 것만 같았다.

그녀는 이곳에 도착하고 몇 밤 후에 내가 이나어로 된 헤이든의 책을 읽는 모습을 봤다. 나는 처음에는 이나어로, 다음에는 영어로 책의 일부분을 읽어줬다. 그녀가 그 모습에 완전히 매료되어 이나어를 읽고 말하는 법을 가르쳐달라고 했다. 자신이 예상보다 훨씬 오래 살게 되면 이나어로 뭔가를 해도 좋을 것 같다면서. 나는 그 제안이 마음에 들었다. 그녀에게 이나어를 가르치려면 어쩔 수 없이 언어의 기초로 돌아가야 할 터였다. 그러면 과거의 나를 조금이라도 기억하는 데 도움이 될지도 몰랐다.

나는 그곳에 누워 테오도라의 냄새와 슬픔에 몸을 맡겼다.

침대에 누워 이불을 몸에 휘감고서 얼마간 정신을 잃었던 게 틀림없었다.

어느새 조엘이 곁에 와서 이불을 걷어내고 나를 일으켜 세우더니 자신의 방으로 데려갔다. 나는 방을 둘러보다 조엘을 봤다. 그가 나를 침대에 눕히고 내 옆으로 들어왔다.

잠시 후에야 할 말이 떠올랐다. "고마워."

"눈 좀 붙여." 그가 말했다. "아니면 지금 배를 채우든가."

"나중에."

"내가 옆에 있어줄게."

나는 몸을 돌려 팔꿈치로 얼굴을 받치고 그를 내려다봤다.

"왜?" 그가 물었다.

나는 고개를 흔들었다. "왜 나를 원했어?"

"뭐?"

"당신은 내가 뭔지, 내 상태가 어떤지 알잖아. 왜 할 수 있을 때 도망치지 않았어? 학교에 계속 남거나 일자리를 얻을 수도 있었잖아. 고든 가족이라면 허락했을 거야."

그가 슬그머니 팔을 두르더니 나를 당겨 안았다. "나는 지금 네가 좋아. 지금의 네 상태로도 괜찮아." 그가 머뭇거렸다. "아니면 테오도라 때문에 그래? 그녀의 죽음이 네 탓이라고 느끼는 거야? 너와 함께 있어서 죽었다고 생각해? 그런데도 도대체 왜 네 곁에 있고 싶어 하냐 그 말이야?"

나는 고개를 끄덕였다. "그녀가 죽은 건 내 옆에 있어서야. 그녀는 날 신뢰했어. 내가 죽음의 직접적인 원인은 아니래도 이 사태가 완전히 끝날 때까지 그녀를 워싱턴에 안전하게 뒀어야 했어. 머리로는 알고 있었어. 하지만 그녀가 너무 그리웠어. 더 많은 공생인이 곁에 필요하기도 했고."

"그녀가 없었으면 나머지 중 하나가 죽었을 거야." 그가 말했다. "테오도라가 우리 중 가장 약하고 죽이기 쉬운 대상이었던 거지. 장담하는데 그녀가 여기 없었으면 캐서린이 브룩이나 실리아를 노렸을 거야."

내가 고개를 끄덕였다. "나도 알아."

"캐서린 잘못이야. 네가 아니라."

나는 그의 어깨에 기대 고개를 끄덕이며 되풀이했다. "나도 알아." 잠시 후 내가 말했다. "당신은 공생인이 되기를 원하는 대부분의 사람들보다 훨씬 많은 걸 알아. 그러니 인간 세계에 남아 널 위한 삶을 살았어야 해."

"네가 나타나지 않았으면 떠났을지도 모르지. 넌 사랑스런 꼬마 숙녀일 뿐 아니라 내 의사를 기꺼이 물어봐준 이냐."

그냥 명령을 하는 사람이 아니라. 그랬다. 그건 공생인은 물론 어느 누구에게나 중요한 일이었다. "항상 물어보진 못해."

"나도 알아." 그가 내게 입을 맞췄다. "난 이런 삶을 원해, 쇼리. 다른 삶은 원한 적 없어. 나는 200살까지 살고 싶고, 네가 줄 수 있는 모든 쾌락을 느끼고 싶고, 질병 없이 강하게 살고 싶고, 절대 허약하거나 노쇠해지고 싶지 않아. 그리고 난 널 원해. 내가 널 원하는 거 알잖아."

바로 그 순간에도 그는 나를 원하고 있었다. 그때였다. 그의 허기가 나의 허기를 깨웠다. 그 사달이 났는데도 여전히 배를 채우고 싶었다. 나는 그를 원했다.

나는 그의 매혹적인 냄새에 이성을 잃고 그의 목을 덮쳐서 깊숙이 물었다. 내가 무슨 짓을 하는지 깨달을 새도 없었다. 동굴에서 눈을 뜬 이후로 그토록 혼란스럽고 어지러운 적은 없었다. 평소보다 더 많은 피를 원했다. 그가 막무가내로 달려드는 나를 안아줬다. 잠시 후 정신이 들자 부끄러움과 걱정이 밀려왔다.

나는 몸을 일으켜 세우고 그를 내려다봤다. 그가 얼굴 반쪽만 웃어 보였다. 아픔을 참는 표정이 아닌, 진짜 웃음이었다. 그래노… 나는 그의 가슴팍에 얼굴을 내려놓았다. "미안해." 내가 말했다.

그가 웃었다. "미안해 할 것 없다는 거 알잖아." 그가 담요를 끌어올리고 내 위로 올라가더니 내 안으로 미끄러져 들어왔다.

난 그의 목에 입을 맞추고 아직 피가 흐르는 상처 부위를 핥았다.

잠시 후 욕구를 채운 우리는 함께 누워서 서로의 촉감을 즐겼다. 내가 말했다. "당신은 내 거야. 그거 알아? 당신 냄새가 너무 유혹적이라서 내가 계속 한 입씩 맛보는 거. 당신은 내 거야."

그가 부드럽게 웃었다. 만족에 겨운 부드러운 웃음소리였다. "그럴 줄 알았어."

* * *

그날 오후 모두 쉬이 눈을 못 붙이고 깨어 있자 실리아가 잠깐 푼타 누블라다를 벗어나서 차를 몰고 소풍을 가자고 제안했다. 낯선 무리들로부터 떨어져 야외에서 식사를 하자는 것이었다. 좋은 생각 같았다. 서로를 조금 더 잘 이해할 수도 있거니와 마지막 위원회 밤에 대한 생각을 떨칠 수도 있는 기회였다.

내가 청바지와 티셔츠 위에 후드 재킷, 장갑, 선글라스를 걸치는 동안, 공생인 넷은 냉장고에서 식사거리를 꺼내 준비했다. 실리아가 내게 엄동설한에 외출하는 사람 같다고 말했다.

"안 더워?" 그녀가 물었다.

"응, 날씨가 시원하니까. 괜찮을 거야." 그들은 나보다 날씨 변화를 더 잘 느꼈다.

그들이 내 말을 듣고 워싱턴의 숲에서 밤을 나려고 샀던 스티로폼 냉장 박스에 음식과 차가운 소다와 맥주를 넣었다. 그리고 남은 칠면조, 로스트비프, 체다치즈로 샌드위치를 만들고, 바나나 몇 개와 씨 없는 붉은 포도, 남은 독일식 초콜릿 케이크를 챙겼다. 모두가 실리아와 브룩의 자동차에 편히 자리를 잡자 브룩이 고속도로를 타고 조엘이 아는 북쪽의 어느 장소를 향해 달렸다.

우리는 바다가 내려다보이는 절벽 위에 자리를 잡았다. 평평한 좁은 풀밭과 앉기 좋은 바위가 있는 데다, 아래로 파도가 해변과 바위에 부딪치는 광경이 보이는 곳이었다. 브룩이 센스 있게 손님용 숙소 린넨 캐비닛에서 담요 한 장과 커다란 수건 두 장을 가져온 터였다. 그녀가 우리를 위해 천을 바닥에 펼치더니 수건 위에 앉아서 두

틈한 칠면조 체다치즈 샌드위치를 먹기 시작했다. 나머지도 둘러앉아서 냉장 박스에서 음식을 꺼내 먹고 마시면서, 실크 가족의 공생인들이 자신들의 이나를 싫어하는지 아닌지를 놓고 토론하기 시작했다.

"내 생각엔 싫어할 것 같아." 실리아가 말했다. "당연하지 않을까. 나라면 싫을 거야. 그런 인간들을 견디며 살아야 한다면 말이야."

"안 그래." 브룩이 말했다. "그들이 처음 도착했을 때 그쪽 공생인과 만난 적이 있는데 직업이 역사학자였어. 책을 쓰는데, 한 이름으로는 소설을 쓰고 다른 이름으로는 민중사를 쓴댔어. 그녀 말로는 그곳만큼 정착하기 좋은 장소가 없다더라. 러셀 형제는 물론 심지어 마일로도 특히 소설에서 세세한 부분을 바로잡는 데 도움을 준대. 그들과 함께 일하는 게 즐겁다고 했어. 그녀가 특이한 것일 수도 있겠지만 그들에게 화가 나 있다는 느낌은 못 받았어."

조엘이 말했다. "이제 쇼리를 심문한 의사는 이나가 어떤 존재고 왜 그렇게 행동하는지 알고 싶어서 합류한 것 같아. 본인에게 선택권이 있었으면 뭐라고 질문했을지 궁금해."

"더 알고 싶은 마음이 굴뚝같았던 게 틀림없어." 내가 말했다. "우리가 끔찍한 부상을 어떻게 이기는지, 어떻게 몸이 저절로 낫는지 얼마나 궁금하겠어."

조엘이 고개를 끄덕이며 로스트비프 샌드위치를 한입 더 물었다. "만약 뭐라도 발견했으면, 이를테면 빨리 낫게 하는 물질을 생성하는 유전자 조합 같은 거라도 발견했으면 어떻게 했을까? 누군가한테 말했을까?"

"아무한테도 못했을걸." 내가 말했다. "실크 가족이 허락하지 않았을 거야."

"본인이 쓰려는 걸 수도 있지." 라이트가 말했다. "쇼리처럼 치유하는 능력을 갖고 싶은 건지도 몰라."

나는 고개를 저었다. "과연 그런 고통을 겪고 싶을 사람이 있을까. 얼마나 고통스러운지 말도 꺼내기 싫은데."

모두가 나를 쳐다봤다. 그제야 나는 나처럼 저절로 치유되는 능력을 갖고 싶어 하는 사람이 그 의사만이 아니라는 걸 깨달았다.

나는 양손을 뻗었다. "난 가능한 선에서 너희들에게 내 능력을 나눠주고 있어. 이미 너희들의 치유력은 예전보다 좋아."

그들은 고개를 끄덕이며 음식과 소다와 기다란 갈색 맥주병을 더 개봉했다.

잠시 후 내가 말했다. "물어볼 게 있어. 잘 생각해보고 솔직하게 답해줬으면 좋겠어." 나는 숨을 고른 뒤 그들을 한 명씩 바라봤다. "너희들 중에 혹시 브레이스웨이트나 그들의 공생인들에게 불만 있는 사람 없어?" 내가 물었다.

모두 침묵했다. 브룩은 타월을 깔고 누워 눈을 감고 있었다. 하지만 졸진 않았다. 실리아는 조엘 옆에 앉아서 가끔씩 그를 훔깃거렸다. 그녀가 그에게 굉장히 끌리고 있다는 걸 냄새로 알 수 있었다. 반면 조엘은 내 옆에 앉은 라이트를 힐금거렸다. 라이트는 나를 쳐다보면서 장갑 낀 내 손을 잡고, 입을 맞추고, 살짝 깨물고, 양손으로 움켜쥐었다. 우리 관계를 과시하려는 것이었다. 나는 잠시 그가 그러도록 내버려뒀다.

"브레이스웨이트라." 실리아가 말했다. "조앤은 혓바닥으로 유리도 자를 수 있을 거야. 그렇지만 사람은 아주 괜찮은 것 같아. 속에 있는 대로 말해서 그런 거니까."

"브레이스웨이트네 집으로 들어가려고?" 조엘이 물었다.

"응, 맞아. 잠시 동안만…. 그들이 날 받아준다면 말이야. 그래서 너희들 중에 뭔가 마음에 안 드는 걸 본 사람은 없는지, 뭔가 아는 사람은 없는지 물어보는 거야. 그들이 별로인 이유가 있으면 지금 말해줘."

"나는 좋아." 조엘이 말했다. "강하고 점잖은 사람들이야. 실크 가족이나 달만 가족, 혹은 다른 몇몇 위원들처럼 편견에 찌들지도 않았고."

"브레이스웨이트에 대해선 아는 게 없어." 브룩이 말했다. "파티에서 공생인 하나랑 춤을 추긴 했지." 그녀가 웃었다. "괜찮은 남자였어. 행복해 보이더라. 그들의 공생인 걸 마음에 들어하는 것 같았어. 그러면 보통 괜찮은 징조지."

그녀가 브레이스웨이드의 공생인 남자를 그저 "괜찮은" 사람 이상이라고 생각한다는 느낌이 들었다. 브룩이 우리 중 그 누구보다 브레이스웨이트와 머무는 걸 즐길지도 몰랐다. 브레이스웨이트가 우리가 잠시 머무는 데 동의만 한다면 말이다.

"그 가족에 입양될 생각은 없어?" 조엘이 물었다.

"입양은 원치 않아." 내가 말했다. "기억은 없지만 난 내 여자 가족의 일부야. 그들에 대해 다시 배우고 그렇게 가족의 대를 이어나가면 그들에 대한 기억을 지속시킬 수 있을 거야. 내가 입양되면 내 여자 가족은 내 남자 가족들처럼 역사 속으로 사라지게 돼. 고든 가족에게 짝이 되겠다고 약속한 것도 있고 말이지." 대니얼을 떠올리니 웃음이 돌았다. "잘은 모르겠지만 그렇게 했으면 좋겠어. 거기에 걸

립돌이 되는 행동은 하지 않을 거야."

"그러면 혼자서 여섯에서 여덟은 낳아야 할 텐데." 라이트가 말했다. "그렇지 않을까?"

"결국 그래야 할 거야." 내가 말했다. "하지만 헤이든이 지난밤에 말한 것처럼 자매가 너무 많은 어린 친척 여자애 하나를 입양하는 것도 고민 중이야. 그러면 둘이 될 테니까. 물론 프레스턴 말처럼 성년이 될 때까진 알아만 보고 행동으로는 못 옮길 거야. 나는 다양한 가족과 함께 살면서 가능한 많은 것들을 배우고 싶어. 그들이 가진 책도 읽고, 어른들로부터 이야기도 듣고 말이야."

"교육을 받고 싶은 거구나." 조엘이 말했다.

난 고개를 끄덕였다. "재교육을 받아야 해. 지금 당장은 너희들이 나보다 이나의 역사와 이나라는 존재에 대해 더 많이 알 거야. 그러니 배워야 해. 문제는 재교육의 대가가 얼마나 클지 모른다는 거지."

그가 웃으며 말했다. "모르면 물어봐. 조앤은 네가 묻건 말건 알려 주겠지만 말이야. 배우는 건 좋은 거야. 우리 아버지도 대학에 가기 전부터 나한테 최대한 많이 배우라고 신신당부하셨어. 헤이든이 그랬어. 내가 이나어를 읽고 말할 줄 아는 전 세계의 몇백 명 남짓한 인간 중 하나라고."

테오도라도 그중 하나가 됐을 테지, 라고 나는 생각했다.

"우리 집이 생기려면 시간이 좀 걸릴 거야." 내가 말했다. "하지만 유산 문제가 해결돼서 돈이 생기면, 원하는 것도 가지고 원하는 일도 할 수 있을 거야. 책을 쓰거나 외국어, 목공, 아니면 부동산 일을 배우고 싶다고 할지도 모르지." 내가 웃었다. "원하는 건 뭐든 해도 좋아. 그리고 공생인도 더 늘어날 거야. 최소한 셋은 더 말이야."

"일곱이라니." 라이트가 말했다. "네게 필요한 건 알겠지만 마음에 안 들어."

"당분간 떠돌아다닌다니 좋은데." 브룩이 말했다. "이오시프와 함께 있을 때는 자주 여행하는 것은 꿈도 못 꿨거든. 다양한 위원회에 참석해야 하는 나이 많은 어른들을 제외하고 대부분의 다 자란 이나들은 거의 여행을 하지 않아. 그 많은 사람들과 함께 이동해야 하다 보니, 여행이라는 게 보통 큰 소동이어야지. 난 여행할 마음의 준비가 끝났어."

"한동안 떠돌다 보면 어느새 정착하고 싶을걸." 실리아가 말했다. "어릴 적에 아버지가 군에 계신 덕에 항상 돌아다녔어. 친구가 생기거나 학교가 마음에 든다 싶으면 다시 짐을 쌌지. 그때랑 비슷할 것 같은데. 친구를 만들고, 멋진 남자를 만나고, 일을 좀 해볼까 싶으면 또 길을 떠나는 거지."

"주로 여지 가족들과 지내는 거시?" 라이트가 물었다.

"그럴 거야." 내가 말했다. "큰 문제가 안 되면 잠깐씩 고든 가족과 레온티예브 가족을 만나러 갈 수도 있어. 하지만 내가 알기론 성년에 가까워질수록 내 페로몬이 남자 이나들을 점점 힘들게 할 거야."

"그럴 수밖에." 라이트가 내 귀에 대고 으르렁거렸다. 그 소리가 온몸을 안달나게 만들었다.

"그만해." 내가 웃자 그도 같이 웃었다.

"이제 우리가 할 일은," 실리아가 말했다. "오늘 밤을 잘 헤쳐나가는 거네. 그런 다음 우리 인생을 시작하는 거지."

* * *

나는 그날 밤 마거릿 브레이스웨이트와 대화를 나눴다. 세 번째 회기가 시작하기 전에 내가 그녀의 사무실 겸 침실로 찾아갔다.

"쇼리, 지금은 물으나 마나일 것 같아." 그녀가 말했다. "판결이 끝나고 위원회가 사건을 종결지을 때까지 기다리는 게 좋겠어."

그녀는 헤이든에게 빌려온 책을 열심히 살피고 있던 중이었다. 책을 빌리는 모습을 본 건 아니었지만 책에서 그의 냄새가 아주 짙게 나는 반면 그녀의 냄새는 아주 옅었다. 헤이든의 오래된 이나 역사책 중 하나인 것이었다.

"왜 기다려야 하죠?" 내가 물었다. "제가 무슨 규칙이라도 어겼나요?"

"아, 아니야. 규칙이 아니야. 그저… 판결을 듣고 나면 우리에게 오고 싶지 않을 수도 있을 것 같아서."

나는 그녀의 말에 대해 생각해봤다. 누구도 실크 가족과 캐서린 달만이 거짓말을 했다는 사실을 놓칠 리 없었다. 어른들이라면 나보다 훨씬 노련하게 거짓의 징후를 읽어낼 게 당연했다.

"위원회가 실크의 죄를 몰라볼 가능성도 있나요?" 내가 물었다.

"그럴 리는 없어." 그녀가 말했다. "실크와 캐서린이 유죄냐 무죄냐는 문제가 아니야. 어떻게 처벌하냐가 문제지. 그들에게 어떤 벌을 내릴 것 같니?"

"그들은 제 가족 전부인 열두 명의 이나와 100명에 가까운 공생인을 죽였어요. 듣기로는 제 가족은 그들을 해친 적도 없어요. 그런 죄를 어떻게 그냥 넘기겠어요?"

"그들이 죽기를 바라는구나."

"네, 그래요."

"죽이는 걸 도울 수 있겠니?"

나는 그녀를 되쏘아봤다. "도울 수 있어요."

그녀가 한숨을 쉬었다. "그들은 결국 죽을 거야, 쇼리. 하지만 만족스러울 만큼 빠른 시일 내에 죽지는 않을걸. 그런 일은 없을 거야. 아, 캐서린은 예외야. 달만 가족이 우정과 동맹을 소홀히 관리해온 탓이지. 멍청하게도 말이야. 하지만 실크 가족은 아마 오늘 죽진 않을 거야."

"왜죠?"

"아무리 끔찍한 범죄라도 위원회가 만장일치로 찬성하지 않을 테니까. 그래, 알아. 이건 사실이 아니라 내 생각일 뿐이라는 걸. 내가 틀릴 수도 있겠지. 하지만 그 가능성은 낮아. 위원회는 한때 존경받던 오래된 가문을 쓸어버리고 싶어 하지 않을 거야. 그들에게 살 수 있는 기회를 주려고 할 거야."

나는 잠시 아무 말도 하지 못했다. 캐서린 달만이 증오스러웠다. 누가 뭐라고 하든 그녀가 한시바삐 죽는 걸 보고 싶었다. 실크 가족 역시 증오스러웠지만 캐서린과 달리 직접적인 증오는 덜했다. 그들은 더 이상 내가 알지 못하는 사람들을 나도 모르게 죽였다. 실크 가족이 죽는 걸 보고 싶었지만 캐서린만큼 간절한 건 아니었다. 논리에는 맞지 않았지만 그게 내 감정이었다.

내가 말했다. "대니얼이 실크 가족의 미혼 자녀들을 다른 가족에 입양시킬 수도 있다고 했어요."

마거릿이 고개를 끄덕였다. "그렇게 될 거야. 그러면 오늘 밤 편지로, 전화로, 이메일로, 전 세계의 이나 공동체에 그 소식이 퍼지겠지. 대니얼이 미리 얘기해줘서 다행이네.”

"실크 가족이 저를 다시 쫓아오면 어떡하죠? 제가 그들의 주된 목표였잖아요. 인간과의 유전자 결합에서 가장 성공한 결과물이라는 이유로요. 저를 잡으려고 그 많은 사람들을 죽인 거잖아요."

"러셀의 아들들이 짝을 설득해서 아이를 또 낳으면 가족을 재건할 가능성이 생기겠지. 하지만 너나 네 사람들의 목숨을 다시 노리면 그 기회마저 잃게 될 거야. 설사 실패하더라도 말이야. 또다시 공격하면 그땐 처형당할 거야."

나는 몇 초 동안 그녀를 쳐다봤다. "정말 그들이 저나 훗날 제 아이들을 몰래 죽이지 않을 거라고 생각하세요?"

"이나는 전 세계적으로 연결되어 있어, 쇼리. 실크 가족이 이곳을 살아서 나가려면 꼭 약속을 해야 해. 그런데 만약 약속을 하고도 나중에 이를 어기면, 가족은 전원 처형당하고 새 아들들은 입양당하게 돼. 가족이 사라지는 거지. 그들도 이 사실을 알고 있어."

"있잖아요···. 제가 공생인들과 함께 당신 공동체에서 잠시나마 배우도록 허락해주시겠어요? 은혜는 일을 해서 갚을게요."

그녀가 한숨을 쉬었다. "얼마 동안?"

나는 망설였다. "1년요. 어쩌면 2년이 될 수도 있고요."

"위원회가 사건을 종결하면 다시 올래? 다들 널 반길 것 같긴 해. 하지만 언니와 상의를 하기 전에 확답을 주긴 어려워서 말이야."

이 모든 과정이 엄숙하게 느껴졌다. 마치 의례적인 말들을 주고받은 것만 같았다. 정말 그런 걸까? 차차 알아볼 일이었다.

"캐서린은 어떻게 되나요?"

그녀가 고개를 저었다. "나도 모르겠어."

"저대로 내버려 둘 순 없어요."

"기다리면서 지켜보렴."

"테오도라는 캐서린에게 인간도 아니었어요. 그저 저를 약하게 만들기 위해 아무렇게나 뺏어도 되는 물건에 불과했어요."

"나도 알아. 하지만 그녀가 바라는 대로 움직이지 말렴. 기다려, 쇼리. 기다리면서 지켜봐."

28

세 번째 밤에는 파티가 열리지 않았다. 위원회실은 청중으로 꽉 차서 앉을 자리가 부족했다. 사람들은 서 있거나 집에서 가져온 의자에 앉았다. 콘크리트 바닥에 앉으려는 사람은 없어 보였다. 맨 앞 좌석에는 내 공생인들이 앉을 수 있도록 줄이 쳐져 있었다. 빈대편에 앉은 실크 가족과 그들의 공생인 자리도 마찬가지였다.

위원들이 평소와 같은 순서로 자리에 앉았다. 모두 착석하자 프레스턴이 일어났다. 모두 조용히 하고 집중하라는 신호였다. 프레스턴이 앞쪽부터 뒤쪽까지 모두가 침묵할 때까지 기다렸다. 정적이 감돌자 그가 입을 열었다. "러셀 실크. 쇼리 매슈스에게 또는 그간 발언을 요청했던 사람들에게 말할 거리나 질문 거리가 남았습니까?"

러셀이 발언할 수 있는, 자기 가족을 변호할 수 있는, 나를 악하게 보이도록 만들 수 있는 마지막 기회였다. 물론 그가 누구를 불러 세우든 나 역시 그 사람에게 질문할 수 있었다.

러셀이 일어섰다. "누구도 요청하지 않겠습니다." 그가 마이크를 잡고 청중을 향해 고개를 돌리며 말했다. 그런 뒤 몸을 돌려 위원들과 마주 봤다. "그 얘기는 여러분 모두에게 요청드리고 싶다는 뜻이기도 합니다. 저희 가족이 여러분과 얼마나 훌륭하고 명예로운 우정을 지켜왔는지 기억해주십시오. 여러분이 전쟁과 정치적 혼란을 피해 삶의 터전을 버리고 이 나라로 이민왔을 때 실크 가족이 어떤 도움을 줬는지 기억해주십시오. 여러분이 우리를 알고 지낸 그 모든 세월을 기억해주십시오. 우리는 여러분을 속인 적도, 배신한 적도 없습니다.

우리에게, 실크 가족 모두에게 가장 중요한 것은 이나의 안녕입니다. 우리 이나는 이 땅의 인간들에 비해 수적으로 매우 열세입니다. 그들이 벌인 전쟁에서 얼마나 많은 이나가 도륙당했습니까? 인간은 서로 수백만씩 죽이고도 수적으로 아무 변화가 없습니다. 오래 살면서 천천히 번식하는 우리와 달리, 번식하고 번식하고 또 번식하니까요. 그렇지만 인간은 수명이 하루살이 같고, 우리가 없으면 질병과 폭력에 시달리지요. 그럼에도 우리는 그들을 필요로 합니다. 그들을 가족으로 받아들이고, 그들이 질병에서 자유롭게 더 오래 평화롭게 살 수 있도록 돕습니다. 우린 그들 없이 살 수 없습니다.

하지만 우리는 그들이 아닙니다!

우리는 그들이 아닙니다!

위대한 여신의 자손들이여, 우리는 그들이 아닙니다!"

그가 강렬한 감정에 휩싸여 몸을 부르르 떨었다. 그는 몇 번 숨을 쉰 다음에야 말을 이었다. "우리는 인간이 아닙니다." 그가 속삭였다. "인간이 되기 위해 애써서도 안 됩니다. 절대. 어떤 이유에서도. 그 대가가 '낮 시간'이더라도 말입니다. 인간이 되려 한다면 엄청난 대가를 치르게 될 겁니다."

그가 선 채로 좀 더 길게 침묵하더니 자리에 앉고서 마이크를 스탠드에 돌려놓았다. 위원회실이 쥐죽은 듯 고요해졌다.

그가 앉은 후 프레스턴이 침묵을 깼다. "쇼리 양, 질문이나 발언할 게 있나요?"

"네, 질문이 있어요." 내가 마이크를 쥐고 일어서며 말했다. 러셀이 발언하는 동안 뭔가 생각난 터였다. 그의 조금 전 발언과 아까 전 마거릿 브레이스웨이트가 역사책을 읽는 장면에서 떠오른 생각이었다. 내 눈엔 조금 전 러셀이 자신의 가족이 내 가족을 죽였다고 인정한 것처럼 보였다. 그는 선의에서 그런 짓을 했다고 우리를 설득하려 했다. 나는 프레스턴에게 말했다. "괜찮다면 사회자님께 몇 가지 질문하고 싶어요."

프레스턴이 놀란 표정을 지었다. "좋습니다. 러셀이 제게 질문한 적이 있으니, 쇼리 양도 질문해도 좋아요."

나는 고개를 끄덕였다. "이나의 법에 대한 지식이 짧아서 드리는 질문이에요. 프레스턴, 살상을 하지 않고 합법적으로 누군가의 행동에 대해 이의를 제기할 수 있는 방법이 있나요? 제 말은, 만약 누군가 다른 이나에게 해가 되는 뭔가를 할 것 같다면, 제가 어떤 위원회나 조직 같은 곳에 이의를 제기할 수 있나요?"

프레스턴은 웃지도 표정을 바꾸지도 않았다. 하지만 그가 내 질문에 기뻐한다는 느낌이 들었다. "있습니다." 그가 말했다. "누군가 이나에게 해가 되는 일, 그러니까 위법은 아니지만 피해를 주는 일을 할 것 같다면 여신위원회를 소집할 수 있어요."

러셀이 마이크를 낚아채서 항의했다. "여신 뭐라고…. 그런 회의는 최소 2,500년 동안 열린 적이 없습니다."

"그러니까 그런 위원회가 있다는 건 알고 계셨군요?" 내가 그에게 물었다.

"말로만 존재하는 거예요. 누구도 지난 2,500년 동안 그런 회의를 연 적이…."

"시도는 해보셨나요?"

"쇼리의 가족은 심지어 여신을 믿지도 않는다고 공공연히 밝히고 다녔어요!"

가정이 현실로 바뀌는 순간이었다. 경솔함이 문제였다. "그게 문제가 되나요?" 내가 물었다. "제 가족이 여신위원회에 참석하라는 요청을 무시하기라도 했나요?"

러셀은 아무 말이 없었다. 자신이 어디에 있는지, 무슨 일로 논쟁을 벌이는지 생각이 난 모양이었다.

"프레스턴, 그게 문제가 됐을까요?" 내가 말했다.

"일곱의 법칙을 적용했겠지요." 프레스턴이 답했다. "일곱의 법칙이 충족됐는데도 고발당한 가족이 참석을 거부하면 그들이 참석을 하건 말건 위원회가 소집됩니다. 그리고 그 가족이 참석한 셈 치고 위원회가 투표를 하게 돼요. 하던 일을 멈추라고 지시가 내려졌는데도 멈추기를 거부한다면 그 가족은 처벌을 받을 겁니다."

나는 건너편에 있는 러셀을 빤히 봤다. "프레스턴, 실크 가족이 저의 대어머니들이 진행하던 유전적 실험에 대해 논의하거나 경고하기 위해 여신위원회를 소집한 적이 있나요?"

"제가 알기론 없습니다." 프레스턴이 말했다. "러셀?"

이번에도 러셀은 아무 말이 없었다. 상관없었다. 이미 하고 싶은 말은 다 한 게 분명했다. 나는 앉아서 마이크를 제자리에 돌려놨다.

"위원님들, 질문 있으신가요?" 프레스턴이 물었다.

아무도 말이 없었다.

"좋습니다." 그가 말했다. "위원님들, 이제 입장을 밝혀주시기 바랍니다. 실크 가족이 인간을 도구 삼아 페트레스쿠 가족과 매슈스 가족을 죽인 혐의에 대해 유죄라고 생각하십니까? 또한 실크 가족이 인간을 도구 삼아 쇼리 매슈스와 그녀의 공생인들이 머물고 있는 페트레스쿠의 손님용 숙소를 불태운 혐의에 대해 유죄라고 생각하십니까? 실크 가족이 이곳 푼타 누블라다로 인간 도구를 보내 고든 가족을 공격하도록 한 혐의에 대해 유죄라고 생각하십니까? 그리고 실크 가족의 첫 번째 변호인 캐서린 달만이 자신의 공생인 잭 론을 보내 쇼리 매슈스의 공생인 테오도라 하든을 죽인 것에 대해 유죄라고 생각하십니까?" 그가 잠시 뜸을 들이다가 말했다. "조에 포토폴로스?"

조에는 이제껏 내가 본 이나 중에 가장 아름다웠다. 300살이 넘는 나이는 아무 문제도 안됐다. 그녀는 대부분의 이나처럼 키가 크고 날씬한 금발이었으나 잊기 어려울 정도로 인상이 강렬했다. 그녀가 도착했을 때 라이트에게 그녀에 대해 어떻게 생각하느냐고 물어본 적이 있었다. 그의 인상은 이랬다. "조각 같네. 그리스 조각상처럼 완벽해. 가슴만 있으면 내가 본 최고의 미녀일 거야."

불쌍한 라이트 같으니라고. 브레이스웨이트의 공생인 중에 가슴이 큰 사람이 하나쯤은 있겠지.

"쇼리 매슈스는 진실을 말했습니다." 조에가 말했다. "단 한 번도 거짓을 고하는 걸 포착하지 못했습니다. 아주 신중하거나 진실했다는 뜻이겠죠. 그녀에 대한 제 인상은 보이는 그대로입니다. 실크 가족과 캐서린 달만에게 큰 상처를 입은 아이라는 것 말입니다. 반면, 실크 가족들은 입만 열면 거짓말이더군요. 캐서린 달만도 마찬가지예요. 이 모든 살해극의 원인은 쇼리의 가족이 낮에도 걸어다닐 수 있는 이나를 만들기 위해 인간의 DNA로 실험을 한 데 있는 것으로 보입니다. 그리고 그 실험에 이의를 제기하거나 멈추기 위한 법적 노력은 없었던 것 같고요." 그녀가 크게 한숨을 쉬었다. "저는 실크 가족과 캐서린 달만 건에 대해 쇼리에게 찬성합니다."

"조앤 브레이스웨이트?" 프레스턴이 물었다.

"쇼리는 진실을 말했지만 캐서린과 실크 가족은 거짓을 고했습니다." 조앤이 말했다. "그보다 중요한 건 없습니다. 저도 두 가족 건에 대해 쇼리에게 찬성합니다."

"알렉산더 스보보다?"

"캐서린 달만 건에 대해선 쇼리에게 찬성합니다. 하지만 실크 가족 건에 대해선 반대합니다. 쇼리는 자신이 아는 선에서, 고장난 기억력으로 이해할 수 있는 선에서 진실을 말했습니다. 하지만 온전치 못한 어린애 하나가 그렇게 믿는다고 해서 실크 가족에게 유죄를 선고할 순 없습니다."

그렇지만 발언대에 섰던 모든 실크 가족이 자신들이 저지른 짓에 대해, 자신들이 아는 바에 대해, 또는 둘 다에 대해 거짓을 고했다. 그런데 어떻게 캐서린 달만은 공생인 하나를 죽인 대가로 처벌을 받고, 실크 가족은 열두 명의 이나와 100명에 가까운 공생인들을 죽여놓고도 책임을 피한단 말인가? 하지만 그것이 용감하지 못한 알렉산더의 결론이었다.

"피터 마르쿠?" 프레스턴이 물었다.

"쇼리에게 찬성합니다." 피터 마르쿠가 답했다. "저도 그러기 싫습니다. 저희 가족은 4대에 걸쳐 실크 가족과 우애를 쌓아왔거든요. 심지어 달만 가족과도 관계가 좋았던 시절이 있었지요. 하지만 쇼리는 시종일관 진실을 말했고 피고발인 측은 거짓으로 일관했습니다. 이유가 어찌 됐든 그들은 살인을 저질렀습니다. 나머지 이나들과 우리의 공생인들을 위해서라도 이번 일은 처벌을 해야 합니다."

"애나 모라리우?"

"저는 실크 가족과 캐서린 달만에게 찬성합니다. 쇼리 매슈스는 장애가 너무 심각해서 다른 이나를 고발할 상태가 못 됩니다. 어떻게 정신도 온전치 못한 아이의 말을 믿고 사람들의 인생을 빼앗고 그들을 죽일 수 있단 말입니까? 만에 하나 건강하다 쳐도 이나라고 할 수도 없는 아이입니다. 페트레스쿠 가족과 매슈스 가족이 죽은 것은 비극입니다. 또 다른 가족까지 죽이거나 파괴해서 비극을 더하진 말아야 할 겁니다."

그녀는 캐서린 달만이 진실을 말할 수도 있다고 믿는 유일한 사람이었다. 조금 전 그녀의 발언은 내 가족이 그저 운이 없어서 알 수 없는 이유로 죽었으며 그것 때문에 누군가를 처벌하는 건 잘못이라는 의미 같았다. 그녀는 집단 학살을 일삼은 친구들의 죄를 눈감아 줘도 아무 문제가 없다고 생각하는 듯했다.

"앨리스 라파포트?"

"쇼리에게 찬성합니다. 캐서린 달만과 실크 가족은 거짓말쟁이들입니다. 살인만 생각하지 법을 이용할 생각은 못 하는 자들이죠. 이 자리에서 처벌을 면치 못할 거라는 걸 이들보다 더 잘 아는 사람은 없을 겁니다. 여러분은 어떻게 생각하시나요? 가족들이 서로 반목하고 집단 학살을 하던 무법천지 시절로 돌아가고 싶으세요?"

"해럴드 웨스트폴?"

"쇼리에게 찬성합니다. 이대로 그냥 넘어가면 장기적으로 우리 모두 위험에 처하게 될 겁니다. 실크 가족과 캐서린 달만 모두 죗값을 치러야 합니다."

그가 씁쓸한 표정으로 나를 흘깃거렸다. 표정을 보니 이곳에 있기 싫은 눈치였다. 그는 내 편에 서고 싶어 하지 않았다. 나를 별로 좋아하는 것 같지도 않았다. 그럼에도 최선을 다해 자신의 임무를 정직하게 수행하려 애쓰고 있었다. 그 점이 존경스러웠고 감사했다.

"키라 니콜라우."

"캐서린 달만 건에 대해선 쇼리에게 찬성합니다. 캐서린이 한 짓은 완전히 잘못된 행동이며, 그녀가 그랬다는 건 의심의 여지도 없습니다. 심지어 자신이 한 짓이 아니라고 설득할 의지도 없어 보이더군요. 대수롭지 않게 여기는 눈치였습니다. 하지만 나머지 문제는 실크 가족에게 찬성합니다. 쇼리의 기억과 고발 내용을 신뢰해야 할지 모르겠습니다. 쇼리가 본인 믿음처럼 상황을 잘 이해한다는 확신이 없습니다. 물론 그 아이가 믿은 대로 말한 건 분명합니다. 그 점에선 진실을 말했습니다. 하지만 알렉산더의 말대로 쇼리 매슈스처럼 기억이 온전치 못한 아이의 말만 믿고 실크 가족을 파괴하거나 없애서는 안 될 겁니다."

실크 가족의 거짓에 대해선 일언반구도 없었다. 나의 죽은 가족에 대해서도 마찬가지였다. 하지만 내가 파악한 바에 따르면 키라는 진실을 말하고 있었다. 내가 머리를 크게 다쳐서 알지도 못하면서 지껄인다고 진심으로 믿는 것 같았다. 왜 그런지는 몰라도 그렇다고 확신하고 있었다.

"이온 안드레이?"

잠시 정적이 흘렀다. 마침내 이온이 말했다. "저는 실크 가족과 캐서린 달만에게 찬성합니다. 저도 이 결정이 달갑지는 않습니다. 실크 가족이 쇼리의 가족을 죽였을 수도 있다고 생각하니까요. 충분히 가능하다고 봅니다. 어쩌면 캐서린도 자신의 공생인을 시켜 쇼리의 공생인을 죽였을지도 모르죠. 하지만 키라가 말했듯, 양심상 쇼리처럼 온전치 못한 아이의 말을 믿고 그런 판단을 내릴 순 없습니다."

그들의 말을 듣고 있자니 고통스러웠다. 그들을 향해 소리를 지르고 싶었다. 어떻게 자신의 모든 감각에 그렇게 선택적으로 눈을 가릴 수 있단 말인가? 어떻게 나를 온전치 못한 인간으로 볼 수 있단 말인가? 어쩌면 그들은 나를 그렇게 봐야만 했는지도 몰랐다. 그래야 양심의 가책이 줄어들 테니.

"월터 너지?"

"저는 쇼리에게 찬성합니다. 설사 정신이 온전치 못하다 해도 찬성하겠습니다. 슬프게도 실크 가족과 캐서린 달만이 질문마다 거짓을 일삼은 건 명백한 사실이니까요. 그들은 살해를 저질렀습니다. 실크 가족은 집단 학살을 벌였지요. 친구라는 이유로 죄를 용서한다면 여러 세기 전에 굳게 잠그려고 그렇게 애썼던 문을 활짝 여는 꼴이 될 겁니다. 실수하지 맙시다. 이들 살해자들을 봐주면 이제 각자가 스스로 분쟁을 해결하겠다고 달려들면서 우리 이나가 인간 세상에 노출될 위험이 생길 겁니다. 우리 모두 쇼리의 가족을 잡아먹은 화마에 취약하긴 마찬가지입니다."

잠시 정적이 흘렀다. 마지막으로 프레스턴이 물었다. "엘리자베스 아흐마토바?"

"쇼리에게 찬성합니다. 좀 전에 월터가 말한 것과 같은 이유입니다. 그리고 직접 쇼리를 봤기에 찬성합니다. 쇼리는 불완전합니다. 기억의 거의 전부를 잊어버린다는 게 어떤 건지 감히 상상도 안 됩니다. 쇼리는 기억을 도둑맞았습니다. 하지만 논리력은 도둑맞지 않았어요. 쇼리가 했던 질문들은 올바르고 합리적이었지요. 비록 상대에게서 매번 거짓된 대답만 돌아왔는데도 말이에요. 또한 그녀의 대답도 정직했습니다. 쇼리의 가족과 공생인을 죽였던 살해자들, 쇼리에게서 과거를 훔쳐간 도둑들, 이들에게 그런 야만적이기 짝이 없는 짓을 한 대가로 상을 줘야 하겠습니까? 아니요, 절대 그래선 안 됩니다. 오히려 자신을 보호하고 살해자를 찾기 위해 기지를 발휘한 쇼리에게 상을 줘야 할 겁니다."

29

그렇게 끝이 났다.
잠시 정적이 흐르다 프레스턴이 일어섰다. "결정이 내려졌습니다." 그가 말했다.
"열한 명의 판결위원 중 다수인 일곱 위원에서 쇼리 매슈스에게 찬성하고, 캐서린 달만과 실크 가족에게 반대했습니다. 그러므로 캐서린 달만과 실크 가족이 저지른 잘못에 대해 벌을 내려야 마땅할 겁니다. 하지만 만장일치가 아니므로 사형은 제외합니다.
실크 가족의 잘못, 즉 페트레스쿠 가족을 몰살하고 매슈스 가족을 몰살하다시피 하고 고든 가족을 몰살하려 시도한 죄에 대한 처벌은 성문법에 따라 다음과 같습니다. 실크 가족을 해체한다. 짝을 짓지 않은 실크 가족의 다섯 아들들은 미국 외 다섯 나라의 다섯 가족에 입양시킨다. 입양된 아들들은 새로운 가족의 남자 구성원 자격으로 짝을 짓게 된다. 그들은 더 이상 실크 가족이 아니다."
위원회실이 쥐죽은 듯 고요했다. 실크 가족조차 아무 소리도 내지 않았다. 그들이 어떻게 이토록 조용할 수 있는지 궁금했다. 자랑스러워서? 고통스러워서? 판결을 믿고 싶지 않아서? 아니면 다른 사람들에게 자신들의 고통을 보여주기 싫어서? 나는 건너편의 러셀 실크를 쳐다봤다.

그가 증오에 불타는 눈빛으로 나를 노려봤다. 나를 죽일 수만 있다면 즐거운 마음으로 죽일 듯한 기세였다. 나도 그를 향해 똑같은 감정이 든다는 자각이 싸늘하게 스쳤다. 그가 쫓아오면 내가 그를 죽일 터였다. 즐거운 마음으로.

프레스턴이 말했다. "러셀, 가족에 대한 판결 내용을 들었습니까?"

러셀이 내게서 겨우 시선을 거두고 증오 어린 눈빛으로 프레스턴을 빤히 봤다.

"일어서세요." 프레스턴이 명령했다.

러셀은 꼼짝도 하지 않았다. 그가 다시 나를 향해 고개를 돌렸다. 그리고 나를 너무나 죽이고 싶어 고통스럽다는 듯이 쳐다봤다.

"러셀 실크." 프레스턴이 크고 깊고 또렷한 목소리로 말했다. "일어서세요. 일어서서 자신과 가족들을 대표해 발언하세요."

나는 러셀 실크가 천천히 일어서는 모습을 지켜봤다. 그는 감정이 폭발하기 일보 직전이었다. 절제력을 잃는다면 나를 덮칠 게 분명했다. 그는 키가 내 두 배에 몸무게도 두 배는 거뜬히 나가는 어른 남자 이나였다. 사슴이 아니었다. 하지만 그는 나이가 많은 데다 어쩌면 사슴만큼 빠르지 않을 수도 있었다. 나는 그를 쳐다보며 올라탐 직하다고 판단했다. 저지당하기 전에 올라탈 수 있을 것 같았다. 그의 목을 찢어발길 수 있을 것 같았다. 죽이진 못하겠지만 독으로 길들여 내게 복종하도록 만들 수는 있을 것 같았다. 그게 안 되면 속도를 늦추고 그 틈을 타 머리를 비틀 수 있을 터였다. 누구도 그런 부상에서 회복될 수는 없었다. 그렇게 할 수 있을 것 같았다. 가능했다.

"판결을 받아들이세요." 프레스턴이 말했다. "그런 다음 가족 모두 기립해 일일이 맹세하세요. 각자 판결을 수용하고 오늘부터 최소한 300년 동안 실크 가족과 매슈스 가족 사이에, 실크 가족과 고든 가족 사이에 평화를 지킬 것을 약속하는 겁니다."

프레스턴이 나만큼 강렬한 눈빛으로 러셀을 응시했다. "판결을 거부하거나 약속을 어긴 대가는 즉각적인 사형입니다. 러셀 당신은 물론, 짝을 지은 가족 전부 사형됩니다." 그가 말을 멈추고 청중석에서 기다리고 있는 실크 가족을 바라봤다. "판결을 받아들이겠습니까?" 그가 물었다.

러셀이 나를 향해 돌진했다.

나도 일어서서 탁자를 물리고 기꺼운 마음으로 그를 맞을 준비를 했다. 관계를 맺거나 배를 채우고 싶을 때와 비슷한 욕구가 일었다.

하지만 그가 미처 나를 잡기 전에, 내가 그의 피를 맛보기 전에, 그의 아들 둘과 형제 하나가 앞줄에서 벌떡 일어나더니 그를 움켜쥐고 끌고 들어갔다. 그가 그들 아래서 소리를 지르고 몸부림쳤다. 처음엔 말을 하는 것 같지는 않았다. 그저 나를 보며 울부짖기만 했다. 그때 그가 뭐라고 하는지 보이기 시작했다. "저 깜둥이 잡종견 계집애를 죽여야 하는데…." "저게 우리한테 뭘 준다고? 털? 꼬리?"

그는 눈물을 흘리지 않았다. 문득 우리 이나도 인간처럼 울 수 있는지 궁금해졌다. 러셀은 그저 옆으로 웅크리고 누워 꺽꺽거리며 신음했다.

나는 러셀의 구역 맨 앞 몇 줄에 모여 있는 실크 가족 무리를 바라봤다. 마일로는 나를 노려보고 있었지만, 나머지는 서서히 제정신이 돌아오고 있는 러셀에게 관심이 쏠려 있었다.

라이트와 조엘이 일어나 내게 다가왔다. 하지만 손짓으로 그들을 돌려보냈다. 그들은 다쳐도 신체가 다시 자라지 않으니 멀리 떨어져 있는 게 나았다.

마일로가 내 공생인들에게 시선을 옮기더니 한참 지그시 바라봤다. 그런 뒤 다시 나를 봤다. 그건 명백한 협박이었다.

대니얼 고든과 그의 아버지들, 그리고 형제들이 내 뒤에 와서 섰다. 그들이 조용히 마일로를 마주 봤다.

바닥에 있던 실크 가족 무리가 혼란을 추스르며 일어났다. 잠시 후 러셀이 자리로 돌아가 탁자 옆에 섰다. 나머지 가족들이 그를 지켜보는 가운데, 그를 붙들었던 세 사람도 자리로 돌아갔다.

그와 동시에 내 뒤에 서 있던 고든 가족들도 스르르 흩어져서, 내게 왔을 때처럼 조용히 자기 자리로 돌아갔다. 나도 자리에 앉았다.

프레스턴이 이상하리만치 점잖은 목소리로 되물었다. "러셀 실크, 판결을 받아들이겠습니까?"

마치 아무 소란도 없었다는 듯한 분위기였다. 러셀이 탁자를 내려다보다가 나를 노려봤다. "저 매슈스 계집애는 어떻게 됩니까?" 그가 물었다.

"어떻게 할 게 어디 있나요?" 프레스턴이 말했다.

"입양시켜야죠. 어린아이잖아요. 게다가 아프고요. 누군가 돌봐야죠. 가족 안에 들여놔야 최소한 이나인 척하는 법이라도 가르칠 게 아닙니까."

"당신들이 그렇게 만든 겁니다." 프레스턴이 말했다. "하지만 어떻게 해결할지는 당신들이 상관할 바가 아닙니다. 지금 당신들이 신경 쓸 건 판결을 받아들일지 말지예요. 자, 마지막으로 묻겠습니다. 판결을 받아들이겠습니까?"

러셀이 그의 아버지, 형제들, 아들들, 그리고 곧 실크 가족을 떠나 다른 가족에게 입양될 다섯 대자들을 쳐다봤다. 듣자하니 입양은 영구적으로 지속되는 거라, 몰래 집으로 돌아오거나 외국이나 미국의 타지역에서 실크 가족으로 결합하는 건 불가능했다. 무엇보다 종국에 다른 여자 가족들과 짝을 지어도 아들들에게 실크라는 성을 물려줄 수 없었다.

족히 1분은 지나서야 러셀이 입을 열었다.

"판결을… 받아… 들이겠습니다."

"마일로 실크?" 프레스턴이 물었다.

마일로 실크가 일어섰다. 그가 이제껏 듣지 못한 노쇠하고 메마른 목소리로 답했다. "판결을 받아들이겠소." 그가 도로 자리에 앉아 의자 앞으로 몸을 축 늘어뜨렸다. 그러곤 팔꿈치를 무릎에 괴고 바닥을 응시했다.

그가 대답하고 나자 나머지 아들들이 차례대로 답을 했다. 뒤이어 그들의 아들들이 답을 했다. 마지막으로 짝을 짓지 않은 가장 어린 아들들이 영원하고 완벽한 추방을 받아들이겠다고 맹세했다. 내게는 여전히 그들이 처벌의 고통을 가장 많이 감내해야 하는 장본인이라는 사실이 못마땅해 보였다. 다시는 아버지들과 형제들을 보지 못할 수 있는 데다 그중 셋은 어린아이였다. 그들은 죄에 아무 책임이 없는 유일한 실크 가족 구성원이었다.

불현듯 그런 생각이 들었다. 러셀이 내가 입양되지 않느냐고 물었던 까닭이 뭘까? 혹시 내가 실크 가족의 아들들처럼 다른 가족의 일원이 되면 법적으로 공격하는 게 가능해지기 때문은 아닐까? 내가 쇼리 매슈스가 아니라 이를테면 쇼리 브레이스웨이트라면, 나는 물론이고 브레이스웨이트 가족도 그들의 만만한 공격 대상이 될지도 몰랐다. 입양될 생각은 눈곱만큼도 없었지만 내 의심이 사실인지 프레스턴에게 꼭 확인해야겠다는 생각이 들었다.

고든 가족이 재빨리 실크 가족으로부터 짝을 짓지 않은 아들들을 떼어놓았다. 그들의 공생인도 빠르게 합류했다. 좋은 일이었다. 평생을 알고 지냈을 사람들, 그들이 사랑하고 필요로 했던 사람들이 곁에 있으면 고통이 조금은 누그러질 터였다. 아버지들과는 떨어져도 그들과 가장 가까운 인간은 곁을 지킬 터였다. 사실 누군가 실크 공동체에 남아 있는 공생인들을 마저 데려다가 그들의 이나에 합류시켜줘야 했다. 나는 한 아들의 공생인 중에 나를 심문했던 의사가 포함되어 있다는 사실을 알고 기뻤다. 그가 어른 이나들의 몹쓸 멸시로부터 멀어진다니 잘된 일이었다. 그의 이나는 나보다 키는 컸지만 나이가 더 많아 보이지는 않았다.

몇몇 어른 이나들(판결위원회를 위해 봉사했던 이나들의 형제들)이 실크 가족의 가장 어린 아들들과 공생인들을 위원회실 밖으로 데리고 나갔다. 사형 선고가 내려졌다면 이들이 형 집행을 담당했을 것이다. 그렇게 분담한 것일까? 한 사람은 판결을 내리고 나머지 형제자매는 형 집행을 돕는 것으로?

실크 가족의 어른들이 심란한 표정으로 그 장면을 지켜봤다. 극도의 적막함 가운데 얼굴에는 고통이 뚜렷했다. 그 부조화가 보는 이들을 힘들게 했다. 그들은 자신의 아이들이, 가족의 미래가 멀어져가는 모습을 빤히 지켜봤다. 그 넓은 방에서 아무도 입을 열지 않았다.

그렇게 실크 가족의 아이들이 사라지자 모두가 앉아서 서로를 쳐다봤다.

프레스턴이 헛기침을 했다. 목을 가다듬는 게 아니라 주의를 끌기 위해 낸 것이라 소리가 이상했다. "캐서린 달만 건도 처리합시다." 그가 실크 가족 가까이에 앉아 있는 그녀를 바라봤다. "캐서린, 일어서서 앞으로 나오세요."

그녀가 아주 천천히 일어서더니 활 대형 가운데에 홀로 서 있는 마이크 앞으로 나왔다.

프레스턴 역시 일어서서 그녀를 쳐다봤다. "캐서린 달만, 자신의 공생인 잭 론을 살인 도구로 이용해 쇼리 매슈스의 공생인 테오도라 하든을 죽인 죄에 대해 판결하겠습니다. 성문법에 따라 당신의 양 허벅지 가운데 부분을 절단하겠습니다." 그가 한숨을 쉬었다. "캐서린, 판결을 받아들이겠습니까?"

그녀가 마이크에 입을 대기 위해 몸을 앞으로 기울이고 키에 맞게 마이크를 낮추었다. "받아들이지 않겠습니다." 그리고 이어서 말했다. "처벌이 너무 과합니다. 제가 저지른 사소한 죄에 비해 지나치다고 생각합니다."

"사소하다고!" 내가 큰 소리로 말했다. "당신을 해친 적도, 심지어 위협한 적도 없는 여자를 살해한 게 어떻게 사소하죠?"

그녀는 내게 눈길조차 주지 않았다. "판결위원들께 제 처벌에 대해 재고한 뒤 찬성 유무를 밝혀달라고 요청하는 바입니다."

나는 프레스턴을 봤다. 캐서린을 살려두는 것만 해도 견디기 힘들었다. 그런데 그녀는 자신이 겪을 고통에 대해 칭얼대고 있었다. 판결을 받아들인다고 해도 한두 해 후면 다리가 다시 자라 원래대로 돌아갈 터였다. 하지만 테오도라는 살아날 리 없었다. 그런데도 사소한 범죄라니?

"왼손 정도는 포기할게요. 제가 저지른… 죗값으로요." 캐서린이 말했다. "그것도 정의라고 하기에는 차고 넘칩니다."

"손가락 한 개라고 하시지요!" 내가 말했다. "아니면 손톱 하나는 어때요? 그렇게 경미한 처벌을 받아들일 바에야 당신이 내게 한 짓을 똑같이 되갚아주는 게 낫겠어요. 어떤 공생인의 목숨을 끊어놓을까요?"

그녀가 주체가 안 될 정도로 증오와 경멸이 담긴 표정으로 나를 쳐다봤다. 그리고 고개를 돌려서 프레스턴에게 말했다. "위원회의 판결을 요청합니다. 제게도 그럴 권리가 있습니다."

"이미 유죄 판결이 났습니다. 당신에게 반대하는 표가 나왔고, 유죄 및 처벌 여부는 되돌릴 수 없습니다. 협상할 권리는 없어요. 아시지 않습니까. 법을 어기겠다고 마음먹기 훨씬 전부터 이를 알았을 텐데요."

그녀가 그에게서 고개를 돌렸다. 그리고 건너편을 빤히 쳐다보며 몇 초 동안 아무 말도 하지 않았다. 마침내 그녀가 고개를 흔들었다. "받아들일 수 없습니다. 불공평해요. 쇼리는 이나가 아니니까 그 인간도 공생인이 아니에요! 그리고… 그리고 제 나이에는 그 정도 처벌만으로도 죽을 수 있어요."

그게 무슨 말인가? 공생인이 아니라면 무고한 인간을 죽여도 괜찮다는 뜻인가?

프레스턴이 머뭇거리다가 부드럽게 말했다. "캐서린, 이건 사형 선고가 아닙니다. 물론 힘들겠지요. 그래서 처벌인 겁니다. 어째서 이런 벌을 받게 됐는지 생각해봐요. 그래도 가족의 보살핌을 받으면 한두 해 후면 다 나을 겁니다. 하지만 판결을 거부하면, 캐서린… 사형을 받게 될 겁니다."

그녀가 고개를 흔들었다. "그러면 절 죽이세요! 그렇게 하세요. 절 죽여요! 당신이 내린 판결은 받아들일 수 없어요."

나이대가 엇비슷한 두 사람이 서로를 노려봤다. "잠시 휴정하겠습니다." 그가 말했다. "캐서린, 자매와 공생인들과 이야기를 나눠보세요. 당신이 무슨 짓을 하고 있는지 생각해보기 바랍니다." 그가 자리에서 물러서며 고요한 청중석을 흘깃 봤다. "한 시간 후에 재개하겠습니다."

* * *

내 공생인들이 쭈뼛거리다 내게 다가왔다. 그들은 라이트가 먼저 나를 만지게끔 뒤로 물러섰다. 그때까지도 나는 그들이 멈칫거리는 이유를 알지 못했다. 그가 내 손을 잡자 내가 두 손으로 그의 커다란 손을 쥐었다. 그제야 나머지도 내게 다가왔다.

나는 그들이 나를 두려워한다는 것을 깨달았다. 내 말과 행동이 어땠기에? 내가 어떻게 보였기에, 어떻게 행동했기에, 내가 가장 사랑하고 필요로 하는 사람들이 나를 두려워하는 걸까? 나는 선 채로 그들을 하나씩 안아줬다. 특히 가장 떨고 있는 브룩을 조금 더 오래 안아줬다.

"긴장감이 지독해서 악취 같아." 내가 말했다. "잠깐이라도 좋으니

집으로 돌아가자."

우리는 위원회실을 떠나 손님용 숙소로 향했다. 아무도 말을 하지 않았다. 모두 내 말처럼 위원회실의 분노와 증오와 고통으로부터 잠시 벗어나고 싶어 한다는 생각이 들었다. 조엘이 내 어깨에 팔을 둘렀다. 자신의 냄새로 내 기분을 전환시켜주려고 일부러 그러는 것 같았다. 나는 기분 전환이 필요했다. 그와 브룩 모두 그렇게 할 만큼 이나에 대해 훤했다.

나는 그들이 부엌에서 커피와 시나몬애플 머핀을 먹는 자리에 함께 앉았다. 라이트가 우리의 첫 집을 직접 지을 거라고 떠들었지만 아무도 그게 가능할 거라 믿지 않았다. 그렇지만 나는 믿었다. 그 생각이 마음에 들었다.

그들의 부추김에 못 이겨 나는 커피를 맛봤다. 물보다는 별로였지만 역겹진 않았다. 내가 또 인간의 어떤 음식이나 음료를 견딜 수 있을지 궁금했다. 시간이 생기면 알아볼 수도 있을 것 같았다.

우리는 좀 더 이야기를 나누다가 일어서서 다시 위원회실로 향했다. 그때 갑자기 분위기가 어수선해지면서 비명이 들렸다. 저만치 앞쪽, 헨리의 집에서 사람들이 쏟아져 나오고 있었다. 무슨 영문인지 알아채기도 전에 캐서린 달만이 우리 앞에 나타났다. 그녀가 인간보다는 빠르지만 이나치고는 그렇게 빠르지 않은 속도로 헨리의 집에서 뛰쳐나왔다. 몸 앞쪽에 뭔가를 양손으로 꽉 쥔 채였다.

그녀가 소총을 들고 있다는 걸 깨닫는 데는 잠깐의 시간이 필요했다. 그녀가 군중들을 헤치고 달리다가 갑자기 멈춰 서서 내 공생인들과 내게 총을 겨누었다.

나는 그녀를 향해 돌진했다. 내가 손쓰기 전에 그녀가 또 다른 공생인을 죽일까봐 겁났다.

이번에도 그들을 위험에 노출시키고 말았다.

그녀가 총을 쐈다.

거세게 얻어맞은 듯한 느낌이, 엄청나게 강한 뭔가에 복부를 가격당한 듯한 느낌이 들었다.

일순간 앞으로 나가지도, 바닥에 떨어지지도 않고 공중에 걸린 것 같은 기분이 들었다. 물론 진짜 그런 일이 일어난 건 아니었다. 하지만 느낌이 그랬다. 실제로는 가속도 때문에 몸이 그녀 쪽으로 날아갔다. 나는 발로 가격해서 그녀를 쓰러뜨렸다. 그리고 손으로 소총을 쳐서 총구가 위로 향해 엉뚱한 방향으로 발사되게 했다. 소총은 수동식 노리쇠가 있는 구식 제품으로, 고든 가족이 공격을 대비해 상비하던 것인 듯했다. 혹여 지난번 침입자들이 사용하던 자동소총이었거나 캐서린이 조금만 더 빨랐다면 손이 닿기도 전에 한 발 더 맞았을지도 몰랐다. 그러면 나는 총알 세례를 받고 그녀의 손에 무기력하게 죽음을 맞았을 터였다.

하지만 내가 한 발 빨랐다. 나는 바닥에서 몸싸움을 벌이던 중 그녀의 손에서 총을 잡아채 멀리 던져버렸다. 내가 그렇게 했다는 게 놀라웠다. 이나치고는 작았어도 그녀는 어른인 데다 나보다 몸집도 컸다. 그녀가 내 양손에 붙들린 채 몸을 비틀며 나를 밀어내려고, 내게서 벗어나려고, 나를 물려고 애썼다.

나는 출혈로 힘이 빠지고 있었다. 그녀가 물어뜯기 위해 나를 바싹 당기며 승기를 잡았다. 나는 젖 먹던 힘을 다해 주먹을 쳐들어 그녀의 아래턱을 가격했다. 그러곤 몸을 일으켜 세운 뒤 그녀의 목을 세게 물었다.

그녀가 비명을 질렀다. 내가 기선을 잡은 것에 겁을 먹었거나 고통에 어쩔 줄 몰라 하는 것 같았다. 내가 그녀를 문 건 영양분이 필요하거나 애정이 샘솟아서가 아니었다. 그녀의 목을 갈기갈기 찢어버릴 작정이었다. 그녀가 내 얼굴을 잡고 밀쳐내기 위해 어깨에서 손을 놓는 순간, 나는 기회를 놓치지 않고 이빨을 깊숙이 박아넣었다. 이빨이 후두를 뚫었다. 비명이 잠시 멈췄다. 이어서 나는 그녀의 목을 부러뜨렸다. 아니, 그러려고 했다. 성공했는지 어땠는지는 알 수 없었다. 최악의 고통이 나를 집어삼키기 전에 의식을 잃었기 때문이다.

그렇게 모든 게 끝났다.

에필로그

나는 천천히 의식을 되찾았다. 마치 진흙 속을 힘겹게 헤쳐 나오는 기분이었다.

내 몸에는 라이트의 커다란 티셔츠만이 걸쳐져 있었다. 누군가 옷을 벗기고 나를 침대로 데려다놓은 것이었다. 나는 깜깜한 방에 홀로 누워 있었다. 처음에는 앞이 잘 보이지 않았다. 상처로 인한 고통은 없었지만 힘이 없었다. 어찌나 힘이 없었는지, 동굴에서 나온 이후 느꼈던 그 어떤 것과도 비교가 안 될 정도였다. 사실상 동굴에서 막 깨어났을 때와 같았다. 하지만 이번엔 하루나 이틀 밤만 지나면 괜찮아질 듯했다.

그때 침대 너머 어딘가에서 고기 냄새가 났다. 허기를 이기지 못하고 냄새를 향해 몸을 돌렸다. 내 몸이 치유를 하느라 자원을 다 쓰고 근육 조직마저 연료로 태우는 지점에 다다른 게 분명했다.

나는 절박함에 고기를 향해 허겁지겁 달려들었다.

누군가 외쳤다. "멈춰, 쇼리!"

나는 몸을 멈췄다. 그건 라이트였다. 내 첫 번째였다.

나는 몸을 뒤로 뺐다. 이제야 그가 보였다. 커다란 체구가 어둠 속에 묻힌 채 침대 옆 의자에 앉아 있었다. 다행히 그에게 손을 대지 않았고, 대지도 않을 터였다. 나는 그에게서 몸을 떨어뜨리며 매트리스를 부여잡고 훌쩍거렸다. 허기가 배 속을 마구잡이로 헤집었지만 그를 건드릴 순 없었다. 그가 움직이는 소리가 들리더니 또 다른 냄새가 났다. 소고기였다. 음식이었다.

"여기 있어." 그가 말했다. "자, 먹어." 그가 얇은 생고기가 잔뜩 담긴 커다란 접시를 내게 내밀었다. 내가 좋아하는 갓 잡은 고기는 아니었지만 그 정도도 충분했다. 나는 고기를 꿀꺽꿀꺽 삼켰다. 덩어리를 베어 문 뒤 거의 씹지도 않고 삼키고 또 삼켰다. 접시 하나를 해치우고 나서 다시 라이트가 준 새 접시를 들고 고기를 양껏 삼키자 만족감이 조금씩 느껴졌다. 나머지는 좀 더 천천히, 씹은 뒤에 삼켰다. 살짝 부족하던 포만감이 이윽고 완전히 차올랐다.

나는 접시를 내려놓고 침대 머리맡에 머리를 기대며 한숨을 쉬었다. "고마워." 내가 말했다. "하지만 다음번에 만약 이런 일이 또다시 벌어지면, 그땐 내 곁에 있지 마. 그냥 고기만 두고 가."

"그 많은 걸 다 어디로 먹은 거야." 그가 말했다. "몸집도 작은 애가 말이야. 인간이었으면 그렇게 먹고 탈이 났을 거야."

"탈이 났었지. 배가 너무 고파서."

"알아. 하지만… 어쨌건, 뭐 상관없어. 네가 괜찮아서 기쁠 뿐이야."

"여기 있으면 안 돼." 내가 그에게 다시 말했다. 나는 휴 탱에 대한 기억을 떨쳐버리려고 고개를 저었다. "고든 가족이 어째서 당신을 여기 있게 놔둔 거야?"

"그런 게 아니야. 고기를 냉장 박스에 넣고 네 곁에 두라고 했어. 아무도 방에 들어가지 말고 네가 나올 때까지 기다리라면서."

"그럼 그렇게 했어야지."

그가 손에 뭔가를 쥐어줬다. 일회용 물티슈 여러 장이었다. 나는 그걸로 손과 입을 닦았다. 그가 주전자에서 물을 따른 뒤 유리잔을 건넸다. 사실 그가 주전자나 유리잔을 집을 때까지만 해도 그것들이 침실용 탁자에 있는 줄도 몰랐다. 나는 그의 냄새, 그의 심장 소리, 그의 숨소리, 그의 목소리에 집중했다. 그가 이곳에 있는 건 옳지 않았지만 그래도 그가 곁에 있는 게 너무 좋았다.

나는 잔을 받아서 물을 마셨다. "고마워. 왜 고든 말을 안 들었어? 내가 무슨 짓을 할지 알잖아."

"난 휴 탱이 아니야. 게다가 이번엔 머리도 안 다쳤잖아. 네가 날 해치지 않을 거라는 걸 알았어."

나는 놀라움과 분노로 그를 노려봤다. "당신은 몰라. 허기가 얼마나 지독한지…. 머리를 안 다쳐도 당신을 해칠 수 있어."

"내가 말을 거니까 바로 멈췄잖아. 네가 날 건드렸을 리 없어. 머리가 멀쩡하기 때문에 침착하게만 말을 걸면 누구도 건드리지 않았을 거야. 안전할 거라고 확신했어."

"당신은 몰라. 그토록… 그토록 허기진다는 게 어떤 건지."

그가 내 팔에 손을 올렸다. "모르지. 네가 그런 일을 안 겪었으면 얼마나 좋았을까. 캐서린이 우리를 쏠까봐 겁먹었다는 거 알아." 그가 아주 천천히 나를 끌어안았다. 그 느낌이 너무 좋아서, 그에게 기대는 게 너무나 편해서 그렇게 하도록 허락했다.

"나머지는 괜찮아?" 나는 괜찮다는 것을 알면서도 물었다. 누군가 심하게 다쳤거나 죽었다면 그의 태도가 완전히 달랐을 터였다.

그가 웃었다. "다들 괜찮아. 네 걱정을 많이 하고 있어. 내가 쉴 땐 나머지가 네 곁을 지켰어. 벌써 세 밤째야. 프레스턴이 적어도 세 밤이면 될 거라고 하더니. 헤이든은 다섯 밤이나 여섯 밤은 걸릴 거랬는데, 이나의 의학적 문제만큼은 언제나 프레스턴이 옳다고 한 조엘의 말이 맞았어."

나는 자칫 잘못됐을 경우를 생각하며 놀라서 고개를 흔들었다. 만약 내가 눈을 떠서 실리아나 브룩을 겁줬으면, 그들이 도망치려는 걸 보고 공격했으면 어떻게 됐을까? "눈을 떴을 때 당신이 있어서 다행이야."

"나도 그래."

"그런데… 캐서린은 어떻게 됐어?"

"죽었어. 웰스와 매닝이 시체를 처리했어. 처형은 회의를 주관하는 가족의 몫이니까. 직접 하기 힘들 땐 다른 가족의 도움을 받는데 이번엔 도움이 필요 없었어. 그들이 직접 참수하고 몸과 머리를 모두 불태웠어. 그대로 뒀으면 네게 물린 상처가 아물었을 거야. 목이 금세 낫기 시작했던 걸 보면. 하지만 그녀는 판결을 거부하고 죽는 길을 택했어. 너를 같이 데려가지 못해서 한이라고 하더라. 결국 여동생 소피아가 달만 가족을 대표해서 판결을 받아들였어. 프레스턴 말로는 이제 그들이 또 공격할까봐 걱정할 필요가 없다는 뜻이래."

"잘됐네. 고든 가족 생각처럼 약속이 잘 지켜지면 좋을 텐데."

"그래서 헤이든한테 물어봤지. 고든 가족의 역사학자니까. 그랬더니 그런 걱정은 할 필요 없대. 판결을 어기고 어른 가족 전부의 목숨을 위태롭게 하길 바라는 이나는 많지 않으니까. 어쨌거나 명예가 걸린 문제기도 하고. 달만 가족이 비호감이긴 하지만 본인들 기준에선 자기들이 명예롭다고 여긴다나? 이젠 소피아 달만이 가족 중에 최고령이야. 그런 그녀가 약속했어. 그러니 지킬 거야."

나는 한숨을 쉬었다. "어떻게 자신들을 명예롭게 여기면서 무고한 사람을 죽일 수 있지?"

"난 모르지." 그가 말했다. "그들은 이나니까."

내가 그를 올려다봤다. "함께 이나에 대해 배워야 할 거야."

"그러게." 그가 말했다. "캐서린은 유죄고, 이제 그녀는 죽었어."

그의 말이 맞았다. 테오도라의 복수를 했고 나머지 공생인들이 안전하다는 게 중요했다. 그렇지만 내 엄마들과 자매들과 아빠와 형제들은? 내 잃어버린 기억은?

모두 사라지고 없었다. 과거의 나도 사라졌다. 누구 하나, 심지어 나조차 되살려낼 수 없었다. 할 수 있는 건 이나에 대해, 가족에 대해 최대한 배우는 것뿐. 되살릴 수 있는 건 되살릴 터였다. 매슈스 가족은 다시 시작할 수 있었다. 페트레스쿠 가족은 그럴 수 없겠지만.

"위원들은 전부 집으로 돌아갔어." 라이트가 말했다. "조앤 브레이스웨이트와 마거릿 브레이스웨이트가 편지와 주소, 전화번호를 남겨놓고 갔어. 일단 부모님 재산 문제를 해결하고 테오도라의 가족과 대화를 나눈 다음에 한두 해가량 그들과 함께 지내도 좋대. 조앤이 그랬어. 혼자서 살아남으려면 훌륭한 스승들이 필요할 거라고. 그리고 자신이 기꺼이 스승이 되어주겠다고. 이런 말도 하더라. 네가 언젠가 끝내주게 훌륭한 동맹이 될 것 같다고."

나는 그 말에 대해 생각하고는 고개를 끄덕였다. "조앤 말이 맞아. 그렇게 될 거야."

쇼리

1판 1쇄 펴냄 2020년 7월 15일
1판 2쇄 펴냄 2020년 10월 26일

지은이	옥타비아 버틀러
옮긴이	박설영
편집	안민재
디자인	룩앳미
제작	세걸음
인쇄·제책	상지사

펴낸곳	프시케의숲
펴낸이	성기승
출판등록	2017년 4월 5일 제406-2017-000043호
주소	(우)10885, 경기도 파주시 책향기로 371, 상가 204호
전화	070-7574-3736
팩스	0303-3444-3736
이메일	pfbooks@pfbooks.co.kr
SNS	@PsycheForest

ISBN 979-11-89336-28-8 03840

책값은 뒤표지에 있습니다.

이 책의 내용을 이용하려면 반드시 저작권자와
도서출판 프시케의숲에 동의를 받아야 합니다.

이 도서의 국립중앙도서관 출판시도서목록CIP은
서지정보유통지원시스템 홈페이지 http://seoji.nl.kr와
국가자료공동목록시스템 http://www.nl.go.kr/kolisnet에서 이용하실 수 있습니다.
CIP제어번호: 2020026771